AtV

WILLEM FREDERIK HERMANS, geboren 1921 in Amsterdam, studierte Physische Geographie, promovierte auf diesem Gebiet und lehrte bis 1973 als ordentlicher Professor an der Universität Groningen. Während des Zweiten Weltkriegs begann Hermans zu schreiben und veröffentlichte neben mehreren Romanen Gedichte, Dramen, Erzählungen und Essays. Der Autor ist mit zahlreichen Literaturpreisen bedacht worden, die er jedoch zumeist ablehnte. Seine Werke sind in den Niederlanden Schullektüre. Hermans starb 1995 in Utrecht.

In der Aufbau Verlagsgruppe sind außerdem seine Romane »Die Dunkelkammer des Damokles« (2001), »Nie mehr schlafen« (2002) und »Die Tränen der Akazien« (2005) lieferbar.

Kunstgeschichte und Französisch – das möchte Paulina, eine 19jährige Abiturientin aus Vlissingen, studieren. Aber natürlich nicht in Amsterdam wie ihre Cousine Klara, sondern in Paris, wo Französisch auch wirklich gelehrt und gesprochen wird. Weil Paulinas Eltern ihre abenteuerlichen Studienwünsche nicht finanzieren können, beschließt die junge Frau, sich als Au-pair-Mädchen zu bewerben. Nach mehrfacher Vermittlung gerät sie an den kunstsinnigen General de Lune. In seinem Haus begegnet man Paulina sehr respektvoll, stellt ihr ein luxuriöses Appartement zur Verfügung und überhäuft sie mit Geschenken. Paulina allerdings fragt sich, wozu diese Familie ein Au pair braucht. Sucht der General womöglich eine Ehefrau für seinen mißratenen Enkelsohn? Als Paulina schließlich in ein Familiengeheimnis eingeweiht wird und in sonderbarer Mission in die Schweiz reisen soll, wird ihr der General noch suspekter. Was hat es mit dem Vermögen auf sich, das Paulina ins Ausland schmuggeln soll?

Willem Frederik Hermans' letzer Roman ist ein faszinierendes Werk und ein meisterhaft entworfenes Labyrinth, dem nicht zu entkommen ist.

»Augenzwinkern philosophiert Hermans über Kunst und Musik, Schönheit und Freundschaft, Wahrheit und Betrug. Der politische Nonkonformismus und der feingeschärfte Sinn für Ambivalenzen haben neben der kristallklaren Sprache und der schnörkellosen Handlungsentwicklung Cees Nooteboom zu der Bemerkung veranlaßt, die niederländische Literatur sei ohne Hermans undenkbar. Das ist, bei allem Respekt vor Nooteboom, stark untertrieben. Die Romane von Hermans sind nichts weniger als Meisterwerke der Weltliteratur.« *Die Welt*

Willem Frederik Hermans

Au pair

Roman

Aus dem Niederländischen
von Waltraud Hüsmert

Aufbau Taschenbuch Verlag

Titel der Originalausgabe
Au pair

ISBN 3-7466-2142-9

1. Auflage 2005
Aufbau Taschenbuch Verlag GmbH, Berlin

Umschlaggestaltung gold, Fesel/Dieterich
unter Verwendung eines Fotos von Nancy Brown, Corbis
Druck Oldenbourg Taschenbuch GmbH, Plzeň
Printed in Czech Republic

www.aufbau-taschenbuch.de

1

Wenn ein Niederländer etwas haben möchte, was sein eigenes Land nicht hervorbringt, kommt er nicht auf die Idee, dem Mangel selbst abzuhelfen, sondern er sucht das, was ihm fehlt, in der Fremde.

Und unter den Bewohnern der Provinz Seeland ist diese Haltung vielleicht noch mehr verbreitet als anderswo.

Das war recht passend in der Kolonialzeit; aber die ist nun vorbei.

Die Neigung, das Land zu verlassen, existiert freilich immer noch.

Paulina beschloß bereits vor ihrer Versetzung in die Abiturklasse, nach Paris zu gehen und dort Französisch und Kunstgeschichte zu studieren.

Sie war in Vlissingen geboren und hatte dort auch ihre Kindheit und Jugend verbracht, denn ihr Vater bekleidete ein ziemlich hohes Amt in der Stadtverwaltung.

Ihre Eltern waren nicht wirklich reich, besaßen jedoch seit langem ein Ferienhaus in Frankreich. Von klein auf verbrachte Paulina dort den Sommer, zusammen mit den Eltern und dem vier Jahre jüngeren Bruder. So hatte sie ausreichend Gelegenheit, die französische Sprache recht ordentlich zu lernen.

Paris? Zuerst waren die Eltern mit Paulinas Plan überhaupt nicht einverstanden. So weit weg? Gab es nicht auch in den Niederlanden ausgezeichnete Universitäten, an denen man Französisch und Kunstgeschichte studieren konnte?

Wäre es nicht besser, du würdest dich zuerst bei Klara schlau machen?

Klara war eine ältere Cousine Paulinas und hatte kürzlich in Amsterdam nach sechs Studienjahren die erste Prüfung im Fach Französisch bestanden. Mit ihrem Freund Rudolf, der ebenfalls studierte, wohnte sie in einem besetzten Haus. Paulina willigte ein, sich zuerst einmal bei Klara schlau zu machen.

Wie sich herausstellte, war es längst aus zwischen Rudolf und Klara, die zwar von Rudolf schwanger war, nun jedoch mit Bart-Bram zusammenlebte, einem vierzigjährigen Linguisten, der seine Frau verlassen hatte. Von morgens bis abends übte er auf dem Schlagzeug, denn er hatte beschlossen, ein ganz neues, fetziges Leben als Musiker anzufangen.

Seine Stelle an der Universität hatte er selbstverständlich nicht gekündigt. Auf das Gehalt konnte er nicht verzichten. Bereits vor Monaten hatte er sich krank gemeldet (nervöse Überreiztheit). Er leitete deshalb auch nicht mehr die Übungen in der Sprachwissenschaft, in denen sich die beiden kennengelernt hatten und gemeinsam zu der Überzeugung gelangt waren, daß es zwischen ihnen gewaltig funkte.

Das besetzte Haus war alles andere als komfortabel. Der Strom war gesperrt. Über Verlängerungskabel bezogen sie ihn aus einem Nachbarhaus, das noch ans Netz angeschlossen war. Sie wohnten im dritten Stock, und im ganzen Gebäude gab es nur einen Wasserhahn, unten im Erdgeschoß, an dem alle Bewohner das Wasser mit Eimern holen mußten. Es gab auch kein Klosett mit Wasserspülung. Die simpelsten, alltäglichsten Handlungen waren in so einem besetzten Haus zeitraubend und ermüdend. Zudem gingen die Bewohner ständig beieinander ein und aus, hielten einen von der Arbeit ab, liehen sich, auch wenn man nicht zu Hause war, Bücher und Vorlesungsmitschriften, Schallplatten und Videokassetten aus, ohne die Sachen jemals zurückzubringen.

Und überhaupt, was stellte das Studium schon dar? Nicht mal der Professor war in der Lage, fließend Französisch zu sprechen.

Das Französisch von Klara und ihrem wissenschaftlichen Mitarbeiter war unter aller Kritik, das hörte Paulina sofort, als Bart-Bram und Klara sich zum Scherz fünf Minuten lang auf französisch unterhielten. Sie gaben allerdings selbst zu, daß es zu wünschen übrig ließ. Es ist eine Sprache, sagte Bart-Bram, die man irgendwann haßt, mit dieser exakten, archaischen Grammatik. Dies ist falsch, und jenes darf nicht sein. Kein Franzose spricht so, wie er dem Lehrbuch zufolge sprechen müßte. Aber wehe, ein Ausländer macht einen Fehler. Sie lachen ihn aus, oder sie tun so, als ob sie kein Wort kapieren. Sie behandeln einen sofort wie einen Schwachsinnigen.

Diese Sprache perfekt zu lernen, dürfte fast unmöglich sein, wenn man in den Niederlanden geboren war, wo in den Schulen die eine Generation von Französischlehrern ihr Unvermögen in die nächste weitertrage, so daß sich der Murks perpetuiere. Holländer, die behaupteten, perfekt Französisch zu sprechen, beherrschten die Sprache in Wirklichkeit so schlecht, daß sie das nicht einmal bemerkten.

Versehen mit dieser Information verabschiedete sich Paulina und trat die Heimreise nach Vlissingen an.

In der Straße, in der Klara wohnte, war bereits die Hälfte der Häuser abgerissen worden. Die unteren Fenster jener Gebäude, die noch standen, hatten die Behörden mit Brettern vernageln oder mit Steinbrocken aus Schutthaufen schlampig zumauern lassen. Nicht einmal Hausbesetzer konnten dort noch einziehen. Vor langer Zeit an den Hauswänden angebrachte Protestlosungen oder einfach nur hirnverbrannte Sprüche, meist in schlechtem Englisch, waren größtenteils schon unleserlich geworden.

In den Fenstern der oberen Stockwerke war auch kein Glas mehr, höchstens noch ein paar Scherben an den Rändern der Rahmen. Drinnen herrschte so tiefe Dunkelheit, als seien die Zimmer mit Wolken aus Ruß und Kohlenstaub gefüllt. Manchmal klafften auch große Löcher in den Dächern und Fußböden, als habe eine gräßliche neue Waffe das Gebäude geräuschlos angegriffen und sämtliche Bewohner getötet.

Vor Angst fast im Laufschritt erreichte Paulina die Hauptstraße, wo noch eine Straßenbahn fuhr. Erst als sie im Zug nach Hause einen Sitzplatz gefunden hatte, beruhigte sie sich.

Richtig unglücklich war sie nicht. Jetzt hatte sie wenigstens genug Argumente, um ihre Eltern davon zu überzeugen, daß sie nicht in den Niederlanden bleiben könnte, sondern nach Paris gehen müßte, wenn sie wirklich etwas lernen wollte.

2

»Nein, Mama, mit Rudolf hat sie Schluß gemacht. Sie lebt jetzt mit einem älteren Typ zusammen, der morgens nicht aus dem Bett kommt und den Rest des Tages barfuß rumläuft. Und in so einem besetzten Haus zu wohnen, ist das nicht schrecklich? Jeden Moment kann die Polizei kommen und sie vor die Tür setzen, notfalls mit Tränengas.«

»Ja, aber warum wohnt sie denn überhaupt da? Selbstverständlich werden sie rausgeworfen, wenn der Besitzer andere Pläne mit dem Haus hat. Das kann man sich ja wohl denken!«

»Das ist es ja gerade. In Amsterdam gibt's kaum noch Leute, die Zimmer an Studenten vermieten. Und mit dem Französisch-Studium ist es auch nicht weit her. Klara kann *Le roman de la rose* lesen, aber wenn sie einen französischen Film sieht, versteht sie nur die Hälfte. Das sagt sie selbst! Und Bücher, die nicht auf der Pflichtliste stehen, liest sie überhaupt nicht. Das hält sie für Zeitverschwendung. Im Grunde interessiert sie sich nicht für Literatur, und die anderen Studenten sind genauso.«

»Warum fahren sie im Sommer nicht nach Frankreich, wie wir?«

»Natürlich. Und wenn sie dann zurückkommen, ist ihr besetztes Haus abgerissen, und ihre ganzen Sachen sind auf dem Müll gelandet.«

3

Paulinas Eltern ließen sich überzeugen.

Ein Studium in Paris würde natürlich mehr Geld kosten als in den Niederlanden, aber auch für dieses Problem wußte Paulina eine Lösung. Warum sollte sie in ihrer freien Zeit nicht arbeiten?

Und im Herbst des Jahres, in dem sie das Abitur gemacht hatte, stieg sie mit zwei großen Koffern in den Zug.

»Wie ich dich beneide«, sagte der Vater.

Der Zug war im Begriff abzufahren, und sie wechselten noch ein paar Worte durchs offene Abteilfenster.

Daß ihr Vater sie beneidete, konnte Paulina verstehen.

»Ich nehm's dir nicht übel«, sagte sie.

Fast zu Tränen gerührt blickte sie auf ihn hinab. Wirklich neidisch konnte er in seinem Alter nicht mehr sein, aber wenn er Frankreich nicht so lieben würde, hätte er wohl nicht vor vielen Jahren das Sommerhaus in Agen, zwischen Bordeaux und Toulouse, gekauft. Als er jung war, wollte auch er in Paris studieren. Aus verschiedenen Gründen war es beim Plänemachen geblieben. Und als er ein etablierter Bürger war, gab es nichts mehr zu studieren. Statt dessen hatte er, um sich zu trösten, seinen Urlaub immer in Frankreich verbracht.

Ist das nicht auch etwas Schönes? dachte Paulina.

4

Sie fand ein kleines Hotelzimmer in der Rue de Seine. Da stand sie nun mit ihren beiden Koffern. Sie mußte aufpassen, daß sie sich nicht den Kopf an der Decke stieß, denn sogar für eine Niederländerin war sie außerordentlich groß: 1 Meter 92. Hin und wieder hatte sie sich deshalb in Frankreich etwas unwohl gefühlt, da hochgewachsene Menschen dort viel seltener waren als in Seeland und deshalb auffielen. Aber ihr freundliches Auftreten, ihre blauen Augen und die langen blonden Haare schützten sie vor unangenehmen Erfahrungen.

Ihre Dianafigur und ihre Beine riefen bei manch einem Passanten ein Herzklopfen hervor, das ihm die Kehle zuschnürte, so daß sein sehnlicher Wunsch, sie kennenzulernen, sich erst – und dann nur noch in Form eines unterdrückten Schreis – äußern konnte, wenn sie längst außer Sichtweite war; in seiner Erinnerung aber war sie vielleicht noch Wochen oder Monate gegenwärtig.

Den einzigen Schwachpunkt in ihrer Erscheinung bildeten die Ohren, die ein wenig abstanden.

In Paris rief ihr auf der Straße nie jemand etwas nach, was in den Niederlanden von Zeit zu Zeit vorgekommen war. Wenn ein Franzose eine Bemerkung über ihre Gestalt machte, lief es darauf hinaus, daß sie wirklich eine Göttin aus dem Norden sei. Und die kleinen französischen Männer, die spürten, daß sie an ihrer Seite irgendwie eine lächerliche Figur abgeben würden, sahen nicht nur mit Respekt oder Begierde zu ihr auf, sondern auch mit einer gewissen Angst, die bald die Oberhand über andere Gefühle gewann.

Paulina riß das Fenster des stickigen Zimmers auf und

schaute kniend auf einen kleinen Innenhof, in dem sich nichts ereignete. An den Hinterfronten der Häuser, von denen Farbe und Putz abblätterten, war ein Gewirr von Rohren, Kabeln und Drähten: Gasrohre, Wasserleitungen, Rauchabzüge, Schornsteinschächte, Telefondrähte, Strom- und Antennenkabel. Wenn eine Leitung nicht mehr funktionierte, wurde offenbar daneben einfach eine neue verlegt, und die alte blieb an Ort und Stelle.

Paulina hatte nicht vor, in diesem Hotel lange zu bleiben, denn dann würde sie kaum mit dem ziemlich knappen Monatsgeld auskommen, das ihr Vater ihr überweisen konnte. Sie mußte so schnell wie möglich eine Arbeit finden, und so machte sie sich schon am nächsten Morgen um halb neun auf den Weg.

5

Sie immatrikulierte sich an der Universität.

In dem Büro, das ausländischen Studenten half, einen Platz in einer Familie zu finden, »au pair«, wie das hieß, gab man ihr die Adresse eines Rechtsanwalts, Maître Pauchard, in der Rue Verniquet, der zwar eine Hausgenossin »au pair« gebrauchen konnte, sie jedoch an diesem Tag, einem Freitag, nicht würde empfangen können.

Sie müsse sich bis Samstag vormittag gedulden.

Am Samstag ging sie sofort zu der angegebenen Adresse.

6

Durch eine schwere Glastür mit eisernen Schnörkeln gelangte sie in ein hohes Vestibül, das mit Ornamenten aus vergoldetem Stuck verschwenderisch verziert war. Die Concierge ließ sich nicht blicken. Den Fahrstuhl fand sie auch allein.

Wie sich herausstellte, war nicht nur Monsieur Rechtsanwalt, sondern auch Madame.

Monsieur zeigte sich nicht. Madame, dem Anschein nach Anfang Dreißig, möglicherweise aber auch schon über Vierzig, trug einen aus steifen Fasern gestrickten, knallgelben Pulli, dessen Ausschnitt weit abstand und die Feststellung ermöglichte, daß die Sommersonne ihren hageren Körper gründlich durchgebacken hatte. Sie schaute hochmütig, hatte blaue Augen, eine große, spitze Nase, ein fliehendes Kinn und blondes, gebleichtes Haar, so lang, daß sie es zu einem Zopf hatte flechten können, der ihr – nicht auf dem Rücken, sondern vorn – bis weit über die Taille reichte und neben der linken Wange über die Schulter hing.

Sachlich und präzise erklärte sie Paulina die Einzelheiten, die für ihre Au-pair-Tätigkeit wichtig waren.

Werktags gingen Monsieur und Madame schon morgens um halb acht aus dem Haus, und abends kämen sie erst spät zurück. Selten vor zehn.

Was waren Paulinas Aufgaben? Oh, sie hätte nicht mehr zu tun, als den dreizehnjährigen Sohn Hughes ein wenig im Auge zu behalten. Er ging um halb neun zur Schule. Wenn er am späten Nachmittag nach Hause kam, müßte sie dafür sorgen, daß er einen Zwieback aß und ein Glas Milch trank. Das war alles.

»Und jetzt komm mal mit, Kindchen, ich zeig dir, wo dein Zimmer ist.«

Madame öffnete in der Küche eine fest verriegelte Tür, die zum Dienstbotenaufgang führte. Über drei abgetretene Holztreppen, die voller Zigarettenkippen lagen, dazwischen hier und da das Gelb einer gebrauchten Metrofahrkarte, stiegen sie in den siebten Stock hinauf, zum Dachgeschoß, wo sich die kleinen Zimmer fürs Hauspersonal befanden. Weil jedoch die meisten Franzosen, selbst die reichen, heutzutage keinen Butler und keine Köchin mehr beschäftigen und es für Verschwendung halten, diese Verschläge leerstehen zu lassen, herrschte auf dem Dachboden reges Leben. Zehn bis zwölf Radios oder Stereoanlagen spielten durcheinander. Vor der Tür des Zimmers, das offenbar Paulina zugedacht war, sagte Madame Pauchard:

»Alle anderen Räume sind an Schwarze und Araber vermietet. Sie wohnen manchmal zu dritt in einem Zimmer und schlafen abwechselnd acht Stunden in dem einzigen Bett. Sie sind nicht bösartig, aber du solltest dich trotzdem vor ihnen in acht nehmen.«

Dann stieß sie die Tür des Verschlags auf, in dem Paulina schlafen sollte, und fuhr fort:

»Drei Araber in einem Zimmer wie diesem, das rentiert sich. Wer es einem Au-pair-Mädchen überläßt, bringt ein Opfer.«

Sie mußte sehr laut sprechen, damit ihre Worte nicht untergingen in dem musikalischen Müll, der sich über sie beide ergoß.

Der Raum war vielleicht eineinhalb Meter breit und zwei Meter lang. Ein bräunlicher, durchsichtiger Vorhang, vors Fenster gezogen, erweckte den Eindruck, daß hier jemand schlief. Aber das schmale Bett, auf dem ein Kissen und ein paar Decken lagen, keine Laken, war leer. Über einem kleinen Waschbecken tropfte es aus zwei stumpf gewordenen Metallhähnen. Auf ein Elektroöfchen deutend, sagte die Anwältin:

»Das ist die Heizung, aber die brauchst du vorläufig noch nicht anzustellen. Schau mal, du hast einen eigenen Stromzähler, dann kann es nie zu Mißverständnissen wegen des Verbrauchs kommen.«

Nun erst sah Paulina den himmelblau angestrichenen Zähler an der Wand.

Madame Pauchard fuhr mit ihren Erläuterungen fort.

»Der Raum ist nicht groß, das gebe ich zu, aber die Aussicht ist phantastisch.«

Sie ging zum Fenster, zog den lappigen Vorhang so weit es ging zur Seite und machte das Fenster auf. Davor war ein Gitter aus dicken Eisenstäben.

»Prachtvoll! Siehst du? Dort, der Boulevard Pereire! Durch den breiten Graben in der Mitte fährt die Lokalbahn nach Auteuil. Die Station ist nicht weit von hier. Sehr praktisch, wenn du nach Auteuil mußt.«

Paulina sah keinen Anlaß, nach Auteuil zu fahren. Auf der Place Pereire, wo sich der kleine Bahnhof befand, gäbe es auch eine Metro-Station. Ganz Paris könne man von diesem Platz aus in kürzester Zeit erreichen.

Für Paulina war das natürlich nichts Neues, weil sie, als sie herkam, dort ausgestiegen war. Aber sie nickte, als sei sie Madame Pauchard für diese Auskunft sehr dankbar.

Eine prachtvolle Aussicht? Man mußte das Gesicht an die Gitterstäbe drücken und schräg hindurchschauen, wenn man etwas anderes sehen wollte als ein weißes Mietshaus auf der anderen Seite der Rue Verniquet.

Die Leute, bei denen sie Au-pair-Mädchen sein sollte, hatten ihr offenbar nicht viel Besonderes zu bieten. Sie taten ihr Bestes, das wollte Paulina gern glauben.

Gab es eine Toilette auf der Etage?

Ja, selbstverständlich, was dachtest du denn, aber von der Benutzung sei abzuraten, wegen der Schwarzen und der Araber, die alles verdreckten und nie putzten. Sie würden auch bestimmt ständig Streit mit ihr suchen, wenn es darum gehe, wer das Klo morgens als erster benutzen dürfe.

»Denk daran, Mädchen, bevor du abends nach oben gehst.«

Paulina schwieg zwar, aber Madame Pauchard mußte bemerkt haben, daß sie nicht gerade froh aussah, und zog eine Schußfolgerung, die jedem Rechtsanwalt zur Ehre gereicht hätte:

»Für mich wäre es auch etwas ganz Tolles, wenn ich achtzehn oder neunzehn wäre! Au pair! Wenn ich gerade mein Abitur bestanden hätte! Und den Plan hätte, in Paris zu studieren! Herrlich! Au pair ... Ich beneide dich. Weißt du das?«

Sie ließ Paulina Zeit, dieses Bekenntnis zu verarbeiten, und als das ihrer Ansicht nach geschehen war, stellte sie fest:

»Es ist kühl draußen.«

Fröstelnd schloß Madame Pauchard das Fenster, ging durchs Zimmer und schloß auch die Tür zum Gang, um den Lärm der Radios und Plattenspieler einigermaßen zu dämpfen. Dann setzte sie zu einem langen Monolog an:

»Au pair, das ist eine gute Lösung. Du verdienst dir dein Taschengeld, man achtet darauf, daß du genug Zeit zum Studieren hast, und, was das allerwichtigste ist: du wirst in eine Familie aufgenommen. Eine bessere Art, die Sprache zu lernen, gibt es nicht.«

Fast schien es, als hielte Madame Pauchard ein Plädoyer vor Gericht.

»Au pair. Früher hat man manchmal seltsame Geschichten darüber gehört. Übrigens auch heute noch. Von Anzeigen, in denen ein »Au pair« gesucht wird, läßt du besser die Finger, ma belle. Jedenfalls dann, wenn du wirklich vorhast, gut Französisch zu lernen und nicht in Marrakesch landen willst. Aber abgesehen von solchen Extremfällen, die an Verbrechen grenzen, ist es auch nicht gerade angenehm bei manchen Privatleuten, die in dir eine billige Arbeitskraft sehen. Das kommt immer noch häufig vor. Wenn auch nicht mehr so oft wie früher. Da wurde man morgens mit einem zähen Stück Brot vom Vortag abgespeist, dazu eine Suppentasse Muckefuck. Für die Familie hatte man frische Croissants besorgt und Kaffee gekocht.«

Sie lachte, aber nicht verbittert oder mitfühlend. Nein, eher, als ob sie sehr zufrieden sei über das, was sie da erzählte.

»Und danach durfte man sich in der Küche einen Schuß Milch aufwärmen für den Muckefuck. Und dann wurde das Au-pair-Mädchen mit einer großen Einkaufstasche auf den Markt geschickt, um Fisch, Fleisch, Gemüse, Käse und Mineralwasser für das üppige Mittagessen der Familie zu kaufen. Wenn sie mit all den Leckereien zurückkam und Madame nachzählte, was von dem mitgegebenen Geld übriggeblieben war, ließ diese das arme Mädchen deutlich spüren, daß es sich hatte neppen lassen oder, noch wahrscheinlicher, selbst vorgehabt hatte, Madame zu beschummeln.

Einen Staubsauger fand man damals nicht in einer Pariser Wohnung von gutem Stand, und auch keine Waschmaschine. Schade um den Strom. Man mußte die Teppiche mit einem Handfeger kehren. Immer gebückt. Bekam davon Rückenschmerzen. Das wär was gewesen, für jemanden von deiner Größe! Aber man lernte schnell, den Schmutz einfach unters Sofa zu schieben: das war echt französisch. Die Toilette, deren Wasserspülung schon seit einem Jahr nicht mehr richtig funktionierte, mußte man mit einem Heidebesen saubermachen. Ein bißchen in dem dreckigen Klobecken rühren, darauf lief es hinaus. Nachmittags blieb kaum Zeit für ein paar Stunden Kursus bei der Alliance Française. Gerade Familien, bei denen es immer drunter und drüber ging, weil sie zu geizig waren, sich eine tüchtige Haushaltshilfe zu leisten, wollten unbedingt ein Au-pair-Mädchen. Sie durfte erst als letzte schlafen gehen und mußte als erste aufstehen. Französisch lernen, daraus wurde praktisch nichts. Madame verlor schon bald die Geduld mit dem Gestammel des Au-pair-Mädchens und ging, statt ihre

Fehler zu korrigieren, auf das über, was die Franzosen ›petit nègre‹ nennen. Toi pas parler français? Toi comprendre absolument rien du tout? – während Monsieur ihr auf alles mit den vier englischen Wörtern antwortete, die er kannte und falsch betonte. – Und außerdem versuchte er sie zu begrapschen.

Ich spreche aus Erfahrung, ich stamme aus Rumänien und bin mit siebzehn als Au-pair-Mädchen nach Paris gekommen. Dein Französisch ist zum Glück ausgezeichnet.

Die Kinder legten dem Au-pair-Mädchen immer wieder tote Mäuse ins Bett. Die Bezahlung des vereinbarten Taschengeldes mußte jedesmal angemahnt werden. Solche Mädchen kehrten zutiefst enttäuscht in ihr Land zurück, bis auf ein paar, die auf der Straße landeten, sich zuerst in Saint-Germain-des-Prés herumtrieben. Und nie mehr zurückkehrten. Und mit Ausnahme von ganz wenigen, die wußten, wie man seinen Weg macht.«

Bei den letzten Worten nickte sie, um jeden Zweifel daran auszuräumen, daß sie nicht genau wüßte, wer seinen Weg gemacht hatte.

»Aber tröste dich. Das hat sich geändert, seit die Amerikaner auf der ganzen Welt kulturell den Ton angeben. Auch der gallische Humor war dem nicht gewachsen. Auch die Franzosen haben jetzt Staubsauger, Kühlschränke, Waschmaschinen und Schlankheitsdiäten. Im Mikrowellenherd wärmen sie mittags eine Quiche Lorraine aus dem Kühlschrank auf und abends ein tiefgekühltes Makkaronigericht. Einkäufe werden einmal im Monat erledigt, mit dem Auto, in einem Supermarkt draußen vor der Stadt, wo sie den Kofferraum mit Sonderangeboten füllen. Madame kümmert sich um die Dritte Welt, und Monsieur vertieft sich in den *Playboy*, statt zu versuchen, sich das Au-pair-Mädchen gefügig zu machen. Der Fortschritt ist unbestreitbar.

Wenn man kein Zimmer mit Heizung und fließendem Wasser, warm und kalt, zur Verfügung stellen kann, bekommt man heutzutage kein Au-pair-Mädchen mehr zugewiesen von der als vertrauenswürdig bekannten Organisation, an die sich Mädchen wenden können, die erst seit kurzem im Land sind.«

Madame Pauchard schaute auf ihre Armbanduhr, dachte kurz nach und gelangte zu der Schlußfolgerung, daß sie alles Wichtige gesagt hatte.

»Du hast Glück. Du brauchst bei uns also, wie gesagt, nichts zu tun, außer dich morgens und abends ein wenig um Hughes zu kümmern. Du hast warmes und kaltes fließendes Wasser. O.K.?

Ich muß jetzt wieder nach unten. Wahrscheinlich hat mein Mann das Auto schon aus der Garage geholt. Wir fahren alle drei zu unserem Haus auf Quiberon. Amüsier dich. Morgen ist Sonntag, da brauchst du ja nichts zu tun, denn wir sind nicht da. Montag früh sorgst du dafür, daß du um sieben Uhr unten bist. Abgemacht?«

»Madame«, sagte Paulina, »ich hätte gern einen Schlüssel.«

»Einen Schlüssel? Wozu?«

»Um mein Zimmer abzuschließen, meine ich.«

»Wie? Einen Schlüssel, ach natürlich, das verstehe ich. Aber der Schlüssel von diesem Zimmer ist schon seit Monaten verschwunden. Wenn du der Sache nicht traust, laß ruhig einen Schlosser kommen und ein neues Schloß einsetzen. Ich hab nichts dagegen. Es scheint mir sogar ratsam, wirklich, das ist mein Ernst. Entschuldige bitte, aber ich muß jetzt los.«

7

Madame Pauchard hatte die Tür energisch hinter sich zugezogen, so als habe sie Angst, Paulina würde ihr folgen. Offenbar war sie der Ansicht, es sei nicht der geeignete Augenblick, um das Au-pair-Mädchen mit dem Ehemann und dem Sohn Hughes bekannt zu machen.

Paulina hatte überhaupt keine Lust, ihr zu folgen.

Aber was sollte sie nun machen in diesem Loch? Sie setzte sich aufs Bett und schaute sich gedankenverloren um. An der Wand war neben dem Waschbecken eine Garderobe angebracht, genauer gesagt ein Stück Holz mit drei angeschraubten Haken. Und über dem Bett befand sich ein waagerechtes Brett, das offenbar als Bücherregal dienen sollte.

Einen Schrank gab es nicht.

Würde sie aus dem Koffer leben müssen? Ein Jahr lang? In Anbetracht der Tatsache, daß sie die Tür nicht abschließen konnte, war das vielleicht noch am sichersten.

Im Augenblick hatte sie in diesem Zimmer nichts mehr zu tun. Die irrsinnige Mischung aus vielerlei Arten von Musik munterte sie nicht auf, aber, so sagte sie sich, abends nach elf ist natürlich Ruhe, und tagsüber brauche ich mich hier nicht aufzuhalten.

Als sie glaubte, Madame Pauchard einen ausreichend großen Vorsprung gegeben zu haben, stand sie auf.

Sieben gewundene Holztreppen ging sie hinab.

Zwischen zwei Treppen war jedesmal ein Podest, von dem eine grüne Holztür abging. Durch eine solche Tür war sie gekommen, als sie Madame Pauchard nach oben folgte. Alle diese Türen führten demnach zu den Küchen der Wohnungen. So konnte früher das Personal von seinem Arbeitsplatz, der Küche, ohne mit den hohen Damen und Herren in Kontakt zu kommen, auf den Dachboden verschwinden, dort schlafen und am Morgen in aller Herrgottsfrühe wieder unten erscheinen, um den Herd anzuheizen: Das Hauspersonal erwies seine Dienste, ohne in den Wohnräumen sichtbar zu sein, wie das Gas, die Schornsteine, die Abwasserrohre, die elektrischen Leitungen und die Kabel für Telefon und Fernsehen, die außen an den Hauswänden angebracht waren.

Die unterste Treppe führte Paulina in einen schmalen Flur; an dem einen Ende sehr dunkel, mündete er in einen mit gelblichen Steinplatten gepflasterten Innenhof, der kahl und öde war bis auf ein paar große Kübel aus Ton, die in einer Ecke standen. Sie enthielten Palmen, Schildblumen, Clivien, Zierfarne und ähnlich trostlose, tiefgrüne Gewächse, denen man die Aufgabe zugedacht hatte, Räume freundlicher zu machen, in welche nie ein Sonnenstrahl fällt, also Wintergärten und Eingangshallen, Pflanzen, die jedoch – wie selbst ein Sklave nicht immer in Ketten gelegt sein kann – hin und wieder ans Licht gestellt werden, damit sie neue Kräfte für das Dunkel sammeln, für das sie offenbar bestimmt sind.

Paulina trat auf den Innenhof hinaus, sah zwei halb offenstehende hohe Türflügel, ging hindurch und fand sich in dem reich verzierten Treppenhaus wieder, das sie vor einer knappen halben Stunde betreten hatte und von wo aus sie mit dem Lift nach oben gefahren war.

Die Flügeltür zur Straße stand nun so weit offen, daß ein Auto oder eine Kutsche ohne weiteres hindurchgepaßt hätten. Ein sportlich gekleideter, korpulenter Mann mit einem kahlen, runden Schädel war gerade dabei, einen Türflügel zu schließen. Klein wie er war, mußte er sich auf die Zehenspitzen stellen, um den obersten Riegel vorzuschieben. Durch den anderen, noch offenstehenden Flügel eilte Madame Pauchard an ihm vorbei ins Haus und hastete zum

Fahrstuhl. Ein großer Seesack, der auf dem Boden des Aufzugs lag und zum Teil hinausragte, hatte verhindert, daß sich die Gittertür schloß. Madame Pauchard packte den Sack und zerrte ihn in Richtung Straße. Die Gittertür fiel mit einem metallischen Schlag zu.

Sogar jetzt übersah die Juristin Paulina. Oder wollte sie sie nicht sehen? Es war wohl eher letzteres, und Paulina, die eigentlich vorgehabt hatte, sich dem Mann mit dem Kahlkopf vorzustellen, zögerte. Als sie an ihm vorbeiging, konnte sie es dennoch nicht unterlassen, ihm zuzulächeln, worauf Madame Pauchard rief: »Achille! Tu viens?«

Er hatte einen gewaltigen Schnurrbart, der so buschig war, daß er die Lippen ganz bedeckte und es aussah, als trüge er diese wollige Fülle nicht oberhalb des Mundes, sondern in ihm, wie eine Katze ihr Junges.

Und er drehte sich zu dem Auto um, das sie gerade vollgepackt hatten. Auf dem Dach lag ein Surfbrett. Madame Pauchard saß bereits auf dem Beifahrersitz. Ein Junge zog die hintere Tür zu. Paulina konnte nur sehen, daß er einen grell orangefarbenen Pullover trug.

Der Junge war so dick und rund, daß man kaum seinen Kopf wahrnahm.

Man hätte meinen können, auf dem Rücksitz läge eine riesige Apfelsine.

Sie fuhren los. Paulina ging in die andere Richtung zur Place Pereire, die offiziell bereits seit langem Place du Maréchal Juin hieß, jedoch von niemandem so genannt wurde.

Sie nahm den Stadtplan aus der Umhängetasche, studierte die Straßen des siebzehnten Arrondissements und das Netz der Metrolinien.

Es regnete nicht. Der Himmel sah auch nicht nach Regen aus. Nicht mal im Schatten war es kühl.

8

Paulina, die mit der Metro nach Saint-Germain-des-Prés gefahren war, schaute sich den Rest des Tages in dieser Gegend um. In einem Straßencafé, das nicht so teuer wie die meisten anderen aussah, aß sie eine Brioche und trank eine Tasse Kaffee.

Nachmittags ging sie in ein ziemlich verfallen wirkendes Kino.

Obwohl es nicht viele Plätze gab, blieben die meisten unbesetzt.

Der Film war alles andere als neu oder auch nur aktuell. Es lief ein von dem Schweizer Barbet Schroeder gedrehter Dokumentarfilm über das Alltagsleben von Idi Amin Dada, des Tyrannen von Uganda, der bereits vor etwa einem Jahr vertrieben worden war. Darum kamen natürlich wenig Interessenten, und der Eintrittspreis war niedrig.

Man sah den Despoten im kurzärmeligen Sporthemd inmitten einer Schar kleiner Kinder. Seine eigenen Kinder, erklärte er. »Wie heißt du?« fragte er einen Jungen von etwa drei Jahren.

»Ich habe so viele davon, daß ich nicht mal weiß, wie sie heißen«, sagte er. Und er lachte, Idi Amin Dada. Das letzte Wort bedeutet »Vater«.

Man erzählte von ihm, daß er Leute, die ihm nicht mehr nützten, in einen Krokodiltümpel werfen ließ.

Fahrt dorthin mit dem Jeep. Der Diktator steht am Ufer und klatscht in die Hände. Im Wasser bewegt sich etwas, das wie ein Baumstamm aussieht.

»They all know me. They love me.«

Gelächter.

Und zum Schluß des Films hielt er auf einer Tagung schwarzer Ärzte eine Rede.

»Ihr alle seid Ärzte«, erklärte er. »Arzt, das ist ein wissenschaftliches Fach. Ihr habt eine Menge gelernt. Ich war nur ein einfacher Sergeant. Aus eigener Kraft habe ich es zum General gebracht. Ihr aber habt die Universität besucht und studiert. Das ist wundervoll. Aber eins muß ich euch sagen: Ihr trinkt zu viel. Und das kann ich nicht dulden. Ihr trinkt zu viel, goddammit. Es ist absolut unzulässig, daß Ärzte zu viel trinken!«

Die Ärzte saßen wie in einem Amphitheater, die Tagung fand offenbar in einem Hörsaal statt. Der Landesvater saß ihnen an einem kleinen Tisch gegenüber, wie ein Professor. Er trug ein Uniformhemd mit Rangabzeichen, und der Filmemacher hatte ihn von sehr nah aufgenommen. Großaufnahme von seinem massigen, schwarzen linken Arm und der linken Hand, die auf dem Tisch lag, und vom linken Handgelenk, an dem eine riesige goldene Rolex Day-date funkelte, das Zifferblatt mit Diamanten besetzt und das Gliederarmband aus massivem Gold.

9

Erst spät ging Paulina zu dem Hotel in der Rue de Seine, um ihr Gepäck zu holen. Sie bezahlte und machte sich gleich wieder auf den Weg.

Es war vollkommen dunkel, als sie das pompöse Vestibül ihres neuen Aufenthaltsortes in der Rue Verniquet betrat.

Eine gläserne Nebentür wurde aufgerissen, und eine korpulente Frau in Pantoffeln, mit weit auseinanderstehenden, krummen Beinen sprach sie drohend an:

»Wo wollen Sie denn hin?«

Das war wohl die Concierge. Die Tür zu ihrer Loge hatte sie hinter sich offengelassen. Der Farbfernseher lief, der Bildschirm zeigte zum Vestibül. Eine relativ junge Frau, deren Stirn auffallend rund und fast ebenso groß wie der Rest des Gesichts war, trug die Nachrichten vor.

»Ich bin das Au-pair-Mädchen der Familie Pauchard«, erwiderte Paulina, »ich bin heute zum erstenmal hier. Ich möchte nach oben, in mein Zimmer.«

»In Ihr Zimmer? Wo ist dieses Zimmer denn?«

»Unterm Dach.«

»Dann müssen Sie den Dienstboteneingang nehmen.«

»Ich würde lieber, so weit es geht, mit dem Lift fahren. Meine Koffer sind ziemlich schwer.«

»Aber wohin wollen Sie denn mit dem Fahrstuhl? Die Familie Pauchard ist nicht da, und vom Lift aus können Sie die Dienstbotentreppe nicht erreichen. Das ist unmöglich. Das Treppenhaus der Herrschaften ist darauf nicht eingerichtet.«

Die Concierge deutete auf die Eingangstür.

»Hier geht's raus. Ein paar Meter nach rechts! Um die

Ecke, da ist die Rue Alfred Roll. Und dann die erste Tür. Das ist der Dienstboteneingang. Ich mache Ihnen auf.«

Ohne ein weiteres Wort, ohne Gruß ging die Concierge wieder in ihre Loge und zog die Tür hinter sich zu. Die Worte der Nachrichtensprecherin zerbröselten zu Gemurmel.

Paulina nahm ihre Koffer und verließ das Haus. Den einen Koffer mußte sie kurz abstellen, denn die schwere, mit eisernen Verzierungen überladene Haustür hatte einen Türschließer. Draußen bog sie nach rechts ab, wie man ihr gesagt hatte, und fand eine schmale Holztür, von der fast alle Farbe abgeblättert war. Auf einem an die Tür geschraubten, abgestoßenen Emailleschild stand *Entrée de Service*.

Ein elektrisches Schloß brummte abweisend. Paulina betrat einen Gang, in dem eine nackte Glühbirne brannte. Die Fußbodenfliesen waren gesprungen. Eine Luke klappte auf, und dahinter stand die Concierge. »Geradeaus und dann links«, rief sie, »da ist der Dienstbotenaufgang.« Dann schlug sie die Luke zu.

Der Gang war so schmal, daß Paulina einen Koffer vor und den anderen hinter sich tragen mußte. So fand sie dieselbe Dienstbotentreppe, die sie am Morgen benutzt hatte. Als sie zwei Treppen hochgestiegen war, ging das Licht aus. Es war natürlich eine automatische Beleuchtung, die, nachdem man auf einen Knopf gedrückt hatte, die Lampen eine bestimmte Zeit brennen ließ und dann den Strom abschaltete. Paulina stellte vorsichtig ihr Gepäck ab.

Im Dunkeln tastend, fand sie eine Holztür, suchte weiter nach dem Lichtschalter, fand auch am Türpfosten einen Knopf und drückte darauf. Hell wurde es nicht, dafür läutete eine elektrische Klingel hinter der Tür.

Das bösartige Schrillen erschreckte Paulina so, daß sie die Hand sofort zurückzog, aber es war schon zu spät.

»Wer ist da?« rief eine heisere Stimme. Ob es eine Frauen- oder Männerstimme war, konnte sie nicht hören.

»Niemand«, antwortete Paulina, »bitte entschuldigen Sie. Ich suche den Lichtschalter fürs Treppenhaus.«

»Dann bleiben Sie doch weg von der Klingel.«

»Natürlich, aber ich wußte nicht, wo der Lichtschalter ist.«

»Das ist kein Grund, bei mir zu klingeln.«

Unterdessen hatte sie die Hand noch einmal dahin ausgestreckt, wo, wie sie dachte, die Tür war, hatte von neuem den Türpfosten gefunden und auf einen Knopf, hoffentlich den richtigen, gedrückt.

Doch es war wieder der Klingelknopf.

»Verdammt, du machst das wohl mit Absicht«, rief die Stimme, »noch einmal, und ich hole die Polizei. Was suchst du überhaupt hier, so spät am Abend?«

»Ich bitte tausendmal um Entschuldigung«, sagte Paulina, »ich konnte wirklich nichts dafür.«

»So, so, du kannst nichts dafür. Na, offenbar kannst du überhaupt nichts. Wenn du den Lichtschalter nicht finden kannst, ist das kein Grund, bei mir zu klingeln. Wie oft muß ich dir das noch sagen? Dann gehst du eben im Dunkeln weiter. Kapiert?«

Paulina drückte jedoch wieder auf einen Knopf, und wieder schrillte die Klingel.

»Mein Gott«, schrie die Frau oder der Mann, »noch einmal, und du wirst mich kennenlernen. Ich krieg dich schon, du Kröte!«

Eisen rasselte, Schlüssel klirrten, Riegel wurden verschoben hinter der Tür, und als hinge es damit zusammen, ging plötzlich das Licht an.

Paulina nahm die Koffer und lief, so schnell sie konnte, die nächste Treppe hinauf.

Über ihr im Treppenhaus war unterdessen Gepolter zu hören. Paulina merkte, daß ihr jemand entgegenkam, und daß es dieser Jemand war, der das Licht angemacht hatte.

Kurz darauf sah sie ihn auch. Es war ein Schwarzer von hünenhafter Statur. Humpelnd kam er die Treppe herab, den linken Fuß, von einem Metallbügel geschützt, in Gips, und auf dem Kopf ein buntes, gehäkeltes Käppchen. Auf dem eingegipsten Fuß konnte er nicht oder kaum stehen, deshalb hielt er sich mit beiden Händen am Treppengeländer fest. Wenn er den gesunden Fuß auf die nächste Stufe gesetzt hatte, ließ er die Hände ein Stück weiter nach unten rutschen. Er summte etwas mit tiefer Baßstimme. Unbeirrbar näherte er sich, obgleich es ausgeschlossen war, daß er auf der schmalen Treppe an Paulina und ihren Koffern vorbeikommen würde.

Ebensowenig aber konnte er sich umdrehen und zurückgehen, um ihr auf dem nächsten, höher gelegenen Treppenabsatz Platz zu machen.

»Alors?« fragte er mit einem freundlichen, jedoch unnachgiebigen Lächeln.

»Ich versuche zurückzugehen«, erwiderte Paulina, »würden Sie sich bitte einen Augenblick gedulden?«

Tastend machte sie einen Schritt nach unten, und sofort nahm er seinen Vorteil wahr, indem auch er eine Stufe herunterkam.

Inzwischen war es der Person, die Paulina so erbost angeschrien hatte, gelungen, die Tür zu öffnen und auf den Treppenabsatz unter ihr zu treten.

»Wohin willst du mit den Koffern? Glaub bloß nicht, daß ich dich reinlasse!«

Stufe um Stufe ging Paulina zurück.

»Der Russe regt sich immer so schnell auf«, sagte der hochgewachsene Schwarze, »aber wenn's drauf ankommt, tut er keiner Fliege was zuleide.«

Ein Russe. Ein Mann, folglich. Erst als sie endlich wieder auf dem Treppenabsatz angelangt war, konnte sie ihn sehen. Er hatte lange, graue Haare, die ihm bis weit über die Schultern hingen, und trug einen Russenkittel aus schimmerndem Satin, grün wie Crème de menthe. Darüber baumelten mehrere Ketten.

Polternd landete auch der große Schwarze auf dem Treppenabsatz. Paulina drückte sich an die Wand, so daß er sich zwangsläufig zwischen sie und den wütenden Russen stellen mußte.

Unterdessen hörte sie die Schritte mehrerer Personen auf einer tiefer gelegenen Treppe. Der Schwarze und der Russe schrien durcheinander.

Paulina, die Angst hatte, daß sie wegen der im Anmarsch befindlichen Hausbewohner auch in einer Stunde noch nicht bis zum Dachboden gelangt wäre, biß die Zähne zusammen, zwängte die Koffer hinter dem Schwarzen vorbei und machte sich von neuem daran, die Treppe hochzusteigen. Sie ging, so schnell sie konnte, und stieß mit den Koffern an die Wände, daß der Kalk hinabrieselte.

10

Keuchend stolperte sie in ihr Zimmer.

Die Tür hatte sie offengelassen, die Lampen in der Diele und im Flur gingen nicht mehr aus. Sie fand den Schalter der einzigen Lichtquelle in diesem Verschlag, eine funzlige Birne über dem Waschbecken, und drehte ihn um. Dann erst schloß sie die Tür.

Die Tür, die nicht abgeschlossen werden konnte.

Nun hatten auch die Leute, die nach ihr ins Haus gekommen waren, das Dachgeschoß erreicht. Sie unterhielten sich lautstark, aber was sie sagten, konnte sie nicht verstehen. Wahrscheinlich waren es Araber.

Hörte sie richtig? Wurden die Schritte in der Nähe ihres Zimmers langsamer? Hatten sie vor, sie zu belästigen? Rasch schob sie einen der Koffer zwischen das Kopfende des Bettes und die Wand, jedoch so, daß ein Drittel des Koffers vor der Tür stand. Falls ihr jemand übelwollte, könnte er die Tür zwar eine Handbreit öffnen, aber nicht so leicht hereinkommen.

Die Stimmen verklangen.

Sie hatte sich umsonst Sorgen gemacht. Sie mußte so bald wie möglich ein Türschloß einbauen lassen, aber der nächste Tag war ein Sonntag. Ich hätte mir das besser überlegen sollen, sagte sie sich. Das Geld, das sie von zu Hause mitgebracht hatte, hätte ja eigentlich gereicht, um noch zwei Nächte im Hotel zu schlafen; es wäre mehr als genug gewesen. Andererseits, wovor hatte sie Angst? Diese Leute beabsichtigten vielleicht gar nicht, sie zu drangsalieren oder zu bestehlen?

Jemand hatte eine Stereoanlage angestellt, und jaulende arabische Musik ertönte.

Paulina zog den Vorhang zu, entkleidete sich, wusch sich flüchtig, zog ihr Nachthemd an, putzte die Zähne.

Sie machte das Licht aus und legte sich ins Bett. Ich schlüpfe unter die Decke, buchstäblich, dachte sie, während sie die nicht gerade saubere Wolldecke über sich zog. Ihre Mutter hatte sie noch gefragt, ob sie keine Bettlaken mitnehmen wolle.

Allein in einer großen Stadt, und sich dann auch noch sagen müssen, daß die Mutter in Vlissingen wieder mal die Klügere war! Wenn man sich vorgenommen hat, wegen so einer Kleinigkeit den Mut nicht sinken zu lassen, ist das kein Grund, wachzuliegen. Das Bett war natürlich zu kurz für sie, aber das war für Paulina ganz normal, wenn sie nicht in ihrem eigenen Bett schlief, daran hatte sie sich gewöhnt. Doch die schrille Musik und die kratzige Wolle hinderten sie daran, rasch einzuschlafen.

Sie versuchte sich zu trösten: Solche arabische Musik hatte sie zu Hause manchmal zufällig im Radio gehört, aber jedesmal schnell wieder abgestellt. Und nun schlief sie auf einem Dachboden unter lauter Menschen, die das tatsächlich gern hörten, die mit diesen Klängen vertraut waren. Diese Musik drückte deren ureigene Gefühle aus – konnte man das so sagen? Sie selbst hatte doch sehr viel westliche Musik gehört, bei der sie nicht die geringste Ergriffenheit verspürte, die also ihre Gefühle, ihre ureigenen abendländischen Gefühle, nicht ausdrückte. Wie viele äußerst verschiedene Arten von Musik hatte Westeuropa in den letzten sechshundert Jahren hervorgebracht! Konnte es nicht sein, daß die Araber ungefähr ebenso viele kannten? Auch Musikarten, die nicht ihre ureigenen orientalischen Gefühle ausdrückten? Das Gegenteil schien ihr wahrscheinlich. Und seit wie vielen Jahrhunderten machten sie schon Musik? Paulina hatte keine Ahnung. Hatten sie sich auch in früheren Zeiten auf die Kunst verstanden, Musik schriftlich zu fixieren? Oder hatten sie erst damit angefangen, nachdem sie mit der westlichen Musiknotation in Berührung gekommen waren? Und seit wann verwendeten sie diese? Nie zuvor hatte sie über solche Fragen nachgedacht.

Wenn sie die Klänge, die sie hörte, mit Worten beschreiben sollte, hätte sie auch nicht viel anderes darüber sagen können, als daß es ein unablässiges, heftiges Klagen war, am Anfang hohe, am Ende tiefe Töne, ein unentrinnbares Absteigen in Moll, Dutzende, Hunderte Male aufs neue. Eine Frauenstimme, begleitet oder angefeuert von verzweifelten Saiteninstrumenten. Dieser Frau mußte jemand großen Kummer zugefügt haben, über den sie beim Singen einfach nicht hinwegkam, so daß sie ihn immer wieder beschwor. War es ernste Musik oder so etwas wie arabischer Pop? Rätsel. Paulina mußte vor sich selbst zugeben, nichts davon zu verstehen und ebensowenig zu wissen, ob es da etwas zu verstehen gab.

Sie versuchte herauszufinden, ob auch die Wörter immer dieselben blieben. Nicht einmal das gelang ihr. Unvorstellbar, daß jemals ein Europäer die arabische Sprache durch bloßes Zuhören gelernt haben könnte. Trotzdem mußte das mindestens einmal geschehen sein, als es noch keine Lehrbücher gab.

Sie erinnerte sich an eine Geschichte, die sie als Kind gelesen hatte und die im siebzehnten Jahrhundert spielte. Es ging um einen holländischen Matrosen, den algerische Piraten gefangengenommen hatten. Dieser hatte es nach einem halben Jahr, nur indem er die Ohren spitzte, im Arabischen so weit gebracht, daß er die Gespräche seiner Bewacher belauschen konnte. Das nützte ihm sehr, denn irgendwann gelang ihm dadurch die Flucht.

Eine schöne Geschichte. Vielleicht war das alles gar nicht passiert. Oder vielleicht hatte dieser Seemann eine außerordentliche Sprachbegabung. Sie selbst sprach doch ein ganz passables Französisch, besser als andere, die es nur in der Schule gelernt und nicht die Sommerferien meist in Frankreich verbracht und mit französischen Kindern gespielt hatten. Aber sogar sie konnte manche Franzosen nur schlecht verstehen, vor allem, wenn jemand das Wort nicht speziell an sie richtete.

Und dann Arabisch lernen, ohne jede Hilfe, nur, indem man in einem Kerker angekettet auf Stroh liegt und genau hinhört, was um einen herum gesprochen wird? Das schien ihr äußerst unwahrscheinlich. Manche Menschen hatten es offenbar im kleinen Finger, während andere manche Dinge nie im Leben schaffen würden. Mit dem Sprachenlernen war es vielleicht ähnlich wie mit der Mathematik. In jeder Klasse gab es einen Schüler, der die schwierigsten Aufgaben in Sekundenschnelle lösen konnte – und die anderen mühten sich einen ganzen Abend damit ab, und auch das manchmal vergebens. Hatte man erst die Lösung eines Problems gefunden, kam sie einem meist so einfach vor, daß man sich schämte, so viel Zeit dafür gebraucht zu haben. Aber all die vorangegangenen Stunden voller falscher Gedanken schienen notwendig gewesen zu sein, um auf den richtigen Gedanken zu kommen, wenn man keine besondere mathematische Begabung hatte – sonst wäre einem der Lösungsweg sofort eingefallen.

Das Erlernen von Sprachen konnte man damit doch nicht vergleichen, dachte sie. Benötigte man dafür nicht ein ganz anderes Talent? Es hing natürlich mit dem Gedächtnis zusammen und mit der Feinheit des Gehörs. Das war noch nicht alles. Vielleicht hatte der Matrose angefangen, ein paar aufgeschnappte Wörter laut zu wiederholen, wie ein Papagei. Vielleicht hatten seine Bewacher das amüsant gefunden und ihm ein wenig geholfen, indem sie ihm in Zeichensprache erklärten, was diese Wörter bedeuteten. Aber was war mit den Deklinationen und Konjugationen? Wie kam man dahinter, wenn man es nur mit Menschen zu tun hatte, die die Grammatik einer Sprache eher unbewußt anwendeten? So sprechen ja die meisten, wenn nicht alle Menschen ihre Muttersprache, sogar, wenn sie eine höhere Schule besucht haben.

Ob das Arabische Deklinationen und Konjugationen besaß? Oder war es fast ebenso einfach wie Englisch? Wer weiß …

Laut versuchte sie zu wiederholen, was die Sängerin sang, aber dann war die Musik plötzlich verstummt. Paulina hörte nur noch lautes Reden und Lachen. Das dauerte nicht lange. Die Musik begann von neuem. Genau dieselbe Musik. Sie hatten offenbar nur das Band zurückgespult.

Und wieder dachte sie an den Matrosen in dem algerischen Kerker. Auf Stroh. Das mußte noch schlimmer gekratzt haben als ihre Decke. Na komm, nicht klagen. Morgen, am Sonntag, würde sie die zwei schlimmsten Unannehmlichkeiten noch ertragen müssen. Am Montag würde sie alles in Ordnung bringen können: Bettlaken kaufen, ein Schloß an der Tür anbringen lassen. Wenn sie das ihrem Vater erzählte, wäre er sicher empört, daß Madame Pauchard nicht dafür gesorgt hatte. Aber wenn man berücksichtigte, wie teuer die Zimmer in Paris waren und daß sie dieses hier umsonst bekam, dazu noch ein Taschengeld, für das sie, wie sie glaubte, nur wenig zu tun brauchte, konnte man damit zufrieden sein.

Unerklärlich war es, daß arabische Musik ihr so fremd geblieben war und daß sie erst jetzt darüber nachdachte. Wie klein hatten Flugzeuge, billige Urlaubsreisen und nicht zu vergessen das Radio die Welt gemacht! Das wurde jedenfalls gesagt, das wurde immer behauptet. Und doch war Westeuropa unempfänglich geblieben für arabische Musik. Jeder hörte weiterhin seine eigene, die ihm von Kindheit an vertraut war. Und da hieß es, Musik kenne keine Grenzen? Keine Sprachbarriere kann Musik aufhalten … sollte man meinen … sollte man meinen … Man konnte lange grübeln – wo die Lösung zu suchen war, blieb ungewiß. Es mußte doch Bücher darüber geben? Sie würde sich informieren. In einer Bibliothek danach fragen.

Ob das Band, wenn es gleich wieder abgelaufen war, von neuem gespielt würde? Pfui, schäm dich, du merkst, daß du wütend wirst, und das darf nicht sein, das ist so spießig.

Wenn die Leute diese Musik nun schön finden, so schön, daß sie nicht genug davon bekommen können, mußt du ihnen das doch zugestehen?

Wie spät war es wohl?

Sie hatte ihre Armbanduhr noch um, aber um nachzuschauen, müßte sie aufstehen und das Licht anmachen. Das wollte sie nicht. Wahrscheinlich war es bereits nach zwölf, und das würde ihr das Recht geben, um Ruhe zu bitten. Wie sollte sie ihrer Bitte Nachdruck verleihen? Nicht mal völlig angezogen würde sie es wagen, auf den Dachboden zu gehen und an alle Türen zu klopfen, hinter denen nächtlicher Lärm ertönte – die arabischen Musikliebhaber waren nicht die einzigen.

Sie drehte sich auf die andere Seite. Notfalls könnte sie sich auch Ohrstöpsel kaufen. Sie war nun mal nicht in Vlissingen und hatte nicht das Sagen.

Oder? Ebensowenig wie in Agen (Lot-et-Garonne), wo das Sommerhaus ihrer Eltern stand und sie alle Nachbarn kannte. Und die Ladenbesitzer. Und jeden, der ihnen gern einen Gefallen tat, wenn sie etwas brauchten.

Obwohl der Lärm um einiges nachgelassen hatte und sie von der arabischen Musik nicht mehr in ihrem Schlaf gestört werden würde, hatte sie ihre Angst überwunden und das Zimmer verlassen, um den Dachboden näher zu erforschen. Sie trat in einen ziemlich schmalen Flur, von dem nach links und rechts kleine Zimmer abgingen. Das elektrische Licht brannte nicht. Irgendwie konnte noch genügend Tageslicht eindringen.

Wie war das möglich? Es war unerklärlich. Trotzdem strengte sie sich nicht besonders an, um es zu verstehen: So war es nun mal in Paris, wußte sie. Niemand, der schon länger dort lebte, wunderte sich darüber.

In all den Zimmern herrschte reges Leben, sie hörte Stimmen, die durcheinanderredeten, aber in gedämpftem Ton.

Am Ende des Flurs stand eine Tür offen. Dahinter begann, eine Stufe tiefer, ein anderer Flur. Paulina erkannte, daß sie den Dachboden des Nachbarhauses erreicht hatte, und als sie am Ende dieses Flurs wieder eine Tür sah, die halb offenstand, sagte sie sich: Ach, natürlich, alle Dachböden stehen miteinander in Verbindung, wahrscheinlich, damit man im Falle eines Brandes schnell flüchten kann.

Es war ein beruhigender Gedanke. Das Bedürfnis, beruhigt zu werden, hatte sie durchaus. Ihr entging nicht, daß der Dachboden, über den sie jetzt lief, noch viel ärmlicher war als der, auf dem sie wohnte. Die Dielen, schwarz vor Schmutz, gaben bei jedem Schritt nach. Breite Ritzen trennten die Bretter voneinander, die ungleichmäßig abgetreten und an manchen Stellen so dünn waren, daß man – das war deutlich zu sehen – unweigerlich hindurchfallen würde, wenn man den Fuß dorthin setzte.

Nicht nur die Fußböden waren furchtbar abgenutzt, auch die Türen zu den Zimmern waren ausnahmslos schwer beschädigt. Manche hatten Löcher – bizarre Flecken von blendendem Tageslicht –, die so groß waren, daß man die Hand hindurchstecken konnte. Andere waren mit Brettern vernagelt oder zumindest mit alten Zeitungen überklebt, jedoch vor so langer Zeit, daß sich der Klebstoff schon wieder löste.

Es nützte alles nichts: Manche Türen hingen schief in den Rahmen, nur noch an einer einzigen, verbogenen Angel. Hier wohnte kein Mensch mehr, was auch erklärte, warum Paulina nirgends ein Treppenhaus sah oder die oberen Stufen einer Treppe. All diese Zimmer waren leer! Wenn ihr die Nachbarn und deren Geräusche zu sehr auf die Nerven gingen, könnte sie notfalls hier irgendwo einziehen, um ungestört zu sein.

Gerade als sie sich das überlegt hatte, hörte sie ein Gemurmel oder leises Ächzen. Sie blickte zur Seite in ein Zimmer, das überhaupt keine Tür mehr hatte, und sah dort eine Frau auf dem Boden kauern. Was für Kleider sie trug, war nicht festzustellen. Um ihren Körper waren zahlreiche Tücher geschlungen, die meisten zerrissen, aber doch größtenteils mit langen Wollfransen versehen. Aus dieser Pyramide von Lumpen schauten ihre völlig verschlissenen Schuhe hervor und ihr Kopf, aber auch der war mit Tüchern oder Schals umwickelt, die nur die Hälfte ihrer Stirn und die Augen frei ließen. Die Augen waren schwer zu erkennen, ebenso hellbraun wie die Haut und fast ohne Weiß. Auf die Stirn war ein geheimnisvolles Zeichen tätowiert. In ihrem Schoß schlief ein nacktes Kind, ein etwa zweijähriger Junge, den Daumen im Mund.

Dieses Zimmer hatte teilweise kein Dach mehr, nicht mal eine Außenwand.

Das geschlossene Fenster, seltsamerweise unbeschädigt, stand da wie ein gläserner Grabstein. Das Licht blendete Paulina. Dennoch spürte sie, daß die Frau sie anschaute und daß die unverständlichen Worte, die sie murmelte, für sie bestimmt waren.

Dann hörte sie, daß an eine Tür geklopft wurde, und zu ihrem Erstaunen dachte sie: Ich muß die Augen aufmachen.

Sie war wieder in ihrem eigenen Zimmer, und durch den geschlossenen Vorhang fiel dämmriges Licht. Noch einmal klopfte es, und nach einer Weile von neuem. Zwischendurch hörte sie das leise Knattern des Stromzählers, das vor der vermutlich wachsenden Ungeduld desjenigen, der vergebens klopfte, zu warnen schien.

»Wer ist da?« fragte sie schließlich, auch wenn ihr sofort klar war, um wen es sich handeln mußte.

»Ich bin's.«

Die Tür öffnete sich einen Spalt, aber der Mann dahinter zog sie wieder zu, als er den Widerstand von Paulinas halb davorgeschobenem Koffer bemerkte.

»Dein Freund von gestern abend«, sagte er, »ich möchte dich kurz sprechen.«

»Moment bitte.«

Paulina stand auf und zog ihren Morgenmantel an. Wenn sie nicht öffnete, würde das so einen feindseligen Eindruck machen. Sie mußte doch dafür sorgen, daß sie mit ihren Mitbewohnern vom Dachboden keinen Streit bekam. Entschlossen schob sie den Koffer beiseite.

»Siehst du? Ich!«

Er lachte, der hünenhafte Schwarze, dem sie am Abend vorher auf der Treppe begegnet war. Trotzdem war er bestimmt noch einen halben Kopf kleiner als sie. Er trug nur eine knappe, eng sitzende Unterhose – vielleicht war es auch eine Badehose – aus glänzendem lila Stoff. Sein dicker Bauch wölbte sich weit darüber. Der Nabel war so schwarz und tief wie ein Abflußloch. Die Hose saß stramm auf den Hüften, war vorn jedoch so ausgebeutelt, als hätte er zwei bis drei große Kartoffeln darin versteckt. Der schmutzigweiße Gips um sein linkes Bein war über und über mit arabischen Schriftzeichen bedeckt, die mit blauem und rotem Filzstift geschrieben waren. Seinen Stock hielt er in der linken Hand, mit der rechten suchte er am Türpfosten Halt. Auf dem Kopf trug er dasselbe Käppchen wie am Vortag. An seinem linken Arm glänzte eine riesige, goldfarbene Uhr.

»Darf ich eintreten?« fragte er ironisch, als sei das eigentlich selbstverständlich.

Vom Flur hinter ihm war Gekicher und gedämpftes Reden zu hören; dort mußten Leute stehen, die gespannt warteten, wie das Unternehmen ablaufen würde.

»Ich hab dich gestern abend vor dem widerlichen Russen gerettet«, kam er gleich zur Sache, »wie gedenkst du dich zu revanchieren?«

»Revanchieren?« wiederholte Paulina, die letzte Silbe fast flüsternd, denn sie hatte hinzufügen wollen: Wie meinen Sie denn das? Rechtzeitig überlegte sie, es lieber nicht wissen zu wollen. Eigentlich hatte sie auch keine Angst vor ihm.

»Ich bin Ihnen ungeheuer dankbar. Wenn ich mal wieder in Holland bin, ich bin Holländerin, bringe ich Ihnen etwas

Schönes mit, eine kleine Aufmerksamkeit, um Ihnen eine Freude zu machen, aber im Moment habe ich so etwas nicht. Eine lange Pfeife, oder ein paar bemalte Porzellan-Holzschuhe vielleicht. Würde Ihnen das gefallen?«

Er brach in Gelächter aus.

»Also wirklich, da steh ich drauf! Das würde mir *schrecklich* gefallen!«

»Abgemacht. Sie haben doch nichts dagegen, daß ich mich jetzt erst einmal anziehe? Danach reden wir weiter.«

Sie schloß die Tür und schob den Koffer wieder davor, ging zum Waschbecken und ließ Wasser einlaufen. Kaltes Wasser. Sie konnte den Warmwasserhahn noch so weit aufdrehen, es kamen nur ein paar Tropfen, und die waren nicht einmal warm.

Im Flur blieb es laut, aber sie gab sich kaum Mühe, zu verstehen, was gesprochen wurde. Sie hatte auch keine Angst. Eigentlich wurde sie nie von Männern belästigt, und da sie von Natur aus optimistisch war, weigerte sie sich zu glauben, daß sie vor allem wegen ihrer außergewöhnlichen Größe in Ruhe gelassen wurde.

Die Männer waren nur halb so schlimm. All diese Geschichten waren stark übertrieben. Hätte jemand sie gefragt, ob sie das tatsächlich glaubte, tief im Innern, oder ob sie es sich nur einredete, um den Mut nicht zu verlieren, hätte sie, denn sie war sehr ehrlich, vielleicht ein wenig geschwankt. Aber niemand hatte sie zu diesem Thema jemals ernsthaft befragt.

Sie zog sich an, ging die Treppen hinunter und verließ das Haus.

11

Was für ein Zufall! Am Eingang des Louvre begegnete sie einer ehemaligen Klassenkameradin aus dem Gymnasium. Ada Langmuur. Enge Freundinnen waren sie nie gewesen, sonst hätte Paulina natürlich gewußt, daß Ada auch in Paris lebte. Trotzdem waren sie froh, wieder einmal miteinander reden zu können.

»Sonntags kostet es im Louvre keinen Eintritt«, sagte Paulina zu Ada, die schon ihr Portemonnaie zückte.

»Bist du dir sicher? Das ist ja prima.«

Tatsächlich saß niemand an der Kasse, und in einem dichten Menschenstrom schlenderten sie zu dem Saal mit der Venus von Milo.

Nein, Ada hatte nicht vor, lange in Paris zu bleiben. Sie war für zwei Wochen bei einem Bruder in Vaucresson zu Gast.

»Wie schön für dich, daß du hier ein Jahr studieren kannst«, bemerkte Ada, »ich weiß immer noch nicht genau, was ich machen werde. Vielleicht ja überhaupt nichts.«

Es gäbe kein einziges Studienfach, zu dem Ada sich berufen fühlte. Am liebsten würde sie etwas Praktisches arbeiten, bei einem Innenarchitekten vielleicht, oder in einem Hotel.

Paulina wußte, daß Adas Eltern ein Studium im Ausland sehr gut finanzieren konnten, denn sie waren viel vermögender als ihre.

»Ich beneide dich«, erklärte Ada, »daß du so genau weißt, was du willst. Macht es Spaß, Au-pair-Mädchen zu sein?«

»Ich hoffe, daß es Spaß machen wird. Es hängt natürlich davon ab, ob man bei netten Leuten untergekommen ist. Ich weiß noch nicht so recht, was ich von diesen Rechtsanwälten halten soll, bei denen ich wohne, aber sie scheinen ganz in Ordnung zu sein. Ich bin erst gestern zu ihnen gekommen, und sie sind gleich in ihr Wochenendhaus gefahren.«

»Du wohnst dort also ganz allein?«

»Ja, aber nicht in ihrer Wohnung. Sie haben mir eine Dachkammer gegeben, die erreiche ich über den Dienstboteneingang.«

»Aber dann hast du dort auch mit niemandem zu tun. Das ist ein Vorteil.«

»Na ja … Der Dachboden ist gerammelt voll mit Arabern und Afrikanern. Heute morgen hatte ich schon fast einen Verehrer. Er klopfte in Unterhose an meine Tür.«

»Paris ist also echt eine Stadt für dich.«

»Ich kann meine Tür nicht abschließen, der Schlüssel ist weg.«

»Ich würde verrückt vor Angst.«

»Ich hab einfach zu dem Mann gesagt: Sehr freundlich von Ihnen, daß Sie mich besuchen, aber ich darf mich sicher erst mal anziehen?«

»Anziehen …«, sagte Ada und zog die Nase kraus, »du hast ihm die Worte aus dem Mund genommen.«

»Anziehen, habe ich gesagt, ganz einfach. Und ich hab ihm die Tür vor der Nase zugeschlagen. Im Flur standen seine Freunde und beobachteten, wie es ausgehen würde. Einer rief: Anziehen? Das ist die verkehrte Welt! Das Mädchen muß noch eine Menge lernen.«

»Das war zu erwarten. Und dann?«

»Ich hab meinen Koffer wieder vor die Tür geschoben und mich in Ruhe angezogen. Als ich in den Flur ging, hatte er sich inzwischen auch etwas angezogen, eine Art Talar. Ich geh mal schnell Brot holen, hab ich gerufen, ich bin gleich wieder da. Und niemand hat mich aufgehalten.«

»Schauderhaft.«

Während sie weiter durch das Museum schlenderten, unterhielten sich die Freundinnen angeregt. Paulina entdeckte, daß Ada eigentlich viel netter war, als sie in der Schule jemals gedacht hatte.

»Schade, daß du heute abend schon wieder zurück mußt«, sagte Paulina, »sonst könnten wir uns ab und zu gegenseitig aufmuntern.«

»Ich bin ja nicht zum letztenmal in Paris, ich besuche meinen Bruder öfter.«

Paulina hoffte, daß Ada ihr die Adresse des Bruders geben würde. Sollte sie in Not geraten, wäre es sehr praktisch, wenn sie jemanden anrufen könnte, denn sie kannte ja niemanden weit und breit. Aber sie traute sich nicht, nach der Adresse zu fragen.

Gegen ein Uhr verließen sie das Museum, und Ada kündigte an, daß sie um halb zwei irgendwo sein müsse. Wo genau, verschwieg sie. Daß es ein Vorwand war, um sich nun rasch und ohne große Umstände von Paulina zu verabschieden, war offenkundig.

»Ja, dann auf Wiedersehen. Wie schön, daß wir uns hier getroffen haben.«

»Ja, hoffentlich bis bald! Alles Gute!«

Keine Adresse des Bruders. Ach, diese Ada. Sie kam aus einer reichen Familie. Solche Leute rümpften vielleicht die Nase über die Tochter eines städtischen Beamten. Der Zufall bietet selten angenehme Überraschungen. Und wenn es gelegentlich einmal anders aussieht, bringt eine nähere Betrachtung ans Licht, daß der Anschein trügt. Nein, nett gab sich Ada durchaus, aber im Grunde war sie es nicht. Es hatte schon seine Gründe, daß sie in der Schule nie dicke Freundinnen gewesen waren. Ada war eine knallharte Person, die sich für andere Menschen nicht interessierte, aber beflissen dafür sorgte, daß niemand einen Grund hatte, ihr das vorzuwerfen. Darum legte sie, wenn sie Bekannten über den Weg lief, die nicht zu ihren Kreisen gehörten, eine eingespielte Herzlichkeit an den Tag.

Nachdenklich schaute Paulina ihr hinterher, die Spitze des linken Daumens zwischen den Lippen.

Ada … wie sie sich noch umdrehte, um Paulina ausgiebig zu winken, sogar als sie bereits dicht am Arc de Triomphe du Carrousel war! Das machst du jetzt doch nur, Ada, weil du mich vorher so deutlich hast spüren lassen, daß du auf meine weitere Gesellschaft gut verzichten kannst.

War es Einbildung? Oder hatte sie wirklich eine Träne im Auge? Wieder einmal hatte man sie spüren lassen, daß sie, durch ihre Größe über jedermann hinausragend, für jedermann unerreichbar war. Vielleicht hatte Ada es gar nicht böse gemeint; vielleicht … Es war nicht Adas, sondern ihre eigene Schuld. Sie hätte rechtzeitig aufhören müssen zu wachsen. Das war nicht geschehen, obwohl sie mit fünfzehn schon manchmal wegen ihrer Größe gehänselt wurde. Je größer sie geworden war, um so bekümmerter wurde ihre Miene. Kind, mach doch nicht so ein trauriges Gesicht, was fehlt dir? Sogar ihre Eltern fragten das von Zeit zu Zeit, scheinheilig. Mir fehlt nichts, erwiderte sie ebenso scheinheilig. Sie hatte sich angewöhnt, gebückt zu gehen, aber das hatte ihre Größe kaum vermindert und sie auch nicht zugänglicher gemacht. Seit ihre weiblichen Rundungen sich voll entwickelt hatten, ging sie allerdings wieder kerzengerade, beeindruckender denn je, eine Diana, aber noch genauso unzugänglich wie vorher. Sie trug möglichst flache Schuhe. Der Effekt war vor allem, daß ihre Füße noch größer schienen, als sie (wenn auch im vollkommen richtigen Verhältnis zu den übrigen Körpermaßen) ohnehin waren.

Und es gab niemanden, wirklich niemanden, mit dem sie ernsthaft über ihr Schicksal hätte reden können. Ein häßliches Muttermal kann man entfernen lassen. Jemand, der stottert, kann Sprachunterricht nehmen. Schielen läßt sich auf operativem Weg korrigieren. In einer amerikanischen Zeitschrift hatte sie einmal etwas über einen Arzt gelesen, der außergewöhnlich große Menschen kleiner machte, indem er ein Stück aus ihren Oberschenkelknochen entfernte, aber schon beim Gedanken daran schauderte sie.

Wenn sie sich nackt im Spiegel betrachtete, wußte sie, daß sie vollkommen war – wenn auch in großem Maßstab.

Sich verunstalten lassen, nur um nicht größer als alle anderen zu sein? Was würde das nützen? Man hatte die Wahl, entstellt zu sein oder zu groß. Das einzige Paradies, nach dem sie sich sehnen konnte, war ein Land von Riesen. Sie schaute auf den Triumphbogen an der Place de l'Etoile. Ein nutzloses Tor, das zu nichts Eintritt gewährte, oder genauer: nur zu einem Gebiet, in das man auch gelangen konnte, indem man nicht durch das Tor ging, sondern außen herum. Ein Tor in einer nicht existierenden Mauer ist wie ein Schloß ohne Tür. Dieses Tor war so hoch, daß Riesinnen, die sie um ein Vielfaches überragten, ohne den Kopf zu neigen, darunter stehen konnten. Ein Tor zu nichts und für niemanden, in keiner Weise geeignet, ihr ein Gefühl des Triumphs zu verschaffen oder ihr den Gedanken einzugeben, es sei nur für sie errichtet worden. Wenn sie sich darunterstellte, würde sie, sogar sie, auch nur eine Zwergin sein. Ein Tor, erbaut, um die Menschheit daran zu erinnern, daß sie niemals so groß werden würde, wie sie es sich erhoffte.

»S'il vous plaît, s'il vous plaît, Mademoiselle«, sagte eine leise, melodische Stimme in Höhe ihrer Brust.

Mit einem Schreck erwachte sie aus ihren Träumereien und senkte den Blick.

Vor ihr stand ein kleiner Asiat mit einem auseinandergefalteten Stadtplan in der Hand.

»Mademoiselle«, fragte er, »der Eiffelturm ... Wissen Sie, wo der Eiffelturm steht?«

Sie zeigte es ihm, auf dem Plan und in der Realität.

»Das da ist der Eiffelturm!«

»Ach, wie konnte ich so dumm sein! Unglaublich, wie man sich irren kann. Natürlich, da ist ja der Eiffelturm!« Und auch er zeigte auf den Turm in der Ferne.

So kamen sie ins Gespräch. Er fragte, ob er sie zu einer Tasse Kaffee einladen dürfe.

»Nein, danke, ich habe keinen Durst. Und außerdem gibt es hier in der Gegend keine Cafés.«

Er redete weiter auf sie ein. Erzählte, daß er aus Japan käme.

»Aus Japan? Und dort haben sie so gut Französisch gelernt?«

Lachend gab er zu, daß er schon seit Jahren in Paris lebte. Mit dem auseinandergefalteten Stadtplan in der Hand nach dem Eiffelturm zu fragen sei ein Trick, um ein Gespräch mit Frauen anzuknüpfen, die ihn faszinierten. Er gestand es offen ein, er wollte kein Geheimnis daraus machen.

»Und jetzt habe ich Ihnen fast alles über mich erzählt. Darf ich nun auch etwas über Sie erfahren? Ich glaube nicht, daß Sie Französin sind. Vielleicht Schwedin?«

»Nein, Holländerin.«

»Oh, oh, oh«, rief er, »eine Holländerin! Das ist phantastisch! Die sind eßbar. Oder wußten Sie das etwa nicht?«

»Ich weiß nicht, wovon Sie reden.«

»Haben Sie das damals nicht in der Zeitung gelesen? Ein Landsmann von mir hat sich hier, in dieser Stadt, in ein Mädchen aus Holland verliebt. Er hat sie auf sein Zimmer mitgenommen. Er hat sie aufgegessen. Nicht alles an einem Tag. Was er am ersten Tag nicht geschafft hat, hat er in einem Kühlschrank bis zum nächsten Tag aufgehoben.«

Paulina hatte diese Geschichte noch nie gehört und fühlte sich verschaukelt.

»Jetzt hören Sie mal zu«, sagte sie streng, »wenn Sie mich essen möchten, haben Sie mindestens ein halbes Jahr zu tun. Die Gefahr, daß die Nachbarn und die Polizei dahinterkommen, scheint mir groß. Ich rate Ihnen deshalb, es gar nicht erst zu versuchen. Und jetzt gehen Sie in diese Richtung, zum Eiffelturm, was Sie ja auch wollten. Und ich gehe in die andere Richtung, denn da muß ich zufällig hin.«

Ohne seine Antwort abzuwarten, ging sie mit großen Schritten davon.

»Ich kauf mir erst noch einen zweiten Kühlschrank, bevor ich Sie schlachte!« rief er ihr nach.

Ohne zu rennen würde er nicht Schritt halten können. Aber als sie sich ein paar Minuten später umschaute, ob er ihr vielleicht gefolgt war, sah sie ihn bereits nirgends mehr.

12

Es war schon ziemlich spät, als sie am Abend in die Rue Verniquet zurückkehrte.

Sie hatte ihre Lektion gelernt und ging direkt zum Dienstboteneingang an der Rue Alfred Roll.

Den Knopf fürs Treppenlicht fand sie mühelos, und die Concierge öffnete nicht einmal ihre Luke, um nachzuschauen, wer das Haus betrat. Außerdem wußte Paulina nun, daß neben den Türen, die zum Treppenhaus führten, zwei Knöpfe übereinander angebracht waren und der untere der richtige war. So gelangte sie denn auch in die siebte Etage, ohne jemanden unnötigerweise aufzuschrecken. Die anderen Bewohner machten ebenfalls keinen Lärm, und sie hörte auch keine Musik.

Ich hoffe das Beste, dachte sie. Bevor ich gegangen bin, habe ich beide Koffer abgeschlossen. Aber Diebe hätten den ganzen Tag ausreichend Gelegenheit gehabt, sie aufzubrechen. Oder sie einfach ungehindert wegzuschleppen.

Na, na! Was waren das für kindische Ängste! Was sollten Diebe mit ihren Koffern anfangen? Sie enthielten nichts von besonderem Wert, nur Bücher, Schreibpapier, Toilettensachen. Auch Unterwäsche und Bekleidung. In Übergrößen, aber das konnte ein Einbrecher nicht wissen.

Als sie vor ihrer Zimmertür stand, ging das Flurlicht aus. Sie machte sich nicht die Mühe, zurückzugehen und wieder auf den Knopf zu drücken, sondern öffnete die Tür und trat einen Schritt ins Zimmer, weil sie annahm, den Schalter neben dem Waschbecken auch im Dunkeln mühelos finden zu können. Dann fiel ihr Blick auf einen kleinen, leuchtenden Kreis, der ungefähr über der Mitte ihres Bettes zu schweben schien. Mit vor Schreck geöffnetem Mund beugte sie sich vor, zu diesem grünen Licht, und ja, sie sah es gut, es war das leuchtende Zifferblatt einer großen Armbanduhr. Die Zeiger standen auf Viertel nach elf, und sie hörte den Atem eines schlafenden Mannes. In ihrem Bett lag der hünenhafte Schwarze, mit der Armbanduhr am Handgelenk und der Hand wahrscheinlich auf dem dicken Bauch.

Starker Weindunst, mit Knoblauch gewürzt, entströmte ihm mit jedem Atemzug.

Ihn aufwecken?

Sie traute sich nicht.

Und wozu auch? Wie sollte sie diesen Mann, der so dreist gewesen war, in ihr Zimmer einzudringen und sich in ihr Bett zu legen, dazu bewegen können, wieder aufzustehen und sich fortzuscheren? Ohne sich zu sträuben … ohne zu versuchen … Was? Genaueres wagte sie sich nicht einmal vorzustellen. Mit vor Anstrengung offenem Mund richtete sie sich auf, als fürchte sie, ihr Rücken könnte knarren, ging auf Zehenspitzen zwei Schritte rückwärts, zum Glück, ohne irgendwo anzustoßen, stand wieder im Flur, zog die Tür, so leise es ging, zu, fand die Treppe und eilte mit schlotternden Knien hinunter.

Sie nahm die Metro an der Place Pereire. Wieder in der Rue de Seine, war in dem kleinen Hotel noch ein Zimmer frei, aber weil sie kein Gepäck bei sich hatte, mußte sie im voraus bezahlen.

13

Am nächsten Morgen kam sie um fünf vor sieben in die Rue Verniquet zurück. Sah sie richtig? Stand da nicht das Auto der Pauchards, fast direkt vor der Haustür?

Wenn sie sich nicht irrte, waren sie demnach zurückgekommen. Paulina fühlte sich erleichtert. Sollte es tatsächlich ihr Auto sein, waren sie aller Wahrscheinlichkeit nach auch schon gestern abend wieder aus ihrem Sommerhaus zurück gewesen. Hätte sie dann nicht, statt in das kleine Hotel in der Rue de Seine zu flüchten, viel besser Hilfe bei den Pauchards suchen können? Die Situation erklären, protestieren. Waren die Leute nicht dazu verpflichtet, ihr eine Unterkunft zu verschaffen, und mußten sie nicht dafür sorgen, daß bei ihrer Heimkehr kein Mann in ihrem Bett lag?

Diesmal benutzte sie den Haupteingang. Die Concierge blieb hinter ihrer geschlossenen Tür, an der sich nicht mal eine Gardine bewegte. Es gab kein Anzeichen, daß jemand Paulinas Eintreffen bemerkt hätte.

Im Fahrstuhl zog Paulina ihren letzten Gedanken wieder in Zweifel. Sie fand nun, daß es ganz vernünftig gewesen war, in das Hotel zurückzukehren, statt sofort bei den Pauchards anzuklopfen mit einer Geschichte, die nur Gelächter hervorrufen konnte. Vielleicht hätten sie ihr nicht geglaubt. Hätten gesagt, oder sagen können: Ein Mann in deinem Bett? Daran wirst du wohl selber schuld sein. Jetzt sieh auch zu, wie du ihn wieder rauskriegst, wenn er keinen Platz für dich machen will! Nein, so was. Mach dich nicht lächerlich!

Und was dann? Kaum irgendwo als Au-pair-Mädchen aufgenommen, und gleich Scherereien machen?

Der Fahrstuhl stoppte in der vierten Etage, und Paulina stieg aus.

Sie klingelte und postierte sich in einem Meter Abstand vor der Flügeltür. Sie kannte die französischen Gewohnheiten gut genug, um zu wissen, daß man sie, bevor jemand öffnete, durch das kleine, mit Messing eingefaßte Loch betrachten würde, das auf durchschnittlicher französischer Augenhöhe über dem Sicherheitsschloß angebracht war. Derjenige, der auf ihr Klingeln kam, würde sofort sehen, daß sie dort stand, sie, wie verabredet, pünktlich um sieben.

Niemand kam. Trotzdem hatte sie die Klingel deutlich gehört; das Geräusch schallte durch die lichte Stille des reich verzierten, weiträumigen Treppenhauses. Glänzende Messingstangen spannten persische Läufer über die Treppenstufen.

Was tun? Noch einmal klingeln?

Doch dann hörte sie die klickenden Geräusche eines Schlosses, das geöffnet wurde, und einer der Türflügel schwang nach innen auf.

»Ach! Da bist du ja schon!«

Es war die Stimme von Madame Pauchard. Paulina konnte die Anwältin, die sich hinter der aufgezogenen Tür versteckte, nicht sehen.

»Ja, ich bin's. Guten Morgen, Madame.« Und sie trat ein.

Madame Pauchard schloß die Tür. Sie war splitternackt und hielt ein Handtuch in der Linken, ohne auch nur ansatzweise den Versuch zu unternehmen, einen Teil ihres Körpers damit zu bedecken. Ihre Haare, obgleich sie so lang und nun nicht zu einem Zopf geflochten waren, verhüllten ebensowenig ihre Gestalt. Die Maße des Bikinis, den sie zu tragen pflegte, wenn sie ein Sonnenbad nahm, hätte man auf ihrer runzligen, rotbraun verbrannten Haut leicht abnehmen können.

Die Juristin redete ohne Punkt und Komma:

»Sei mir nicht böse, ich hatte dich fast schon wieder

vergessen. Du bist früh da, ich komme gerade aus dem Bad. Ich hab's schrecklich eilig, es ist schon später, als ich dachte. Ich muß auf Quiberon wohl etwas gegessen haben, was nicht in Ordnung war. Ich habe abscheulichen Durchfall, und das kostet alles Zeit! Das kostet wahnsinnig viel Zeit!«

Die geräumige, von oben bis unten mit Gobelin verkleidete Diele wurde von an den Wänden befestigten Kristallleuchtern erhellt.

In diese Diele führten viele Glastüren, die mit weißen Scheibengardinen bespannt waren. Einige davon standen offen. Paulina traute sich jedoch nicht, in die Zimmer zu schauen.

Während sie Madame Pauchard folgte, sah sie nur den Wasserfall von Haaren, der sich geräuschlos von links nach rechts und von rechts nach links bewegte, bei jedem Schritt der mageren, braunen, nackten Beine.

Am Ende der Diele war ein quer verlaufender Gang, viel schmaler und alles andere als aufwendig verziert.

Paulina ging in diesen Quergang, immer hinter Madame Pauchard, die zwei, drei stinkende Winde ließ und schließlich die Tür zu einem Raum öffnete, der sich als die Toilette erwies. Ohne die Tür zu schließen, klappte Madame die Brille des Porzellanthrons hinunter; kaum hatte Paulina begriffen, was nun folgen würde, trat sie einen Schritt beiseite, um nicht in den Raum hineinschauen zu müssen. Damit beabsichtigte sie, deutlich zu zeigen, daß sie nicht indiskret sein wollte.

»Wo bist du denn, Kindchen? Ich pflege nicht mit Leuten zu reden, die Verstecken spielen.«

Gehorsam postierte Paulina sich direkt gegenüber ihrer Gastgeberin, die sich mit knatternden Geräuschen erleichterte.

»O wie grauenvoll. Nimmt das denn nie ein Ende? Ist es denn die Möglichkeit? Nein, es ist unmöglich. Nun gut, du hast nichts damit zu schaffen. Paß mal auf. Wir sind gestern abend erst spät zurückgekommen, und ich habe keinen

Krümel mehr im Haus. Geh zum Bäcker und hol zwei Croissants und ... ja, was möchtest du denn für dich? Ein halbes Baguette? Zwieback für Hughes ist noch da. Und schau mal, ob du bei Félix Potin, gegenüber vom Bäcker, ein Päckchen Kaffee bekommst. Der hat bestimmt schon geöffnet. Würdest du das rasch für mich tun? Ich geb dir Geld. Oder nein, es ist immer noch nicht vorbei. Ich kann hier nicht weg. Ach, wie schrecklich. Als hätte ich einen Schlammvulkan im Bauch. Jetzt geh nur schnell. Das bißchen Geld kannst du mir doch sicher auslegen, oder? Mein Portemonnaie liegt im Schlafzimmer, und ich möchte nicht, daß du ins Schlafzimmer gehst, wenn mein Mann noch im Bett liegt. Der arme Schatz. Seine Phantasie versetzt ihn sowieso ständig in Unruhe. Er würde vollkommen durchdrehen, wenn er dich sieht. Er würde gar nichts mehr begreifen, wenn er dich ins Schlafzimmer kommen sähe. Oder besser gesagt, wenn er eine Frau ins Schlafzimmer kommen sieht, gibt es nur noch eine Sache, die er begreift. Zu begreifen glaubt, meine ich, der arme Idiot.

Nun gut, nur noch eins. Du gehst also zu dem Bäcker an der Ecke Rue Alphonse de Neuville und Avenue de Wagram. Er hat die besten Croissants. Du weißt doch sicher, wo das ist? Gegenüber von Félix Potin. O la! la! Du ahnst gar nicht, wie ich leide. Nein, warte noch kurz. Am liebsten würde ich wieder ins Bett gehen. Aber ich muß heute vormittag ein wichtiges Plädoyer halten. Was für ein Horror! Einfach gräßlich!«

Madame Pauchard zog ein Stück Papier aus dem Klorollenhalter, erhob sich halb, wischte sich damit den Hintern ab und betrachtete es aufmerksam.

»Es ist nichts als Wasser, was ich verliere. Nichts als Wasser! Aber es riecht anders! Mein Gott! Jetzt geh nur. Und bleib nicht zu lange weg. Heute geht alles schief. Oh, oh!«

Fast im Laufschritt eilte Paulina zur Wohnungstür. Erst als sie dort angekommen war, wagte sie es wieder, tief einzuatmen.

Die arme Madame Pauchard mußte wohl vor Bauchschmerzen irre geworden sein.

Eine schöne Anekdote für später, zu Hause, dachte Paulina, als sie in den Fahrstuhl stieg. Sie könnte es natürlich auch in einem Brief erzählen. Wenn der Brief aufgehoben würde, könnte sie noch auf ihre alten Tage darüber lachen.

14

Während sie über die Brücke ging, die den Graben mit der Bahntrasse mitten im Boulevard Peireire überspannte, fuhr unter ihr ein Zug mit zwei Wagen durch. Tiefgrüne, klobige Waggons, staubig und dadurch noch dunkler, als die Farbe ohnehin sein mußte. Und angetrieben von einem unsichtbaren Mechanismus, denn sie wurden nicht von einer Lokomotive gezogen. Es sah so aus, als hätte man diesen kurzen Zug in dem ausgetrockneten Graben vergessen, als sei er dort zurückgeblieben, während alle anderen Züge herausgedurft hatten. Ein Überbleibsel aus einem früheren Zeitalter. Aus Angst, daß man seine Nutzlosigkeit entdecken würde, fuhr er lieber halb versteckt in seinem Laufgraben hin und her, ohne jemals wieder Anschluß an das ganze Kontinente umspannende Schienennetz finden zu können. Paulina war richtig gerührt. Etwas so Seltsames konnte man nur in Paris entdecken. Durch solche Dinge wurden hier auch Alltagssorgen von allein märchenhaft und aufregend. Das waren Erscheinungen, die einen glücklich machten.

Und während sie durch die stille Rue Alphonse de Neuville ging, sagte sie sich: Die Frau ist verrückt! Vollkommen verrückt! Sich nackt auf die Toilette zu setzen, wenn jemand dabei ist!

Sie konnte das Lachen nicht unterdrücken. Aber, überlegte sie, viele Mädchen in ihrem Alter waren zum Beispiel Krankenschwester, oder sie verdienten sich ihr Geld in einem Pflegeheim. Was bekamen die nicht alles zu sehen und zu riechen? Könnte man diesen Empfang durch Madame Pauchard, egal, wie unappetitlich, nicht als Vertrauensbeweis auffassen? Als ein Zeichen, egal, wie grob, daß ich dazugehöre?

Das war es, so und nicht anders mußte diese Sache evaluiert werden. *Evaluiert*. Ein Begriff, der, wie ihr längst klargeworden war, dazu diente, allerlei Mißstände *in einem neuen Zusammenhang zu sehen*, so daß man *damit leben konnte,* vorausgesetzt, es handelte sich nicht um Mißstände im politisch rechten Spektrum; die Diktaturen in schwarzafrikanischen Ländern etwa ließen sich auf diese Art betrachten, nicht jedoch die Apartheid in Südafrika.

Ohne Mühe fand sie den Bäcker. Ein luxuriöser Laden. An der Decke hingen mehrere Kronleuchter aus perlmuttfarbenem venezianischem Glas, und es duftete verführerisch nach frischem Brot. So etwas gab es nur hier: morgens um Viertel nach sieben! Viele Kunden standen bereits an. Unvorstellbar, daß das niederländische Volk glücklich sein könnte. Das mußte, wenn montags die Arbeitswoche anfing, auf tagealtem Brot herumkauen, weil die Bäcker an Sonntagen nicht arbeiten durften. Paulina versank ins Grübeln über die Unterschiede zwischen ihrem kleinmütigen Vaterland und dieser Stadt, wo nicht nur die Sonne intensiver schien, sondern wo, auch wenn es neblig war, der Nebel trotzdem nicht sofort allen Leuten aufs Gemüt schlug, wie das zu Hause unweigerlich der Fall war. In allen niederländischen Romanen herrschten ständig grauer Nebel und Regenwetter. Hier nicht. Verständlich: Man brauchte nur auf die Straße zu gehen, und schon fühlte man sich so, als sei ein schöneres, inhaltsreicheres Leben zum Greifen nah, als könne es einem jeden Augenblick in den Schoß fallen. Ja, als ob es einem bereits in den Schoß gefallen wäre, auch wenn man, genauer betrachtet, gar nichts hatte.

Was sollte sie noch mal mitbringen? Zwei Croissants, und ein Baguette für sich? Warum nicht drei Croissants? Warum nicht auch ein Croissant für sie? Darauf hatte sie jetzt großen Appetit.

Als sie an der Reihe war, verlangte sie drei Croissants und ein Baguette.

»Darf es sonst noch etwas sein?«

»Nein, danke.«

Sie bezahlte mit einem Fünfzig-Franc-Schein und nahm die Croissants, das Baguette und das Wechselgeld entgegen.

In einer Hand die Tüte mit den Croissants, in der anderen das Baguette, verließ sie die Bäckerei.

Der Lebensmittelladen von Félix Potin an der Straßenecke gegenüber war noch geschlossen. Trotzdem ging sie hin: Vielleicht würde er in ein paar Minuten auch öffnen? Nein. Das würde erst um halb neun geschehen, las sie auf dem Zettel hinter der Tür, auf dem die Öffnungszeiten standen.

Paulina schaute sich um. Wo sollte sie jetzt Kaffee kaufen? Weit und breit war kein anderer Laden zu sehen. Allzu lange konnte sie nicht wegbleiben, denn die Pauchards warteten auf ihre Croissants. Und sie mußten ja pünktlich das Haus verlassen. Dann eben kein Kaffee. Wer könnte es ihr verübeln? Die Zeit drängte, und sie kannte sich in diesem Viertel noch nicht aus.

Viele Kunden des Bäckers begannen sofort zu essen, nachdem sie den Laden verlassen hatten. Die Verlockung war groß, ihr Croissant schon unterwegs zu verzehren, aber Paulina konnte sich beherrschen.

Froh, etwas zu einem guten Ende gebracht zu haben für die netten Menschen, die sie aufgenommen hatten, kehrte sie mit einem Lächeln auf den Lippen raschen Schrittes in die Rue Verniquet zurück.

Erst jetzt fiel ihr auf, daß es hier ein kleines Hotel gab, sozusagen direkt neben ihrer Haustür. *Hôtel Verniquet.* Mit so einem billigen Namen konnte es nicht teuer sein. Und tatsächlich, das neben dem Eingang angebrachte Schild des Touristenbüros, das Hotels in Kategorien einteilte, wies nur einen Stern auf.

Wenn ich besser aufgepaßt hätte, dachte sie, hätte ich gestern abend nicht bis nach Saint-Germain-des-Prés zurückfahren müssen. Das nächste Mal weiß ich es besser. *Das nächste Mal?*

Im Fahrstuhl überlegte sie, was sie tun sollte, damit es nicht noch einmal vorkam. Wie könnte sie verhindern, daß dieser Schwarze eine Gewohnheit daraus machte, sich in ihr Bett zu legen? Aber eigentlich müßte er inzwischen begriffen haben, daß sie auf seine Avancen keinen Wert legte. Bisher hatte sie noch jeden Mann, der sie nicht interessierte, auf Distanz halten können.

Ein junger Mann, dessen Annäherungsversuche ihr willkommen gewesen wären, war bislang allerdings auch noch nicht aufgetaucht.

Dieser Mann hatte sich in ihr Bett gelegt! Was sollte sie tun, damit andere auf dem Dachboden es nicht auch mal versuchten? Am besten, sie ginge so bald wie möglich zu einem Schlosser. Wie dumm: Sie hätte beim Bäcker fragen können, ob es in der Nähe vielleicht einen guten Schlosser gab. Daran hatte sie nicht gedacht. Aber vielleicht wußten die Pauchards jemanden, der zuverlässig war.

Mit einem kurzen, metallenen Knirschen hielt der Fahrstuhl an. Paulina stieß die Gittertüren auf, stieg aus und klingelte. Hinter ihr setzte der Lift seine Fahrt nach oben fort, als hätte ihr Klingeln den Mechanismus in Gang gebracht. Die Wohnungstür wurde geöffnet. Und wer stand da, splitternackt, und machte nicht einmal den Versuch, sich hinter der aufgehaltenen Tür zu verstecken? Der Mann, den sie am Samstagmorgen flüchtig unten im Vestibül gesehen hatte, mit dem riesigen Schnurrbart, der zwei dunkelbraunen Rauchfahnen gleich aus den Nasenlöchern zu strömen schien, und dem kahlen Kopf, der nach oben spitz zulief wie ein Zuckerhut.

Er entblößte ein Gebiß mit glänzenden Zähnen, stieß einen Freudenschrei aus und rief:

»Komm rein, Lorelei!«

Um Platz für sie zu machen, zog er einen Fuß zurück, behielt die Hand jedoch an der Tür.

Paulina trat in den frei gewordenen Raum. Trotzdem streifte er sie fast, als er die Tür hinter ihr zuschob, mit dem vom Hals bis zu den Füßen dicht mit dunklen Locken bedeckten Körper, der an den eines Gorillas erinnerte. Obwohl er kein Handtuch bei sich hatte, war deutlich, daß er gerade aus dem Bad kam. Er verbreitete einen durchdringenden Duft nach Lavendel.

»Endlich lernen wir uns auch mal kennen. Du heißt Pauline? Ich bin Maître Pauchard. Schön, schön. Nett, daß du uns eine Weile Gesellschaft leisten wirst. Soll ich dir das Brot abnehmen?«

Ohne eine Antwort abzuwarten, nahm er ihr das Brot aus der Hand.

»Ich geh mal vor in die Küche.«

Auch hinten war er stark behaart, mit wolligen Streifen zu beiden Seiten der Wirbelsäule, die nicht bewachsen war.

Seine Hüften waren breit, die Füße klein und die Schultern schmal.

Solche Gestalten kannte sie von – größtenteils vermutlich der Phantasie entsprungenen – Bildern, die den *Neandertaler* oder den *Homo pekinensis* darstellen sollten.

Dieser Urmensch trug in einer Hand das Baguette wie eine Keule und in der anderen die Tüte mit den Croissants, als habe er sie erbeutet. Ein Wilder, der sich in dieses kultivierte Ambiente mit den dicken Teppichen, den Gobelins und Kristallampen verirrt hatte. Sah es nicht so aus, als verkörpere er das Ende der Zivilisation? Vor lauter Beklommenheit brachte Paulina kein Wort heraus und folgte ihm gefügig. Auch er bog in den schmalen Seitengang ein, und auch er stieß, ungefähr an dessen Ende, eine Tür auf. Aber es war die Küchentür.

»Hier«, sagte er, wobei er das Brot auf einen Tisch legte, »in dieser großen Thermoskanne ist Kaffee, mehr als genug.«

»Ja, wissen Sie«, begann Paulina, »eigentlich wollte ich auch Kaffee kaufen, aber Félix Potin …«

»Peu importe ...«

Er stand ihr gegenüber, gelassen, als hätte er noch nie im Leben Kleider getragen, als sei Scham für ihn etwas völlig Unbekanntes, wie bei einem Tier.

Und trotzdem wagte Paulina es nicht, ihn anzuschauen. Die Folge war, daß ihr Blick kurz auf seinen sehr bescheidenen Penis fiel, der sich friedlich in der langen Wolle auf seinem Unterleib versteckte wie ein kleiner, noch federloser Vogel im Nest.

Erschrocken sah sie dem Mann nun doch in die Augen und berichtete tapfer, daß Félix Potin noch nicht offen gehabt hätte.

»Tatsächlich? Für mich hättest du dir die Mühe nicht zu machen brauchen.« Er hob die rote Thermoskanne aus Metall hoch. »In dieser Kanne bleibt der Kaffee zwei Tage lang warm, und sie ist noch halb voll von gestern.«

»Achille!«

Madame Pauchard kam herein, sie trug ein strenges, graues Kostüm. Einen Teil ihrer langen Haare, den sie mit der linken Hand vor sich hielt, kämmte sie mit einem glänzenden, schwarzen Kamm.

»Achille! Plauder dich hier nicht fest. Besprechungen mit dem Au-pair-Mädchen kannst du mir überlassen.«

»Gewiß, Schatz, wenn auch ungern.«

Er stellte die Thermoskanne ab, zwinkerte Paulina zu und verließ die Küche.

»Hast du den Bäcker gefunden«, fragte Madame Pauchard und deutete mit dem Kamm auf das Brot, »aber hatte ich nicht gesagt, ein halbes Baguette?«

»Pardon, Madame, daran kann ich mich nicht erinnern.«

»Dann hast du ein schlechtes Gedächtnis.«

Madame Pauchard öffnete die Tüte mit den Croissants, nahm einen Brotkorb und legte die Croissants hinein.

»Was sehe ich? Drei Croissants?«

Und ehe Paulina es hatte erklären können, fragte sie auch noch:

»Wieviel hast du ausgegeben?«

»Das weiß ich nicht genau. Ich habe mit einem Fünfzig-Franc-Schein bezahlt. Hier ist das Wechselgeld.«

Paulina griff in ihre Manteltasche, legte alle Münzen, die sie darin fand, auf den Tisch und sagte: »Wenn Sie mir einen Fünfzig-Franc-Schein geben, können Sie das hier behalten. Dann brauchen wir nichts auszurechnen.«

»Peu importe.«

Mit dem Zeigefinger begann Madame Pauchard das Kleingeld nachzuzählen, so genau, als sei es ihr eigenes Geld und Paulina hätte vielleicht etwas zurückbehalten.

»Ist das alles?«

»Ja, Madame, aber ich wollte Ihnen noch sagen, daß ich das dritte Croissant gern selbst bezahlen möchte.«

»Das wär ja auch noch schöner, wenn du etwas dagegen hättest. Aber trotzdem! Zehn, zwanzig, dreißig (sie schob drei schwere Kupfermünzen zu zehn Franc nacheinander beiseite) … mal schaun … ein Croissant kostet nicht mehr als zwei Franc dreißig. Kindchen, du hast dich übers Ohr hauen lassen. Paß in Zukunft besser auf, wieviel Wechselgeld du bekommst. Ich gebe dir das Geld für zwei Croissants und ein halbes Baguette wieder, aber natürlich nicht mehr als den Preis, den es eigentlich kostet. Also nicht das, was du dafür ausgegeben hast. Pardon, ich habe im Augenblick kein Kleingeld zur Hand. Eigentlich ist es auch besser, alles am Ende der Woche in einem abzurechnen.«

Sie wischte die Münzen zu einer Ecke des Tisches und von dort in ihre linke Hand, steckte diese in die Seitentasche ihrer Jacke und drehte sich zu einem Wandschrank um.

»Da drin sind Tassen und Teller, und die Milch ist im Kühlschrank. Butter auch. Gib auf jeden Teller einen Würfel Butter und leg das Croissant dazu. Mach die Milch in dem Topf dort warm. Warum hast du keinen Kaffee gekauft? Jetzt müssen wir uns mit dem Zaubertrank behelfen, den mein Mann schon gestern morgen in die Thermoskanne gegossen hat, für unterwegs. Du mußt noch eine Menge lernen. Nein, unterbrich mich nicht. Hör zu. Ich hab's schrecklich eilig. Hughes hat ebenfalls Durchfall, ich denke nicht, daß er zur Schule gehen kann. Wenn er nicht will, darfst du ihn auch nicht dazu zwingen. Wenn er sich weigert, seinen Zwieback zu essen, gehst du gleich los und holst ein frisches Paket. Alles klar?«

Paulina nickte. Daß Madame Pauchard, die bereits wieder zur Tür geeilt war, ohne eine Antwort abzuwarten, dieses Zeichen der Zustimmung wahrnehmen konnte, schien unwahrscheinlich.

Die Küche war ziemlich schmutzig, stellte Paulina fest. Unter der Decke hatte sich ein brauner Belag gebildet. Auf der fettig glänzenden Glühlampe, die in der Mitte an einem Kabel voller Flusen hing, waren schwarze Punkte. Wo schmutzige Hände die Kühlschranktür zu berühren pflegten, lag ein grauer Schatten auf dem weißen Email. Die Töpfe, die auf dem Gasherd erhitzt wurden, kochten offenbar ständig über, und der Stieltopf, in dem sie die Milch warm machen sollte, hatte eine harte Kruste. Erwartete man von ihr, daß sie die zuerst wegschrubbte?

»Pauline«, rief die Juristin vom Flur aus, »ist die Milch schon warm?«

Ohne zu antworten, machte Paulina den Kühlschrank auf, fand eine Tüte Milch und füllte den Stieltopf zur Hälfte.

Sie waren sehr zufrieden mit dem von ihr zubereiteten Kaffee. Monsieur Pauchard hatte inzwischen eine Jeans angezogen, einen roten Pullover und eine Lederweste, die er offen trug. Madame Pauchard trug den Zopf nun auf dem Rücken, wie ein Schulmädchen.

»Was übrig ist, kannst du alles trinken«, sagte sie großmütig zu Paulina, als sie, im Stehen, ihr Croissant hastig mit dem Kaffee hinuntergespült hatte.

»Wir müssen los. Hughes möchte keinen Kaffee. Er möchte gar nichts. Kümmer dich um ihn, er geht heute nicht in die Schule.«

15

Die Schritte der beiden hallten in dem schmalen Flur, wurden unhörbar auf dem Teppich der Diele. Paulina bekam nur noch mit, wie die Wohnungstür zugeschlagen wurde. Weg waren Gastgeber und Gastgeberin.

Weg. Und ich habe keinen Schlüssel, dachte sie. Wenn ich das Haus verlasse, komme ich nicht mehr hinein. Zum erstenmal bedauerte sie es, daß sie sich hatte überfahren lassen. Sie ließ sich schon die ganze Zeit das Wort abschneiden, aber allmählich wurde es denn doch zuviel. Zum Glück hatte sie heute keine anderen Pflichten, aber am nächsten Tag müßte sie zur Universität, um sich drei Vorlesungen anzuhören. Erwartete man von ihr, daß sie den ganzen Tag auf Hughes aufpaßte? Auf jeden Fall mußte sie heute abend um einen Schlüssel bitten. Das Getue wegen des Geldes war auch ärgerlich. Wieviel sie dabei eingebüßt hatte, wagte sie nicht nachzurechnen.

Sie ließ den Blick durch die trostlose Küche schweifen. Das Fenster war aus undurchsichtigem Wellglas, dessen Riffel ordinär funkelten. Aber ganz so undurchsichtig war es nicht, denn man konnte trotzdem erkennen, daß an der Außenseite Eisengitter waren.

Die Tür zur Dienstbotentreppe war gepanzert und nicht nur fest verriegelt, sondern besaß noch dazu drei Sicherheitsschlösser von einer Art, die sie in den Niederlanden nie gesehen hatte: Man konnte sie auch an der Innenseite der Tür nur mit einem Schlüssel öffnen. Diese Schlüssel waren nicht da. Es schien, als erwarte man von ihr, daß sie den ganzen Tag hierbleiben und einsehen würde, daß der Rest der Wohnung verbotenes Terrain für sie war. Über der

Tür zum Gang war eine ganze Sammlung elektrischer Klingeln und darunter eine flache Dose mit acht kleinen Fenstern in zwei Viererreihen. In dem Moment, als ihr Blick darauf fiel, läutete es, und in der unteren Reihe, zweites Feld von rechts, erschien die Nummer 7.

Hughes natürlich. Das Kind brauchte sie. Aber wo sollte sie es finden? Zimmer Nummer 7. Hing vielleicht irgendwo eine Liste mit einer näheren Erklärung dieser Nummern, oder ein Grundriß der Räume? Sie konnte nichts dergleichen entdecken.

Warum hatten diese übergeschnappten Nudisten nicht daran gedacht, daß sie heute zum erstenmal hier war? Warum waren sie nicht zehn Minuten eher aufgestanden? Dann hätten sie ihr das Haus zeigen können, erklären, wo sich das Schlafzimmer des Jungen befand und alles, was sie als Au-pair-Mädchen sonst noch wissen mußte. Na, dann mal los, mehr als acht Zimmer zählte die Wohnung offenbar nicht. Monsieur und Madame Pauchard waren moderne Menschen, die sie als ein mündiges Wesen betrachteten, das schon seinen Weg finden würde. Das war die Art, wie man deren Verhalten *evaluieren* mußte.

Nachdem sie sich auf diese Art Mut zugesprochen hatte, verließ sie die Küche. Sie trug noch immer ihren Regenmantel. Ohne nachzudenken hatte sie auch ihre Umhängetasche mitgenommen. Die Küchentür ließ sie offen. In dem schmalen Flur brannte nun kein Licht; nur am Ende, wo der Gang in die Diele mündete, war es nicht ganz so dunkel. Paulina schaute von links nach rechts und von rechts nach links, bis ihre Augen sich an das Dämmerlicht gewöhnt hatten. Die eine Wand des Ganges bestand fast nur aus Türen. Das mußten Schränke sein. Auf der anderen Seite, jener, an der auch die Küche lag, befanden sich Zimmertüren in ziemlich großem Abstand voneinander. Wie viele es waren, konnte Paulina nicht genau sehen. Und die Tür dort, wo der Gang endete, führte zur Toilette, das würde sie nicht so bald vergessen.

Als sie zur nächstgelegenen Zimmertür ging und sie aufstieß, hatte sie trotzdem das Gefühl, etwas Verbotenes zu tun. Im Raum standen ein Bett und ein Spiegelschrank, aber dieses Zimmer betrat man offenbar nur, um überflüssig gewordene Gegenstände loszuwerden. Paulina zählte nicht weniger als drei altmodische elektrische Öfchen, einen riesigen Fernsehapparat, dessen Bildschirm jedoch äußerst klein war, einen Stahlrohrstuhl ohne Sitzfläche, Zeitschriftenstapel, einen Staubsauger samt – teilweise aufgeplatztem – Schlauch. Das Bett war überhäuft mit alten Kleidern, Tüchern und Sammelmappen, aus denen Papier quoll.

Sie schloß die Tür wieder und öffnete die nächste. Logisch: das hier war Zimmer sieben, das vorige mußte acht gewesen sein.

»Kommst du endlich?« fragte der Junge.

»Bonjour. Bist du Hughes?«

Sie lächelte, so freundlich sie konnte, aber das fiel ihr nicht leicht. Hatte sie es sich wirklich richtig gemerkt, daß er dreizehn Jahre alt war? Einem Dreizehnjährigen von so gewaltigen Ausmaßen begegnete man nicht jeden Tag. Das war ihr bereits aufgefallen, als sie ihn flüchtig auf dem Rücksitz des Autos gesehen hatte, in dem orangefarbenen Pullover. Nun fiel ihr außerdem noch auf, daß er diesen Pullover auch im Bett trug. Das Laken und die Zudecke reichten ihm bis kurz über die Taille.

Er gab keine Antwort, bestätigte nicht, daß er Hughes hieß, nichts.

»Ich bin Pauline.«

Er schaute sie nur an, ohne zu lächeln. Sein dralles Gesicht schien durch eine gewaltige Ohrfeige für immer aus der Form geraten zu sein. Der Mund befand sich nicht direkt unter der Nase. Auf der niedrigen Stirn klebten matte braune Locken. War er vielleicht geistig gestört oder schwachsinnig? Er richtete die fast zugekniffenen Augen starr auf Paulina, und in ihrem Schreck fragte sie sich, ob es Sinn hätte, noch etwas zu sagen, ja sogar, ob er überhaupt richtig reden könne. Hatte sie es sich vielleicht nur eingebildet, daß er sie etwas gefragt hatte, als sie das Zimmer betrat?

Der Fußboden war mit Autos und mit den Waggons einer Spielzeugeisenbahn übersät. Auf einem Tisch standen gleich drei Fernsehapparate, und die Wand gegenüber dem Bett war von oben bis unten mit nackten Frauen aus *Playboy*, *Penthouse* und *Lui* beklebt.

Paulina ging ein paar Schritte in den Raum: vorsichtig, um nichts zu zertreten, setzte sie die Füße zwischen die Spielsachen. Nicht, weil sie auch nur das geringste Bedürfnis verspürt hätte, nähere Bekanntschaft mit dem Monster dort im Bett zu machen, sondern aus Pflichtbewußtsein. Neben dem Bett stand ein Nachttopf, halb voll mit den Produkten eines katastrophalen Stuhlgangs.

»Möchtest du etwas haben?« fragte sie.

»Ich möchte alles haben«, sagte er, »und ich kriege es auch, denn ich bin ein Genie. Bist du das neue Au-pair-Mädchen?«

»Du hast es erfaßt.«

»Meinst du? Es kommt noch drauf an, ob ich dich akzeptiere. Jedenfalls bist du sehr viel hübscher als die letzte.«

Er sagte diese Dinge, während er reglos liegenblieb, die Hände unter der Decke. Sein Kopf bewegte sich nicht, die Lippen kaum, die Augen redeten auch nicht mit, was in Frankreich selten vorkommt. Er hatte eine hohe, gepreßte Stimme, jedoch keine Knabenstimme, eher die hohe Stimme eines weibischen alten Mannes.

»Hattet ihr denn schon viele Au-pair-Mädchen?« fragte Paulina.

»Die letzte kam aus Réunion. Du bist hübscher. Ich mag blondes Haar. Helle Haut und schwarze Haare, wie bei den Berbern, das ist ganz schrecklich, auch wenn sie blaue Augen haben. Es ist eine minderwertige Rasse. Wir hatten so eine im Haus. Der hat Papa ab und zu eins mit der Peitsche gegeben. So muß man sie anfassen. Wir haben auch eine arabische Putzfrau. Die hat zu allem Überfluß eine blaue Tätowierung auf der Stirn. Ich hab mal das Tintenfaß über ihr ausgeschüttet, damit sie ganz blau wird. Das war vielleicht was.«

»Angeber.«

»Paß auf, was du sagst, wenn's drauf ankommt, kann ich ziemlich unangenehm werden. Schade, daß Hitler tot ist, sonst würde ich in die SS gehen. Ich bin sehr stark. Das letzte Au-pair-Mädchen konnte gar nicht schnell genug wieder nach Réunion abhauen.«

»Sehr interessant«, sagte Paulina, »aber warum hast du eigentlich geklingelt?«

»Erklär ich gleich noch. Zuerst müssen wir uns ein wenig unterhalten.«

»Gut. Aber ich kann hier nicht die ganze Zeit herumstehen.«

»Setz dich ruhig auf mein Bett.«

»Ich nehme mir lieber einen Stuhl.«

Sie schaute sich im Zimmer um, sah einen Stuhl, schaffte Platz im Fuhrpark um sich herum, stellte den Stuhl dorthin und setzte sich.

»Schade, daß du eine Hose anhast«, sagte Hughes, »ich kann an deinen Schenkeln sehen, daß der Rest deiner Beine auch schön ist.«

»Vielen Dank.«

»Trägst du immer Hosen, oder manchmal auch einen Rock?«

»Manchmal auch einen Rock.«

»Kannst du dich nicht kurz umziehen? Ich seh dich lieber in einem Rock. Dann kann ich druntergucken.«

»Ich finde eine Hose praktischer, so früh am Tag, wenn ich arbeiten muß.«

»Du machst es also nicht?«

»Ich sehe keinen Grund dazu.«

»Du könntest schon mal die Hose ausziehen. Ich bin sehr ungeduldig.«

»Ich nicht. Aber jetzt sag mir endlich, warum du eigentlich geklingelt hast, ich hab heute noch mehr zu tun, als dir zuzuhören. Möchtest du vielleicht etwas zu essen oder zu trinken?«

Ohne zu antworten, starrte er sie an, so reglos, daß es fast schien, als sei er am Bett festgebunden und obendrein mit Gewichten beschwert oder zwischen Sandsäcken eingeklemmt.

Krank, dachte Paulina, ein bedauernswerter Junge.

»Jetzt hör mal zu, Hughes«, sagte sie, »wenn du mir nicht sagst, was du möchtest, weiß ich es auch nicht. Ich kann es nicht erraten.«

»So? Wenn du mir erzählst, daß du es nicht erraten kannst, bedeutet das nur, daß du es längst erraten hast.«

Sie zuckte mit den Schultern und schlug die Beine übereinander.

»Ich bin für mein Alter schon sehr reif«, teilte er mit.

»Hast du gute Noten in der Schule?«

»Das hätte gerade noch gefehlt! Dafür würde ich mich schämen. Es gibt im Leben Wichtigeres als die Minister von Ludwig XIV. oder das Geschwätz von La Bruyère.«

»Wenn du so darüber denkst, bist du vielleicht doch nicht ganz so reif, wie du dir einbildest.«

Er legte den Kopf zurück und starrte an die Zimmerdecke.

»Wenn ich die Zudecke nach unten schiebe, wirst du mal sehen, wie reif ich schon bin.«

»Bleib mal schön unter der Decke. Ich bin nicht neugierig darauf.«

»Hier im Haus war noch kein einziges Au-pair-Mädchen, das nicht dran glauben mußte.«

»So. Tut mir leid, aber das Gespräch langweilt mich allmählich.«

»Das Mädchen aus Réunion, das konnte einfach nicht die Finger davonlassen. Auf die Dauer wurde es mir zuviel.«

»Sonst noch was?«

Und sie stand auf.

»Du hast mich aufgeregt, das ist ganz schlecht für mich. Jetzt mußt du die Konsequenz ziehen und nett zu mir sein. Mich beruhigen.«

Mit beiden Händen nahm er Zudecke und Laken und warf sie mit so viel Kraft ans Fußende des Bettes, daß es schien, als sei ihm eine Sturmbö zu Hilfe gekommen – eine Sturmbö aus Gestank.

»Hughes! Läßt du das wohl sein?«

Kleine Autos mit dem Fuß vor sich her stoßend, manche sogar zertretend, stürmte seine Mutter auf ihn zu und warf die Decke wieder über ihn. Vielleicht war sie unhörbar herangeschlichen und hatte schon eine Weile an der Tür gelauscht.

»Ach!« sagte Paulina.

»Pauline«, stieß Madame Pauchard mit zorniger Stimme hervor, »geh in den Salon. Warte dort auf mich. Ich muß noch mit dir reden.«

16

Der Salon. Wo war der?

Paulina ging durch den schmalen Flur, kam in die Diele.

Durch die erstbeste Tür, die dort offenstand, schaute sie in ein Zimmer.

Es war sehr geräumig; auf dem Fußboden lag ein großer, hellblauer chinesischer Teppich, an den Wänden hingen Gemälde, und auf dem Kaminsims stand eine mächtige vergoldete Stutzuhr in Form eines Triumphwagens, vor den vier Löwen gespannt waren. Ein halbnackter Athlet hielt die Zügel, eines der Räder war das Zifferblatt.

Die Vorhänge aus Goldlamé waren zugezogen, aber zu beiden Seiten der Fenster gerafft, so daß trotzdem Tageslicht einfiel. In der Mitte war der Raum leer. Am Rand des Teppichs standen ringsum zahlreiche antike Stühle, Schemel und kleine Tische. Kein einziger bequemer Sessel, nur einfache Stühle und Stühle mit Armlehnen, alle ziemlich hoch, wie man sie in den Niederlanden nur an Eßtischen sieht.

Keiner dieser Stühle lud Paulina zum Sitzen ein. Sie würde abwarten, was Madame Pauchard ihr zu sagen hatte. Die Begegnung mit Hughes verhieß nicht viel Gutes. Solche rassistischen Bemerkungen von sich zu geben, hatte er womöglich von seinen Eltern gelernt. Es mochte Zufall sein, daß seine Mutter, vielleicht weil sie etwas vergessen hatte, zurückgekommen war; denkbar wäre aber auch, daß es alles andere als Zufall war und sie nur vorgegeben hatte, so beschäftigt zu sein. Und dann absichtlich zurückgekommen war, um Paulina nachzuspionieren. Niedergeschlagen ließ Paulina den Blick über die Gemälde mit den verschnörkelten Goldrahmen schweifen.

Das erste Bild, das sie etwas aufmerksamer betrachtete, war entgegen aller Erwartung gar nicht so alt. Der Maler hieß Domergue; ein in Bonbonfarben ausgeführter Akt, teils von Pelz und Vogelfedern bedeckt. Sie sah, daß auch die anderen Gemälde diesem Meister des Kitsches zu verdanken waren.

Paulina stellte sich ans Fenster und schaute hinaus. Den Boulevard Pereire konnte man von hier aus nicht sehen, nur das modernistische Haus direkt gegenüber, dessen einzelne Stockwerke nach hinten versetzt waren, so daß es wie eine Treppe aussah, die ein Riese mit sechs oder sieben Schritten erklimmen könnte. Und sie sagte sich: Das sehe ich mir nicht mehr lange an. Hier bleibe ich nicht.

Später, bestimmt eine halbe Stunde später, als Madame Pauchard endlich hereingekommen war, wiederholte sie den letzten Satz laut: »Hier will ich nicht bleiben.«

»Oh«, sagte Madame Pauchard, »ich wäre aber auch alles andere als froh, wenn du bleiben würdest. Wenn du gehst, sind wir also beide zufrieden. Du darfst nur nicht meinen, ich würde dich rauswerfen, o nein. Ich werde dir ganz offen sagen, warum unsere Beziehung nicht das geworden ist, was wir uns beide davon erhofft hatten. Setz dich doch.«

Warum noch reden? wollte Paulina einwenden, aber ihre Neugier siegte, und sie setzte sich auf den Stuhl, den Madame Pauchard ihr zuwies.

»Ein Kind von dreizehn Jahren«, seufzte die fürsorgliche Mutter, »und jedesmal haben wir den gleichen Ärger mit unserem Au-pair-Mädchen.«

»Welchen denn?«

»Das fragst du noch? Der Junge liegt krank im Bett. Der Junge hat seit jeher eine angegriffene Gesundheit. Dreizehn Jahre ist er alt, und du versuchst ihn verrückt zu machen. Wenn man so ungeheuer viel Charme hat wie du, dürfte es wohl nicht schwer sein, sich in Paris einen etwas erwachseneren Freund zu angeln. Oder bist du unersättlich? Sag mir die Wahrheit, ehe wir uns trennen.«

»Ich kann Ihren Gedankengang nicht nachvollziehen«, sagte Paulina, »er hat nach mir geklingelt. Ich bin in sein Zimmer gegangen. Sie hatten mir ja gesagt, ich solle mich um ihn kümmern. Ihn verrückt machen? Sie sollten mal wissen, was er so alles von sich gibt.«

»Ein Kind von dreizehn Jahren! Meinst du, daß ich dir alles glaube? Non, ma belle, ça non! Einer jungen Dame alles glauben, die so einiges gelernt haben muß in Holland, wo die Freudenmädchen splitternackt hinter den Fenstern sitzen! Und nicht nur die Professionellen! Ich war noch nie dort, aber ich lese Zeitung. Ich weiß ganz genau, was für Ideen über Erziehung man bei euch seit der Provo-Bewegung hat! Ideen, die aus dem moralischen Verfall resultieren, um es deutlicher auszudrücken. Aber solche Vorstellungen kannst du anderswo in die Praxis umsetzen, meine Liebe. Wir hier erkennen noch die Existenz gewisser Normen an. Einen dreizehnjährigen Jungen so verrückt zu machen, bis er völlig durch den Wind ist. Nicht mal das schwarze Flittchen aus Réunion ist so weit gegangen. Dabei hat der Junge schon genug Probleme, weil er so schnell in die Höhe geschossen ist! Aufreizende Sprüche von sich geben. Es hätte sein Tod sein können.«

»Wenn das so ist«, sagte Paulina, »darf ich Ihnen vielleicht einen guten Rat geben. Sie sollten all das nackte Fleisch an seiner Wand mit Blümchen, Rehlein und Zwergen überkleben. Das würde auch besser zu seinem geistigen Entwicklungsstand passen.«

»Was dazu paßt, kann ich als Mutter besser beurteilen als du.«

»Ich spare mir lieber die Mühe, Sie näher aufzuklären«, erwiderte Paulina und stand auf, »ich denke, daß wir uns sowieso nicht wiedersehen.«

»Merkwürdig. Was letzteres angeht, laufen unsere Gedanken völlig parallel.«

»Wären Sie bitte so freundlich, die Tür von der Küche

zur Dienstbotentreppe zu öffnen? Meine Koffer stehen noch auf dem Dachboden.«

»Das ist nicht mein Problem. Du gehst hinunter und über die Dienstbotentreppe in der Rue Alfred Roll wieder hinauf, wenn du noch etwas holen möchtest.«

Und Madame Pauchard ging festen Schrittes, als wolle sie jede Widerrede im Keim ersticken, in den Flur und zur Wohnungstür.

»Nur ein Augenblick«, sagte sie, während sie bereits die Tür offenhielt, »sogar die kleinste Mühe war dir zuviel. Das arme Kind ist krank. Es hatte ins Bett gemacht. Seinen Po abzuwaschen und ein sauberes Laken aufzuziehen hätte gereicht. Zu viel Arbeit für das fragliche Au-pair-Mädchen. Herzlichen Dank auch.«

Zu widersprechen hätte nur Zeitverlust bedeutet. Deshalb grüßte Paulina mit einem kurzen Nicken, stieg in den Fahrstuhl, drückte auf den untersten Knopf.

Die Concierge stand im Vestibül. Die Türen zum Innenhof waren verschlossen. Womöglich würde diese Person Krach schlagen, wenn sie versuchte, über den Innenhof zum Dienstbotenaufgang zu gelangen, und deshalb ging Paulina, wie man es ihr gesagt hatte, außen herum zum *Entrée de Service* in der Rue Alfred Roll. Dort kam sie nicht ohne weiteres ins Haus. Sie mußte klingeln. Niemand öffnete. Mit längeren Pausen dazwischen klingelte sie noch dreimal. Endlich summte das elektrische Türschloß.

Die Luke der Concierge klappte auf, als Paulina daran vorbeiging.

»Ach, Sie sind's? Warum klingeln Sie denn hier? Sie haben mich doch gesehen! Sie hätten doch über den Innenhof zum Dienstbotenaufgang gehen können! Denken Sie vielleicht, ich hätte nichts Besseres zu tun, als nur zu Ihrem Vergnügen hin und her zu laufen?«

»Das denke ich nicht. Es tut mir leid.«

»Wohin wollen Sie?«

»Natürlich in mein Zimmer.«

»Aber Sie kommen von oben! Dann hätten Sie doch von der Küche aus zur Bodentreppe gehen können! Sie hätten sich vier Treppen erspart.«

»Na ja, es ist sowieso das letzte Mal. Ich bleibe nicht bei diesen Leuten. Ich hole meine Koffer, und dann: Adieu!«

»Sie sind aber sehr hitzköpfig, muß ich sagen.«

Paulina ging weiter, ohne etwas zu erwidern.

»Ich kann Sie gut verstehen!« rief die Concierge ihr nach.

17

Die Zimmertür stand halb offen.

Die Koffer lagen zugeklappt auf dem Boden, aber die Schlösser waren aufgebrochen.

Paulina schaute hinein und mußte feststellen, daß eigentlich nicht viel fehlte. Das meiste hatte für ausländische Arbeiter keinen Wert. Nur ihr schönstes Kleid war verschwunden. Sehr genau schaute sie nicht nach. Sie suchte ihre Toilettensachen zusammen. Wie sollte sie die Koffer nun schließen? Die Schlösser waren völlig unbrauchbar, Gurte oder einen Strick hatte sie nicht. Sie suchte eine Strumpfhose, die bereits eine Laufmasche hatte, trennte den oberen Teil mit ihrer Nagelschere in zwei Teile und band die Koffer zu, jeden Koffer mit einem zusammengedrehten Strumpf.

18

Als sie nicht einmal fünf Meter in Richtung des Boulevard Pereire zurückgelegt hatte, verließen sie ihre Kräfte. Sie blieb stehen und stellte die Koffer ab.

Wohin sollte sie das Gepäck schleppen? Zum Platz und dort ein Taxi nehmen? Aber wie schnell wäre ihr Geld dann aufgebraucht, wenn sie auf diese Art zu leben anfing? Und, da sie nun wieder ohne Bleibe dastand, wieviel würde sie wohl brauchen? Doch viel mehr als das, womit sie gerechnet hatte? Sie spürte, daß ihr Tränen in die Augen stiegen, steckte den Daumen in den Mund und dachte nach.

Erst jetzt erinnerte sie sich wieder an das kleine Hotel, das sie am Morgen bemerkt hatte; sie nahm die Koffer und ging rasch dorthin.

Im Empfangsraum war niemand zu sehen. Was tun? Rufen? Sie erblickte eine kupferne Glocke auf der Rezeptionstheke und legte die Hand darauf. Ping.

Der gebrechliche alte Mann, der nun angehumpelt kam, schüttelte den Kopf, noch ehe sie etwas fragen konnte.

»Nein, nein«, rief er, als er annahm, in Hörweite zu sein, »nein, nein, alles ist voll! Wir haben kein Zimmer mehr frei!«

»Aber Monsieur, darum geht es mir auch gar nicht. Ich finde es natürlich sehr schade, daß Sie kein Zimmer mehr frei haben, aber Sie würden mir schon einen großen Gefallen tun, wenn Sie meine Koffer kurze Zeit in Aufbewahrung nehmen könnten.«

»Ihre Koffer in Aufbewahrung nehmen? Dieses Haus nimmt nur Koffer von Gästen in Aufbewahrung.«

»Das versteht sich, Monsieur. So würde jeder darüber denken. Aber kann ich denn etwas dafür, daß ich kein Gast bei Ihnen bin? Ich hätte wirklich sehr gern ein Zimmer in diesem Hotel.«

»Wenn das stimmt, hätten Sie rechtzeitig reservieren müssen. Mindestens vor zwei Monaten.«

»Ich habe Pech gehabt«, sagte Paulina in reumütigem Ton, »ich hätte es auch ganz bestimmt gemacht, aber es ist anders gekommen. Ich möchte Sie nicht mit den Einzelheiten langweilen. Ich würde auch dafür bezahlen, ehrlich, wenn Sie kurz auf meine Koffer achten würden. Heute nachmittag komme ich dann und hole sie wieder ab.«

»Wofür halten Sie mich? Kurz auf Ihre Koffer achten? Sie glauben wohl, ich könnte nicht bis drei zählen!«

»Monsieur, ich habe Ihnen keinen Anlaß zu der Annahme gegeben, daß ich so etwas von Ihnen denke!«

»Und was steckt dann alles in den Koffern? Heroin vielleicht? Oder Bomben für die armenischen Terroristen? Noch gestern nachmittag wurde in der Rue Ampère, drei Minuten von hier, ein Anschlag verübt!«

»Joseph!« rief eine Frauenstimme.

»Ja, sofort!«

Er drehte sich um und hinkte weg. Die Frau, die seinen Namen gerufen hatte, kam ihm entgegen; worüber sie sprachen, konnte Paulina nicht verstehen. Die Frau beugte sich zur Seite, um an dem Portier vorbei einen Blick auf Paulina zu werfen. Dann trat sie näher, während sie den Mann anraunzte:

»Ach, du bist nicht ganz gescheit. Das ist keine armenische oder arabische Terroristin, das ist einfach eine deutsche Touristin, oder eine schwedische. Nicht wahr, Mademoiselle?«

»Ich bin Holländerin.«

»Habe ich es nicht erraten? Eine Göttin aus dem Norden! Sicher dürfen Sie Ihre Koffer einen Augenblick bei uns lassen. Dieser Mann hier ist wirklich ein Hosenscheißer. Los, Joseph, stell die Koffer in die Abstellkammer und hör auf zu grummeln.«

Sie drehte sich um und ging.

Der Mann stellte sich hinter die Theke, nahm ein Blatt von einem Stapel Schmierpapier, schrieb in Druckschrift zweimal »Valises 2« darauf, riß das Blatt in der Mitte durch und gab Paulina eine Hälfte.

»Nur weil die Chefin es sagt, nur weil die Chefin es sagt. Ich übernehme keine Verantwortung. Auf Wiedersehen, Mademoiselle, bonne journée!«

Paulina öffnete ihre Umhängetasche, um ihm etwas zu geben, aber er rief:

»Nein, nein, nein, jetzt nicht! Heute abend, sonst kommen wir durcheinander. Das führt nur zu Komplikationen. Bis heute abend!«

Und mit einem Gefühl, als hätte sie bereits eine neue Bleibe gefunden, so frei, machte sich Paulina auf den Weg zu dem Büro in der Gegend der Sorbonne, wo Studentinnen, die als Au-pair-Mädchen arbeiten wollten, Adressen bekamen.

19

Die Frau hinter der Theke war eine, wie sie außerhalb französischer Familien wahrscheinlich nicht geboren werden. Sie redete in vollendet geformten Sätzen, und jedes Wort, das sie aussprach, war von einem Gesichtsausdruck begleitet, der genau dazu paßte. Jedenfalls hatte man den Eindruck. Es existierte ja nirgends ein Buch, in dem stand, wie weit man die Augen zumachen mußte, wenn man das Wort »nie« aussprach, oder wie lange oder kurz man den Kopf bei dem Wort »immer« zu heben hatte. Ihre Selbstsicherheit jedoch bewies, daß sie diese Kunst einwandfrei beherrschte, und wenn sie »nie« sagte, mit einer kleinen Bewegung der Lider, dann hieß das auch »nie«, wie es das niemals zuvor geheißen hatte, dann konnte man schon deshalb nichts mehr dagegen einwenden.

Das schimmernde, schwarze Haar trug sie hochgesteckt, sie hatte eine helle Haut, die sich straff über die hübschen Gesichtsknochen spannte, und schmale, unvorstellbar bewegliche Lippen, die selbst dann, wenn sie schwieg, ihren Gedanken zu folgen schienen. Gedanken voller Unglaube. Gedanken an unüberwindbares Unglück, an die Unabänderlichkeit des menschlichen Schicksals.

Wie es schien, hörte sie sich aufmerksam das Wehklagen einer blonden Dänin an, die sicherlich drei Köpfe kleiner war als Paulina.

»Ich halte es dort nicht mehr aus«, jammerte das Mädchen in schlechtem Französisch, »der ganze Dachboden ist voll mit Schwarzen und Arabern. Sie lassen mich keinen Augenblick in Ruhe. Sie stehen splitternackt vor meiner Tür.«

»Dann mach deine Tür zu«, sagte die Machthaberin des

Vermittlungsbüros für Au-pair-Mädchen, »oder du ersparst dir diese Mühe, indem du die Tür überhaupt nicht öffnest.«

Bei diesen Worten riß sie die Augen einen Moment weit auf und zeigte damit, daß sie beim besten Willen keine bessere Lösung finden konnte, hob die rechte Hand einen Augenblick von der Theke und ließ sie mit einem kleinen Schlag, als schließe der Hammer des Vorsitzenden einen Diskussionspunkt ab, wieder fallen.

Aber die Dänin berichtete weiter:

»Und dann haben sie auch noch untereinander andauernd Streit! Einer versucht den anderen wegzudrängen, und meist kommt es zu Raufereien. Gestern wurde einer mit einem Messerstich ins Krankenhaus gebracht.«

»Mit einem Messerstich? Und wer hatte zugestochen? Du?«

Auch diese Äußerung, nach der die Au-pair-Vermittlerin die Dänin streng fixierte, hatte, obwohl es eine Frage war, einen Beiklang von Unwiderlegbarkeit.

»Sie machen einen Witz darüber, aber ich bin dort doch nicht ...«

»Sei froh, daß sie dich überhaupt beachten«, fiel die Frau dem Mädchen ins Wort. »Was hast du gegen diese Leute? Wenn sie impotent wären oder homosexuell, solltest du dich vielleicht beklagen. Jetzt nicht.«

»Aber sie *sind* homosexuell! Sie sind homosexuell! Ich schwör's Ihnen! Was die Typen im Flur treiben, wenn ich an ihnen vorbei muß, um Brot zu kaufen, oder wenn ich nach Hause komme, das ist einfach unglaublich!«

»Na und? Das geht dich doch wohl nichts an?«

»Nein. Aber sie lassen mich nicht in Ruhe. Ich will ihre Aufmerksamkeiten nicht. Ich habe einen Verlobten in Kopenhagen, und den liebe ich sehr.«

»Warum bist du dann nicht in Norwegen geblieben? Na? Was machst du dann hier? Wenn es dir in diesem Land nicht gefällt, geh doch zurück nach Norwegen.«

»Pardon, Madame, Dänemark.«

»Genau. Wo Hamlet den lieben langen Tag über seinen

Frust gejammert hat. Sagte ich das nicht? Auf jeden Fall im Norden, oder? Aber hier, verstehst du, hier leben wir in einer multikulturellen Gesellschaft. Ist das deutlich? Und wenn du damit nicht klarkommst, pack deine Koffer.«

Das Mädchen begann nun zu schluchzen und holte ein Taschentuch hervor.

»Dabei habe ich sogar ein Stipendium bekommen, weil ich in einem Aufsatzwettbewerb gewonnen habe. Es ging darum, wer den besten Aufsatz über Frankreich schreibt. Ich habe ganze Bibliotheken durchgearbeitet, weil ich Frankreich so liebe. Ich kann zwei Theaterstücke von Molière auswendig, und jetzt werde ich so behandelt!«

»Molière? Alles Schnee von gestern. Das moderne Frankreich ist zum Glück ganz was anderes als dieser verstaubte Plunder von Molière mit seinen Puderperücken. Ich will dein rassistisches Gerede nicht mehr hören. Verstanden? Nimm einfach die Pille oder die Spirale und sieh zu, wie du zurechtkommst. Auf Wiedersehen.«

Nun aber zeigte sich, daß dieser scheinbar so weltfremden Nachbarin Hamlets auch das moderne Frankreich nicht vollkommen verborgen geblieben war.

»Sale conne«, rief sie, »ich werde einen Brief an Ihre Direktion schreiben und mich beschweren!«

Und sie wandte sich zum Ausgang.

»Ja, mach das nur«, rief die Frau ihr nach, »et n'oubliez pas d'y mentionner que vous m'avez traitée de sale conne!«

– Vergiß nur nicht zu erwähnen, daß du mich als dreckige Schlampe beschimpft hast …

Paulina begriff sofort, wie lehrreich es für sie war, daß sie dieses Gespräch mitbekommen hatte. Wenn sie etwas erreichen wollte, durfte sie sich keinesfalls über Schwarze und Araber auf dem Dachboden beschweren.

»Bon«, sagte die resolute Frau mit der lebhaften Mimik – kein Puder, kein Lippenstift. Allerdings war sie auffallend stark parfümiert.

Noch ehe Paulina den Grund ihres Besuchs mitgeteilt hatte, schien sie zu wissen, worum es ging.

»Auch Probleme mit Arabern?«

»Nein, Madame, nein, nein, keine Araber. Aber wissen Sie, die Leute, bei denen ich bin, Maître Pauchard und seine Frau, sie ist auch Anwältin, das sind wirklich anständige Leute, ich glaube nur, sie verlangen von einem Au-pair-Mädchen zuviel.«

»Das wundert mich gar nicht.«

Sie gab Paulina keine Gelegenheit, mehr zu berichten. In Windeseile erfolgte klar und deutlich eine Analyse ihrer Situation auf marxistisch-leninistischer Grundlage.

Und anhand dieser theoretischen Basis wurde Paulinas individueller Fall kritisch betrachtet.

»Anwälte? Kein Wunder. Neureiche natürlich. Der französische Bürger hatte, als der König enthauptet war, nur noch ein Ziel, verstehst du: Die frei gewordenen Plätze einzunehmen und gegenüber den besitzlosen Klassen ebenso schweinisch und schonungslos aufzutreten wie die Herzöge und Prinzen. Kennst du *Gullivers Reisen*? Bestimmt hast du das gelesen. Swift war ein Genie. Erinnerst du dich an die Szene, wo die Prinzessinnen von Brobdingnag sich nicht scheuen, in Gullivers Beisein splitternackt das Nachtgeschirr zu benutzen?

Aus Sicht der herrschenden Klasse ist jeder, der als Diener betrachtet wird, weniger als ein Tier. Sogar noch weniger als eine Laus oder ein Floh, denn die lassen sie ja auch auf ihrem nackten Körper zu, ohne sich zu schämen.«

»Beide, Monsieur und Madame, haben mir splitternackt die Tür aufgemacht«, ergänzte Paulina.

»Kein Problem für diese reichen Protze. Aber die Aristokraten, die echten, und die gibt es noch ... nun, die haben 1789 ihre Lektion gelernt. Denen würde es nie einfallen, dich so zu behandeln wie dieses geldgierige Pack, bei dem du durch einen betrüblichen Irrtum gelandet bist. Nicht, daß ich eine unüberwindbare Liebe zur Aristokratie hegen würde ...

Meine Mutter ist zufällig eine Marquise. Darum geht es jetzt nicht. Aber es ist, wie ich es dir sage: Zur Zeit der Revolution haben die Aristokraten ihre Lektion gelernt. Auf dem Schafott! Anständige Leute sind sie seitdem. Es kann auch sehr gut sein, daß damals gerade die Familien, die die größten Sauhunde in die Welt gesetzt hatten, total ausgerottet wurden. Mein Großvater ist jedenfalls ein richtiger Schatz. Meine Großmutter war auch sehr nett, aber sie ist tot. Ich kann gut verstehen, daß du bei diesen perversen Nudisten nicht mehr bleiben willst. Was für Schweinigel, mit ihrem ganzen Zaster. Und ich könnte darauf wetten, daß sie ihre Dachkammern zu Wucherpreisen an ausgehungerte Gastarbeiter vermieten.«

Paulina bekam keine Gelegenheit zu erklären, daß ihre Gesprächspartnerin die Wette bereits gewonnen hatte und sie gar nicht erst über den Einsatz zu reden brauchten. Sie konnte nur nicken.

»Selbstverständlich tun sie das! Sie tun es alle. Armen Schwarzen und Arabern den letzten Centime aus der Tasche ziehen. Ich kenne die Bourgeoisie in- und auswendig. Mein Vater. Auch so ein Typ. Zum Glück hat meine Mutter ihn vor die Tür gesetzt, ehe er meinen Bruder und mich mit seinen reaktionären Ansichten völlig vergiften konnte. Aber was ich sagen wollte ... Natürlich: ich such dir eine andere Adresse. Bei Aristokraten ... wer weiß ...«

Während die Tochter der Marquise die letzten Worte aussprach, geschah etwas, womit Paulina nicht gerechnet hatte. Die Frau lächelte, ja tatsächlich, sie lächelte. Jetzt erst wurde Paulina bewußt, was für ein frohes Gesicht sie selbst machte, wie erleichtert sie war. Vielleicht hatte sich die Frau dadurch zu einem Lächeln hinreißen lassen. Es war sogar ein verschmitztes Lächeln, als wären all die Worte, die sie wie Glasscherben um sich herum verstreut hatte, doch nicht ganz ernst gemeint gewesen.

Sie drehte sich zur Wand um, vor der metallene Aktenschränke standen, und zog eine Schublade mit Karteikarten auf.

20

Einen Aristokraten hatte die resolute Frau nicht gefunden, dafür jedoch einen pensionierten General. Die Leute seien nicht mehr jung, hatte sie noch gesagt.

Sie besäßen ein gewaltiges Vermögen. Wahrscheinlich ginge es ihnen nicht darum, aus allem Geld zu schlagen, deshalb seien sie, wenn auch selbstverständlich konservativ, vielleicht nicht mal die schlechteste Gastfamilie für ein Au-pair-Mädchen. Die Tochter der Marquise war sogar so freundlich, sofort per Telefon einen Vorstellungstermin für Paulina zu vereinbaren, und sagte, nachdem sie aufgelegt hatte:

»Der Butler behauptet, du seiest jederzeit willkommen. Ich würde sofort hingehen.«

Die Adresse, die Paulina mitbekam: 2, Rue Guynemer, war nicht sehr weit entfernt. Auf ihrem Stadtplan sah sie, daß diese Straße nur an einer Seite von Häusern gesäumt war. An der anderen Seite lag der Jardin du Luxembourg.

Als sie am Zaun dieses prachtvollen Gartens entlangging, überkam sie ein Glücksgefühl, als wische ein warmer, weicher Schwamm die unerfreulichen Erlebnisse weg und als würde alles erst jetzt wirklich beginnen. Die Luft, die sie atmete, schien ein beglückendes Tonikum zu enthalten, das sie durchtränkte.

Ohne nach vorn zu schauen, ging sie am Zaun entlang. Sie konnte sich nicht satt sehen an dem, was sich dahinter befand. Auf eisernen Stühlen, beliebig am Rand der Pfade und manchmal auch auf dem Rasen aufgestellt, saßen Studenten mit Zeitungen oder Büchern in der Sonne. Hier war die Natur mild zu dem, der seinen Geist bilden wollte. Hier wurden auch öde Pflichten zu einem Vergnügen.

Ob der nicht mehr so junge Mann, mit dem sie zusammenstieß, vielleicht auch Phantasien von einem besseren Leben nachhing? Oder konnte man ihr die Freude vom Gesicht ablesen, und hatte er die Berührung deshalb absichtlich nicht vermieden? Eigentlich war der Gehsteig breit genug …

Beide entschuldigten sich. Kaum hatte Paulina drei Worte gesagt, redete er auf niederländisch weiter.

»Du sprichst ausgezeichnet Französisch, aber ich erkenne deinen Akzent.«

Der Mann hatte ein glattrasiertes Gesicht und graues, nach hinten gekämmtes Haar. Er trug eine Hornbrille und sah jemandem ähnlich, den sie schon einmal gesehen hatte, allerdings war sie sich nicht ganz sicher. Obwohl sein Gesicht nicht gerade von Natur aus freundlich wirkte, schaute er sie sehr freundlich an, und daß er sie sofort duzte, störte sie nicht im geringsten. Er hätte ein alter Onkel von ihr sein können. So kam es dazu, daß sie ihm – ohne überhaupt irgend etwas von ihm zu wissen – erzählte, sie würde, nein, nicht einfach Urlaub in Paris machen. Sie hoffe, mindestens ein Jahr bleiben zu können. Vielleicht noch länger. Sie wolle hier studieren. Hier, sagte sie, hier könne sie als Studentin nicht nur ihr Wissen über Kunstwerke erweitern, sondern dabei auch glücklich werden. Was hätte sie davon, nur Fakten zu büffeln und dann durch die schmutzigen Straßen Amsterdams zu trotten, mit Kommilitonen, die nichts als triviale politische Ideen im Kopf hätten und nur darauf aus seien, ihre Dozenten zu piesacken und, ohne jede Freude an den Inhalten des Studiums, ihren dumpfen Groll durch allerlei Unfug auszuleben?

Der Mann war von ihrer Rede sichtlich gerührt.

»Ich kann deine Gedanken lesen«, fiel er ihr ins Wort, »du bist mutig. Die ersten Tage in Paris werden für dich nicht leicht gewesen sein. Aber auch wenn du allein bist, wird es immer wieder Augenblicke geben, in denen du dich nicht einsam fühlst oder in denen du dir darüber im klaren bist, daß es manchmal ein großes Vorrecht bedeuten kann, allein zu sein.

So wie man hier auf eine Weise betrübt und niedergeschlagen sein kann, die zu Hause undenkbar ist, so kommt es auch vor, daß man aus dem glückseligen Staunen nicht mehr herauskommt und gar nicht weiß, warum man sich so glücklich fühlt. So glücklich, daß man nicht einmal mehr dazu kommt, sich zu fragen, warum.«

»Sie können schön darüber reden«, sagte sie, »aber so, wie Sie es sagen, ist es manchmal tatsächlich.«

Er lachte nun plötzlich mit weit geöffnetem Mund, und sie konnte kaum etwas anderes glauben, als daß er sich über sie lustig machen wollte, als er ihr versicherte:

»Von jetzt an werden eine Menge Dinge besser laufen. Ich habe das Beste mit dir vor.«

»Sie? Sind Sie vielleicht ein Zauberer?«

»Warum nicht? Ein Zauberer, oder der Teufel. Das weiß niemand genau, ich selbst auch nicht. Aber ich werde dir zeigen, daß ich nicht die Absicht habe, jedermann ins Unglück zu stürzen.«

»Mich ins Unglück stürzen? Sie?«

»Wart's nur ab. Bald läuft alles viel besser.«

»Sie sagen mir genau das, was ich hoffe.«

»Siehst du?«

»Aber wie können Sie meine Gedanken erraten?«

»Vielleicht werden dir deine Gedanken ja von mir eingegeben«, und abermals lachte er unbändig. Nachdem er wieder ernst geworden war, wandte er jedoch den Blick ab, als ob er meine, er sei etwas zu weit gegangen, und als schäme er sich eigentlich auch ein wenig für das, was er da von sich gegeben hatte. Dann sagte er:

»Ich werde mein Möglichstes für dich tun.«

Hatte Paulina richtig gesehen? Sah sie ihn bereits durch den Park gehen, ein ganzes Stück entfernt? Aber sie litt doch nicht an Halluzinationen? Sie umklammerte zwei Gitterstäbe des Zauns und hielt den Kopf so dicht daran, als wolle sie ihn hindurchstecken. Ja, dort drüben schlenderte der Herr einen Pfad entlang, wenn sie sich nicht mächtig täuschte. Als sie die Gitterstäbe losließ und weiterging, stellte sie nämlich fest, daß hier in der Gegend nirgends ein Eingang zum Park war. Nirgends. Wie konnte er dann hineingekommen sein?

Wie sonderbar. Eigentlich beängstigend, wenn sie darüber nachdachte. Aber wirklich darüber nachzudenken gelang ihr nicht. Sie war längst daran gewöhnt, daß sie oft träumte, und tat immer ihr Möglichstes, darüber nicht nachzudenken. Die Neugier, in was für ein Haus sie jetzt wohl geraten würde, beanspruchte zum Glück wieder ihre ganze Aufmerksamkeit. Von allen Häusern an der Rue Guynemer hatte man Aussicht auf dieses Grün, diese Bäume. Dort mit einem Buch in der Sonne sitzen!

Vielleicht waren die Leute, zu denen sie geschickt wurde, ja tatsächlich nett!

Auch wenn sie nur eine kleine Dachkammer bekäme mit einem Fenster so weit oben, daß sie auf einen Stuhl klettern müßte, um hinauszuschauen, würde die Aussicht sie voll entschädigen für eventuelle Unannehmlichkeiten und vielleicht auch für die Eintönigkeit, die mit ihrer neuen Position verbunden sein könnte. Während ihr diese Gedanken durch den Kopf gingen, hatte sie das Gefühl zu schwimmen, aufgenommen zu werden in einen warmen Strom der Kunst, geschaffen von den größten Dichtern und Malern. Vor ihr lag ein Studium mit glänzenden Ergebnissen. Sie konnte sich nicht vorstellen, daß ihre Gedanken sich in dieser Umgebung mit anderen Dingen beschäftigen würden als mit dem Wahren, Schönen und Guten oder daß sie noch andere Wünsche haben könnte, als es zu genießen und soviel wie möglich darüber zu wissen.

21

Das Haus, errichtet aus Backstein, der mit aufwendig bearbeitetem Naturstein abgesetzt war, stand an der Ecke Rue Guynemer und Rue de Vaugirard.

Vor der gesamten zweiten Etage verlief ein Balkon, der zu beiden Seiten je eine große Skulptur trug; leere Harnische, von leeren Helmen gekrönt, jede Einzelheit akribisch in Stein gehauen. Unerklärliche Extravaganz an diesem Haus, das, für Pariser Begriffe, sonst nichts Extravagantes aufwies. Hatte der General sie vielleicht anfertigen lassen, als Symbol für seinen Beruf, wie Schirmmacher manchmal einen oder zwei Regenschirme aus Metall an ihrem Haus anbringen, Schuhmacher einen Schuh und Schneider eine große Schere?

Sie beschloß, nie danach zu fragen, weil sie sich dabei bestimmt nicht das Lachen würde verbeißen können. Außerdem sah sie, daß das Haus aus den letzten Jahren des vorigen Jahrhunderts stammte, und so alt konnte der General nicht sein. Und selbst wenn er bereits geboren war, als sein Haus erbaut wurde, konnte er damals unmöglich schon General gewesen sein.

Ohne nun noch länger schüchtern, ängstlich oder mißtrauisch auf alles zu achten, ließ sie den elektrischen Türöffner surren, betrat das Haus, ging sofort zur Hausmeisterloge, erblickte dort niemanden, las die Tafel, auf der alle Bewohner aufgeführt waren und auf der stand, in welcher Etage man sie finden konnte.

De Lune … Jeder hier im Haus hieß de Lune. Welcher war der richtige? Général de Lune, 2ième étage.

Tatsächlich, er wohnte in der zweiten Etage, jener mit dem Balkon.

Sie nahm den Fahrstuhl, klingelte. Ein Butler öffnete, fragte nicht, was sie wollte, sondern forderte sie lächelnd auf, einzutreten.

Sie bekam kaum Gelegenheit, etwas zu ihm zu sagen. Er war ein sehr gesprächiger Vietnamese und führte sie durch einen stillen Flur sofort in das Zimmer, das offenbar für sie bestimmt war.

22

Sie hatte sich aufs Bett gesetzt, nachdem er sie schließlich mit einer respektvollen, aber kurzen Verbeugung an der Tür verlassen hatte.

Ein großer Schriftsteller hat einmal gesagt, daß der Mensch, der sich vor einem anderen verbeugt, ihm eigentlich lieber einen Stoß versetzen würde, wie ein Ziegenbock. Tatsächlich schien es, als sei sie von dem Butler aufs Bett geknallt worden, dabei hatte sie sich erst gesetzt, nachdem er die Tür zugezogen hatte. Aber warum saß sie eigentlich auf dem Bett? Stühle gab es hier genug.

Ein Au-pair-Mädchen konnte mit nicht viel mehr rechnen als mit einem Bett (ebenfalls ein Grund, sich draufzusetzen). In diesem geräumigen Zimmer standen jedoch auch zwei Sessel, ein kleiner Schreibtisch und davor ein Stuhl; auf dem Schreibtisch prangte ein großes Blumengesteck, aus dem ein weißes Briefkuvert ragte.

Ist das etwa alles für mich? fragte sich Paulina. Aber was erwarten diese Leute dann wohl von mir?

Das hohe Zimmer hatte zwei Fenster, eigentlich Türen zum Balkon. Sie überlegte, aufzustehen und die Aussicht über den Jardin du Luxembourg zu genießen, auf den sie einen flüchtigen Blick geworfen hatte, als sie dem Butler folgte, der ihr alles erklärt hatte, so wie es Hoteldiener machen, nachdem sie den Koffer im Zimmer abgestellt haben, hauptsächlich, um einem Zeit zu lassen, ein Trinkgeld hervorzukramen.

Eine solche Absicht hatte der Butler damit nicht verfolgt; sonst aber war es so, als wäre sie in einem außergewöhnlich luxuriösen Hotel angekommen.

»Ich hoffe, daß Sie hier alles finden, was Sie brauchen«, hatte er gesagt, »und falls etwas fehlen sollte, sagen Sie mir dann bitte Bescheid?«

Ganz stilgemäß deutete er auch auf das Telefon neben dem Kopfende des Bettes: »Auf den roten Knopf drücken und Nummer 2 wählen.«

Er hatte nicht versäumt, sie darauf aufmerksam zu machen, daß sie den Kleiderschrank und den – größtenteils leeren – Bücherschrank benutzen könne. Im Bücherschrank standen nur eine Enzyklopädie in sieben Bänden und zwei andere Bücher, die zusammen nicht einmal ein Bord von den sieben einnahmen, die der Schrank zählte.

Paulina schaute als erstes nach, worum es sich bei den beiden anderen Büchern handelte. Das Wörterbuch *Le petit Robert* und die dickleibige französische Grammatik von Grevisse, *Le bon usage*.

Der Butler hatte nach jeder Erläuterung, die er ihr gab, kurz geschwiegen, als wolle er sich vergewissern, daß sie ihn verstanden hatte. Zum Schluß lispelte er:

»Sie müssen mir versprechen, daß Sie mir alles sagen werden, was Sie sich nur wünschen. Monsieur hat mir den Auftrag gegeben, dafür zu sorgen, daß es Ihnen an nichts fehlt. Und Monsieur ist so gut zu mir, ich möchte ihn um keinen Preis enttäuschen. Ich werde jetzt sofort Ihre Koffer holen. Wo kann ich sie finden?«

Sie gab ihm die Empfangsquittung und die Adresse des Hotels in der Rue Verniquet.

»Darf ich Sie um etwas bitten«, sagte sie, »Sie müssen dem Portier dort etwas zahlen. Ich gebe Ihnen Geld.«

Aber der Butler lachte, als hätte sie das ironisch gemeint, wollte nichts annehmen und versicherte, daß sie sich um die Bezahlung des Portiers nicht zu kümmern brauche.

Als könne sie nicht glauben, hierher geraten zu sein, schlenderte sie, als er fort war, durchs Zimmer, blieb in jeder der vier Ecken kurz stehen, um den Blick über die schöne Einrichtung gleiten zu lassen. Die Bilder an den

Wänden würde sie sich später genauer anschauen, sie war nun zu aufgeregt dafür. Sie würde noch genügend Zeit dazu haben, wenn, was sie hoffte, geschehen würde: daß sie hier nie mehr würde weggehen müssen, solange sie in Paris war.

Auch in das angrenzende Badezimmer ging sie noch einmal kurz zurück.

Sie hatte ihren Augen fast nicht getraut, als der Butler es ihr gezeigt hatte. Vor lauter Staunen hatte sie kaum hinzusehen gewagt. Ein größerer Kontrast als der zwischen dem mehr oder weniger antik eingerichteten Wohn-Schlafzimmer und diesem entschieden modernen Badezimmer war nicht denkbar. Badewanne und Waschbecken waren aus schwarzer Keramik, die Wasserhähne vergoldet. Hinter der Wanne befand sich noch eine separate Dusche, umhüllt von einem Glaszylinder, der mit Eisblumen überzogen schien. Wände und Decke bestanden aus rosa Spiegeln, die in schmale Goldleisten gefaßt waren. An einem Haken hingen zwei Morgenmäntel, der eine aus roter chinesischer Seide, der andere aus zartgelbem Frottee. Auf einem Schemel neben der Wanne lag ein Stapel Handtücher.

Wieder im Wohn-Schlafzimmer, blieb Paulina vor dem Blumengesteck stehen, drückte die Handflächen gegeneinander, um Mut zu sammeln, und zog den Brief aus den Blumen.

Das Kuvert war nur flüchtig zugeklebt und klappte fast von allein auf, als sie den Daumen unter die Lasche schob. Es enthielt fünf Banknoten im Wert von fünfhundert Franc und einen Zettel, auf dem in deutlichen, wenn auch mit etwas zittriger Hand geschriebenen Buchstaben stand: »Mademoiselle! Ich bin so glücklich, daß Sie bereit sind, eine Zeitlang in meinem Haus zu wohnen. Ich hatte Angst, daß Sie nicht an meine übergroße Freude glauben würden, wenn ich Sie persönlich begrüßt hätte. Ich bin ein alter Mann. Darum überlasse ich es ganz Ihnen, zu bestimmen, wann wir einander begegnen werden, damit wir unsere Bekanntschaft mit einem Händedruck bekräftigen können.

Sie haben überdies Ihre Verpflichtungen. Sie dürfen Ihr Studium nicht vernachlässigen. Ich bitte Sie deshalb, tun Sie sich keinen Zwang an, selbstverständlich können Sie kommen und gehen, wann Sie wollen. Aber sollten Sie einmal die Zeit finden, ein paar Worte mit mir zu wechseln, wären Sie dann bitte so freundlich, es Luyn oder Madame Le Dantec mitzuteilen?

Wir brauchen nichts zu überstürzen. Meine Krankheit bringt es leider mit sich, daß ich häufig, auch tagsüber, das Bett aufsuche. Sehr herzlich der Ihre.

PS: Ich lege einen kleinen Vorschuß auf Ihre Entlohnung bei.«

23

Paulina las den Brief zum zweitenmal und wagte es immer noch nicht zu glauben. Womit hatte sie das verdient? Der Mann hatte sie nicht einmal gesehen. War er vielleicht verrückt? Oder hielt man sie zum Narren? Aber warum dann nur?

Sie schaute sich im Raum um, ob Anzeichen dafür zu entdecken waren, daß irgendein Unheil sie bedrohte. In dem hellen, so schön möblierten Zimmer bemerkte sie nichts, was ihren Argwohn erregt hätte; aber als wäre sie in einem kleinen Boot auf spiegelglatter, sonnenbeschienener See, ohne es zu merken, abgetrieben und würde nun plötzlich untergehen, gaukelte die Phantasie ihr vor, was sie sonst noch in diesem Haus vorfinden würde: Folterwerkzeuge, Zwangsjacken und eine Verbrecherbande, die sie mitten in der Nacht überrumpeln, mißhandeln, fesseln und knebeln und im Auto in ein düsteres Stadtviertel transportieren würde, wo man sie in einen dunklen Keller einsperrte, zwei, drei Tage lang, um sie dann, eingepfercht in den Kofferraum eines großen amerikanischen Autos, nach Marseille zu bringen und auf einem Schiff nach Marokko zu schmuggeln.

Es war kaum zu glauben, daß hinter diesem tadellosen, aber doch so sonderbaren Empfang, der durch nichts zu erklären und viel zu gut war, um gut gemeint sein zu können, nicht ein schreckliches Geheimnis steckte.

Wahrscheinlich hatte der Butler die Tür hinter sich abgeschlossen und würde schon bald mit zwei schauerlichen Burschen zurückkommen, die sie überwältigen würden, ehe sie zum Balkon eilen und um Hilfe rufen könnte.

Sie konnte alles glauben, nur nicht, daß ein wildfremder alter Mann ein Au-pair-Mädchen in sein Haus aufnahm, ihm allen Komfort bot, nichts verlangte, keine Abmachungen über die zu erledigenden Aufgaben traf, es vollkommen ihr überließ, ob und wann sie einander kennenlernten … Wenn sie mal Zeit habe? … Wenn ihr Studium es zulasse? … Weil sie es ja auf keinen Fall vernachlässigen dürfe … Ja, ja.

So ein Mann existierte überhaupt nicht, oder er war ein Psychopath mit ausgefallenen, gefährlichen Phantasien.

Dann lachte sie, denn richtige Angst empfand sie eigentlich nicht. Ihr Herzschlag war normal. Ihr widerfuhr das Gegenteil von dem, was Leuten widerfährt, die sich tapfer halten, aber Angst haben. Obwohl sie nicht ernsthaft daran zweifelte, daß der märchenhafte Schein Wirklichkeit war, *gab* sie sich eine ängstliche Haltung, um sich später nicht vorwerfen zu müssen, dumm oder leichtsinnig gewesen zu sein.

Auf Zehenspitzen ging sie zur Tür. Sie sah sich sozusagen auf Zehenspitzen gehen. Ich *spiele* nur das furchtsame Mädchen, dachte sie. Vielleicht lag das ja an dem niederländischen Herrn, der auf der Straße mit ihr zusammengestoßen war und ihr gesagt hatte, daß von nun an alles viel besser laufen würde, daß er das Beste mit ihr vorhabe … Wer war er? Auch ein Verrückter? Oder war in Wirklichkeit *er* der steinalte General? Wäre das nicht möglich? Allerdings hatte er dafür nicht alt genug ausgesehen.

Und warum hatte dann in der Au-pair-Vermittlung die energische Tochter einer Marquise gesagt, sie würde sie zu einem französischen General schicken? Oder war der Niederländer vielleicht ein Handlanger des Generals? War er ihr vor dem Zusammenstoß bereits eine Zeitlang gefolgt und hatte sie heimlich beobachtet? Hatte er sich mit der Au-pair-Vermittlung abgesprochen?

So in ihre Phantasien versunken, stand Paulina vor der Tür und legte die Hand auf den Griff. Als sie den Türknauf drehen wollte, um zu probieren, ob sich die Tür noch öffnen ließ, schien es, als reagiere jemand darauf, denn es wurde zweimal geklopft. Wie von einem Stromstoß getroffen, zog sie die Hand zurück. Hatte sie richtig gehört? Klopfen, noch einmal, nicht zu leise, nicht zu laut. Aus Angst, daß ihre Schritte bemerkt werden würden, wagte sie es nicht, sich von der Tür zu entfernen und dann Entrez! zu rufen. Sie wollte die Tür auch nicht sofort öffnen und damit verraten, daß sie dahinter gestanden hatte – denn wie sollte sie das erklären? Wie konnte sie verhindern, daß sie eine komische Figur abgab? Schließlich atmete sie tief durch, murmelte: Entrez!, zog die Tür aber selbst auf.

Vor ihr stand eine hagere, grauhaarige Frau, die ein Tablett trug.

»Wie nett von Ihnen, daß Sie die Tür aufmachen«, sagte die Frau, »dankeschön. Es war schon schwer genug, anzuklopfen.«

Sie trat ein und stellte das Tablett auf dem Tisch ab.

»Ich bin Madame Le Dantec. Ich führe dem General den Haushalt. Er fühlt sich heute nicht besonders gut. Ihr Kommen hat ihn zu sehr aufgeregt. Ich bringe Ihnen etwas zu essen, denn Sie müssen sicher bald zur Uni, nicht wahr. Und weil Monsieur das Bett hütet, frühstücken wir heute nicht in optima forma.«

Paulina sah die Leckereien auf dem Tablett: nicht nur Sandwiches, sondern auch eine Pastete, eine Flasche Wein, eine Flasche Mineralwasser und ein Kännchen Kaffee.

Möglicherweise noch durch ihre Angstträume benebelt, wußte sie nicht so recht, was sie antworten sollte.

»Darf ich Ihnen einen Augenblick Gesellschaft leisten?« fragte die Haushälterin. Ihr ganzes Auftreten entsprach wenig dem einer Untergebenen. Und so setzten sie sich beide, als sei das selbstverständlich.

»Hat Luyn Ihnen den Weg gezeigt?« fragte die Frau. »Er holt gerade Ihre Koffer. Sie können sich in jeder Beziehung auf ihn verlassen. Wenn etwas ist, sagen Sie es nur. Vielleicht wundern Sie sich ein wenig über diesen Empfang, aber wir tun unser Bestes. Wissen Sie, ehrlich gesagt ist es nicht ganz zufällig, daß Sie hier sind. Der General ist mit der Dame in der Au-pair-Vermittlung verwandt. Genauer gesagt, mit deren Mutter. Und er hat sie schon vor einer Weile gebeten, sich für ihn nach einem holländischen Mädchen mit Interesse für Kunst umzuschauen, als Au pair. Und heute morgen hat sich diese Verwandte, gleich nachdem sie Ihnen unsere Adresse gegeben hatte und Sie wieder gegangen waren, gemeldet und durchs Telefon gerufen: Onkel …! Ich habe jetzt genau das, was du seit Monaten suchst! Ein junge Holländerin, sie studiert Kunstgeschichte, sie spricht Französisch, sie kommt aus Vlissingen, und sie ist in jeder Hinsicht perfekt. – Ich bin gleich losgerannt, um Blumen zu kaufen.«

Die Frau schwieg und lächelte, den Mund geschlossen. Trotzdem waren ihre viel zu langen, vorstehenden oberen Schneidezähne mindestens zur Hälfte sichtbar, weil sie über die Unterlippe ragten.

Paulina spürte, wie ihre Wangen rot anliefen, und murmelte: »Perfekt? Perfekt? …«

»Ihre Pastete wird kalt.« Madame Le Dantec stand auf. »Ich wünsche Ihnen noch einen angenehmen Nachmittag.«

An der Tür aber blieb sie, die Hand bereits auf dem Knauf, plötzlich stehen und drehte sich halb zu Paulina um, die sich gerade die Serviette auf den Schoß legte.

»Haben Sie auf die Wanddekoration geachtet? Ist Ihnen aufgefallen, was hier für Bilder hängen?«

»Natürlich. Mir gefällt das alles sehr gut. Ich freue mich riesig darüber.«

»Es geht nicht darum, ob Sie sich darüber freuen. Nein, verstehen Sie mich bitte nicht falsch. Wenn Sie sich nicht darüber freuen würden, täte uns das sehr leid, aber das ist hier nicht der Punkt. Was ich eigentlich fragen wollte, ist: Haben Sie sich die Wanddekoration *gut* angesehen, wirklich gut? Ist Ihnen aufgefallen, *was* da hängt?«

»Wie meinen Sie das? Ich bin noch nicht dazu gekommen, mir alles genau anzuschauen. Mein allgemeiner Eindruck war, daß alles so schön ist. Ich wage kaum, mich den Sachen zu nähern, nicht mal mit den Augen.«

»Ach, ein Glück, wenn das der einzige Grund ist ...«

»Ja ... Was sonst? Ein leckeres Essen, einen guten Wein schluckt man doch auch nicht hastig hinunter?«

»Selbstverständlich. Lassen Sie das Essen nicht kalt werden. Verzeihen Sie mir meine Ungeduld und meine Neugier. Aber ich weiß genau, daß der General mich sofort fragen wird, wie Ihnen die Bilder gefallen. Daran zweifle ich keine Sekunde. Und wie gefällt es ihr, höre ich ihn schon sagen, hat sie es erkannt?«

»Was hätte ich denn erkennen sollen?« murmelte Paulina beschämt. Um das Versäumnis wiedergutzumachen, legte sie die Serviette auf den Tisch und wollte aufstehen.

»Nicht doch«, rief Madame Le Dantec, »bleiben Sie nur sitzen. Ihre Pastete wird kalt; auch wenn Sie die Bilder noch nicht so genau inspiziert haben, kann ich dem General ja sagen, Sie hätten sie sofort erkannt. Eigentlich wird das nicht mal eine große Lüge sein – sobald Sie ein wenig Zeit finden, sie etwas aufmerksamer zu betrachten, werden Sie sie sofort erkennen, davon bin ich überzeugt. Der General hat mir das prophezeit, und er irrt sich nie. Und falls er sich doch irren sollte, wäre ich wohl die letzte, die ihn darüber aufklären würde.«

Nun lächelte sie mit offenem Mund, und das Weiß ihrer Schneidezähne leuchtete vor der dunklen Mundhöhle.

»Ich glaube gern, daß es für den General sehr wichtig ist«, sagte Paulina, »aber ich habe noch nichts erkannt. Ich möchte ihn nicht enttäuschen, wenn ich mit ihm rede. Es ist die Frage, ob ich überhaupt erkennen werde, was ich erkennen soll. Könnten Sie mir nicht einen kleinen Hinweis geben?«

»Vlissingen«, sagte die Haushälterin im Flüsterton. Dieser Name müßte ja in Paulinas Gedächtnis so weit obenauf liegen, daß es übertrieben wäre, ihn durch lautes Sprechen hervorzulocken. »Constantin Guys«, fuhr sie fort, »Sie kommen aus Vlissingen, also brauchen Sie nicht daran zu zweifeln, daß Sie ihn erkennen werden. Mehr kann ich dazu nicht sagen, denn weiter verstehe ich nichts davon. Aber essen Sie doch in Ruhe Ihr Sandwich. Es hat keine Eile. Der General war heute morgen so aufgeregt und dadurch hinterher so müde, daß Sie ihn vielleicht erst morgen sehen können. Constantin Guys, das ist die Parole in diesem Haus, mehr weiß ich darüber auch nicht.«

Und nachdem sie noch einmal gelächelt hatte, nun jedoch den Mund wieder geschlossen, verließ sie den Raum.

Constantin Guys … Während sie aß, schweiften Paulinas Blicke über die gerahmten Zeichnungen, die aus der Entfernung hauptsächlich aus blauen und vor allem orangefarbenen Flecken bestanden, auf denen kleine, mit schwarzen Linien gezeichnete Figuren zu sehen waren, manche deutlich und detailreich, andere flüchtig skizziert.

Sie erinnerte sich nicht, den Namen Constantin Guys je gehört zu haben, und als sie gegessen hatte und im Zimmer umherging, um sich die Aquarelle und Tuschzeichnungen, denn darum handelte es sich, genauer anzuschauen, konnte sie darin keinen Hinweis auf die Stadt Vlissingen entdecken.

Am unteren Rand mancher Rahmen stand der Name des Malers, in ein kleines Kupferschild eingraviert: CONSTANTIN GUYS 1802–1892.

Sie schämte sich ein wenig, weil sie zu erkennen gegeben hatte, daß sie von diesem Künstler nichts wußte. Sie hoffte nur, daß die Haushälterin es dem General nicht berichten würde. Es schien ihr ratsam, gut vorbereitet zu sein. Was für ein Glück, daß die erste Begegnung mit dem alten Herrn frühestens am nächsten Tag stattfände. So hatte sie noch genug Zeit, in eine Buchhandlung zu gehen und sich ein Buch über Constantin Guys zu kaufen, das sie am Abend sofort studieren würde. Sie mußte sich diesen

Namen merken. Guys, Guys! Aber kurz bevor sie sich auf den Weg zur Sorbonne machen wollte, wo in einer Dreiviertelstunde eine Vorlesung über Amoretten beginnen würde, rief sie: »Was für ein Dussel bin ich doch!«

Stand im Bücherschrank nicht eine Enzyklopädie?

Sie nahm den Band E-G heraus und suchte bei Gu. Gui, nein. Guy. Nein. Endlich: »GUYS (Constantin), französischer Zeichner, geboren in Vlissingen (Holland), 1802; gestorben in Paris, 1892. Er nahm am Krimkrieg teil, war Korrespondent der *Illustrated London News*, in der er kurze Berichte und Zeichnungen veröffentlichte, und ließ sich um 1865 in Paris nieder. Guys schuf, anonym, eine große Zahl an Zeichnungen, mit Bleistift, Tinte oder in Farbe. Als genauer Beobachter hielt er die Sitten und Moden des Zweiten Kaiserreichs fest. Baudelaire schrieb, ohne seinen Namen zu nennen, eine Studie über ihn mit dem Titel *Der Maler des modernen Lebens*.«

Der Krimkrieg. Wann hatte der noch mal stattgefunden? Und worum ging es in diesem Krieg? Nun gut, das konnte sie in einem anderen Band der Enzyklopädie nachschlagen.

Der kurze Artikel über Constantin Guys enthielt nicht einmal ein Porträt.

Porträts, alle als Stahlstiche ausgeführt, denn die Enzyklopädie mußte mindestens achtzig Jahre alt sein, gab es zwar auf der Seite, wo Guys beschrieben wurde, jedoch von einer gewissen Madame GUYON (Jeanne Marie Bouvier de la Motte) und von GUYTON DE MORVEAU (Louis-Bernard, Baron), zwei Berühmtheiten, von denen sie ebenfalls noch nie gehört hatte.

Madame Guyon trug einen Schleier. Sie war auch sehr fromm gewesen. Der Baron, im Profil abgebildet, trug eine Zopfperücke mit einer Schleife im Nacken. Er hatte im achtzehnten Jahrhundert gelebt und sich mit der chemischen Forschung beschäftigt. Paulina las die betreffenden Artikel nur flüchtig.

Das Wappen der Provinz GUYENNE war auf derselben

Seite abgebildet, außerdem ein Musikinstrument, das an eine Geige erinnerte und GUZLA hieß. Auch davon hatte sie noch nie etwas vernommen, geschweige denn, daß sie jemanden darauf spielen gehört hätte. Guzla … der Name stammte aus dem Kroatischen.

Mit viel größerem Interesse betrachtete sie die gegenüberliegende Seite.

Diese war dem Thema Gymnastik gewidmet und zeigte von 1 bis 30 numerierte Männchen, die an hölzernen Turngeräten allerlei Kunststücke ausführten. Die Zahlen verwiesen auf kurze Erklärungen unten auf der Seite.

Was für Burschen waren das! Solche Kerle sah man heutzutage nicht mehr, mit so breitem Brustkorb und muskulösen Waden. Sie trugen dezente Turnanzüge, Hemden mit kurzen Ärmeln und eng anliegende lange Hosen. Aber wie warm ihre Sportkleidung im Vergleich zur modernen auch war und wieviel sie auch bedeckte, der Zeichner hatte der Natur keine Gewalt angetan: Man erkannte deutlich, daß fast alle Athleten Linksträger waren.

Mit Hilfe von allerlei Geräten vollführten sie die unterschiedlichsten Übungen.

Sie kletterten, turnten am Reck, sprangen über Seile, stemmten Gewichte, liefen auf Stelzen, zogen schwere Spiralfedern auseinander.

Manche Übungen ließen eher an Folterungen denken. Vor allem das mit der Nummer 1 bezeichnete Gerät, ein Querbalken, der auf zwei Pfählen ruhte, schien ebensogut auch für öffentliche Hinrichtungen und den Vollzug anderer Strafen geeignet zu sein.

An einer Leiter, die auf der linken Seite daran lehnte, hangelte sich eines dieser Männchen nur mit Hilfe der Hände empor. Seile, Strickleitern, eine Schaukel, ein Reck und eine Kletterstange waren an dem Querbalken befestigt. Insgesamt elf Turner mühten sich ab, über diese primitiven, unbequemen Pfähle und Seile hinaufzugelangen, nur um dort oben zu entdecken, daß nichts los war, so daß sie wieder hinunter mußten, wobei sie die Füße kaum zu Hilfe nehmen konnten. Andere schwangen an Ringen und Trapezen, nach vorn und dann selbstverständlich wieder zurück, hin und her, hin und her, bis ihnen davon schlecht wurde, aber das war selbstredend nicht abgebildet.

Nachdem Paulina im Band CI-D auch den Artikel über den Krimkrieg (Crimée GUERRE DE) gelesen hatte, stand sie auf und betrachtete, eine nach der anderen, die Zeichnungen von Constantin Guys. Ja, das waren zweifellos türkische Soldaten, mit einem Fes auf dem Kopf, gestreiften Pluderhosen und langen Gewehren. Lange Gewehre hatten auch die Soldaten der anderen Nationen. Türkinnen trugen ähnliche Pluderhosen wie die Soldaten. Und dort, in der Ferne, das waren Zeltlager. Paulina erkannte Kanonen, Ruinen und vor Anker liegende Kriegsschiffe.

Plötzlich wurde es etwas dunkler im Raum, da sich eine Wolke vor die Sonne schob. Vor Schreck schaute Paulina auf die Uhr. Sie mußte sich beeilen, wenn sie noch rechtzeitig zu der Vorlesung über die Amoretten kommen wollte.

24

Unterwegs kaufte sie zwei Kolleghefte, einen Kugelschreiber und ein Einkaufsnetz.

Nach der Vorlesung ging sie zur FNAC in der Rue de Rennes.

Eine so große Buchhandlung würde ja wohl eine Publikation über Constantin Guys vorrätig haben?

Es herrschte Hochbetrieb, und sie drängte sich mit Mühe zwischen den Tischen mit den ausgestellten Büchern durch, bis hin zu dem Schrank mit den großen Bildbänden, die der Kunstgeschichte gewidmet waren. Als sie nichts über Constantin Guys fand, war sie im Grunde erleichtert; sie ging davon aus, daß es auch weniger aufwendige Publikationen über den in Frankreich ja so berühmten Zeichner geben mußte als diese großen Prachtbände, von denen einer teurer war als der andere. Sie fuhr mit der Rolltreppe nach oben. Suchte in den Regalen den Buchstaben G. Kein Guys. Wie viele der auf Karton geklebten Listen, die zur Information an den Regalen mit den preiswerteren Büchern lehnten, sie auch überflog, Guys schien völlig in Vergessenheit geraten zu sein. Unentwegt schrieben die Kunsthistoriker über Rembrandt, Goya, Gauguin, Vermeer, van Gogh und Mondrian. Ihr blieb wohl nur noch übrig, in eine öffentliche Bibliothek zu gehen, um mehr über Guys herauszufinden, aber dafür war es jetzt zu spät. Trotzdem erkundigte sie sich bei einem der hoch aufgeschossenen jungen Männer in ärmellosen roten Westen, die den zur Selbstbedienung verpflichteten Kunden mit Rat und Tat zur Seite stehen sollten, sie jedoch zumeist abwimmelten.

»Guys? Wie schreibt man das? Nie gehört. Kenn ich nicht. Versuchen Sie es doch bei der Information.«

Die Dame von der Information saß an einem kleinen Schreibtisch, auf dem ein dreibändiges Verzeichnis lieferbarer Bücher lag.

Als Paulina ihre Frage gestellt hatte, war diese Dame so hilfsbereit, in einen der drei Wälzer zu schauen.

»Guys«, lautete ihre Anwort, »über den ist in den letzten Jahren nichts erschienen. Versuchen Sie's mal in einem Antiquariat.«

»Kennen Sie eine gute Adresse?«

»Ich kenne Dutzende von Adressen, aber das nützt Ihnen nichts. Was sie dort alles in Vorrat haben, weiß ich nicht.«

Selbstverständlich.

Nicht entmutigt verließ Paulina die FNAC und ging die Rue de Rennes entlang in Richtung St-Germain-des-Prés. Die Gegend war mit Antiquariaten reich ausgestattet. In keinem einzigen fand Paulina etwas über Guys. Seit Jahren nicht mehr gesehen. Sehr merkwürdig.

Dennoch kannte sich einer dieser Buchhändler gut aus. Ach ja, Baudelaire habe etwas über Guys geschrieben. Der Aufsatz stehe in der Pléiade-Ausgabe. Noch gestern habe er ein gut erhaltenes Exemplar davon gehabt. Leider sei es gerade an diesem Vormittag verkauft worden.

»Aber Sie können Baudelaires *Gesammelte Werke* in der Pléiade-Ausgabe in allen großen Buchhandlungen finden, oder versuchen Sie es in der FNAC. Die haben immer die gesamte Pléiade im Sortiment.«

»Ist es illustriert?«

»Illustriert ...« Die Stimme des Antiquars bekam einen müden Klang, »illustriert ... Pléiade-Bücher sind selten oder nie illustriert. Mein Spezialgebiet umfaßt ganz andere Dinge«, erklärte er, »Netsuke-Figuren, Tabaksdosen, Kneifer und alte Tintenfässer. Darüber habe ich Literatur in Hülle und Fülle.«

Er atmete langsam aus.

Trotzdem war er so nett, die Tür offenzuhalten, als Paulina den Laden verließ, und sie mit einem freundlichen »Bonne soirée, Mademoiselle« wieder hinter ihr zu schließen.

Mit Guys konnte er ihr nicht dienen. Aber war es nicht ein gutes Zeichen, daß ihr dieser Mann, ohne im *Nouveau Larousse Illustré* nachzuschlagen, gleich hatte sagen können, daß ein Aufsatz von Baudelaire über Guys existierte?

Vielleicht wäre es am klügsten, wenn sie sich als erstes eine Baudelaire-Ausgabe anschaffte. Baudelaire, der war noch immer sehr berühmt. Von ihm hatte sie sogar in der Schule etwas gehört. »Luxe, calme et volupté« hatte er geschrieben in einem Gedicht, das *Invitation au voyage* hieß. Diese Reise sollte nach Holland gehen.

Luxus, Gleichmut und Wollust, das waren die Eigenschaften, durch die sich Holland Baudelaire zufolge auszeichnete. Er hatte denn auch nie einen Fuß in das Land gesetzt. Ein echter Dichter, der einen an Orte mitnahm, wo er selbst nie gewesen war. Nirgendwo fand er alles so schön wie in solchen Ländern, also war er ein Romantiker. Aber er hatte sich geirrt.

Wie prachtvoll mußte Paris, wo selbst heute noch so viel zu sehen war, erst zu seiner Zeit gewesen sein! Paulina blieb vor einem Laden stehen, der über so riesige Vorräte antiquarischer Bücher verfügte, daß ein Teil davon auf langen Tischen vor dem Haus ausgestellt war. Darunter eine Menge stark herabgesetzter, großformatiger illustrierter Werke über Kunst: über Raffael, Michelangelo, Rembrandt, Poussin, Velásquez, Manet, Corot. Über Fra Angelico. Über die Kathedrale von Chartres und über die Fresken in der Sixtinischen Kapelle.

Nichts über Guys.

Sie ging hinein und hatte den Eindruck, daß der Raum restlos mit Büchern vollgestopft werden konnte: Bücher in Reihen und Stapeln, nicht nur entlang der Wände, sondern auch in der Mitte und überall, bis zur Decke, als sei der Laden eigentlich eine riesige Kiste, die bis zum Rand gefüllt werden mußte. Wenn morgens jemand kam, um die Tür aufzuschließen, wurden ein paar Bücher herausgenommen und draußen ausgelegt. So grub man einen schmalen Gang in den Bücherberg. Und abends, wenn die Buchhandlung schloß, wurde dieser Gang von dem letzten, der den Laden verließ, einfach wieder mit den Büchern von der Straße zugeschüttet.

Ganz hinten saß ein junger Mann inmitten von Bücherstapeln, aus denen nur sein zottelhaariger Kopf ragte. Er hielt einen Telefonhörer ans Ohr und sagte nichts. Paulina schien er nicht zu bemerken.

Sie wagte sich noch weiter vor und schaute sich um. An den Wänden standen selbstverständlich Regale voller Bücher, aber was für Bücher das waren, konnte man wegen der hohen Stapel anderer Bücher und alter Zeitschriftennummern, die wiederum davor lagen und teilweise sogar daran lehnten, nicht feststellen.

»Guys?« sagte der junge Mann, als er endlich aufgelegt hatte. »Nein, hab ich nicht.«

Er nahm eine bereits brennende Zigarette und zog daran, die Augen zugekniffen.

Paulina fragte sich, wie er auf Anhieb wissen konnte, was alles vorrätig war und was nicht und wovon all diese Tausende, Zehntausende hier zusammengetragenen Titel handelten. Sollte sie ihn bitten, so freundlich zu sein und den Vorrat einmal durchzusehen? Sie sah ein, daß es sinnlos war. Hier konnten nur die Bücher verkauft werden, die sich in Reichweite befanden; die anderen mußten eben warten, bis ihre Zeit gekommen war. Irgendwann würden sie, wenn die Exemplare in Reichweite durch die dahinterstehenden ersetzt worden waren, auch an die Reihe kommen. Aber dann waren die Interessenten, die danach gefragt hatten, wahrscheinlich schon in einen anderen Laden gegangen.

»Und Baudelaire«, fragte sie, »haben Sie vielleicht das Buch von Baudelaire, in dem sein Aufsatz über Constantin Guys steht, oder die Pléiade-Ausgabe?«

»Auch nicht«, sagte der Buchhändler, »das ist Vergangenheit. Früher kamen tatsächlich mal Studenten mit Bänden der Pléiade, die sie zehn Minuten vorher in der FNAC geklaut hatten. Aber wissen Sie, was die in der FNAC jetzt machen? Von den Büchern, die das Publikum in die Hand nehmen kann, um hineinzuschauen, von denen haben sie ungefähr ein Viertel abgeschnitten. Die unbeschädigten Exemplare verwahren sie hinter Schloß und Riegel und nehmen sie nur für zahlende Kunden heraus. Ich bitte Sie! So schöne Bücher wie die der Pléiade: Schnipp! Ein Stück abgeschnitten. Was fällt denen nur ein! Das ist doch purer kapitalistischer Vandalismus. Zack! Ein Stück ab! Wo soll das noch enden mit unserer Zivilisation?«

Der nächste Antiquar betrieb ein Geschäft ganz anderer Art. Er war ein Herr, der mit einer Halbbrille auf der Nasenspitze ernst an seinem Schreibtisch saß und in einer Kartei blätterte. Sein Laden, schmal, aber tief und dadurch ziemlich dunkel, wurde von altmodischen Kupferlampen beleuchtet, vermutlich umgerüsteten Gaslampen. Nirgends lagen Bücher- oder Zeitschriftenstapel, es standen keine Kisten mit einem Sammelsurium von meist beschädigten Büchern herum, die zu einem Einheitspreis feilgeboten wurden. Nein, hier war der Vorrat überwiegend in grünes, blaues oder bordeauxrotes Maroquinleder gebunden und stand ordentlich aufgereiht in Mahagonischränken, die vom Boden bis zur Decke reichten.

»Aha«, sagte er, »Guys. Ein begabter Mann, der erste moderne Kriegsberichterstatter, wenn ich so sagen darf. Seiner Zeit weit voraus. Nicht nur in der übrigen Welt, sondern auch im eigenen Land. Sogar den Fotografen war er überlegen. Sie wissen sicherlich, daß der Krimkrieg der erste Krieg war, der fotografiert wurde? Aber wenn in jener Zeit ein Fotograf eine Aufnahme machte, durften sich die Leute minutenlang nicht rühren. Dadurch sehen die Fotos vom Krimkrieg so aus, als seien sie im Wachsfigurenkabinett und nicht auf dem Schlachtfeld entstanden. Guys, mit Bleistift und Feder, einfachen Hilfsmitteln, die seit Jahrhunderten gebräuchlich waren, lief den Bilderknipsern mühelos den

Rang ab. Er konnte Bewegung suggerieren, Pulverdampf und Staubwolken, Attacken der Kavallerie. Er übertraf sie alle in Wahrhaftigkeit. Aber er arbeitete für eine englische Zeitung. Und wurde in Paris nicht geschätzt, fürchte ich, wie die meisten anderen Franzosen, die ihrer Zeit voraus sind.«

Der Buchhändler, vielleicht ein Professor, den man aus dem Amt geekelt hatte, schob eine Pause ein, als gäbe er Paulina Gelegenheit, seine Worte mitzuschreiben. Dann fuhr er fort:

»Guys ist heute zu Unrecht ein wenig vergessen. Bitte verzeihen Sie, wenn ich indiskret bin, aber wie kommen Sie auf die Idee, sich mit ihm zu beschäftigen?«

»Es ist eigentlich nur Zufall. Ich komme aus Vlissingen, wo Guys geboren ist.«

»Tatsächlich, Flessengue, wie es damals hieß. Oder gehörte Holland damals noch nicht zum französischen Kaiserreich?«

Paulina wußte es nicht genau, aber der gelehrte Kaufmann hatte keineswegs beabsichtigt, seiner möglichen Kundin ein kleines Examen abzunehmen. Er betrachtete seine Frage als eine simple Bestätigung und fuhr fort:

»Es gibt einen prachtvollen Bildband über Guys, ich glaube, er ist vor etwa zwanzig Jahren erschienen. Ich habe ihn nicht vorrätig. Kunstgeschichte ist auch eigentlich nicht mein Fach. Ich könnte Ihnen aber helfen und versuchen ihn aufzuspüren. Geben Sie mir Ihren Namen, Ihre Adresse und Telefonnummer und eine Anzahlung von fünfhundert Franc. In spätestens einem Monat hören Sie von mir. Einverstanden?«

»Fünfhundert Franc? Ich fürchte, so viel Geld habe ich nicht bei mir«, antwortete Paulina wahrheitswidrig.

»Fünfhundert Franc? Das wäre wahrscheinlich nur für den Anfang, vielleicht nicht mal die Hälfte von dem, was ich von Ihnen schließlich für das Buch verlangen müßte.«

»Das verstehe ich. Ich komme noch mal wieder.«

»Gern. Ich gebe Ihnen meine Karte.«

25

Mit der Karte in der Hand stand sie auf der Straße. Es war eine ungeheuer vornehme Visitenkarte aus festem, weißem Karton. Höchstwahrscheinlich nicht die preiswerteste Adresse, wo man in Paris ein antiquarisches Buch kaufen konnte. Aber dieser Mann wußte zumindest, wovon er sprach. Seine Beschreibung von Guys und dessen Lebenslauf entsprach den Tatsachen, und Guys' Zeichnungen hatte er, so schien es, treffend charakterisiert.

Was für ein Vorrecht, in einer Stadt zu leben, in der man in einem Antiquariat solche Vorträge hören konnte! Sie kam zwar aus Vlissingen, aber wenn es nach ihr ginge, wollte sie nie mehr dorthin zurück.

Sie fühlte sich, als hätte sie einen Preis gewonnen oder einen großen Sieg errungen.

Der Himmel war dunkelblau und orange, fast wie auf den Aquarellen von Guys – Guys, ihr Führer von Vlissingen nach Paris, ohne daß sie das bisher gewußt hatte und obgleich er schon so lange tot war. Aber die Caféterrassen und die Straßen waren voller lebendiger Menschen, mit denen man, so dachte sie, in unerwarteten Augenblicken Bekanntschaft schließen und die seltsamsten, meist jedoch geistig anregenden Gespräche würde führen können. Falls auch heute noch ein Intellektueller in Vlissingen herumlief, jemand, der etwas Außergewöhnliches studiert hatte, spezialisiert war auf Baudelaire, Guys oder ein ähnliches Thema, bei dem sich nicht jeder einbildete, mitreden zu können – wie einsam müßte sich so ein Mann fühlen!

Hier nicht. Hier wäre er nicht einsam.

Demnächst, dachte sie, würden allerlei faszinierende

Persönlichkeiten ihre Freunde werden: Künstler, Schriftsteller und Gelehrte. Mit welcher Leichtigkeit war es ihr doch gelungen, eine bessere Unterkunft zu finden. Ihr, nicht einer anderen. Sie dachte an die arme Dänin, die fast weinend ihre Tugend verteidigt hatte und obendrein ausgelacht wurde. Ein guter Geist hatte dafür gesorgt, daß die Dänin kurz vor ihr in dem Büro erschienen war, wo die Adressen für Au-pair-Mädchen vergeben wurden, und daß sie in ihrer Gegenwart die für Paulina so überaus lehrreiche Jeremiade über Araber und Schwarze losgelassen hatte. Da wußte ich wenigstens, sagte sich Paulina, wie man es *nicht* anpacken sollte. Hätte ich das nicht gewußt, wäre ich zweifellos mit der Geschichte über den dicken Schwarzen angekommen, der mit nichts als seiner leuchtenden Armbanduhr bekleidet in meinem Bett lag. Wie dumm! Aber ich hätte es nicht besser gewußt. Natürlich mit dem Ergebnis, daß ich augenblicklich als Rassistin abgestempelt worden wäre wie das Mädchen aus Dänemark und daß man mich aufgefordert hätte, in mein eigenes Land zurückzukehren, wenn es mir hier nicht gefalle. Sie eine Rassistin? Wie ungerechtfertigt dieser Vorwurf auch gewesen wäre, sie hätte sich nicht dagegen wehren können. Eigentlich müßte sie der Dänin ein Geschenk schicken, aber sie wußte nicht einmal, wie das Mädchen hieß. Vielleicht saß sie in diesem Augenblick mit betretener Miene im Zug nach Kopenhagen, ohne auch nur zu ahnen, mit welcher Dankbarkeit jene holländische Riesin an sie dachte, die nicht mal ein Wort mit ihr gewechselt hatte und die nun so glücklich durch die Rue de Rennes lief, daß sie fast imstande gewesen wäre, den erstbesten Passanten zu umarmen.

Eigentlich war ja alles nur Zufall. Zufall, daß die Tochter der Marquise, Großnichte des Generals, sie kaum hatte ausreden lassen, da sie offenbar blitzschnell erkannt hatte, daß das ideale Au-pair-Mädchen für ihren Onkel vor ihr stand. Pro forma hatte sie noch in ihrer Kartei geblättert, bevor sie ihr die Adresse gab, wahrscheinlich, um zu kaschieren, daß sie ihre eigene Familie bevorzugte. So ungefähr dürfte es wohl gewesen sein. Warum sollte sie sich sonst so verhalten haben? Um von dem Gemecker verschont zu bleiben, falls Paulina entgegen aller Erwartung doch nicht von Onkel General akzeptiert wurde? (»Sie hatten es doch versprochen! Und dieser General ist Ihr Onkel! Könnten Sie nicht noch ein gutes Wort für mich einlegen?«) Die Frau mußte natürlich Tag für Tag unglaubliche Mengen an Protesten über sich ergehen lassen. Und was für ein Glück auch, daß ich nicht die Gelegenheit hatte, von Hughes anzufangen, dem kleinen Dreckskerl. Dann würde ich jetzt womöglich in einer noch erbärmlicheren Dachkammer hocken. Es war alles Zufall. Wäre ich eine halbe Stunde später in das Vermittlungsbüro gegangen, hätte dort vielleicht eine andere Angestellte gesessen – die keinen blassen Schimmer davon hatte, was der alte General wünschte – und mir irgendeine andere Adresse untergejubelt.

Sie dachte auch mit großer Rührung an ihren Vater, für den der Zufall nie etwas Besonderes getan hatte. Er besaß ein kleines Ferienhaus in Frankreich wie Hunderte anderer Niederländer. Das war nichts Besonderes. Seinen größten Kindertraum hatte er nicht verwirklichen können. Er hatte nicht einmal in Frankreich studiert oder wenigstens dort ein Praktikum gemacht. Das einzige, was ihn an die französische Sprache band, war die Gesamtausgabe von Honoré de Balzac, die er jahraus, jahrein immer wieder las, in jedem Urlaub, an jedem freien Tag. Hatte Balzac nicht einen Roman geschrieben, der den Titel *Illusions perdues* trug? Wie passend!

Es wurde Zeit, daß sie ihren Eltern eine Ansichtskarte schickte oder, besser noch, einen dankbaren Brief, aber es war wohl nicht angebracht, etwas anderes mitzuteilen als die üblichen Banalitäten. Wenn sie zu sehr jubelte, würden sich ihre Eltern erst recht Sorgen machen. Von *Verlorenen Illusionen* anzufangen, ob es nun die von Balzac oder die ihres Vaters waren, schien ihr ein wenig riskant. Darauf zu vertrauen, daß ihr Vater gerührt sein würde, bei seiner Tochter so viel Verständnis zu finden, wagte sie nicht.

So vor sich hin träumend, manchmal sogar in ein imaginäres Gespräch mit ihrem Vater vertieft, ging sie durch die Rue Cassette, den kürzesten Weg zum Haus an der Ecke Rue Guynemer und Rue de Vaugirard.

26

Vor dem Fahrstuhl stand ein hochgewachsener Mann. Als er Paulina erblickte, hielt er ihr die Tür auf. Nachdem sie eingestiegen waren, fragte er, in welche Etage sie wolle.

»In die zweite, bitte.«

»Das dachte ich mir schon«, sagte der Riese, der vielleicht noch einen halben Zentimeter größer war als sie. Noch nie hatte sie in Frankreich neben einem Mann von dieser Größe gestanden, nicht in einem Lift, nicht in der Metro oder wo auch immer.

»Ich vermute, Sie sind das Au-pair-Mädchen«, verdeutlichte er. »Ich habe schon gehört, wie begeistert von Ihnen geredet wird. Ich bin der älteste Sohn des Generals.«

Er trug einen seltsam geschnittenen Mantel aus dünnem, hellgrauem Stoff mit schwarzem Samtkragen und einen Schlapphut aus schwarzem Filz mit breiter, heruntergezogener Krempe.

Einen solchen Herrn sah man nirgendwo mehr auf der Straße. Er hätte einem fünfzig Jahre alten Film über italienische Ganoven oder einem Theaterstück von Agatha Christie entstammen können. Allerdings war er erst ungefähr fünfzig Jahre alt.

»Sind Sie auch beim Militär?« fragte Paulina und hoffte, daß es ein wenig verschmitzt klang.

»Nein, nein, keineswegs.«

Er lächelte nicht. Sein glattrasiertes Gesicht, zu einem Drittel von einer Brille mit viel zu großen Gläsern bedeckt, drückte hauptsächlich Mutlosigkeit aus.

Der Fahrstuhl stoppte.

»Sind Sie dann Schauspieler, oder Künstler?«

»Auch nicht. Ich leiste nützliche Büroarbeit für EDF, die französische Elektrizitätsgesellschaft.«

Sie hatten den Fahrstuhl verlassen und standen vor der Wohnungstür.

In dem glänzend lackierten Eichenholz waren zwei Schlüssellöcher übereinander.

Er holte seinen Schlüsselbund hervor. Während er einen Schlüssel zuerst im unteren Loch herumdrehte, dann im oberen und dann noch einmal im unteren und die Tür öffnete, sah Paulina deutlich, daß der Samtkragen seines Mantels stark verschlissen war. Es schien, als sei er damit durch den Regen gelaufen, aber das war an einem trockenen Tag wie diesem nicht möglich. Vielleicht hatte er den Kragen ja irgendwann mit schwarzer Tinte nachgefärbt, so daß die Härchen des Samts seitdem aneinanderklebten.

»Ich würde mich freuen, wenn Sie meine Frau kennenlernen würden«, sagte er, nachdem sie eingetreten waren, »falls Sie, wie ich hoffe, nichts anderes zu tun haben.«

Er nahm den Hut ab, und erst jetzt wurde Paulina bewußt, daß er diese Fra-Diavolo-Kopfbedeckung die ganze Zeit aufbehalten hatte, ohne daß sie Anstoß daran genommen hatte.

Er drehte sich um und schaute sie an. Sein Gesicht war dicht bei ihrem. Sie blickte direkt in seine blaßblauen Pupillen, die von den Brillengläsern stark vergrößert wurden. Sein Atem roch nach Knoblauch und Alkohol.

»... Dann könnten Sie vielleicht gleich mitkommen ...«

Obwohl er nur diese einfache, fast selbstverständliche Bitte formuliert hatte, schwieg er danach, als hätte er eine schwere Aufgabe vollbracht.

»Selbstverständlich, gern«, sagte Paulina, »ich wußte gar nicht, daß Sie auch hier wohnen.«

»Ich wohne eigentlich nicht hier, jedenfalls nicht auf dieser Etage, wohl aber in diesem Haus. Das ganze Gebäude gehört unserer Familie. Wir können durch die Wohnung nach oben gehen. Ich hätte Sie natürlich im Fahrstuhl fragen können, ob Sie mich bis zum fünften Stock begleiten würden … Aber dann hätte ich so viel erklären müssen. Ich mag es nicht, in einem Fahrstuhl lange Erklärungen abzugeben.«

Sie gingen durch eine breite Diele mit vielen Glastüren, deren Scheiben mit weißen Gardinen bespannt waren. Einige Türen waren auch ganz aus Holz. Vor einer solchen Tür angekommen, blieb der Sohn des Generals stehen.

»Das ist die Tür zu Ihrem Zimmer. Oder erkennen Sie sie nicht? Vielleicht möchten Sie sich noch kurz zurückziehen. Ich warte dann hier auf Sie.«

»Ich bring nur schnell meine Tasche hinein«, sagte Paulina.

27

Sie warf das Netz mit den Kollegheften aufs Bett und sah plötzlich, daß vier Koffer im Zimmer standen. Vier! Ihre eigenen alten, mit Strümpfen zugebundenen Koffer. Und zwei nagelneue aus weichem, dunkelblauem, geblümtem Gobelinstoff. Sie hielt die linke Daumenspitze an die Lippen und dachte nach. Was nun? Sie hob einen der neuen Koffer hoch: federleicht.

Weil die Schlösser ihrer beiden Koffer unbrauchbar waren, hatte sie zwei neue Koffer bekommen! Verdattert ging sie ins Badezimmer, wusch sich die Hände, kämmte sich die Haare und eilte dann wieder auf den Flur. Es war unglaublich, wie man sie hier verwöhnte! Beängstigend. So konnte es nicht weitergehen. Allerdings käme sie sich wie eine Heuchlerin vor, wenn sie dieses neue Geschenk zurückweisen würde. Es anzunehmen und sich dafür zu bedanken, kam ihr jedoch kaum weniger schrecklich vor, weil sie diese Großzügigkeit ja durch nichts verdient hatte. Das dann auch noch zu betonen, wie es unter solchen Umständen üblich ist, würde um so scheinheiliger klingen, da sie die Koffer wunderschön fand und zudem vermutete, daß ihre eigenen Koffer nicht mehr repariert werden konnten. Die neuen ermöglichten es ihr auf jeden Fall, wieder wegzugehen – so konnte man es auch auffassen.

Sie traute sich nicht, eine Bemerkung darüber zu machen, mußte aber die ganze Zeit daran denken, als sie neben dem großen, niedergeschlagen wirkenden Mann weiter in die Wohnung vordrang.

Ob er überhaupt wußte, daß diese neuen Koffer in ihrem Zimmer standen? Sie hielt es für unwahrscheinlich. Aber falls er es wußte, falls er alles wußte: wie man sie empfangen hatte, wie der Butler und die Haushälterin sich anstrengten, ihr ein Leben wie im Märchen zu bereiten, konnte sie es doch nicht riskieren, daß er sie fragen würde, ob sie nichts Besonderes in ihrem Zimmer bemerkt habe?

»Ich werde verwöhnt«, murmelte sie verwirrt, »schrecklich verwöhnt ...«

Erst als sie diese Worte ausgesprochen hatte, wurde ihr bewußt, daß sie hoffte, er würde sie um eine nähere Erklärung bitten. Er reagierte jedoch nicht darauf.

Sie gelangten in eine Art zweites Treppenhaus, viel kleiner als das andere, und die Treppe – eine Wendeltreppe – war so schmal, daß sie nur hintereinander gehen konnten.

»Verwöhnt? Wie meinen Sie das«, fragte er nun plötzlich, »weil ich Sie zum Treppensteigen nötige? Sie haben eigentlich recht. Ich hätte aufmerksamer sein sollen. Ich bin schon mein ganzes Leben entsetzlich ungeschickt, und ich möchte Sie um Entschuldigung bitten.«

»Das ist die Frage, wer von uns beiden ungeschickter ist«, erwiderte Paulina kühl, aber deutlich. Jetzt noch von den Koffern anzufangen, schien ihr unnötig, aber trotzdem sagte sie: »Ich meine es ernst, daß ich hier unvorstellbar verwöhnt werde, und als ich das sagte, habe ich keinen Augenblick an Treppensteigen gedacht. Sie brauchen sich für nichts zu entschuldigen.«

»Ich glaube Ihnen aufs Wort«, sagte der hochgewachsene Mann, »aber dann habe ich Sie mit meinen Entschuldigungen in Verlegenheit gebracht, und Sie müssen mir deshalb verzeihen. Sehen Sie, Entschuldigungen sind nie vergebens.«

Und dann machte er etwas, womit sie wohl am allerwenigsten gerechnet hatte: Er legte den linken Arm um sie und zog sie an sich.

»Ich heiße Armand. Wie heißt du? Wir müssen die besten Freunde werden.« Er riß die Augen weit auf und verzog den Mund zu einem Lächeln, das ein noch recht vollständiges, jedoch ziemlich gelbes Gebiß enthüllte.

»Ich heiße Pauline.«

Er ließ sie sofort los und reichte ihr die Hand, die sie herzlich schüttelte, erleichtert, daß er nicht versucht hatte, die neue Freundschaft gleich mit einem Kuß zu besiegeln. Sie hätte sich dem schwerlich entziehen können.

Zum Glück fand sie schnell ein anderes Gesprächsthema.

»Wie seltsam dieses Haus aufgeteilt ist. Und über diese Treppe geht man einfach von einer Wohnung in die andere?«

»Egal, durch welche Haustür man eintritt, man kann in jede Wohnung gelangen. Dies hier war ursprünglich die Dienstbotentreppe, also die fürs Personal. Und wo wir jetzt stehen, befand sich eine Küche; Dienstbotentreppen führen immer an den Küchen entlang. Aber wir haben die Küche entfernt und den Dienstboteneingang umgebaut. Tür raus, breiter gemacht, damit man sofort ins Treppenhaus gehen kann. Das ist auf jeder Etage so.«

»Gibt es denn keine Küchen mehr?«

»Früher gab es zwei Wohnungen in jeder Etage, also auch zwei Küchen. Wir haben die beiden Wohnungen jeweils zu einer einzigen zusammengelegt.«

»Also doch eine Küche übrigbehalten.«

»Und Dienstbotentreppen hinter den Küchen, wie es sich gehört. Das haben wir auf allen Etagen so gemacht: eine Küche weg, die Tür weg und ein Stück der Wand abgerissen. Die Treppe neu gestrichen, die Stufen mit Teppichboden belegt und aus der ehemaligen Küche eine Art Vorraum gemacht. In diesem hier, das ist der von meinem Vater, sind die Wände zufällig mit gelbem Satin bespannt, und er hat Gemälde aufgehängt, wie du siehst.

Aber mein Bruder, direkt hier drunter, im ersten Stock, hat alles makellos weiß streichen lassen, die Wände, die Decken. Der Fußboden ist mit roten Fliesen ausgelegt, und alle Durchgänge sind bogenförmig. Als käme man in ein maurisches Haus, das liebt er. Es ist seine Leidenschaft. Er hat auch vieles aus Kupfer. Aber er war nie in Afrika, im

Gegensatz zu meinem Vater. Alle Räume hat mein Bruder weiß streichen lassen, und die Wände sind kahl. Weil er sich einfach nicht entscheiden kann, was er gern aufhängen möchte, sage ich immer.«

Armand holte tief Luft, schaute einen Augenblick in Fernen, die es nicht gab, und schüttelte fast unmerklich den Kopf.

»Entscheidungen zu treffen ist ja auch sehr schwer«, sagte er dann, »sollen wir nach oben gehen?«

Er stellte einen Fuß auf die Treppe, drehte sich wieder zu Paulina um und sagte, während er nach unten deutete:

»Wenn du hinunterschaust, kannst du es von hier aus sehen. Alles weiß.«

Dann ging er weiter.

Paulina folgte ihm die Treppe hinauf, schaute gehorsam nach unten und sah in dem Hohlraum der Wendeltreppe weißes Licht, das offenbar aus einem angrenzenden grellweißen Raum kam. Mehr war nicht zu sehen. Im dritten Stock stand – im sogenannten Vorraum – auf einer Blumensäule eine Porzellanschale mit einer verschwenderisch blühenden Pflanze, so daß der Eindruck des Grüns vorherrschte. Ohne auch nur eine kurze Pause einzulegen, damit Paulina sich die Pflanze hätte näher anschauen können, stieg Armand bereits den nächsten Abschnitt der Wendeltreppe empor. Auch in der vierten Etage war nichts Besonderes zu entdecken; starker Farbgeruch erschwerte das Atmen, ohne daß Farbeimer oder Maler zu sehen waren.

In der fünften Etage, wo Armand stehenblieb und an der hier endenden Treppe auf Paulina wartete, wurde der Farbgeruch noch intensiver. Auf dem Fußboden lag eine mit weißem Staub bedeckte Plastikplane, die einmal durchsichtig gewesen war. Eine ausgeklappte Treppenleiter stand einsam da.

»Die Maler haben schon Feierabend«, sagte Armand.

Die Farbeimer hatten sie in einer Reihe unter die Leiter gestellt.

»Paß auf, bleib nicht in dem verdammten Plastik hängen.«

Auf dieser Etage waren neben der Küche größtenteils auch die Innenwände herausgerissen worden. Der große Raum, in den Paulina Armand folgte, war durch die Zusammenlegung von zwei, vielleicht sogar drei Zimmern entstanden. Auch hier war der Boden mit Plastikplanen bedeckt, stinkend und staubig vom Bauschutt. Zahllose Streifen aus Spachtelmasse an der Decke sahen aus wie ein geheimnisvolles Alphabet.

Es gab drei Sessel, die mit Laken bedeckt waren.

»Alles ist noch im Werden«, erläuterte Armand. »Setz dich.«

Er zog ein Laken weg und deutete auf den Heinrich-IV.-Sessel, der zum Vorschein gekommen war. Das Laken ein Stück hinter sich herziehend und es dann loslassend, verschwand er aus Paulinas Blickfeld.

»Ich rufe mal meine Frau.«

Im Bann des unsinnigen Vorgefühls, daß man sie hier lange allein lassen würde, war sich Paulina einen Augenblick lang unschlüssig, was sie tun sollte. Würde sie den Weg zur Treppe notfalls wohl wiederfinden?

»Ich spinne ja«, murmelte sie, um ihr Mißtrauen zu verscheuchen, und setzte sich in den antiken Sessel. Auch vor den Fenstern hingen mit Farbe bespritzte Laken.

Man ließ sie nicht allein. Armand kam schon wieder zurück. Er hatte Mantel und Hut weggebracht und trug einen grauen Anzug mit großen roten Karos. Neben ihm ging eine Frau mit einer klobigen Brille; sie war so klein, daß ihre Hochsteckfrisur nicht einmal an seine Schultern reichte. Sie war nicht nur klein, sondern auch knabenhaft flach. Sie trug ein bordeauxrotes Kleid und hohe, braune Stiefel. In der linken Hand hielt sie ein Whiskyglas, das zu drei Vierteln gefüllt war.

»Pauline, das ist Jacqueline.«

»Bonjour, Pauline.«

»Bonjour, Jacqueline«, sagte Paulina folgsam und ohne das geringste Bedürfnis, diese Frau beim Vornamen zu nennen.

Armand zog die Laken von den anderen beiden Sesseln. Auch diese Laken ließ er einfach zu Boden fallen, wobei erneut weißer Staub hoch aufwirbelte.

»Wie ungeschickt du doch wieder bist«, beschwerte sich Jacqueline, setzte sich aber einfach, und Armand, der auf den Vorwurf gar nicht reagierte, zog seine Hosenbeine hoch und nahm im dritten Sessel Platz.

War das nun gemütlich? Hätte er die Sessel nicht dichter zusammenrücken können?

Armand dachte darüber offenbar genauso.

»Wir sitzen ein bißchen weit voneinander entfernt, aber wenn ich die Sessel verrücke, staubt es noch mehr.«

»Pauline«, rief Jacqueline, »kannst du mich verstehen? Du sprichst doch ausgezeichnet Französisch?«

Paulina hob die Hand an den Mund und sagte in normaler Lautstärke: »Ich verstehe dich ausgezeichnet.«

»Ich dich auch!« sagte Jacqueline, sprach aber unwillkürlich so, daß es sich eher wie Rufen anhörte. »Mein Mann ist etwas schwerhörig, ich nicht. Wo François nur bleibt. François?«

»Ja, Madame, ich bin schon da.« Die Stimme, die diese Antwort gab, war so tief, daß ihr Besitzer nur von einer sehr geringen geographischen Breite stammen konnte.

Ein Afrikaner mit glänzender Haut in einer gelb und schwarz gestreiften Weste und schwarzem Seidenhemd trat ein. Er trug einen Satz von drei ineinanderpassenden, niedrigen Tischchen. Den kleinsten stellte er zu Jacqueline, den mittleren zu Armand, den größten zu Paulina.

»Wir müssen noch ein wenig improvisieren«, erklärte Jacqueline, nachdem François auch einen Servierwagen voller Schalen mit Leckereien und Flaschen gebracht hatte, »wenn hier nichts dabei ist, was du magst, sag es bitte sofort. Trinkst du Whisky?«

Paulina schüttelte lächelnd den Kopf, ohne laut nein zu sagen.

»Armand trinkt auch keinen Whisky, er mag lieber Wodka.«

»Es ist Ananassaft da, Orangensaft und Traubensaft«, sagte François, »was darf ich Ihnen einschenken, Mademoiselle?«

»Orangensaft.«

»So fangen sie alle an, die Ausländer«, sagte Jacqueline, »zuerst ausländischen Orangensaft. Später kommen wir dem Thema schon näher: Traubensaft. Dann Wein, bereits echt französisch. Und dann Cognac. Dann sind sie eingebürgert. Aber wenn wir das eine Weile gewesen sind, schwingen wir uns auf, überqueren den Ozean und landen beim Whiskey, den wir nie mehr verlassen.«

Sie ließ das Eis an der Wand des Glases klirren und trank wieder einen Schluck.

»Was studierst du?«

»Französische Literatur und Kunstgeschichte.«

»Kunstgeschichte. Hat Armand auch mal studiert, aber nicht lange. Ist dann selbst Künstler geworden. Er war ein großer Bewunderer von Elie Faure. Hast du den schon gelesen?«

»Noch nicht alles.«

»Oder alles noch nicht. Falls du das meinst, dann sag es auch. Armand und ich sagen immer die volle Wahrheit. Schon seit Jahren. Nicht, daß wir auf diese Weise unsere Gäste verpflichten wollen, auch offen zu sagen, was sie denken und wissen. Nein, nein, wirklich nicht. Es geht nur darum, daß sie begreifen. Begreifen, daß sie die Wahrheit sagen dürfen, ohne sich zu schämen, ohne jede Gefahr. Wenn sie weiterhin herumdrucksen und sich etwas zurechtdichten, auch gut. Das ist uns egal. Wir haben Freunde, aus deren Mund wir noch nie etwas anderes als Lügen gehört haben. Stimmt's, Armand?«

»Absolut.« Armand hielt sich das Wodkaglas vor die

Augen und studierte den weißen Belag, der sich durch die Kondensation darauf abgesetzt hatte.

»Sie lügen wie gedruckt«, verdeutlichte Jacqueline, »und wir mögen sie genauso wie ehrliche Menschen. Hin und wieder geben wir ihnen zu verstehen, daß wir ihnen nicht glauben, aber echte Lügner machen sich nichts daraus. Sind wir jemals einem Lügner begegnet, der sich geschämt hat, Armand?«

»Noch nie«, und während er das eiskalte Glas unten am dünnen Stiel hielt, trank er so demonstrativ einen Schluck, als liefere er damit den Beweis für das, was er sagte.

Die schwere Hornbrille, die Jacqueline trug, war die Brille eines Bürgermeisters, Richters oder Notars. Auch der Rest ihres Gesichts wies männliche Züge auf. Das Kinn energisch, der Mund entschlossen und durch viele tiefe Kerben in der Haut betont. War sie vielleicht viel älter als Armand? Graue Haare hatte sie nicht, aber den Glanz und die braunrote Farbe traf man in der Natur selten an.

»Aus Gründen der Höflichkeit nehmen wir allerdings darauf Rücksicht, wie empfindlich unsere Gäste gegenüber der Wahrheit sind. Überempfindlich, meine ich eigentlich. Wenn wir vermuten, daß sie keinen Wert auf die Wahrheit legen, nehmen wir Rücksicht darauf. Stimmt's, Armand?«

Er nickte: »Frankreich ist ein scheinheiliges Land. Neun Zehntel der Bevölkerung verhalten sich wie der Vogel Strauß. Um nicht zu diesen neunzig Prozent zu gehören, haben wir uns für das Gegenteil entschieden. Wir sind radikal.«

»Schon lange vor 1968 waren wir das.«

»Aber wir möchten nicht gern die Gefühle anderer verletzen.«

»Deshalb habe ich«, bekannte Jacqueline, »wenn jemand zum erstenmal zu Besuch war, noch nie meine Perücke abgenommen, nicht mal, wenn ich vor Hitze fast ohnmächtig geworden bin. Die Leute hätten sich sonst nicht wohl gefühlt, oder sie hätten mich bemitleidet, weil sie nicht wissen, wie wenig es mir ausmacht, daß ich eine Perücke trage. Oder sie hätten sich erschreckt. Ich bin nämlich schon seit Jahren kahl, weißt du.«

»Nicht als Folge von Haarausfall«, sagte Armand, »sie ist kein alter Mann.«

»Ich lasse mich kahl scheren, weil ich meine eigenen Haare so häßlich finde.«

Sie behielt die Perücke auf, leerte ihr Glas, zog den Servierwagen zu sich und schenkte sich wieder ein. Währenddessen fragte sie Paulina:

»Ein Glück, daß es heute nicht stickend heiß ist, findest du nicht auch? Da brauchst du nicht das Gefühl zu haben, daß du mir Qualen zumutest, indem du zuläßt, daß ich auf deine Gefühle Rücksicht nehme. Du kannst es offen eingestehen. O Gott, jetzt zwinge ich sie doch, die Wahrheit zu sagen.«

Langsam, aber laut sagte Armand: »Sag ... sag ... die Wahrheit ... einfach nicht ... Pauline. Sag einfach nicht die Wahrheit.«

Jacqueline warf ihm einen angeödeten Blick zu, seufzte und fragte: »Kommst du mit deinem Studium gut voran, Pauline?«

»Ich fange gerade erst an.«

»Die richtige Antwort«, fand Armand, »alles in der Kunst ist nur Anfang.«

»Gerade anfangen, das tun sie alle in der Kunst«, variierte Jacqueline, »ob Kunstgeschichte, Kunst, Literatur, Musik, ich habe es nie anders erlebt. Immer standen sie gerade am Anfang, auf allen Gebieten. Ich muß wohl Pech gehabt haben, daß ich nie anderen begegnet bin, denn wenn es nur Anfänger gegeben hätte, wäre es unbegreiflich, daß jemals etwas aus einer Stadt wie Paris geworden ist. Daß jemals Paläste und Museen erbaut wurden, deren Mauern reich mit Bildhauerarbeiten geschmückt sind. Daß die Museen voller Gemälde hängen und die Bibliotheken mit Büchern gefüllt sind.«

»Was du da aufzählst, ist Kunst *gewesen*. Es ist vollendet«, fand Armand, »es ist keine lebendige Kunst mehr.«

»Ach, hör auf. Wenn es von deinen Theorien abhinge, lägen keine zwei Steine aufeinander. Wir würden in einem Zelt oder in einer Höhle wohnen und mit einem Ast die Umrisse einer Kartoffel in den Sand kritzeln, um einen Auerochsen darzustellen.«

»Das ist noch nicht das Schlechteste.«

»Weißt du, Pauline, die Einstellung meines Mannes hat sich gewaltig verändert, seit er mich kennengelernt hat. Er hatte Jura studiert, er war schon fast fertig, aber dann entdeckte er, daß er Dichter werden wollte. Rate mal, welchen Dichter er am meisten bewundert hat?«

Armand gab selbst die Antwort: »Sully Prudhomme.« Trank wieder einen Schluck und trommelte mit den Fingern der freien Hand auf sein Knie.

»Sully Prudhomme«, bestätigte Jacqueline, »dachtest du, ich hätte es vergessen? Sully Prudhomme. Erhielt 1901 den Nobelpreis. Das war der allererste Nobelpreis für Literatur, der jemals vergeben wurde, und sofort an den schlechtesten Schriftsteller, der ihn jemals erhalten hat.«

»Genau«, sagte Armand, »Augen ohne Sprache haben das Morgenrot gesehen, sie schlafen tief im Grab, und noch geht die Sonne auf. Diese Zeilen stammen von Sully Prudhomme. François Coppée habe ich auch bewundert.«

»François Coppée. Noch schlimmer.«

»Stimmt. Ich werde ein Dichter sein und du das Gedicht. Das hat Coppée geschrieben, vor langer Zeit, ich geb's zu.«

»Aber was hast du gemacht?«

»Armand schloß sein Studium nicht ab«, deklamierte Armand, »er brach es ab. Wollte vom Schreiben leben. Konnte es natürlich nicht. Suchte und fand dann eine Stelle bei einer Zeitung, *Le Patriote*. Augenblicklich wurde er überschüttet mit Briefen von Verlegern, die nachfragten, ob er nicht noch einen unveröffentlichten Band Meisterwerke in der Schublade liegen habe.«

»Das wollten sie wissen«, sagte Jacqueline, »es war tatsächlich so.«

»In unserer zeitgenössischen Literatur geht es nun mal nicht um die Werke, sondern um den Meister.«

»Sie gaben sich auch schon zufrieden, wenn es keine Meisterwerke waren. Es ging ihnen darum, dem Meister zu Diensten zu sein. Der würde sich dann verpflichtet fühlen, lobende Kritiken über die anderen Bücher zu schreiben, die sie veröffentlicht hatten.«

»So läuft das«, gab Armand zu, »aber wir dürfen nicht vergessen, daß der Verleger, der ein Buch veröffentlichen will, nur weil es ein Meisterwerk ist, noch geboren werden muß. Ich hätte so viele Meisterwerke schreiben können, wie ich wollte, ich hätte keinen Hund hinterm Ofen hervorgelockt, geschweige denn einen Verleger, wenn der Verleger nicht gedacht hätte: Er ist ein großer Dichter, denn er schreibt Kritiken für *Le Patriote*.«

»Schlimmer noch«, verdeutlichte Jacqueline, »wenn er sich nicht gesagt hätte: Seine Gedichte taugen nichts, aber seine Kritiken, vorausgesetzt, sie nützen meinem Programm, kann ich gebrauchen.«

»Tja, so dachten diese Verleger.«

»Das Dumme war nur«, sagte Jacqueline, daß es nicht genug Verleger gab. Eine Zeitung, die nur von Verlegern gelesen wird, kann auf Dauer nicht existieren.«

»Was willst du damit sagen?« fragte Armand.

»Das weißt du genau. Damit will ich sagen, daß sich nur Verleger für deine Kritiken interessiert haben, niemand sonst.«

»Ach ja, genau. Ja. Ach, das sagst du auch nicht zum erstenmal.«

»Weiß ich, aber Pauline versteht es sonst vielleicht nicht. Und es ist gut, wenn sie solche Dinge weiß. Dadurch lernt sie Frankreich kennen. Die schreckliche Korruption, die dieses Land zersetzt.«

Sie schwieg, hatte ihre Ausführungen aber offenbar noch

nicht beendet und trank einen großen Schluck Whisky, um neue Kräfte für deren Fortsetzung zu sammeln.

Armand nippte an seinem Wodka, um Mut zu fassen, ihr weiter zuzuhören.

Paulina trank von ihrem Orangensaft, um nicht aus der Reihe zu tanzen.

Der schwarze Butler kam kurz nachschauen, ob er die Gläser schon wieder nachfüllen müßte, aber so weit war es noch nicht. Er lächelte Paulina zu, nicht als Versuch zu einem stillen Einvernehmen, sondern aus Freundlichkeit. Auf die Gespräche reagierte er nicht – was ihn betraf, hätten sie, wie man sah, auch in Sanskrit geführt werden können.

»*Le Patriote,* das wollte ich damit sagen«, nahm Jacqueline den Faden wieder auf, »wurde auf die Dauer nur noch von Verlegern gekauft.«

»Sie will behaupten, daß Leser, die kein kommerzielles Interesse daran hatten, meine Kritiken nicht lasen.«

»Es war noch viel schlimmer. Gerade wenn jemand eine Kritik von dir zu lesen versuchte, und von Zeit zu Zeit gab es irgendeinen bedauernswerten Menschen, der so unvernünftig war, sagte er schon bald: Ich will diese Zeitung nicht mehr. Und dadurch hatte *Le Patriote* zum Schluß bis auf ein paar Verleger keine Leser mehr.«

»Ja«, räumte Armand ein, »das ist schon seit Jahren deine Theorie.«

»Die Praxis war noch furchtbarer. Die Verleger merkten, daß normale Menschen, ich meine den Durchschnittsleser, der eine Kritik zu Rate zieht, um entscheiden zu können, ob er ein Buch kauft oder nicht, kein Interesse mehr an den Buchbesprechungen von *Le Patriote* hatten. Wie du dir denken kannst, hatten die Verleger dann auch kein Interesse mehr daran.«

»Ich würde diese Artikel gern einmal lesen«, sagte Paulina, »wäre das möglich?«

»Meine Liebe, diese Rezensionen habe ich längst alle weggeworfen. Wir brauchen ihnen nicht nachzutrauern.«

Jacqueline trank einen Schluck Whisky und versuchte das Thema abzuschließen:

»Verleger interessieren sich dafür, wie sie den Absatz ihrer Bücher fördern können.«

Armand fand das nicht besonders empörend:

»Sollen sie etwa von der Luft leben? Ein Verleger ist ein Buchliebhaber, der Tausende von Exemplaren ein und desselben Buches kauft mit der einzigen Absicht, sie so rasch wie möglich wieder loszuwerden. Weil *Le Patriote* von niemandem mehr gelesen wurde, war es herausgeworfenes Geld, noch länger Anzeigen in das Blatt zu setzen. Aber wir sollten nicht vergessen, daß sich die anderen Inserenten auch zurückgezogen haben.«

»Ja, natürlich. Wenn man in einer Zeitung wirbt, die keiner lesen will, kann man sein Geld auch gleich zum Fenster hinauswerfen.«

»Aber du übertreibst, wenn du damit sagen willst, daß die Leser *Le Patriote* nur deshalb links liegenließen, weil ihnen meine Betrachtungen über Poesie und Prosa zu schwierig waren.«

»Zu schwierig habe ich nicht gesagt. Zu einseitig, das sage ich jetzt. Nur Bücher von Verlagen, die dort inseriert haben, bekamen gute Rezensionen. Je mehr Quadratmillimeter eine Anzeige umfaßte, um so länger war die Besprechung eines Buches vom selben Verlag. Und um so lobender.«

»Jetzt verwechselst du das, was die Direktion der Zeitung gern gesehen hätte, mit dem, was in Wirklichkeit passiert ist.«

Fast andächtig trank sie wieder einen Schluck, drehte das beinahe leere Glas in der Hand und enthüllte: »Bücher von Verlagen, die keine Anzeigen geschaltet hatten, wurden gar nicht erst besprochen.«

»Der Chef der Anzeigenabteilung gab tatsächlich oft dezente Fingerzeige in diese Richtung. Aber das blieb Theorie, denn es gab nicht genug Bücher, für die geworben wurde, um die Literaturseite nur mit Besprechungen solcher Bücher füllen zu können. Ich durfte schreiben, was ich wollte, und auch entscheiden, worüber ich schrieb und worüber nicht. Das stand in meinem Vertrag.«

»Wenn du mich fragst, hast du meist die falschen Entscheidungen getroffen, die falschen Bücher gelobt und die falschen für schlecht erklärt oder totgeschwiegen. Sonst hätten dich die Leser nicht im Stich gelassen, und mit ihnen auch die Verleger.«

»Die Leser! Du tust so, als hätte die Zeitung nur für und aus Buchbesprechungen bestanden. Buchbesprechungen! Neunundneunzig von hundert Lesern nehmen sie gar nicht zur Kenntnis. Buchbesprechungen! Einmal pro Woche eine Seite, irgendwo ganz hinten. Das interessiert die Leser nicht die Bohne.«

»Das würde ich nicht unbedingt so sehen. Aber wie dem auch sei, ich habe noch nie gehört, daß dich jemand für einen guten Kritiker gehalten hätte. Du hättest die Konsequenzen ziehen und ohne Pardon alle Bücher der inserierenden Verlage über den grünen Klee loben und den Rest verreißen müssen. Das wäre noch was gewesen!«

»Und was ist mit Laborde? Hast du den vergessen?«

»Laborde! Dazu mußt du wissen, Pauline, Laborde war genauso ein Kritiker wie Armand, und damit meine ich: eigentlich ein Dichter, aber einer, der sich über Wasser hält, indem er für eine Zeitung schreibt. Was dann kam, kannst du dir bestimmt schon denken: Armand hatte Laborde eines Tages zum großen, zum ganz großen, zum unvergleichlich großen Dichter erklärt. Das war Laborde noch nie passiert. Und nachdem Armand sich im Laufe der Zeit den Ruf erworben hatte, der schlechteste Literaturkritiker des ganzen Landes zu sein, schrieb Laborde ein Loblied auf ihn in *La Terre*, denn er dachte, wenn *Le Patriote* ad patres ginge, bliebe keine einzige Zeitung mehr übrig, die ihn, Laborde, als großen Dichter bezeichnen würde.«

»Ach, das versteht sich doch von selbst«, sagte Armand,

»aber was kümmert uns das heute noch? Ich habe schon seit Jahren keine Gedichte mehr geschrieben, und Laborde schreibt nur noch jede Woche eine verbitterte Kolumne in *La Terre*. Auch nicht so grandios.«

Armand drehte sich halb zur Seite und hielt sein leeres Glas in Richtung des Butlers, der, erfreut, tätig werden zu können, flink vortrat und das Glas wieder füllte.

»Wir sollten mal was essen«, meinte Jacqueline, »hast du auch Appetit, Pauline?«

»Essen«, sagte Armand, »ich bin unbedingt dafür, aber jetzt aufstehen und mich an den Eßtisch setzen, wo wir gerade so gemütlich beisammenhocken, dazu habe ich überhaupt keine Lust.«

»Abgesehen davon«, ergänzte Jacqueline, die der gleichen Ansicht war, »ich weiß nicht mal, wo der Eßtisch geblieben ist. Seit wir angefangen haben, die Wohnung zu renovieren, steht die Tischplatte irgendwo hochkant, ohne Beine, mit einem Laken abgedeckt. Nicht wahr, François?« Nun hielt sie dem Butler das leere Glas hin.

»Gewiß, Madame«, sagte dieser und schenkte ein, »wir haben jede Vorsorge getroffen, damit er nicht beschädigt wird. So ein prachtvoller Tisch.«

»Armand und ich essen schon seit Wochen nicht mehr an einem Tisch. François bereitet die leckersten Kleinigkeiten für uns zu, und die essen wir vom Schoß, wie beim Camping. Hast du noch nie so gegessen?«

»Schon sehr oft«, sagte Paulina, »so ist es viel gemütlicher.«

»Hast du das gehört, François?«

»Hervorragend«, sagte der Butler, »sofort, Madame«, und er verschwand in die Küche.

Kurz darauf hatte er auf die Tischchen neben ihnen für jeden einen Brotkorb gestellt, ein Schälchen Butter und zwei Weingläser. Ein zweiter Servierwagen, reich beladen mit allerlei Delikatessen und einem hohen Stapel Teller, gesellte sich nun zum ersten.

Gerade hatte François dafür gesorgt, daß die Campingfreunde Gänseleber auf Toast kosten konnten, als das Telefon klingelte.

Der Apparat stand mitten im Raum auf der Erde, an einem langen Kabel. François eilte hin, hob ihn auf und brachte ihn seiner Herrin – das Kabel war lang genug. Er nahm ihren Teller in die freie Hand, und so, wie er ihr die Häppchen angeboten hatte, präsentierte er ihr den Apparat, der durch lautes Klingeln seine Zufriedenheit bekundete. Jacqueline ließ das Telefon in seiner Hand, hielt sich den Hörer ans Ohr und sagte:

»Allô?«

Ihr Gesicht verdüsterte sich.

»Tut mir leid, Sie sind falsch verbunden.«

François gab ihr den Teller zurück und stellte das Telefon wieder auf den Boden.

»Je länger es her ist, daß unser Sohn zum letztenmal von sich hören ließ«, kommentierte Armand, »desto selbstverständlicher wird es, daß Jacqueline den Hörer abnimmt, nicht ich.«

»Als ob es dir egal wäre«, rief Jacqueline ungläubig, »aber du weißt ganz genau, daß du ebensogut wie ich ...«

»Selbstverständlich, selbstverständlich.«

Er hatte seine Gänseleber aufgegessen, gab François den leeren Teller und verschränkte die Hände.

»Unser Sohn Edouard und ich«, richtete Armand das Wort an Paulina, »wir haben eigentlich nie eine Meinungsverschiedenheit oder einen Streit. Nie. Auch früher hatten wir das nicht, als er noch klein war. Mußte ich ihm jemals eine Standpauke halten? Habe ich mit ihm geschimpft?«

»Selten«, bestätigte Jacqueline, »oder eigentlich: du hast recht. Nie, tatsächlich.«

»Er hat also überhaupt keinen Grund, etwas gegen seinen Vater zu haben. Stimmt's, Jacqueline?«

»Unbedingt. Aber dafür gegen mich, oder was willst du damit sagen?«

»Jetzt hör aber auf! Gegen dich noch weniger als gegen mich. Nein, nein, mit persönlichen Differenzen oder einer Antipathie hat es nichts zu tun.«

»Edouard ist ein Schatz. Das muß jeder zugeben, der ihn näher kennenlernt.«

François hatte die Teller wieder gefüllt. Eine Weile aßen sie schweigend. Es dauerte ziemlich lange, ehe Armand das Gespräch wieder aufnahm:

»Ein Schatz.«

»Wer wird das Gegenteil behaupten? Ich muß zugeben, manchmal dauert es ziemlich lange, bis er sich wieder mal bei uns blicken läßt. Manchmal vergehen Wochen, in denen er nicht mal anruft. Was sagst du dazu, Pauline? Sei ehrlich. Ist das denn so schlimm?«

»Besuchen Sie ihn manchmal?«

»Nein«, sagte Armand, »das wäre völlig falsch.«

»Ja, das fürchte ich auch«, pflichtete Jacqueline ihm bei, »wenn wir ihn besuchten, würde er denken, wir wollten ihm nachspionieren.«

»Oder auf jeden Fall, daß wir uns in seine Angelegenheiten einmischen wollen.«

»Ich meine natürlich nicht unangekündigt«, verteidigte sich Paulina, obwohl ihr die ganze Sache eigentlich egal war. Aber irgend etwas mußte sie ja sagen: »Sie könnten sich doch mit ihm verabreden.«

»Gesetzt den Fall, er ginge ans Telefon«, überlegte Armand laut, »aber bei ihm nimmt nie jemand ab.«

»Tagsüber ist es aussichtslos«, bestätigte Jacqueline, »nachts könnte man ihn vielleicht erreichen, denn ich glaube schon, daß er dort schläft. Ob er sich darüber freuen würde, ist allerdings die Frage. Verhältst du dich auch so gegenüber deinen Eltern?«

Inzwischen hatte der Butler Paulina ein Omelett serviert.

Als ihr Mund leer war, erwiderte sie:

»Das Problem hat sich für meine Eltern nie ergeben. Ich war bisher noch nicht so lange von zu Hause fort.«

»Ach so. Und wie lange bist du nun schon fort?«

»Noch keine Woche.«

»Und hast du deinem Vater schon mitgeteilt, wie es dir bisher hier ergangen ist?«

»Ich habe meinen Eltern heute nachmittag eine Ansichtskarte geschickt«, erklärte Paulina wahrheitswidrig, aber weil sie am Nachmittag tatsächlich daran gedacht und sich vorgenommen hatte, es auf jeden Fall am nächsten Tag zu tun, schämte sie sich ihrer Lüge nicht.

»Hast du noch beide Eltern?« fragte Jacqueline.

»Ja, ja. Und einen Bruder. Er ist vier Jahre jünger. Ich bin neunzehn.«

»Die ideale Familie, finde ich«, versicherte Jacqueline, »Edouard hätte eigentlich eine Schwester haben sollen, aber es hat nie geklappt.«

»Du hast ihnen also eine Ansichtskarte geschickt?« fragte Armand, mit einem Nachdruck, als zweifle er daran.

Sie konnte jetzt keinen Rückzieher machen. »Ja«, sagte sie, »wieso?«

»Eine Ansichtskarte. Das übliche. Als er noch jünger war, hat Edouard uns auch manchmal eine Ansichtskarte geschickt. Stimmt's, Schatz? *Mir geht es gut. Ich hoffe, daß es Euch auch gut geht. Herzliche Grüße.* Mehr hat er nicht geschrieben. Immer denselben Text. Machst du das auch so? Solche Ansichtskarten verschicken?«

»Mehr oder weniger … Aber wirklich nicht aus mangelnder Herzlichkeit. Ich befürchte nur manchmal, daß sie nicht so viel Freude und Glück haben wie ich. Darum habe ich Angst, sie zu verletzen. Ich weiß genau, daß meinem Vater in seiner Jugend selten etwas in den Schoß gefallen ist. Und darum plappere ich nicht zu viel über die schönen Dinge, die ich erlebe. Ich fasse mich lieber möglichst kurz.«

»Hast du das gehört?« rief Jacqueline. »So etwas ist bei Edouard wahrscheinlich auch der Grund, daß er so wenig von sich hören läßt. Feingefühl!«

»Das hoffe ich mit dir.«

»Du willst einfach nur Schlechtes von ihm denken.«

»Es hat nichts damit zu tun, was ich will oder nicht will. Ich will, nebenbei bemerkt, für ihn nur das Beste. Aber er erzählt uns nun mal selten etwas von sich. Und das war schon immer so. Auch als kleiner Junge, als er noch zur Schule ging, hat er uns nichts erzählt. Immer mußten wir ihm alles aus der Nase ziehen. Na? Wie war's in der Schule, Edouard? Gut. War die Klassenarbeit schwer, Edouard? Na ja, es ging. Habt ihr über irgendwas gelacht in der Klasse? Ja. Worüber denn? Erzähl mal. Ich weiß es nicht mehr.

Jeden Tag immer die gleichen Fragen und Antworten.«

Armand seufzte, schaute auf seinen Teller und nahm etwas auf die Gabel. Jacqueline beeilte sich, ihren Bissen hinunterzuschlucken.

»Für das Kind war das aber auch zum Verrücktwerden, findest du nicht, Pauline? Jeden Tag die gleiche Leier, wie es in der Schule war. Worüber mußtest du einen Aufsatz schreiben? War Algebra schwierig?«

Paulina wußte nicht, was sie darauf erwidern sollte, denn sie hatte früher alles, was in der Schule geschah, freudig zu Hause berichtet.

Armand wartete ihre Meinung nicht ab:

»Natürlich waren diese Fragen und Antworten öde. Für ihn. Und für mich nicht weniger. Aber stell dir mal vor, ich hätte überhaupt nichts gefragt. Dann hätten wir in beklemmender Stille am Eßtisch gesessen, wir drei. Ich erinnere mich, daß ich es einmal eine Woche lang bewußt unterlassen habe. Als die Woche vorbei war, sagte ich zu meiner Frau: Siehst du es jetzt? Er erzählt uns nie etwas. Und weißt du, was sie damals geantwortet hat?«

»Na, was habe ich denn geantwortet?«

»Warum auch, hast du gesagt, wenn du ihn nicht danach fragst. Er denkt natürlich, daß es dir vollkommen schnuppe ist.«

»Da hört sich aber alles auf!«

Jacqueline hielt François ihren leeren Teller hin. »Was du

dir alles zusammenphantasierst, das ist unnachahmlich. Ich habe nie zu dir gesagt, er würde denken: Mein Vater fragt mich nicht danach, also ist es ihm auch schnuppe. So etwas habe ich niemals gesagt.«

»Wirklich nicht? Dann funktioniert mein Gedächtnis vielleicht nicht mehr richtig.«

»Genau. Und du hast zu viel Phantasie. Viel zuviel für ein normales Bürgerleben. Wenn du ein bißchen fleißiger gewesen wärst, wenn du nicht immer gedacht hättest: ein Vers, der ist ruck, zuck fertig, wenn du mehr Sitzfleisch gehabt und Romane geschrieben hättest oder, besser noch, Drehbücher, dann wären deine unbestreitbaren Talente viel besser zu ihrem Recht gekommen. Im Phantasieren ist er nämlich ganz groß, weißt du, Pauline.«

»Ich habe eigentlich nicht mehr viel Appetit«, sagte Armand zum Butler, »gib mir ein Stückchen Cantal, und damit lasse ich's genug sein.«

François beugte sich über den Servierwagen und schnitt, in der Linken einen sauberen Teller, mit der anderen Hand ein Stückchen Käse ab.

»Und schenk mir noch einen Tropfen Wodka ein.«

»Siehst du«, sagte Jacqueline zu Paulina, »jetzt ändert er blitzschnell das Thema. Und warum? Wegen meiner Taktik. Die beste Art, idiotische Diskussionen zu beenden, ist es, dem Gegner nicht recht zu geben und ihm trotzdem zu schmeicheln, indem man ihm Fähigkeiten andichtet, an die er selber nicht glaubt. Aber dafür glaubt er, daß *der andere* daran glaubt, und er wird sich davor hüten, diesen Glauben zu erschüttern. Also gibt er keinen Mucks mehr von sich.«

Armand hatte unterdessen sein Wodkaglas schon wieder halb geleert. Er trank noch einen Schluck.

»Ausgezeichnet«, sagte er, und es schien, als meine er den Wodka, aber er fuhr fort:

»Fazit: Wir lassen die ganze Geschichte ruhen. *Du* hast also nie gesagt, daß es mir schnuppe sei, und *mein* Interesse hat nie nachgelassen. Ich habe ihn jeden Tag gefragt, immer wieder, was er in der Schule erlebt habe, aber andere als nichtssagende Antworten konnten wir unserem Goldjungen nicht entlocken. Woran hat das gelegen?«

»Ach komm«, sagte Jacqueline, »das ist alles schon so lange her. Er ist jetzt erwachsen. Das vergißt du. Niemand bleibt ein Kind. Jeder ändert sich.«

»An seiner Verschlossenheit hat sich nicht das geringste geändert.«

»Nun ja ...«

Sie wollte kein Dessert und ließ sich noch einen Whisky einschenken.

»Er hat Wirtschaftswissenschaft studiert«, begann sie zu erzählen, »letztes Jahr hat er sein Diplom gemacht. Er war der Beste seines Jahrgangs.«

»Tja, soviel wissen wir also doch von ihm«, sagte Armand und verzog das Gesicht, als gäbe er sich große Mühe zu lächeln, »aber nicht mal, daß er der Beste seines Jahrgangs war, was ja sehr ehrenvoll ist, hat er uns jemals erzählt.«

»Ja wirklich! Wenn wir nicht mal *das* wüßten!«

»Natürlich wissen wir es. Und an sich ist es auch sehr erfreulich. Leider habe ich überhaupt keine Ahnung von Wirtschaftswissenschaft.«

»Edouard hat sich schon als Kind für nichts anderes interessiert. Sein erstes Hobby war eine Münzsammlung, aber von der hat er sich getrennt, nachdem er die Börsenkurse entdeckt hatte.«

»Ja, tatsächlich, damals war er elf. In der Schule hatten sie ihm erklärt, was Rendite bedeutet.«

»Sie hatten ihm erzählt, was Rendite bedeutet, und er hatte erkannt, daß Münzen keine Zinsen bringen.«

»Er verkaufte die Münzen an Jungs aus seiner Klasse. Außerdem plünderte er sein Sparschwein, und mit den Taschen voller Kleingeld marschierte er zur Börse.«

»Ja«, sagte Jacqueline, »das wissen wir zufällig, weil er weinend nach Hause kam. Sie hatten ihm an der Börse keine Obligation oder Aktie verkaufen wollen.«

»Und deshalb hat er geweint?« fragte Armand.

»Das weiß ich noch ganz genau. Er hat geweint. Ein Mann, dem er dort begegnet war, hatte zu ihm gesagt, nachdem jemand, der Pförtner wahrscheinlich, ihn weggeschickt hatte: Gib mir einfach hundert Franc, dann kaufe ich dir eine Obligation. Aber Edouard hatte gesagt: Die muß ich erst sehen, bevor ich sie kaufe. Und dann sagte dieser Bursche: Nur, wenn du mir zehn Franc Vorschuß gibst. Edouard gab ihm die zehn Franc Vorschuß. Der Kerl machte sich natürlich mit Edouards zehn Franc aus dem Staub.«

»Ja, ja, ja …«, murmelte Armand, »so war das.«

»Edouard aber ließ den Mut nicht sinken. Er schnitt jeden Tag die Seite mit den Börsenkursen aus der Zeitung aus. Machte Statistiken und Graphiken der Kurse. Hat er jahrelang durchgehalten.«

»Es war sein einziges Hobby.«

»Nicht ganz. Für Rugby war er auch zu haben. Ist er noch heute, glaube ich.«

»Ja … ja … ja … Genau wie für die Börsenkurse: was er darüber in der Zeitung liest.«

»Hör auf, an ihm herumzukritteln. Er hat wirklich was anderes zu tun, als jeden Tag die Börsenkurse aus der Zeitung auszuschneiden.«

»So meine ich das nicht. Jeden Tag die Börsenkurse ausschneiden, das ist wahrscheinlich eine kindliche Methode. Er weiß es längst viel besser. Es gibt auch Leute, die alle Buchbesprechungen ausschneiden. Die sind ebenfalls nicht ganz bei Trost, oder zumindest sehr naiv.«

Zum erstenmal lachte Armand laut.

Jacqueline sagte: »Wir denken einfach: keine Nachrichten, gute Nachrichten. Daß er ein herausragender Student war, daran brauchen wir nicht zu zweifeln. Also eigentlich haben wir überhaupt keinen Grund, uns Sorgen um ihn zu machen.«

»Nicht wegen seines Studiums und nicht wegen seines

Geldes. Letztens hat er mit Aktien eine hübsche Summe verdient. Weißt du noch?«

»Natürlich weiß ich das noch.«

»Ach so«, sagte Paulina, »hin und wieder erzählt er also doch etwas.«

»Ja, ja, von Zeit zu Zeit«, bestätigte Jacqueline, »so schlimm ist es nun auch wieder nicht. Aber was uns betrifft, braucht er nicht an der Börse zu spekulieren. Mir wäre sogar lieber, er ließe es sein. Er hat es überhaupt nicht nötig.«

»Wenn er wirklich Geld nötig hätte, sollte er sich besser auf die Straße hocken mit einem Pappschild *Ich habe Hunger* vor dem Bauch. Das ist sicherer, als zu versuchen, an der Börse Geld zu machen.«

»Ja, unbedingt. Wenn ich diese Leute mit ihrem Stück Pappe da so hocken sehe, frag ich mich immer, was wohl passieren würde, wenn man beim Bäcker ein Croissant holen und es vor ihnen hinlegen würde.«

Paulina lachte höflich. Es kam ihr wie ein uralter Witz vor, aber besorgt, daß man sie für naiv halten könnte, ging sie doch darauf ein.

»Ich hab noch nie erlebt, daß jemand das wirklich gemacht hat.«

»Man wäre ja auch verrückt«, warnte Armand, »höchstwahrscheinlich steht ganz in der Nähe ein Kumpan, der einen zusammenschlägt, wenn man es wörtlich nimmt, was sie behaupten. So ist das doch immer. Nichts auf dieser Welt kann einen in so große Schwierigkeiten bringen, als wörtlich zu nehmen, was die Leute sagen.«

»Zu glauben, was in der Zeitung steht«, ergänzte Jacqueline, »ist auch sehr gefährlich.«

»Darüber haben wir schon gesprochen. Was im Parlament gesagt wird. Und was der Präsident der Republik verkündet.«

»Und was der Arzt erzählt.«

»Darum«, schloß Armand, »wir haben eigentlich noch

Glück, daß Edouard uns überhaupt nichts erzählt. Oder so gut wie nichts, Entschuldigung.«

»Er ist ein Schatz«, betonte Jacqueline noch einmal.

»Eben«, bestätigte Armand, »egal, wie man's sieht, eigentlich haben wir keinen Grund, uns zu beklagen.« Sein Tonfall verriet, daß er insgeheim anderer Ansicht war. »Ich finde, es wird ein bißchen dunkel. François?«

»Natürlich, Monsieur, ich mache das Licht an. Sofort.«

Ziemlich weit entfernt von dem Platz, an dem sie saßen, hing eine nackte Glühbirne unter der Decke. Jacqueline und Armand saßen mit dem Rücken dazu. Als sie brannte, fielen lange Schatten vor ihre Füße. Paulina schaute ins Licht. Die Glühlampe aus hellem Glas war mit eingetrockneten weißen Farbspritzern beschmutzt.

François rollte die beiden Servierwagen weg und verschwand. Alle schwiegen.

Paulina fand, daß nun lange genug über den offenbar nicht gerade warmherzigen Sohn gesprochen worden war. Ich würde gern ein anderes Thema anschneiden, dachte sie, doch ihr wollte einfach nichts einfallen, und selbst wenn sie eine Idee gehabt hätte, wäre es noch fraglich gewesen, ob sie es gewagt hätte, das Wort zu ergreifen. Diese Leute sind unglücklich, dachte sie, sehr unglücklich. Ich würde sie gern trösten, aber ich weiß nicht wie.

Vom Licht geblendet, senkte sie den Blick. Armands und Jacquelines beschattete Gesichtszüge konnte sie ohnehin kaum noch erkennen.

François kam mit einem Tablett zurück, das er in Kopfhöhe auf der flachen linken Hand trug. Er hielt es sogar noch etwas über dem Kopf, als trüge er die Apotheose des Abends ins Zimmer. Er stellte das Tablett auf den Tisch neben Jacqueline, schenkte allen dreien eine Tasse Kaffee ein, nahm das Tablett wieder hoch, stellte eine fast volle Flasche *Chivas Regal* neben Jacqueline und einen Kühler mit einer Wodkaflasche neben Armand. Paulina fragte er:

»Mademoiselle, wünschen Sie einen Digestif?«

Paulina lehnte dankend ab.

»Ein Digestif«, sagte Jacqueline, als François mit dem leeren Tablett gegangen war, »ich nehme nie einen Digestif. Nach dem Essen trinke ich denselben Whisky wie vorher, nur nicht mit Eis. Das ist am gesündesten.«

Armand schenkte sich konzentriert ein Glas Wodka ein, ohne nähere Erläuterung dazu.

»Trinkst du manchmal Genever?« fragte Jacqueline.

»Nein, nie«, sagte Paulina, »ich hab noch nicht mal davon probiert.«

»Ich dachte, alle Holländer würden das trinken«, sagte Armand. Aber ehe Paulina etwas erwidern konnte, sagte Jacqueline: »Wenn du noch mehr Orangensaft möchtest, sag es nur.«

»Ich habe keinen Durst mehr.« Ebensowenig hatte sie Lust, hier noch lange zu bleiben, aber noch weniger wußte sie, wie sie den Besuch beenden konnte, ohne unhöflich zu sein.

»Wenn er doch heiraten würde«, bemerkte Armand.

»Ja. Heiraten, das ist auch so ein Problem.« Es schien, als habe Armand seiner Frau nur die Überschrift für das nächste Kapitel zugespielt, weil er wußte, daß sie das Thema erschöpfend behandeln würde und er seinen eigenen Gedanken nachhängen könnte, ohne eingreifen zu müssen. Jacqueline enttäuschte diese Erwartung nicht.

»Ich denke, in keinem anderen hoch entwickelten Land ist die Eheschließung weiterhin so ein Problem wie bei uns.«

»In Frankreich?« sagte Paulina. »Der Wiege der Aufklärung? Der Freiheit, Gleichheit und Brüderlichkeit?«

Armand kam ihr zu Hilfe: »Ich werd's dir erklären. Machen sich in Holland die Eltern von heiratsfähigen Kindern auch so viele Gedanken über die Mitgift?«

»Das gibt's bei uns überhaupt nicht, außer bei den Bauern in Groningen, glaube ich.«

»Hier auch nicht mehr«, sagte Jacqueline, »er redet Stuß.

Hauptsache, sie lieben sich. Wenn man das Gefühl hat, daß sie sich nicht vor Ablauf eines Jahres wieder scheiden lassen, ist man froh.«

»Aber weniger froh, wenn sie länger als ein Jahr zusammenbleiben, obwohl jeder von ihnen besser seiner Wege gegangen wäre.«

Armand, der die Beine vorher übereinandergeschlagen hatte, streckte sie nun aus, schob das Gesäß so weit wie möglich zum Rand des Sessels vor und lehnte sich zurück. Es sah aus, als läge er in einem Bob und sause mit halb geschlossenen Augen einen vereisten Hang hinab.

»Ich hatte überhaupt keine Mitgift«, erzählte Jacqueline, »Armand hatte also großes Glück, weil er nicht auf mein Geld aufpassen mußte.«

»Großes Glück, sehr großes Glück«, murmelte Armand, »das kann man wohl sagen.«

Plötzlich saß er wieder kerzengerade und sagte mit Stentorstimme: »Auf mein eigenes Geld brauchte ich auch nicht aufzupassen. Und trotzdem leiden wir nie unter Geldmangel. Nie.«

»Er bekommt noch immer Taschengeld von seinem Papa«, verdeutlichte Jacqueline diese Mitteilung, »und dagegen ist wohl nichts einzuwenden, denn sein Vater hat Geld genug. Aber ich finde nicht, daß mein Schwiegervater noch dazu seinen Enkel unterhalten muß, oder daß er Armand so viel geben müßte, daß Edouard, der längst erwachsen ist, auch davon leben kann.«

»Abgesehen davon ist das gar nicht nötig«, sagte Armand, »Edouard studiert die Börsenkurse. Er ist ein Experte, er versteht was von Geld. Wahrscheinlich ist er viel reicher, als wir ahnen.«

Wieder ging es um Edouard und sein Geld. Paulina wunderte sich, daß der Alkohol bei den beiden so wenig Wirkung zeigte, aber wenn sie immer wieder vom gleichen Thema anfingen, vertrugen sie ihn vielleicht doch weniger gut, als es den Anschein hatte.

»Da will ich nicht widersprechen«, räumte Jacqueline ein, »ich habe auch volles Vertrauen in seinen Durchblick, sein Wissen über die ökonomischen Zusammenhänge. Aber die Vorstellung, daß er von der Börse abhängig sein soll, finde ich unangenehm. Das bereitet mir manchmal schlaflose Nächte. Die Börse? Die Kurse steigen, die Kurse fallen, und keiner kann vorher sagen, wann, warum und um wieviel. Man ist reich und einen Tag später bettelarm. Der umgekehrte Fall müßte ebenso regelmäßig vorkommen, aber davon hört man selten. Wo bleibt die Differenz?«

Armands Arm bewegte sich abrupt und eher unkoordiniert in Paulinas Richtung: »Das weiß sie verdammt gut, wo die Differenz bleibt, verdammt gut. Aber sie hält es geheim.«

»Ich wünschte mir, Edouard würde ein anständiges Mädchen mit einer angemessenen Mitgift kennenlernen und mit ihr glücklich werden. Er würde ihr Geld hervorragend verwalten. Das weiß ich genau.«

»Das kannst du gar nicht genau wissen. Hervorragend verspielen ist ebenso wahrscheinlich.«

»Ach, hör doch auf. Der Ehemann verwaltet das Geld der Frau, aber er kann es nicht nach Belieben vergeuden. So steht es im Gesetz.«

»Trotzdem liest man in Romanen aus dem neunzehnten Jahrhundert nichts anderes als das: Die Männer hielten Schauspielerinnen aus, sie hatten teure Pferde, sie spielten Roulette, sie verzockten das Geld ihres Vaters und das Erbe, das sie von ihrer Mutter zu erwarten hatten, sie bezahlten Wucherern fünfzig Prozent Zinsen, und wenn sie völlig abgebrannt waren, heirateten sie die Tochter eines reichen Marquis aus der Provinz und fingen von vorn an.«

»Edouard raucht nicht, trinkt höchstens am Sonntag ein Glas Wein, geht nicht zum Pferderennen, ist kein Spieler und hält sich keine Schauspielerinnen als Geliebte. Soweit ich weiß, hatte er dreimal eine Zeitlang ein Techtelmechtel. Es waren aber nicht so geeignete Partien, deshalb war es bald wieder aus.«

»Es waren nicht mal offizielle Verlobungen«, ergänzte Armand.

»Nein, davon war nie die Rede. Ganz abgesehen von der Mitgiftfrage. Die letzte, Christiane meine ich, kam aus einer sehr reichen Familie.«

Armand ließ sich wieder nach hinten fallen.

»Und trotzdem finde ich es unsinnig«, sagte er, »eine Frau mit einer Mitgift. Darauf kann er verzichten. Wenn er nur eine findet, die ihn nicht betrügt, die den Haushalt einigermaßen gut führt und die nicht den ganzen Tag an ihm herummäkelt.«

»Warum sollte sie an ihm herummäkeln? Dann wäre sie total verrückt oder eine Hysterikerin. Wenn sie tatsächlich Gründe finden würde, an Edouard herumzumäkeln! Er ist ernsthaft, fleißig, ein Mann mit festen Gewohnheiten, er ist ausgeglichen, und er kann geistreich sein.«

»Völlig richtig. Das einzige, was uns zuweilen doch etwas ausmacht, ist die Tatsache, daß wir ihn fast nie mehr sehen.«

»Das haben wir bereits erwähnt. Aber das ist doch kein Verbrechen. Er war schon immer so. Er hat keinen einzigen Grund, uns nicht zu lieben, falls du das manchmal denken solltest.«

»Es macht uns nur auf die Dauer ein wenig einsam.«

Jacqueline wollte das nicht bestreiten. »Aber«, sagte sie, »wenn es das eigene Kind ist, kann man die Hoffnung auf einen etwas vertrauteren Umgang doch nicht völlig aufgeben.«

»Wenn er eine nette Frau hätte, wenn wir Enkelkinder bekämen, würde es sich vielleicht ändern, und wir hätten auf jeden Fall ein neues Gesprächsthema.«

»Eine nette Frau … reizende Enkelkinder …«, wiederholte Armand mit ziemlich schwerer Zunge.

»Aber abgesehen vom Problem der Mitgift, das meiner Ansicht nach überhaupt kein Problem ist, denn er braucht das Geld ja nicht, ist da noch ein anderer Punkt.«

»Daß er so groß ist«, sagte Armand, »genauso groß wie ich. Aber er hat sich nie darüber beklagt.«

»Weil er, wie wir schon erzählt haben, sehr verschlossen ist und sich nie über irgendwas beklagt. Aber ich habe trotzdem einen Grund zu der Annahme, daß er damit hadert.«

»Früher, wenn er mit uns über die Straße ging oder irgendwohin, hatte ich manchmal den Eindruck, daß er sich für seine Eltern geschämt hat.«

»Sich geschämt hat? Du bist wohl nicht ganz gescheit.«

»Sich schämen ist vielleicht zu kraß ausgedrückt. Aber er meinte, daß es seltsam aussehe. Oder er glaubte, andere Leute würden das meinen: so ein riesiger Vater. Und so eine kleine Mutter, ha, ha.«

»Ach, hör auf, er hat sich nicht geschämt.«

»Jedenfalls, als er erwachsen war, oder fast erwachsen, so mit siebzehn, da hatte er eine seltsame Gewohnheit, wenn du etwas zu ihm gesagt hast, was ihm nicht gefiel, hat er dich plötzlich hochgehoben, hoch über seinen Kopf. Erinnerst du dich nicht mehr daran?«

»Nicht so richtig, aber es kann mal passiert sein. Was soll's?«

»Seinen Vater hat er nie hochgehoben.«

»Witzbold. Dafür hätte die Zimmerdecke, die man wirklich nicht als niedrig bezeichnen kann, zweimal so hoch sein müssen.«

Paulina, die während des Gesprächs ständig an ihre eigene Körpergröße erinnert wurde, fühlte sich nicht gerade aufgemuntert, lächelte jedoch höflich und schwieg, als könne sie bei diesem Thema nicht mitreden.

»Er fand, daß seine alten Herrschaften ein lächerliches Pärchen abgaben. Pat und Patachon. Für die man sich schämen mußte. Das hat er sicherlich überwunden, aber ich wette darauf, wenn er einem netten Mädchen begegnet …«

»Und sie nicht übersieht …«

»… dann denkt er als erstes: Ist sie auch groß genug?«

»Na, dann denkt er das eben«, sagte Jacqueline, »darin muß man doch nichts Schlimmes sehen. Ich erinnere mich noch daran, wie er mit Christiane ging. Die war nicht besonders groß ...«

»Ein Wiesenzwerg.«

»So hast du sie bezeichnet. Aber er war verrückt nach ihr, und wenn er ihr etwas erzählen wollte, hat er gesagt: Kleinchen, hör mal. – Es war rührend.«

»Genau. Kleinchen, hör mal. Sage *ich* das jemals?«

»Schon lange nicht mehr. Aber sie hat's ihm nicht übelgenommen. Er hat Schluß gemacht. Nicht sie. An ihr lag es nicht.«

»Das stimmt. Es lag an ihm. Und darum sage ich: Er hat ihr den Grund bestimmt nicht genannt, aber ich glaube, es lag an ihrer Körpergröße. Sie war zu klein, und seine Liebe zu ihr war nicht groß genug. Eben darum: Wenn Edouard einmal einem Mädchen begegnen würde, das ebenfalls nett und noch dazu fast so außergewöhnlich groß ist wie er, würde er glücklich werden, und wir wären wahrscheinlich auch etwas glücklicher als jetzt.«

Paulina mußte sich beherrschen, um nicht mit offenem Mund zuzuhören. Sie sagte kein Wort mehr, aber das schien weder Armand noch Jacqueline zu kümmern. Sie hörten gar nicht mehr auf.

»Männer von meiner Körpergröße sind in Frankreich selten, und Frauen sowieso«, erzählte Armand.

»Darum sage ich: Warum keine Ausländerin? Was spricht dagegen?«

»Er sollte sich mal mehr im Ausland umtun.«

»Eine Engländerin zum Beispiel, oder eine Schwedin. Wenn sie nur nett ist.«

Unerbittlich schaute Jacqueline Paulina an. Armand blickte auf seine Schuhe und schien sich ein wenig zu schämen.

Holland als Herkunftsland großer Frauen zu erwähnen, hatten sie gerade noch vermieden. Ansonsten war kaum ein

Zweifel daran möglich, welche Erwartungen sie bereits jetzt, nach dem ersten Kennenlernen, in sie setzten.

Nun ja, die Leute waren betrunken. Man mußte Mitleid mit ihnen haben.

Beim Abschied nahm Armand ihre beiden Hände; Jacqueline drückte Paulina ans Herz.

»Ach, ich habe so ein Gefühl, daß wir die besten Freundinnen werden, Pauline. Hab vielen Dank für deinen Besuch.«

Paulina hätte sich tief bücken müssen, um einen Kuß entgegenzunehmen, und Jacqueline, die durch ihre verrutschte Brille flehentlich zu ihr aufblickte, schien noch etwas zu murmeln, doch war es nicht zu verstehen. Die Umarmung sagte genug. Der Bursche ist mit Sicherheit ein Scheusal oder ein Ekel, dachte Paulina, und sie machte sich nicht klein.

Armand, etwas wacklig auf den Beinen, brachte sie bis zur Treppe. Er hatte, alles in allem, mehr als eine ganze Flasche Wodka getrunken.

»Findest du es allein?« fragte er. »Weißt du noch, wie viele Treppen du hinaufgegangen bist? Ich kann mich nicht genau erinnern. Aber du bestimmt. Dein Gehirn ist noch so viel jünger als meins ... und nicht so müde.«

Sie legte die Hand aufs Geländer.

»Siehst du den hellen Fleck«, fragte er und zeigte nach unten, »dort, im Hohlraum der Wendeltreppe? Bei meinem Bruder brennt noch Licht. Und hörst du die Musik? Er spielt Klavier.«

Paulina nickte, sie hörte es.

»Türen gibt es nicht in seiner Wohnung.«

»Das hast du mir schon einmal erzählt.« Paulina lächelte ihn an, er tat ihr leid, aber etwas anderes als *Gute Nacht* wünschte sie ihm nicht.

»Schlaf gut. In deinem Zimmer wirst du die Musik meines Bruders überhaupt nicht hören können. Das ist vielleicht auch das beste.« Armand seufzte. »Die Musik ist schön, aber leider spielt er nicht fehlerfrei. Es ist auch furchtbar schwierige Musik. Die schwierigste, die jemals für Klavier geschrieben wurde, von einem Komponisten aus dem letzten Jahrhundert. Er war ein Nachbar von Chopin. Du glaubst es sicher nicht. Ein Nachbar von Chopin!«

Während dieser Mitteilungen war Paulina hin und wieder eine Stufe hinuntergegangen.

Armand hatte sich, vielleicht um nicht zu laut schreien zu müssen, mit verschränkten Armen über das Treppengeländer gebeugt. Nun aber richtete er sich auf, brach in Gelächter aus, sagte noch einmal: »Ein Nachbar von Chopin!« und verschwand.

Es hätte sehr gut stimmen können. Die Musik bestand hauptsächlich aus rasend schnellen Läufen, die scheinbar makellos gespielt wurden, jedoch plötzlich abbrachen und von neuem begannen, wahrscheinlich, weil der Musiker einen Fehler gemacht hatte, der Paulina entgangen war.

28

Sie gelangte in ihr Zimmer, ohne jemandem zu begegnen. Als sie die Tür hinter sich geschlossen hatte, spitzte sie die Ohren. Die Klaviermusik war hier tatsächlich nicht zu hören. Kein Geräusch drang zu ihr, außer hin und wieder dem eines Autos oder Mopeds auf der Straße, aber auch das auffallend leise und gedämpft.

Sie schaute auf die Uhr. Es war fast halb zwölf.

Ehe sie sich auszog, ging sie zu dem Gepäck, das noch so dastand wie vor ein paar Stunden, als sie nach Hause gekommen war. Sie hob die neuen Koffer nacheinander hoch: Sie wogen nichts, natürlich waren sie leer, aber der eine war trotzdem ein wenig schwerer als der andere. Als sie ihn schüttelte, merkte sie, daß sich etwas darin verschob. Sie öffnete ihn und sah zu ihrer Verblüffung, daß die in diesem Haus herrschende Freigebigkeit sich nicht auf die beiden Koffer beschränkt hatte, die als Ersatz für ihre eigenen, beschädigten Koffer gedacht waren, sondern daß sie nun auch noch einen kleinen, eleganten Schmuckkoffer in der gleichen Ausführung besaß.

Was für unvorstellbar nette Leute! Einen Zettel zur Erklärung suchte sie bei den Geschenken vergebens. Sie hielt Ausschau nach einem Platz, wo sie die neuen und auch ihre alten Koffer aufbewahren konnte. Aber als sie die alten Koffer hochhob, merkte sie, daß auch diese fast nichts wogen, obwohl die Strümpfe noch darumgebunden waren! Leer ... Und was war mit ihren Kleidern? Und ihren Büchern? Sie ließ den Blick durchs Zimmer schweifen. Ihre Bücher standen im Bücherregal, die Papiere lagen auf dem Schreibtisch, ihre Kleider waren ordentlich in die dafür bestimmten Fächer eingeräumt. Was für ein unglaublicher Unterschied zur vorigen Nacht.

Und was für ein gemütliches Bett.

Obwohl sie sehr erschöpft war, verspürte sie keine Müdigkeit. Dies war ein Abenteuer, das sie noch weniger einzuordnen wußte als die Erlebnisse bei Madame Pauchard. Letztere waren unangenehm gewesen. Hätte sie etwas anderes erwarten können, nachdem die Juristin ihr die Dachkammer gezeigt hatte? Gottlob war es ihr gelungen, ohne allzu große Scherereien davonzukommen.

Aber sich konkret vorzustellen, was ihr hier noch widerfahren könnte, das schien ihr unmöglich. Ebensowenig wußte sie, wie sie auf die Fülle von Wohltaten reagieren sollte, die sich über sie ergoß. Sie wurde auch immer neugieriger, was man wohl als Gegenleistung von ihr verlangen würde. Es konnte durchaus sein, daß Armand und Jacqueline einen Zipfel des Schleiers gelüftet hatten, der über diesem Geheimnis lag: eine hochgewachsene Frau für ihren außerordentlich großen Sohn. Aber sie waren verrückt, wenn sie jetzt schon darüber nachdachten. Ging es nur darum? Sie kannten sie doch kaum, und der junge Mann wußte überhaupt nicht, was seine betrunkenen Eltern ihm zugedacht hatten. Ach! Hoffentlich zeigte er sich nicht so bald in diesem Haus, hoffentlich ließ sich die Desillusionierung des Elternpaars noch eine Weile hinauszögern! Wenn es einmal soweit ist, wird mir wohl nichts anderes übrigbleiben, als meine alten Koffer zu nehmen und Lebewohl zu sagen. Armes, einsames Mädchen in der großen Stadt.

Ihre Körpergröße, so hoffte sie, war doch wohl nicht der Hauptgrund für den freundlichen Empfang gewesen? Für wahrscheinlicher hielt sie es, daß ihr dies alles in den Schoß gefallen war, weil sie aus Vlissingen stammte, wie Constantin Guys.

Sie stammte aus Vlissingen, der alte General stellte keine anderen Ansprüche an sie. Das hatte Madame Le Dantec ihr gesagt, und es würde wohl stimmen. Schließlich war sie nicht das Au-pair-Mädchen von Armand und Jacqueline. Aber der General war vielleicht auch nicht ganz bei Verstand: Was hatte es schon zu bedeuten, daß sie in derselben Stadt gelebt hatte, wo vor langer Zeit ein ihr völlig unbekannter Maler geboren worden war?

Heiraten wollte sie vorläufig überhaupt nicht, und schon gar nicht diesen warmherzigen Edouard, einen wahren Schatz, der sich nur für Börsenkurse interessierte und sich über seine Erlebnisse und Gefühle ausschwieg. Wenn seine Eltern jetzt schon eine Schwiegertochter in ihr sahen, waren sie komplett verrückt. Hatten sie vielleicht der Großnichte des Generals den Auftrag gegeben, ihnen das erstbeste Au-pair-Mädchen von außergewöhnlicher Größe zu schicken? Wenn das der Fall war, brauchte sie sich durch die exorbitanten Freundlichkeiten und Verwöhnereien hier nicht geehrt zu fühlen. Eher beleidigt. Hätte sie sich nur mehr für den Feminismus interessiert. Dann wüßte sie, wie sie diesen Leuten eine Abfuhr erteilen könnte ... Vielleicht ... Sie weidete sich an dem Gedanken, daß sie sich nie in den Feminismus vertieft hatte, und mußte lachen bei der Vorstellung, wie sie, ein feministisches Traktat in der Hand, Jacqueline und Armand mitteilen würde, daß mit einer Heirat zwischen dem Goldsohn und ihr nicht zu rechnen wäre.

Diese unglücklichen Menschen ... Man mußte sich schon sehr elend fühlen, wenn man der erstbesten ausländischen Studentin, die zu Besuch kam, so vieles beichtete, ihr so viel Unerquickliches erzählte und so deutlich seinen Kummer zeigte, indem man eine Menge trank und davon nicht einmal angeheitert war.

Armand und Jacqueline hatten allerdings Paulinas Neugier geweckt. Sie hoffte, noch so lange in diesem Haus zu bleiben, bis der Umbau der Wohnung abgeschlossen war. Würden sie dann schweigend an einem teuren Eßtisch sitzen, Jacqueline im Abendkleid und Armand im Smoking, auch an Wochentagen, wie man es bei reichen englischen

Ehepaaren im Kino sah, jeder mit mindestens vier Gläsern neben dem Teller, eins für Mineralwasser und die anderen für drei verschiedene Weine, von François stilvoll eingeschenkt, als säßen sie in einem Luxusrestaurant mit lauter Gästen aus den höchsten Kreisen – während ihnen in Wirklichkeit niemand zusah, nicht einmal ihr eigener Sohn, denn der besuchte sie nie?

Der Sohn ... Würden sie ihm morgen einen Brief schreiben: »Papi und Mami haben die Richtige für Dich gefunden, Schatz. Genauso groß wie Du. Blond, jung, eine Göttin aus dem Norden. Komm schnell und schau sie Dir an. Das ist Deine letzte Chance ...«?

Seine letzte Chance. Wenn seine Eltern eine Frau für ihn suchen mußten, war er vielleicht ein Trottel, oder ein Sonderling, der sich kaum für Frauen interessierte. Hochgewachsene Frauen mochten zwar knapp sein in Frankreich, aber wenn nichts dagegen sprach, daß die Glückliche eine Ausländerin wäre, hätte er doch, mit seinem ganzen Geld, auf eigene Faust nach Schweden, Norwegen, England, Amerika oder (warum nicht?) in die Niederlande reisen können, um sich eine Riesin mit den geforderten Maßen zu suchen.

Wie lächerlich Paulina die ganze Geschichte auch vorkam, sie merkte dennoch, daß Edouard sie mehr beschäftigte, als ihr lieb war, obwohl sie ihn noch nie gesehen und nicht viel Angenehmes über ihn gehört hatte! Der Grund für dieses Interesse war ihr durchaus bewußt: Sie hatte nicht unbedingt vor zu heiraten, aber sollte sie jemals darüber nachdenken, würde es noch schwierig genug für sie werden, sogar in den Niederlanden, wo es so viele hochgewachsene Männer gab. Sie verspürte eine vage Angst, sich in einen Mann zu verlieben, der kleiner war als sie und der sie nicht wollte, weil er befürchtete, an ihrer Seite lächerlich zu wirken, oder in einen Mann, der zwar so groß war wie sie, aber unbedingt einen Kopf größer sein wollte als seine Frau ... daß so etwas passieren konnte, war ziemlich naheliegend. Auf Schulfesten hatte sie sich immer befangen gefühlt. Zum Glück hatte sie sich noch nie verliebt, war also auch nie unglücklich verliebt gewesen. Aber ihre Angst davor hatte sich unwillkürlich ausgeweitet zu einer Scheu vor allen Kontakten, und vielleicht war das der Grund, daß sie eigentlich auch keine richtige Freundin hatte.

29

Na ja, daß Armand und Jacqueline in ihr vielleicht die zukünftige Schwiegertochter sahen (schon jetzt), diese Idee schien doch hauptsächlich ihrer Phantasie entsprungen zu sein. Sie hatten nur auf eine eventuelle Möglichkeit angespielt: auf ihre Größe (die richtige), und nach allem, was sie über die Mitgift gesagt hatten, würde es ihnen höchstwahrscheinlich auch nichts ausmachen, wenn Paulina keine Mitgift mit in die Ehe bringen könnte. Nun war ihr klar, daß diese Gesprächsthemen nur durch Zufall aufs Tapet gekommen waren und daß sie sich täuschte, wenn sie die Anspielungen zu ernst nahm. Das war überdeutlich gewesen, als sie am späten Nachmittag neben Armand durch eine breite, sehr vornehme Allee ging, die Avenue Hoche vielleicht oder die Avenue de Friedland. Sie kannte diesen Teil von Paris nicht so gut und sah nirgends ein Straßenschild. Es war ziemlich still, denn es fuhren zwar Autos auf der Straße, aber keine Motorräder und Mopeds, auch keine Omnibusse oder Lastwagen. Das seltsamste war, daß nur große, altmodische Limousinen vorbeiglitten, die beige, grau oder schwarz und meist sogar mit Messingscheinwerfern und Messinghupen ausgestattet waren.

Armand trug ihre Koffer. Es waren die Koffer, die sie aus Vlissingen mitgebracht hatte, aber die Strümpfe waren nicht mehr darumgewickelt. Trotzdem sprangen sie nicht auf, die Schlösser mußten also inzwischen repariert worden sein.

Armand schien ihre Gedanken zu erraten.

»Ich habe deine neuen Koffer lieber zu Hause gelassen. Das schien mir angemessener, damit du nicht den Eindruck bekommst, wir hätten vor, dich zu kaufen. Oder dich zu Dingen zu verführen, die du nicht möchtest.«

Welche Dinge das sein mochten, verriet er ihr nicht, und ihn danach zu fragen, war, so fand sie, unter ihrer Würde. Sie hatte auch keinen Grund, ihm zu mißtrauen.

Es nieselte leicht, und der Wind wehte ziemlich stark. Sie hielt die von der Kälte gerötete Hand an ihren Hals, denn der oberste Mantelknopf war ab.

»Dort ist es!«

Mit dem Kopf zum Eingang eines stattlichen Hauses auf der gegenüberliegenden Straßenseite deutend, blieb Armand an der Bordsteinkante stehen.

Ohne nach links und rechts zu schauen, überquerte er die Straße, und Paulina folgte ihm. Das Gebäude war wahrscheinlich gegen Ende des letzten Jahrhunderts errichtet worden. Die Fassade war mit Bildhauerarbeiten überladen: mollige nackte Frauen, die aussahen, als hätte man sie ans Haus geklebt, hielten die Fenster über ihren Köpfen in den Armen.

Die Türen standen offen, so weit, daß zwei Kutschen nebeneinander hätten durchfahren können. Aber das war wohl seit langem nicht mehr geschehen. Alles in diesem riesigen Raum deutete darauf hin, daß hier schon ewig keine Menschenseele mehr gewesen war. Die Tür zur Pförtnerloge stand ebenfalls offen, der Vorhang war beiseite geweht, und niemand saß darin. Dort konnte auch niemand sitzen, weil es nur einen leeren Tisch, aber keinen Stuhl gab.

»Der Fahrstuhl funktioniert nicht, weißt du«, sagte Armand.

Der Fahrstuhl, ein altmodischer Aufzug mit einer Art Käfig, war zwischen zwei Etagen steckengeblieben. Kabel hatten sich gelöst, und die Enden ringelten sich durch die schmiedeeisernen, verschnörkelten Gitter des Fahrstuhlschachtes.

»Paß auf, fall nicht drüber«, warnte Armand und ging die Treppe hinauf.

Paulina folgte ihm und hob dabei die Füße, um nicht über die Kabel zu stolpern. Auf den Treppen lagen zwar noch Teppiche, aber das Muster war unter dicken Staubschichten fast nicht zu erkennen, nicht einmal, als sie weiter nach oben gelangten, wo es etwas mehr Licht gab.

Armand blieb vor einer grauschwarzen, gewaltigen Flügeltür in der zweiten Etage stehen. Im rechten Türflügel war eine bemerkenswert große Zahl von Schlüssellöchern in den unterschiedlichsten Formen, deren Ränder schon abgenutzt waren von all den Schlüsseln, die unsichere Hände jahrelang und tagaus, tagein mehr oder weniger auf gut Glück hineingesteckt hatten. Armand stellte die Koffer ab und holte einen kleinen, goldenen Schlüssel hervor, nicht größer als der einer Schmuckkassette, steckte ihn in ein kleines Loch in Höhe seiner Augen und drehte ihn um. Nun konnte er den rechten Türflügel, einen Fuß hinter den anderen stellend, mühsam aufstoßen.

Aus der Diele schlug ihnen ein modriger Geruch entgegen, als hätte die Wohnung Monate unter Wasser gestanden. Das schien nicht der Fall zu sein. Der Fußboden war trocken.

Ein ovaler Säulengang umgab den Raum, der fast die Ausmaße eines Konzertsaals hatte. Tatsächlich stand dort ein Flügel, bedeckt von einem schmuddeligen, an manchen Stellen zerrissenen Laken.

Durch Zwischentüren gingen alle Zimmer ineinander über. Sie waren leer. Manchmal schien ein Bett stehengeblieben zu sein, jedoch ohne Matratze und ohne Bettwäsche. Es gab auch Badezimmer, einige mit zwei Wannen, und eines besaß außer zwei Wannen sogar noch drei Bidets und drei Klosettbecken. In den Badewannen und den anderen Sanitäreinrichtungen standen Lachen schmutzigen Wassers. Braune Krusten bewiesen, daß noch viel mehr Wasser darin gestanden hatte und es allmählich verdunstet war. Paulina drehte einen Hahn auf. Es kam kein Tropfen heraus.

»Ein wenig primitiv ist es ja«, sagte Armand entschuldigend, »das läßt sich nicht bestreiten. Aber gib zu, daß du viel Platz hast. Mein Vater macht sich schon so lange Sorgen, weil diese Wohnung leer steht. Er hat sie damals für seinen Enkel gekauft. Siehst du, wie hoch die Decken sind? So hohe Zimmer wie diese sind sogar in Paris eine Seltenheit, deshalb kann er die Wohnung nicht verkaufen, denn wenn Edouard dann doch eine Wohnung brauchen sollte, wäre es nahezu unmöglich, eine zweite in dieser Art zu finden. Und so eine wie diese braucht er, wegen seiner Größe.«

Paulina spürte, wie ihre Wangen vor Schreck kalt wurden: Wie groß war Edouard denn nur?

Armand gab ihr diese Erläuterungen in einem Spiegelsaal. Unzählige Male sah Paulina sich dort neben dem betrübten Dichter stehen. Sie selbst war fast nicht zu erkennen. Der Mantel, den sie trug, war nicht ihr eigener, und die Schuhe waren offenbar eine Nummer zu groß. Auf Zuwachs gekauft? Und ohne sich zu erinnern, daß sie danach gegriffen hätte, trug sie an jeder Hand einen Koffer.

Armand verließ sie. Tatsächlich, ihre Koffer hatten neue Schlösser. Sie konnte sie unmöglich öffnen. Unpassend große Schlösser waren es, wie man sie eher an Garagentüren findet als an Koffern.

30

Als Paulina das Zimmer betrat, in dem der General sie empfing – nein, als Zimmer konnte man es nicht bezeichnen, es war eher ein Saal –, sah sie auf einen Blick, daß es hier für eine junge Studentin nichts zu ordnen oder zu katalogisieren gab.

Aber sie mußte ihre Aufmerksamkeit dem alten Mann zuwenden, der mit zwei marmorkalten Händen ihre rechte Hand ergriff und ohne zu lächeln sagte:

»Wissen Sie, daß ich tatsächlich noch nie im Leben jemanden gesehen oder mit jemandem gesprochen habe, der aus Vlissingen kommt?«

Er war nur wenig kleiner als sie.

Er trug einen dunkelblauen Anzug mit Nadelstreifen in einem etwas helleren Blau, eine Ordensrosette im Knopfloch, ein graues Hemd, ebenfalls gestreift, und eine dunkelrote Krawatte mit großen weißen Noppen. Anzug und Hemd waren ihm etwas zu weit, aber wie viele Jahre es her sein mochte, daß ihm die Sachen gepaßt hatten, konnte sie nicht einschätzen.

Sie lachte, weil sie seine Mitteilung als eine Art Scherz aufgefaßt hatte. Er lachte nicht und fuhr mit ernster Miene fort:

»Daß mir dieses Vergnügen noch auf meine alten Tage zuteil wird, macht mich doppelt glücklich. Hätte ich es *eher* genossen, könnte ich es nicht mehr *auf meine alten Tage* genießen, und Sie verstehen sicherlich, daß in meinem Alter die Vergnügungen nicht mehr so zahlreich sind.«

Er geleitete sie zu einem Sessel am Kamin, in dem natürlich kein Feuer brannte. Die angesengten Holzscheite darin stammten wohl noch vom Vorjahr. Der General setzte sich auf einen Sessel ihr gegenüber, an der anderen Seite des Kamins, hatte jedoch den Rücken mehr dem Kamin zugekehrt, so daß er Paulina nur anzuschauen brauchte, wenn er es wollte. Er legte die Hände auf die Knie, straffte den Rücken und schlug mühsam die Beine übereinander. Dann redete er weiter, ohne eine Antwort abzuwarten. Paulina fühlte sich zu angespannt, um seinen Worten aufmerksam folgen zu können. An der linken Hand trug er einen einfachen goldenen Ehering, am Ringfinger der rechten gleich zwei Ringe, der eine mit einem großen Diamanten und der andere mit einem quadratischen, schwarzen Onyx, der fast so groß wie ein Würfel war.

Der alte Mann, der Saal, das Interieur, alles schien sie wie um die Wette beeindrucken zu wollen. Seine Worte faszinierten sie weniger.

Die Wände waren in gleich große Abschnitte unterteilt: Bücherschränke wechselten sich mit ebenso breiten Wandflächen ab, die von oben bis unten mit gerahmten Zeichnungen oder Aquarellen bedeckt waren; alle Rahmen hatten die gleiche Größe.

Nicht jeder Schrank aus dunklem Mahagoni war ein Bücherschrank. Es gab auch Schubladenschränke, die weiter vorsprangen als die Bücherschränke, weil die flachen Schubladen mit den Kupferbeschlägen viel tiefer als die Bücherborde waren.

Auch an der hinteren Wand des Saales waren Fenster, wie an der Stirnseite, zu der Paulina nun mit dem Rücken saß. Ganz hinten stand ein Schreibtisch. Nichts erinnerte hier an das Chaos aus Buch- und Papierstapeln, das sie in so manchen Antiquariaten gesehen hatte. Beeinflußt davon hatte sie sich vorgestellt, der alte Sammler, verschanzt hinter seinen Schätzen, sähe wie der Besitzer einer solchen Rumpelkammer aus. Aber nein. Unvorstellbar, daß sie hier eine Aufgabe finden würde, nicht mal Staub wischen war nötig.

»Constantin Guys«, sagte nun der General, »wie berühmt ist er in Vlissingen?«

Paulina holte tief Luft, unschlüssig, ob sie die Wahrheit sagen sollte oder …

Aber eine Antwort wurde gar nicht erwartet.

»Im Jahr 1954«, erzählte der alte Mann, »war im Museum von Vlissingen eine Guys-Ausstellung. Aus eigenem Erleben können Sie sich nicht daran erinnern. Zehn Jahre später, als Sie geboren wurden, war diese Ausstellung vermutlich in Vergessenheit geraten. Oder jedenfalls nicht das erste, was man Ihnen mitgeteilt hat, als Sie in der Wiege lagen.«

Er schwieg einen Augenblick, straffte wieder den Rücken und schaute sie an; sein Lächeln enthüllte ein blendend weißes Kunstgebiß.

Paulina erwiderte das Lächeln.

»Und auch später«, fuhr er fort, »wird Guys nicht das wichtigste Gesprächsthema in Vlissingen gewesen sein. Warum auch? Es war sein Geburtsort, aber er verbrachte dort nicht mehr als ein Jahr. Er kam nie zurück. Obwohl Vlissingen eine Hafenstadt ist und er gern Schiffe zeichnete. Kein Mensch auf der ganzen Welt hat jemals eine von Guys in Vlissingen geschaffene Zeichnung gesehen. Seine Beziehung zu Ihrer Geburtsstadt ist leider äußerst unbedeutend. Vlissingen kann nicht den geringsten Einfluß auf ihn ausgeübt haben. Er wurde dort geboren, wuchs aber woanders auf. Um wieviel mehr müssen wir deshalb die Geste der Vlissinger Museumsdirektion anerkennen, die Guys 1954 eine Ausstellung widmete! Ich weiß noch das Datum, es war vom 10. Juli bis zum 22. August. Zu meiner Schande muß ich leider gestehen, daß ich die Ausstellung nicht gesehen habe. Ich war in Nordafrika, beauftragt mit militärischen Aufgaben. Es war unmöglich, Urlaub für eine Reise nach Vlissingen zu bekommen. Das war der einzige Augenblick in meinem Leben, in dem ich den Militärdienst verflucht habe, und Sie sind der erste und einzige Mensch, dem ich das eingestehe.«

Lag es daran, daß er hin und wieder lächelte, auch wenn nicht zu übersehen war, daß er sich nach einiger Überlegung dazu zwang? Jedenfalls wagte Paulina sich Mut zuzusprechen: Mir kann nichts geschehen, er meint es gut, er sieht nur nicht so aus wie jemand, der andere Menschen leicht glücklich macht, und er erweckt auch nicht den Eindruck, daß er sich jemals dafür anstrengen würde.

Unter der hohen Stirn stieß eine große, breite Nase unerbittlich vor, überschattete den kleinen, schmallippigen Mund und das wenig prägnante, jedoch sehr spitze Kinn. Mattes, weißes Haar, nach hinten gekämmt, bedeckte spärlich den Schädel und war dennoch überall dort, wo es hingehörte – nur seit Jahren nicht mehr im Überfluß. Die Augen, unter weißen Brauen aus dichten, nachlässig gestutzten Borsten, waren von hellblauer Farbe und drückten, was er auch sagte, wie er die Lippen auch zu einem Lächeln verzog, die ganze Zeit Mißtrauen aus. Oder Kummer. Oder auf jeden Fall Strenge.

Während er weiter über Constantin Guys nachsann, schaute der General wieder vor sich hin.

Sein Profil, das in dem kleinen, spitzen Kinn mündete, erinnerte an einen Faustkeil. Am befremdlichsten mutete das Ohr an. Es war ausgesprochen groß, hatte den gleichen Umriß wie der Kopf, im Profil gesehen, und klebte daran wie dessen verkleinerte Abbildung, nur ohne Augen.

Seine Stimme, laut wie die eines Menschen, der sich längst daran gewöhnt hat, nur noch seinen eigenen Worten zu lauschen, war dennoch zugleich die Stimme eines Mannes, der will, daß man ihn richtig versteht: die Stimme eines Befehlshabers.

Er befahl ihr nichts. Er fragte sie nichts. Auf seine Fragen erwartete er keine Antwort. Was er hin und wieder in Form einer Frage äußerte, war eigentlich eine Mitteilung. Ein äußerst höflicher Mann, der den Anschein erweckte, als erzähle er nie etwas Neues, oder nicht einmal etwas, was seine Gesprächspartnerin nicht auch wußte. Keine Sekunde lang sollte sie das Gefühl bekommen, er denke von ihr, sie sei weniger gut im Bilde als er.

»Es ist so schön, etwas über Guys zu lesen, auch wenn es wenig Literatur gibt, aus der wir etwas über ihn erfahren, das sich zu wissen lohnt. Ich meine Fakten, Einzelheiten aus seinem Leben, das ja sehr abenteuerlich gewesen sein muß. Die brillante Betrachtung, die Baudelaire ihm gewidmet hat, enthält wenig Fakten über Guys' Persönlichkeit und seine Lebensumstände, finden Sie nicht auch? Baudelaire war sich dessen auch sehr bewußt. Zehn Jahre lang hatte er vergebens nach Guys gesucht. Guys hielt sich versteckt. Er verbarg sich sogar vor seinen glühendsten Bewunderern. Thackeray verscherzte sich Guys' Gunst, weil er ihn in der Öffentlichkeit pries. Schließlich gelang es Baudelaire 1859, einige Male mit Guys zu reden. Vermutlich wußte Guys, daß Baudelaire die Absicht hatte, über ihn zu schreiben. Baudelaire verzichtet auf die Namensnennung und bezeichnet den Künstler in seiner Studie nur mit dem Anfangsbuchstaben G. Selbstverständlich ging es nicht darum, daß Baudelaire den Namen des Zeichners, den er so sehr bewunderte, geheimhalten wollte. Sie wissen genausogut wie ich, daß noch niemand auf diese nicht nur abwegige, sondern auch bösartige Idee gekommen ist. Baudelaire hat ihn nur deshalb als Monsieur G und nicht als Guys bezeichnet, weil Guys ihn ausdrücklich gebeten hatte, nicht seinen vollen Namen zu nennen. Baudelaire war nicht so ein Schurke wie das Gesindel, das heutzutage die Zeitungen vollschreibt, Baudelaire hat diesen Wunsch respektiert. Un ouragan de modestie! Genau, höre ich Sie sagen. Ein Orkan der Bescheidenheit war Guys. Wer könnte dieses Wort Baudelaires je vergessen?«

Er wandte ihr das Gesicht zu, aber nicht, als ob er meine, Paulina sei eine von denen, die dieses Wort Baudelaires je vergessen könnten. Ebensowenig, als ob er erraten hätte, daß bei ihr von Vergessen ohnehin nicht die Rede sein konnte, weil sie es zum ersten Mal im Leben hörte. Sie hatte das Gefühl, daß sie ihn zum Narren hielt, wenn sie es nicht zugab. Ein Orkan der Bescheidenheit ... Sie wurde rot und nahm einen kleinen Anlauf:

»Ein Orkan der Bescheidenheit. Das ist wunderschön ausgedrückt ...«

Der General zog die Lippen von den Zähnen zurück, was offenbar ein Lächeln bedeutete.

»Ein Orkan, der Sie, mein liebes Fräulein, direkt ins Herz getroffen haben muß.«

Er legte eine magere Hand voller Altersflecken auf seinen Mund und schien einen Augenblick nachzudenken.

»Guys' bester Freund war der Fotograf Nadar. Was für eine Freundschaft! In jener Zeit war man der Meinung, die Fotografie sei der Zeichenkunst unwiderruflich unterlegen, und diese Ansicht vertrat vor allem Baudelaire, auch ein Freund Nadars, aber kein Bewunderer der Fotografie, o nein, nicht mal der Fotos, die Nadar machte, heute der Berühmteste aus jener Epoche.

Daß die Leute damals auf die Fotografie hinabblickten, sollte uns natürlich alles andere als wundern. Vergleichen Sie nur einmal ein Foto von Nadar mit einer Zeichnung von Guys! Fotos mußten ungefähr eine halbe Minute lang belichtet werden. Wer fotografiert wurde, durfte sich nicht rühren. Ein Fotograf konnte nicht einfach einen Schnappschuß von ein paar eleganten Damen machen, die er in einer offenen Kutsche über die Rue de Rivoli fahren sah. Guys aber konnte sie zeichnen, mit wenigen Strichen.

Fotografen konnten auch nicht mit Farbfilmen fotografieren, wie heutzutage jeder Tourist, der nur auf einen Knopf zu drücken braucht. Die Fotografie konnte sich in der Zeit Nadars mit der Zeichenkunst überhaupt nicht messen und hatte eigentlich auch nichts mit dem zu tun, was wir heute unter Fotografie verstehen. Damit will ich nicht sagen, Nadar sei kein großer Mann und kein Pionier gewesen. Ich gebe sogar zu, daß er viel erfinderischer war als Guys und auf seine Art auch begabter. Trotzdem konnte er unmöglich zu Ergebnissen gelangen, die den Zeichnungen überlegen gewesen wären. Aus seinen unzulänglichen Apparaten und Materialien holte er das Äußerste heraus. Man mußte ein Meister sein, um das zustande zu bringen. Aber wie ein Läufer immer hinter einem Radfahrer zurückbleiben wird, mag er noch so schnell rennen und noch so ausdauernd trainieren, so blieben Nadars Fotos hinter den Zeichnungen zurück. Zeichnungen konnten ja zu jedem Augenblick des Tages oder der Nacht geschaffen werden, in einer Staubwolke oder bei Kerzenlicht – Guys arbeitete hauptsächlich nachts. Nadar jedoch war gezwungen, manchmal tagelang zu warten, bis endlich die Sonne durch die Wolken brach. Konnte man da nicht vor Neid den Verstand verlieren?«

Er schwieg, als warte er ihre Zustimmung ab. Als sie nichts sagte, faßte er das offenbar als schweigendes Einverständnis auf und fuhr fort:

»Sie werden also verstehen – über diese freundschaftlichen Gefühle, die Nadar vierzig Jahre lang für Guys hegte, denke ich mir so das meine. Nadar behauptet, als Guys tot war, habe er ihm die Lider zugedrückt. Das kann stimmen, es kann aber auch gelogen sein. Soviel ist sicher, daß Guys 1885, damals war er achtzig, einen Verkehrsunfall hatte. Danach lebte er noch sieben Jahre in einem Pflegeheim. Dort war er sehr einsam. Wenn wir Nadars Darstellung glauben dürfen, war Guys dort von aller Welt verlassen, und auch Nadar kam nicht oft, um nach ihm zu schauen.

Welchen Grund es hatte, daß Guys so zurückgezogen lebte, ist letztlich unbekannt, war er doch alles andere als ängstlich, schüchtern oder introvertiert. Eher kann man ihn als Abenteurer bezeichnen. Mit achtzehn geht er mit Lord Byron nach Griechenland, um den Griechen in ihrem Freiheitskampf gegen die Türken beizustehen. Anschließend ist er sechs Jahre lang Dragoner in der französischen Armee. Und danach, von seinem vierzigsten bis zu seinem achtundvierzigsten Jahr, wird er Hauslehrer für die Enkelkinder des englischen Aquarellmalers Thomas Girtin. Hat er in dieser Zeit zu zeichnen angefangen? Oder schon früher? Wir wissen es nicht genau. Sicher ist jedoch, daß er schon sehr viel leistete und auch keine Hemmungen hatte, sein Brot damit zu verdienen. Es gelang ihm sogar, bei *The Illustrated London News* eine Anstellung als Illustrator zu bekommen. Das hätte er unmöglich erreicht, wenn er nur als dilettierender Kunstliebhaber aufgetreten wäre. Sie Illüstratèdde Longdon Niuws! Eine der bedeutendsten illustrierten Zeitungen jener Zeit. Und die schickte ihn 1848 nach Paris zur Berichterstattung über die Revolution, mit dem Zeichenstift. Es gab zwar schon die Fotografie, aber Fotos von etwas zu machen, was sich bewegte, war noch nicht möglich. Und Fotos in Zeitungen abzudrucken, versuchte man zwar, doch zum Glück sollte es noch lange dauern, bis man dabei vorzeigbare Ergebnisse erzielte. Schauen Sie sich mal die Jahrgänge von illustrierten Blättern aus jener Zeit an! Was für eine Könnerschaft. Und eine Zeichnung in Paris anzufertigen, sie nach London zu senden und als Holzstich in der Zeitung abzudrucken, das dauerte kaum länger als heute. 1854 brach der Krimkrieg aus. Guys ging als Zeichner und Berichterstatter auf die Krim. Jeden Abend schickte er einen Stapel Skizzen nach London. Einiges davon ist bewahrt geblieben, deshalb wissen wir, daß Guys seine Zeichnungen mit ausführlichen Kommentaren versah.«

Es war, als hätte der alte Mann diese Rede schon öfter gehalten, vielleicht ja ohne einen einzigen Zuhörer, und als nutze er nun die Gelegenheit, die ihm sein ganzes Leben versagt geblieben war. Im nachhinein betrachtet wäre er vielleicht lieber Professor geworden als General. Er wechselte das Thema und beschrieb nun Guys' Technik:

»Guys zeichnete meist zuerst mit Bleistift, ging dann mit stark verdünnter Tusche und Wasserfarbe darüber und verstärkte zum Schluß die Konturen mit schwarzer Tusche.

Mitunter schmuggelte er sich selbst in die Szene ein, als

Mann mit breitkrempigem Hut. Kennern zufolge hat er das sechsmal gemacht. Aber sie wissen nicht alles, diese Kenner, denn die sechs Kunstwerke, von denen sie reden, sind nicht in meinem Besitz. Und trotzdem habe ich schon vier, auf denen er sich selbst abgebildet hat!

Würden Sie so gut sein und kurz aufstehen, falls es Sie interessiert? Bitte entschuldigen Sie, daß ich sitzen bleibe, aber aufstehen und mich wieder hinsetzen ist für mich anstrengender als gehen.«

Paulina stand auf. Er erklärte ihr, wo die Zeichnungen hingen: wenn sie ganz nach hinten ginge ... zum zweiten Abschnitt zwischen den Schränken zu ihrer Linken, und dort in der obersten Reihe.

»Sehen Sie es?« rief er ihr nach. »Die vier in der obersten Reihe. Ich gehe äußerst schonend damit um, weil sie so selten sind und niemand weiß, daß ich sie besitze. Damit sie nicht vergilben, hängen sie, soweit es geht, im Dunkeln.«

Plötzlich leuchtete ein Strahler auf, den er offenbar von seinem Sessel aus einschalten konnte. Und Paulina, mit den Händen auf dem Rücken wie ein Schulkind aus früheren Jahrhunderten, betrachtete die vier Tuschzeichnungen, auf denen tatsächlich ein Mann mit einem breitkrempigen Hut zu sehen war, der eine Schlacht in der Ferne betrachtete. Sie sah auch, daß an den Rändern der Szenen alles mögliche geschrieben stand, konnte es jedoch nicht entziffern.

Als sie wieder in ihrem Sessel saß, beschlich sie einen Moment lang die Angst, er würde sie nun fragen, ob ihr dieses oder jenes Detail aufgefallen sei und ob sie Guys auch in den Gesichtszügen der vier flüchtig skizzierten Männer mit den großen Hüten wiedererkannt habe – nein, nicht wiedererkannt, sie kannte ja Guys' Gesicht nicht, sein Porträt war in der Larousse-Enzyklopädie nicht abgebildet.

Aber der General sprach weiter vom Krimkrieg. Daß es in vielerlei Hinsicht der erste moderne Krieg gewesen sei. Man habe dort moderne Geschütztypen erprobt. Es sei auch der erste Krieg gewesen, in dem das gerade gegründete Rote Kreuz die Verwundeten versorgte. Der erste Krieg mit modernen Berichterstattern, die ihre Berichte mit Hilfe des Telegraphen durchgeben konnten.

»Haben Sie auch die Texte bei den Zeichnungen gelesen?«

(Nein, ich habe sie zwar gesehen, aber nicht gelesen, Herr General, denn ich konnte sie nicht entziffern. Und jetzt lassen Sie mich endlich gehen. Ich verstehe ja, daß meine Gesellschaft keinen Wert für Sie hat und ich nicht das Recht habe, Ihre Gastfreundschaft in Anspruch zu nehmen. Die neuen Koffer lasse ich auch besser hier.)

Er erwartete keine Antwort, er nahm ihr kein Examen ab.

»Manche dieser Texte«, dozierte er, »sind so schön, daß man sie einfach auswendig lernen muß. Zum Beispiel der bei der Zeichnung *Emperor's tent, Camp de Châlons*: ›Der Kaiser steht in der Säulengalerie seines Zeltes‹ – das kaiserliche Zelt war von einer Säulengalerie umgeben, wie finden Sie das? – ›und raucht eine Zigarre.‹ Guys fügte aber noch etwas hinzu: ›Oder, falls Sie meinen, das nicht verantworten zu können‹ – Sie, damit sprach er die Zeitungsredaktion an, denn stellen Sie sich vor, ein Kaiser, der eine Zigarre raucht, das war aus der Sicht des Zeitungslesers möglicherweise ein Sakrileg –, Guys also fügte hinzu, der Graveur dürfe den Kaiser auch so abbilden, als ob er ohne Zigarre den Blick über die Ebene schweifen lasse.

Ein General zur Linken des Kaisers las Zeitung, ein anderer schaute durch ein Fernglas.«

31

So hatte der General noch eine ganze Weile über Guys gesprochen, freundlich dozierend, oder nein, so konnte man es auch nicht nennen. Eher vor sich hin meditierend. Nicht so, als ob er das Wort speziell an sie richte. Er gab weiterhin sein Bestes, den Eindruck zu vermeiden, daß er von ihrer kunsthistorischen Sachkenntnis nicht viel hielt.

Und das war ihr in den darauffolgenden Tagen sehr bewußt; vor allem, wenn sie durch die Straßen ging, grübelte sie gesenkten Kopfes darüber nach. Irgendwann beschloß sie, sich nichts daraus zu machen. Als ob *er* so viel Ahnung von Kunst hätte. Konnte er auch über andere Maler oder Bildhauer stundenlang reden? Das war noch die Frage. Vielleicht existierte für ihn niemand außer Guys. Das war natürlich lächerlich, denn die meisten Kunsthistoriker, darunter sehr große, dachten darüber genau entgegengesetzt: Sie verfaßten dicke Bücher über alles und jeden, über Guys jedoch wenig oder nichts. Hatten sie denn alle unrecht? Oder war Guys eigentlich nicht so wichtig?

Und sie richtete sich wieder auf. Wenn diese Leute sie nur in ihr Haus aufgenommen hatten, um Gesellschaft zu haben, um einmal jemand anderem als den nächsten Verwandten ihr Herz ausschütten zu können, mußten sie das selber wissen. Für sie war es jedenfalls kein Grund, sich zu schämen.

Ihr war aufgefallen, daß viele Frauen und Mädchen beim Gehen die Arme vor der Brust verschränkten. Es schien fast eine Mode zu sein. In den Niederlanden hatte sie das noch nie gesehen. Vielleicht machten sie es hier auch, um ihre Handtaschen dichter bei sich halten zu können. Von nun an ging auch sie, ob sie eine Tasche bei sich hatte oder nicht, so durch die Straßen: die Arme vor der Brust gekreuzt, selbstbewußt. Schaute weder links noch rechts, nur nach vorn. Machte lange Schritte. Überragte außerdem alle anderen Passanten.

Wenige Tage später war Paulina beim General zum Abendessen eingeladen.

Dabei lernte sie auch seine Frau kennen. Bis dahin war nie die Rede davon gewesen, daß der General noch eine Ehefrau hatte. Er selbst hatte nichts davon erwähnt, der vietnamesische Butler nicht, Madame Le Dantec ebensowenig.

Die kleine, grauhaarige Dame zeigte sich erst, nachdem ihr Mann Paulina schon gebeten hatte, an einem Eßtisch von enormen Ausmaßen Platz zu nehmen.

Man sah auf den ersten Blick, daß Madame steinalt war, vielleicht achtzig Jahre wie ihr Mann, aber sie lief noch kregel auf hochhackigen Schuhen umher und konnte folglich auch etwas jünger sein. Ihre dünnen, locker ondulierten Haare waren grau, ihr Kleid war grau, die Strickweste, die sie über dem Kleid trug, war grau, und grau war die Perlenkette um ihren Hals. Die Haut ihrer Hände schien grau, und vielleicht war ihre Gesichtshaut das auch, doch ein brauner Fleck, der fast den gleichen Umriß wie Frankreich auf einer Landkarte hatte, nahm die linke Hälfte ihrer Nase und den größten Teil der linken Wange in Beschlag. Eine dicke Schicht rosa Puder hatte ihn nicht unsichtbar machen können. Die Runzeln in ihrer Gesichtshaut setzten sich in den Lippen als Risse fort; es sah aus, als habe sie versucht, diese mit fettglänzendem, dunkelrotem Lippenstift zuzuschmieren. Die Augen waren mit schwarzem Kajal umrandet und die Wangenknochen durch ein grellrosa, vielleicht sogar fluoreszierendes Rouge in Flammen gesetzt. Aber das Braun des großen Leberflecks schien auch da hindurch.

Sie reichte Paulina die Hand und lächelte bekümmert,

obwohl sie versicherte, wie sehr sie sich über Paulinas Anwesenheit bei Tisch freue.

An diesem Eßtisch hätten gut und gern zwölf Gäste sitzen können. Der General saß am Kopfende, wo mühelos noch Platz für zwei weitere Gäste gewesen wäre. Seine Frau und Paulina saßen an den Längsseiten einander gegenüber.

»Mein Mann und ich essen sehr wenig«, sagte Madame de Lune, »aber laß dich davon nicht stören, Kindchen. Iß, soviel du willst, und genieß es. Du bist jung und groß. Meine Söhne sind auch groß, und ich weiß, daß große Menschen tüchtig essen müssen.«

»Ich bin auch groß«, sagte der General.

»Du mußtest früher auch viel essen, aber heute verbrauchst du keine Energie mehr.«

Sie drückte auf einen Klingelknopf aus Perlmutt, der neben ihrem leeren Teller lag.

Der Vietnamese kam mit einer Schüssel auf der linken Hand herein. Er servierte Paulina eine Scheibe Hasenpastete, dazu Toast und Butter, dem General und seiner Frau trockenen Zwieback.

Es machte Paulina verlegen, sie traute sich aber nicht, etwas zu sagen. Man hatte ihr einen süßen Weißwein eingeschenkt, den sie nicht kannte, geschweige denn wiedererkannte; die alten Leute tranken Mineralwasser.

Nach der Tasse Gemüsesuppe, die als nächstes serviert wurde, war Paulina, nun mit Rotwein versorgt, die einzige, die noch aß: Rinderfilet mit Kartoffelpüree, danach Käse und ein Stück Torte.

Paulina, die merkte, daß der Wein ihr half, das Schweigen zu beenden, hatte gesagt:

»Ihr Mann hat eine prachtvolle Sammlung Zeichnungen von Guys.«

»Das hören wir öfter, aber du wirst es am besten wissen, denn du kommst aus Vlissingen«, entgegnete Madame, freilich mit so tonloser Stimme, daß Paulina nicht wußte, ob es als Scherz gemeint war oder ob sie es als einen Wink auffassen sollte, daß sie ihre Banalitäten getrost für sich behalten könne.

Noch immer im ungewissen über ihre Aufgaben als Au-pair-Mädchen bei diesen Leuten, wollte sie nicht bezweifeln, daß sie der Geselligkeit halber an deren Tisch geladen war. Also mußte sie Konversation machen:

»Ja, ich komme aus Vlissingen. Vlissingen ist leider nicht gerade ein wichtiges kulturelles Zentrum, und über Guys wird dort kaum geforscht.«

»Das Interesse meines Mannes«, entgegnete die Frau, »richtet sich vor allem auf die Kriegsszenerien von Guys, weil er selber Militär ist. Weniger auf die hübschen Halbweltdamen und Kokotten, die Guys auch gezeichnet hat. Nicht wahr, Emile?«

»Zweifellos. Zweifellos, Schatz.«

»Das hätte auch noch gefehlt. Hast du im Krieg viel gelitten, Mädchen?«

»Ich?« Das war wohl die allerletzte Frage, die Paulina erwartet hatte.

»Aber Germaine, für wie alt hältst du unsere neue Freundin eigentlich? Im Krieg war sie noch gar nicht auf der Welt.«

»So? Dann hat sie Glück gehabt. Ich habe zwei Kriege durchgemacht. Im ersten war ich Krankenschwester. Im zweiten warst du in Deutschland, als Kriegsgefangener.«

»Nicht sehr lange.«

»Nein, nicht lange. Aber das war eigentlich das schlimmste. Er ist aus dem Lager geflohen, hatte unterwegs Zivilkleidung angezogen und kam einfach wieder nach Hause. Nachts konnte ich kein Auge mehr zumachen vor lauter Angst, die Boches würden ihn fassen und an die Wand stellen.«

»Wurden entflohene Kriegsgefangene denn auf der Stelle erschossen?« fragte Paulina.

»Das kam darauf an ... Das kam darauf an ...«

»Ach was, Germaine, so gefährlich war es nicht.«

»Ja, das meintest du, aber was er dann für Sachen gemacht hat! Mir läuft es noch immer kalt den Rücken hinunter, wenn ich daran denke. Er war ein echter Widerstandskämpfer, und unser Keller war voll mit Sprengstoff.«

»Das ist doch nur hin und wieder vorgekommen, und dann auch nur für einen Tag, sozusagen als Transitgut.«

»Für mich war das nichts. Ich habe nie glauben können, daß Marschall Pétain nicht sein Äußerstes tat für das französische Volk. Und darum ... die ganzen Aktionen der Résistance, darauf konnte ich gut verzichten ... wirklich!«

Und mit ihrer zierlichen Hand, von der fast nur die Finger aus dem Ärmel ihrer Strickjacke hervorschauten, schlug sie leicht auf den Tisch, als wolle sie kein Wort mehr über Aktionen des Widerstands hören.

»Pauline«, sagte der General, »wenn meine Frau so redet, könnte man meinen, sie sei eine Kollaborateurin gewesen. Das ist natürlich Unsinn. So wie viele Helden herumlaufen, die erst in die Résistance gegangen sind, als der Krieg vorbei war, so kenne ich einen seltenen Fall, vielleicht den einzigen: eine Person, die erst zur Kollaborateurin wurde, als Hitler tot und besiegt war. Da sitzt sie.«

»Da gibt's nichts mehr zu kollaborieren«, sagte Germaine, »Hitler ist tot und besiegt. Aber ob wir Pétain gerecht behandelt haben, bezweifle ich noch immer. Als ich mit siebzehn in einem Krankenhaus gearbeitet habe, im Ersten Weltkrieg, wie habe ich Pétain da bewundert! Was für eine schreckliche Niederlage hat er den Deutschen bereitet. Dank Pétain haben wir den Ersten Weltkrieg gewonnen, das ist eine Tatsache. Aber Pétain wußte damals auch, wieviel Blut dafür fließen mußte. Und die Menge Blut, die ich mit eigenen Augen habe fließen sehen ... es ist unbeschreiblich. Darum kann ich noch immer beschwören, daß Pétain nur das Beste für die Franzosen wollte. Auch im Zweiten Weltkrieg. Warum sollte er zum Feind übergelaufen sein? Diese Annahme ist doch unsinnig! Aber er wollte das Blutvergießen beenden, weil es zu nichts nütze war. Wenn es genauso viele Tote gegeben hätte wie im Ersten Weltkrieg, oh, dann würde Frankreich jetzt nicht mehr existieren.

Pétain hat höchstens Hitler ein wenig Honig ums Maul geschmiert, um ihn zum Narren zu halten. So getan, als ob. Komödie gespielt. Er wollte unsere Verluste begrenzen. Das war wichtig für Frankreich und für ganz Europa.«

»Es war eine Schande, es hat unsere Ehre besudelt«, sagte der General.

»Vielleicht. Aber wenn Pétain nicht dafür gesorgt hätte, daß Frankreich sich zu einem Waffenstillstand bereit erklärte, wäre es heute mit uns vorbei. Dann wäre Frankreich ausgeblutet. Dann hätten wir Frankreich als Parkplatz an unsere Nachbarn verkaufen können, nachdem wir die Bombenkrater mit Leichen aufgefüllt hätten.«

»Und was hätten die Deutschen wohl aus Frankreich gemacht, Germaine, wenn Hitler den Krieg schließlich doch noch gewonnen hätte? Etwa keinen Parkplatz? Und glaubst du, sie hätten deinen Marschall Pétain vorher um Erlaubnis gefragt?«

»Ach was«, erwiderte sie, nahm eine Scheibe Brot, pulte das Weiße heraus und begann, ein Bällchen daraus zu kneten, »Parkplätze … Worüber reden wir eigentlich? Ich bin froh, daß ich schon seit zwanzig Jahren nicht mehr Auto fahren muß.«

»Kannst du Auto fahren, Pauline?« fragte der General.

»Ich habe einen Führerschein, aber kein Auto.«

»Wenn du möchtest, kannst du eins von unseren nehmen«, sagte Germaine, »wie viele haben wir eigentlich in der Garage stehen? Immer noch vier?«

»Mindestens. Weißt du, Pauline, es sind schöne Autos, aber ziemlich alte. Wir fahren sie nicht mehr.«

»Das ist aber nicht gut für ein Auto, wenn Sie nie damit fahren.«

»Sieh an! Sie versteht etwas von Autos!« Er versuchte, Bewunderung auszudrücken mit seinem traurigen Gesicht, in dem nur Mißtrauen und Enttäuschung zu lesen waren.

»Natürlich versteht sie was von Autos«, sagte die alte Dame in verächtlichem Ton, »heutzutage verstehen alle Kinder was von Autos. Das war übrigens bei deinen eigenen Kindern vor dreißig Jahren und noch früher auch schon so. Sie haben mehr Ahnung davon als wir.«

»Damals sind wir noch regelmäßig mit den Autos gefahren.«

»Mein ältester Sohn läßt sich auch heute noch manchmal darin umherfahren. Mal in dem einen, mal im andern. Und unser Enkel Edouard nimmt sich auch ab und zu eins. Noch letztens, als ich an der Garage vorbeikam, da sagte dieser freundliche Algerier, den wir dort haben: ›Weiß Madame, daß der Salmson schon seit ein paar Wochen verschwunden ist?‹ Er dachte, ich bekäme einen Schreck, aber ich erschrak nicht, und er lachte. ›Monsieur Edouard hat ihn‹, sagte er. Armand und Jacqueline waren so froh, als ich es ihnen erzählte. ›Gott sei Dank‹, sagten sie, ›vielleicht legt Edouard sich nun endlich ein Hobby zu: alte Autos. Sein Leben ist sonst so öde.‹ Und zwei Wochen später, glaube ich, hat er mit ihm (sie deutete auf ihren Mann) einen Ausflug in dem alten Ding gemacht. Es war noch tadellos in Ordnung.«

»Sag einfach Bescheid, Pauline, du kannst dir eins aussuchen.«

»Ich … ich möchte schon … vielleicht … aber es muß nicht sein. In der Stadt gehe ich lieber so oft wie möglich zu Fuß. Dann brauche ich nicht auf den Verkehr zu achten, und ich sehe viel mehr.«

»Da hast du völlig recht, aber wenn du dich in Paris satt gesehen hast und die Umgebung erkunden möchtest, brauchst du dich wirklich nicht zu genieren. Sag dann einfach Bescheid.«

»Die Umgebung von Paris ist wunderschön«, versuchte Germaine ihr die Sache schmackhaft zu machen, »es wäre ein Jammer, wenn du einen Mietwagen nehmen würdest. Wir brauchen sie sowieso nicht.«

»Sie sind ein bißchen groß«, gab der General zu bedenken, »das gefällt dir vielleicht nicht so gut. Der Salmson ist der kleinste, du müßtest also warten, bis Edouard ihn zurückbringt.«

»Wir können ihn doch notfalls darum bitten?« fand Madame.

»Du weißt, wie schwer es ist, Edouard zu erreichen.«

»Die anderen Wagen sind übrigens auch noch ausgezeichnet. Nur ein bißchen groß, das ist wahr.«

»Aber Germaine! Der Cadillac zum Beispiel. Vor dreißig Jahren fuhr doch jeder in so einem Cadillac umher. Junge Mädchen nicht ausgenommen.«

Unterdessen fragte sich Paulina, was sie nun eigentlich damit sagen wollten. Warum ließen sie nicht locker? Wollten sie selbst wirklich nicht mehr fahren? Hofften sie vielleicht, eines schönen Tages würden sie zu dritt einen Ausflug machen, mit anderen Worten, sie hatten sie eigentlich als Chauffeuse eingestellt? Dagegen konnte sie nicht viel einwenden. Besonders schmeichelhaft war es vielleicht nicht, aber doch logisch, denn so konnte sie sich nützlich machen.

Aber kaum war ihr dieser Gedanke durch den Kopf gegangen, da sagte Madame:

»Wenn du etwas dagegen hast, selbst zu fahren, oder wenn du dir lächerlich vorkommst, am Steuer von so einem alten Schätzchen zu sitzen, kannst du selbstverständlich auch den Chauffeur bitten, dich irgendwohin zu bringen.«

»Versteht sich«, sagte der General, »du sagst es einfach Madame Le Dantec, und in fünf Minuten steht er vor der Tür. Das ist sehr praktisch für dich an Tagen, wo es regnet. Und was hat der Mann denn überhaupt zu tun?«

»Eigentlich nichts«, verdeutlichte die alte Dame.

»Aber ich beschäftige ihn noch immer! Erstens, weil ich nicht möchte, daß er sich eine andere Stelle sucht. Und zweitens, man kann nie wissen. Dann ist man so jemanden los, und plötzlich braucht man ihn dringend. So wie jetzt vielleicht.«

»Wenn du einen Chauffeur hast«, sagte Madame, »brauchst du dir auch keine Sorgen zu machen, daß du den Wagen nicht abstellen kannst, weil nirgendwo ein freier Parkplatz ist.«

»Dann bist du auch nicht gezwungen, ihn in eine Tiefgarage zu fahren. Damit verliert man so viel Zeit.«

»Außerdem ist es höchst gefährlich. Lebensgefährlich. Man traut seinen Ohren nicht, wenn man hört, was in Tiefgaragen so alles passiert. Frag einfach immer nach Alain, so heißt unser Chauffeur. Das ist in jedem Fall das beste«, legte Madame ihr ans Herz, »also merk es dir gut. Wenn du irgendwohin möchtest und keine Lust hast zu laufen, läßt du dich von Alain fahren. Dann brauchst du dich auch nie mit dem Problem herumzuschlagen, wo du parken kannst.«

Und so ernst, als ginge es um eine Chance, die tatsächlich bestanden hätte und nur durch Unachtsamkeit vertan worden sei, fügte sie hinzu:

»Eigentlich hätten *wir* einen Parkplatz aus Deutschland machen sollen.«

»Aber Germaine«, sagte der General, »das ist wirklich ein bißchen weit weg, um sein Auto abzustellen. Deutschland liegt nicht vor der Haustür.«

»Zum Glück«, erwiderte Germaine, »sonst hätten die Boches Paris auch schon im Ersten Weltkrieg besetzt.«

Es klang so, als wolle sie mit dieser Äußerung nochmals ihrer unerschütterlichen Bewunderung für Marschall Pétain Ausdruck verleihen, mit Worten, die an sich etwas ganz anderes bedeuteten.

»Im Zweiten Weltkrieg hat Marschall Pétain sich erst wieder gezeigt, als wir schon besiegt waren«, fügte sie hinzu, um ihn damit endgültig von jeder Schuld freizusprechen.

»Der Salmson«, meinte der General, »ist ein hübscher kleiner Wagen mit einem Verdeck, das man öffnen kann. Sehr angenehm bei schönem Wetter.«

»Der Delahaye hat doch auch ein Verdeck, das man aufmachen kann?« fragte Germaine.

»Ja, aber der ist so altmodisch. Eigentlich nur was, wenn man einen Chauffeur hat. Der Fahrer sitzt immer an der frischen Luft, wie ein Kutscher. Der Vordersitz ist durch eine Glasscheibe vom Passagierraum getrennt. Wenn es regnet, kann er sich eine Art Schirm über den Kopf ziehen. Aber die Seiten sind offen. Moderne Chauffeure stellen Forderungen. Die würden sich weigern, unter solchen Bedingungen zu arbeiten.«

»Alain würde es nicht in den Sinn kommen, sich darüber zu beschweren. Wirklich, du kannst ihn ruhig darum bitten, wenn dir der Delahaye gefällt.«

»Ja, natürlich. Alain. Aber Alain ist kein moderner Chauffeur.«

Der General schwieg einen Augenblick, und nachdem er festgestellt hatte, daß seine Frau keine weiteren Einwände mehr vorbrachte, fuhr er fort:

»Guys war verrückt auf Kutschen, so wie ich auf Autos, auch wenn ich mich nur für alte Autos begeistern kann.«

»Haben Sie so viele, weil Sie sie sammeln?« fragte Paulina. »Das ist eigentlich ein sehr modernes Hobby.«

»Von wegen! Er sammelt sie nicht mit Absicht, weil sie alt sind. Er hat sie alle nagelneu gekauft, alt geworden sind sie von ganz allein.«

Der General widersprach nicht: »Nagelneu gekauft, selbstverständlich vor dem Krieg. Außer dem Cadillac, der ist nicht so alt. Wenn wir einen Wagen ein paar Jahre lang gefahren hatten, habe ich einen neuen gekauft, aber ich dachte gar nicht daran, den alten wegzugeben. Ich fand sie viel zu schön. Heutzutage findet sie jeder schön. Damals war ein altes Auto einfach ein altes Auto, auch wenn es ein Rolls Royce oder ein Talbot war. Man räumte sie weg, wenn sie ausgedient hatten, oder sogar schon, wenn die ersten kleinen Defekte auftraten. Weil ich sie schön fand, habe ich sie behalten. Ich mag Pferde nicht, sonst würde ich vielleicht lieber mit einer Kutsche fahren. Kutschen sind immer schön, weil sie noch aus einer Zeit stammen, in der schöne Dinge hergestellt wurden. Ich hatte etwas gegen Pferde, weil ich fand, daß die französische Armee motorisiert werden müßte. Wenn sie genauso stark motorisiert gewesen wäre wie die deutsche Wehrmacht, hätten wir 1940 nicht verloren. Ich gehörte zu einer Gruppe von Militärs, die das erkannt hatten. Niemand hörte auf uns. Und von da an hatte ich etwas gegen Pferde. Aber die Pferde, die Guys gezeichnet hat, sind prachtvoll. Und erst seine Kutschen! Baudelaire wird darüber richtig lyrisch im letzten Kapitel seines Essays über Guys. Wie du dich erinnerst, beschäftigt es sich nur mit Equipagen. *Les Voitures* heißt es. Ein seltsamer Schluß. Mit Recht weist Baudelaire darauf hin, daß bei den Kutschen, die Guys gezeichnet hat, alle technischen Einzelheiten völlig naturgetreu wiedergegeben sind: die Ausstattung der Wagen, die Zügel und das Geschirr. Guys, sagt er, zeichne eine Kutsche mit gleicher Sorgfalt und auch gleicher Leichtigkeit wie ein vollendeter Marinemaler sämtliche Arten von Schiffen.«

»Schließt der Aufsatz damit«, fragte Germaine, »mit Kutschen? Daran kann ich mich nicht mehr erinnern.«

»Aber ja doch, damit schließt er. Und gerade deshalb – wegen der wahrheitsgetreuen Details an Gegenständen von vergänglichem Charakter: Equipagen, Kleidern – nennt Baudelaire ihn den Maler des modernen Lebens. Guys' Zeichnungen seien wichtige Quellen für spätere Historiker, meinte er.«

»Was für ein tugendhafter Abschluß. Equipagen. Guys hat doch auch eine Menge Frauen gezeichnet.«

»Alle Arten und Stände, wenn sie nur schön waren. Und vor allem elegant gekleidet.«

»Ja, ja, aber die brauchst du nicht zu sammeln. Edmond de Goncourt hat behauptet, daß Guys nichts anderes gekonnt hätte, als leichtlebige Frauen in ihrer ganzen Liederlichkeit abzubilden.«

»O Goncourt, der war eng befreundet mit Gavarni und

nur darüber pikiert, daß Baudelaire Gavarni weniger schätzte als Guys.«

»Hat Baudelaire nicht auch ein Kapitel über das Schminken geschrieben?«

»Baudelaire war wahrscheinlich der erste auf der ganzen Welt, der darüber philosophiert hat.«

»Ich glaube, in den Niederlanden hat sich in jener Zeit keine einzige Frau geschminkt«, erzählte Paulina, »vor allem deshalb hielten unser Urgroßväter Paris für eine frivole Stadt.«

»Ich denke, eine anständige Frau hat das in Paris auch nicht gemacht«, sagte Germaine trocken, »aber es gab nicht viele anständige Frauen.«

»Oder man sah sie nicht auf der Straße in einer offenen Kutsche umherfahren«, vermutete der General. »Wenn man Baudelaire glauben kann, wurde das Anmalen damals, so um 1860, bereits erstaunlich oft betrieben, und ihm zufolge tat man es, damit das unvollkommene menschliche Wesen mehr einem vollkommenen Standbild ähnlich wurde: einem göttlichen, höheren Wesen. Auf keinen Fall durfte Schminke dazu dienen, die Natur nachzuahmen, oder um eine alte Frau jung erscheinen zu lassen. Das hatte er sich schön ausgedacht.«

»Er hatte völlig recht«, sagte Germaine, »aber es wird einer alten Frau selten gelungen sein, den Anschein zu vermeiden, daß es ihr darum ging, jung zu wirken.«

Sie warteten auf den Kaffee. Germaine öffnete ihre Handtasche und zog sich die rissigen Lippen nach.

»Pauline, sehe ich richtig«, fragte sie, während sie in einem kleinen Spiegel überprüfte, ob ihr Äußeres zufriedenstellend restauriert war, »du benutzt keinen Puder und nicht mal Rouge?«

»Nein, Madame, nie.« Und sie errötete.

»Kein Bedürfnis, ein Standbild zu werden?«

»Sie ist auch so bildhübsch«, fand der General.

Aber Paulinas Röte ließ durch diese Worte nicht nach.

32

Ein Standbild?

Wieder in ihrem Zimmer, zog Paulina sich aus und ging mit dem Nachthemd in der Hand ins Bad. Es kam nicht oft vor, daß sie sich nackt in einem Spiegel betrachtete, weil sie immer wieder erschrak, wenn sie ihre Ohren aus den blonden Haaren hervorstehen sah und betrübt dachte: Keiner wird mich jemals wirklich schön finden. Wenn sie bekleidet war, fiel es weniger auf. Gerade die Schönheit ihres Körpers lenkte die Aufmerksamkeit auf ihre Ohren. Nachdem man sie gefragt hatte, ob sie nicht das Bedürfnis habe, ein Standbild zu werden, stellte sie diese Frage an ihren nackten Körper um so nachdrücklicher. Allerdings hatte sie bisher kaum die Gelegenheit gehabt, sich von Kopf bis Fuß mit einem Blick zu sehen, wie in den Spiegeln dieses Badezimmers, die vom Fußboden bis zur Decke reichten.

Zuvor hatte sie tastend, aber sorgfältig die Ohren unter den Haaren versteckt. Reglos schaute sie sich ein paar Sekunden lang an. Nicht berauschend, aber auch nicht übel. Ein Standbild? Unmöglich war es nicht. Eine Venus von Milo mit Armen. Ihre Brüste waren klein und fest, aber sie war schmaler als die Venus. In einer Freilichtausstellung von Skulpturen hatte sie einmal einen Akt mit genau solchen Schenkeln wie ihren gesehen. Den Namen des Bildhauers laut auszusprechen, wagte sie nicht, und wenn sie sich an diesen Namen erinnern wollte, streikte ihr Gedächtnis meist. Allerdings waren die Füße jener Figur gröber und größer gewesen als ihre eigenen. Das hatte sie getröstet.

Und während sie sich nun in dem eigentlich fast unendlichen Spiegel (verdoppelt durch einen unter der Decke befestigten) anschaute, sagte sie sich: Vielleicht kein Standbild, aber bei weitem keine Riesin wie in so niedrigen Räumen wie zu Hause.

Sie putzte die Zähne, schlüpfte ins Bett, stellte sich vor, daß der hochgewachsene General, sogar wenn er stolz aufrecht stünde, was einem alten Mann wie ihm nicht mehr möglich war, einen halben Kopf kleiner wäre als sie, und schlief ein.

An einer Bordsteinkante wartete sie auf den Chauffeur, der ihr Auto vorfahren würde. Sie hatte den Cadillac bestellt. Da kam er. Das Verdeck war heruntergeklappt. Sie sah den Wagen zum erstenmal, zweifelte aber nicht daran, daß er für sie bestimmt war. Es sah aus, als sitze niemand am Steuer. Dann erblickte sie, gerade noch über der Unterkante der Windschutzscheibe, etwas, was wie eine flache Chauffeurmütze aussah. Die Kühlerhaube war so lang, daß es eine ganze Zeit dauerte, bis die Türen auf ihrer Höhe waren und das Auto anhielt. Die Straße war zu schmal, um den Wagenschlag zu öffnen, sie hatte schon aufpassen müssen, daß ihr das Auto nicht über die Zehen fuhr. Tatsächlich, es hatte nur so ausgesehen, als säße niemand darin, denn der Chauffeur war ein Zwerg. Er sprang über die geschlossene Tür und sagte: »Mademoiselle, cette voiture est à vous, pas à moi.« Und obwohl die Straße so schmal war, daß der Wagen sie fast verstopfte und auf der einen Seite (nicht auf jener, wo sie stand, sondern auf der anderen, wo der kleine Fahrer, ohne die Tür zu öffnen, ausgestiegen war) niemand mehr gehen konnte, war das Männchen augenblicklich verschwunden. Paulina konnte sich nicht erklären, wo es geblieben war.

Sie setzte sich ans Steuer und legte die Hände darauf. Tatsächlich: Ein Auto, das für jemanden von ihrer Größe gebaut war. Trotzdem wagte sie es nicht, wegzufahren, weil sie Angst hatte, den kleinen Chauffeur zu zermalmen. In welche Richtung war er gegangen? Vorwärts? Dann konnte er noch nicht außerhalb des Bereichs der Kühlerhaube und der unermeßlich langen Kotflügel sein. In die andere Richtung? Aber als sie sich umschaute, mußte sie feststellen, daß der Kofferraum mindestens ebenso lang war wie das Vorderteil. Und auch daran konnte der Zwerg nicht vorbeigegangen oder besser: -gekrochen oder -geschlüpft sein. Denn nicht einmal für ihn war genug Platz zum Gehen. Sie horchte, ob sie ihn nicht hörte. Die Sonne stand fast senkrecht über ihr und wärmte ihren Kopf so stark, daß sie das Blut in den Wangen spürte. Eigentlich dachte sie, daß der kleine Chauffeur *unter* den Wagen gekrochen war und dort zusammengekauert wartete, bis sie wegfuhr. Das wäre, vorausgesetzt, der Wagen erfaßte ihn nicht, die weitaus einfachste Lösung für ihn. Aber sie wagte nicht, ein Risiko einzugehen und ihn vielleicht doch zu überfahren; auch wenn er völlig freiwillig unter das riesige Vehikel gekrochen war, müßte ihm klar sein, welche Folgen das haben könnte.

Durch das Gefühl der Beklommenheit halbwach geworden, überlegte sie, daß sie dem Chauffeur hätte sagen müssen, er solle am Steuer sitzen bleiben und nicht weggehen. Doch sie konnte gut verstehen, daß er so rasch das Weite gesucht hatte. Was für ein lächerlicher Anblick wäre es gewesen: eine Riesin, die in einem Cabriolet herumkutschiert wurde von einem Zwerg, der nicht mal am Steuer *sitzen* konnte, sondern sich daran hochziehen mußte, um, nach vorn gebeugt, sehen zu können, wo er entlangfuhr.

33

»Ich habe mich geirrt«, sagte der General, als sie ein paar Tage später wieder in seinem großen Arbeitszimmer saß, noch immer im unklaren, welche Aufgabe er ihr zugedacht hatte. Danach zu fragen, wagte sie nicht. Es war auch nicht so, daß er sie einfach herbeizitierte, damit sie ihm Gesellschaft leiste. Nein. Spätestens am Morgen, wenn sie ihr das Frühstück brachte, fragte Madame Le Dantec, ob Paulina am späten Nachmittag ein paar Augenblicke frei habe, um dem alten Mann Gesellschaft zu leisten.

»Ich habe mich geirrt«, sagte er nun, »mein Gedächtnis läßt immer mehr nach. Habe ich dir nicht erzählt, Guys sei nie mehr in Vlissingen gewesen, nachdem seine Eltern ihn im Alter von einem Jahr mit nach Frankreich genommen hatten? Aber das ist falsch. Er scheint gegen Ende seines Lebens noch einmal für eine Woche zurückgekehrt zu sein. Ob er dort wohl noch gezeichnet hat? Darüber habe ich nie etwas gelesen. Es würde mich wundern, wenn er es nicht gemacht hätte. Nach seinem Tod waren manche Läden in Paris voll mit Zeichnungen von Guys. Überall waren sie erhältlich zu Preisen zwischen 1 Franc und 50 Centimes!

Als er am Krimkrieg teilnahm, schickte er jeden Abend zehn Zeichnungen nach London. Die wurden dort in Holz gestochen und erschienen anonym in *The Illustrated London News*, vom Holzstecher meist nach Belieben verunstaltet und verändert. Von den Originalen sind nur ganz wenige erhalten geblieben. Was mit dem Rest passiert ist, kann man sich vorstellen. Dieser oder jener wird ein paar davon mitgenommen haben, um sie zu Hause mit vier Reißzwekken an die Wand zu heften. Du weißt ja, was dann zwangsläufig passiert. Die Jugend von heute bepflastert ihre Wände mit Postern. Nach ungefähr einem Monat reißen sie an den Ecken ein. Jemand stößt versehentlich dagegen. Zugluft kriecht unters Papier, wenn ein Fenster oder eine Tür geöffnet wird. Fliegen setzen sich darauf und beschmutzen sie. Nach einem Jahr reißt man sie voller Ekel von der Wand und wirft sie in den Mülleimer. So wird es auch mit den meisten Zeichnungen von Guys gewesen sein. Ich darf gar nicht daran denken. Kaufen konnte man sie 1892 für einen oder einen halben Franc. Nadar, angeblich sein Freund, besaß ganze Stapel davon, ging aber nicht gerade achtsam mit den Zeichnungen um. Er verstreute sie überall; was mit ihnen geschah, war ihm gleichgültig. Na ja, in dieser Zeit ... die Chinesen benutzten wunderschöne Holzschnitte, um Tassen und Teller zu verpacken. Kunst, was ist Kunst? Viele Kunstwerke waren nie anders als Blumen: man fand sie schön, solange sie nicht verdorrten, und betrachtete sie dann als Abfall. Es gibt nur wenig Menschen, die begriffen haben, daß gute Kunst nicht verdorren darf. Es muß auch damit zu tun gehabt haben, daß Guys offenbar selbst so gleichgültig mit seinen Zeichnungen umging. Eigentlich bleibt uns dieser Mann in jeder Hinsicht ein Rätsel. Er hatte Bewunderer, die nicht irgendwer waren. Er muß den brillanten Aufsatz von Baudelaire gelesen haben. Litt Guys unter Selbsthaß, und hatte er keine hohe Meinung von seiner Kunst? War das der Grund, so damit umzuspringen? Aber dann müssen wir uns fragen, was er nun eigentlich wollte. Schließlich hatte ihn niemand gezwungen, Künstler zu werden. Es war sein freier Wille. Delacroix schätzte ihn, Théophile Gautier, Félicien Rops, Edouard Manet. Manet hat ihn porträtiert, was er nicht getan hätte, wäre Guys in seinen Augen ein Stümper gewesen. Und die Brüder Goncourt schrieben über ihn. Das waren doch Experten! In ihrem Tagebuch kommt Guys des öfteren vor. Glaub nicht, sie hätten nicht viel von ihm gehalten, auch wenn es stimmt, daß Edmond de Goncourt sich abfällig über die von Guys gezeichneten Frauen geäußert hat. Von seinen anderen Sujets verstanden sie wahrscheinlich nicht viel, weil sie nicht wie Guys von einem Abenteuer ins andere geschlittert waren und nicht wie er die halbe Welt bereist hatten. Komm mit.«

Er stemmte sich aus dem Sessel hoch, fast hatte man den Eindruck, daß er aufsprang. Guys' Verteidigung gegen die Brüder Goncourt schien ein Feuer in ihm zu entfachen, das ihn jünger machte, als Paulina für möglich gehalten hätte. Sie folgte ihm zum anderen Ende des Raums. Er blieb vor einem Schrank stehen und zog einen dicken, in blaues Leder gebundenen Band heraus. Die Seite mit der Passage, auf die er sie aufmerksam machen wollte, war durch einen Papierstreifen gekennzeichnet. Hatte er öfter Besucher, denen er die Haltung der Brüder Goncourt gegenüber Guys näher erläuterte?

»Sie waren eifersüchtig auf ihn«, leitete er das ein, was er ihr vorlesen wollte, das aufgeschlagene Buch in der linken Hand, »er zeichnete nicht nur besser als sie, *sie* waren ja höchstens begabte Dilettanten, sondern er hatte auch viel mehr erlebt. Er kannte sein Motiv, wenn er eine Kurtisane zeichnete. Die braven Goncourts schrieben Bücher darüber, aber man kann sich kaum ausmalen, was ans Licht gekommen wäre, wenn *Guys* ein Buch geschrieben hätte. Hör zu, das hier haben sie am 23. April 1858 über ihn notiert: ›... ein erstaunlicher Mann, den das Leben durch alle Höhen und Tiefen geführt hat, den die Jagd nach dem Glück um die Welt trieb, der seine Gesundheit in allen Breiten und bei allen Liebschaften verstreute, ein Mann, der die Absteigequartiere von London, die Schlösser der *fashion*, die Spieltische in Deutschland, die Schlachtfelder in Griechenland, die Stammtische in Paris, die Redaktionsstuben der Zeitungen, die Schützengräben von Sebastopol, ... die Pest, die Hunde im Orient, Duelle, Huren, Gauner, Wüstlinge, Wucher, Armut, Spelunken und Elendsviertel hinter sich gebracht hat, Elendsviertel, in denen sich alle gescheiterten Existenzen wie in einem Meer tummeln, all diese

Namenlosen und Barfüßigen, diese verkommenen und schauderhaften Typen.‹«

Er schaute von seinem Buch auf: »Kurzum, Guys konnte mitreden über allerlei dunkle Existenzen, die, und das wußten die Brüder Goncourt genau, in ihren Romanen nie eine solche Intensität gewonnen hätten.

Hör mal, wie sie ihn beschreiben: ›Ein kleiner Mann, der alldem mit Energie entkommen ist, mit einer furchtbaren Energie hinter seinem grauen Schnurrbart; seltsam, abwechslungsreich, vielfältig, Stimme und Aussehen ändernd, sich vervielfachend und sich erneuernd, läßt er für eine Weile den alten Haudegen vergessen, den man vor sich hat, und schlüpft – von der eigenen Rede fortgerissen, mit seiner sich wandelnden Miene, die Maske wechselnd und abermals wechselnd – in alle Personen, die er schildert.‹

Verstehst du, Pauline? Wenn du Zeit und Lust hast, mußt du einmal alle Passagen über Guys im Tagebuch der Goncourts nachlesen. Es ist überhaupt keine Mühe, ich habe Zettel hineingelegt.«

Er schien nicht damit zu rechnen, daß sie gerade jetzt Lust dazu haben würde, denn noch bevor sie hätte antworten können, stellte er das Buch wieder ins Regal.

Er drehte sich zu einem der Schubladenschränke um.

»Meine teure Gattin weiß genau«, sagte er und zog eine Lade auf, »daß ich selbstverständlich auch eine ganze Reihe Frauenzeichnungen von Guys in meinem Archiv habe. Sie gibt vor zu glauben, ich hätte kein Interesse daran. Oder sie hat befürchtet, du wüßtest schon, welch schlechten Ruf Guys als Frauenzeichner aus der Sicht von Edmond de Goncourt hatte. Und daß du dann von mir denken würdest, ich sei ein Sammler pikanter Bilder. Unsinn, diese Zeichnungen von Guys sind ausgesprochen dezent: elegant, meisterhaft ausgeführt, treffend. Und wir müssen uns darüber im klaren sein, daß wir eigentlich in instinktiver oder intuitiver Hinsicht nichts mehr von der Mode jener Epoche verstehen. Aus der Zeichnung einer Frau können wir deshalb auf den ersten Blick nicht erkennen, ob sie eine Dirne oder eine Dame war. Die Signale, die von Kleidern ausgehen, ändern sich mit der Zeit. Irgendwann weiß niemand mehr, wie sie ursprünglich gemeint waren. Die Bedeutung der Kleidung von heute ist uns sofort deutlich, die der Kleidung von früher jedoch nicht. Wenn eine Frau vor zwanzig Jahren eine Jeans trug, hatte man eine andere Art Frau vor sich als heute, wo Frauen in Jeans herumlaufen, die vor zwanzig Jahren nicht daran gedacht hätten. Oder auch die Männer! Männer in Jeans, die liefen vor fünfzig Jahren nur in Amerika herum, und es waren Hafenarbeiter.«

Er schob die Lade zu, ohne ihr irgend etwas gezeigt zu haben.

Als sie wieder am Kamin saßen – fast schien es, als habe er nun mehr Mut, nachdem er sie aus der Nähe seiner kostbaren Schätze gelotst hatte –, schlug er ihr vor, sie könne herkommen und sich alle Zeichnungen in Ruhe ansehen, zum Beispiel an einem Tag, an dem er sich nicht so gut fühle und im Bett bliebe.

»Ich lenke dich dann nicht mit meinem Gerede ab, denn wenn ich dich sehe, möchte ich reden.«

Sie nickte, ohne recht zu wissen, ob ihr Interesse an Guys wirklich so groß war, wollte sich das jedoch um keinen Preis anmerken lassen, aber auch nicht heucheln.

»Die Brüder Goncourt«, dachte er laut nach, »haben ein sehr schönes Buch über das achtzehnte Jahrhundert geschrieben. Sie fühlten sich darin mehr zu Hause als in ihrer eigenen Zeit, auch wenn sie sich redlich mühten, moderne – damals moderne – naturalistische Romane zu schreiben. Aber ihre eigene Welt war ihnen zu häßlich, um wirklich darin aufzugehen, um in dieser Welt zu leben und notfalls zu kämpfen, wie Guys. Was sie über Frauen von sich geben, hat wenig zu bedeuten. Baudelaire hat das moderne Leben und die damals moderne Frau besser verstanden. Noch 1920 hat Gustave Geffroy ein wunderbares Buch geschrieben, nur über die Frauen von Guys.«

34

Am nächsten Tag, als sie von der Universität kam, begegnete Paulina an der Haustür zufällig wieder Armand in seinem grauen, dünnen Mantel mit dem speckigen Samtkragen.

»Wenn du magst«, sagte er, »könntest du heute mal meinem Bruder Michel, dem angehenden Pianisten, Gesellschaft leisten. Hättest du Lust dazu?«

»Ja, sehr gern.«

»Wie nett du doch bist. Wie einfach du uns alles machst. Ich muß dir nämlich verraten, daß mit dir gerechnet wird. Der Künstler empfängt nur, wenn man ihn vorher darum ersucht hat. Schlimmer noch: Man kommt nicht in seine Wohnung, wenn er nicht zuerst gesagt hat, für welche Uhrzeit man um Empfang nachsuchen kann. Ein schwieriger Mensch, wie du jetzt zweifellos verstehst. Aber du hast nichts zu befürchten.«

Er hielt ihr die Fahrstuhltür offen. Nachdem er auf den Knopf der ersten Etage gedrückt hatte, sagte er noch:

»Erst heute morgen, als du bereits gegangen warst, hat er uns wissen lassen, daß er es gern sähe, wenn du den heutigen Abend bei ihm verbringen würdest.«

Sie stiegen aus.

Paulina fragte sich, ob der musizierende Bruder wohl auch so groß wie Armand wäre; außerdem – warum, konnte sie sich nicht erklären – war ihr schon im Lift der kleine Chauffeur, von dem sie geträumt hatte, wieder eingefallen.

Als sie vor der Wohnungstür standen, läutete Armand nicht sofort. Leicht vorgebeugt hielt er das linke Ohr an die Tür, verzog den Mund und kniff das linke Auge fast zu. Horchte.

Und es war, als ob auch sie sich alle Mühe gab, etwas zu hören – allerdings die Stimme des kleinen Chauffeurs, der zweifellos unter das überaus lange Auto gekrochen war und sie anflehte, nicht wegzufahren. Aber sie hörte ihn nicht.

»Seltsam«, sagte Armand und richtete sich auf, »Michel spielt gar nicht. Sonst macht er das immer, wenn er jemanden erwartet. Man bekommt das schon hier vor der Tür mit, ohne sich zu bemühen, wie ich gerade. Und wenn man geklingelt hat, steht er nicht sofort vom Klavier auf, o nein. Sogar nachdem er aufgehört hat, kann es noch etliche Minuten dauern, ehe er die Tür öffnet.«

Armand legte den Finger auf den Klingelknopf.

»Wenn ich mich nicht täusche, spielt er im Augenblick nicht, weil er vor Neugier brennt und schon auf dem Sprung ist.«

Aber er hatte sich getäuscht. Jedenfalls dauerte es eine ganze Weile, ehe das Rasseln einer Türkette und das Klikken eines Riegels, der verschoben wurde, zu hören waren.

Und Paulina dachte, der Chauffeur hätte sagen müssen: La voiture est à votre disposition. Nicht à vous. Woher kam dieser Gedanke, wie war er zu erklären? Weil es sich nur um einen geträumten und nicht um einen wirklichen Chauffeur handelte? Oder würde sich, zur Abwechslung, der Bruder als Zwerg erweisen? Ein Kobold, der nur mit Stapeln dicker Bücher auf dem Hocker Klavier spielen konnte? Und die Pedale nur mit den Zehen berührte?

Die Tür öffnete sich. Kein Zwerg stand da. Ein Riese, sogar noch etwas größer als Armand.

Michel sagte nichts, hatte den Mund jedoch halb geöffnet, als kämen geräuschlose Worte heraus, die nur sein Bruder verstehen konnte. Paulina blickte er nicht an, nur Armand.

Armand grüßte auch nicht, sagte bloß:

»Hier ist sie.«

Dann wandte er sich ostentativ an Paulina: »Einen schönen Abend«, und ging zum Fahrstuhl zurück.

Nun erst schaute Michel Paulina an.

Sein Gesicht sah dem seines Bruders zum Verwechseln ähnlich, und er hatte ebenfalls eine Brille, jedoch eine mit Goldfassung, ein Modell von vor hundert Jahren mit Halbgläsern. Über einem weißen Hemd mit schmalem Stehkragen im Stil eines Russenkittels trug er eine lange, aus Wolle in düsteren Farben gestrickte oder gehäkelte Weste.

»Also«, sagte er, »ich bin Michel. Komm rein«, und er streckte die Hand aus, die Paulina drückte. Fast schien es, als zöge er sie zu sich hin. Sie trat einen Schritt vor. Wollte er ihr sofort einen Kuß geben? Aber das tat er nicht. Er lächelte etwas verlegen.

»Genauso groß wie ich«, sagte er, ließ ihre Hand los und schloß die Tür.

Es stimmte, sie hatte es auch gesehen: ihre Augen lagen exakt auf gleicher Höhe.

Sehr viel jünger als Armand konnte er nicht sein, Ende Dreißig war er mindestens. Sein lockiges blondes Haar war dünn und hier und da grau. Das glattrasierte Gesicht, blaß wie bei jemandem, der nie an die frische Luft kommt, wies überall kleine Kerben auf. Die Zeit und die Enttäuschungen, die sie mit sich bringt, das alles war ihm mit dünnen Messern vorsichtig, jedoch schonungslos, zu Leibe gerückt.

»Ich wohne hier ganz allein mit meiner Haushälterin«, berichtete er ohne Umschweife. »Meine Frau konnte meine Musik nicht mehr hören und hat mich verlassen. Ich vermisse sie nicht. Ich will allein sein, in einem Raum.«

Er deutete auf diesen Raum, ein Zeichen, daß Paulina sich umschauen durfte.

Es sah so aus, als gäbe es in dieser Wohnung überhaupt keine Türen. Natürlich hatte sie im wesentlichen den gleichen Grundriß wie die Etagen darüber, aber hier waren offenbar überall Wände eingerissen und Türen entfernt worden. Wo noch Türöffnungen übriggeblieben waren, hatte man sie zu hufeisenförmigen kleinen Toren umgestaltet. Die rot gefliesten Fußböden waren mit weißen, langflorigen

Teppichen bedeckt, die Wände weiß gestrichen, und vor allen Fenstern hingen Gardinen aus einem Gewebe, das so dicht war, daß sie wie Bettlaken wirkten und einen Blick auf die Außenwelt unmöglich machten.

In all diesem Weiß konnte man den Blick auf nichts anderes richten als auf die Farben von Michels Weste. War das Absicht? Er hatte sich eine Welt geschaffen, in der nur er von Bedeutung war und nichts anderes zählte. Und er führte sie herum, damit ihr diese Tatsache, ohne Worte und jede nähere Erklärung, bewußt wurde.

Völlig leer war die Wohnung doch nicht.

Irgendwo sah sie ein Bett, das mit weißen Fellen bedeckt war, und in einem anderen Zimmer einen schwarzen, quadratischen Tisch mit einem schwarzen, einfachen Stuhl. Und im größten Raum stand, außer einem schwarzen Konzertflügel, auch ein mahagonifarbenes Harmonium von einer Art, wie es Paulina noch nie gesehen hatte. Das Instrument hatte eine Pedalklaviatur wie eine Kirchenorgel.

Daneben stand ein Kleiderständer aus Holz, der an eine verblühte Dolde erinnerte. Ein langer, schwarzer Mantel hing daran. Hinter dem Flügel befand sich der einzige Wandschmuck der ganzen Wohnung.

Es war ein Männerporträt in Schwarzweiß, ohne Zwischentöne. Und in Plakatgröße. Von Glas geschützt, war es jedoch vermutlich kein einfaches Plakat, nicht mal irgendwann gewesen, auch wenn der *Stil*, in dem dieses Porträt ausgeführt war, an ein Plakat erinnerte. Es zeigte einen alten Mann mit langem, weißem Haar und einem weißen Bart und einem Hut, der vielleicht ein Cowboyhut war. Ein schwarzer Trauerrand säumte die weiße Fläche des Bildes, aber das eigentliche Porträt hatte einen ovalen Umriß. Die Augen des alten Mannes waren fast unsichtbar. Man konnte nicht erkennen, ob er sie geöffnet hatte: eher schien es so, als seien sie geschlossen. War es vielleicht das Porträt eines Toten? Oder die Erscheinung eines Verstorbenen auf einer spiritistischen Séance, mit Blitzlicht fotografiert? Als furchterregend konnte man das Gesicht dennoch nicht bezeichnen. Eher war es das Antlitz eines Greises, dem die Leiden und Übel der Welt nicht verborgen geblieben waren, der auf dem Sterbebett erkennt, daß er alles Unrecht ohnehin nicht mehr rächen kann und darum durch seinen Gesichtsausdruck zeigt, daß er der Menschheit ihre Sünden vergibt.

Paulina hatte das Bild mit offenem Mund betrachtet. Ohne jede Erklärung hatte sich Michel neben sie gestellt. Als sie den Kopf zu ihm drehte, ging er einen Schritt zu dem ausgefallenen Instrument mit Fußklaviatur und fragte:

»Hast du so ein Instrument schon einmal gesehen?«

»Es sieht wie eine Orgel aus«, sagte Paulina zögernd und voller Angst, ihn durch Unwissen zu enttäuschen, »aber ich nehme an, daß es etwas anderes ist.«

»Man nennt es ein Pédalier. Es ist ein Piano mit Fußklaviatur. Auf der ganzen Welt gibt es vermutlich keine zwanzig mehr davon. Und der Mann, dessen Porträt dort an der Wand hängt, ist einer der wenigen Komponisten, die Musik für das Pédalier geschrieben haben.«

»Und kannst du diese Musik spielen?«

»Leider nicht. Ich habe dieses Pédalier auf einem Gehsteig gefunden, wo es für die Sperrmüllabfuhr bereitstand. Das Innenleben fehlt größtenteils. Nicht nur die Saiten, auch die Hämmer. Ich konnte bisher keinen Klavierbauer finden, der bereit gewesen wäre, das Instrument zu reparieren. Nicht mal für viel Geld. Ich muß auch zugeben, daß ich mich eigentlich davor scheue, es wieder in einen gebrauchsfähigen Zustand bringen zu lassen. Schau dir den Mann auf dem Bild dort an. Er war ein Magier. Er nannte sich Alkan. Er hat die schwierigste Klaviermusik geschrieben, die jemals zu Gehör gebracht wurde. Im Alter wurde diese Musik sogar ihm zu schwierig. Ja. Auch seine Kompositionen für das normale Klavier, nicht nur die für das Pédalier. Und für mich, obwohl ich seit Jahren übe, ist seine Musik … ach. Wenn es schon an Hexerei grenzt, seine normalen Kompositionen auszuführen, wie vertrackt ist es dann erst, wenn man außer mit den Händen auch noch mit den Füßen spielen muß? Solange das Instrument nicht benutzbar ist, habe ich eine Entschuldigung, mich nicht daranzuwagen. Darum ist es eine Art Beruhigung für mich: Ich muß es nicht, denn es ist unmöglich. Es steht da, um meine Unschuld zu beweisen. Aber eigentlich verkörpert es auch mein schlechtes Gewissen. Ich drücke mich undeutlich aus, hoffentlich verstehst du, was ich meine. Eine Bibliothek mit Büchern, die nur leere Seiten enthalten, spricht den Analphabeten frei von Schuld. Der Hocker vor dem Pédalier scheint für jemanden zu sein, der spielen will, aber eigentlich ist er nur von Nutzen, wenn ich Besuch habe, wie jetzt. Setz dich.«

Paulina folgte der Aufforderung.

Michel setzte sich auf den Hocker, der vor dem Flügel stand.

»Alkan, der größte Pianist des neunzehnten Jahrhunderts und vielleicht aller Zeiten. Aber sein Werk wird auf Konzerten nicht mehr aufgeführt. Allerdings existieren ein paar Schallplatten. Und hin und wieder gibt es einen Musikwissenschaftler, der einen Artikel über ihn schreibt. Alkan, so hat einmal jemand zu mir gesagt, das ist eine Art geheime Krankheit der Musik, nicht völlig überwunden, dann und wann bricht sie wieder einmal aus. Es ist eine schöne Metapher, aber eigentlich entspricht sie nicht den Tatsachen. Denn soweit mir bekannt ist, hat kein Mensch sich jemals bemüht, Alkans Werk zu unterschlagen oder zu bekämpfen, so wie Krankheiten bekämpft oder verschwiegen werden. Man übersieht ihn nur oder wagt sich nicht an ihn heran. Warum?«

Höflich schwieg er einen Augenblick, um Paulina Gelegenheit zu einer Antwort zu geben, falls sie es wüßte.

Sie wußte es nicht, und er fuhr fort:

»Manche meinen, hauptsächlich sei es Alkans eigene Schuld. Er war als Wunderkind geboren. Man sah in ihm jemanden, der Chopin ebenbürtig war, dabei war er ein ganz anderer Mensch als Chopin. Chopin las nie ein Buch, Alkan las alles. Er übersetzte jeden Tag ein Stück aus der Bibel. Jude, und jüdisch-orthodox erzogen, beherrschte er das Hebräische perfekt. Aber er übersetzte ebenso aus dem Neuen Testament. Kam aus einer sehr musikalischen Familie. Sein jüngerer Bruder war ein gefeierter Musiker, wenn auch kein großer Komponist. Mit Alkan muß irgendwann etwas, noch heute Unerklärliches, geschehen sein. Mit fünfundzwanzig zog er sich plötzlich zurück. Wollte keine Konzerte mehr geben. Er sei ein Menschenfeind geworden, hieß es. Aber stimmte das wirklich? Er war schon immer schüchtern, das steht außer Zweifel. Dennoch bürgten seine Erfolge dafür, daß er auf dem Konzertpodium kein bißchen verlegen sein mußte. Im Gegenteil, er war ein Virtuose von seltener Größe. Gut ... irgendwann gab er also keine Konzerte mehr. Er unternahm auch nie eine Tournee ins Ausland und konnte folglich außerhalb von Paris nicht berühmt werden. Am Square d'Orléans wohnte er neben seinem Freund Chopin. Auch mit Liszt hatte er Umgang, mit Berlioz und Mendelssohn. Wie Chopin gab er für viel Geld Töchtern aus reichen Familien Klavierunterricht. Und als Chopin starb, erbte er dessen Schüler. Wegen Geldmangel brauchte er sich also keine Sorgen zu machen, obgleich er sehr bescheiden lebte. Aber trotzdem: höheren Töchtern Klavierunterricht geben – was ihr Talent betrifft, kann man das Schlimmste befürchten – und das lieber als öffentliche Auftritte!«

»Tatsächlich?« sagte Paulina, jedoch nicht, weil sie an seinen Worten zweifelte. Michel nickte nicht einmal zustimmend, sondern fuhr mit seiner Geschichte fort:

»Vom Square d'Orléans zog er um in die Rue Daru, die Straße, an der die russische Kathedrale steht, die du sicherlich kennst. Und auf einmal, gegen Ende seines Lebens, trat er wieder auf. Aber nur in kleinen Gesellschaften, vor höchstens dreißig Musikfreunden. Niemand weiß, warum. Zuletzt waren seine Finger zu steif, um die schwierigsten Passagen fehlerfrei zu spielen.«

»Wie schade.«

Paulina hatte nie Klavierunterricht haben wollen und von Alkan nie gehört. Ihr war kein besserer Kommentar eingefallen, und sie schämte sich dafür ein wenig.

»Schade, ja«, sagte Michel und seufzte tief, »sein Tod ist noch das sonderbarste von allem. Mit fünfundsiebzig wurde er von seinem eigenen Bücherschrank erschlagen, als er ein Buch herausnehmen wollte, das im obersten Fach stand. Es war der Talmud, der, so will es der Brauch, immer im höchsten Fach stehen muß, weil kein anderes Buch über ihm stehen darf. So, mit dem Talmud in der Hand, fand man ihn tot unter dem umgestürzten Bücherschrank.«

Paulina saß sehr unbequem auf dem Klavierhocker und hörte doch mit ungebrochener Aufmerksamkeit zu. Sie wußte nichts zu erwidern, obwohl Michel einen Augenblick schwieg, als wolle er ihre Meinung dazu hören.

Da sie nichts sagte, redete er weiter, schien jedoch zu befürchten, sie glaube, er wolle ihr einen Bären aufbinden.

»Es gibt auch Stimmen, die diese Geschichte über Alkans Tod bestreiten. Eine viel banalere Lesart ist, daß man ihn nicht unter seinem Bücherschrank fand, sondern in der Küche, vor dem Herd, den er offenbar anzünden wollte. Doch niemand äußert sich dazu, was seinen plötzlichen Tod in der Küche verursacht haben könnte.«

Nein, Paulina konnte sich nicht erinnern, jemals von diesem Komponisten gehört, geschweige denn, seiner Musik gelauscht zu haben. Sie fragte sich, ob sie das zugeben solle, entschloß sich aber, es lieber zu verschweigen, denn es würde den begeisterten Mann nur betrüben, oder er würde denken: Was soll ich mit diesem stumpfsinnigen Geschöpf? Am besten, sie schert sich so bald wie möglich wieder weg.

»Wahrscheinlich hast du noch nie von Alkan gehört«, sagte Michel, »spielst du Klavier oder sonst ein Instrument?«

Eine Frage, die unmöglich anders als wahrheitsgemäß

beantwortet werden konnte. Wenn sie ja sagte, würde er sie bitten, etwas vorzuspielen, und wenn sie vorgäbe, ein anderes, hier nicht vorhandenes Instrument zu spielen, würde sie ebensogut binnen kurzer Zeit entlarvt sein. Sie holte tief Luft:

»Ich muß leider gestehen, daß ich weder Klavier spiele noch irgendein anderes Instrument. Ich sehe ein, daß das meine Anwesenheit hier völlig überflüssig macht, aber ich kann es wohl nicht verheimlichen. Ich kann nicht mal singen. Ich bin völlig unmusikalisch.«

»Das ist noch die Frage«, meinte Michel, »wir könnten zusammen versuchen, was daraus zu machen. Jeder Mensch ist musikalischer, als er denkt, ihm fehlt nur der Mut. Ich kann dir gern Unterricht geben.«

»Es tut mir wirklich schrecklich leid. Ich habe auch nicht den Mut, damit anzufangen«, sagte sie lächelnd, »ich höre sogar fast nie Musik. Es ist nicht so, daß mir Musik nicht gefällt. Aber ich fühle mich dann so klein, und das ist für jemanden von meiner Größe ein seltsames Gefühl.«

»Du brauchst es doch niemandem zu erzählen?«

»Ich mag nur Literatur und Malerei. Ich kann nicht schreiben und auch nicht besonders gut zeichnen, aber ich kann mir vorstellen, daß ein anderer es kann. Wie jemand Musik machen kann, verstehe ich nicht. Ich habe das Gefühl, sie kommt aus einer höheren Welt, oder sie ist ein Abbild von etwas, was es auf der Erde nicht gibt, im Gegensatz zu Büchern und Gemälden.«

»Ach, das hast du wunderschön ausgedrückt. Schade. Bei mir hängt kein einziges Bild an der Wand. Nur dieses Porträt von Alkan. Und er ist derjenige, der *mir* sagt, daß ich nicht Klavier spielen kann. Wahrscheinlich verehre ich ihn deshalb so maßlos. Du bist, wenn ich es richtig verstehe, viel ehrlicher als ich. Du hast eines Tages einfach festgestellt, daß Klavierspielen dir nicht beschieden war.«

Mitnichten. Sie hatte nie darüber nachgedacht, verzichtete aber darauf, ihm reinen Wein einzuschenken.

»Du hast nicht«, sagte er, »nicht … wie ich … zuerst alle Kompositionen gespielt, die leicht genug waren, um sie fehlerfrei auszuführen. Das habe ich nämlich gemacht, weißt du. Aber tief im Innern war ich doch auf der Suche nach dem Beweis, daß ich es eigentlich nicht konnte, auch wenn ich Clementi fehlerfrei und die einfachsten Sonaten und Sonatinen von Haydn oder Mozart recht ordentlich spielte. Glaub mir, wirklich recht ordentlich … Bitte? Kommen Sie nur!«

Er richtete den Blick auf jemanden, der hinter Paulinas Rücken fast unhörbar herangetreten war. Es war eine ziemlich alte Frau, vielleicht schon sechzig oder noch älter, von kleinem Wuchs und mit krummen, hölzern wirkenden Beinen, die in schwarzen Strümpfen steckten. Ihr Mund, vor allem die Oberlippe, war auf eine Weise eingefallen, wie Paulina es noch nie zuvor gesehen hatte.

»Ich habe eine kleine Erfrischung für Sie, Mademoiselle«, lispelte die Frau und bot Paulina eine Schale an, die mit einer Mischung aus Rosinen und geschälten Mandeln gefüllt war. Ihre Worte waren kaum verständlich.

»Meine Haushälterin«, sagte Michel, »Madame Tourbier. Wir essen und naschen fast nur vegetarisch.«

Paulina stand auf. Offenbar wurde nicht erwartet, daß sie Madame Tourbier die Hand gab, und so nahm sie sich nur ein paar Rosinen und Mandeln aus der Schale.

»Ich kann fast nicht sprechen«, sagte Madame Tourbier, »ich habe den oberen Teil meiner Zahnprothese verloren.«

Zögernd schaute sie sich nach einem Platz um, wo sie die Schale abstellen konnte.

»Geben Sie nur her«, sagte Michel. Als er die Schale genommen hatte, verschwand die Frau ohne jede weitere Erklärung.

»Sie schämt sich, sie wollte dir nicht unter die Augen treten, aber sie ist selbst schuld. Wenn sie eher zum Zahnarzt gegangen wäre, um sich ein neues Gebiß machen zu lassen, müßte sie jetzt nicht so herumlaufen. Möchtest du noch etwas?«

Er erhob sich halb, und in der einen Hand die Schale, zog er mit der anderen Hand den Klavierhocker so weit vor, daß er sich direkt neben Paulina setzen konnte.

»Wir trinken auch keinen Alkohol«, teilte er mit, »keinen Wein, kein Bier. Aber nicht aus Prinzip. Sobald ich außer Haus bin, esse ich Fleisch und Fisch, und ich trinke auch alles. Madame Tourbier ist dagegen. Darf ich dich gleich in ein Restaurant einladen? Hier zu Hause wird nie gekocht. Wir essen Brot, Butter, wir trinken viel Milch, essen Joghurt, Nüsse und rohe Mohrrüben. Und viele Sorten Obst. Madame Tourbier nimmt nichts anderes zu sich. Ich aber doch, wenn ich ausgehe. Und wenn ich, was höchst selten vorkommt, bei meinem Vater diniere. Bei Armand dagegen nie, ich meine, dort esse ich nie. Denn eins führt zum andern, und wenn ich da sitzen und mich mit Wodka oder Whisky vollschütten müßte ... Nun ja, ich kann es natürlich auch unterlassen, abgesehen davon, haben sie immer Orangensaft im Haus, aber weißt du, mit ansehen zu müssen, wie sich die beiden jeden Tag mit Alkohol vergiften, ohne davon noch beschwipst oder wenigstens schwermütig oder ausgelassen zu werden, das finde ich grauenvoll. Nimm doch was.«

Gehorsam nahm Paulina noch eine Handvoll Rosinen und Mandeln. Dann stopfte er sich den Mund voll, stellte die Schale auf den Boden, stand kauend auf und ging zum Kleiderständer. Michel zog die Wollweste aus und tauschte sie gegen den langen schwarzen Mantel. Sein Mund war inzwischen leer, so daß er eine kurze Erklärung abgeben konnte.

»Alkan trug immer lange, schwarze Mäntel. Bevor wir gehen, werde ich doch etwas für dich spielen, und zwar etwas, was damals viel berühmter war als seine anderen Kompositionen. Heute ist es vergessen.«

Michel hatte sich an den Flügel gesetzt und hob die Hände. Aber er legte sie wieder auf die Knie und drehte sich zu Paulina um:

»Jeder Pianist, der es sich zutraute, hat dieses Stück gespielt, um seine Meisterschaft zu beweisen: *Saltarelle*. Alkans Feinde behaupten, es sei Salonmusik. Sie irren sich. Aber es geht tatsächlich leicht ins Ohr, das muß ich zugeben. Ist das ein Merkmal von Salonmusik, daß man sie nach einmaligem Hören leicht auswendig spielen kann? Das ist natürlich Unsinn. Wie vieles von Bach, Chopin oder Schumann vergißt man nie mehr, auch wenn man es nur einmal gehört hat? Salonmusik ist nicht Musik, die man sich schnell merkt, sondern Musik, die einen außerdem genauso schnell langweilt. Großartige Musik ist Musik, die nie langweilt, auch wenn man sie vorwärts und rückwärts kann. Das ist vielleicht die banalste Definition von großartiger Musik, aber auch die beste.«

Er setzte sich an den Flügel, hob wieder die Hände, senkte den Kopf und spielte Alkans *Saltarelle*.

Paulina befürchtete die ganze Zeit, er würde in den schnellen Läufen steckenbleiben. Auch sie hielt den Kopf gesenkt. Schon seinen Rücken anzublicken, könnte ihn durcheinanderbringen, so schien es. Sie verschränkte krampfhaft die Hände und biß sich auf die Unterlippe. Oh! Wenn er einen Fehler machen würde, mutlos mitten im Takt innehalten, würde sie sich an seiner Stelle furchtbar schämen, weinend vom Hocker aufspringen und aus der Wohnung flüchten. Und ihn nie mehr wiedersehen wollen, aus Mitleid … Mit ihm? Warum? Ein Mann, dem sie zum erstenmal im Leben begegnet war? Machte er denn ein Geheimnis daraus, daß sein Spiel nicht perfekt war? Wollte er ihr nicht einfach etwas vorspielen, was ihm gefiel und was sie nicht kannte?

Doch obgleich die Angst sie daran hinderte, sich voll auf das Musikstück zu konzentrieren, merkte sie, wie leicht es ins Ohr ging. Sie wunderte sich, warum sie es nicht früher schon einmal gehört hatte.

Michel spielte bis zum Ende weiter, dann drehte er sich wieder zu ihr um.

»Ein einziger kleiner Fehler.«

»Ich habe ihn nicht gehört.«

»Ich aber. Wenn ich allein gewesen wäre, hätte ich von vorn angefangen. Aber weil du dabei warst, habe ich weitergespielt. Sonst hätte es dir vielleicht die erste Bekanntschaft mit Alkan verdorben.«

Sie erwiderte darauf nichts.

»Hat es dir gefallen?« fragte er dann.

Sie erschöpfte sich in Beteuerungen, wie wunderbar sie es gefunden habe, und wiederholte immer nachdrücklicher: »Wunderbar! Wunderbar!« Dabei befürchtete sie, er würde ihr nicht glauben, weil er sie erst hatte fragen müssen, ob es ihr gefallen habe. »Und es ist mir rätselhaft«, schloß sie, »daß ich es noch nie irgendwo gehört habe, und sei es auch nur im Radio.«

»Das ist mir auch ein Rätsel. Aber mit der Musik ist es wie mit jeder Kunst. Musik, über die niemand redet, kommt längst nicht so gut an wie berühmte Musik. Trotzdem hat Berühmtheit manchmal mit Qualität überhaupt nichts zu tun.«

Seufzend stand er auf.

»Komm, laß uns essen gehen.«

Er tauschte den schwarzen Mantel wieder gegen die mehrfarbige Weste.

35

Auf der Straße sagte er:

»Wie das Empfinden von Bewunderung und die Berühmtheit des Bewunderten zusammenhängen, weiß niemand. Aber daß ein Zusammenhang existiert, zeigt sich immer wieder. Eine Person, die sowohl auf Armand als auch auf mich großen Einfluß hatte, war Cornuard. Er war ein Nachbar von uns, und ich lernte ihn kennen, als er nicht mehr lange zu leben hatte. Oft dachte er über seinen späten Ruhm nach. Wie du weißt, war er schon über sechzig, als das große Publikum ihn entdeckte. ›Ich bin nun so alt geworden‹, sagte er, wenn wir versuchten, mit ihm über Literatur zu reden, ›so alt, daß ich nur noch selten einen Roman lese und sogar bei dem meisten, was ich selbst geschrieben habe, inzwischen mit den Schultern zucke. Dabei habe ich es mein ganzes Leben, gegen alle schlechten Kritiken und gegen das Totschweigen, auf Gedeih und Verderb verteidigt. Ich habe einträglichere Tätigkeiten verschmäht, um diese Bücher schreiben zu können, ich habe dafür gehungert. Und nun halte ich selbst nicht mehr viel davon. Wie sich das erklären läßt? Manchmal denke ich, es ist eigentlich fast unvorstellbar, daß ein alter Mann, der seine fünf Sinne noch richtig beisammen hat, rein zum Vergnügen einen Roman liest. Welchen Roman auch immer. Wenn er in seinem Dasein nie etwas Besonderes erlebt hat, ist er nicht neugierig auf Bücher, in denen nichts Besonderes geschieht. Bücher, in denen nichts Besonderes geschieht, werden nur von Lesern geschätzt, die *Trost suchen* für den Umstand, daß sie selbst nichts erlebt haben. Sie genießen den Gedanken, daß sie offenbar nicht die einzigen sind. Über Bücher voller aufregender Abenteuer dagegen werden sie sagen: Fabelhaft, aber was habe ich damit zu tun? Was kann ich noch daraus lernen? Nichts, was meinem Ego schmeichelt. Mit einem Hang zum Abenteuer muß man offenbar geboren sein, sonst hätte ich bestimmt auch welche erlebt. Warum sollte ich etwas über Abenteuer lesen? Abenteuer gehen mich nichts an. Hat jemand hingegen doch das eine oder andere erlebt, wird er der Ansicht sein, daß ein Buch, in dem alles mögliche passiert, dennoch der Wirklichkeit nicht gerecht wird. So ein Romänchen hätte ich auch schreiben können, aber dann viel besser, behauptet derjenige. Allerdings hat er es nicht gemacht, und sein Neid auf Schriftsteller, die es gemacht haben, ist nicht groß genug, um es jetzt noch auszuprobieren. Es könnte auch sein, daß er es einmal ausprobiert hat und es ihm mißlungen ist. Dann macht Verbitterung ihn blind für alles, was ein anderer schreibt.‹

Wir haben natürlich versucht, Cornuard ein wenig aufzumuntern, und gesagt, man könne nie wissen, was noch geschehen wird, und ähnliche Floskeln. Aber auch darauf hatte er eine Antwort: In der Verbitterung alter Männer über die Ödnis ihres Lebens stecke eine Menge Scheinheiligkeit. ›Alte Männer‹, sagte er, ›die sind schon froh, wenn sie nichts mehr zu erleben brauchen, von dem sie doch nur Herzrasen bekommen würden. Und welcher alte Mann weiß nicht, daß alle Erlebnisse letztlich auf eine Enttäuschung hinauslaufen?‹

So redete Cornuard.«

»Ich finde es ziemlich kompliziert«, sagte Paulina, »aber ich kann daraus doch den Schluß ziehen, daß man Romane schreiben und Musik komponieren nicht miteinander vergleichen kann.«

36

Das Restaurant, in das er sie führte, war nicht weit, in der Rue d'Assas. Es hieß *Le Mange-Tout.*

Der Allesfresser? Allesfresser mußten ziemlich selten sein, denn Michel und sie waren die einzigen, die sich von einem recht autoritären alten Ober Plätze an einem Tisch mitten in dem kleinen Raum hatten zuweisen lassen. Alle anderen Tische waren frei. Es war ein kleines Restaurant, langgestreckt wie ein Speisewagen. Trotzdem Platz genug für Allesfresser. Aber nein.

Paulina saß mit dem Rücken zum Fenster, das von einem großen Spiegel an der Rückwand reflektiert wurde. Der Name *Le Mange-Tout*, der in Schrägschrift aus roten Neonröhren vor dem Fenster hing, spiegelte sich natürlich auch darin, aber nicht seitenverkehrt.

Speisekarten brachte ihnen der Ober nicht, er servierte unaufgefordert *Kir-champagne.*

Nach etwa zehn Minuten tauchte der Koch mit seiner hohen weißen Mütze höchstpersönlich auf; in strammer Haltung, als erstatte er einem Offizier Rapport, schnurrte er herunter, was er an diesem Tag zu bieten hatte.

»Ausgezeichnet«, sagte Michel geistesabwesend und doch so, als gäbe er ihm eine gute Note, »bringen Sie uns nur etwas; aber lieber keine Prinzeßbohnen.«

Und als der Koch in die Küche zurückging, kam Michel plötzlich wieder auf Paulinas ziemlich unbedacht geäußerte Ansicht zurück, Romane zu verfassen und Musik zu komponieren, das könne man nicht miteinander vergleichen. Er ging ernsthaft darauf ein. Es schien, als habe er die ganze Zeit über nichts anderes nachgedacht.

»Natürlich kann man das nicht miteinander vergleichen. Ich vermute, daß Cornuard ähnlich dachte, um zu begründen, daß er keine Lust mehr hatte, Romane zu schreiben, und ebensowenig, sie zu lesen. Kurz vor seinem Tod schrieb Sartre ein Essay von fünfzig Seiten über *La Fleur perdue*, Cornuards berühmtesten Roman, damals nur einem kleinen Kreis bekannt, wie du weißt. Mein Gott, in dieser Zeit hättest du Cornuard hören müssen! Er fing sofort an, sein eigenes Buch noch einmal zu lesen, und sagte zu uns: ›Ich fand schon immer, daß es ein großartiges Buch ist, aber noch nie hat es mir so gefallen wie jetzt!‹ – Er war von der Bewertung eines anderen Menschen abhängig.«

»Das ist bedauernswert«, meinte Paulina.

»Bedauernswert ist es, aber wer ist das nicht? Man fragt sich, wieviel Sartre ungeschrieben gelassen hätte, wenn kein einziger Verleger seine Bücher hätte drucken wollen. Verachtung des Publikumsgeschmacks ist schön, solange es nicht die einzige Methode ist, den Mut nicht sinken zu lassen.«

Während sie auf das Essen warteten, erzählte Michel auch noch:

»Mein Vater behauptet, daß die meisten Leute etwas nur schön finden, um es anderen gleichzutun, denen es auch gefällt. Und trotzdem ist das keine Lüge oder Heuchelei: etwas schön zu finden, was jemand anderem auch gefällt, macht das Schöne im Grunde noch schöner.

Natürlich: wenn man die Millionen Menschen befragen würde, die die Musik von Mozart und Beethoven schön finden, wären unter ihnen sehr viele, die, obwohl ihnen die Musik nicht gefällt, das nie zuzugeben wagten, weil sie Angst hätten, sich lächerlich zu machen.«

»Zu sagen, warum einem eine bestimmte Musik gefällt, ist schwer ...«, entgegnete Paulina, »auch diejenigen, die Mozart und Beethoven nicht bloß aus Angst vor anderen Bewunderern schön finden, würden wohl trotzdem nur ein paar Banalitäten darüber äußern können. Nichts, was beweist, daß ihre Bewunderung echt ist. Obwohl ich die Malerei sehr liebe, habe ich die größte Mühe zu formulieren, warum mir das eine Bild besser als das andere gefällt. Aber es beschäftigt mich ständig, deshalb habe ich mich auch dazu entschlossen, Kunstgeschichte zu studieren.«

»Und hilft dir das?«

»Das werde ich noch sehen. Ich habe ja gerade erst mit dem Studium angefangen.«

»Ich habe schon einmal darüber nachgedacht, mich vor allem auf die Musikgeschichte zu verlegen und weniger Klavier zu spielen. Leider gibt es eigentlich keine Probleme in der Musikgeschichte, die mich besonders fesseln könnten. Rätsel gibt es natürlich im Überfluß. Ich fühle mich nicht berufen, sie zu lösen. Was für ein Unterschied übrigens, zwischen Rätsel lösen und Musik machen.«

»Das glaube ich nicht. Unlösbaren Rätseln kann man am besten mit Musik begegnen. Aber dann betreibt man keine Musikgeschichte ... oder Kunstgeschichte ... oder was auch immer ... Man macht Musik.«

Ein mattes Lachen Michels belohnte sie. Er wurde sofort wieder ernst:

»Die große Frage in dieser Welt ist: Wie werde ich eine Autorität? Dieses Problem war auch meinem Bruder Armand zu schwierig. Du solltest ihn nicht unterschätzen, selbst wenn er ständig betrunken ist. Früher war er anders. Er hat sich in sein Studium gekniet und die halbe Nacht gelesen. Aber er wurde keine Autorität. Damals bereitete ihm das noch keine Sorgen. Klein anfangen, dachte er bescheiden. Anfangs fühlte er sich nicht unglücklich bei diesem Provinzblatt *Le Patriote*. Doch kein Mensch nahm je Notiz von dem, was er in seinen Artikeln behauptete, weiß Gott, warum nicht. Wir versuchten ihn zu trösten. Auch die größten Autoritäten werden von Zeit zu Zeit von anderen Autoritäten als Nichtsnutze gescholten. Diese Art Schreiberei ist nun mal eine, in der niemand jemals völlig recht hat oder für immer und ewig recht bekommt, auch wenn er recht hat. Es gilt nur, authentisch zu sein und trotzdem Ansichten zu vertreten, die nicht allzu abgehoben erscheinen. Wie soll man sonst auffallen und eine Autorität werden? Aber solche Überlegungen brachten ihn nicht weiter, obwohl das auch seine Linie war: nicht allzu abgehoben schreiben und doch ziemlich neue Ideen vertreten. Kein Mensch nahm Notiz davon.«

Michel wiederum nahm keine Notiz von dem Kellner, der Paulina einen Teller mit einer Scheibe *Chaud-froid* vom Geflügel serviert hatte und nun darauf wartete, daß Michel seine Serviette auf die Knie legen würde und er ihm ebenfalls einen Teller hinstellen konnte. Michel redete weiter. Paulinas Blick ging von ihm zum Kellner und wieder zu ihm. Er redete. Zögernd, voller Scheu, ihn zu unterbrechen, streckte sie die Hand nach ihm aus, wagte es aber nicht, ihn zu berühren. Sie schaute den Kellner wieder an. »Wir kennen Monsieur«, sagte dieser mit geduldigem Lächeln.

»Armand«, sagte Michel unbeirrbar, »Armand, davon überzeugt, daß er dennoch etwas Wertvolles zu sagen hatte, ertrug die Verkennung in diesem Käseblatt *Le Patriote* ziemlich lange und mit viel Geduld. Eigentlich, bis die Zeitung pleite ging.«

Erst jetzt nahm er seine Serviette, und der Kellner nutzte die Gelegenheit, ihm den Teller hinzustellen.

»Bis das Blatt sein Erscheinen einstellen mußte«, sagte Michel, »und ein Angebot, bei einer anderen Zeitung zu arbeiten, blieb aus.«

Er nahm einen Bissen, und Paulina folgte seinem Beispiel.

Es schmeckte hervorragend, der Wein war ausgezeichnet. Sie war auch hungrig, aber sie ließ die Hände mit dem Besteck neben dem Teller ruhen, sobald Michel wieder redete.

»Dann verlor Armand den Mut. Wegen des Geldes brauchte er nicht zu arbeiten, ebensowenig wie ich. Ich verdiene auch kein Geld. Ich muß keinen Klavierunterricht geben wie Chopin oder Alkan. Papa bezahlt alles. Hinzu kommt noch, daß Armand eher unbeabsichtigt eine Frau heiratete, die ebenfalls steinreich war und außerdem wie er gegen einen tüchtigen Schluck nichts einzuwenden hatte. Obwohl, ich muß sagen, als sie frisch verheiratet waren, tranken sie weniger. Damals hatte er ja noch Illusionen, damals war er noch bei dieser Zeitung. Hätten sie damals schon so viel getrunken wie heute, wäre es ihnen nie gelungen, ein gesundes Kind zu bekommen. Höchstens ein schwachsinniges. Aber ihr Sohn Edouard ist das Gegenteil von einem Schwachsinnigen, und er verdient sich seinen Lebensunterhalt durch harte Abeit. Ein Puritaner. Nimmt keinen Centime vom Großvater oder den Eltern. Ich muß dazusagen, daß sich auch Armand nach diesem großen Fehlschlag geweigert hat, sein weiteres Leben zu verbummeln. Er hat einen Posten bei EDF, Electricité de France, ja, ja. Verkehrte Welt, nicht wahr? Maupassant begann auf einem Bürostuhl und endete als Schriftsteller, weltberühmt. Armand *endet* auf einem Bürostuhl. Trotzdem habe ich Respekt davor. Er verdient dort nur ein lächerliches Gehalt, das er außerdem gar nicht braucht. Jacqueline erzählt, daß er sich das Geld am Monatsende in bar auszahlen läßt und dann alles auf dem Heimweg an Bettler verteilt. Aber ich glaube nicht, daß er sich das zur Gewohnheit gemacht hat, denn sonst würden die Bettler haufenweise vor unserem Haus kampieren und Tag und Nacht auf ihn warten. So etwas habe ich nie bemerkt. Also werden Armand und Jacqueline es wohl in die Sparbüchse stecken, wie alle anderen Leute. Eine Sparbüchse, die nie leer wird, sondern immer voller, wieviel sie auch herausnehmen.«

Er aß nun rasch den Teller leer, wischte sich den Mund ab und trank sein Glas aus.

»Geizig sind sie nicht«, sagte er noch.

Allerlei Gedanken gingen Paulina durch den Kopf.

Sie hatte sich bereits vorgenommen, zuzugeben, daß sie nicht so recht wußte, warum der alte General sie als Au pair aufgenommen hatte. Die Offenheit, mit der Michel von sich und seiner Familie erzählte, ermutigte sie. Wenn sie ihn nun danach fragte? Sie überlegte, wie sie die Frage in Worte kleiden sollte, oder sollte sie vielleicht am besten einfach damit herausrücken, zum Beispiel freiheraus sagen: Ich habe zuerst gedacht, daß ich deinem Vater hin und wieder beim Katalogisieren seiner Sammlung helfen sollte, aber langsam bekomme ich den Eindruck, daß ich mich geirrt habe, daß es gar nichts mehr zu katalogisieren oder zu ordnen gibt. Ihr seid so nett zu mir und so großzügig. Ich möchte mich gern revanchieren ... ich weiß nicht, womit. Mich nützlich machen, aber ich weiß nicht, wie.

Sie trank den letzten Schluck und fing an:

»Ich ...«

»Ich weiß genau, was du sagen willst«, sagte Michel, »woher stammt eigentlich das ganze Geld? Nun, daraus brauche ich kein Geheimnis zu machen. Mein Großvater hat mit dem Suezkanal ein Vermögen gemacht. Er hat seine Aktien genau in dem Augenblick verkauft, als der Kurs am höchsten stand. Mit dem Kapital, das er dann besaß, hat er auch wieder überaus glücklich spekuliert. Ansonsten hat es ihm wenig Freude gemacht. Hast du schon einmal den berühmten Satz von Rivarol gehört: ›Die Eigenschaften, die einen armen Mann dazu befähigen, reich zu werden, sind dieselben, die ihn später daran hindern, seinen Reichtum zu genießen.‹

Vielleicht denkst du jetzt: um Geld an der Börse zu verdienen, braucht man doch keine bestimmten Eigenschaften? Entweder man hat Glück oder man hat Pech. So ist es aber nicht. Der echte Reichwerder benutzt alles Geld, was er verdient, um damit noch reicher zu werden. Er läßt sein Geld *arbeiten*. Wenn mein Großvater nicht zufällig durch Aktien der Suezgesellschaft reich geworden wäre, hätte er das Geld auf andere Art verdient, vielleicht nur nicht so viel auf einen Schlag. Ein unwesentlicher Unterschied. Dir ist sicher klar, daß er bereits einen Haufen Geld besaß, als er die Suezaktien kaufte. So ist mein Vater nicht. Der läßt sein Geld nicht hart arbeiten. Er hat es angelegt, aber er weiß kaum, wo. Er hat einfach so viel, daß es nie alle werden kann, und Zocken mag er nicht, weil er Geld *überhaupt* nicht mag.«

Michel zuckte mit den Schultern: »Er könnte es natürlich verschenken.«

»Aber das macht er doch?« sagte Paulina.

»An wen denn?«

»Na, die Art, in der er mich verwöhnt ...«

»Du bist naiv. Ich meine Hunderttausende auf einmal verschenken. Ich rede nicht von den Kleinigkeiten, die er seinen Kindern zusteckt, oder über unseren Lebensstil. Wir essen gut, wir kleiden uns angemessen, wir haben Personal, wir besitzen ein paar Ferienhäuser auf dem Land, nun ja, wenn wir uns diese Dinge versagen würden, wären wir Geizhälse, und das sind wir nicht, obwohl wir furchtbar viel Geld übrigbehalten. Ungeheuer viel. Ich habe keine blasse Ahnung, wieviel es ist. Der Bankier meines Vaters verwaltet das Kapital. Mein Vater selbst kümmert sich nie darum. Es würde mich nicht wundern, wenn die Bank mehr daran verdient als er.«

»Und was ist mit seiner Sammlung?«

»Richtig, da hat er auch einiges hineingesteckt. Aber man kann nicht ewig Zeichnungen von Guys kaufen, sei es auch nur, weil so gut wie nirgendwo noch welche aufzutreiben sind. Möchtest du vielleicht genau wissen, wie es steht? Dann mußt du meinen Neffen Edouard danach fragen. Unser großer Finanzexperte. Weiß alles. Kann die schwierigsten wirtschaftlichen Probleme so darstellen, daß es jeder versteht. Hast du ihn noch nicht kennengelernt?«

»Nein. Armand und Jacqueline haben mir einiges von ihm erzählt.«

»Nächste Woche geben Armand und Jacqueline einen kleinen Empfang, in der Wohnung ein Stockwerk unter ihrer eigenen. Sie gehört einem alten Onkel von uns, aber der benutzt sie so gut wie nie.«

Während sie auf die *Magret de canard* warteten, tranken sie den Weißwein aus und fingen sogar schon mit dem Rotwein an. Michel sprach dabei noch die ganze Zeit über die Familie und über Geld. Wie sie sich sozusagen keinen Rat damit wüßten. Als sie die *Magret de canard* verzehrt hatten und auch der Rotwein ausgetrunken war, wagte Paulina zu sagen: »Das sind alles erstaunliche Dinge. Aber eins verstehe ich nicht. Du hast vorhin gesagt, Armand hätte unwissentlich eine Frau geheiratet, die ebenfalls schwerreich war. Das finde ich merkwürdig.«

»Was ist daran so rätselhaft?«

»Weißt du, Jacqueline hat zu mir gesagt, sie hätte keine Mitgift in die Ehe eingebracht.«

Michel schüttelte den Kopf und lachte ein wenig, als sei sie ihm nun noch sympathischer geworden.

»Wie überaus reizend von Jacqueline. Oh, sie kann manchmal so liebenswürdig sein, so anbetungswürdig in ihrer Naivität. Das hat sie dir erzählt? Nein, das ist wirklich unerhört!«

»Also hat sie mir nur etwas vorgemacht?«

»Dir etwas vorgemacht? Nicht unbedingt. Es kann durchaus wahr sein. Ja, natürlich, es *ist* wahr. Eine Mitgift hatte sie *nicht*. Aber als sie ein halbes Jahr verheiratet waren, starb ihre Mutter – ihr Vater war schon lange tot –, und ihre Mutter hatte schrecklich viel Geld. Jacqueline war das einzige Kind.«

»So? Aber warum hat sie Jacqueline dann keine Mitgift gegeben?«

»Was weiß ich ... Oder doch, jetzt fällt's mir wieder ein! Jacqueline fand es *bourgeois*, und Armand, damals ein Dichter, wie du weißt, fand es ebenfalls *bourgeois*. Leider entgeht niemand seinem Schicksal. Für mein Empfinden ist es allerdings ein bißchen abgeschmackt, daß sie dir erzählt, sie hätte keine Mitgift gehabt, und damit den Eindruck erweckt, sie sei arm gewesen. Was für ein Getue! Etwas leugnen, was die ganze Welt weiß. Kindische Phantasien.«

»Vielleicht war es gar nicht so sehr als Phantasie gemeint.«

Paulina hatte Jacqueline sympathisch gefunden und fühlte sich gedrängt, sie zu verteidigen. »In unserm Gespräch ging es ums Heiraten in Frankreich. Und so kamen wir auch auf die Frage der Mitgift. Jacqueline wollte mir erklären, daß ein Mädchen ohne Mitgift wirklich nicht jede Hoffnung aufzugeben braucht.«

»Letzteres stimmt zweifellos.«

»Sie hat es wahrscheinlich gesagt, glaube ich ... Nun ja ... ich bin neunzehn ... Sie hat vielleicht gedacht, ich hätte vor, in Frankreich zu heiraten, und sie weiß von meiner Familie genug, um zu vermuten, daß ich von meinem Vater keine Mitgift bekommen werde. Nicht nur, weil das in den Niederlanden nicht üblich ist, sondern auch, weil er kein Geld hat.«

»Ha! Genau darum hat sie das gesagt!« rief Michel. »Das hast du sehr schlau durchschaut!«

»Aber ich habe nicht vor zu heiraten. In den Niederlanden nicht und nicht in Frankreich. Ich möchte auch keinen Freund haben. Ich bin am liebsten allein und sitze über meinen Büchern.«

37

Am liebsten allein, über ihren Büchern? Genau, das hatte sie gesagt.

Sie mußte daran denken, als sie in ihrem Zimmer den Mantel auszog. Genaugenommen hatte sie, solange sie in Paris war, noch keine Stunde ohne Unterbrechung irgendein Buch gelesen. Die Erinnerung an das, was sie gesagt hatte, erfüllte sie mit Selbstzweifeln. Sie war zutiefst verunsichert. Michel hatte ihr auf dem Heimweg den Arm gereicht. Vielleicht hatte er es sofort als Großsprecherei erkannt und schaute nun ein wenig auf sie herab. Am liebsten allein, über ihren Büchern! Das glaubte doch wohl niemand von einem Mädchen? Und wenn sie es auch noch selbst sagte, schien es dann nicht, als ob sie damit meinte: Aber auch wenn ich mich nicht in meine Bücher vertiefe, käme ich niemals auf die Idee, dir auch nur einen Gedanken zu widmen, dummer Pianist. Und das könnte dann vielleicht nicht geglaubt oder völlig falsch aufgefaßt werden. Als wolle sie damit sagen: Eigentlich wäre es mir ganz lieb, wenn du dich um mich bemühst. Also, weißt du jetzt Bescheid? Ich sitze am liebsten über meinen Büchern ... Das muß für dich doch eine Herausforderung sein, oder verstehst du es etwa nicht? Sorg du dafür, daß du interessanter wirst als alle meine Bücher ... Ich gebe dir eine kleine Chance. Ja, sogar: Ich würde dir am liebsten eine große Chance geben, aber wenn ich das zu schnell zeige, verderbe ich dir vielleicht den Appetit.

Und doch stimmte das überhaupt nicht: Sie wollte ihm, Michel, gar keine Chance geben, weder eine große noch eine kleine, und sie konnte sich selbst nicht ausstehen, weil sie etwas gesagt hatte, das so ausgelegt werden konnte. Schlimmer noch: Er wollte vielleicht überhaupt keine Chance *haben*, keine große und keine kleine. Erwartete nichts von Chancen. Er ist etwa zwanzig Jahre älter als ich. Hat vielleicht von den Frauen für immer genug.

Sie wußte nicht mehr, was sie von sich denken sollte, und konnte sich auch nicht vorstellen, was er nun vielleicht von ihr dachte. Sie mußte sich eingestehen, es genossen zu haben, als er ihr auf dem Heimweg den Arm gereicht hatte. So neben einem Mann zu gehen, der genauso groß war wie sie! Die Leute schauten sich nach ihnen um, aber bewundernd, sie lachten nicht. Auch er mußte das als angenehm empfunden haben. Er hatte keine weiteren Annäherungsversuche unternommen. Es schien eher, als habe er ihr den Arm gereicht, weil sie etwas zuviel getrunken hatte: *Champagne framboise* vor dem Essen. Und danach jeder eine ganze Flasche Wein.

Vor ihrer Zimmertür hatte er ihr sehr höflich eine gute Nacht gewünscht und sie auf die Stirn geküßt, die ja auch so nah war. Mehr nicht.

Sie schwankte ein wenig, als sie ihr Kleid über den Kopf zog.

Nackt ging sie ins Badezimmer. Als sie die Zähne putzen wollte, entdeckte sie auf einer der Ablagen neben dem Waschbecken eine komplette Sammlung Cremes, Lotions, Lippenstifte, Nagellack und Puder. Ein leiser Wink, diese Sachen künftig zu benutzen? War sie ihnen, so ganz ohne Schminke, nicht schön genug? Wer mochte den Auftrag gegeben haben, diese Farbstoffsammlung dort abzulegen? Der alte General? War es vielleicht das, was er wollte? War das Gespräch über Baudelaire die Einleitung dazu gewesen? Aber was hatte Baudelaire genau geschrieben? Sie mußte sich nun unbedingt seinen Aufsatz über Constantin Guys besorgen.

Mit einem beklommenen Gefühl schlüpfte sie ins Bett.

Lag eine Weile auf dem Rücken und starrte auf vorbeihuschende Lichtstreifen an der Decke, verursacht von fast unhörbar vorüberfahrenden Autos. Fühlte sich zum erstenmal unglücklich, schlief aber trotzdem rasch ein.

38

Der Anfang war genau wie der vorhergehende Abend gewesen. Wieder saßen Michel und sie als einzige im Restaurant. Auch jetzt saß sie mit dem Gesicht zum Spiegel an der Rückwand, der das Fenster an der Straßenseite und den Namen des Restaurants reflektierte. Aber sie mußte diesen Namen falsch gelesen haben, denn in den gleichen roten Neonbuchstaben stand dort – ein Zweifel war ausgeschlossen – *Je Mange Tout*. Ich esse alles. Sie? Alles essen? Diese Frage erfüllte sie mit einer quälenden Angst, aber sie sagte kein Wort darüber, als sei die Namensänderung nur für sie bestimmt und müsse geheim bleiben.

Michel, ihr gegenüber, sah schrecklich aus. Sein Gesicht war rotviolett und entsetzlich geschwollen, die Augenlider, der Mund. Das Brillengestell schnitt tief ins Fleisch der Nase. Er konnte fast nicht reden. Trotzdem versuchte er ihr zu erklären, daß er von einem gefährlichen Insekt gestochen worden sei. Den Namen dieses Tiers konnte sie nicht verstehen, aber doch seine Erläuterung, daß es nur im Jardin du Luxembourg vorkomme. Zuweilen gelinge es ihm, in die am Park gelegenen Häuser einzudringen.

Sie tranken *Kir* und aßen *Foie gras*. Als ihre Teller leer waren, bekamen sie neue Teller und Bestecke, und ihr fiel auf, daß der Kellner neben Michels Teller ein Messer legte, das so groß wie ein Schlachtermesser war. Es hatte einen schwarzen Griff. Die Klinge war exakt dreieckig. Danach kam der Kellner mit nur einem Teller zurück, den er vor Michel hinstellte. Eine Ratte lag darauf, in einer Blutlache. Eigentlich war es ein Tier, das einer Ratte sehr ähnlich sah, jedoch größer war. Eine Bisamratte vielleicht. Der lange, unbehaarte Schwanz; auch die graue, feuchte Haut war noch daran. Der Kopf war ab, der Bauch aufgeschnitten. Alle Eingeweide, gelb, rot und blau, waren zu sehen.

Sie wollte schreien, aber ihr Magen pumpte Erbrochenes hoch.

Gerade noch rechtzeitig wurde sie wach und erreichte das Badezimmer, ohne ihr Nachthemd oder die Bettwäsche beschmutzt zu haben.

39

Samstag. Sie konnte Madame Le Dantec also nicht erzählen, daß sie zur Universität müsse. Aber daß sie mit Kopfschmerzen aufgewacht war, wollte sie auf keinen Fall zugeben. Wie gern sie auch im Bett geblieben wäre – Madame Le Dantec würde, so befürchtete sie, einen großen Wirbel machen, den Arzt rufen wollen und wer weiß was noch.

Also sorgte sie dafür, daß sie bereits angezogen war, als an ihre Tür geklopft wurde. Zum Glück brachte nicht Madame Le Dantec das Frühstück, sondern Luyn. Er würde sich keinen Kommentar über ihr Aussehen erlauben, auch wenn sie nicht gerade frisch und munter wirkte und ihre Augen etwas trübe waren. Nie stellte er andere als unpersönliche, höfliche Fragen, etwa: ob sie gut geschlafen habe. Darauf gab man höfliche Antworten, die wie die Fragen zu nichts verpflichteten.

Nachdem sie gefrühstückt hatte, ließen die Kopfschmerzen zum Glück nach. Einen gewissen Widerwillen, einem der Familienmitglieder auf dem Flur zu begegnen und zu einer Konversation verpflichtet zu sein, konnte sie nicht überwinden. Ehe sie das Zimmer verließ, horchte sie erst, ob sie jemanden hörte. Dann öffnete sie die Tür einen Spalt und horchte noch einmal mit größter Aufmerksamkeit. Nun huschte sie auf Zehenspitzen zum Fahrstuhl, sprang hinein, fuhr hinab bis zum Vestibül und verließ unbemerkt das Haus.

Ungefähr eine Stunde lang schlenderte sie über den Boulevard St. Michel und durch ein paar Nebenstraßen. Ging dann zur FNAC in der Rue de Rennes und kaufte den Baudelaire-Band der Pléiade-Edition, nachdem sie zuerst vergebens nach einer illustrierten Ausgabe des Aufsatzes über Guys mit einem Porträt des Künstlers gesucht hatte. Aber so etwas war nicht zu finden, existierte überhaupt nicht. Mit dem Buch in einer Plastiktüte ging sie durch die Rue Notre Dame des Champs, die Rue Vavin und die Rue Auguste Comte zum Boulevard St-Michel zurück und dann an der Ecole des Mines und am Zaun des Jardin du Luxembourg entlang, bis sie zum Eingang des Parks gegenüber der Gare du Luxembourg gelangte.

Die Sonne schien sehr angenehm und warm für die Jahreszeit.

Zuerst hatte Paulina vor, sich an den Medici-Brunnen zu setzen, doch dort war es ziemlich voll, und so verzichtete sie lieber darauf, obwohl es noch ein paar freie Stühle gab. Ließ sich hier nicht jeder nieder? Eigentlich nicht. Aber vielleicht würden gerade heute Michel, Armand oder Jacqueline hierherkommen. Oder Madame Tourbier, Michels Haushälterin, die er als seine Gouvernante bezeichnete. Das war das gebräuchliche französische Wort für »Haushälterin eines alleinstehenden Herrn«, wußte sie seit Jahren. Aber weil es in den Niederlanden jemand war, der auf Kinder aufpaßte und zuweilen mit harter Hand regierte, mußte sie auch an diese Bedeutung denken, wenn Michel von seiner Gouvernante sprach. Solche Gedanken konnte man nicht unterdrücken. Um das Französische vollkommen zu beherrschen, ohne überflüssige oder irreführende Nebengedanken, müßte man das Niederländische gänzlich vergessen können.

Eigentlich saß man überall auf dem Präsentierteller. Aber Michel und die anderen wohnten schon so lange direkt an diesem Park, daß sie wahrscheinlich nie mehr einen Fuß dorthin setzten.

Sie entschied sich schließlich für einen Stuhl etwas abseits, am Rand einer Rasenfläche, auf der ein Piedestal mit einer Büste des Dichters Théodore de Banville stand. Auf der Vorderseite des Sockels war eine große Leier aus

Bronze angebracht. Der Resonanzkörper sah unter den sieben darüber gespannten Saiten aus wie eine Maske hinter Gittern. Auch die Dichtkunst brachte keine Befreiung, Saiten waren Gitter. Paulina setzte sich mit dem Rücken zu diesem kummervollen Denkmal und blickte auf eine große Skulptur auf der Rasenfläche vor ihr: zwei nackte, grob modellierte Männer. Der eine stand, der andere war gestürzt und wurde von dem stehenden Mann noch einigermaßen gestützt.

Errichtet von den Studenten zu Ehren ihrer Eltern. 1940–1945 stand auf dem Sockel.

1945. Damals wußten Studenten noch, daß sie nicht die Weisheit gepachtet hatten. Eigentlich ein Wunder, daß dieses Kunstwerk 1968 nicht zerstört worden war.

Paulina nahm das Buch aus dem grauen Pappschuber, steckte diesen in die Plastiktüte und legte die Tüte zu ihren Füßen auf den Boden. Sie scheute sich fast, es aufzuschlagen, so weich war das grüne Leder des Einbandes, so edel wirkten die Lesebändchen. Ja, zwei Lesebändchen hatte das Buch, man konnte also an zwei Stellen eines davon zwischen die Seiten legen, um zu markieren, wo man gerade war. Eines natürlich irgendwo im Text und das andere bei den Anmerkungen im Anhang.

Zusammengepreßt beim Beschneiden, klebten die Ränder der Seiten ganz leicht aneinander.

Sie holte tief Luft, suchte das Inhaltsverzeichnis und fand den Titel der berühmten Betrachtung: *Le Peintre de la vie moderne*. Der Aufsatz umfaßte dreizehn Kapitel, und das elfte trug die Überschrift: *Eloge du maquillage*.

Sofort begann sie zu lesen. Alles Vorhergehende übersprang sie einstweilen.

Streitbar zeigte der Autor gleich am Anfang seine Verachtung solcher geläufigen Aussagen wie »Die Natur verschönert die Schönheit« oder »Die Einfachheit verschönert die Schönheit«, die nach Baudelaire der gänzlich unerwarteten Wahrheit gleichkamen: *Ein Nichts verschönert das, was ist.*

Und das entbehrte, man ahnte es schon, jeglichen Sinns.

»Die meisten Irrtümer hinsichtlich des Schönen entspringen der falschen Vorstellung des achtzehnten Jahrhunderts hinsichtlich der Moral. Die Natur galt damals als Grundlage, Quelle und Urbild alles möglichen Guten und Schönen. Die Leugnung der Erbsünde hatte nicht wenig zu der allgemeinen Verblendung jener Epoche beigetragen. Entschließen wir uns jedoch, schlechthin den Augenschein gelten zu lassen, die Erfahrung aller Zeiten und die *Gazette des Tribunaux,* das Nachrichtenblatt der Polizei, so sehen wir, daß die Natur nichts lehrt, oder fast nichts, das heißt, sie *nötigt* den Menschen, zu schlafen, zu trinken, zu essen, und sich, so gut es geht, vor den Unbilden der Witterung zu schützen. Und es ist die Natur, die den Menschen dazu treibt, seinesgleichen zu töten, zu verzehren, einzusperren und zu foltern; denn kaum verlassen wir den Bereich des Notwendigen und der Bedürfnisse, um jenen des Luxus und der Vergnügungen zu betreten, so sehen wir, daß die Natur außerstande ist, uns anderes zu raten als das Verbrechen. Eben diese unfehlbare Natur hat den Vatermord und die Menschenfresserei hervorgebracht, und unzählige andere Greuel«, die Baudelaire aus Scham und Rücksichtnahme lieber verschwieg.

»Hingegen ist es die Philosophie (ich meine, die rechte Philosophie), ist es die Religion, die uns unsere armen und gebrechlichen Eltern zu nähren befiehlt. Die Natur (die nichts anderes als die Stimme unseres Vorteils ist) heißt uns, sie totzuschlagen. Man lasse alles, was natürlich ist, Revue passieren, man untersuche sämtliche Handlungen und Begierden des bloß natürlichen Menschen, und man wird nichts als Scheußlichkeiten finden. Alles Schöne und Edle ist ein Ergebnis der Vernunft und der Überlegung. Das Verbrechen, an dem das Menschentier vom Mutterleib an Gefallen hat, ist natürlichen Ursprungs. Die Tugend hingegen ist *künstlich*, übernatürlich, denn zu allen Zeiten und bei allen Völkern bedurfte es der Götter und Propheten, um sie der vertierten Menschheit beizubringen, weil der Mensch unfähig gewesen wäre, sie *aus Eigenem* zu entdekken. Das Böse geschieht mühelos, *natürlich*, schicksalhaft; das Gute ist immer das Ergebnis einer Kunst. Alles, was ich hier von der Natur als einer schlechten Ratgeberin in Dingen der Moral, und von der Vernunft als der wahren Erlöserin und Heilbringerin sage, läßt sich auf das Gebiet des Schönen übertragen. Das veranlaßt mich, in allem Aufputz so etwas wie ein Kennzeichen des ursprünglichen Adels der menschlichen Seele zu erblicken. Die Rassen, die unsere verworrene und verdorbene Zivilisation mit gänzlich lächerlichem Hochmut und Dünkel gerne als Wilde behandelt, verstehen, ebenso wie das Kind, die hohe Spiritualität der Toilette. Der Wilde und das Baby bezeugen, durch ihr unwillkürliches Verlangen nach allem Glänzenden, nach buntem Federschmuck, schillernden Stoffen, nach der gesteigerten Würde künstlicher Formen, ihren Abscheu vor dem Wirklichen, und beweisen damit, absichtslos, die Immaterialität ihrer Seele. Wehe dem, der, wie Ludwig XV. (der nicht das Produkt einer wahren Zivilisation, sondern eines Rückfalls in die Barbarei war), die Verderbtheit so weit treibt, daß er nur noch an der *einfachen Natur* Gefallen findet.

Die Mode muß deshalb als ein Zeichen für das Streben nach dem Ideal gelten, das im menschlichen Gehirn alles überdauert, was das natürliche Leben dort an Grobem, Irdischem und Schmutzigem anhäuft, als eine erhabene Deformation der Natur, oder vielmehr als ein dauernder und wiederholter Versuch, die Natur zurechtzubringen. So hat man denn auch verständlicherweise darauf hingewiesen (ohne den Grund dafür zu entdecken), daß alle Moden reizvoll sind, das heißt relativ reizvoll, jede als eine mehr oder minder gelungene erneute Anstrengung auf das Schöne hin, eine jeweilige Annäherung an ein Ideal, dem nachzutrachten den unbefriedigten menschlichen Geist ein unaufhörlicher Kitzel treibt. Doch man soll die Moden, wenn man sie recht genießen will, nicht wie abgestorbene Dinge betrachten; ebensogut könnte man den Kleiderplunder bewundern, der schlaff und reglos wie die Haut des heiligen Bartholomäus beim Trödler im Schrank hängt. Man muß sie sich verlebendigt vorstellen, zum Leben erweckt durch die schönen Frauen, die sie einmal trugen. Nur dann wird man begreifen, wozu sie dienten und was sie bedeuteten. Sollte demnach der Aphorismus: *Alle Moden sind reizvoll*, in seiner Unbedingtheit Widerspruch erregen, so sage man, und man wird sicher sein dürfen, sich nicht zu täuschen: Alle Moden waren berechtigterweise einmal bezaubernd.

Die Frau ist durchaus in ihrem Recht, ja sie erfüllt eine Art Pflicht, wenn sie es darauf anlegt, berückend und übernatürlich zu erscheinen; sie soll erstaunen machen, sie soll bezaubern; ein Götzenbild, muß sie sich vergolden, um Anbetung zu wecken. Alle Künste müssen ihr deshalb als Mittel dienen, sich über die Natur zu erheben, um die Herzen besser zu unterjochen und den Geist zu bestricken. Es ist unerheblich, ob die Listen und Kunstgriffe allen bekannt sind, wenn der Erfolg nur gewiß und die Wirkung immer unwiderstehlich ist. In solchen Erwägungen wird der philosophische Künstler leicht die Rechtfertigung aller Mittel finden, welche die Frauen zu allen Zeiten angewandt haben, um ihre zerbrechliche Schönheit zu festigen und sie gewissermaßen zu vergöttlichen. Sie sämtlich aufzuzählen, käme man an kein Ende; doch, um uns auf das zu beschränken, was unsere Zeit gemeinhin das *Schminken* nennt: wer sähe nicht, daß die Verwendung des Reispuders, den einige einfältige Philosophen so töricht verdammt haben, den Zweck hat und die Wirkung erzielt, alle Flecken, mit denen die Natur den Teint schändlicherweise übersät, zum Verschwinden zu bringen und in der farbigen Oberfläche der Haut eine abstrakte Einheit zu erzeugen, eine Einheit, wie sie das Trikot hervorbringt und die das menschliche Wesen sogleich einer Statue, das heißt einem göttlichen und höheren Wesen, ähnlich macht? Was das künstliche Schwarz rings um das Auge betrifft, und das Rot, das den oberen Teil der Wange markiert, so entstammt deren Gebrauch zwar dem gleichen Bedürfnis, dem nämlich, die Natur zu übertreffen, das Ergebnis jedoch dient der Befriedigung eines völlig entgegengesetzten Bedürfnisses. Das Rot und das Schwarz bringen das Leben zum Ausdruck, ein übernatürliches und überbetontes Leben; diese schwarze Umrahmung macht den Blick tiefer und einzigartiger, verleiht dem Auge entschiedener das Aussehen eines auf das Unendliche hin geöffneten Fensters; das Rot, das die Wange überflammt, steigert noch die Helle des Augapfels und verleiht einem schönen weiblichen Antlitz die geheimnisvolle Leidenschaftlichkeit der Priesterin.

So darf, wenn man mich recht verstanden hat, das Bemalen des Gesichts nicht der gewöhnlichen, uneingestandenen Absicht dienen, die schöne Natur nachzuahmen und mit der Jugend zu wetteifern. Die Erfahrung beweist außerdem, daß Kunstgriffe die Häßlichkeit nicht verschönern und nur der Schönheit dienlich sind. Wer wollte Kunst die unfruchtbare Aufgabe zuweisen, die Natur nachzuahmen? Die Schminke braucht sich nicht zu verstecken; es schadet nichts, wenn man sie errät. Im Gegenteil, sie darf sich, wenn auch nicht aufdringlich, so doch wenigstens mit einem gewissen Freimut darbieten.

Denjenigen, deren schwerfälliger Ernst sie hindert, dem Schönen bis in seine allergeringfügigsten Erscheinungen nachzugehen, sei es unbenommen, über meine Betrachtungen zu lachen und sie der kindischen Feierlichkeit zu beschuldigen; ihr gestrenges Urteil trifft mich nicht; mir soll es genügen, mich auf die wahren Künstler zu berufen, wie auch auf jene Frauen, die bei ihrer Geburt einen Funken dieses heiligen Feuers empfangen haben, mit dem sie ihr ganzes Wesen zu erleuchten bestrebt sind.«

40

Paulina schaute vom Buch auf, erstaunt über das, was sie gelesen hatte. Auf solche Gedanken war sie noch nie gekommen. War sie vielleicht nicht normal? Oder hatte Baudelaire sich das einfach ausgedacht, wußte er überhaupt nicht, was Frauen wirklich wollten? Ihr ganzes Wesen mit einem heiligen Feuer erleuchten? Sie? Nachts im Bett ... daran denken ... Aber nicht tagsüber ... Nur, wenn es niemand sehen konnte. Was sonst? Noch mehr auffallen durch ihre Größe? Das heilige Feuer – sacré feu – wäre in ihrem Fall wohl nichts anderes als das rote Licht einer Ampel. Ein sacré feu rouge.

Aber auch an ihren Cousinen und anderen Mädchen, die sie kannte, hatte sie niemals auch nur die Spur solcher Sehnsüchte bemerkt. Manche von ihnen zupften sich ein wenig die Brauen, benutzten einen Lippenstift und griffen zum Rouge, wenn sie der Ansicht waren, sie sähen blaß aus. Oder wenn ihre Haut glänzte. Aber immer dezent. Mit ein bißchen Wasser ging es gleich wieder ab. Hätten Punkerinnen, die sich die Haare bis auf einen Irokesenkamm abrasieren und diesen rot, blau und gelb färben ließen (Papageienfarben waren das), sich die Nägel schwarz lackierten und vier, fünf nicht unbedingt vergoldete Sicherheitsnadeln durch die Ohrläppchen steckten, Baudelaires Idealen entsprochen? Sie trugen auch enge, schwarze Trikots. Dazu manchmal violette Stiefel.

Paulina war noch keinem jungen Mann begegnet, der behauptet hätte, davon bezaubert zu sein. Solche Männer kannte sie nicht. Aber sie kannte so wenig junge Männer.

Jungs, die sie in der Gesellschaft von Punkerinnen gesehen hatte, trugen ebenfalls Sicherheitsnadeln in den Ohren und ließen sich die Haare genauso bunt färben – alles Dinge, über die Baudelaire nichts sagte. Männer brauchten sich damals offenbar nicht in Kunstwerke oder Statuen zu verwandeln.

Und heute? Viele moderne Kunstwerke wurden aus Schrott hergestellt, also das paßte ja vielleicht. Jedenfalls gab es eine Parallele zu den Lumpen, mit denen sich das modebewußte Völkchen schmückte.

Sie empfand nicht das geringste Bedürfnis, dabei mitzumachen. Auch wenn der alte General ihr empfohlen hatte, Baudelaire zu lesen – daß sie sich so auftakelte, erwartete er ganz gewiß nicht. Für wahrscheinlicher hielt sie es, daß sie sich ein Beispiel an den Frauen nehmen sollte, die Guys gezeichnet hatte. Aber mit dem Kapitel *Les Femmes et les Filles*, das auf *Eloge du maquillage* folgte und aus dem sie wahrscheinlich mehr darüber erfahren könnte, was ihrem Gönner gefiel, wagte sie nicht anzufangen. Sie legte beide Lesebändchen zwischen die Seiten, die sie zuletzt gelesen hatte, schlug das Buch zu, steckte es in die Plastiktüte und stand auf.

Ganz selten einmal hatte sie, um es auszuprobieren, sich die Puderdose des Mädchens geliehen, das in der Schule neben ihr saß. Aber sie fand ihre Wangen frisch und rosig genug, und nie hatte jemand das Gegenteil behauptet. Frisch und rosig von Natur aus – während Baudelaire zufolge die Natur nie etwas Gutes hervorbrachte. Wie war er auf diesen Gedanken gekommen? Und warum, falls er recht hatte, sie selbst nicht, nie in ihrem ganzen Leben?

Sie stellte sich vor, daß sie zu Hause erzählen würde, was Baudelaire über schön und häßlich verkündet, und es kostete sie nicht die geringste Mühe, auch den Kommentar ihrer Mutter zu imaginieren: Das war ganz bestimmt ein sehr kranker, kummervoller Mann. Nie aus der Großstadt herausgekommen. Hätte bei uns auf Walcheren mal vierzehn Tage Urlaub machen und die frische Seeluft inhalieren sollen. Die Meeresbrise hätte ihm solche Gedanken bestimmt aus dem Kopf geblasen, und er hätte entdeckt, wie blühend seine Frau auch ohne Schminke aussah.

Scheint mir unmöglich, hörte Paulina sich schon antworten, Baudelaires Geliebte war dunkelhäutig.

Wie beschämt würde ihre Mutter dastehen! Aber Paulina machte sich nichts vor. Sie selbst fühlte sich auch beschämt. Noch nie war ihr der Gedanke gekommen, daß es eine Philosophie des Schminkens geben könnte. Welche Winde und Stürme auch über Walcheren bliesen, solche Ideen hatten sie nicht dorthin gebracht.

Sie war und blieb ein Mädchen aus einer fernen Provinz. Fast eine Bäuerin. Nicht zu ändern, auch wenn sie gut französisch sprach. Was würden sie hier sagen, wenn sie sich in die seeländische Tracht hüllte? Aber so ein Gewand besaß sie nicht einmal, hatte nie das Bedürfnis danach verspürt. Zu Hause rasch eins zu bestellen, würde ihr im Traum nicht einfallen.

An breiten Rasenflächen entlang schlenderte sie um das Palais du Luxembourg, von leichten Kopfschmerzen geplagt und noch immer besorgt, einem Hausgenossen in die Arme zu laufen. Die Angst, Armand oder Michel – ja, vor allem Michel! – zu begegnen, war in zweierlei Hinsicht lächerlich. Erstens war es nahezu ausgeschlossen, daß er ebenfalls hier herumlief, und was machte es zweitens schon aus, wenn er sie sah und selbstverständlich ansprach? Mußte sie sich denn für irgend etwas schämen? Schließlich hatte sie gestern abend nichts getan oder gesagt, was sie bereuen müßte. Um so schlimmer war jedoch der Traum gewesen, so ekelerregend und mit einem weitaus größeren Realitätswert als das ganz gewöhnliche Essen im Restaurant. Dieser Traum schien ihr die Wahrheit ins Bewußtsein gerufen zu haben, er hatte ihr offenbart, daß sie sich vor Michel ekelte und deshalb auch vor dem Essen, das er ihr servieren ließ. Sie fragte sich, ob sie weggehen würde, wenn sie könnte. Vielleicht war ja bereits dieser Gedanke ein Beweis dafür, daß sie es tun würde ... *wenn sie könnte.* Aber sie konnte nicht. Sie konnte nicht schon wieder das Vermittlungsbüro für Au pairs aufsuchen und erzählen, daß sie es auch an dieser zweiten Adresse nicht aushielt. Wie bitte, würde die Tochter der Marquise sagen, es gefällt dir nicht bei meinem Großonkel, dem General? Mußt du den ganzen Tag allerlei Schmutzarbeiten machen, so daß nicht genug Zeit zum Studieren bleibt? Behandeln sie dich nicht gut? Michel? Was hat er dir getan? Klavier für dich gespielt ... na und? Armand und Jacqueline? Sind das nicht interessante, obgleich zutiefst unglückliche Menschen, und was geht es dich an, daß sie trinken? Du brauchst doch nicht mitzumachen? Ich verstehe jetzt überhaupt nichts mehr. Wenn es dir dort nicht gefällt, dann gefällt es dir nirgendwo. Jedes andere Au-pair-Mädchen würde denken, es sei im Schlaraffenland gelandet ... du nicht! Weißt du, was du machen solltest? Setz dich in den nächsten Zug und fahr zurück in die Niederlande. Und wenn du einen guten Rat von mir annimmst, ma belle, begibst du dich unverzüglich in psychiatrische Behandlung. Adieu!

Tränen traten Paulina in die Augen, als wäre tatsächlich alles so abgelaufen. Aber es würde und durfte nicht so ablaufen. Ihre Abneigung entbehrte jeder Grundlage, und Alpträume waren Alpträume.

Wie würde ihr Leben aussehen, wenn das, was sie nachts träumte, Einfluß hätte auf das, was sie tagsüber erlebte?

Sie ging an dem achteckigen Teich vorbei, und nach ein paar weiteren Schritten schaute sie sich zum Palais um, zu der kleinen Kuppel über der Mitte der Vorderfront, der französischen Flagge darauf und der großen Uhr darunter. Und sie genoß den Anblick der Rasenflächen und der Blumenrabatten. Wie es ihr schon früher widerfahren war, schenkte ihr die prachtvolle Umgebung Trost und schien zu sagen: Warum schwermütig, ängstlich und voller Selbstvorwürfe? Warum über einen Traum nachgrübeln, wo doch die Wirklichkeit so herrlich ist?

Es schien, als habe sich in ihrem Innern ein Betrüger eingenistet, der ihr jede Freude an den wunderbaren Dingen, die sie in wachem Zustand erlebte, in ihren Träumen vergällen wollte. Sie bestrafen wollte, obwohl sie nichts verbrochen hatte. Sie mit Ungemach bedrohen wollte, für das die Realität keine Ansatzpunkte bot. So träumen mitunter Menschen, die sich in wachem Zustand keiner Probleme bewußt sind, von Krankheiten, die ihnen, wie sich später herausstellt, tatsächlich schon in den Knochen steckten. Aber sie war nicht krank. Sie brauchte nur wach zu werden, vollkommen wach zu werden, um zu erkennen, daß ihre Wünsche in Erfüllung gegangen waren. Was konnte ihr passieren? Wieviel besser war doch ihre Situation als in der Rue Verniquet! Hatte sie sich nicht sogar damals trotz allem sehr glücklich gefühlt, als sie früh am Morgen zum Bäcker ging, um Brot zu holen, und beim Anblick von zwei alten, verstaubten Eisenbahnwaggons ganz gerührt war? Wieviel schöner war es doch hier! Einer der herrlichsten Orte auf der ganzen Welt. Touristen kamen von nah und fern, um sich daran zu erfreuen – und sie brauchte dafür nur die Straße zu überqueren.

Auf dem gemauerten Rand des Teichs saßen zwei blasse, junge Japanerinnen mit großen Skizzenblöcken auf dem Schoß. Immer wieder hielten sie einen Bleistift mit ausgestrecktem Arm vor sich, waagerecht, senkrecht, um die Proportionen des Palais zu bestimmen, das sie zu zeichnen versuchten.

Paulina ging weiter zu dem hohen Eisenzaun mit den vergoldeten Spitzen auf den Gitterstäben, der den Park umschloß und von der breiten Avenue de l'Observatoire trennte.

Sie ging zwischen Reihen von Kastanienbäumen, die so dicht beisammen standen, daß die Kronen ineinandergewachsen waren. Man hatte sie so gestutzt, daß sie in Längsrichtung eine zusammenhängende Fläche bildeten und wie dicke grüne Mauern auf Pfählen aussahen.

Auf der Straße herrschte fast kein Verkehr. Paulina betrachtete aufmerksam alle Häuser, an denen sie vorbeikam. Diese gehörten nicht zu den berühmtesten Sehenswürdigkeiten, deren sich die Stadt rühmen konnte. Aber in jeder anderen, weniger reichen Stadt würden die Reiseführer sie eingehend beschreiben. Zum Beispiel das Institut für internationale Verwaltungskunde, dessen Tür von einem an der Fassade dargestellten maurischen Tor umrahmt war. Oder das bizarre, mit zahlreichen Zinnen und kleinen Türmchen bekrönte dunkelrote Gebäude, das die Fondation Doucet beherbergte. Im Laufe ihres Studiums würde sie noch oft herkommen und dort in der Bibliothek arbeiten, dachte sie. Wer war so privilegiert wie sie? Kein größeres Glück konnte einem zuteil werden, als über Dinge glücklich zu sein, die im Grunde sehr alltäglich waren. Hunderte, Tausende von Studenten besuchten die Bibliothek der Fondation Jacques Doucet. Tausende von Menschen wohnten hier in der Gegend und gingen täglich durch die Avenue de l'Observatoire, und sie freuten sich vielleicht längst nicht mehr darüber. Sie aber, Paulina, konnte es genießen.

Sie blieb vor dem Bronzestandbild von Marschall Ney stehen, direkt bei dem berühmten Restaurant Closerie des Lilas. Kein Mensch dachte mehr an den Marschall Ney, der hier in der Gegend schmählich an die Wand gestellt worden war. Und dreißig Jahre später durch ein Standbild geehrt wurde, das außer ihr niemanden mehr interessierte. Wenn sie wieder einmal zum Essen eingeladen würde, müßte sie beiläufig erwähnen, daß sie noch nie in der Closerie des Lilas gewesen war, und dann würde Michel oder jemand anders bestimmt sofort sagen: Sollten wir dann nicht mal dort hingehen? Ja, auch Michel, auch von ihm würde sie so eine Einladung akzeptieren. Er hatte ihr nichts getan, sie hatte nichts von ihm zu befürchten, nichts. Er war ein netter Mann, besessen von der Musik, und sie sollte sich schämen, so schreckliche Dinge von ihm geträumt zu haben. Doch als sie weiterging und um die Ecke in den Boulevard du Montparnasse bog, wurde ihr schwindlig; sie blieb kurz stehen, hielt sich an einem Zaun fest und holte mehrmals tief Luft. Es ging vorbei.

Über den Boulevard Raspail gelangte sie zur Grünanlage, die die Kreuzung mit der Rue de Sèvres betont.

Ihre Unruhe ließ etwas nach. Lust, in ihr Zimmer zu gehen, hatte sie nicht. Was sollte sie dort? Vielleicht würde sie auf dem Weg, an der Haustür oder im Vestibül, wieder jemandem begegnen, der sich um sie kümmern wollte. Sie war nicht in der Stimmung zu endlosen Gesprächen und zu lustlos, so zu tun, als ob sie zuhöre. Am Schreibtisch zu sitzen und die Aufzeichnungen aus der Vorlesung über die Amoretten auszuarbeiten, fand sie auch nicht verlockend. Nachdem sie eine Weile an der Bordsteinkante gestanden hatte, entschloß sie sich, in das Kaufhaus Au Bon Marché zu gehen, das sich hinter der Grünanlage befand.

Kaum war sie eingetreten, murmelte sie: Ich hätte besser einen anderen Eingang nehmen sollen. Sie war mitten in die Abteilung geraten, die gänzlich der Schönheit des weiblichen Gesichts gewidmet war.

Statt der normalen Tische mit Waren standen hier ein paar weiße Häuschen. Nein, Häuschen waren es eigentlich nicht, eher Gebilde, die an offene Marktbuden erinnerten, vielleicht noch mehr an große Himmelbetten, an denen die Vorhänge fehlten. Himmelbetten mit einem Loch in der Mitte, und in diesem Loch stand eine Verkäuferin.

All diese Stände sahen gleich aus, aber jeder war einer anderen Kosmetikmarke gewidmet: Chanel, Hermès, Elizabeth Arden, Christian Dior, Paco Rabanne, Charles of the Ritz, Stendhal, Revlon, Rochas.

Wie sollte man da eine Wahl treffen?

Dann sah sie einen Stand, an dem, in den gleichen Lettern wie die Namen der berühmten Großfürsten des Schönen an den anderen Ständen, das Wort CLINIQUE stand. Die Klinik wurde von zwei Verkäuferinnen in weißen Kitteln verwaltet. Konnte man sich hier beraten lassen?

Paulina ging hin, ohne viel zu erwarten.

Die Klinik war mit einer spielerischen Maschine ausgerüstet, die einen Computer darstellen sollte.

Ist Ihre Haut: sehr blaß, hell, halb matt ... sehr matt?
Drücken Sie den Knopf neben der richtigen Antwort.
Sind Ihre Augen: blau, blaugrün, hellbraun ... schwarz?

Und so gab es allerlei Fragen, verwirrend viele.

Sie schaute sich das Ganze unschlüssig an und fragte sich, was passieren würde, wenn sie auf einen Knopf drückte. Noch ehe sie einen Finger in Richtung der Apparatur ausgestreckt hatte, sprach eine der Frauen im weißen Kittel sie an.

Clinique stellte sich als Markenname heraus, einer der vielen Markennamen.

Die Produkte von *Clinique* waren zu 100 Prozent unparfümiert und nach gründlicher Forschung für absolut unschädlich befunden worden. Sie verursachten keine allergischen Reaktionen. *Clinique* bot ein vollständiges Sortiment Farbstifte, komplett mit Anspitzer. *Clinique* stellte Lotionen her, Cremes gegen Falten, Lippenstifte, Puder, Spezialpinsel, um die Puder aufzutragen.

Paulina lächelte ein wenig und sagte, sie würde darüber nachdenken.

Die Verkäuferin nahm eine luxuriös gestaltete Broschüre von einem Stapel:

»Überstürzen Sie nichts. Das ist nicht nötig. Ich bin mir sicher, daß Sie noch unendlich viele Jahre nachdenken können, ohne gezwungen zu sein, Zuflucht zu diesen Mitteln zu nehmen. Aber Vorsicht. Auch Sie halten sich manchmal in einer Umgebung auf, die von Neonröhren beleuchtet wird. Und obwohl diese Leuchtröhren in den letzten Jahren stark verbessert wurden, verbreiten sie noch immer eine ziemlich bläuliche Strahlung und rücken dadurch sogar die schönste, die makelloseste Haut nicht ins vorteilhafteste Licht. Auch Sie müssen an dieses Risiko denken, denn Neonlicht finden Sie fast überall. Wappnen Sie sich dagegen mit ein paar Tupfern in warmen Tönen, Koralle oder Pfirsich, die Sie dann, wenn Sie wieder in eine natürlich beleuchtete Umgebung kommen, mit normalem Puder neutralisieren.«

»Es geht also darum, daß ich immer so natürlich wie möglich aussehe?«

»Gewiß, gewiß, ohne Zweifel. Das ist das wichtigste Ziel von *Clinique*. Nichts geht über die Natur, wenn jemand so bezaubernd aussieht wie Sie.«

Sie drückte Paulina die kleine Broschüre in die Hand, ohne darauf zu drängen, daß sie etwas kaufte.

Parfumduft in der Nase, schlenderte Paulina an den anderen Ständen vorbei. Offenbar hatte kein einziger Gesichtstechniker Baudelaire gelesen. Keiner von ihnen behauptete, daß es seine Absicht sei, die Frau in eine Statue zu verwandeln oder ihr ein übernatürliches Erscheinungsbild zu verleihen. Dieser Gedanke kam in solch einem banalen Hirn nicht auf, oder den Kundinnen waren solche erhabenen Ideale fremd. Ausnahmslos ging es darum, die Textur der Haut zu verbessern. Sie mit Hilfe von Emulsionen, die einen UV-Schutz enthielten, vor vorzeitigem Altern zu bewahren. Durch Sorgen und Streß entstandene Schäden zu reparieren. Falten zu glätten mit Hilfe »aktiver Bestandteile«, die der Haut neue Lebenskraft geben und ein Austrocknen verhindern sollten.

Gefahren, über die Paulina noch nie nachgedacht hatte.

In dieser ausschließlich der Schönheit gewidmeten Abteilung herrschte kein Mangel an Spiegeln. Vor einem blieb Paulina stehen und bedeckte ihre Ohren, die aus den Haaren hervorlugten wie ins Gras gefallene Scherben einer zerbrochenen Schale, aufs neue.

41

Wieder in ihrem Zimmer, blätterte sie die Broschüre von *Clinique* noch schnell durch und warf sie dann in den Papierkorb, jedoch ohne sie zu zerknüllen oder zu zerreißen. Wer sie fände – wer weiß, vielleicht kontrollierte Madame Le Dantec ja den Inhalt des Papierkorbs –, würde merken, daß nicht etwa aus Undankbarkeit oder mangelndem Interesse das Sortiment an Kosmetika, das man ihr ungebeten ins Badezimmer gelegt hatte, unberührt geblieben war. Sie kämmte sich die Haare und ließ sie wie immer offen herabhängen. Sie hatte sie schon einmal mit beiden Händen zusammengenommen und über den Kopf gehalten. Wenn sie sich das Haar hochsteckte? Aber nein, dann würden ihre Ohren ganz und gar wie Griffe aussehen, mit denen sich der Kopf leicht vom Rumpf abschrauben ließ.

Als Torso käme ich noch am vorteilhaftesten zur Geltung, dachte sie oft, wenn sie nackt vor dem Spiegel stand: ohne Kopf und, ja, auch ohne Unterarme, wie die Venus von Milo, und natürlich die Beine kurz unter den Knien abgehackt (ihre Schenkel waren wunderschön), das eine ein wenig länger als das andere.

Was für eine schaurige Vorstellung. So würde sie aussehen, wenn jemand sie auf einem Metro-Bahnsteig geschubst hätte und sie vor dem heranrasenden Zug auf die Schienen gestürzt wäre. Es gab Verrückte, die so etwas von Zeit zu Zeit machten. Wenn sie auf eine U-Bahn wartete, blieb sie so lange wie möglich an der Wand stehen; erst wenn der Zug vorgefahren war, sprang sie hinein.

42

Die Farben, Stifte, Puder und Cremes im Badezimmer rührte sie nicht an. Über Baudelaire wurde auch nicht mehr gesprochen. Aus Angst, daß das Thema Schminke wieder zur Sprache kommen könnte, wagte sie dem alten General nicht zu erzählen, daß sie das berühmte Essay über Guys inzwischen gelesen hatte. Vielleicht wußte er es auch so. Sie hatte das Buch auf den Tisch gelegt, bevor Madame Le Dantec ihr am Sonntagmorgen das Frühstück brachte, und mußte es folglich wegnehmen, um Platz zu machen für das Tablett. Paulina sorgte dafür, daß es jeden Morgen dort lag, so daß Madame Le Dantec es unmöglich übersehen konnte. Ganz sicher würde sie es dem General zutragen, jedenfalls hoffte Paulina das: Aber ja, mon général, Baudelaire ist nun ihre tägliche Lektüre.

Der General mußte seit Tagen das Bett hüten. Paulina sah ihn nicht und aß auch abends in ihrem Zimmer. Sie war davon überzeugt, daß Madame Le Dantec ihm akribisch vom Tagesablauf des Gastes berichtete. Die Haushälterin machte daraus auch kein Geheimnis. Jeden Tag erklärte sie, der General ließe sich wegen Unpäßlichkeit entschuldigen, doch wie krank er auch sei, ständig erkundigte er sich nach Paulinas Tun. So wußte er wohl inzwischen, daß sie es ablehnte, sich zu schminken, auch wenn Baudelaire nun ihre tägliche Lektüre war. Aus Schuldgefühl nahm sie ein Geschenk nach dem anderen an.

Als das Wetter umschlug und es öfter regnete, drang Madame Le Dantec darauf, daß Paulina wirklich keine Scheu haben solle, zu sagen, wohin sie gebracht werden wollte. Die Autos stünden bereit, der Fahrer sehe es als eine Ehre an, ihr zu Diensten zu sein. Und als Paulina nochmals sagte, daß sie gern zu Fuß ging, fragte Madame Le Dantec, ob sie auch einen Regenschirm besitze, und ging noch am selben Nachmittag mit ihr einkaufen. Paulina bekam nicht nur zwei Schirme, einen Stockschirm und einen Taschenschirm, sondern außerdem einen neuen Regenmantel, den sie in einem Laden erstanden, der Übergrößen führte. *Femme Forte* hieß dieses Bekleidungsgeschäft. Es bot hauptsächlich Kleidung für Frauen an, die nicht nur groß, sondern vor allem dick waren. Trotzdem stand Paulina der Regenmantel, den Madame Le Dantec für sie gefunden hatte, wirklich gut.

»Andere Sachen würde ich dort lieber nicht kaufen«, sagte die Haushälterin, als sie wieder draußen standen, »du darfst dich nicht genieren. Wenn du etwas brauchst, kann ich dir gleich zwei oder drei Adressen nennen, wo sie es dir nähen. In vierzehn Tagen gibt Monsieur Armand einen kleinen Empfang, weil dann der Umbau seiner Wohnung abgeschlossen ist. Sie ist wirklich wunderschön geworden. Hast du etwas Hübsches, was du zu festlichen Anlässen tragen kannst?«

»Seien Sie unbesorgt. Ich laufe nicht immer wie die fleißige Studentin herum.«

»Wir werden schon sehen«, sagte Madame Le Dantec und reichte ihr den Arm, »ein Mädchen, das so hübsch ist wie du, muß sich so vorteilhaft wie möglich kleiden. Kindchen, du bist nur einmal jung. Es gibt Frauen, die erst auf sich achtgeben, wenn sie die ersten Falten bekommen. Das ist so dumm! Auch ich war so unvernünftig. Ich wußte immer, daß meine Schneidezähne ein wenig zu lang waren, aber als ich jung war, habe ich mich nicht darum gekümmert. Ich hatte einen Freund, der meinte, es sähe lustig aus. Als ob du dir immerzu freudig erstaunt auf die Unterlippe beißt, sagte er. Ich war zufrieden mit diesem Kompliment. Die Freundschaft endete. Ich hatte noch einen anderen Freund, der machte mir dieses Kompliment nicht mehr. Wir waren nicht reich genug, um einen guten Zahnarzt zu suchen und etwas dagegen zu unternehmen. Er war Handelsvertreter für künstliche Blumen. Eine Woche nach der Hochzeit fuhr er gegen einen Baum. Tot.

Heute könnte ich durchaus zu einem Zahnarzt gehen, denn der General ist großzügig und hat schon oft gesagt: Wenn dich die Zähne stören, Joséphine, weiß ich einen guten Dentisten für dich.

Aber ich habe Angst vor den Schmerzen, und außerdem finde ich, daß es sich jetzt nicht mehr lohnt. Ich bin zu alt, um noch etwas anderes zu werden als das, was ich bin.«

Paulina hatte auf diese Geschichte über die Schneidezähne von Madame Le Dantec nicht reagiert. Sie dachte jedoch oft daran zurück. So wie man Zähne korrigieren lassen konnte, die zu lang waren, konnte man auch etwas gegen abstehende Ohren tun. Und die ganze Geschichte der Haushälterin hatte offenkundig den Zweck, sie auf diese Möglichkeit aufmerksam zu machen.

Was hatten sie wohl hinter ihrem Rücken über sie gesagt? Wahrscheinlich nannten sie sie, wie die Studenten, mit denen sie im Seminar saß, La petite Hollandaise. Petite Hollandaise, leihst du mir mal deinen Kuli? Das war so sicher wie das Amen in der Kirche.

43

Was für ein Glück, daß ihr Haar sich ein wenig wellte. Wenn es frisch gewaschen war, schien es zweimal so füllig, so daß sich die Ohren um so besser darunter verbergen ließen.

Sie überlegte, für die Wangen doch ein wenig Puder zu nehmen, aber ihre Haut glänzte nicht, und ihr Teint war blühend genug. Aus acht Parfumflakons wählte sie nach langem Zögern *L'Air du Temps* von Nina Ricci, blonden Frauen empfohlen, gab einen Tropfen auf den rechten Zeigefinger und strich sich damit hinters rechte Ohr. Tupfte mit dem linken Zeigefinger auch einen Tropfen hinters linke Ohr. Lächelte verlegen in den Spiegel, gab dann wieder einen Tropfen auf den rechten Zeigefinger und steckte ihn mitten ins Dekolleté. Sie schraubte den Flakon zu, bürstete rasch die Haare über die Ohren und hörte es klopfen.

Es war Armands Frau, die kam, um sie abzuholen.

»Kommst du mit«, fragte Jacqueline, »ich bin so gespannt, wie dir unsere Wohnung gefällt? Jemand, der Kunstgeschichte studiert und so viel von Kunst versteht wie du! Armand fühlt sich wie im siebten Himmel, und ich auch. Aber es sind schon eine Menge Leute da, bald kann man wegen des Gedränges die Möbel nicht mehr sehen. Und weißt du, wer auch gekommen ist? Edouard ...«

Über die Hintertreppe stiegen sie hinauf in ein sich zunehmend verdichtendes Stimmengewirr.

Jacquelines Haare waren nicht mehr so intensiv rot wie bei der ersten Begegnung. Eher rosa, und auch die Hochsteckfrisur sah diesmal anders aus. Konnte das sein? Hatte Jacqueline einfach eine andere Perücke aufgesetzt? Vielleicht besaß sie ja ein ganzes Sortiment! Doch obwohl die beiden damals behauptet hatten, stets alles auszusprechen, was ihnen durch den Kopf ging, und das gleiche ohne Pardon oder Heuchelei auch von ihren Gästen erwarten würden, und obwohl Paulina damit einen Freibrief hatte, die indiskretesten Fragen zu stellen – kein Wort im Zusammenhang mit der Perücke kam ihr über die Lippen.

»Wir wollten schon eher einen Empfang geben«, erzählte Jacqueline, »in der Wohnung unter unserer. Die steht nämlich meist leer, weil sich unser alter Onkel Paul lieber in Südspanien aufhält. Aber dann fanden wir es schöner, zu warten, bis der Umbau unserer eigenen Bleibe abgeschlossen ist.«

Sie roch nicht nach Alkohol, sondern nach einem schweren, aufdringlichen Parfum, das Paulina nicht identifizieren konnte, und um den Hals trug sie ein Diamantkollier, ›einen Fluß von Diamanten‹ wie es die Franzosen nennen, jeder Stein in Gold gefaßt.

»Ich bin doch so gespannt, wie dir die Einrichtung gefällt. Du verstehst etwas davon, du studierst Kunstgeschichte.«

In einer größeren Runde kann es ohne Konventionen nicht friedlich zugehen; vielleicht waren Jacquelines Worte deshalb jetzt so konventionell.

44

Paulina schien es, daß sie das Rouge zu Recht gespart hatte, trotzdem fühlte sie sich nicht unwohl. Mit einem leicht nervösen, deshalb womöglich um so gewinnenderen Lächeln schaute sie sich um, schaute die Leute an. Sie konnte auf jeden der Gäste in dem vollen Salon hinabblicken. Nur Kopf und Schultern Armands, der mit dem Rücken zu ihr am anderen Ende des Raums stand, ragten über die Menge hinaus. Einen ebenso großen Mann, der Edouard hätte sein können, sah sie nirgends.

»Notre amie hollandaise«, wiederholte Jacqueline, während sie mit Paulina von einem zum andern ging. »Notre gentille Hollandaise ...« Paulina hörte Namen, die sie nicht verstand, schüttelte Hände. Manche Männer küßten ihr die Hand.

Es war eine honorige Gesellschaft – wohlerzogene Damen und Herren, die sich, sobald sie Paulinas außergewöhnliche Größe registriert hatten, offensichtlich vornahmen, dieser Tatsache keine Beachtung zu schenken. Nur ein bejahrter, dicklicher Herr – vielleicht der kleinste von allen und wahrscheinlich zeitlebens fast täglich mit seinem Mangel an Format konfrontiert, selbst in Frankreich – knüpfte ein Gespräch mit ihr an. Sie hatte sich beinahe bücken müssen, um ihm die Hand zu reichen, über der er mit gesenktem Kopf für den Bruchteil einer Sekunde die gespitzten Lippen schweben ließ.

»Notre gentille Hollandaise ...«

Sie erfuhr, daß er Corde hieß und Notar war. Wahrscheinlich stand er der Familie näher als manch anderer, denn Jacqueline schien es darauf angelegt zu haben, daß Paulina etwas länger bei ihm stehenblieb.

»Eine Holländerin«, rief er, »das freut mich aber außerordentlich! Es gibt nicht viele Länder, die ich so bewundere wie Holland, mit all seinen schönen, großen Menschen.«

»Sie sind sehr freundlich, aber Sie übertreiben«, sagte Paulina lächelnd, doch ohne sich wirklich über das Kompliment zu freuen.

»Ihr Land«, fuhr der Notar fort, »hatte vor einigen Jahren einen Minister, ich glaube für auswärtige Angelegenheiten, der immer unverschämt gegenüber General de Gaulle auftrat. Und er konnte es sich erlauben, denn er war mindestens ebenso groß wie unser entsetzlich aufgeblasener großer General. Er hatte genauso einen lächerlichen kleinen Schnurrbart. Und er redete eine Art Froschsprache, was er übrigens selbst zugab. Er hätte es nicht zuzugeben brauchen, o nein, unnötige Mühe, wir hörten es ja selber, ohne daß er es eigens betonen mußte. Ich habe diesen Mann bewundert. Wie hieß er noch mal?«

»Lüüns«, sagte Jacqueline, »er hieß Lüüns. Lüüns, das war sein Name.«

»Genau. Nun erinnere ich mich wieder, Lüüns. Aber das Französisch von Mademoiselle ist makellos, Jacqueline, makellos, ganz anders als das von Herrn Lüüns.«

»Sie haben mich doch kaum reden hören …«

»Ich greife den Ereignissen vor. Gefällt es Ihnen gut in Paris?«

Sie wußte nicht, was sie von seinem Witz über das Französisch des berühmten Luns halten sollte. Vielleicht war er nicht besonders nett gemeint, und während sie darüber nachdachte, fielen ihr bloß Platitüden ein: daß es ihr sehr gut gefalle in Paris, nein, sie sei noch nicht lange da. Ja, sie sei schon oft in Paris gewesen, schon als kleines Mädchen, aber immer als Touristin, nicht um hier zu studieren, wie jetzt.

Dann wurde der Notar von einem der anderen Freunde Jacquelines angesprochen, und so schoben sie sich weiter durch die Menge.

»Und das ist Edouard ...«

Er saß auf einem Stuhl, die Beine übereinandergeschlagen, die Hände unterm Kinn, als hätte er soeben ein unangenehmes Gespräch geführt und dächte nun darüber nach. Aber als seine Mutter seinen Namen aussprach, erhob er sich, und es schien, als nähme sein Aufstehen kein Ende! Schließlich überragte er alle, sogar Paulina. Sie erinnerte sich nicht, daß sie jemals so zu einem Mann hatte aufblikken müssen.

Trotzdem hatte dieser Riese einen kleinen Kopf mit eingefallenen Wangen, fast kein Kinn und keinen Schnäuzer oder Vollbart, um den Kopf etwas größer erscheinen zu lassen. Die dunklen Haare waren ziemlich kurz geschnitten und in der Mitte gescheitelt. Eine riesige Hakennase, die vor allem im Verhältnis zum Rest auffiel, ließ automatisch den Gedanken an einen Kakadu aufkommen. Doch die tiefliegenden dunklen Augen hatten nicht das Inhaltsleere von Vogelaugen, im Gegenteil.

Eigentlich war er ihr sofort sympathisch: häßlich, aber nett. Er hatte ein ironisches Lächeln, als er ihr die Hand gab und sie verstohlen von oben bis unten musterte. Sie konnte sich vorstellen, was er in diesem Moment über sich dachte: Jeder findet seinen Meister. Sie war ihm dafür dankbar, daß er es nicht laut aussprach.

»Ich habe mich darauf gefreut, dich heute abend kennenzulernen«, sagte er. »Du weißt natürlich längst, daß ich mit meinen Eltern nicht so oft Kontakt habe, aber ich bin trotzdem ziemlich gut darüber informiert, was in diesem Haus vor sich geht. Und von dir schwärmen sie geradezu.«

»Dann brauche ich dir ja nichts mehr zu erzählen.«

»Da irrst du dich aber. Komm, laß uns kurz aus dem Gedränge hier verschwinden. Suchen wir uns einen Platz, wo wir in Ruhe reden können.«

Gerade in diesem Augenblick stellte sich François mit einem Tablett voller Champagnergläser vor sie. Edouard reichte Paulina ein Glas und nahm auch für sich eins. Er kannte sich natürlich sehr gut aus und führte sie in einen Raum, der offenbar als Arbeitszimmer für Armand eingerichtet war. Hier waren sie allein.

Alle Wände verbargen sich bis zur Decke hinter Büchern. Der riesige Schreibtisch sah nicht nur so aus, als ob noch nie jemand daran gearbeitet hätte, was selbstverständlich war, sondern auch so, als ob nie jemand daran arbeiten *würde*.

Die auf dieser Art Schreibtisch unverzichtbaren Gebrauchsgegenstände waren wertvoll: eine vergoldete Tischuhr, eine mit Leder eingefaßte Schreibunterlage, ein Stifteköcher, in dem drei Füllhalter mit drei dazu passenden Drehbleistiften standen. Auf der Schreibunterlage lag diagonal ein Brieföffner mit einem Griff aus Malachit.

»Alles nagelneu«, sagte Edouard, »nur das Falzmesser hatte er früher auch schon. Siehst du die Bücher? Die Bücher, die er tatsächlich gelesen hat, hat er einfach mit dem Taschenmesser aufgeschnitten, aber die liegen jetzt im Keller. Das hier sind Luxusausgaben, zum Bewahren und nicht zum Lesen gedacht. Soweit sie noch nicht aufgeschnitten sind, sollte man das tunlichst unterlassen, denn es mindert den Wert. Die meisten hat meine Mutter ihm geschenkt, mehr noch als mein Großvater, obwohl der auch großzügig damit ist. Komm, wir setzen uns.«

Er deutete auf ein naturfarbenes Ledersofa, und sie stellten ihre Gläser vor sich auf einen Tisch mit einer Platte aus farbigen, polierten Steinen.

»Jetzt ist Mutters sehnlichster Wunsch in Erfüllung gegangen, jetzt hat Vater ein Arbeitszimmer, das aussieht, wie sie sich die Schaffensstätte eines großen, reichen Dichters vorstellt.«

Edouard sagte das ohne jede Verlegenheit. Er stellte eine Tatsache fest. Es ging ihm nicht darum, seine Mutter in irgendeiner Form zu entschuldigen, und er wollte sie auch nicht kritisieren.

Paulina machte sich dazu ihre Gedanken: Jacqueline

hatte nicht den Eindruck vermittelt, daß sie Armand für einen großen Dichter hielt, und auch Armand selbst schätzte sich offenbar nicht so ein. Doch sie ließ Edouard weiterreden. Unterdessen musterte sie ihn eingehend, unauffällig, wie sie hoffte.

Dieser junge Mann war nur wenige Jahre älter als sie. Trotzdem wußte er zwischen ihr und sich einen Abstand zu schaffen, der fast noch größer war als der zwischen ihr und dem General.

Er trug einen dunkelblauen Anzug mit Weste und am linken Handgelenk eine schmale, rechteckige goldene Uhr. An seiner unauffälligen, perfekt mit dem Anzug harmonierenden Krawatte steckte eine Nadel mit einer Perle. Sonst trug er keinen Schmuck.

Woran lag es, daß er ihr solchen Respekt, um nicht zu sagen Angst, einflößte? Das war ein Rätsel, denn er redete sehr freundlich mit ihr, als würden sie sich schon seit Jahren kennen oder als seien sie sogar miteinander verwandt.

»Meine Eltern tun mir sehr leid«, bekannte er, »so sehr, daß ich Angst habe, aus Versehen das Falsche zu sagen, wenn ich mit ihnen rede. Deshalb renne ich ihnen auch nicht die Tür ein. Ich möchte sie nicht noch unglücklicher machen, als sie ohnehin sind, indem ich ihnen zu verstehen gebe, daß sie mir leid tun.«

Er trank einen Schluck, stellte das Glas ab, legte die Fingerspitzen gegeneinander, als habe er vor zu beten, ließ die Finger dann aber aneinander vorbeigleiten, schloß die Hände zu Fäusten und drückte die Ellbogen, so weit es ging, hoch. Die Fingergelenke knackten.

»Aus ihren Erzählungen hast du einen völlig falschen Eindruck von mir bekommen«, fuhr er fort, »aber welche Eindrücke jemand bekommt, ist nicht nur davon abhängig, was er hört. Es hängt auch davon ab, welche Filter das Gehörte durchläuft. Du studierst Kunstgeschichte. Du kommst wahrscheinlich aus einem kunstliebenden Umfeld, wie es auch hier im Haus existiert: mein Großvater, der Guys sammelt, mein Vater, der Schriftsteller werden wollte, und mein Onkel Michel, der Klavier spielt.«

»Mein Vater liest viel«, sagte Paulina, »und meine Mutter singt in einem Chor. Aber sonst ist meine Familie nicht kunstsinnig. Ich habe schon in der Schule beschlossen, daß ich Kunstgeschichte studieren wollte, aber das kam aus mir selbst. Die Lehrer zeigten uns Fotos von griechischer und römischer Kunst. Und etwas später besuchte ich, damals noch mit meinen Eltern, den Louvre. Vielleicht gefällt mir die ägyptische Kunst am besten. Ich werde später schon sehen, worauf ich mich spezialisiere.«

»Der Louvre ... Wie lange willst du in Paris bleiben?«

»Bis ich ein paar Diplome habe. Ich studiere auch Französisch.«

»Hast du keine Angst, Heimweh zu bekommen?«

»Darüber habe ich noch nie nachgedacht.«

»Du hast natürlich einen Freund in Holland.«

»Einen Freund ...«

Blitzschnell fuhr ihr durch den Kopf, daß es bei einer Verneinung vielleicht so aussehen könnte, als ob sie auf ihn, Edouard, gewartet habe.

»Na komm«, sagte Edouard, »was denkst du denn von mir, ich bin nicht blind für deinen Charme, und da bin ich bestimmt nicht der einzige. Drucks nicht herum.«

»Ja, ich habe einen Freund.«

»Was macht er?«

»Im Augenblick leistet er seinen Militärdienst ab, bei der Marine, aber er ist Dozent für Französisch an der Universität von Amsterdam.«

»Ist er Professor?«

»Noch nicht.«

»Ach, dann wird er das bestimmt noch. Ich kann mir nicht vorstellen, daß du dir einen Dummkopf ausgesucht hast.« Er brach in ein etwas zu lautes Lachen aus, und Paulina lachte mit und sagte, ohne genau zu wissen, warum sie weiterlog:

»Das kann ich mir auch nicht vorstellen.«

Als er mit Lachen fertig war, hielt er mit gesenktem Blick die Hand an die Nase und dachte kurz nach.

»Kunst wurde meist von Hungerleidern hervorgebracht«, sagte er dann und kam, als wisse er von ihr nun genug, auf seine eigenen Familienprobleme zurück. »Künstler, die Erfolg hatten, denk nur an Mozart oder Alexandre Dumas, schämten sich für ihr Geld und warfen es mit vollen Händen zum Fenster hinaus. Hier im Haus gibt es übrigens niemanden, der sein Geld mit der Kunst verdient hat. Jemanden, der für sein Geld arbeiten muß, gibt es ebensowenig, auch wenn mein Vater das seit seiner Jugend macht. Bis heute. Jeden Tag sitzt er brav im Büro, wo ihm ausschließlich uninteressante Aufgaben übertragen werden. Aber er geht unverdrossen hin, und am Monatsende ist er stolz auf das Gehalt, das er nach Hause bringt. Soweit er es unterwegs nicht verschleudert, muß ich dazusagen.

Seit meiner Kindheit habe ich das alles mitbekommen: mein Großvater, der von einer Auktion zur nächsten rannte, um Zeichnungen von Constantin Guys zu kaufen, mein Onkel Michel, der stundenlang am Klavier saß und doch immer wieder Fehler machte, meine Mutter, die die unverkäuflichen Manuskripte meines Vaters abtippte – vergebens, kein einziger Verlag wollte sie veröffentlichen. Ich war noch sehr jung, als ich mir bereits verschiedene Theorien überlegte, um mir ihr für mein Gefühl seltsames Verhalten zu erklären. Diese Theorien haben sich natürlich im Laufe der Jahre ein wenig geändert, aber eine Sache ist geblieben: Ich gelangte jedesmal zu der Schlußfolgerung, daß ich nie so leben wollte wie sie.

An sich ist das auch wieder eine Theorie. Und weißt du, was Theorien sind? Das Knirschen einer Schubkarre, das Rauschen des Windes in den Bäumen. Wenn die Schubkarre nicht knirscht, ist es trotzdem nach wie vor dieselbe Schubkarre, und wenn kein Wind weht und die Blätter an den Bäumen nicht rascheln, sind es doch dieselben Bäume, die existieren, wie sie nun einmal existieren. Und darum halte ich gegenüber meinen Eltern möglichst den Mund. Sie taten mir leid wegen ihrer Geldgier und ihrer verzweifelten Versuche, so zu tun, als sei Geld ihnen gleichgültig. Also habe ich gesagt: Es ist unsinnig, auf diese Weise zu leben. Ich schäme mich nicht, daß ich Geld liebe. Ich werde mein Leben dem Geldverdienen und nichts anderem widmen. Aber ich gebe zu: Auch wenn ich das alles nicht gesagt oder nicht einmal gedacht hätte, wäre ich trotzdem ein Mann geworden, der nur damit beschäftigt ist, Geld zu verdienen.«

Paulina wußte darauf nichts zu erwidern. Die vage Angst, die er ihr zuerst eingeflößt hatte, verschwand, wie bitter seine Worte auch klangen und wie gut sie auch zu seiner ganzen Erscheinung paßten.

Sein dünner Hals mit dem knochigen, vorspringenden Adamsapfel, der sogar dann, wenn er wie jetzt schwieg, manchmal auf und ab wippte, verstärkte das Vogelhafte seines Kopfes. Als könne er ihre Gedanken lesen, sagte er:

»Ich habe einen Kopf wie ein Geier, und Geier werden allgemein verachtet, aber ich frage mich, warum. Geier sind nützlich und harmlos. Warst du jemals in Afrika?«

»Nein.«

»Ich aber. Und glaub mir, es ist ein großartiger Anblick, Geier, die sich am aufgedunsenen Kadaver eines Elefanten gütlich tun und mit Fleiß und Sorgfalt die schon blau gewordenen Fleischfetzen abreißen. Ich finde das ebenso rührend wie eine Katze, die brav ihr Tellerchen Dosenfleisch leerfrißt. Geier sind unschuldig, und der Kapitalist, der mit Aktien spekuliert, ist genauso unschuldig. Und außerdem nützlich. Warum sind alle Menschen in kommunistischen Ländern bettelarm? Weil dort die Kadaver nicht beseitigt werden und das ganze Leben mit ihrem Gestank verpesten, ohne etwas anderes hervorzubringen. Weil schlechte Unternehmer nicht in Konkurs gehen können. Aber ich gebe zu, ich würde so nicht reden, wenn ich nicht zufällig großes

Talent für den Handel mit Wertpapieren hätte. Das kann ich nun mal, so wie eine Schubkarre fahren und ein Baum Blätter bekommen kann. Wie das kommt, weiß ich nicht. Schon als Kind wußte ich, daß das meine Zukunft und meine einzige wirkliche Berufung sein würde. Ich brauchte nicht den Künstler oder Kunstliebhaber zu spielen, dessen Miene schon ausdrückt: Geld ist leider, leider, ein notwendiges Übel, und darüber zu reden, ist unappetitlich. Für mich hat Geld nichts Anrüchiges. Ob es notwendig ist oder nicht, kümmert mich keinen Augenblick, ebensowenig wie es wirklich begabte Schriftsteller oder Künstler kümmert, ob Kunst einen Nutzen für die Gesellschaft hat. Auch wenn die ganze Welt rufen würde, daß Kunst Zeitverschwendung und zu nichts nütze ist, würden sie sich nicht davon abbringen lassen, Kunstwerke zu schaffen. Und so lasse ich mich nicht davon abbringen, Geld zu verdienen, auch wenn die Philosophen bereitstehen, um sich darüber zu empören, und die Kommunisten mich wohl am liebsten bei lebendigem Leib häuten würden, wenn sie jemals von mir erführen. Und obwohl ich mich sogar selbst pensionieren und etwas ganz anderes tun könnte. Und wenn du mich fragst – was mein Onkel Michel treibt, ist eine *verschleierte* Form von Nichtstun. Schlechte Kunst hervorbringen, schlecht Klavier spielen, das ist schlimmer als Nichtstun.«

»Ich finde nicht, daß er schlecht spielt«, sagte Paulina, »und er arbeitet hart.«

Edouard nahm sein Glas. Es schien, als gebe er ihr ein Zeichen, seine Worte weiter zu kommentieren. Aber es war ihr zu peinlich, und ihr fiel nichts mehr ein.

So einem Mann war sie noch nie begegnet. War er aufrichtig? Wenn er nicht aufrichtig war, was sollten dann all diese Bekenntnisse, die wie Glaubenssätze klangen und dennoch offenbar alles andere als ein schmeichelhaftes Selbstporträt sein sollten? Eher war das Gegenteil der Fall. Also mußte sie annehmen, daß er tatsächlich die Wahrheit sagte. Er erinnerte sie an einen Schriftsteller, der einmal vor den Abiturklassen ihrer Schule einen Vortrag gehalten hatte. Na ja, vorgelesen hatte aus einem unstrittig autobiographischen Buch, das die schrecklichsten Enthüllungen enthielt. Daß er sich immer in Ziegen verliebte und mit ihnen dann … man wagte es sich kaum vorzustellen, so widerlich war es. Er tat es auch mit Hühnern … in dem Buch. Aber wenn man ihn da am Rednerpult stehen sah, war er ein reputierlicher Herr im fahlgrauen Anzug mit Krawatte und einer sorgfältig hochgekämmten, grauen Schmachtlocke. Er sah wie die Lehrer auf alten Schulfotos ihres Vaters aus. Aber von Lehrern wußte man nichts, und von ihm wußte man offenbar alles, wenn man die wichtigsten Kapitel seines Buchs kannte, die er vorgelesen hatte. Niemandem kam es in den Sinn, sich zu dem Gehörten zu äußern. Die ganze Schule verhielt sich so, als sei das alles völlig normal. Noch Tage später betonten die Lehrer, daß sie nun einen großen Schriftsteller persönlich kennengelernt hätten.

Nur die Allerdreistesten hatten sich getraut, ihm Fragen zu stellen, aber das waren nicht mehr als zwei. Der eine fragte: »Warum schreiben Sie?« Und der andere hatte wissen wollen, wie er am liebsten schrieb: mit dem Füller oder auf einer Schreibmaschine.

Er schreibe, antwortete der Schriftsteller, um »sich auszudrücken«, und er nehme dazu weder einen Füller noch eine Schreibmaschine, sondern ein Stück weißer Pappe und einen weichen Bleistift, Härtegrad 3 B. Wenn das Geschriebene ihm nicht gefalle, radiere er es wieder aus. Das spare Papier. Und wenn er es für gut genug halte, würde seine Tante es abtippen. Diese Frau, eine Witwe, war nur zehn Jahre älter als er, und er wohnte bei ihr zur Untermiete, hatte Paulina später in einer Zeitung gelesen. Darüber hatte er in der Schule nichts verlauten lassen. Hätte er denn noch mehr erzählen sollen? Niemand war wirklich auf das eingegangen, was er vorlas. Das kam davon, wenn man dem Publikum Dinge erzählte, die es um keinen Preis über sich erzählen würde. Vielleicht war das ja die wahre Funktion von

Schriftstellern, und sie waren deshalb etwas Besonderes und im Grunde einsam. Aber wenn man sie leibhaftig sah, war es eigentlich einerlei, was sie alles geschrieben hatten. Was sie auch zu behaupten wagten, man sah es ihnen nicht an. Sie sahen aus wie jedermann, und selbst wenn sie die schrecklichsten Bekenntnisse ausposaunten, käme man nie auf den Gedanken, ihnen anders zu begegnen als den anderen großen Menschen, die noch aus den harmlosesten Dingen ein Geheimnis machen.

Paulina trank ihr Glas aus und sagte:

»Alle in diesem Haus waren von Anfang an unvorstellbar nett zu mir. Ich bin erst zu kurz da, um sagen zu dürfen, wie sehr ich sie mag, aber so ist es nun mal, es ist wahr. Und ich habe den Eindruck, daß du deinen Eltern viel Kummer machst, wenn du dich so vor ihnen versteckst. Nimm's mir nicht übel, es sind nicht meine Angelegenheiten, das weiß ich sehr gut. Mir ist das so herausgerutscht.«

»Tröste dich, du bist nicht die erste, der solche Bemerkungen herausrutschen, aber denk bitte noch mal über die Gründe nach, die ich dir für mein Versteckspiel genannt habe. Durftest du die Sammlung meines Großvaters schon bewundern?«

»Einen Teil davon. Noch längst nicht alles.«

»Um dir alles zu zeigen, würde er Jahre brauchen. Ich glaube, über jede noch so kleine Zeichnung von Guys könnte er ein ganzes Buch schreiben.«

Paulina teilte seine Überzeugung nicht, widersprach ihm jedoch nicht.

»Ist das nicht bewundernswert? Ich verrate dir jetzt mal was, übrigens habe ich es auch deinem Großvater ehrlich gebeichtet. Ich komme zwar aus Vlissingen, wo Guys geboren ist, aber bevor ich hierherkam, hatte ich noch nie von ihm gehört. In den Niederlanden ist er so gut wie unbekannt. Was dein Großvater über ihn erzählt, ist für mich außerordentlich lehrreich. Und was für einen Mut er hat, so einen halb vergessenen Zeichner zu bewundern. Es ist viel einfacher, einen Künstler zu bewundern, von dem jeder spricht, als einen unbekannten. Und das gleiche gilt für deinen Onkel Michel. Ich hatte noch nie jemanden über Alkan reden hören, seinen Lieblingskomponisten. Wenn ich das Radio anstelle, dann nur für klassische Musik. Die höre ich mir also ziemlich oft an. Von Alkan hatte ich noch nie etwas gehört. Immer sind es Mozart und Beethoven. Und Bach, um Ostern herum. Wenn dein Onkel Mozart spielen würde statt Alkan, wäre er vielleicht längst ein gefeierter Pianist. Und außerdem ist diese Musik von Alkan nicht nur unbekannt und unbeliebt, sondern auch noch absurd schwierig, wie es scheint.«

»Nein, Eliane, jetzt nicht!« rief Edouard einer kleinen Frau von etwa vierzig zu, die gerade eintreten wollte. Sie trug ein schwarzes Etuikleid und einen weißen Hut, der fast so groß wie ein Regenschirm war. Dünne Stäbe hielten den Hutrand – wie einen Schirm – gespannt.

»Wir besprechen gerade ernsthafte Probleme, und das ist ja etwas, was du nicht magst.«

»Meinst du?« erwiderte sie. »Na, dann schicke ich euch aber François, damit er die Gläser nachfüllt.«

Trotzdem trat sie einen Schritt vor und sagte zu Paulina: »Er hat völlig recht. Wenn es etwas gibt, was ich überhaupt nicht leiden kann, dann das Reden über Probleme. Ich finde das Lösen von Problemen etwas Schreckliches, aber die Lösung an sich höre ich gern. Stimmt's, Edouard?«

»Das ist richtig, in der Tat.«

»Edouard ist außergewöhnlich intelligent«, sagte sie, während sie ihre Tasche öffnete und ein Zigarettenetui herausnahm, »er löst regelmäßig meine Probleme. Rauchst du?«

Nein, Paulina rauchte nicht. Edouard auch nicht, das wußte sie offenbar schon, denn sie bot ihm keine Zigarette an.

»Aber die Probleme des Herzens«, fuhr Eliane fort, »für die weiß auch Edouard keine Lösung.«

Sie drehte sich zur offenstehenden Tür um und rief: »François!« Schaute dann wieder zu Paulina und Edouard. »Ich dachte, ich hätte ihn kommen hören.«

Ja, er kam, mit seinem Tablett voll Champagnergläser, und sie nahmen sich alle drei ein Glas.

»Chin, chin«, Eliane trank. »Mein Problem ist, daß ich schon vor zehn Jahren mit dem Rauchen hätte aufhören müssen, vom Arzt aus, aber es gelingt mir nicht, eine Lösung dafür zu finden.«

»Es gibt nur eine Lösung«, sagte Edouard, »und die liegt auf der Hand: einfach damit aufhören.«

»Genau. Wenn vor hundert Jahren jemand nach Amerika fliegen wollte, gab es auch nur eine Lösung: einfach hinfliegen. Leider gab es keine Flugzeuge.«

An Paulina gewandt, sagte Edouard:

»Kennt ihr euch schon? Eliane und Pauline.«

Paulina wurde rot und stand sofort auf, das Glas noch in der Hand, aber Eliane sagte:

»So wird das nichts mit dem Kennenlernen.«

Das stimmte: Paulina überragte Eliane um so viel, daß sie von oben auf den riesigen Hut hinabschaute, der fast wie ein Kürbis zu ihren Füßen zu liegen schien. Von Elianes Gesicht konnte sie nichts sehen. Eliane, entmutigt, wagte nicht einmal, die Hand auszustrecken.

»Bitte setz dich wieder, Mädchen.«

Paulina gehorchte, und Eliane setzte sich neben sie auf die Couch, aber ungefähr einen Meter entfernt.

»Dieser Hut«, erklärte Eliane, »dient nicht dazu, die Leute auf Abstand zu halten, sondern um mich vor dem Regen zu schützen.«

Edouard streckte die Hand aus und sagte: »Ich spüre keinen Tropfen.«

»Nicht, daß es *hier* regnet, das hast du scharfsinnig erkannt. Aber hier sind viele Leute, die meinen Hut sehen und meine Erfindung bewundern sollen. Frauen machen viel zuwenig Erfindungen, und wenn es doch mal passiert, sind sie zu schüchtern, um es bekanntzumachen. Mein Hut ist die wichtigste Neuerung seit der Erfindung des Regenschirms. Er ist völlig wasserdicht. Mit so einem Hut auf dem Kopf kann man durch den Regen laufen und hat trotzdem beide Hände frei. Schau«, sagte sie, »dieses Band ...«, sie setzte den Hut ab und zeigte, daß darin ein Band versteckt war, »dieses Band kann man unterm Kinn festbinden, wenn es windig ist. Und diesen Schleier ...«, sie öffnete eine runde Schachtel, die an der Kopfbedeckung befestigt war und auf den ersten Blick ein Entwurfsdetail ohne praktischen Nutzen zu sein schien, »diesen Schleier ziehst du über den Hut und den Kopf. Unterm Kinn festbinden, dann kann der Wind nie unter den Hut fahren und die Krempe umschlagen, wie einem das immer mit den elenden Regenschirmen passiert.«

Sie breitete den Schleier aus, dessen Mittelpunkt am Boden der Schachtel befestigt war. Doch statt den Hut wieder aufzusetzen und zu zeigen, wie die Zipfel des Schleiers unterm Kinn gebunden werden mußten, verstaute sie den Schleier rasch wieder in der Schachtel.

»Ich führe es lieber nicht vor. Ständig Hüte auf- und absetzen, das bringt die Frisur ein wenig durcheinander, und das ist unverzeihlich, wenn es überhaupt nicht regnet.«

Sie stellte die Handtasche auf ihren Schoß und nahm eine Visitenkarte heraus, die sie Paulina gab.

»Wenn du Interesse hast, schau doch mal vorbei. Die meisten Modelle sind weiß wie dieses. Das paßt schließlich zu allem. Hüte in anderen Farben können auf Bestellung angefertigt werden. Die Schleier dagegen habe ich in jedem Ton vorrätig. Zu jedem Hut kannst du dir so viele Schleier kaufen, wie du möchtest, passend zur Garderobe. Den einen Tag setzt du den Hut mit einem roten, den anderen mit einem grünen Schleier auf. Bei Beerdigungen nimmst du natürlich einen schwarzen. An einem regnerischen Frühlingstag ist ein Schleier in Frühjahrsfarben richtig und im Herbst einer in herbstlichen Tönen.«

»Wirklich eine sehr praktische Erfindung«, gab Edouard zu.

»Wer würde das Gegenteil zu behaupten wagen? Aber die Schwierigkeit ist, daß ich in einem viel zu kleinen Rahmen arbeiten muß. Ich habe kein Betriebskapital, deshalb kann ich keine großen Lagerbestände vorrätig halten. Die Leute sind so ungeduldig. Wenn ich sage: Lieferzeit drei Monate, erwidern sie: Das wird dann bestimmt ein halbes Jahr dauern, und schon verlieren sie das Interesse. Aber du verstehst sicher, daß ich beim Werk einen ganzen Satz davon bestellen muß, mindestens ein Dutzend, sonst ist es unbezahlbar. Ich habe einen kleinen Betrieb im Marais, der sie für mich anfertigt. Wenn ich Kapital besäße, könnte ich Hunderte gleichzeitig herstellen lassen. Das würde den Preis senken, und ich könnte sie an die großen Kaufhäuser liefern. Erst dann würde es interessant. Meinst du nicht auch, Edouard?«

»Das ist die Frage«, sagte er. »Wenn alle mit so einem Hut herumlaufen würden, hätte er für viele Frauen den Reiz verloren. Du solltest besser exklusiv bleiben.«

»Das sagt er, weil er kein Geld hineinstecken will. Verstehst du, Pauline. Ich gebe diesem Mann die Gelegenheit, ein gutes Geschäft zu machen, aber er traut sich nicht. Später, wenn jemand anders mit ein bißchen mehr Mumm ein schönes Sümmchen daran verdient hat, wird er es bereuen.«

»Bereuen? Ich habe noch nie etwas bereut«, sagte Edouard, »aber ich habe mich auch noch nie in Abenteuer gestürzt, die ich später hätte bereuen können.«

»Hast du das gehört?« fragte Eliane. »Das ist sein unveränderliches Rezept für Leute, die Angst davor haben, etwas bereuen zu müssen.«

Sie trank einen Schluck Champagner.

»Puh! Jemand, der sich nie in ein Abenteuer stürzt, nur weil er es vielleicht bereuen könnte, hat keine Ahnung, was das Wort ›Abenteuer‹ bedeutet.«

Brüsk, als hätte sie es eilig, sich selbst in so ein Abenteuer zu stürzen, stand sie auf und ging. Das halb ausgetrunkene Glas ließ sie stehen.

»Diese Frau«, kommentierte Edouard, »versucht nicht zum erstenmal, mich davon zu überzeugen, daß es klug wäre, in ihren Huthandel zu investieren. Aber ich lasse lieber die Finger davon.«

Er hatte die Beine übereinandergeschlagen und ließ den Fuß wiederholt nach vorn schnellen, als müsse er eine ganze Reihe finanzieller Abenteuer Elianes wegkicken, oder auch, als stieße er ein Hündchen weg, das auf den Schoß genommen werden wollte. Doch plötzlich kam sein Bein wieder zur Ruhe.

45

»Guys. Darüber hat Großvater also mit dir geredet. Hängt es dir nicht zum Hals heraus?«

»Nein, im Gegenteil.«

»Vielleicht bist du sehr höflich, aber mir kannst du ehrlich sagen, was du darüber denkst.«

»Weil Guys *dir* zum Hals heraushängt? Ich habe ganz offen gesagt, was ich denke. Sobald ich Zeit dazu habe, werde ich mich auf eigene Faust weiter mit Guys beschäftigen. Das macht mich auch für deinen Großvater interessanter, hoffe ich. Ich kann doch nicht so tun, als ob ich hier eine Art Hotelgast wäre. Zuerst dachte ich, dein Großvater brauchte jemanden, der seine Papiere ordnet oder seine Sammlung katalogisiert. Etwas in der Art. Aber das kann ich mir nicht vorstellen: Alles, was er besitzt, ist schon geordnet, und sein Katalog ist vorbildlich, wie mir scheint. Ich wüßte nicht, was ich daran noch tun könnte. Und das wird er wohl auch nicht von mir erwartet haben.«

Sie versuchte Edouard anzuschauen, etwas in seiner Miene zu entdecken, aus dem sie schließen konnte, daß er schon einmal über ihr Problem nachgedacht oder daß man mit ihm darüber gesprochen hatte.

Er blickte angestrengt vor sich hin, ohne etwas zu erwidern. Wenn sie nun auch schwieg, würde die Atmosphäre unerträglich, und so versuchte sie mit dem Mut der Verzweiflung das wenige, was sie zu erzählen hatte, so weit wie möglich auszuspinnen.

»Ich habe mir schon den Kopf darüber zerbrochen, was nun eigentlich seine Absicht war. Ich traue mich nicht, ihn rundheraus zu fragen. Das hätte auch sehr dumm ausgesehen, vor allem, weil er mich an Tagen, an denen er sich gut fühlt, in sein Arbeitszimmer bittet ... und jedesmal zeigt er deutlich, wie angenehm ihm meine Gegenwart ist. Dann kann ich doch nicht so eine Frage stellen? Als ob ich ein Kompliment hören wollte! Also bin ich zu dem Schluß gelangt, daß es ihm darum geht, jemanden zu haben, mit dem er reden kann. Deine Großmutter hat er sein halbes Leben mit dem Gerede über Guys angeödet, das sagt sie jedenfalls selbst, auch wenn es wie ein Scherz klingen soll. Aber es ist natürlich die volle Wahrheit. Er kann ihr nichts Neues mehr über Guys erzählen. Ihre Gedanken sind längst bei anderen Dingen. Meinst du nicht auch?«

Edouard saß noch ebenso reglos da, ohne sie anzuschauen, und schwieg weiter.

»Ich habe also beschlossen, mein Bestes zu tun und eine würdige Gesprächspartnerin für ihn zu werden. Ich habe keine Ahnung, welchen Gefallen ich ihm sonst tun könnte, und ich kann seine Großzügigkeit nicht annehmen, ohne ein schlechtes Gewissen zu bekommen.«

Ihre Kehle war staubtrocken. Sie nahm das Champagnerglas und trank es aus. Wenn er nun immer noch nichts entgegnete, würde sie eben zur Gesellschaft zurückgehen. Sich am liebsten unbemerkt davonstehlen und in ihr Zimmer schlüpfen.

Doch noch ehe sie ihr Glas abgestellt hatte, begann Edouard:

»Guys. Er hat also mit dir über Guys geredet. Guys, sein Maler. Aber hat er auch schon von seinem Philosophen gesprochen?«

»Nein. Wen meinst du damit? Sein *Philosoph*?«

»Kennst du dich in der Philosophie ein wenig aus?«

»Nicht besonders. Es ist in unserem Land kein Schulfach wie in Frankreich.«

»Das ist beneidenswert. Darum sprechen Holländer drei Fremdsprachen. In unseren Schulen lernt man höchstens eine, und die noch schlecht. Manchmal auch zwei, aber dann beide *schrecklich* schlecht.

Ihr vergeudet also keine Zeit mit Philosophie. Hast du schon einmal von Kant gehört?«

»Gehört? Ja, natürlich. Der ist so berühmt ... Ich habe ihn nicht gelesen.«

»Ich auch nicht. Kein einziger französischer Schüler liest ihn. Aber man muß eine Menge Einzelheiten über seine philosophischen Ideen auswendig hersagen können. Kant. Mein Großvater hat Kant gelesen. Er liest jahrein, jahraus Kant. Nicht auf deutsch. In einem französischen Auswahlband. Der hat ihn zum Nachdenken gebracht. Um nicht zu sagen, zum Grübeln. Hat er darüber wirklich nicht mit dir gesprochen?«

»Nein.«

»Das wundert mich. Schau, es ist nicht das Gesamtwerk Kants, worüber er grübelt. Es ist ein Fragment, ein bestimmter Abschnitt über die Moral. So aus dem Kopf kann ich es dir nicht erklären. Warte! Ich hol mal rasch das Buch.«

46

Er blieb lange weg. Es kam auch niemand anders, um ihr Gesellschaft zu leisten. Erwartete er etwa, daß sie hier brav herumsaß und auf fünf Champagnergläser starrte? Auch wenn sie aufstehen und in einem anderen Raum mit diesem oder jenem plaudern würde, könnte er sie doch leicht wiederfinden?

Aber sie hatte eigentlich keine Lust, Gesellschaft zu suchen. Wenn er doch zurückkäme! Er war ihr sympathisch. Ihre Lüge bereute sie zutiefst. Was hätte sie sonst auf seine Frage antworten sollen? Nein, ich habe keinen Freund? Hätte es nicht so geklungen wie: Ich habe nur auf dich gewartet? Aber das war nicht das einzige, worüber sie sich Sorgen machte. Was kam nun wieder auf sie zu? Ein Gespräch über Kant? Warum war der General so sehr von Kant gefesselt, daß sein Enkel fragte: Hat er dich noch nicht darauf angesprochen?

Wüßte sie nur etwas mehr von Philosophie und von Kant! Aber das ist ein Thema, worüber ich nichts weiß und wofür ich mich nie interessiert habe.

Der einzige Philosoph, von dem sie überhaupt schon einmal einen Textabschnitt gelesen hatte, war Plato. In der Schule. Es ging mehr um das Griechische als um die Philosophie. Griechisch war so schwierig ... man hatte einfach keine Energie mehr, sich noch mit dem Inhalt zu beschäftigen, wenn man einen Text unter ungeheuren Anstrengungen übersetzt hatte, und das meist stümperhaft. Sokrates ... Immer ließ Plato Sokrates das Wort führen. Die einzige Äußerung von Sokrates, an die sie sich erinnerte, war: »Wir schulden dem Asklepios einen Hahn.« Stand das bei Plato?

Hatte sie das selbst bei Plato gelesen? Sie wußte es nicht genau, nur, daß Sokrates es sagte, nachdem er den Giftbecher getrunken hatte, und daß er damit meinte: Gleich bin ich tot und genesen von der Krankheit, die Leben heißt, also muß Asklepios, dem Gott der Heilkunde, ein Opfer dargebracht werden, weil er mich für immer geheilt hat. – Wahrscheinlich hatte ein Lehrer dies erzählt.

Ist das Leben eine Krankheit? Aber dann wäre der Tod Gesundheit. Was für ein Gefasel. Tot sein konnte man immer noch. Milliarden Jahre vor der Geburt ist man auch nicht auf der Welt gewesen und folglich die ganze Zeit kerngesund. Milliarden Jahre nach dem Tod ist man ebensowenig auf der Welt, also nicht weniger gesund. Eine Welt, in der jeder tot ist? Die gesündeste aller denkbaren Welten. Vielleicht, wenn bald ein Krieg ausbräche und innerhalb von fünf Minuten tausend Atombomben explodierten … Könnte sie das noch erleben? Wenn sie zumindest nicht gleich in der ersten Minute weggeblasen würde …

Die Zeit verging, Edouard war immer noch nicht zurückgekommen, aber warum sollte sie deshalb unruhig werden? Er mußte ins zweite Stockwerk hinuntergehen und im Arbeitszimmer des Generals nach dem Buch suchen. Vielleicht lag es nicht in Reichweite. Oder er war unterwegs angesprochen worden und konnte die Leute nicht gleich wieder abschütteln. Aber würde er nicht meinen, sie sei nicht ganz bei Trost, wenn er wüßte, daß sie hier so ergeben auf ihn wartete?

47

Paulina blieb auf der Couch sitzen, als klebte sie daran fest. Obwohl ihre Kehle staubtrocken war, konnte sie sich nicht einmal dazu aufraffen, im Gang nachzuschauen, ob vielleicht François mit dem Champagner vorbeikam.

Edouard hatte die Tür hinter sich geschlossen. Es war eine gepolsterte, mit Leder bezogene Tür. Große Polsternägel fixierten ein dünnes Lederpolster an der Türfläche. Eine schalldämpfende Schicht. So konnte Armand in tiefster Stille Gedichte schreiben … Paulina spitzte die Ohren: keine Stimme, kein Geräusch drang bis zu ihr. Sie hatte keine Ahnung, wo dieses Zimmer eigentlich lag, ob zur Straße oder zum Innenhof. Wahrscheinlich waren die Fenster doppelt verglast, aber ob diese Vermutung stimmte, konnte sie nicht überprüfen, denn sie verbargen sich hinter Vorhängen aus schwarzem Samt, auf dem mit Goldfaden geometrische Figuren aufgestickt waren: Kreise, geschnitten von Dreiecken und konvergierenden Linien. Sie stand auf, traute sich aber nicht, hinter die Vorhänge zu schauen. Nicht einmal eine Uhr hörte sie ticken. Der Sekundenzeiger der Uhr auf dem Schreibtisch bewegte sich geräuschlos. Und plötzlich fragte sie sich, ob Edouard sie vielleicht eingeschlossen hatte. Als Strafe für ihre Lüge, die er durchschaut hatte … Wenn sie schreien würde, könnte es niemand hören. Aber sie wußte sich zu beherrschen und faßte nicht an die Türklinke. Zum Glück, denn plötzlich trat Edouard ein, mit einem in Leder gebundenen Buch vom Format eines Lexikonbandes.

»Das ist eine Schlepperei!«

Sie ging zurück zur Couch, er setzte sich wieder neben

sie und schlug das Buch an einer Stelle auf, wo ein prachtvolles smaragdgrünes Lesebändchen lag.

»Ich lese es dir vor.«

Und er begann vorzulesen, aber so schnell und undeutlich, daß sie fast nichts verstehen konnte.

»Ach, das hier ist auch nicht wichtig«, unterbrach er sich schon bald, »dieser erste Satz besteht aus … mal schaun … dreizehn Zeilen. Da kommt man einfach nicht durch. Wenn man am Ende angelangt ist, weiß man nicht mehr, was am Anfang stand. Aber jetzt kommt's, der Fall, über den mein Großvater ständig nachdenkt.«

Er neigte den Kopf über das Buch und las, jetzt deutlich und nicht allzu schnell, laut vor:

»Es sei z.B. der Fall: daß jemand ein anvertrautes fremdes Gut *(depositum)* in Händen habe, dessen Eigentümer tot ist, und daß die Erben desselben davon nichts wissen, noch je etwas erfahren können. Man trage diesen Fall selbst einem Kinde von etwa acht oder neun Jahren vor, und zugleich, daß der Inhaber dieses Depositums (ohne sein Verschulden) gerade um diese Zeit in gänzlichen Verfall seiner Glücksumstände geraten, eine traurige, durch Mangel niedergedrückte Familie von Frau und Kindern um sich sehe, aus welcher Not er sich augenblicklich ziehen würde, wenn er jenes Pfand sich zueignete; zugleich sei er Menschenfreund und wohltätig, jene Erben aber reich, lieblos und dabei im höchsten Grad üppig und verschwenderisch, so daß es ebensogut wäre, als ob dieser Zusatz zu ihrem Vermögen ins Meer geworfen würde. Und nun frage man, ob es unter diesen Umständen für erlaubt gehalten werden könne, dieses Depositum in eigenem Nutzen zu verwenden. Ohne Zweifel wird der Befragte antworten: Nein! und statt aller Gründe nur bloß sagen können: *es ist unrecht*, d.i. es widerstreitet der Pflicht. Nichts ist klarer als dieses; aber wahrlich nichts so: daß er seine eigene *Glückseligkeit* durch die Herausgabe bevördere. Denn wenn er von der Absicht auf die letztere die Bestimmung seiner Entschließung erwartete, so könnte er z. B. so denken: ›Gibst du das bei dir befindliche fremde Gut unaufgefordert den wahren Eigentümern hin, so werden sie dich vermutlich für deine Ehrlichkeit belohnen; oder geschieht das nicht, so wirst du dir einen ausgebreiteten guten Ruf, der dir sehr einträglich werden kann, erwerben. Aber alles dieses ist sehr ungewiß. Hingegen treten freilich auch manche Bedenklichkeiten ein: Wenn du das Anvertraute unterschlagen wolltest, um dich auf einmal aus deinen bedrängten Umständen zu ziehen, so würdest du, wenn du geschwinden Gebrauch davon machtest, Verdacht auf dich ziehen, wie und durch welche Wege du so bald zu einer Verbesserung deiner Umstände gekommen wärest; wolltest du aber damit langsam zu Werke gehen, so würde die Not mittlerweile so hoch steigen, daß ihr gar nicht mehr abzuhelfen wäre.‹ – Der Wille also nach der Maxime der Glückseligkeit schwankt zwischen seinen Triebfedern, was er beschließen solle; denn er sieht auf den Erfolg, und der ist sehr ungewiß; es erfordert einen guten Kopf, um sich aus dem Gedränge von Gründen und Gegengründen herauszuwickeln und sich in der Zusammenrechnung nicht zu betrügen. Dagegen wenn er sich fragt, was hier Pflicht sei: so ist er über die sich selbst zu gebende Antwort gar nicht verlegen, sondern auf der Stelle gewiß, was er zu tun habe. Ja, er fühlt sogar, wenn der Begriff von Pflicht bei ihm etwas gilt, einen Abscheu, sich auch nur auf den Überschlag von Vorteilen, die ihm aus ihrer Übertretung erwachsen könnten, einzulassen, gleich als ob er hier noch die Wahl habe.«

Edouard legte das grüne Bändchen zwischen die Seiten und schlug das Buch zu.

»Befindet sich dein Großvater denn in Not?« fragte Paulina.

»Das ist völlig unmöglich, nein, wirklich absolut unvorstellbar.«

»Bewahrt er denn etwas auf, was jemand anderem gehört?«

»Genau. Er hat, wie in dem Fall, den Kant beschreibt, ein gewisses Kapital in seiner Obhut. Die Besitzer sind längst tot und hatten keine Kinder. Mein Großvater hat das Geld nicht den Erben übergeben. Er hatte dafür gute Gründe. Diese Erben, entfernte Verwandte, haben nicht die leiseste Ahnung, daß das Geld noch da ist, vielleicht wußten sie auch gar nichts von seiner Existenz. Sie sind übrigens nicht frivol oder verschwenderisch, jedenfalls ist uns so etwas nicht bekannt. Sie leben nicht in Frankreich. Es sind Ausländer. Mehr wissen wir nicht von ihnen.«

»Warum nicht?«

»Ja, danach mußt du mal fragen, wenn Großvater selbst davon anfängt. Lange wird es nicht mehr dauern, bis es dazu kommt. Am besten tust du dann so, als hörtest du zum erstenmal davon. Sag ihm nicht, daß ich dich vorbereitet habe. Versprichst du mir das?«

»Das verspreche ich, aber ich verstehe nicht, warum du davon angefangen hast, wenn ich dann so tun soll, als hätten wir nie darüber geredet.«

»Der Grund, warum ich mit dir darüber geredet habe, ist einfach dieser: Ich bin mitschuldig daran. Schau, als Großvater dieses Geld in die Hände bekam, war es zwar eine stattliche Summe, aber längst nicht so viel wie jetzt. Einen Koffer voller Banknoten bekam er, Banknoten und Wertpapiere. Nun hätte er diesen Koffer irgendwo deponieren können, in einem Banksafe oder so, bis der ursprüngliche Besitzer ihn wieder abholen würde. Aber das war für Großvater nicht die richtige Art, sich darum zu kümmern. Und darin hatte er recht. Wenn er den Koffer unberührt und den Inhalt so, wie er war, gelassen hätte, wäre das Geld so gut wie wertlos geworden. Es geschah im Krieg, und die Banknoten, die ursprünglich im Koffer waren, sind schon lange ungültig. Die Wertpapiere übrigens auch. Mein Großvater sah das voraus und fühlte sich deshalb verpflichtet, dafür zu sorgen, daß der Inhalt des Koffers seinen Wert nicht verlor. Mit anderen Worten, er hat die Banknoten, bevor sie verfielen, in andere Kapitalanlagen umgewandelt. Das ist ihm sehr gut gelungen, auch wenn es heimlich geschehen mußte, natürlich, denn er ... denn er hätte den Herren in der Bank von Frankreich nicht erzählen können, woher das ganze Geld stammte. Was er tat: das Geld insgeheim einwechseln, war strafbar, höchst strafbar. Es ist noch immer strafbar, glaube ich, oder nein, ich glaube nicht. Die Straftat wird nun wohl verjährt sein. Aber gut, um der Pflicht willen, die nach Kant so selbstverständlich ist, machte Großvater sich einer Straftat schuldig. Das sind Komplikationen, die der gute Kant nicht berücksichtigen konnte. In jener Zeit mischte sich der Staat erheblich weniger ein.

Eine Erscheinung, die zu Kants Zeiten auch noch nicht existierte, zumindest nicht in dem Maß, in dem wir sie kennen, ist die Inflation. Großvater war längst nicht davon überzeugt, seine Pflicht nach bestem Wissen und Gewissen erfüllt zu haben, als er die Banknoten und Wertpapiere, kurz bevor sie ihren Wert verloren, in andere umgetauscht hatte. Auch diese konnte er nicht unbesorgt in einem Koffer liegenlassen, bis der wahre Besitzer sie abholen würde. Wie ich schon sagte: Es war zwar ein hübsches Sümmchen, aber hätte er weiter nichts damit gemacht, wäre es heute, aufgrund der ständig voranschreitenden Geldentwertung, zu einem Betrag von Null geschrumpft. Das wußte Großvater sehr gut. Er hat das ganze Geld von neuem angelegt. Und jetzt komme ich zu dem Grund, warum ich mit dir darüber rede. Oder errätst du ihn schon?«

»Nein. Von Geld verstehe ich nichts.«

»In den letzten fünf Jahren war ich derjenige, der diese Transaktionen für ihn in die Hand genommen hat.«

48

Wertpapiere. Kapitalanlagen.

Über solche Themen wurde bei Paulina zu Hause nie ernsthaft gesprochen. Ihre Eltern besaßen so gut wie nichts, was Wertschwankungen unterworfen war. Ihr Häuschen in Lot-et-Garonne? ... Ihr Vater pflegte mitunter zu bemerken, daß er, würde er es jetzt verkaufen, viel mehr dafür bekäme, als er vor zwanzig Jahren bezahlt habe. Aber darauf folgte dann unweigerlich der Kommentar, daß es sehr schwierig sei, zu berechnen, wieviel er netto daran verdienen würde, denn gleichzeitig sei ja auch die Kaufkraft des Geldes viel geringer geworden. Kurzum, was tue es schon zur Sache, sagte er, er habe noch lange nicht die Absicht, sein Häuschen zu verkaufen. Wahrscheinlich verkaufte er es nie. Da er eine ordentliche Pension in Aussicht hatte, war er auf den Verkaufserlös nicht angewiesen. Sie würden sich noch jahrelang daran erfreuen können: seine Kinder, später vielleicht seine Enkel. Außerdem besaßen ihre Eltern, wie Paulina wußte, mehrere Sparbücher, doch die genaue Summe der Ersparnisse war ihr unbekannt. Sehr hoch war sie auf keinen Fall, was auch nur gut war. Faktisch verlor so ein Sparguthaben jedes Jahr etwas an Wert, weil die Inflationsrate höher war als die Zinsen. Aber auch darüber machten sich Paulinas Eltern kaum Sorgen. In der alten Zeit war das Guthaben auf dem Sparbuch der Notgroschen. So nannten die Leute das. Der moderne Beamte geriet nicht in Not. Der war durch Pflichtversicherungen gegen alles gewappnet: Krankheit, Unfälle, Arbeitslosigkeit, Erwerbsunfähigkeit. Und wenn er sich einmal etwas Extravagantes leisten wollte, war auch das kein Problem. Man bekam alles auf Kredit, vor allem, wenn man ein festes

Einkommen hatte. Aber auch von Kreditkäufen war bei Paulina zu Hause nie die Rede. Ihre Eltern besaßen ein kleines Auto, das sie bar bezahlt hatten. Ansonsten kein Luxus. Die Sparbücher wurden nie angerührt. Ihr Vater, ein noch ziemlich altmodischer Mann, vertrat, wenn es im Familienkreis um das Thema Geld ging, entsprechend altmodische Ansichten. Banken, erklärte er jedesmal, seien gefährliche Institute. Statt sein Geld in Aktien anzulegen, könne man es gleich aus dem Fenster werfen, und Spekulanten würden ihren verdienten Lohn erhalten. Spekulieren liefe stets auf Verlust hinaus, wie Roulettespiel.

Paulina, die sich für Geld überhaupt nicht interessierte, hatte über die Äußerungen ihres Vaters nie nachgedacht und auch nie daran gezweifelt, daß seine Auffassungen die letzte und einzige Weisheit auf diesem Gebiet waren.

Und ehe sie die Gelegenheit bekam, sich über ihre eigene Kühnheit zu wundern, sagte sie denn auch zu Edouard:

»Ich kann mir schon denken, was du sagen willst. An der Börse ist es schiefgegangen. Stimmt's?«

»Schiefgegangen?«

Edouard mußte herzhaft lachen.

»Genau umgekehrt. Das Kapital ist derzeit sechsmal so groß wie vor fünf Jahren, als ich es in die Hände bekam. Und du mußt auch noch bedenken, daß es damals, als Großvater mir die Verwaltung anvertraute, bereits gut zweimal soviel wie 1942 wert war, als es ihm anvertraut wurde, umgerechnet zu den heutigen Kursen natürlich.«

»Also im Augenblick ist es zwölfmal soviel wert?«

Paulina machte große Augen. Hatte ihr Vater unrecht? War die Börse doch nicht für jedermann ein Ort des Verderbens, konnte man mit Spekulieren reich werden, wenn man etwas davon verstand?

»Zwölfmal soviel. Ja, in der Größenordnung.«

Edouard, der sie beim Reden die ganze Zeit angeschaut hatte, richtete nun den Blick auf den Bücherschrank an der gegenüberliegenden Wand.

»Ein Glück«, stammelte Paulina, »ich hatte schon Angst, du würdest mir etwas Schlimmes erzählen.«

»Schlimm ist nicht das richtige Wort, aber angenehm ist es auch nicht gerade.«

Er strich sich mit der linken Hand übers Haar.

»Ich lasse mal kurz außer Betracht, daß die Erben faktisch kein Recht auf mehr als ein Zwölftel dessen haben, was ihr Depositum heute wert ist. Sie könnten höchstens Zinsen verlangen für die zweiundvierzig Jahre, die es bei uns hinterlegt war. Aber selbst das scheint mir noch fraglich. Es war ja nie als Darlehen gedacht. Der Mann hat es uns ohne Auflagen anvertraut, unter der einzigen Bedingung, daß er es später zurückbekommen würde. Es war nicht einmal vereinbart, daß mein Großvater es tatsächlich verwalten, also dafür sorgen sollte, daß es seinen ursprünglichen Wert behielt. Wenn Großvater sich nicht darum gekümmert hätte, könnten sie nun einen alten Koffer voller Papier zurückbekommen, den sie gleich neben den Mülleimer auf die Straße stellen könnten.

Faktisch können sie also auch keine Zinsen verlangen, finde ich, vielleicht wären sie im Gegenteil sogar eher dazu verpflichtet, uns eine Art Kommission zu zahlen, weil wir ihr Geld vor Entwertung geschützt haben. Aber die Menschen sind undankbar. Ich glaube keinen Augenblick, daß sie auch so darüber denken würden. Nein, sobald sie wissen, daß das Geld noch vorhanden ist und die ganze Zeit von uns aufbewahrt wurde, werden sie auf die Idee kommen, Zinsen zu verlangen, und alles, was es mehr wert ist, als es 1942 war – zwölfhundert Prozent also nach meiner Schätzung –, werden sie auch fordern, wenn sie mit einem Anwalt darüber geredet haben. Denn ihr Erblasser hat meinem Großvater ja weder die Erlaubnis noch den Auftrag gegeben, mit dem Geld zu arbeiten.«

»Würden sie so undankbar sein?«

»Dankbarkeit ist kein Faktor mehr, wenn es um große Summen geht.«

»Aber aus Angst vor Undankbarkeit brauchst du dir doch nicht den Kopf zu zerbrechen, ob die Erben benachteiligt werden, wenn sie das Geld ohne die Wertsteigerung zurückerhalten? Ihr Gewissen muß dann eben entscheiden, wie sie darauf reagieren.«

»Sie werden vor Gericht gehen, da bin ich mir sicher. Während mein Großvater ein schlechtes Gewissen hat, weil er nichts sagt und das Geld dem Anschein nach unterschlägt, hätte ich ein noch viel schlechteres Gewissen, wenn ich es samt Zinsen und Wertsteigerung ausbezahlen würde.«

»Warum wagst du nicht den Versuch und gibst ihnen einfach die ursprüngliche Summe, berechnet auf den heutigen Wert, zurück? Dann kannst du immer noch abwarten, was passiert.«

»Das brauche ich nicht abzuwarten. Das weiß ich auch so.«

»Aber dann wäre das Gewissen deines Großvaters beschwichtigt.«

»Sein Gewissen beschwichtigt ... aber es würde ihn nicht vor allerlei Ärger bewahren. Der Mann aus der Geschichte von Kant hatte es sehr viel leichter. Denn wenn er das Geld behielte und ausgäbe, würde sich seine Umgebung fragen: Wieso ist er plötzlich so reich? Da muß doch etwas faul sein. Und dann müßte er vielleicht zugeben, daß er einen Fehler begangen hat. Er würde auch vor Angst kein Auge mehr zutun. Und wenn er das Geld klammheimlich irgendwo verstecken würde, hätte er nichts davon. Also ist das Fazit, daß es am besten ist, wenn er es zurückgibt. Aber diese beiden Möglichkeiten, die beiden Nachteile des Unehrlich-Seins, spielen in unserem Fall keine Rolle. Mein Großvater ist nicht knapp bei Kasse. Er kann sich alles erlauben, ohne dieses Geld anzurühren. Es würde also kein Aufsehen erregen und Mißtrauen wecken, wenn er es in auffälliger Weise ausgeben würde. Geld ausgeben ist etwas, was er seit jeher macht. Üppiger leben, als er jetzt lebt, kann er eigentlich schon nicht mehr, danach hat niemand von uns ein Bedürfnis. Deshalb haben wir das Geld nicht nötig.«

»Also kein einziger Vorteil, wenn ihr das Geld nicht zurückgebt.«

»Nein. Aber ein Haufen Nachteile, wenn wir es den Erben schicken. Das gibt Scherereien, das weiß ich genau. Und ich hasse Prozesse.«

»Aber du wirst doch wohl einen guten Anwalt finden können, dem du das alles überlassen kannst?«

Diesen Satz hatte sie einmal irgendwo gelesen oder gehört. Über Anwälte hatte sie sich bisher nie Gedanken gemacht.

»Vielleicht«, sagte Edouard, als sei ihm dieser Gedanke noch nie gekommen. »Leider hat die Sache zudem eine ganz andere, vielleicht noch viel unangenehmere Seite.«

»Welche denn?«

»Bis vor zwei Jahren gab es in Frankreich keine Vermögenssteuer. Das hat sich geändert, als die Sozialisten an die Macht kamen. Eine ihrer ersten Handlungen war es, die Besitzer großer Vermögen zu verpflichten, ihr Geld dem Finanzamt zu melden und jedes Jahr entsprechend Steuern dafür zu zahlen. Hoffentlich kannst du verstehen, daß wir dieses Geld, praktisch das Eigentum anderer, nicht angegeben haben. Was geschieht nun, wenn wir es auszahlen? Dann kommt der Fiskus dahinter und wird sich fragen, wieviel er davon in seine Taschen stecken kann, nicht nur an rückständiger Vermögenssteuer und an Bußgeldern, sondern auch an Erbschaftssteuer.«

Edouard hatte kaum geendet, als sich die Tür öffnete und Jacqueline eintrat.

49

Als das Fest vorbei war – sehr spät war es nicht geworden, geschweige denn, aufregend –, dachte Paulina noch eine Weile über Edouards seltsame Geschichte nach. Was hatte sie mit dem Geld der Familie zu schaffen? Warum hatte er ihr diese Geschichte auf die Nase gebunden? Und sie fand darauf nur eine Antwort: weil Edouard, und die anderen natürlich auch, ihr vertrauten. Und das war eine überwältigend große Ehre.

Jacqueline hatte sie weggelotst.

»Ich merke schon, daß ihr euch phantastisch unterhaltet. Aber Edouard darf dich nicht den ganzen Abend in Beschlag nehmen. Es wimmelt hier noch von Leuten, die darauf brennen, dich kennenzulernen. Komm.«

Paulina stand auf und ging mit ihr.

»Du findest es doch nicht schlimm?« fragte Jacqueline. »Du brauchst keine Angst zu haben, daß du Edouard nicht mehr wiedersehen wirst, glaub mir. War es ein spannendes Gespräch? Wenn er in Form ist, kann er Dinge erzählen, bei denen man mit offenem Mund zuhört.« Sie drückte sich auffallend kraftvoll und auch sehr emotional aus, war jedoch nicht betrunken. Und fast eher noch wie ein Befehl und nicht wie eine Meinung klang es, als sie sagte:

»Ich bin mir sicher, daß ihr schon bald die besten Freunde sein werdet.«

»Soweit sie das noch nicht sind«, das war Armand, dem sie in diesem Augenblick begegneten. »Bonsoir«, fuhr er fort, ein großes Glas Wodka in der Hand und mit Augen, an denen deutlich zu sehen war, daß er das Glas schon mehrmals nachgefüllt hatte.

»Die besten Freunde«, sagte er langsam, »so muß das auch sein. Wer hätte etwas anderes gedacht.«

Jacqueline zog Paulina leicht am Arm.

»Komm, laß uns weitergehen. Er träumt. Morgen schließe ich den Alkohol weg, dann muß er endlich anfangen zu arbeiten. Findest du die Einrichtung seines neuen Zimmers nicht auch wunderschön?«

Auf diese Weise plaudernd, hatte Jacqueline sie zu einigen anderen Leuten geführt und machte sie miteinander bekannt. Die Namen konnte Paulina sich nicht merken, meist nicht mal genau verstehen.

Aber auf jeden Fall war Paulina nicht entgangen, wie ungemein froh Jacqueline darüber gewesen war, daß Edouard sich so lange mit ihr unterhalten hatte. Welche Schlußfolgerungen sie daraus zog, hatte Jacqueline natürlich verschwiegen. So verrückt war sie offenbar doch nicht.

Habe ich zu viel Phantasie, dachte Paulina, wenn ich denke, daß ich für ihr Gefühl Edouard sozusagen schon mein Jawort gegeben habe? Aber wenn sie diese Gefühle nicht beizeiten zügelt, kann ich ihr jetzt schon sagen, daß daraus nichts wird.

Was bildeten sich diese Leute eigentlich ein?

Edouard schien ihr sehr nett zu sein. Aber ein Mann, der sich für nichts anderes als für Geld interessierte, kam schon gar nicht in Frage, davon abgesehen, daß sie nie im Leben heiraten wollte. Einmal angenommen, sie würde trotzdem heiraten. Dann jedenfalls einen Mann, den sie nicht nur nett fand, sondern der sich auch für Kunst interessierte. Einen Mann, mit dem zusammen sie schöne Bücher schreiben könnte. Ja, das war eigentlich ihr Ideal, und verheiratet brauchte sie mit so einem Mann gar nicht zu sein. Ein Buch über das Werk von Guys, wer weiß. Darüber war noch so wenig bekannt. Der Enkel des größten Guys-Sammlers. Zusammen mit ihm dieses Buch schreiben. Leider schien es ihr unmöglich, daß Edouard den Maler jemals liebgewinnen und, zumal er reich genug war, den

Aktienhandel gegen die Kunstgeschichte tauschen würde. Wie schade …

Es machte sie ein bißchen traurig. Sie hätte gern anders darüber gedacht. Und Jacqueline hatte sich genug in die Karten schauen lassen. Was Paulina in nächster Zukunft bevorstand, war kein Rätsel: ständig kleine Winke, was für ein liebenswürdiger junger Mann Edouard doch sei. Er würde keine Gelegenheit ungenutzt lassen – jedenfalls, wenn er so dachte wie seine Mutter –, ihre Gesellschaft zu suchen. Die Chance, in eine steinreiche Familie einzuheiraten, lag offenbar zum Greifen nah. Wie neidisch würde wohl jemand wie Ada Langmuur sein, wenn sie das hörte! Aber gerade, daß Paulina dafür überhaupt nichts zu tun brauchte, als sich gehenzulassen, widerstrebte ihr. Es tat ihr leid. Alle waren ihr wohlgesinnt: die Familie, Edouard selbst wahrscheinlich auch. Wie unerquicklich würde es für sie sein, ihn ständig auf Distanz halten zu müssen, obwohl sie doch im Grunde so allein war. Die bedeutendste Konsequenz aus den Versuchen, ihn auf Distanz zu halten, würde natürlich sein, daß die Familie sich noch mehr ins Zeug legt, um sie beide zusammenzubringen. Wie leicht könnte das auf einen furchtbaren Knall hinauslaufen, ein trübseliges Ende ihres Aufenthaltes, der so märchenhaft begonnen hatte.

50

Als sie zwei Tage darauf ins Arbeitszimmer des Generals gerufen wurde, fand sie zum Glück doch einen Grund für die Annahme, daß Edouard ihr die komplizierte Erbgeschichte nicht nur erzählt hatte, um sie zu unterhalten und in ihrer Nähe bleiben zu können – oder um sie sogar schon ein wenig in die Familiengeheimnisse einzuweihen, im Hinblick auf später.

Der General begann diesmal von etwas anderem als von Guys, Kutschen, Pferden und Frauen von Welt.

»Den Krieg«, sagte er, »den Krieg hast du natürlich nicht miterlebt. Weißt du etwas darüber?« Seine Stimme klang ungeduldig.

Paulina schüttelte bedächtig den Kopf. Der alte Mann hatte ihr diese Frage schon einmal gestellt. Ach, ihre Antwort hatte ihn wohl nicht interessiert, oder er hatte sie schon wieder vergessen. Sie nahm es ihm nicht übel und entschloß sich, es ihm noch einmal höflich zu erklären.

»Als ich geboren wurde, war der Krieg schon seit zwanzig Jahren vorbei. Meine Eltern reden manchmal darüber. Andere ältere Leute habe ich auch oft darüber reden hören. Aber wenn man mit älteren Menschen über den Krieg redet, macht es einen Riesenunterschied, *wie* alt sie genau waren in jener Zeit. Meine Mutter war 1945 ungefähr zehn, mein Vater zwölf. Er hat einen Bruder, der fünfzehn Jahre älter ist, und wenn man dem zuhört ... Der ...«

Während sie eifrig Konversation betrieb, legte der General seine Hände auf die Armlehnen des Sessels und umklammerte sie mit solcher Kraft, daß das Blut aus seinen Fingergelenken wich. Das konnte bedeuten, daß er nachdachte, wahrscheinlicher aber war es, daß er sich langweilte, wenn er selbst nicht das Wort führte. Wiederholt hob er die Hände und legte sie dann wieder um die Lehnen, als müsse er sich beherrschen, nicht drohend hochzufahren.

Vermutlich war er nie ein Mann gewesen, der anderen gern zuhörte. Nun, da es um den Krieg ging, ein Gebiet, auf dem er wie kein anderer als sachkundig gelten mußte, war es selbstverständlich, daß es ihn nicht besonders interessierte, was eine Neunzehnjährige viele Jahre später darüber zu sagen hatte. Aber er hatte sie danach gefragt, er blieb höflich.

»War dein Onkel Soldat?« fragte er.

»Nein.«

»Kein Soldat? War er denn im Widerstand?«

»Auch nicht. Der Widerstand ...«

Er ließ sie nicht ausreden.

»Die Kriegserfahrungen der kleinen Länder sind himmelweit verschieden von dem, was Krieg für die großen bedeutete. Und das wiederum läßt sich kaum mit den Erfahrungen des allergrößten Kriegsteilnehmers vergleichen, der USA.

Ein kleines Land, dem es mit bestem Willen, einer mustergültig ausgebildeten Armee und denkbar schwerster Bewaffnung trotzdem nie gelungen wäre, die Deutschen länger als ein paar Wochen von einer Invasion abzuhalten, läßt sich im Grunde nicht mit Frankreich vergleichen, einem Land, das ebenso groß war wie Deutschland und zu Beginn des Krieges eine fast ebenso starke Armee hatte. Aber der Geist in unserer Armee war schlecht und die Leitung noch schlechter. Den größten Teil unserer Panzer konnten wir nicht einmal ins Kampfgebiet bringen.«

Während er sich Frankreichs Niederlage von 1940 wieder vergegenwärtigte, wurde seine Stimme immer lauter.

»Die Bevölkerung geriet in Panik. Schon bevor Hitler begann, hatte er sich sozusagen den Ruf erworben, unbesiegbar zu sein. Die Franzosen glaubten alles, weil sie gesehen hatten, daß es ihren Regierungen, einer nach der anderen, nicht gelang, selbst einfache Probleme in den Griff zu bekommen. Wir hatten den Krieg bereits verloren, bevor wir Deutschland den Krieg erklärt hatten. 1938 haben wir angefangen, Hitlers Großsprecherei zu erliegen. Mussolini hatte zwar auch einen großen Mund, aber er repräsentierte ein Land, das sich nie durch Kriege ausgezeichnet hatte wie Deutschland. Oder besser gesagt ... Hitlers *Großsprecherei*? Wahrscheinlich unterlagen wir eher noch seinem Fanatismus. Wir wußten, daß ein Land, das Krieg führen wollte, einen Anführer haben mußte wie Hitler, der aus seiner Mordgier und seiner Gewaltvergötterung kein Geheimnis machte. So einen Anführer hatte keiner von Hitlers Gegnern. Wir hörten Ansprachen von Herren in schwarzen Jacketts, die mit Leichenbittermienen verkündeten, daß sie auf keinen Fall Krieg wollten. Daß Krieg etwas Schlechtes sei und jeder Centime, der für die Armee ausgegeben würde, Verschwendung bedeute. Als wir dann schließlich Hitler doch den Krieg erklären mußten, taten wir das in einem Ton, in dem man einem frechen kleinen Jungen mitteilt, daß er es nun aber zu bunt getrieben hat und jetzt wirklich einmal zur Strafe ohne Essen ins Bett muß.

Aber Hitler war kein kleiner Junge, und im Innern spürten wir, daß wir nicht kämpfen wollten und daß uns das ehrte.«

Er redete nun nicht mehr, er schrie. Es schien fast, als entlade er seine Wut auf Paulina. Dunkelrote Flecken zeigten sich in seinem Gesicht, das sonst so weiß war wie der Bauch einer gekochten Scholle.

»Warum haben wir Deutschland dann doch den Krieg erklärt, obwohl niemand glaubte, daß wir ihn gewinnen könnten? Die Antwort auf diese Frage ist viel einfacher, als es auf den ersten Blick scheinen mag. Der Grund war, daß die große Mehrheit des französischen Volkes überhaupt keinen Krieg führen wollte, nie mehr. Was keiner begriff, ist, daß ein Volk in einem bestimmten Augenblick nichts mehr zu entscheiden oder zu wollen hat. Die Demagogen waren blind für die Tatsache, daß in dem Augenblick, in dem Deutschland aggressiv werden sollte (und Hitler hat jeden Zweifel daran zerstreut, daß es soweit kommen würde), Frankreich zum Kampf gezwungen wäre, so wie wir 1914 und 1870 zum Kampf gezwungen waren. Kein Pazifist konnte das verstehen.

Es war undenkbar, daß wir uns widerstandslos ergeben würden. Das konnte man von einem Land wie Frankreich nun mal nicht erwarten, weil es im Widerspruch zum Geist unserer Geschichte stand! Aber was ist dieser Geist unserer Geschichte eigentlich? Er ist das Resultat unserer Position inmitten der anderen Länder Europas und unserer Bindung an unsere Vergangenheit als größte europäische Nation. Dann widerstandslos in die Knie gehen, vor den Preußen, die uns auf keinem einzigen Gebiet, nicht mal auf militärischem, Lektionen zu erteilen brauchen? Nein, nein! Nie! Niemals! Nur ihre Organisation war besser, war schon immer die bessere gewesen, seit Friedrich dem Großen. Ihr Korpsgeist und ihr Gehorsam waren stärker. Wenn es um die Ziele ging, die sie verfolgte, war diese Nation homogener, aber gerade deshalb waren ihre Bürger uns auf allen anderen Gebieten unterlegen. Nur der Mangel an Eigenständigkeit und Eigeninitiative machte es möglich, daß sie sich so geschlossen formierten. Ein Vorteil. Auf lange Sicht freilich kein Vorteil mehr, wenn man nicht weiß, was man mit dieser Geschlossenheit anfangen soll, da man keine Ideen hat und einfach nur weiterrennt, immer in eine Richtung, bis man den Krieg schließlich doch noch verliert.

Aber die Deutschen waren 1945 seelisch, oder vielleicht sollte man besser sagen mental, viel besser dran als wir, nachdem wir im Juni 1940 gezwungenermaßen um einen Waffenstillstand gebeten hatten.

Die Alliierten haben 1945 die Deutschen nicht so behandelt wie die Deutschen jene Länder, die sie besetzt hatten.«

Ein Hustenanfall machte seinem Redefluß ein Ende. Ununterbrochen hustend, zog er ein großes weißes Taschentuch hervor und hielt es sich an den Mund.

»Soll ich Ihnen ein Glas Wasser holen?« murmelte Paulina.

Er schüttelte den Kopf. Es schien, als habe ihre Frage ihn in Panik versetzt. Hastig steckte er das Taschentuch wieder ein und holte mehrmals tief Luft. Etwas ruhiger erzählte er weiter:

»Unsere größte Demütigung war, daß sie den Bürgern Dinge antaten, gegen die unsere Regierung sie nicht mehr beschützen konnte. Mit Gewalt zwangen sie das besetzte Ausland, sich mit den Maßnahmen abzufinden, die ihrer eigenen, verachtenswerten innerstaatlichen Ideologie entstammten. Warum die Nazis in ihrem Land die Rechtlosigkeit auf den Thron gesetzt hatten, mußten sie selbst wissen. Aber daß sie den niedrigsten Elementen der französischen Bevölkerung Gelegenheit gaben, daran, von ihnen gedeckt, mitzuarbeiten! Das war am unerträglichsten.

Es zeigte sich vor allem, als sie anfingen, die Juden zu verfolgen.

Ich hatte Nachbarn, wohlhabende alte Leute. Ein Mann und eine Frau. Der Mann war ein französischer Jude, seine Familie lebte schon seit Jahrhunderten hier. Die Frau hatte er in Deutschland kennengelernt, ich glaube 1920, sie war jünger als er. Sie war nicht ganz jüdisch, ihre Mutter zwar, aber ihr Vater nicht. Sie war eine geborene Müller.

Eines Tages, es war im Jahr 1942, erzählte mir der Nachbar, seine Frau und er hätten beschlossen, nach Spanien zu emigrieren. Es war genau an seinem zweiundsiebzigsten Geburtstag, als er mir das erzählte, am 3. August 1942.

Sie hatten jemanden kennengelernt, der sie für viel Geld über die Grenze schleusen wollte. Seine Immobilien mußte er natürlich im Stich lassen. Man hatte ihm geraten, sie zu verkaufen und möglichst viele Diamanten und amerikanische Aktien zu erwerben. Die waren damals noch zu bekommen, wenn man wußte, wie. Und das alles in einen kleinen Koffer zu packen und noch soviel wie möglich zu retten. Aber er war vorsichtig. Er wußte, daß es keine Vergnügungsreise werden würde. Er war sich im klaren über das Risiko, gerade auf diese Weise alles zu verlieren. Und dann wären sie, sagte er, wenn der Krieg vorbei sei und sie nach Paris zurückkehren könnten, so gut wie völlig ruiniert, weil ihr ganzes Hab und Gut verloren sei. Was solle er dann anfangen, in seinem Alter? Er war deshalb so vernünftig, nicht alles mitzunehmen. Einen Teil nahm er mit, einen zweiten Teil packte er in einen anderen Koffer und brachte ihn zu mir.

Sie verschwanden. Wie, weiß ich nicht, und es war auch viel besser, daß ich es nicht wußte. Wenn die Polizei kommt und sich bei einem erkundigt, ist es einfacher, wenn man tatsächlich nichts weiß, als daß man ständig Angst hat, sich zu verplappern.

Ein paar Monate später bekamen wir eine Postkarte, die sie uns aus Biarritz geschickt hatten, also ziemlich nah an der spanischen Grenze.

Aber als wir dieses Lebenszeichen empfingen, war es bereits mehr als einen Monat unterwegs gewesen. Und danach haben wir überhaupt nichts mehr von ihnen gehört, absolut nichts. Auch nicht, als der Krieg vorbei war. Nachdem Hitler sich eine Kugel in den Kopf geschossen und Deutschland endlich kapituliert hatte, hörten wir immer noch nichts. Ich wollte natürlich wissen, was ich nun mit dem Koffer machen sollte. Und nachdem ich noch eine Zeit abgewartet hatte, habe ich mich beim Roten Kreuz erkundigt. Es kamen Kriegsgefangene aus Deutschland zurück, die überlebt hatten. Arbeiter, die mit Gewalt dorthin gebracht worden waren, um in den Fabriken zu schuften. Die kamen auch zurück. Auch noch einige Juden. Aber es stellte sich heraus, daß eine Menge Leute vermißt waren, wie man das nannte. Und so hörte ich auch damals noch eine ganze Zeit nichts von Herrn und Frau Crémieux. Und es war schon 1946 geworden, als das Rote Kreuz schließlich, mit hundertprozentiger Gewißheit, berichten konnte, daß Frau Crémieux am 22. November 1944 nach einer Operation an einer bösartigen Geschwulst im Krankenhaus eines Frauengefängnisses in Süddeutschland gestorben war. Wie sie dorthin kam, wußte man nicht. Aber das Krankenhaus hatte den Krieg unbeschädigt überstanden, und die Akten des Krankenhauses ebenfalls. Am Wahrheitsgehalt der Nachricht gab es nichts zu rütteln.

Über den Verbleib von Herrn Crémieux hatte das Rote Kreuz keine Information.«

»Stand in den Akten des Krankenhauses denn nichts über ihn?« fragte Paulina.

»Darin stand, Frau Crémieux sei Witwe. Daß ihr Mann Jude gewesen war, wurde nicht erwähnt. Es kann natürlich gut sein, daß die Deutschen den Namen Crémieux nicht als jüdischen Namen erkannt haben. Außerhalb Frankreichs dürfte so etwas fast niemand wissen. Und Frau Crémieux war zwar nach der deutschen Terminologie Halbjüdin, aber sie war eine geborene Müller, ein normaler deutscher Name. Das in den Unterlagen des Krankenhauses eingetragene Geburtsdatum und der Geburtsort, Frankfurt am Main, stimmten. Ob die Gefängnisleitung gewußt hat, daß sie Halbjüdin war, geht aus den Papieren offenbar nicht hervor. Und vermutlich auch nicht aus ihrem Paß. Ich nehme zumindest an, daß sie ihren eigenen Paß bei sich hatte, sonst hätte sie ihren Namen ja wohl geändert – und dann wüßte ich jetzt von ihr wahrscheinlich genauso wenig wie von ihm.«

Der alte Mann schwieg. Er machte eine strenge Miene, als hätte er schonungslos konstatiert, daß sich ein Untergebener einen Fehler geleistet hatte. Aber es war deutlich, daß er sich selbst auf die Anklagebank setzte. *Er* hatte versagt, *er* wußte etwas nicht, was er eigentlich wissen müßte. Seine runzlige Haut schien sich über die Schädelknochen zu spannen, als wolle sie ihm den Mund verschließen. Offenbar kostete es ihn eine gewisse Kraftanstrengung, trotzdem weiterzureden:

»Von ihm weiß ich nichts, außer, daß er keinen einzigen Verwandten mehr hatte. Er wurde am 3. August 1942 zweiundsiebzig. Jetzt schreiben wir das Jahr 1984. Zweiundvierzig Jahre Unterschied. Falls er noch lebt, ist er hundertvierzehn Jahre alt.«

Er machte einen Versuch, mitleidig zu lächeln, doch seine Gesichtszüge blieben dabei so hart, als ob er nicht lächeln würde.

»Hundertvierzehn Jahre«, sagte Paulina, »aber seine Frau war doch in diesem deutschen Krankenhaus als Witwe registriert?«

»Das habe ich überhaupt nicht in meine Überlegungen einbezogen. Es kann natürlich sein, daß er tatsächlich schon tot war, als seine Frau in dieses Gefängnis kam. Ebensogut vorstellbar ist es, daß er noch gelebt hat. Gerade wenn er noch gelebt hat, wäre es von seiner Frau sehr klug gewesen, zu behaupten, er sei tot.«

»Hätte man sie, als sie in das Gefängnis gebracht wurde, nicht gefragt, seit wann sie verwitwet ist, wann und wo genau ihr Mann gestorben war?«

»Davon ist nichts bekannt. Ich habe die Akten des Gefängniskrankenhauses natürlich nicht selbst gesehen. Ich erhielt einen Brief vom Roten Kreuz, das ist alles. Ich vermute nur, daß es nicht in den Akten stand. Wer sagt überhaupt, daß man sie nach ihrer Verhaftung durch die deutsche Polizei sofort in dieses Frauengefängnis in Süddeutschland gebracht hat? Ich weiß nicht einmal, wie lange sie überhaupt dort war. Vielleicht nur kurz. Vielleicht war sie bereits in zwei oder drei anderen Lagern oder Gefängnissen gewesen, ehe man sie dorthin brachte. Das einzige, was ich genau weiß, ist, daß sie Ende Oktober 1942 noch zusammen waren, in der Gegend von Biarritz. Damals schickten sie uns diese Postkarte. Zwischen diesem Augenblick und ihrem Tod in Deutschland am 22. November 1944 liegen gut zwei

Jahre. Wenn sie nach Ende Oktober 1942 noch eine längere Zeit in Freiheit gewesen wären, hätten sie uns doch bestimmt auf irgendeine Art wieder eine Nachricht zukommen lassen. Aber nein. Nichts.«

Er ließ den Kopf nach vorn fallen und hob die Hand zum Mund.

»Manche Leute haben noch Monate nach der deutschen Kapitulation Postkarten oder Briefe von verschwundenen Bekannten oder Angehörigen erhalten, Briefe und Karten, die Monate, manchmal Jahre irgendwo bei der Post liegengeblieben waren. Ich habe bei der PTT, und in dieser Zeit kannte ich den zuständigen Minister sehr gut, Erkundigungen einziehen lassen. Es wurde sehr viel Mühe darauf verwandt, aber ohne jedes Ergebnis. Sie ist tot, und er ist auch tot, denn daß dieser Mann hundertvierzehn Jahre alt geworden ist, kann man selbst dann nicht glauben, wenn er durch und durch gesund gewesen wäre. Er war damals bereits kränklich.«

Wieder schwieg der General.

Und nachdem er so deutlich gesagt hatte, daß er keinen Augenblick glaube, der Besitzer des Koffers würde noch leben, wußte Paulina schon, was nun kommen würde: Kant … das von Kant beschriebene Dilemma … das Erbproblem.

Sie blieb bei ihrem Beschluß, so zu tun, als hätte sie nie zuvor von diesem Fall gehört. Einen Moment lang erwog sie, ob sie ihm auf die Sprünge helfen und anfangen sollte: »Kant …« Und so tun, als sei ihr der Name des großen Philosophen spontan eingefallen. Als würde *sie* das von Kant aufgeworfene Problem längst kennen. Aber sie befürchtete, der alte Mann könne sie durchschauen, und hielt lieber den Mund.

Schließlich hob der General den Kopf und schaute sie an:

»Solche Geschichten wirst du wahrscheinlich auch in Holland gehört haben, denn in Holland gab es viele Juden, die verschwunden sind. Holland hat ein gut organisiertes

Institut, wo sie eine gewaltige Menge Material über den Krieg gesammelt haben und bei der Suche nach Vermißten behilflich sind. Auch an diese Einrichtung habe ich mich gewandt, aber man konnte mir nicht weiterhelfen. Inzwischen kümmere ich mich natürlich schon seit Jahren nicht mehr darum. Ich bin ja nicht erst jetzt zu der Überzeugung gelangt, daß Crémieux tot ist. Eigentlich habe ich nie gedacht, daß er seine Frau überlebt hat, aber ich wollte es natürlich genau wissen. Ich mußte ja einen Entschluß fassen, was ich mit dem Koffer voller Geld machen sollte.«

Und diesen Entschluß haben Sie gefaßt? wollte Paulina fragen. Aber nicht einmal das wagte sie, aus Angst, zu verraten, daß sie schon von der Sache gehört hatte und die Antwort kannte.

Der General sah sie fest an. Sie senkte den Blick.

»Kant«, sagte er dann, »hast du jemals von dem großen deutschen Philosophen Kant gehört?«

»In der Philosophie kenne ich mich nicht so gut aus«, stotterte sie, »ich habe Kant eigentlich nie ganz gelesen.«

»Wer hat das schon? Aber du weißt natürlich, daß es ihn gegeben hat.«

Sie nickte. Er redete nun über Kant. Unterdessen knetete sie ihre Hände vor Angst. Sie besaß ja keine einzige Sicherheit, daß Edouard ihm nichts von ihrem Gespräch vor zwei Tagen auf Armands und Jacquelines Fest erzählte hatte, über den zur Aufbewahrung gegebenen Koffer mit Geld, über Kant …

Wenn der alte Mann doch endlich aufstehen würde, um dieses Buch zu suchen und ihr das umständlich formulierte moralische Problem des Philosophen nochmals vorzutragen, in dessen eigenen, mühsam geschmiedeten moralischen Sätzen. Dann hätte sie zumindest Gewißheit: Er würde das nur tun, wenn er nicht wüßte, daß Edouard bereits mit ihr darüber gesprochen hatte. Aber selbst dann war nicht ausgeschlossen, daß er es eines Tages noch erfahren würde. Irgend jemand würde ihm erzählen, daß sie die ganze Geschichte bereits gekannt hatte, vielleicht sogar Edouard selbst (warum eigentlich nicht). Der General würde daraus folgern, daß sie ihn zum Narren gehalten hatte. Dabei mochte sie den alten Mann so sehr. Aber wie könnte sie ihr Verhalten rechtfertigen? Schließlich hatte er ihr Einzelheiten erzählt, die Edouard nicht erwähnt, vielleicht nicht einmal genau gewußt hatte. Mit keiner Silbe hatte der General erkennen lassen, daß er damit rechne, sie wüßte bereits mehr oder weniger Bescheid. Entlarvt, könnte sie sich natürlich verteidigen, indem sie wahrheitsgemäß erklärte, daß sie Edouard Stillschweigen versprochen hatte. Aber für ihr Gefühl konnte sie nicht einmal das zu ihrer Verteidung anführen, denn dann sähe es so aus, als ob sie dem Großvater klarmachte, daß er sich von seinem eigenen Enkel an der Nase herumführen ließ.

»Verstehst du, was der Philosoph gemeint hat?«

Paulina wagte weder ja noch nein zu sagen. Ich habe vor Angst nicht zugehört ... Das waren die einzigen Worte, die ihr einfielen. Unmögliche Worte, und andere fand sie nicht.

»Wie ich es jetzt darstelle«, sagte der General, »ist es vielleicht nicht so wie mit Kants eigenen Worten. Als ich wußte, daß du mir heute nachmittag wieder einmal Gesellschaft leisten würdest, und ich beschlossen hatte, dir diese Geschichte zu erzählen, habe ich noch nach dem Buch von Kant gesucht, in dem dieses Moralproblem behandelt wird. Ich konnte es so rasch nicht finden. Vielleicht hat jemand hineingeschaut und es nicht wieder an seinen Platz gestellt. Aber eines wird dir sicherlich klar sein: Die Entscheidung, die der Bewahrer fremden Gutes treffen muß, wird in hohem Maße erschwert, wenn er weiß, daß die Erben erstens nicht wissen, daß Geld auf sie wartet, zweitens das Geld überhaupt nicht nötig haben, und drittens, daß sie es sinnlos verschleudern werden, während der Mann selbst, der es all die Jahre treu aufbewahrt hat, es gut gebrauchen könnte.«

»Ja, vor allem letzteres macht es entsetzlich«, sagte Paulina. »Wenn er reich wäre, könnte es ihm einerlei sein, daß die Berechtigten es verschleudern würden.«

»Vielleicht ...«

Er hielt einen Augenblick inne und wiederholte das Wort »vielleicht« noch mehrere Male. Dann wurde seine Stimme wieder kräftiger:

»Kant hat nicht alle Möglichkeiten analysiert! Die Zeit, in der er lebte, war weniger verdorben als unsere. Aber ich versichere dir: Wenn wir nun einmal annehmen, daß der Bewahrer des Geldes reich ist und deshalb anscheinend keine Mühe haben wird, es den Erben zu übergeben? Auch in diesem Fall kann er in ein schreckliches Dilemma geraten. Auch dann besteht die Möglichkeit, daß er sich ebensosehr wird verachten müssen, *wenn er das Geld behält*, als wenn er es *abgibt*.«

Der General gestikulierte so heftig, als wolle er seine Worte sichtbar machen, als wolle er sie an der Wand erscheinen lassen.

»So ein Fall kann vorkommen! Einmal angenommen, der Erbe ist der Mörder des Erblassers! Was dann? Antworte, Kant!

Kant! Ein rechtschaffener Mann, aber gerade deshalb mangelte es ihm an Phantasie. Und in seiner Zeit war das Phänomen noch unbekannt, daß Mörder ungestraft davonkommen, während das in unserer Zeit die Regel ist!«

Und mit Stentorstimme brüllte er schließlich:

»Der Erbe! ... Der Erbe! ... Der Erbe, der ...«

Er schloß die Hände wieder um die Armlehnen seines Sessels. Das linke Bein, das über dem rechten gelegen hatte, schnellte zurück, und mit dem linken Fuß stampfte er auf. Es schien, als wolle er aufstehen. Er schnappte nach Luft, sein Körper erhob sich einen Augenblick und plumpste dann wieder auf den Sitz.

Die Zimmertür öffnete sich. Seine Frau, gefolgt von Madame Le Dantec und dem Butler, trat ein. Wahrscheinlich hatten sie bereits eine Weile auf dem Gang gelauscht. Hatten alles gehört und wußten, daß er nicht von dem Erben anfangen konnte, ohne vor Wut fast zu ersticken.

»Emile, reg dich nicht so auf«, sagte Madame de Lune, »es ist nicht gut, wenn du so lange redest.«

Sie stand zwischen ihm und Paulina und hatte eine Hand auf seinen Arm gelegt, die andere auf seinen Rücken. Luyn postierte sich neben dem Sessel auf der anderen Seite, und Madame Le Dantec schaute Paulina an, tippte mit dem Zeigefinger auf ihre gespitzten Lippen, schüttelte den Kopf und machte dann eine Handbewegung in Richtung Tür, als wolle sie eine unsichtbare, aber bedrohliche Wolke zurückschieben.

Dennoch begriff Paulina, was sie meinte. Auf Zehenspitzen verließ sie den Raum. Sie weigerte sich, den Geräuschen, die sie unwillkürlich noch wahrnahm, Bedeutung beizumessen. Sie hatte das Gefühl, einem schrecklichen Erlebnis entronnen zu sein. Es mochte undankbar scheinen, aber sie konnte nichts dafür.

51

Morgens, wenn Madame Le Dantec Paulina das Frühstück brachte, berichtete sie natürlich auch, wie es um die Gesundheit des Generals bestellt war. An dieser Art von Anfällen leide er schon seit Jahren. Er müsse dann etwa eine Woche lang das Bett hüten, und danach gehe es ihm wieder geraume Zeit gut.

»Mach dir keine Sorgen. Das ist jetzt nicht der Anfang vom Ende. Sein Arzt ist wie immer optimistisch. Es ist alles bestens, solange er sich nicht aufregt.«

Kurzum, der General würde sich wieder erholen. Bisher war ihm das noch immer geglückt. Komplikationen traten auch diesmal nicht auf.

Aber eine Woche, zwei Wochen später hatte Paulina noch keine Einladung erhalten, wieder einmal in die Bibliothek zu kommen und mit dem alten Mann zu plaudern. Trotzdem blieben die Berichte von Madame Le Dantec jeden Morgen gemäßigt optimistisch, wenn auch gleichbleibend inhaltsleer und banal: Er habe gut geschlafen, zuweilen auch mal weniger gut, doch dann würde er das Versäumte tagsüber nachholen, und so weiter.

An einem der ersten Tage hatte Paulina gefragt, ob sie ihm vielleicht irgendeinen Gefallen tun könne.

»Einen Gefallen? Sehr freundlich von dir, aber ich wüßte nicht, was.«

Paulina fiel auch nichts ein. Nach diesem einen Mal wagte sie es nicht, aufs neue zu fragen. Er dürfe sich nicht aufregen, hatte man ihr gesagt.

Sie traute sich nicht einmal, vorzuschlagen, daß sie ihm einen Krankenbesuch abstatten könnte, um kurz mit ihm zu reden, ihm ein paar freundliche Worte zu sagen; höchstens ein paar Minuten würde sie an seinem Bett bleiben.

Jeden Morgen, beim Kaffee und Croissant, nachdem sie gegenüber Madame Le Dantec wieder mal nicht den Mund aufbekommen hatte, nahm sie sich vor, am nächsten Tag einen Versuchsballon loszulassen. Doch sie tat es nicht. Und als sie schließlich, nach zwei Wochen, zaghaft vorbrachte, daß der Zusammenbruch des alten Mannes diesmal ja sehr lange andaure und es ihr leid tue, ihn so lange nicht gesehen und ihm nicht einmal baldige Genesung gewünscht zu haben, antwortete Madame Le Dantec:

»Ehrlich gesagt, ich fürchte ein wenig, daß gerade du vorläufig am besten nicht in seine Nähe kommen solltest. Jetzt mach nicht so ein erschrockenes Gesicht, es ist nicht deine Schuld. Ich meine das nicht im geringsten als Vorwurf. Die Sache ist die. Er bekommt solche Anfälle immer dann, wenn er sich über irgend etwas aufregt. Nun, und du weißt ja, daß er sich, als du dich neulich mit ihm unterhalten hast, *fürchterlich* aufregte. Sobald er dich zu Gesicht bekommt, wird er wieder daran erinnert. Wollte er dir nicht irgend etwas erklären? Er würde versuchen, seine Erklärungen zu beenden, denn er ist hartnäckig. Und dann würde er von neuem aus der Fassung geraten. Hinzu kommt noch, daß es ihm peinlich ist, in deiner Gegenwart so einen Anfall bekommen zu haben. Du weißt doch, wie Männer sind, sogar noch im Alter: eitel.« Sie lächelte mitleidig, und es sah so aus, als würden ihre Schneidezähne noch länger.

»Aber ich ...«, fing Paulina an.

»Sag es nicht!« rief Madame Le Dantec. »Ich weiß genau, was du sagen willst. Du willst sagen, daß sich an deiner Hochachtung für ihn durch diese Szene überhaupt nichts geändert hat. Natürlich nicht. Das wissen wir alle. Er ist für dich wie ein Großvater. Aber gerade darum geht es ja eigentlich. Wenn er merkt, daß du so darüber denkst, daß du ihn als eine Art Großvater siehst ... lieber Himmel, das wäre ihm vollkommen unerträglich. Das schlimmste von allem! Dann würde er mit Sicherheit einen neuen Anfall bekommen. Und ihn nicht überleben!«

Paulina war erstaunt, daß Madame Le Dantec so anders über den General redete als sonst. Mit weniger Respekt, als handle es sich um einen senilen Greis. Das ärgerte sie ein wenig.

»Ich hatte keine Sekunde lang vor, wieder beim alten Gesprächsthema anzuknüpfen«, murmelte Paulina, »ich finde es nur einfach anständig, wenn ich ein bißchen Interesse für ihn zeige.«

Diese Worte schienen bei Madame Le Dantec nicht anzukommen.

»Ich will dich nicht länger aufhalten, sonst kommst du zu spät zur Vorlesung.«

52

Paulina nahm nun mit größtmöglichem Fleiß an den Vorlesungen und Seminaren teil. Abends in ihrem Zimmer arbeitete sie das Gehörte aus und schrieb es ins reine.

Daß ihre Gedanken nie von der Arbeit abschweifen würden, konnte sie nicht von sich sagen.

Wenn, und das geschah zwei- oder dreimal am Tag, ein unablässig hupendes Polizei- oder Feuerwehrauto in voller Fahrt vorüberfuhr, begann sie fast automatisch über die Frage nachzugrübeln, was mit diesem Erben des alten jüdischen Herrn Crémieux los sein mochte. Warum hatte der General den Koffer mit Geld und Wertpapieren, besser gesagt, das Kapital, zu dem Edouard das Depositum hatte anwachsen lassen, nicht dem Erben übergeben wollen? Warum nicht, schon vor Jahren, als er bereits wußte, wer der Erbe war und daß das Ehepaar nicht mehr lebte?

Immer wieder vergegenwärtigte sie sich die Szene im Arbeitszimmer … der Erbe! … der Erbe! … als der General fast an seinen Worten erstickt wäre. Es war beängstigend gewesen. Je länger es zurücklag, um so schauderhafter wurde es in ihrer Erinnerung.

Sie mußte sich zwingen, nicht mehr daran zu denken, und sagte sich dann: Was habe ich damit zu schaffen? Was geht mich dieser Erbe an? Und versuchte sich wieder in ihre Studien zu vertiefen.

Es entging ihr nicht, daß sie auch mit den anderen Hausbewohnern kaum noch Umgang hatte. Wenn sie Armand im Flur oder im Fahrstuhl begegnete, plauderte er natürlich sehr höflich mit ihr. Aber wahrscheinlich kostete es ihn Mühe. Ja, eigentlich hatten sie keine Gesprächsthemen.

Das Wetter war zu banal, für Politik interessierte sie sich nicht. Sich nach ihrem Studium zu erkundigen, unterließ er, weil er das, da war sie sich sicher, als Bevormundung gesehen hätte. An sich sehr liebenswürdig. So erklärte sie sich, daß es zwischen ihnen kaum noch Gesprächsstoff gab. Sie war auch überhaupt nicht unangenehm berührt, daß Armand und Jacqueline sie nicht wieder zum Essen eingeladen hatten. Die großen Mengen Alkohol, die das Ehepaar runterkippte, mit der Folge, daß das Gespräch auf heikle Themen kam, über die sie eigentlich nichts hören wollte, machten die Gesellschaft der beiden auch nicht verlockend. Sie hoffte nur, daß sie bei den wenigen Begegnungen mit Armand nicht den Eindruck erweckte, ihn auf Distanz halten zu wollen. Worüber sollte sie mit ihm reden? Michel war ein ebensowenig geeigneter Gesprächsstoff. Wenn eines deutlich geworden war, als Armand sie an Michels Tür vorgestellt hatte, dann dies: die beiden mochten einander nicht.

Sie fragte sich auch, wie sympathisch oder unsympathisch sie Michel eigentlich gefunden hatte. Der in Übelkeit mündende Alptraum nach dem Abend mit ihm blieb eine Erinnerung, die sie störte, obwohl sie wußte, daß ein »mange-tout« eine Art Prinzeßbohne war. Es schien so, als hätte tatsächlich eine Ratte auf seinem Teller gelegen und als habe sie in seiner Gegenwart vor Ekel gespuckt und müsse sich nun schämen und dafür sorgen, daß sie ihm nie mehr unter die Augen käme, weil sie ihn zutiefst beleidigt hatte. Sie mied auch den Bereich der Hintertreppe, aus Angst, sie könnte ihn Klavier spielen hören. Außerdem hatte sie dort sowieso nichts zu suchen.

Wenn sie nicht an diese widerwärtigen Dinge dachte, ging ihr jedoch durch den Kopf, daß sie eigentlich gar keine Funktion in dieser Familie hatte. Von schlechtem Gewissen geplagt, nahm sie ihr großzügiges Taschengeld aus den Händen von Madame Le Dantec entgegen. Am liebsten hätte sie es abgelehnt, doch auch das traute sie sich nicht, denn Madame Le Dantec könnte ja vielleicht sagen: ›So? Tja, eigentlich hast du recht. Richtig betrachtet bist du kein Au pair. Du machst keinen Finger für uns krumm. So war das nicht abgemacht. Kann ich mich darauf verlassen, daß du in den nächsten Tagen deine Koffer packst?‹

Sich bei Madame Le Dantec zu beklagen, daß sie nichts zu tun hatte, kam auch nicht in Frage. Darauf wäre eine ähnliche Entgegnung völlig gerechtfertigt. Etwa in der Art: ›Ja, Kindchen, ich bin ganz deiner Meinung: Du machst keinen Handschlag für deinen Lebensunterhalt. Ich weiß ja, daß du voll guten Willens bist, aber mit gutem Willen allein bringt es niemand weit. Es war uns peinlich, mit dir darüber zu reden. Deshalb rechne ich es dir hoch an, daß du das Thema selbst anschneidest. Ich würde mich an deiner Stelle auch nicht wohl fühlen: die Hand aufhalten ohne jede Gegenleistung. Es ist sonnenklar, daß du diese Situation nicht akzeptieren willst. Unsererseits helfen wir dir gern. Die Schwierigkeit ist nur, daß uns wirklich keine Aufgabe für dich einfällt. Darum. Der innere Friede ist das höchste Gut des Menschen. Und deshalb … Am besten suchst du dir eine andere Familie, die ein Au pair brauchen kann.‹

Einige Tage nach dieser neuen Angstphantasie erblickte sie, als sie abends nach Hause gekommen war, einen großen Farbfernseher am Fußende des Bettes.

Madame Le Dantec erklärte ihr dieses Geschenk näher: Fernsehen sei natürlich ein Medium von zweifelhaftem Wahrheitsgehalt, bilde aber trotzdem einen nicht mehr zu leugnenden Teil des öffentlichen Lebens in Frankreich und könne schon allein deshalb dazu beitragen, daß Paulina das moderne Frankreich besser kennenlerne. Und im übrigen würden im Télé oft schöne Filme gezeigt. Wenn Paulina nach einem Tag harter Arbeit der Sinn nach ein wenig Ablenkung stehe, sie aber keine Lust habe, ins Kino zu gehen, brauche sie nur auf den Knopf zu drücken. Bequem, nicht wahr?

War ein deutlicherer Beweis denkbar, daß gar keine Pläne kursierten, sie durch einen leisen Wink zum Verlassen des Hauses aufzufordern, geschweige denn, daß man sich bereits ungeduldig fragte, ob sie dieses Thema nicht von sich aus ansprechen würde? Sie taten im Gegenteil alles mögliche, sie zu halten, hatten vielleicht sogar Angst, daß sie sich vor Langeweile eine andere Bleibe suchen würde. Es war nun einmal so, daß diese Leute, älter als sie und, wie der General und seine Frau, sogar sehr alt, nicht so recht wußten, wie sie ihr Au pair unterhalten sollten, und sie deshalb nicht zwingen wollten, ihr Familienleben allzu intensiv zu teilen. Und hatte sie nicht genug zu tun? Jede Woche ging sie zweimal ins Museum oder in eine Ausstellung und machte sich Notizen über das, was sie dort sah.

53

Daß sie, alles in allem, sogar für ihre Verhältnisse sehr einsam war, entging ihren Betrachtungen nicht. Warum rief Edouard nicht mal an? Sie war sich doch sicher, daß er sie nett fand. Oder traute er sich nicht? Ach was, auf so einen Gedanken konnte sie nur kommen, weil sie selbst sich fast nichts zutraute.

Inzwischen hatte sie sich seine Adresse beschafft und auch seine Telefonnummer, die Nummer, wo nie jemand abnahm, wenn man sie wählte, wie Armand und Jacqueline gesagt hatten. Wenn sie ihn nun einfach anrief? Die Probe aufs Exempel machte? Aber was sollte sie ihm sagen, und was würde er von ihr denken?

Sie erinnerte sich auch, ihm vorgelogen zu haben, sie hätte einen Freund in den Niederlanden. Hatte er das vielleicht ohne weiteres geglaubt, und nahm er deshalb keine Notiz von ihr? Aber wenn er sich etwas aus ihr machte, würde er doch herauszufinden versuchen, ob es tatsächlich stimmte. Und dann würde er eine Menge Gründe haben, es zu bezweifeln. Keinem anderen Familienmitglied hatte sie jemals etwas davon erzählt. Jeder Brief, den sie erhielt, ging durch die Hände von Madame Le Dantec: Nie war einer von einem Mann in den Niederlanden dabei, außer von ihrem Vater. Edouard dachte vielleicht, Paulina und ihr ferner Freund hätten nur telefonisch Kontakt. Oh, sie hoffte nur, daß Edouard das nicht glauben würde.

Eines Abends rief sie ihn an. Wie zu erwarten war: niemand nahm ab. Sie hoffte sogar, Edouard könne auf die Idee kommen, sie bespitzeln zu lassen. Daß er sich bei Madame Le Dantec oder bei Luyn nach ihr erkundigen würde.

›Bekommt sie manchmal Besuch?‹

›Hat sie Männerbesuch?‹

›Auch kein Mann aus den Niederlanden, ein Französisch-Dozent?‹

›Geht sie oft aus?‹

›Bekommt sie regelmäßig Briefe mit derselben Handschrift auf dem Kuvert?‹

Alle Fragen dieser Art würden verneint werden, und dann wäre es Edouard natürlich klar, daß sie nur ein wenig angegeben und überhaupt keinen Freund hatte. Daß sie es nur gesagt hatte – ja, warum? Nicht, um ihn zum Narren zu halten, auch nicht, um ihn eifersüchtig zu machen. Nur aus Trotz, nur, damit er nicht den Eindruck gewann, sie stünde für ihn bereit. – Obwohl das in Wirklichkeit der Fall war. Würde er sich freuen, wenn er das entdeckte?

54

Jeden Abend schaute sich Paulina die Nachrichten im Fernsehen an und bekam dadurch auch die Werbung mit.

Nirgends war das Leben so schön wie in Werbefilmen.

So sah sie eine dralle Blondine mit weichen, vollen Lippen, die geschlossen waren, aber wenn es sein mußte, sich natürlich leicht öffneten. Sie wusch sich die Haare unter der Dusche, mit Mixa Bébé, die Augen genießerisch geschlossen.

Paulina ging ins Badezimmer, zog sich aus, stellte sich unter die Dusche, und auch sie wusch sich die Haare mit Mixa Bébé, schloß dabei die Augen, warf die langen Haare mehrmals nach vorn und strich sie mit beiden Händen wieder nach hinten.

Nachdem sie sich abgetrocknet hatte, föhnte sie sich das Haar, bürstete es und schüttelte, nackt vor der Spiegelwand, den Kopf, so daß die Haare zu einer blonden Wolke hochflogen, bürstete sie dann noch einmal. Aufmerksam betrachtete sie ihren Körper und fand ihn nicht häßlich.

Sie suchte im Kosmetik-Sortiment eine Lotion für den Körper und rieb sich damit von Kopf bis Fuß ein. Dann benetzte sie Hals und Busen mit duftendem Eau de Toilette.

Sie wählte einen Rouge-Ton aus, der, wie sie annahm, gut zu ihr paßte, und trug etwas davon auf die Wangen auf. Und schließlich puderte sie sich das Gesicht mit dem koketten, fächerförmigen Pinsel, der dabeilag.

An den Augenbrauen brauchte sie nichts zu verändern. Eigentlich bin ich in meiner Art vollkommen, dachte sie. Besser, als in seiner Art vollkommen zu sein, konnte niemand werden. So, gepudert und parfümiert, ging sie zum

Kleiderschrank und wählte die hübscheste Unterwäsche aus dem Stapel, den sie sich schon vor einiger Zeit unter Leitung der Haushälterin hatte zulegen müssen und von dem sie fast noch nichts benutzt hatte. Zuletzt schaute sie sich auch einmal alle Blusen und Kleider an, die sie geschenkt bekommen und noch nie zu tragen gewagt hatte.

Sie besaß außerdem so viele Paar Schuhe, daß sie gut und gern drei Wochen lang jeden Tag ein anderes Paar hätte tragen können, ohne zweimal dieselben Schuhe anziehen zu müssen. Sogar welche mit hohen Absätzen waren darunter – Madame Le Dantec hatte sie ihr aufgedrängt, mit den Worten: »Du mußt endlich mal aufhören, dir so viele Gedanken über deine Größe zu machen. Es ist doch keine Schande, und schon gar nicht, wenn man so schöne Beine hat wie du.«

Davon hatte Paulina sich überzeugen lassen, denn sie dichtete sich zurecht, daß Edouard zu Madame Le Dantec gesagt hätte, er möchte sie gern einmal auf hohen Absätzen sehen. Neben Edouard wäre sie nicht einmal auf hohen Absätzen die Größte.

Sie trug dieses Paar nie, auch nicht im Haus, und nahm sich vor, diese Schuhe erst anzuziehen, wenn eine Chance bestand, Edouard wiederzusehen. Sie hatte jedoch schon einmal eingehend studiert, wie sie ihr standen, nackt im Badezimmer vor dem Spiegel.

Sie entschloß sich, ab jetzt jeden Tag andere Schuhe anzuziehen.

55

Zufällig trug sie goldfarbene Pantoletten, als sie an jenem Dienstag zur Bibliothèque Nationale mußte, um einen Aufsatz über das Jugendwerk von Fragonard in einer seltenen Zeitschrift nachzuschlagen. Noch keine fünf Minuten auf der Straße, merkte sie, daß es regnen würde. Sie ging zurück, um einen Regenschirm zu holen.

Durch diesen Aufenthalt gelangte sie später als beabsichtigt zum Eingang des Lesesaals. Alle Stühle waren besetzt oder reserviert, und sie mußte eine Stunde lang anstehen, ehe sie eine Nummer für einen Platz erhielt und hineingehen konnte. Drinnen mußte sie auch noch eine halbe Stunde warten, bis eine Bibliothekarin die bestellte Zeitschriftennummer bringen würde. Sie verlor viel Zeit, beschwerte sich jedoch nicht. Das lag nicht an der Wissenschaft, denn auch in einem Schweinekoben konnte man die interessantesten Bücher lesen, aber sich hier aufzuhalten, in diesem prachtvollen Saal, unter der aus einer Art byzantinischen Kuppeln zusammengesetzten Decke, die auf halmdünnen, eisernen Säulen ruhte, und mit den langen, in numerierte Felder unterteilten Tischen, an denen auf altmodischen Stühlen die Leser saßen, die Texte nur schwach beleuchtet von einer fast antiken Leselampe mit grünem Schirm ... das empfand sie nicht als Qual.

Der Mann auf dem Platz neben ihr war um die Dreißig. Sein in die Stirn gekämmtes Haar wurde schon grau. Er hatte einen kurzgeschorenen Vollbart. Er schaute Paulina mehrmals an und flüsterte dann:

»Sie kommen aus Holland. Habe ich recht?«

Paulina nickte.

Er lächelte mit freundlichen blauen Augen, erfreut, daß er richtig geraten hatte.

»Seh ich sofort. Studierst du schon lange hier?«

»Noch nicht so lange«, flüsterte Paulina. Daß er sie auf einmal duzte, konnte sie nicht erschüttern.

»Ich schon seit drei Jahren«, erzählte er, »es hat seine Nachteile, aber ich kann immer noch nicht genug davon kriegen.«

Er rückte seinen Stuhl ein Stück näher.

»Eigentlich darf man hier überhaupt nicht reden.«

Er begann mit einer langen Erörterung, hinter vorgehaltener Hand in ihr Ohr gezischelt.

»Du mußt nun eine Weile warten. Ich vermute, daß du noch nicht oft hier warst oder daß du nicht regelmäßig kommst. Der Trick ist, das Bestellformular schon am Vortag abzugeben, dann liegt das bestellte Buch am nächsten Tag für dich bereit. Das kostet weniger Zeit. Aber auch wenn es Zeit kostet, was soll's. In den Niederlanden wird man schnell bedient, zumindest, wenn das Personal nicht gerade schlechte Laune hat, aber hier vor mir liegen Bücher, die in den meisten niederländischen Bibliotheken nicht zu finden sind. Wenn man also nicht zufällig in Den Haag oder in Amsterdam wohnt, muß das Buch in Den Haag oder Amsterdam angefordert werden: in der Königlichen Bibliothek oder in der Universitätsbibliothek der Hauptstadt. Die Hauptstadt! Hast du die leere Hühnerfarm, die da als Universitätsbibliothek gilt, schon mal gesehen?

Aber gut, wenn so ein Buch dann endlich eintrifft und wenn sie nicht irrtümlich den falschen Band geschickt haben, sind drei Wochen vergangen, und man weiß kaum noch, was man darin hatte nachschlagen wollen, oder man hat seine Ausführungen aus lauter Verzweiflung ein wenig geändert, damit man auf die benötigte Information verzichten kann.«

So redete er. Eine Mitteilung zu erhalten, daß ein Buch überall ausgeliehen sei oder überhaupt nicht ausgeliehen würde, sei überdies mehr als wahrscheinlich.

Diese Franzosen! Die hätten sich auf die Kunst verstanden, eine Bibliothek so zu bauen, daß es noch nach mehr als hundert Jahren ein Genuß sei, sie zu besuchen, auch wenn man lange warten müsse. Die brauchten ihre öffentlichen Gebäude nicht alle zwanzig Jahre abzureißen, um noch häßlichere Schweineschlachthöfe an deren Stelle zu setzen, so miserabel, daß es eigentlich bedeutungslos sei, wenn Vandalen alles – die Wände, die schon sehr bald splitternden Tische und die gesprungenen Plastikstühle – mit Spray oder mit Filzstiften beschmierten, wie zu Hause. Was man in einer niederländischen Bibliothek vielleicht an Zeit gewinne – es sei dort nie voll, denn niemand gehe zu seinem Vergnügen hin, um in den backsteinernen Alpträumen aus der Provozeit zu sitzen –, verliere man wieder, wenn eine Bestellung abschlägig beschieden werde.

Paulina schaute ihn forschend an. Stammte der Bart vielleicht aus seiner eigenen Provozeit?

Ihre Zeitschrift kam, der Holländer brach das Gespräch ab, rückte seinen Stuhl wieder zurecht und vertiefte sich in seine Arbeit. Paulina fand sofort, was sie wissen wollte, schrieb die entsprechende Passage in ihr Notizbuch ab und stand auf.

Der unbekannte Mann nickte ihr kurz zu, blieb aber zum Glück sitzen. Weil man in Paris lebte, brauchte man sich doch nicht bei jedem anzubiedern, der auch Niederländisch sprach? Sie mußte sich beherrschen, ihm nicht zu zeigen, wie froh sie darüber war, daß er sitzen blieb, schob ihren leeren Stuhl an den Tisch, brachte die ausgeliehene Zeitschrift und ihre Nummer zurück.

Als sie ins Freie trat, regnete es. Sie öffnete ihren Schirm – ein besonders hübscher, dessen gelbe und rote Bahnen sich abwechselten. Noch vor kaum einem halben Jahr hätte sie damit nicht durch Vlissingen gehen können, ohne daß ihr etwas hinterhergerufen worden wäre.

Einen passenden Tag für die goldfarbenen Pantoletten konnte man es nicht nennen, aber sie waren nun mal an der

Reihe gewesen. Als sie nach Hause zurückgekehrt war, um ihren Schirm zu holen, hätte sie besser auch andere Schuhe anziehen sollen. Hatte sie nicht gemacht. Dumm.

Mit diesen Gedanken stand sie an der Bushaltestelle. Sorgfältig hatte sie auf dem buckligen Pflaster aus großen Steinen ein trockenes Fleckchen gesucht. Ein starker Wind kam auf, sie mußte den Schirm schräg vor sich halten gegen die Böen und konnte von der Umgebung nicht mehr viel sehen.

Der Bus ließ lange auf sich warten. Dann stoppte auf dem Platz, wo er anhalten müßte, ein altes, blau lackiertes Auto. Der Fahrer betätigte die Hupe, eine altmodische Hupe mit einem heiseren Kehllaut wie von einem Frosch aus Gußeisen. Die anderen Leute, die auf den Bus warteten, lachten. Der Wagenschlag wurde geöffnet.

»Pauline?«

Sie hob den Schirm ein Stückchen, um zu schauen, wer sie gerufen hatte.

Edouard.

»Steig schnell ein!«

Gegen den Wind kämpfend, schloß sie den Schirm und setzte sich neben Edouard auf einen Sitz aus altem, aber noch nicht verschlissenem schwarzem Leder.

»Das lasse ich mir nicht zweimal sagen«, meinte sie, »aber ich hab's ja gleich richtig gehört.«

»Notfalls hätte ich dich hundertmal darum gebeten«, sagte Edouard, »aber der Regen ist mir zu Hilfe gekommen, denke ich.«

Er war zu bescheiden, doch das sprach sie nicht aus.

»Was für ein seltsames Auto du hast«, entgegnete sie.

»Der Salmson von Opa. Ich hätte ihn längst zurückbringen müssen. Meine Großmutter sagte mir, du würdest gern damit fahren.«

Ein Bus näherte sich und hielt hinter ihnen, ruhig, aber drohend. Edouard schaltete und fuhr los.

»Davon habe ich überhaupt nichts gesagt, daß ich mit

diesem Auto fahren möchte«, protestierte Paulina, »nie. Dein Großvater hat eines Abends alle Autos aufgezählt, die er besitzt. Ich habe keine Wahl getroffen. Du weißt natürlich, daß es deinem Großvater nicht so gut geht?«

»Ich weiß alles. Glaub nur nicht meinen Eltern, die sich ständig beklagen, ich würde mir aus der Familie nichts machen. Das scheint nur so, nur in ihren Augen.«

»Ich unterhielt mich eines Abends mit ihm, und plötzlich ging es ihm ganz schlecht. Danach habe ich ihn nicht mehr gesehen.«

»Diese Art Anfälle hat er schon seit Jahren. Er hat sich bisher jedesmal wieder erholt.«

Edouard bog nach links in die Rue d'Aboukir ein, gelangte über die Rue Ste-Apolline auf den Boulevard de Sébastopol und hielt sich wieder links. Am Boulevard St-Denis fuhr er ganz langsam, um einen Parkplatz zu finden. Plötzlich hielt er an.

»Wunder über Wunder, ein Parkplatz ganz in der Nähe. Ich gehe etwas essen und möchte gern, daß du mir Gesellschaft leistest.«

»Ja, gern.«

Der Portier des Restaurants Le Louis Quatorze nahm eine noch aufrechtere Haltung ein, als sie sich näherten. Es schien, als wolle er zeigen, daß auch er durchaus kein Zwerg war, im Vergleich zu diesen beiden prachtvollen Riesen. Die Männer in den blauen Kitteln, die neben dem Eingang hinter einem Tisch mit Bergen von zerstoßenem Eis Austern öffneten, ließen ihre Messer einen Augenblick in den Schalentieren ruhen und rissen die Augen auf.

Und als Edouard und Paulina das Lokal betraten, konnte mancher Gast den Bissen, den er gerade zum Mund führte, vor lauter Bewunderung nicht hineinstecken.

Seit sie sich in Paris aufhielt, war Paulina noch nie so stolz auf ihre Größe gewesen.

Dieses Restaurant, geräumig und voll besetzt, gefiel ihr auch viel besser als das düstere, allzu aufdringlich luxuriöse und dabei winzige Kabinett, in das Michel sie geführt und das sie in seiner Leere als so bedrückend empfunden hatte. Mangels bewundernder Blicke um sie herum hatte sie dort das Gefühl beschlichen, an jedem anderen Ort besser aufgehoben zu sein. Sie hatte das noch nicht vergessen. Die Bedienung dort schien gedacht zu haben: Schau mal an, endlich hat Monsieur Michel eine Tischgefährtin auftreiben können, die so groß ist wie er.

Auf so eine Idee würde sie hier nicht kommen.

Trotzdem war Edouard in *Le Louis Quatorze* offenbar ein guter Bekannter. Er hatte dem Maître d'hôtel die Hand gegeben. Die Garderobenfrau eilte mit mehr als normaler Geschwindigkeit auf Paulina zu, um Mantel und Schirm entgegenzunehmen. Und als hätte man sie erwartet, wurden sie sofort zu dem einzigen noch freien Tisch für zwei Personen geführt.

Paulina bekam eine große Speisekarte gereicht, auf der hinter den Gerichten keine Preise standen.

»Ein altmodisches, aber angenehmes Restaurant«, sagte Edouard, »gut besucht und doch ruhig, effizient. Ich komme gern hierher. Vor einer Weile hat die Besitzerin dieses Etablissements den Besitzer ermordet, oder ermorden lassen von ihrem Liebhaber, das weiß ich nicht mehr genau. Die Küche ist immer noch sehr ordentlich.«

Er warf einen Blick zur Seite und bewegte den Zeigefinger; sofort brachte ein kleiner, kugelrunder Sommelier die Weinkarte.

Hatte Edouard reservieren lassen? Anders konnte es gar nicht sein. Aber woher hatte er gewußt, daß er sie treffen würde? Oder ließ er hier jeden Tag für zwei Personen reservieren, weil er davon überzeugt war, jederzeit eine Tischgefährtin aufzugabeln? Oder war er vielleicht mit einer anderen Person verabredet gewesen, die im letzten Augenblick nicht erschienen war?

Rätsel, deren Lösung Paulina nicht sonderlich interessierte. Daß er beabsichtigt hatte, gerade heute mit ihr essen zu gehen, bildete sie sich nicht ein. Sie erhob nicht den Anspruch, auserwählt zu sein. Das würde vielleicht noch kommen.

Als die Austern und der Weißwein serviert waren und sie die erste Auster genossen hatte, bemerkte Edouard:

»Großvater bekommt normalerweise so einen Anfall, wenn er sich über etwas aufregt. Oder habe ich dir das bereits gesagt?«

»Noch nicht, aber es stimmt«, entgegnete Paulina, »und vielleicht bin ich zu einem großen Teil dafür verantwortlich. Ganz sicher bin ich mir nicht. Vielleicht weißt du es.«

»Warum ich?«

»Dein Großvater sprach über die deutsche Besatzung, und plötzlich erzählte er mir die Geschichte von seinem Nachbarn Crémieux und dem Koffer mit Wertpapieren und Geld.«

»Hast du ihm gesagt, daß wir schon darüber geredet hatten?«

»Ich habe so getan, als ob ich es zum erstenmal im Leben hören würde. Du hattest mich doch gebeten, ihm nicht zu sagen, daß du mir schon davon erzählt hattest. Er brachte auch Kant zur Sprache. Er wolle mir die Passage, die für die Bewahrer verborgener Schätze so schmerzhaft ist, vorlesen, sagte er, aber er habe das Buch nicht finden können. Wahrscheinlich hast du es nicht an den richtigen Platz zurückgestellt.«

»Kann sein.«

»Er hat mir dann Kants Thesen aus dem Kopf vorgetragen.«

»Crémieux«, sagte Edouard, »wie kommst du an den Namen? Den hast du nicht von mir.«

»Den habe ich von deinem Großvater. Auch den Namen des Erben hat er mir genannt, Müller, ein Verwandter von Crémieux' Frau.«

»Ihr *Bruder*«, sagte Edouard, »ihr Halbbruder und hundert Prozent nicht-jüdisch.«

»Ach?«

»So sieht die Sache aus. Habe ich dir das nicht an dem Abend bei meinem Vater erzählt?«

»Nein, und dein Großvater hat es auch für sich behalten, oder besser: er ist nicht soweit gekommen. Er wollte gerade von dem Erben sprechen, als er den Anfall bekam. Der Erbe, der Erbe! ... rief er und konnte nicht weiterreden. Es fehlte nicht viel, und er wäre erstickt. Ist es für ihn so schrecklich, daß das Geld nun eigentlich diesem nicht-jüdischen Halbbruder von Madame Crémieux gehört?«

Edouard zögerte und legte das Besteck nieder.

»Es ist auch schrecklich, vor allem für jemanden, der die Deutschen so haßt wie mein Großvater. Großmutter würde vielleicht mit den Schultern zucken, denn die ist, erst nach dem Krieg übrigens, zu der Schlußfolgerung gelangt, daß Marschall Pétain doch recht hatte.«

»Ach, ich glaube, das meint sie nicht ernst.«

»Vielleicht. Aber nun dieser Herr Müller. Er war ein ziemlich hoher SS-Offizier, und er hatte es darauf angelegt, seine Halbschwester, die Halbjüdin war, zu vernichten. Und seinen Schwager, einen Volljuden, sowieso.«

»Und dieser Mann hat das Recht auf ihr Geld?«

»Nach dem Krieg saß er wegen an Juden verübten Grausamkeiten vier Jahre im Gefängnis, nachdem er zuerst zu lebenslänglich verurteilt war. Danach bekleidete er noch einen hohen Posten in der Bundesrepublik, und jetzt ist er pensioniert. Das Geld seines jüdischen Schwagers braucht er nicht, aber wenn er wüßte, daß es existiert, würde er Himmel und Hölle in Bewegung setzen, um es zu bekommen.«

»Wäre das nicht auch furchtbar?«

»Furchtbar ... was ist das ...«

Edouard legte eine leere Austernschale zurück und wischte sich den Mund ab.

»Die letzten beiden sind noch für dich. Jetzt sage ich dir mal, was furchtbar ist. Das Wort hat für unsere Generation eine andere Bedeutung als für die meines Großvaters.

Für mein Gefühl haben wir nur die Wahl zwischen Anarchie und Gesetz. Nach dem Gesetz hat Herr Müller das Recht auf das Erbe seines Schwagers, und mein Großvater betrügt und bestiehlt ihn, wenn er ihm das Geld nicht gibt. Aber Großvater würde vor Gram sterben, wenn er das Geld diesem Müller übergeben würde, und seine ganze Generation denkt darüber genauso. Großvater weiß natürlich, daß er gegen das Gesetz verstößt, wenn er das Geld behält, aber das Gesetz führt nicht immer zu gerechten Zuständen. Großvater ist davon überzeugt, daß er verpflichtet ist, Müller zu bestrafen, moralisch verpflichtet ist, dafür zu sorgen, daß Müller das Geld nie in die Hände bekommt.«

»Und diese Pflicht erfüllt er trotzdem mit einem schlechten Gewissen?«

»Ein Gewissen, das um so schlechter ist, als er die Existenz des Geldes nicht vor dem französischen Fiskus verschweigen darf. Oder, nun ja, jetzt übertreibe ich. Frankreich ist kein Land, wo die Steuerbehörden so agieren, daß Steuerhinterziehung zu einem schlechten Gewissen führen würde. Dennoch sollte man die Risiken nicht unterschätzen.«

»Selbst wenn er mit niemandem darüber redet?«

»Er hat mit dir darüber geredet, oder? Ich hatte das schon befürchtet, deshalb bin ich ihm zuvorgekommen. Dir können wir natürlich voll und ganz vertrauen. Aber ich frage mich, mit wem Großvater noch so alles darüber geplaudert hat. Und ob all diese Leute ebenso vertrauenswürdig sind …«

Paulina wußte nichts zu erwidern. Edouard redete auch so weiter, als die Teller gewechselt waren und der Steinbutt aufgetragen wurde.

»Und dann gibt es da noch etwas. Ich frage mich, ob Müller nicht so langsam ahnt, daß das Geld bei uns ist. Großvater hat dir zwar einiges erzählt, aber längst nicht alles.«

»Eigentlich geht es mich auch nichts an.«

Edouard betrachtete diese Worte nicht als ein Hindernis, ihr noch mehr anzuvertrauen.

»Großvater hat Angst, daß Müller besser informiert ist, als es scheint.«

»Was könnte Müller wissen?«

»Stell dir Crémieux vor. Ein steinreicher Mann. Sein Leben ist von den Deutschen bedroht, insbesondere von der SS. Der Halbbruder seiner Frau ist ein hoher SS-Mann. Der SS-Mann haßt ihn, aber er ist und bleibt auch ein Verwandter. Was meinst du, hat Crémieux wohl nie einen Versuch unternommen, mit ihm in Kontakt zu treten, sich mit ihm zu einigen? Sollte Crémieux nie versucht haben, durch die Protektion von Brigadeführer Müller seine Haut zu retten? Und falls er es versucht hat, was nun wirklich naheliegt, hätte er Müller dann nicht eine kleine Belohnung in Aussicht gestellt? Oder sollte Müller so einfältig gewesen sein, keinen Lohn nach Leistung zu verlangen?«

»Du glaubst also, Müller wäre bereit gewesen, seine Prinzipien zu verleugnen … Hätte er Geld von einem Juden genommen?«

Edouard legte seine Hand auf ihren linken Unterarm und lachte leise, als würde er einem Kind zulachen, das er sehr mochte.

»Was glaubst du denn! Sie waren doch alle durch und durch verdorben. Was wäre der Nutzen der Judenverfolgung gewesen, wenn die Herren nicht daran hätten verdienen können?«

»Dann hätten sie arme Juden, an denen nichts zu verdienen war, laufenlassen können.«

»Nein. Dann hätten die reichen Juden nicht genug Angst bekommen.«

Paulina senkte den Blick und aß schweigend den Teller leer. Erst nach dem Dessert, beim Kaffee, sagte sie:

»Es muß doch eine Möglichkeit geben zu verhindern, daß Müller das Geld in die Hände bekommt …«

»Wahrscheinlich haben wir so eine Möglichkeit gefunden.

Wir wollen das Geld einer jüdischen Organisation in Israel spenden. Die sich um Kinderschutz kümmert.«

»Worauf wartet ihr dann noch?«

»Es einfach auf ein Schweizer Konto zu überweisen, ist absolut unmöglich. Das ist die Schwierigkeit.«

»Man hört manchmal«, sagte Paulina, »daß ganze Vermögen in einem Koffer über die Grenze geschafft werden.«

»Ich seh mich schon, wie ich das mache. Koffer hinten im Auto. Angehalten vom Zoll. Viel Vergnügen, Edouard. Oder auf dem Flughafen. Ich fliege sehr häufig, sie kennen mich, das ist so, wenn man sich dort drei- oder viermal die Woche zeigt. Sie wissen, daß ich Devisenhändler bin. Von den drei Malen, daß ich mich in einem Flughafen zeige, werde ich zweimal gebeten, meinen Diplomatenkoffer zu öffnen.«

»Ich werde an der Grenze nie kontrolliert«, versicherte Paulina ihm, »ich sehe so ehrlich aus. Ich mußte meinen Koffer noch nie öffnen.«

»Natürlich. Das Geld von jemandem wegbringen lassen, der wie ein harmloser Tourist aussieht, wäre vielleicht noch das beste.«

»Ich würde es machen.«

»Im Ernst?«

Vor Verwunderung, daß er tatsächlich darauf einging, geriet sie ins Stottern, so daß ihre Antwort eigentlich so klang, als sagte sie irgend etwas:

»Aber … aber … was denkst du! Natürlich im Ernst! Natürlich!«

Sie merkte selbst, daß das doch unnatürlich klang, wurde rot, mußte noch mehr nach Worten ringen:

»Wirklich … ich meine das im Ernst. Dann habe ich endlich einmal die Gelegenheit, euch einen Gefallen zu tun. Du brauchst dich nur zu mucksen, und ich gehe!«

»Es ist aber nicht ganz ungefährlich.«

»Gefährlich? Wenn man die Geschichten hört von Flüchtlingen, die im Krieg über die Grenzen geschlichen sind. In die Schweiz. Oder nach Spanien, nachts über die Pyrenäen, wo die deutsche Polizei mit scharfen Hunden herumlief. Das war gefährlich. Aber in unserer Zeit?«

»Tapferes Mädchen«, sagte er, »aber vielleicht bist du tatsächlich die richtige Person für einen Versuch.«

»Ich meine es sehr ernst«, bekräftigte sie noch einmal, »und wenn es mir gelingt, es für euch zu tun, brauchst du mir nicht zu danken. Ich werde dann vor allem selbst dankbar sein, denn ich finde es so wunderschön bei deinen Großeltern. Sie sind unvorstellbar nett zu mir, und ich habe keine Möglichkeit, ihnen zu zeigen, wie glücklich sie mich machen.«

Er nickte mehrmals mit kurzen Bewegungen.

»So werden wir alle glücklich. Das findet man fast nie in der Welt. Das Glück erinnert nur selten an etwas anderes als an einen neuen Mantel, dessen einer Ärmel bei näherem Hinsehen zu kurz ist und der andere zu lang.«

So lenkte er, vielleicht unbeabsichtigt, ihre Aufmerksamkeit auf seinen tadellos sitzenden Maßanzug.

»Wie kommst du auf diesen Vergleich?« fragte sie. »Ich kann mir nicht vorstellen, daß du jemals Probleme hattest mit Mänteln, die nicht gut saßen.«

»Wenn ich mich so umschaue! Ich selbst bin natürlich privilegiert. Über meinen Schneider kann ich zumindest nicht klagen. Nun ja, eigentlich begegne ich immer den richtigen Menschen. Wie dir, jetzt. Hast du noch Zeit? Dann können wir heute nachmittag sofort zu Notar Corde gehen. Das Geld ist bei ihm hinterlegt. Über das Ganze muß noch gründlich beraten werden.«

»Ja, gern. Ich habe Zeit genug.«

»Möchtest du noch einen Kaffee«, fragte er, »oder einen Digestif?«

Digestifs trank sie nie, aber als könne es ihre Vertrauenswürdigkeit noch steigern, nickte sie.

Er bestellte für sich einen Armagnac und für sie einen grünen Chartreuse.

Nach dem ersten Schluck stand er auf: »Ich muß mal rasch telefonieren.«

Sie schaute ihm nach und dachte: Möchte ich mit ihm verheiratet sein? Nun, da sie sich, ohne lange zu überlegen, bereit erklärt hatte, mit einem Koffer voller Geld in die Schweiz zu reisen, durfte sie sich nicht beklagen, daß er offenbar ebenso kurz entschlossen allen Ernstes darauf einging. Aber so gern sie dem alten General auch einen Dienst erweisen würde, in ihrem Innern schien ein zaghaftes Stimmchen zu sagen: Eigentlich würde ich viel lieber jeden Abend der Woche in seinem Arbeitszimmer sitzen und ein Karteisystem seiner Kunstschätze anlegen, als diese Reise unternehmen zu müssen. Gerade jetzt, wo Edouard ihr nicht mehr gegenübersaß, mußte sie an seinen Geierkopf denken. Und daran, wie Raubvögel auf eine nichtsahnende Beute herabstießen, die sie schon lange beobachtet hatten. Stimmte es, oder stellte sie sich nur an, wenn sie sich sagte: Ich habe den Eindruck, daß mir jetzt gerade *genau so etwas* passiert.

Konnte es möglich sein, daß die Familie gar kein Aupair-Mädchen gesucht hatte, das bereit war, sich die Geschichten des alten Mannes über Constantin Guys anzuhören, sondern eine Person anderer Nationalität mit harmlosem Äußeren, die einen Koffer voller kompromittierender Papiere über die Grenze schmuggeln konnte?

Sie hatten sie nicht mal darum bitten müssen! Sie brauchten nur die Geschichte von dem im Krieg spurlos verschwundenen alten jüdischen Herrn zu erzählen – stimmte sie überhaupt? –, und schau her: Ganz von allein erklärt das dumme Ding sich bereit, mit dem verborgenen Schatz loszuziehen. Wenn sie mich nicht so verwöhnen würden, hätte ich ihnen das nicht angeboten, dachte Paulina, dann hätte ich nach der ganzen Geschichte gesagt: So, so, tja, ihr steckt wirklich in der Klemme, glaube ich. Von Geldangelegenheiten habe ich keine Ahnung.

Aber sie haben mich mit Freundlichkeiten und Geschenken überhäuft. Nur, damit ich ihnen diesen Gefallen tue?

Ach, du bist total verrückt. Sie konnte es nicht glauben, und sie fand ihre Gedanken schlecht. Außerdem überlegte sie:

Ich habe niemanden, mit dem ich darüber reden könnte. Schade. Selbst wenn ich so jemanden hätte, was sollte ich dann darüber sagen? Ich könnte unmöglich erklären, wovor ich Angst habe, das eine ist noch lächerlicher als das andere, und auch wenn es jemanden gäbe, bei dem ich bereitwillig mein Herz ausschütten würde, ich würde den Mund nicht aufmachen. Alles, was mir durch den Kopf geht, würde, laut ausgesprochen, lächerlich klingen.

Dann kam Edouard zurück und sagte, während er sich wieder an den Tisch setzte:

»Der Notar kann uns um drei Uhr empfangen. Das trifft sich also gut.«

56

Sie fuhren über die Boulevards St-Denis, Poissonnière, Montmartre und Haussmann zur Place de l'Etoile.

Notar Corde wurde nicht mehr erwähnt.

Edouard gab seine politischen Ansichten zum besten. Die sozialistische Regierung würde nicht das ewige Leben haben. Er sah eine große Chance, daß die Anhänger von Präsident Mitterand die nächsten Wahlen, 1986, verlieren würden. Und was dann? Dann hätte Frankreich einen linken Präsidenten und eine rechte Regierung am Hals. Allerdings besser, als es jetzt sei: Präsident links und Volksvertreter in der Mehrheit auch links. Trotzdem hatte er keine großen Erwartungen an eine rechte Regierung. Mehr Freiheit würde der Bürger nicht bekommen.

Vielleicht würde die Steuer auf große Vermögen wieder abgeschafft. Diese Chance bestand durchaus, aber die Einkommensteuer, die schon so lange existierte, würde auf jeden Fall bleiben. Große Vermögen! Was fiel noch darunter nach Ansicht des sozialistischen Menschenfreundes? Vermögen von drei Millionen Franc. Doch nicht der Mühe wert, deshalb die armen Sparer zu belästigen? Und du weißt sicher auch, daß ein Kapitalist um so mehr Möglichkeiten hat, sein Vermögen beiseite zu schaffen, je größer der Betrag ist, den er besitzt. Oder er muß alles in Immobilien angelegt haben. Oder in Ländereien und Wäldern, aber die sind genauer betrachtet nichts wert. Drei Millionen Franc! Was ein Sozialist als großes Vermögen bezeichnet. Je mehr der Wert des Geldes sinkt, desto mehr Leute besitzen bald mehr als drei Millionen und müssen deshalb Vermögenssteuer bezahlen. Demnächst muß noch die kleinste Sparbüchse daran glauben.

Paulina schwieg zu diesen finanziellen Betrachtungen. Drei Millionen Franc – das war doch immerhin eine Million Gulden, dachte sie. So viel Geld besaß ihr Vater mit Sicherheit nicht. Ansonsten war ihr das Thema einerlei.

Auch Politik interessierte sie nicht im geringsten. Um so mehr genoß sie die Autofahrt; und die vage Unruhe über das, was kommen würde, steigerte vielleicht den Genuß.

Es hatte aufgehört zu regnen, aber die Bäume und der Asphalt glänzten noch vom Wasser. Die Hinterräder der vor ihnen fahrenden Wagen spritzten dünne Nebelschleier auf.

Sehr viele Autofahrer schauten sich bewundernd nach ihnen um. Einen mehr als fünfzig Jahre alten Salmson sah man sogar in Paris nicht alle Tage. Manche Fahrer hatten offenbar wenig Lust, sie zu überholen und aus den Augen zu verlieren. Es schien, als folgten ihnen die anderen Autos wie eine Schar Jünger.

57

Notar Corde wohnte an der Avenue Georges Mandel in einem Etagenhaus mit schmalem Vorgarten. Sie konnten direkt vor dem Haus parken, durchquerten den Garten und gelangten durch ein riesiges Tor in einen hohen, gemauerten Durchgang, der in einem Bogen auf einen Innenhof führte, an den weitere Wohnhäuser und mehrere Garagen grenzten. Fast war es so, als beträte man einen Palast. Edouard, der sich hier auskannte, öffnete eine Tür aus Glas, das von kunstvoll geschmiedetem Eisengitter geschützt wurde. In der mit rotem Marmor getäfelten Eingangshalle steuerte er gleich auf den Fahrstuhl zu, der in einem abgelegenen Winkel verborgen war. In der zweiten Etage stiegen sie aus. Wände und Decken des Treppenhauses waren hier mit marokkanischem Goldleder bespannt.

Ein Butler in einem blau und weiß gestreiften Jackett ließ sie ein und führte sie in einen ganz im Empirestil möblierten Salon, der, wie aus den auf verschiedenen Tischen liegenden Illustrierten ersichtlich war, dennoch nur als Wartezimmer diente.

Gleich vier geschlossene Flügeltüren, von oben bis unten verspiegelt, führten in diesen Raum.

Paulina setzte sich auf ein Sofa und Edouard auf einen kleinen Sessel, dessen Beine in Löwentatzen aus gegossenem Messing endeten.

Wenn Edouard nicht den Eindruck vermittelt hätte, schon oft hier gewesen zu sein und nichts Besonderes mehr daran zu finden, hätte sie sicherlich versucht, eine Bemerkung über das Interieur zu machen, mit der eine Studentin der Kunstgeschichte Ehre einlegen konnte. Nun schwieg sie, obgleich er ihr Schweigen, wie sie spürte, so deuten konnte, daß sie von dieser Umgebung überwältigt war. Allerdings fiel ihr auch keine Bemerkung ein, welche die Mühe des Zuhörens lohnen würde. In Edouards Haltung fand sie zudem keinerlei Anlaß zu der Annahme, er könne sie für ahnungslos oder eingeschüchtert halten. Offenbar beschäftigten sich seine Gedanken überhaupt nicht mit den protzigen Antiquitäten, die sie umgaben, und mit Paulinas Reaktionen darauf.

Doch das war ein Irrtum.

»Siehst du das?«

Edouard deutete auf eine Stutzuhr, die auf dem Kaminsims stand. Das Zifferblatt war auf einem Kubus aus weißem Marmor angebracht. Dieser Sockel trug die Bronzefigur eines Soldaten mit Dreispitz. Der Kriegsmann lehnte an einem Baum, dessen Krone fehlte. Die rechte Hand hatte er unter seine Uniformjacke gesteckt, der linke Ellenbogen ruhte auf einem gekappten Ast. An den Baumstamm war ein Thermometer montiert.

»Napoleon«, sagte Edouard, ehe Paulina es sagen konnte. »Der Notar ist Korse.«

»Darauf ist er bestimmt sehr stolz. Mein Ururgroßvater war noch mit Napoleon in Rußland, als er achtzehn war.«

»Trotzdem ein rechtschaffener Mann, Maître Corde«, sagte Edouard, »aber ich habe noch nie erlebt, daß ich sofort in sein Arbeitszimmer eingelassen wurde. Immer muß man zuerst ins Wartezimmer, auch wenn man telefonisch einen Termin vereinbart hat, pünktlich ist und er nichts anderes zu tun hat. Ich kenne Anwälte, die jeden Klienten mindestens eine Viertelstunde warten lassen. Das lernen sie offenbar schon auf der Universität, habe ich mir sagen lassen. Es gehört zur Ausbildung. Sehr viel mehr lernen sie dort übrigens nicht. Der Sinn der Sache ist, daß der Hilfesuchende sich inzwischen auf seine Angelegenheit konzentriert. Wenn dann das Beratungsgespräch beginnt, kann man sich das ganze Hinundhergerede sparen, das sonst nötig ist, bis der Klient selbst mehr oder weniger weiß, was er eigentlich will. Ich glaube, diese Zeit, die man aus pädagogischen Gründen im Wartezimmer verbringen muß, wird mitgezählt, wenn der große Meister sein Honorar ausrechnet. Es würde mich wundern, wenn es anders wäre. Mußtest du schon einmal die Dienste eines Anwalts in Anspruch nehmen?«

»Zum Glück nicht. Bevor ich zu deinem Großvater kam, war ich genau zweieinhalb Tage Au pair bei Anwälten. Mann und Frau, beide Anwalt. Von den zweieinhalb Tagen waren sie eineinhalb Tage in ihrem Ferienhaus, da habe ich sie also nicht gesehen. Der dritte Tag war praktisch auch nicht mehr als ein halber Tag. Ich mußte früh aufstehen und für sie Brot einkaufen. Das habe ich noch aus meiner eigenen Tasche bezahlt. Kurz darauf bekam ich Streit mit Madame, und sie gab mir den Rat, zu verschwinden. Das hatte ich übrigens auch vor. Das ausgelegte Geld habe ich nicht zurückbekommen.«

»So? Ich würde kein Gras über die Sache wachsen lassen. Weißt du noch, wieviel es war? Und wenn es nur zehn Centime wären, ich würde einen Anwalt beauftragen und sie zur Rückzahlung mahnen.«

Paulina mußte lachen.

»Es ist nicht gesagt, daß alle Anwälte so sind«, meinte sie, »vielleicht ging es den Leuten gerade nicht so gut. Am ersten Tag, als ich dort war, wurde ihr Sohn krank. Das Kind war sowieso nicht ganz normal.«

»Das war doch nicht dein Bier. Du bist doch keine Krankenschwester!«

Ehe sie antworten konnte, öffnete sich eine der Spiegelglastüren. In der Türöffnung stand Maître Corde, der mit leicht erhobenen Händen Edouard zurief:

»Mein vortrefflicher Edouard! Komm her! Und Mademoiselle! Ich erinnere mich noch an den Augenblick, als ich bei den Eltern unseres gemeinsamen Freundes Ihre Bekanntschaft machen durfte, als wäre es gestern gewesen. Ihre bezaubernde Erscheinung ist unvergeßlich!«

Er küßte ihr die Hand und deutete auf die Stühle im angrenzenden Raum, seinem Arbeitszimmer.

Paulina saß mit dem Gesicht zu den Fenstern, hohen Fenstern, vor denen schräg geraffte Gardinen hingen und durch die nur Baumkronen zu sehen waren.

Bücherregale aus Mahagoni mit luxuriösen Schnitzereien bedeckten drei Wände dieses Zimmers von der Decke bis zum Boden, gefüllt mit prachtvollen Werken in rotem, grünem, blauem und braunem Leder. Es hatte den Anschein, als stünden diese Bücher dort schon seit Jahren so, als sei nie eines davon herausgeholt und gelesen worden. Und falls das hin und wieder doch geschehen sollte, als ob es danach mit größtmöglicher Sorgfalt zurückgestellt würde, so daß niemand erkennen könnte, daß es jemand in die Hand genommen hatte.

Der Notar, vermutlich gichtkrank, ging mit ungelenken Schritten, die kurzen Beine winkelte er dabei fast nicht an, zu einem Stuhl und setzte sich ebenfalls.

Seine Backentaschen waren noch ausgeprägter, als Paulina sie in Erinnerung hatte. Man hätte meinen können, er habe alle Probleme, die nun besprochen werden mußten, darin gesammelt. Sein kleiner Mund wurde von den beiden Verdickungen fast zugedrückt, aber seine Worte waren dennoch gut zu verstehen.

»Ich nehme an, daß Sie, Mademoiselle, im Bilde sind über das Problem, das der Familie de Lune so sehr zu schaffen macht. Falls nicht, wird es mir ein Vergnügen sein, Ihnen das Ganze darzulegen.«

»Nein, nein, Maître«, sagte Edouard, »sie weiß Bescheid. Wie Sie bereits annahmen. Sie ist voll eingeweiht.«

Der Notar nickte. Aber als hätte er Edouard gar nicht zugehört, rekapitulierte er die ganze Geschichte: von einem Herrn – den Namen würde er nicht nennen –, der im Krieg dem General einen Koffer zur Aufbewahrung gegeben hatte. Danach sei der Herr mit seiner Frau nach Spanien gereist, jedenfalls war das anzunehmen. Man habe später nichts mehr von ihnen gehört, wisse aber, daß die Frau in einem deutschen Krankenhaus gestorben sei, noch vor der Kapitulation. Alle Nachforschungen nach dem Mann, in Spanien, England, Israel, Amerika und Deutschland, seien erfolglos gewesen. Deshalb sei das Problem entstanden, was mit dem Koffer und dessen wertvollem Inhalt geschehen solle.

»Unterdessen ist die Zeit nicht stehengeblieben. Der Besitzer war gut siebzig Jahre alt, als er um 1942 aus unserem Gesichtskreis verschwand. Was auch immer ihm widerfahren sein mag, eines steht unwiderruflich fest: Er ist, er kann nicht mehr am Leben sein. Er ist nicht hundertvierzehn Jahre alt geworden. Nur fehlt der Beweis.«

Der Anwalt schwieg eine Sekunde, damit jeder seine Behauptung in Ruhe überdenken konnte, und fuhr dann fort: »Das Problem ist immer noch nicht befriedigend gelöst.«

Es hörte sich an, als hielte er regelmäßig Vorlesungen darüber und als hätte das, was er soeben gesagt hatte, einzig die Funktion, Studenten, welche die letzte Vorlesung versäumt hatten, einen kurzen Überblick zu verschaffen.

Nun erst kam er zum Kern seiner Ausführungen:

»Es ist evident, daß General de Lune diesen Koffer mit seinem wertvollen Inhalt nicht ewig in seinem Besitz behalten kann. Evident ist auch, daß das Kapital den Erben nicht auf einem der üblichen Wege übergeben werden kann. Übrigens: Nicht, daß man mich mißversteht. Ich bin nicht der Notar des Verstorbenen, ich bin nur der Notar des Schatzbewahrers. Der obendrein ein alter Freund von mir ist. Ex officio habe ich mit der ganzen Angelegenheit nichts zu tun, das sollten Sie unbedingt wissen, Mademoiselle. Es war völlig con amore, daß ich dennoch Nachforschungen in Auftrag gegeben habe, ob der Eigentümer des Koffers, ehe er das Land verließ, ein Testament gemacht hatte. Das einzige, was dabei herauskam, ist die Information, daß das Ehepaar in Gütergemeinschaft gelebt hat. Ein Testament ist nicht vorhanden. Auch kein holographisches Testament, nicht wahr, lieber Freund?«

»Ein holographisches Testament«, sagte Edouard, »diese Möglichkeit hat noch niemand erwähnt. Jedenfalls war im Koffer keinerlei handschriftliche Anweisung, was mit den Papieren beim Tod des Eigentümers geschehen solle.«

»Monsieur Crémieux könnte ...« Er hatte sich verplappert: zum erstenmal erwähnte der Notar diesen Namen. Es war nicht mehr zu ändern: »... hmmm, tja ... angenommen, er hätte ein handgeschriebenes Testament aufgesetzt, dieses Papier irgendwo anders deponiert haben.«

»Aber wo? Der logischste Platz dafür wäre im Koffer selbst, und darin befand sich kein Papier dieser Art.«

»Wann wurde der Koffer zum erstenmal geöffnet?«

»Kurz nach Kriegsende, als mein Großvater die Nachricht erhalten hatte, daß der Mann spurlos verschwunden und die Frau tot sei. Ich war nicht dabei. Es muß Jahre vor meiner Geburt gewesen sein.«

Der Notar nickte so beifällig, wie jemand nur dann nikken kann, wenn er Dinge gehört hat, die er längst weiß und nie in Zweifel gezogen hat.

Als er sich setzte, hatte er das linke Bein über das rechte gelegt. Nun schwang er es nicht ohne Mühe zurück, stellte den linken Fuß genau neben den rechten, beugte sich etwas vor, stützte die Ellbogen auf die Stuhllehnen, legte die Fingerspitzen der rechten an die Fingerspitzen der linken Hand, ließ das Kinn auf den Daumen ruhen und berührte mit der Nase die Zeigefinger.

»Man brauchte auch nicht dabeigewesen zu sein, um die Gewißheit zu haben, daß tatsächlich kein holographisches Testament hinterlassen wurde. Denn: hätte es eines gegeben, würde der Erblasser darin aller Wahrscheinlichkeit nach nicht den Halbbruder seiner Frau zum Erben ernannt haben, einen SS-Offizier, der inzwischen wegen Kriegsverbrechen Bekanntschaft mit dem Gefängnis gemacht hat. Stünde also ein anderer Name in diesem holographischen Testament, der Name einer würdigeren Person, meine ich, wäre es für deinen Großvater überhaupt kein Problem gewesen, dafür zu sorgen, daß das Geld an der richtigen Stelle abgeliefert worden wäre.«

»Aber«, sagte Paulina, »könnte es nicht vielleicht sein, daß Monsieur Crémieux jemanden aus seiner Familie zum Erben eingesetzt hat? Hatte er keinen Bruder?«

»Oh!« rief der Notar. »Der Name ist also kein Geheimnis für unsere charmante Freundin.«

»Crémieux hatte einen Bruder«, bestätigte Edouard trokken, »aber der ist in Auschwitz umgekommen.«

»Die ganze Familie Crémieux ist in Deutschland umgekommen«, sagte der Notar, »jedenfalls, soweit sie mit dem betreffenden Crémieux verwandt sind. Es gibt auch andere Crémieux, die nicht zur Familie gehören.«

Notar Corde schien einen Augenblick nachzudenken, und ihm war deutlich anzusehen, daß er über etwas sehr Wichtiges nachdachte! Weder Edouard noch Paulina wagten es, seine fast hörbaren Gedanken zu unterbrechen. Plötzlich riß er die Hände auseinander, legte sie auf die Stuhllehnen, blickte Paulina fest in die Augen und sagte:

»Sie sind Holländerin?«

»Zweifeln Sie daran?« fragte Paulina, die sich unmöglich vorstellen konnte, daß ihm diese Tatsache nicht bekannt war. Sie war ihm doch auf dem Fest bei Armand vorgestellt worden! Damals hatten sie ja ein paar Worte gewechselt, und selbstverständlich hatte Jacqueline oder Armand selbst den Notar über diese simple Besonderheit informiert. Litt er an Gedächtnisschwund? Oder hatte Edouard ihm, als er telefonisch den Termin vereinbarte, nicht gesagt, wen er zu dieser Besprechung mitbrachte?

»Pardon«, sagte der Notar, »aber das Gesetz verlangt eine eindeutige Erklärung zur Sache. Man könnte Sie übrigens für eine Schwedin halten.«

»Ja, es ist kompliziert, Herr Notar«, tröstete Edouard ihn.

»Ich empfinde außerordentliche Bewunderung für die Völker des Nordens«, erläuterte der Notar. »Es hängt damit zusammen, daß sie so unterschiedlich sind, verschiedene

Sprachen sprechen: Norwegisch, Dänisch, Schwedisch ... Somit sind sie nie zur staatlichen Einheit gelangt. Dadurch ist Holland keine andere Rolle zuteil geworden, als zu versuchen, das Gewissen der Welt zu spielen. Nur nimmt niemand davon Notiz. Spricht man in Holland Deutsch oder Flämisch?«

»Holländisch«, sagte Paulina mit einem ermunternden Lächeln.

»Holländisch? ... Ach so. Natürlich. Holländisch. Wirklich prachtvolle Menschen dort im Norden, die alle um einen Kopf überragen. Eigentlich muß das doch eine tiefere Bedeutung haben. Der Schöpfer kann damit keine andere Absicht verfolgt haben, als sie zu den Herrschern der Welt zu machen. Aber ein Dämon hat einen Zankapfel zwischen sie geworfen, und als Folge davon sind sie nun uneins. Worum es bei dem Streit geht, ist mir immer ein Rätsel geblieben. Steht Holland nicht so gut wie immer auf Kriegsfuß mit Dänemark?«

»Nicht, daß ich wüßte«, sagte Paulina.

»Aber darum geht es doch im *Hamlet*? Nun ja, vielleicht irre ich mich. Ist Stockholm nicht die Hauptstadt von Holland?«

»Verzeihung, aber das ist Amsterdam.«

»Ach ja, natürlich. Amsterdam. Ich bin ein bißchen durcheinander. In Geographie war ich übrigens nie besonders gut. Allerdings habe ich, oh, vor langer Zeit, ich glaube, es war sogar noch vor dem Krieg, die Tulpenfelder von Leiden gesehen. Ist das richtig? Die Tulpenfelder, die sind doch in der Nähe von Leiden?«

»Ja, ja, das haben Sie sich wirklich gut gemerkt.«

»So. Na, dann ist es ja nur halb so schlimm mit dem alten Knacker.« Hmmmm. Aber eh' ich's vergesse – und Sie sehen, wie vergeßlich ich bin –, ich möchte mir doch ein paar Notizen machen, wenn Sie erlauben. Ihr Geburtsort, Ihr Geburtsdatum und so weiter.«

Er stand auf und ging zu seinem Schreibtisch.

»Was ich sehr liebe«, erzählte er unterdessen, »das sind Opern. Die Opern von Wagner. Für die schwärme ich. Lohengrin, der Schwanenritter, der seinen Namen nicht sagen durfte. Ich will nicht hoffen, daß Sie sich ein Beispiel an ihm nehmen, denn ich lege großen Wert darauf, Ihren Namen ganz genau zu wissen und aufzuschreiben.«

Als er am Schreibtisch saß, auf dem nur eine große Leselampe stand, die schon die ganze Zeit gebrannt hatte, zog er eine Schublade auf und entnahm ihr ein paar außergewöhnlich weiße Folioblätter, die er vor sich niederlegte. Er schloß die Schublade wieder und rückte mit seinem Stuhl noch etwas näher an den Schreibtisch. Den linken Rockschoß nahm er mit der linken Hand beiseite und zog mit der rechten einen goldenen Füller von auffälliger Größe aus der Westentasche.

»Lohengrin. War das nicht ein Holländer?« fragte er.

»Aber nein, Herr Notar, Sie verwechseln ihn mit dem Kapitän eines Geisterschiffs«, sagte Edouard, »das ist eine andere Oper von Wagner.«

»Wie konnte ich so dumm sein. Natürlich. Der berühmteste Kapitän der Welt. In England wird er Ssi Flaaing Dütschmànne genannt. Stimmt's? Wie nennt man ihn in Holland, auf holländisch?«

»De vliegende Hollander«, sagte Paulina.

»Das kann ich nicht nachsprechen. De ... de ... de ... Non, non ... Enfin, Kapitän eines Geisterschiffes. Er ist der Stolz Ihres Vaterlandes, nehme ich an? Kein anderes Volk macht Ihnen das nach. Wir haben Descartes, den klarsten Geist, der je das Licht der Welt erblickte. Cogito, ergo sum! Ich denke, also bin ich! Aber gegen den Kapitän eines Geisterschiffes hätte er nichts ausrichten können. Cogitieren ist wohl das allerletzte, was ich tun würde, wenn mir ein Geisterschiff begegnete. Ich denke, also bin ich. Sobald er nicht mehr dachte, war Descartes auch nicht mehr vorhanden. Verschwunden. In Luft aufgelöst. Das ist klar und deutlich. Das läßt sich nicht widerlegen. Während Ihr Geisterschiffkapitän jahrhundertelang unterwegs war und es höchstwahrscheinlich noch ist. Ohne jemals zu cogitieren, ohne jemals nachzudenken. Ohne auch nur ein einziges Buch über die Philosophie zu schreiben. Ich denke nicht, und ich bin trotzdem! Darauf hätte Descartes keine Antwort gewußt. Das ist bewundernswert. Welchen Beruf hat Ihr Vater?«

»Stadtdirektor«, antwortete Paulina, »in Vlissingen.«

»So, so. Und sind Sie dort auch geboren? Und wann, wenn Sie mir die Frage gestatten?«

Er schraubte die Kappe von seinem Füller. Bevor er die Feder aufs Papier setzte, machte er ein paar Schreibbewegungen in der Luft, so wie ein Friseur seine Schere mehrmals auf- und zuklappen läßt, bevor er eine Haarsträhne abschneidet.

»Und dürfte ich bitte Ihren Paß sehen? Und Ihre Aufenthaltserlaubnis?«

»Aber Herr Notar«, sagte Edouard, »wenn es unbedingt nötig ist, können Sie davon doch eine Fotokopie anfertigen lassen?«

»Ich vertraue diesen modernen Geräten nur halb. Wenn ich etwas eigenhändig notiert habe, weiß ich viel besser, woran ich bin. Seit wann sind Sie in Frankreich, Mademoiselle?«

Das stand auf ihrer Aufenthaltserlaubnis, aber sie sagte es ihm trotzdem.

Schweigend schrieb er eine ganze Weile.

Schließlich sagte er: »Ich weiß genug«, und schraubte seinen Füller wieder zu. Aber plötzlich überlegte er es sich anders, drehte die Kappe wieder vom Füller und fragte: »Darf ich Sie bitten, hier zu unterzeichnen?«

Paulina stand auf und ging zum Schreibtisch. Er schob das Papier in ihre Richtung, deutete auf die Stelle, wo sie unterschreiben sollte, und gab ihr den Füller. Vorgebeugt leistete sie die Unterschrift, ohne vorher zu lesen, was auf dem Papier stand. Ihre Haare hingen über dem Blatt. Mit einem Ruck des Kopfes warf Paulina sie wieder nach hinten und gab dem Notar den schweren Füller zurück.

»Ich bin Ihnen außerordentlich dankbar für Ihre Hilfsbereitschaft. Sie hören von mir noch Näheres.«

Er stand auf und kam hinter dem Schreibtisch vor.

»Ich hoffe, Sie nehmen es mir nicht übel, aber ich habe mit meinem Freund Edouard noch ein paar Dinge zu besprechen, die für Sie völlig uninteressant sind. Es eilt ein wenig, und ich möchte die Gelegenheit gern beim Schopf packen. Dürfte ich Sie bitten, noch einmal kurz im Wartezimmer Platz zu nehmen?«

Ohne eine Antwort abzuwarten, ging er zur Tür und hielt sie ihr offen.

»Zwei Minuten.« Er zeigte auf einen kleinen Tisch. »Es sind interessante Zeitschriften darunter, auch über Musik. Sie werden sich nicht langweilen.«

In einem Spiegel sah Paulina sich zu einem Sofa gehen. Über Musik? Was meinte der alte Nörgler damit nun wieder? Sie hörte Edouard noch etwas sagen, aber da die Tür gerade geschlossen wurde, ging der größte Teil seiner Worte verloren.

Dieser Notar ... Man erzählte ihm, daß man Kunstgeschichte studierte, und fünf Wochen später war aus dem Fach für ihn Musik geworden.

Draußen wurde es plötzlich dunkel.

Sie ließ den Blick durch den Raum und über die Zeitschriften schweifen – *Vogue, Cosmopolitan, Femme, Marie-Claire*. Keine einzige Musikzeitschrift.

Die Verlockung, eines dieser Wartezimmerblätter in die Hand zu nehmen, war nicht groß. Sie verschränkte die Arme und legte die Spitze des linken Daumens an die Lippen. Sie mochte es nicht, zu warten. Sie hoffte, hier nicht eine Stunde sitzen zu müssen. Wenn man wartete und sich die Zeit nicht mit Lesen oder etwas anderem verkürzte, was die Gedanken von dem ablenkte, worauf man wartete, dauerte die Wartezeit dem Anschein nach länger. Jedenfalls wurde das oft behauptet. Aber eigentlich war sie der Ansicht, daß man, indem man sich gerade auf das Warten konzentrierte, denjenigen, auf den man wartete, zur Eile antreiben und die Wartezeit auf diese Weise tatsächlich abkürzen konnte. Was hatte Edouard jetzt wohl noch mit diesem aufgeblasenen Männchen zu besprechen? Konnte er das nicht ein andermal erledigen? Mußte er ihn vielleicht davon überzeugen, daß das Geld bei ihr in sicheren Händen sein würde? Aber hätte er das nicht schon eher machen können? Zugegeben, sie hatte selbst angeboten, den Koffer zu transportieren. Aber sie fragte sich inzwischen, ob die Familie nicht mehr oder weniger damit gerechnet hatte. Ob man es ihr nicht freiheraus vorgeschlagen hätte, wenn sie sich nicht spontan dazu erboten hätte.

Worüber konnten die beiden nun noch palavern? Die Frage, was mit Crémieux' Geldkoffer geschehen sollte, mußte schon seit Jahren Diskussionsthema zwischen dem General, seinen Söhnen, seinem Enkel und dem Notar sein ... So ein dummer Mann! Wie konnte er auch nur einen Augenblick an ihrer Ehrlichkeit zweifeln? Sie war nun schon fast zwei Monate im Haus dieser Leute. Sie kannten sie doch. Aber ihrem Notar mußte man erklären, daß Stockholm nicht die Hauptstadt der Niederlande ist, obwohl er schon einmal die Tulpenfelder in der Nähe von Leiden besucht hatte. Ich habe die Tulpenfelder noch nie besucht, dachte Paulina, nur zufällig aus dem Zugfenster geschaut, als ich einmal in den Pfingstferien nach Amsterdam fuhr. Wann war das gewesen? Vielleicht vor zwei oder drei Jahren. Rechtekkige Flächen Rot, Violett oder Gelb. Ein Bild von Mondrian. Dadurch war Mondrian natürlich auf die Idee gekommen. Weil Ausländer verrückt sind auf Tulpenfelder, lieben sie auch Mondrian. Aber die Farben der Tulpenfelder waren sehr viel frischer als die von Mondrians zunehmend stumpfer und staubiger werdenden abstrakten Meisterwerken. Abstrakt? Ein Luftfoto der Tulpenfelder war genauso abstrakt und trotzdem zu hundert Prozent realistisch.

Die weißen, stark gerafften Gardinen, die hier vor den Fenstern hingen, waren so dick, daß sie von ihrem Sofa aus kaum etwas in der Außenwelt wahrnehmen konnte, aber daß es jetzt wieder regnete, stand fest. Sie konnte die Tropfen fallen hören und das Geräusch von Autoreifen auf nassem Asphalt.

Dann öffnete sich die Tür zum Gang. Einstweilen trat niemand ein. Eine Frauenstimme sagte: »Es macht mir nichts aus zu warten. Ich bin zu früh da, aber ich bin schon froh, daß ich nicht draußen im Regen stehen muß. Merci.«

Paulina erkannte die Frauenstimme.

»Zu Ihren Diensten«, sagte die Stimme des Butlers, »ganz wie Sie wünschen.«

Beim ersten Schritt, den die Frau in den Raum setzte, erkannte Paulina auch die Person sofort. Es war Madame Pauchard. Der Butler schloß die Tür.

Mit einem Schwenk schüttelte Madame Pauchard ihren zusammengelegten nassen Schirm, ohne sich darum zu kümmern, daß die Tropfen auf die Möbel anderer Leute spritzten. Auf dem Kopf trug sie eine Plastikhaube, und ihr langer Zopf verbarg sich unter dem altrosa Regenmantel, den sie aufknöpfte.

Sie schaute sich um und erblickte Paulina, sah sie ein paar Sekunden gedankenverloren an, nickte dann flüchtig und ging zu einem Stuhl in der Ecke des Raums.

»Bonjour, Madame Pauchard!« rief Paulina über den nicht geringen Abstand, der sie von der Juristin trennte. »Wie geht es Ihnen? Und ist Hughes wieder gesund?«

»Kaum zu glauben!« rief Madame Pauchard. »Bist du's, Clémentine? Ich habe noch oft an dich gedacht, nachdem du so einfach davongelaufen bist. Ich kann mir natürlich vorstellen, daß es dir nicht gepaßt hat, ertappt zu werden, als mein Mann gerade die Arme um dich legen wollte. Aber glaub mir, das sind Bagatellen, die für uns keine Bedeutung haben. Und weiter als bis zu einem Kuß wäre er höchstwahrscheinlich gar nicht gegangen. Gefällt es dir noch immer in unserer Lichterstadt? Bist du jetzt bei netten Leuten? Ich hoffe es für dich. Du hattest natürlich schreckliche Angst vor mir. Absolut unnötig. Ich bin überhaupt nicht böse auf dich. Selbstverständlich konntest du nichts dafür, daß es zu dieser Situation kam. Ich verstehe das vollkommen. Ich habe selbst auch als Au pair angefangen. Als Monsieur dir Avancen machte, warst du dem Problem nicht gewachsen. Wäre ich auch nicht gewesen. Es ist schon schwer genug, in einer Stadt wie Paris anständige Menschen zu finden. Und wenn man sich dann ein Plätzchen ergattert hat, will man das nicht nach zwei Wochen verspielen, indem man der Leidenschaft des Hausherrn allzu heftig Widerstand leistet. Der Leidenschaft des Hausherrn? Kindchen, du hättest dich gar nicht so aufzuregen brauchen. Ich muß immer noch lachen, wenn ich daran denke. Ich will ja nicht abstreiten, daß mir ein paar Kraftausdrücke herausgerutscht sind. Was hätte ich sonst tun sollen? Er soll sich nun auch nicht einbilden, daß er alles darf. Deshalb also. Aber mit diesen Worten habe ich dich eigentlich nicht gemeint. Das hast du nicht verstanden. Ehe ich es erklären konnte, warst du schon auf und davon. Schade. Na ja, vielleicht ist es ja auch für dich das beste, wenn du es einigermaßen gut getroffen hast mit deiner neuen Au-pair-Adresse?«

»O ja, ich kann nicht klagen.«

Paulina hatte keine Lust, richtigzustellen, daß Madame Pauchard sie wahrscheinlich mit einem anderen Au-pair-Mädchen verwechselte.

»Nicht klagen? Ein Glück«, sagte Madame Pauchard. »Ich habe mir Sorgen um dich gemacht. Und ehe ich's vergesse: du bekommst noch etwas Geld von mir, ist mir gerade eingefallen.«

Die Dame nahm ihre Handtasche auf den Schoß.

»Ach, lassen Sie nur, Madame«, sagte Paulina, »es war kaum der Mühe wert, ich weiß nicht mal mehr, wieviel es genau war.«

»Unsinn. Ich weiß es noch, und ich lege Wert darauf, es dir zurückzugeben.« Sie schlug die Klappe ihrer Handtasche hoch, zog einen Reißverschluß auf und pulte aus einem Innenfach Münzen, die sie in die Fläche ihrer ausgestreckten linken Hand legte.

»Bitte. Ich hab's sogar passend.«

Sie machte die Hand zu, schloß die Tasche, stellte sie auf den Boden, stand auf und kam auf Paulina zu.

Paulina wußte nicht, wie sie dieser kristallklaren Ehrlichkeit noch länger Widerstand leisten sollte. Also stand sie auch auf, als Madame Pauchard vor ihr stand, nahm das Geld und ließ es, ohne nachzuzählen, in ihre Manteltasche fallen. Viel war es jedenfalls nicht.

»Nein, nein, sei so gut und zähl nach«, sagte Madame Pauchard, »dann kann es nie mehr zu einem Mißverständnis darüber kommen.«

»Mißverständnis?«

»Aber ja, Clémentine, es wurden schon Morde begangen um lächerliche Summen.« Sie schaute Paulina fest an.

Zögernd steckte Paulina die Hand in die Manteltasche. Betrachtete das Geld, zählte es. Vier Münzen von zehn, eine von fünf, eine von einem Franc, ein halber Franc, ein Zwanzig-Centime-Stück und eine Münze von zehn Centimes.

»Stimmt's?«

»Ja, Madame, es stimmt.« Ich heiße nur nicht Clémentine, aber das sagte sie nicht mehr laut. Sie spürte, wie ihre Wangen heiß wurden. Wie war das möglich? 46 Franc 80. Das Croissant und ein halbes Baguette hatte sie abgezogen. Also stimmte es. Aber schuldete diese Frau einer gewissen Clémentine genau denselben Betrag? Offenbar war das so. Und darum war es möglich, daß sie noch einmal der echten Clémentine begegnen würde. Und wenn die echte Clémentine ihr Geld zurückhaben wollte, was dann?

»Der Betrag stimmt genau, Madame«, sagte Paulina, »Sie schuldeten mir damals 46 Franc 80. Aber ich muß Sie davon in Kenntnis setzen, daß ich nicht Clémentine bin.«

»Nein?«

»Nein, wirklich nicht. Ich heiße Pauline.«

»Na ja, das ist nicht so wichtig. Hauptsache, du bist dir darüber im klaren, daß du nichts mehr von mir zu fordern hast, egal, wie du heißt.« Und sie drehte sich um.

Und Monsieur hat nie die Arme um mich gelegt, dachte Paulina, die Münzen brannten ihr in der Hand, die sie schon erhoben hatte, um der Frau das Geld hinterherzuwerfen, aber das könnte sie wohl doch nicht machen im Wartezimmer von Notar Corde, dem Freund des Generals. Sie hörte, daß eine Tür geöffnet wurde, und blickte, als habe sie Angst, ertappt zu werden, zur Seite.

»Maître! Sie sind schon da!« rief Notar Corde Madame Pauchard zu, während er, sich verabschiedend, noch Edouards Hand hielt.

Dann kam Edouard auf Paulina zu, und Notar Corde bat die Juristin in sein Arbeitszimmer.

Edouard nickte Madame Pauchard flüchtig zu, offenbar kannten sie einander nicht. Was für einen Grund gab es, anders darüber zu denken? Wenn Madame Pauchard nicht vor dem vereinbarten Termin gekommen wäre, hätte sie mich gar nicht gesehen, sagte sich Paulina.

Ach, hätte ich sie doch nicht getroffen!

Als sie mit Edouard hinausging, wagte sie nicht, etwas zu sagen, um nicht doch ihr Mißtrauen, das sich nicht legen wollte, zu verraten. Stand Madame Pauchards Besuch in Zusammenhang mit dem ihren? Konnte es zum Beispiel möglich sein, daß Notar Corde herausgefunden hatte, wo Madame Pauchard wohnte, und sie gebeten hatte, in seine Kanzlei zu kommen, weil er sie ausfragen wollte, wie sie über Paulina dachte? So wie man Erkundigungen bei früheren Arbeitgebern einholt, bevor man eine neue Kraft einstellt?

Das Herz schlug ihr bis zum Hals. So viel Mißtrauen, war das nötig? Aber angesichts der äußerst heiklen Mission, für die man sie gewonnen hatte, war es im Grunde nicht verwunderlich. Nein, sie hatte nicht das geringste Recht, sich darüber zu empören. Was wußten sie von ihr? Nicht viel mehr als das, was sie durch eigene Beobachtung wissen konnten: daß sie fleißig studierte; immer zeitig nach Hause kam; keine fremden Männer mitbrachte. Und sonst nichts.

Aber angenommen, ihre Vermutung bestätigte sich, und Maître Corde fragte Madame Pauchard in diesem Moment über sie aus? Was würde diese Person dann alles erzählen?

Möglichkeiten:

»Eine Pauline? Meiner Ansicht nach heißt sie Clémentine, und ich mußte sie nach zwei Wochen vor die Tür setzen, weil ich sie in den Armen meines Mannes fand.«

War diese Clémentine vielleicht auch eine Holländerin? Falls nicht, würde Maître Corde Madame Pauchard natürlich die Augen öffnen.

›Ach nein, Maître, ich bin ganz durcheinander … Eine Holländerin? O ja, jetzt fällt es mir wieder ein. Es war eine andere, eine Riesin, ich sagte mir schon, was bist du gewachsen, Clémentine. Eine andere also. Die hat sich äußerst unfreundlich verhalten! Und das vor allem gegenüber meinem armen, kranken Sohn. Ich mußte sie einfach anflehen, die Koffer zu packen. Ein schreckliches Mädchen! Unehrlich? Nein, davon weiß ich nichts, nein, das kann ich natürlich, auch nach ein paar Stunden Erfahrung, nicht beurteilen. Das können Sie sicher verstehen.‹

Unterdessen konnte sie das Blaue vom Himmel herunter lügen …

Aber angenommen, diese Clémentine war auch eine Holländerin und ebenso groß wie sie?

Dann wäre auch folgender Dialog möglich:

›Pauline, sagen Sie, Maître, *Pauline*? Aber so heißt sie nicht. Clémentine ist ihr Name, oder ich muß mich sehr täuschen.‹

›Nein, meine Liebe, ich habe ihre persönlichen Daten notiert. Sie hat mir ihren Paß und ihre Aufenthaltserlaubnis gezeigt. Natürlich ist nichts unmöglich! Falscher Paß, falsche Aufenthaltserlaubnis? In einer Zeit wie dieser kann man die seltsamsten Überraschungen erleben. Das weiß jeder. Aber, meine Liebe, bitte nehmen Sie mir das jetzt nicht übel, könnten wir nicht auch für einen Augenblick annehmen, daß Sie sich irren? Daß Sie das arme Mädchen mit jemand anderem verwechseln?‹

Paulina war in ihre imaginären Dialoge so vertieft, daß sie kein Wort mehr sagte und sich Edouards Gegenwart gar nicht mehr bewußt war, obwohl er im Regen dicht neben ihr ging, denn nur sie hatte einen Schirm.

Auch als sie schließlich wieder im Salmson saßen, schwieg Paulina.

Edouard wischte die beschlagene Windschutzscheibe ab und verschränkte dann die Hände.

»Woran denkst du?«

»Wieso?«

»Du bist so schweigsam. Wie geht es deinem Freund in Holland?«

»Ausgezeichnet, denke ich.«

»Ist er schon Kapitän auf einem Geisterschiff?«

»Wie kommst du denn darauf?«

»Hast du mir nicht erzählt, daß er bei der niederländischen Marine dient?«

»Ja. Aber auf einem Torpedoboot.«

Wie sie dazu kam, auch das noch dazuzulügen, begriff sie selbst nicht, aber es war schon zu spät.

Mit einem verschmitzten Lächeln fuhr sie fort: »Unsere Marine hat keine Geisterschiffe mehr.«

»Schade. Dann kann er auch kein Kapitän werden.«

»Er ist Leutnant.«

»Aha, ein tüchtiger Bursche«, sagte Edouard, »mich hat man bei der Musterung für untauglich erklärt.«

Er ließ den Motor an und fuhr los.

Sie sprachen noch über Notar Corde und die dort getroffenen Vereinbarungen, nicht über Madame Pauchard, bis Paulina selbst die Rede auf sie brachte:

»Glaubst du an Telepathie?«

»Kommt drauf an. Wie meinst du das?«

»Du erinnerst dich doch, daß ich dir vorhin von Madame Pauchard erzählt habe, der Anwältin, bei der ich zuerst ein paar Tage lang Au pair war?«

»Natürlich. Sie wollte sogar, daß du das Brot bezahlst, das du für die Familie eingekauft hattest.«

»Genau. Als wir von Corde weggingen, war inzwischen eine Frau ins Wartezimmer gekommen. Du mußt sie gesehen haben. Das war Madame Pauchard.«

»Tatsächlich? Ach, es kann auch Zufall sein, daß wir uns gerade über sie unterhalten hatten.«

»Sie hat mir das Geld für das Brot zurückgegeben. 46 Franc 80.«

»Hattest du sie darum gebeten?«

»Im Gegenteil. Ich hätte lieber darauf verzichtet, aber ich wußte nicht, wie ich es ablehnen sollte.«

»Wenn sie dir nicht zufällig begegnet wäre, hätte sie es noch in der Tasche.«

»Sie hat mich übrigens mit einem anderen Mädchen verwechselt, sie nannte mich Clémentine.«

»Dich mit jemandem verwechseln? Das ist unmöglich. Sie hatte deinen Namen vergessen.«

Er setzte sie bei einem Taxistand ab, weil er noch einen anderen Termin hatte.

»Ich laß dich bald Näheres wissen. Auf Wiedersehen.«

Er verabschiedete sich mit einem Handkuß. »Ich ruf dich nach dem Wochenende an«, versprach er noch. Erst als sie ins Taxi gestiegen war, fuhr er los.

58

Doch als die folgende Woche schon mehr als zur Hälfte vorüber war, hatte er noch nicht angerufen.

Paulina machte sich große Sorgen. Sie konnte kaum schlafen; wenn sie gegen Morgen endlich eingeschlummert war, erwachte sie bald aus Träumen, die so grauenhaft waren, daß sie sich nur daran erinnern konnte, etwas Grauenhaftes geträumt zu haben, vom Inhalt des Traums aber nichts mehr wußte.

An Zufall wagte sie immer noch nicht zu glauben, und ebensowenig daran, daß Madame Pauchard rein zufällig bei Notar Corde gewesen war. Oder wegen einer Angelegenheit, die mit ihr, Paulina, nichts zu tun hatte. Und daß die Anwältin deshalb gegenüber dem Notar auch nicht erwähnt hätte, im Wartezimmer ihrem früheren Au-pair-Mädchen begegnet zu sein. Das sprach eigentlich für sich.

Für sich? Was spricht für sich?

Die Wirklichkeit schweigt. Sie zeigt nur das, was wir sehen, und sie spricht überhaupt nicht. Auf unsere Fragen gibt sie nur die Antworten, die wir selbst formulieren – und auch diese entsprechen größtenteils nicht der Wahrheit.

Paulina hatte sich nicht getraut, das Geld auszugeben, das Madame Pauchard ihr zurückgezahlt hatte. Es lag in ihrem Zimmer auf dem Kaminsims: die vier Zehn-Franc-Stücke in einer Reihe, die anderen Münzen drumherum. Sie wagte sie nicht zu berühren. Ohne den geringsten Anlaß befürchtete sie, dieses Geld noch einmal als »Beweis« zu benötigen. Was sie damit beweisen könnte, war ungewiß. Daß sie Paulina war, nach einem halben Arbeitstag gegangen wegen eines Streits, der mit dem Kind zu tun hatte, und nicht Clémentine, die sich nach vierzehn Tagen vom Hausherrn hatte umarmen lassen? Aber es war durchaus möglich, daß Madame Pauchard auch diese Clémentine Brot einkaufen geschickt und daß auch diese mit einem Fünfzig-Franc-Schein aus ihrer eigenen Tasche bezahlt hatte. Und daß die Anwältin das Wechselgeld, ob versehentlich oder nicht, einkassiert hatte. War auch Clémentine eine Holländerin und außergewöhnlich groß?

Aber selbst wenn Clémentine das alles nicht zugestoßen wäre, sondern nur ihr, Paulina: Was bewiesen diese Münzen, wie sie zu Hunderttausenden im Umlauf waren, überhaupt?

Sie nicht auszugeben, konnte nur als Aberglaube bezeichnet werden.

Die Genesung des Generals schien keine Fortschritte zu machen.

Am Tag nach dem Besuch beim Notar erkundigte sich Paulina mit mehr Nachdruck als sonst bei Madame Le Dantec, wie es ihm ginge.

»Ist er wirklich so krank? Vielleicht tut es ihm gut, ein paar Minuten mit mir zu reden.«

Was vorher noch nie passiert war: Madame Le Dantecs Miene erstarrte, und sie preßte die Lippen zusammen. Ihre oberen Schneidezähne hätten auf die Unterlippe gebissen, wenn sie dafür nicht ein klein wenig zu weit vorgestanden hätten.

Gut eine Woche später erklärte Edouard Paulina, was nun mit dem Vermögen im Koffer geschehen solle. Es sollte tatsächlich nach Israel geschleust werden und dort einer Organisation für hilfsbedürftige Kinder zugute kommen.

»Es ist besser, wenn ich dir nicht genau sage, wie die Organisation heißt. Unsere Welt ist nun mal so beschaffen, daß das, was ohne Not nicht erzählt zu werden braucht, am besten geheim bleibt.«

Natürlich brauchte Paulina das Vermögen nicht bis nach Israel zu bringen.

»Du bekommst eine Adresse in der Schweiz. Sprich mit niemandem darüber. Falls Großvater wieder davon anfängt, sag ihm, daß es in Ordnung geht und das Geld am vorgesehenen Ort sicher abgeliefert wird. Du brauchst dabei nicht mal zu erwähnen, daß du es dort abliefern wirst.«

»Warum darf er das nicht wissen?«

»Er würde sich noch mehr Sorgen machen. Er mag dich furchtbar gern. Er würde Angst haben, daß dir etwas passiert. Anständige Menschen schmuggelten früher nie. Er weiß nicht, daß man einen Koffer mit Leichtigkeit über die Grenze schleusen kann, ohne daß der Zoll einen Blick hineinwirft.«

»Davor fürchte ich mich keinen Augenblick. Wann fahre ich?«

»Das werde ich dir noch genau sagen, wenn ich es selbst weiß. Ich übergebe dir rechtzeitig eine Fahrkarte. Am Tag der Abreise nimmst du ein Taxi und läßt dich zu Notar Corde fahren. Dort bekommst du den Koffer. Notar Corde sorgt für ein Auto, das dich zur Gare de l'Est bringt. Außerdem nimmst du noch einen kleinen Handkoffer mit.«

»Ich habe einen! Den habt ihr mir geschenkt!«

»Das trifft sich ja gut.«

Er lachte mit einer Miene, als ob sie ihm nichts Neues erzählte und diese Expedition zu dem Zeitpunkt, als sie unter anderem das Köfferchen in ihrem Zimmer fand, bereits geplant gewesen sei.

»Es trifft sich alles gut, ganz zufällig«, murmelte Paulina.

»Wir überlassen nichts dem Zufall. In den Handkoffer packst du ein Nachthemd, eine Zahnbürste, Parfum und was du sonst noch für eine Nacht im Hotel brauchst. Für eine sofortige Rückreise wird es zu spät werden. Vielleicht kannst du zurück fliegen, falls du es keine Minute länger in der Schweiz aushältst. Aber da, wo du hin mußt, ist kein Flughafen in der Nähe. Du würdest Stunden brauchen, um zum Flughafen zu fahren. Es wäre also einfacher, wenn du dort in einem Hotel übernachten würdest. In so einem prachtvollen Schweizer Hotel in den Bergen oder an einem See, ja, es ist an einem See, glaube ich. Und dann fährst du später ganz bequem mit dem Zug zurück.«

Sie saßen auf der überdachten Terrasse des Café de la Paix, als er ihr das in allen Einzelheiten noch einmal erklärte. Es war ungefähr zehn Tage nach dem Besuch bei Notar Corde. Er hatte sie von der Uni abgeholt, diesmal in dem großen schwarzen Delahaye. Er ging ihr entgegen, als sie aus dem Gebäude kam, und sie war stolz auf ihn, als hätte sie ihn bereits erobert.

Der Fahrer, der ebenfalls ausgestiegen war, hatte seine Mütze abgenommen und ihr den Wagenschlag aufgehalten.

»Woher wußtest du, wo ich bin?« rief sie überrascht.

Er antwortete darauf nicht. Offenbar fand er es selbstverständlich, darüber informiert zu sein, und deshalb unwichtig. Vermutlich wußte er es von seiner Mutter, und die würde es von Madame Le Dantec erfahren haben, die Paulinas Stundenplan für jeden Tag der Woche genau kannte.

Alles in allem erweckte sein Verhalten den Anschein, daß er sie wirklich mochte, ebensosehr wie sie ihn, und daß die Reise mit dem Koffer voller Geld nur ein Vorwand war, ein Gesprächsthema. Gern würde sie mit ihm noch oft so auf der Terrasse des Café de la Paix sitzen und die Scharen von Passanten beobachten, von denen manche seltsam herausgeputzt und aller Aufmerksamkeit wert waren.

Der Wagen hatte sich gleich in Bewegung gesetzt, als wisse der Fahrer – Alain, von dem man ihr schon erzählt hatte – genau, wohin sie wollten. Eine Glaswand trennte den Passagierraum vom Fahrersitz. Edouard griff zu einem Sprachrohr an einem dicken Gummischlauch, der mit bunter Seide umspannt war, und rief: »Alain, écoutez.«

Der Fahrer nahm ein ähnliches Sprachrohr, das an seinem Armaturenbrett hing, hielt es an den Mund und sagte: »Qui Monsieur, j'écoute.«

»Dites, Alain. Halte an der Ecke Avenue de l'Opéra und Rue du Quatre Septembre.«

»Sehr wohl, Monsieur.«

Ehe er das Sprachrohr wieder aufhing, verschloß Edouard es mit einer Art Zierkorken, der zuvor natürlich auch darauf gesteckt hatte, aber von Paulina übersehen worden war.

»Er braucht nur zu hören, was für ihn wichtig ist. Es ist ganz nett, eine altmodische Limousine zu besitzen«, bemerkte Edouard, »aber wirklich angenehm ist es erst, wenn man die Art Fahrer hat, die dazugehört und sich gnädiglich durch diesen Telefonapparat ansprechen läßt. Und nicht verlangt, an den Gesprächen der Fahrgäste teilnehmen zu dürfen. Solche Leute sind heutzutage selten.«

Als sie über die Avenue de l'Opéra gefahren waren, hatte Edouard gesagt: »Wenn ich mich mit einem Wagen wie diesem direkt vor dem Café de la Paix absetzen lasse, erregt das zu viel Aufsehen. Ich zeige mich gern mit dir, aber auch noch dieses filmreife Fahrzeug, das ist zuviel des Guten.«

Paulina dachte ganz genauso.

Er bestellte für sie einen großen Becher Eis mit Schlagsahne und nahm selbst einen Whisky-Soda. Sie überlegte: Wäre es nicht angenehmer, wenn wir zusammen in die Schweiz reisen würden? Sie wußte, daß sie nicht auf diese Frage gekommen wäre, wenn die Antwort nicht lauten würde: ja. Verstohlen musterte sie ihn aufs neue: Die Adlernase, den strengen Mund, der so stark mit den fröhlichen Augen kontrastierte, die die Gefangenen der übrigen Gesichtszüge zu sein schienen. Sie beide würden gut miteinander auskommen. Doch jetzt war es dafür noch zu früh. Und auf Dauer würde seine völlige Gleichgültigkeit gegenüber Kunst und Gemälden vielleicht doch dazu führen, daß sie von ihm enttäuscht wäre. Außerdem hatte sie keine Ahnung, wie er lebte und wofür er die enormen Mengen Geld, die er sich Armand und Jacqueline zufolge zu beschaffen wußte, ausgab. Ob er wirklich alles nur zu Spekulationen benutzte?

Ohne ihren Blick zu erwidern, trank er einen Schluck von seinem Whisky-Soda und sah so aus, als säße er ganz allein am Tisch.

Aber er sagte: »Ich muß dir noch etwas mitteilen, über das du dich hoffentlich nicht wundern wirst.«

»Ich werde mein Bestes tun. Es kommt darauf an, was es ist.«

»Du mußt vor allen geheimhalten, daß du diese Reise unternimmst. Du kannst natürlich nicht verschwinden, ohne Le Dantec etwas zu sagen, das ist mir klar.«

»Aber was soll ich denn sagen?«

»In deinem Fall kann es nicht so schwer sein, sich etwas auszudenken. Sag, daß du für ein paar Tage in die Niederlande fährst, weil ... etwas in deiner Familie ... Das klingt doch glaubhaft, oder?«

»Wenn ich damit ankomme, bittet mich der eine oder andere bestimmt, ihm eine Ansichtskarte mit einer Windmühle zu schicken.«

»Dann schickst du sie ihm eben.«

»Meine Eltern werden sich fragen, was ich in Holland will.«

»Dann gehst du eben nicht zu deinen Eltern.«

»Mir tun Leute leid, die Ansichtskarten von Windmühlen erwarten.«

»Dann schick doch Ansichtskarten mit Tulpenfeldern.«

»Jetzt ist nicht die Zeit für Tulpen.«

»Wen stört das schon? Notar Corde würde sich freuen wie ein Schneekönig, wenn du ihm eine Karte mit lauter Tulpen schicken würdest.«

»Glaubt ein Franzose denn tatsächlich, daß es in Holland sonst nichts Sehenswertes gibt?«

»Das vermutlich nicht, aber es ist ihm einerlei, weil fast nie darüber geredet wird. Also verliert er schnell das Interesse daran. Nur Dinge, über die man redet, zählen in der Welt.«

»Über holländische Malerei wird doch auch viel geredet.«

»Aber ehrlich gesagt, nicht von mir.« Lächelnd sah er sie an. »Verzeih mir.«

»Das tut mir leid für dich. Wir sollten einmal zusammen in den Louvre gehen, dann würde ich dir alles erklären ...«

»Über Rembrandt, Vermeer, Ruysdael, Ter Borch. Die Namen kenne ich, und ich habe auch schon Abbildungen von ihrem Werk gesehen. Ich bin nicht völlig debil.«

»Du tust nur so. Du willst gern den harten Geschäftsmann herauskehren.«

»Vielleicht bin ich ein weniger harter Geschäftsmann als manche anderen, die Gemälde kaufen, um damit zu spekulieren. – Vorzugsweise gefälschte Gemälde.«

»Wenn du damit nicht spekulieren willst, verstehe ich nicht, warum du nicht Kunst sammelst, einfach das, was dir gefällt, ohne darauf zu achten, ob die Dinge, die du kaufst, mit der Zeit im Wert steigen.«

»Wie mein Großvater, meinst du?«

»Ja, zum Beispiel.«

»Das werde ich dir erklären. Man kann Gott anbeten und die Heilige Jungfrau, ohne sich zu schämen, denn man weiß, daß man dem Gegenstand seiner Anbetung nie ebenbürtig sein wird. Aber wer einen Maler anbetet, betet einen anderen Menschen an. Ein Maler ist kein Gott. Einem Kind, das in der Wiege liegt, kann man nicht ansehen, ob es später ein großer, berühmter Maler werden wird. Aber wer sein letztes Geld für die Werke eines bestimmten Künstlers ausgibt, erkennt damit an, daß er diesem Künstler nicht ebenbürtig sein kann, obwohl Rembrandt und Vermeer auch nur Menschen waren, keine Götter. Einem anderen Menschen nicht ebenbürtig sein zu können, heißt, sich eine Niederlage einzugestehen.«

»Wie kommst du nur darauf?! Als ob Kunst ein ständiger Kampf zwischen Künstlern und ihren Opfern wäre. Kein Künstler malt, um sein Publikum zu demütigen, und wenn er bewundert wird, sieht er darin nicht einen Sieg über die Bewunderer, sondern über die Materie. Du bist wirklich nicht ganz gescheit. Rembrandt und Vermeer sind längst tot. Nur ihre Werke existieren noch, und ihre Werke sind anbetungswürdig.«

»Du bist auch anbetungswürdig, aber zum Glück lebst du noch. Halte mich nicht für einen Banausen. Ich habe in meiner ganzen Kindheit und Jugend gesehen, was für schreckliche Folgen es hat, wenn jemand Künstler anbetet.«

»Dein Großvater ist aber sehr glücklich mit seiner Liebe zu Guys.«

»Ich rede nicht von ihm. Ich meine meinen eigenen Vater. Zeit seines Lebens ist er im ungewissen, ob er nun ein verkanntes Genie oder ein schlechter Dichter ist. Durch nichts läßt sich dieser Zweifel beseitigen, obgleich das Leben ihm noch nie irgendeinen Hinweis darauf gegeben hat, daß er etwas anderes als ein gescheiterter Dichter sein könnte. So ist er Alkoholiker geworden. Am Anfang seines Rausches denkt er, alles sei nur ein Irrtum, und es käme noch der Tag, an dem er als großer Dichter anerkannt würde. Während er sich weiter betrinkt, neigt er schon zu der Meinung, daß die Anerkennung nicht vor seinem Tod kommen wird. Dieser Gedanke bekümmert ihn so sehr, daß er noch mehr trinkt, um den Kummer hinunterzuspülen. Er weigert sich zu glauben, daß man in diesem Stadium seinen Kummer längst nicht mehr hinunterspülen kann. Und wenn er schließlich, spät am Abend, in sein Bett taumelt, murmelt er: ›Ich bin eine Niete.‹

So viel Alkohol, der schlecht für die Gesundheit ist, in sich hineinzukippen, um zu einer Einsicht zu gelangen, die für niemanden, außer für ihn selbst, noch ein Rätsel ist.«

»Trotzdem ist der Beweis, daß er nach seinem Tod nicht berühmt werden wird, schwer zu führen.«

»Das habe ich ihm auch schon mal gesagt. Und ich bin nicht der einzige. Das sagen wir ständig, um ihn aufzurichten. Mit dieser Behauptung geht man kein Risiko ein. Sie läßt sich nie widerlegen. Er hofft weiter auf eine unerwartete, gütige Fügung des Schicksals. Und so etwas kann niemand vorhersagen. Aber, sagt er, wenn ich nach meinem Tod berühmt werden kann, warum dann nicht etwas früher, warum nicht, während ich noch lebe? Ein ganz klein wenig früher? Notfalls nur ein paar Monate vor meinem letzten Atemzug? Mein Tod macht meine Verse doch nicht schöner?«

»Aber vielleicht würden die Leser dann darauf aufmerksam werden«, überlegte Paulina, »ist das nicht schon öfter vorgekommen? Oder sie könnten jemandem in die Hände fallen, der Werbung dafür macht, der die Interessen des Dichters besser vertreten würde als der Dichter selbst.«

»Wir können ihm wohl schlecht empfehlen, sich umzubringen. Und abgesehen davon, falls er es heute oder morgen machen würde, hätte er in seinen letzten Augenblicken doch nicht die Gewißheit, daß es helfen würde.« In erheblich leiserem Ton fügte Edouard hinzu: »Und deshalb läßt er es lieber bleiben.«

Ohne noch etwas zu erwidern, löffelte Paulina ihr Eis. Sie konnte sich nicht erinnern, daß Jacqueline irgendwelche tröstlichen Worte zu Armand gesagt hatte.

Und mir, dachte sie, mir hätte sie doch die ekelhafte Wahrheit nicht zu erzählen brauchen. Aber sie beide vertraten nun einmal diesen Grundsatz, sonst hätte Jacqueline Armands niedergeschlagenen Äußerungen über sein gescheitertes Dichtertum widersprechen können. Sie hätte mir leicht weismachen können, daß er bereits ein wenig berühmt sei, oder sogar sehr berühmt innerhalb eines kleinen Kreises von äußerst anspruchsvollen Lyrikfreunden. Aber nein. Indem sie dem Alkohol genauso maßlos zusprach wie ihr Mann, gab sie eher zu erkennen, mit ihm in seinem Unglück solidarisch zu sein. Sie klammerte sich an ihn in seinem freien Fall, ohne einen einzigen Versuch, ihm das Gefühl zu geben, daß sie ihn aufhalten könne.

Und Michel? War er jemals auf den Gedanken gekommen, seinen älteren Bruder ein wenig zu trösten, sei es auch nur mit Zukunftsmusik: Posaunen, die erst nach dem Tod des Dichters erschallen würden, um von seinem Ruhm zu künden!

Davon war nicht die Rede. Mißbilligend hatte er über Armands Alkoholismus gesprochen. Und über seine eigene Erfolglosigkeit tröstete er sich mit einer Art Puritanismus hinweg, den er außerhalb des Hauses nicht zur Schau trug. Um nicht ins Gerede zu kommen, um auf der Straße nicht aufzufallen? Aber in den Straßen von Paris konnte man in den verrücktesten Fetzen herumlaufen, ohne die Blicke anderer auf sich zu lenken.

59

Am Vorabend des Tages, an dem Paulina nach Basel fahren sollte – denn das war, wie sich schließlich und ziemlich banal herausstellte, der Bestimmungsort des Koffers –, klopfte Michel an ihre Tür.

Wie ein gewöhnlicher, adretter Herr trug er einen dunkelgrauen Anzug mit einer bläulichen Krawatte, nicht die bunte Wollweste und den Russenkittel.

»Ich habe zwei Opernkarten. Tust du mir einen Gefallen und leistest mir Gesellschaft?«

Diesen Gefallen tat sie ihm sehr gern.

»Sollen wir vorher zusammen etwas essen? Im Restaurant vom letzten Mal? Oder irgendwo anders, wenn dir das lieber ist?«

»Nein … nein … Ich hab gar keinen Appetit. Ich hab heute mittag mit ein paar anderen Studenten schon eine Menge gegessen. Nein, danke. Und ich muß mich ja auch noch umziehen. So kann ich doch nicht gehen, in Jeans.«

»Gut, mach dich schön. Du hast völlig recht, es ist viel zu früh zum Essen. Ich hole dich in eineinhalb Stunden ab.«

Sobald er die Tür hinter sich geschlossen hatte, zog sie sich aus.

Und ich habe ihn nicht einmal gefragt, welche Oper; wir werden sehen, überlegte sie, wie dumm.

Aber als sie unter der Dusche stand, kam ihr der Gedanke, daß es vielleicht genau das richtige gewesen war, nicht zu fragen, welche Oper gegeben wurde. Er brauchte daraus keineswegs den Schluß zu ziehen, daß es ihr einerlei war, was sie sehen und hören würde, solange sie nur neben ihm sitzen durfte! Zu meinen, sie sei bereits riesig froh, einen Abend mit ihm ausgehen zu dürfen! ... Er könnte auch den Schluß ziehen, daß sie *wußte*, welche Oper gegeben wurde. Jeder, der in Paris am kulturellen Leben teilnahm, kannte das Opernprogramm natürlich auswendig. Das würde erklären, warum er – zumal sie ihn nicht danach gefragt hatte – nichts darüber verlauten ließ. Es war ihm gar nicht in den Sinn gekommen, zu sagen, in welche Oper sie gingen. Vielleicht hatte er sogar befürchtet, sie könne unangenehm berührt sein, wenn er den Namen der Oper nannte.

Ihr Kleiderschrank war nun so gefüllt, daß sie, fast ohne hinzusehen, ein wunderschönes Kleid aus schwarzer Seide mit Rüschen an Halsausschnitt und Ärmeln herausziehen konnte.

Aber weil sie nicht wußte, ob sie vielleicht Gefahr lief, Michel zu überragen, zog sie flache Schuhe an, aus schwarzem Lackleder mit koketten Schleifchen auf dem Spann.

60

Um fünf vor halb acht stiegen sie vor der Opéra aus einem Taxi.

Michel reichte ihr den Arm, als sie die Treppen hinaufgingen. In der rechten Hand hielt sie eine perlenbestickte Abendtasche aus Goldlamé. Das Haar trug sie offen.

Sie war noch nie zuvor in der Oper gewesen, und als sie das weitläufige, von riesigen Bronzekandelabern erleuchtete Treppenhaus betrat und nach oben schaute, dachte sie: Das ist ein Haus für große Menschen. Für Michel und sie erbaut.

Aber als sie auf kleinen Stühlen in ihrer Loge saßen, erkannte sie, daß dieser Gedanke nicht ganz zutraf. Es schien sogar gefährlich, sich über die Balustrade zu lehnen, die für ihr Gefühl so niedrig war, daß sie leicht hinabstürzen könnte.

Michel hatte ein Programm gekauft und es ihr sofort gegeben.

Nicht mehr als drei Sängerinnen traten in Glucks *Orfeo ed Euridice* auf, und das Kunstwerk bestand auch aus nicht mehr als drei Akten. Paulina versuchte, rasch Kenntnis vom Inhalt zu nehmen, war aber mit der Zusammenfassung noch nicht ganz fertig, als der große Kronleuchter und die anderen Lichter erloschen und die ersten Takte der Ouvertüre erklangen.

Der Vorhang öffnete sich, und es schien, als dürfe man einen Blick in das Innere eines gewaltigen hohlen Apfels werfen, das aus einem finsteren, heiligen Hain bestand.

Dort lag Eurydike begraben.

Die Baumwurzeln, die sich zum Teil oberirdisch rings

um die dicken Stämme erstreckten, machten es fast unmöglich, durch diesen Wald zu gehen. Nur Geister konnten sich schwebend fortbewegen. Ein Chor von Nymphen rief den Geist Eurydikes an, sich Orpheus' zu erbarmen, der um Eurydike trauerte.

Wie könnte ich beschreiben, was ich empfinde? dachte Paulina. Sosehr ich es genieße, mir fallen nur banale Worte ein. Wie: ich schmelze dahin. Auch wenn es mir ernst ist. Und es erfüllte sie mit großer Verwunderung, daß es Menschen gab, die über Musik schreiben konnten, denn an Musik war doch nichts zu sehen wie an Gemälden, und man konnte doch nichts daraus nacherzählen, wie aus Büchern? Sogar jemandem, der nicht die geringste Ahnung von Malerei hatte, konnte man beschreiben, was auf einem Gemälde zu sehen war.

Nun war hier durchaus etwas zu sehen: die Schäfer und Schäferinnen, die Nymphen. Und Orpheus, der singend unter einem mächtigen Baum stand. Aber wie konnte man sie (denn die Rolle des Orpheus wurde von einer Frau gespielt) beschreiben, ohne sie (denn die Rolle des Orpheus, von Gluck ursprünglich für einen Kastraten geschrieben, mußte in unserer Zeit von einer Frau gesungen werden, weil die moderne Chirurgie keine Kastraten mehr erzeugte) ... wie konnte man sie beschreiben, ohne sie lächerlich zu machen?

Orpheus war eine stattliche, korpulente Dame. Sie hielt eine kleine Pappharfe im Arm und tat so, als zupfe sie darauf Melodien; die Klänge kamen, deutlich hörbar, aus dem Orchestergraben. Natürlich, wenn man es so formulierte, klang es, als wolle man die Vorstellung lächerlich machen, als ließe man sich durch nichts verzücken. Aber Paulina verspürte nicht die geringste Neigung zu lachen. Die Musik hüllte alles in einen zwingenden, unauflöslichen Zauber und machte das ganze Schauspiel zu einem unabweisbaren, traurigen Traum. Traurig: Jeder wußte ja, wie es enden würde, auch wenn Amor an deutlich sichtbaren Drahtseilen herabschwebte, um Orpheus Mut zuzusprechen, ihm zu sagen, daß er mit seiner Lyra in die Unterwelt hinabsteigen solle, um Eurydike durch seinen Gesang von den Mächten jenseits des Styx zu befreien. Weil die Götter Mitleid mit ihm hätten, gäben sie ihm diese Chance, jedoch unter einer Bedingung: Während er Eurydike aus dem Hades zurückführte, dürfe er sich kein einziges Mal nach ihr umdrehen.

War es nicht vergleichbar mit dem, was die Zuschauer im Saal nicht durften: nachdenken über die Lyra aus Pappe, über die dicke Dame, die Orpheus spielte, über die Seile, an denen Amor von der Decke hinabgelassen wurde?

Glucks Musik aber war so mächtig, daß dies alles Kleinigkeiten blieben, Lappalien, die nicht störten, obwohl man sie wahrnahm. Denn was in einer Oper geschieht, ist in Wirklichkeit ja *immer* unmöglich, warum sollte es also als echt und möglich dargestellt werden? Es kam nicht auf das an, was man sah, sondern auf das, was die Musik an Träumen auslöste.

Trotzdem war Paulina im letzten Akt schockiert von dem, was sie *sah*.

Orpheus durfte Eurydike ja aus der Unterwelt wieder in die Welt der Lebenden führen, weil er so herrlich sang. Er konnte sie *aus dem Tod zurücksingen*. Aber nur unter der Bedingung, daß er sie unterdessen nicht anschauen durfte. Singen mußte er, schauen war verboten. Eurydike, die nichts von dieser Bedingung ahnte, verstand leider nicht, warum er sie nicht anschaute. Sie verlor sich in Klagen: War er vielleicht doch nicht so glücklich darüber, daß er sie zurückbekam? Warum schaut er mich nicht an, warum sagt er kein Wort? Welches Geheimnis will er vor mir verbergen?

Fand er sie des Um- und Anschauens nicht mehr wert?

Und Orpheus, der nicht wußte, wie er diesem Mißverständnis ein Ende bereiten konnte ... Orpheus' Liebe war ihren Tränen nicht gewachsen und brachte ihn dazu, doch zu schauen, nur ganz kurz. Um ihr Mut zu machen, ihr zu beweisen, daß ihr Mißtrauen völlig grundlos war. Rasch schaute er sich nach ihr um, aber er erschrak dabei selbst, und Paulina erschrak mit ihm. Beide wußten, was die Folge sein würde … Zu spät! Eurydike stürzte nieder, diesmal war sie für immer tot. Orpheus' eigene Schuld. Aber schien es dadurch nicht, als hätte Eurydike recht bekommen, als sei er eigentlich *nicht glücklich gewesen über ihre Wiederauferstehung* und hätte das einfachste Mittel benutzt, um der Sache ein Ende zu bereiten?

Er hatte nur den Anschein gegen sich, nicht die Worte, als er sich mit Selbstvorwürfen überhäufte: Ich elender Schuft, was habe ich getan? In welchen Abgrund hat mich meine schicksalhafte Liebe gestürzt? Ich habe meine Eurydike verloren, und mein Unglück ist ohnegleichen!

Er will sich das Leben nehmen. Aufs neue greifen die Götter ein. Amor erscheint zum zweiten Mal, und aufs neue ersteht Eurydike von den Toten auf. Wiedervereinigt sind Orpheus und Eurydike nun in der Liebe.

Das Dunkel der Unterwelt wich hellem Sonnenschein, der das ganze Theater mit leuchtenden Farben übergoß wie auf den Gemälden von Fragonard.

Die Liebe siegt! sang der Chor, und alles, was atmet, dient dem Reich der Schönheit.

Die Fesseln der Liebe sind der Freiheit vorzuziehen!

Es war eine Apotheose in süßer Übernatürlichkeit – in einem Bildband würde man so etwas lächerlich finden, hier aber verschaffte es den notwendigen Trost.

Wäre das Publikum sonst nicht in Tränen aufgelöst nach Hause gegangen?

Der Vorhang fiel.

Als würden Hunderttausende trockener Zweige zerbrochen, so klang der Applaus. Schräg hinter Paulina saß ein Mann, der sich offenbar auf eine höchstpersönliche Art des Händeklatschens verlegt hatte. Er klatschte halb so schnell wie die anderen Leute, jedoch viel lauter. Wie konnte es jemand wichtig finden, sich bei etwas so Einfachem wie Händeklatschen so sehr von den anderen zu unterscheiden? Die knallenden Geräusche, die er hervorbrachte, indem er die Handflächen aufeinanderschlug, hörten sich wie Kanonendonner im Geknatter von Maschinengewehren an.

»Wie schrecklich!« rief Paulina in Michels Ohr. »Dieser Lärm, gleich nach der Musik!«

Er nickte, nahm ihren Arm und zog sie aus der Loge.

»Da kann einem ja das Trommelfell platzen. Schnell.«

Sie holten ihre Mäntel aus der Garderobe und sprangen die Treppen hinab.

»Es ist undankbar gegenüber den Künstlern, wenn man nicht mal für sie klatschen will«, sagte er, als sie auf ein Taxi warteten, »aber in einem so vollen Saal wird uns niemand vermissen.«

Appetit hatte sie auch jetzt noch nicht, und er offenbar ebensowenig, denn als er anregte, irgendwo essen zu gehen, und sie nicht begeistert zustimmte, drängte er nicht darauf. Er schlug vor, noch ein wenig in der Bar des Hotels Ritz zu plaudern, dort sei es meist ruhig. Und wenn sie doch noch Hunger bekäme …

»Oh, das werden wir dann schon sehen …«, fiel sie ihm ins Wort, und als einfach kein Taxi kam, beschlossen sie, durch die Rue de la Paix zu Fuß zum Ritz zu gehen.

Und ruhig war es im Ritz. In der Bar waren sie die einzigen Gäste.

»Applaus«, sagte Michel, »was für eine schreckliche Art, einen Künstler zu belohnen. Er hat sich angestrengt, die schönste Musik zu singen oder zu spielen, und sein Publikum fühlt sich zu nichts anderem veranlaßt, als den eintönigsten Lärm zu machen, den es gibt.«

»Armer Musiker. Bedauerst du dich selbst?«

»Täusch dich nicht. Wenn ich mich selbst bedauern würde, dann nur, weil für mich noch niemals Publikum geklatscht hat.«

Was sollte sie darauf entgegnen? Das kommt sicher noch? Aber wie oft hatte er das wohl schon zu hören bekommen von Angehörigen und Freunden, die ihm Mut zusprechen wollten?

»Sag nicht: Das kommt sicher noch«, sagte er, fast flehentlich. An ihrem Schweigen schien er erraten zu haben, was sie dachte.

»Habe ich das etwa gesagt?« fragte sie scheinheilig, als hätte er nicht ins Schwarze getroffen und ihren Gedanken laut ausgesprochen. »Habe ich das etwa gesagt? Ich würde eher sagen: Sei deshalb nicht traurig. Klatschen ist doch nur eine armselige Belohnung, wenn man soeben die schönste Musik hervorgebracht hat. Manche Zuhörer pfeifen sogar vor Begeisterung auf den Fingern. Sie äffen die Amerikaner nach. Was für ein schrecklicher Lärm. Begreiflich, daß du davor Angst hast.«

»Und trotzdem kann kein Künstler darauf verzichten. Verstehst du das?«

»Nein.«

»Es ist auch schwer zu verstehen, und die Erklärung hört sich grausam an. Die Leute zeigen durch ihr Klatschen, daß sie sich unterwerfen, sich ergeben, daß sie wissen, nichts als Krachmacher zu sein im Vergleich zum Künstler. Das will er hören, immer wieder. So schöne Musik, wie sie der Künstler selbst macht, kann niemand für ihn machen, und darum muß er froh sein über das Gewummere von Galeerensklaven und das Rasseln ihrer Ketten. Komm, trinken wir einen Schluck.«

Als er das Glas wieder abstellte, sagte er:

»Mir wird es vielleicht nie widerfahren. Oder wenn es mir widerfährt, wird es nicht aufrichtig gemeint sein. Ich weiß, daß ich mir das Fehlermachen nicht abgewöhnen kann. Aber wenn ich für mich allein spiele, vermisse ich das Aufeinanderschlagen der Hände, mit denen die Menschen für gewöhnlich nur niederträchtige Dinge anstellen, überhaupt nicht.

Und übrigens«, fuhr er nach einer kurzen Pause fort, »und übrigens, die Oper verfälscht das Ende von Orpheus' Geschichte. In Wirklichkeit kam Amor Orpheus nicht mehr zu Hilfe, als Eurydike zum zweitenmal starb. Orpheus versuchte sie noch zu umarmen: Er umarmte nur Leere. Er kehrte zum Ufer des Styx zurück. Der Fährmann wollte ihn nicht übersetzen. Sieben Tage wartete er dort am Ufer des Styx.

Mit seinem Gesang brachte er die Herzen von Tigern zum Schmelzen, und die größten Bäume stürzten vor Rührung um. Die Herrscher der Unterwelt aber ließen sich nicht erweichen.«

»Was geschah, als die sieben Tage vorbei waren?«

»Er ging zurück in unsere Welt. Andere Frauen versuchten ihn zu trösten. Er war dafür nicht empfänglich. Die Bacchantinnen fühlten sich so beleidigt, daß sie Speere nach ihm schleuderten, aber sobald diese in den Bereich kamen, wo seine Gesänge erschallten, zerbrachen sie und fielen zu Boden, als wären sie von einem Harnisch abgeprallt.«

»Und was dann?«

»Was dann? Das läßt sich leicht erraten. Ganz einfach. Sie begannen in die Hände zu klatschen und bravo zu rufen. Was hast du denn gedacht? All das Geschrei und der Lärm übertönten seinen Gesang. Und dadurch war er nicht mehr unverletzlich und fiel tödlich getroffen zu Boden. Sie rissen ihn in Stücke. Seine Gliedmaßen und die Lyra warfen sie ins Meer.«

»Aber dann«, ergänzte Paulina, »dann haben die Musen seine sterblichen Überreste begraben. Über der Stelle, wo er begraben liegt, singt immer die Nachtigall. Ist es nicht so?«

»Eine Nachtigall singt immer dasselbe, von Generation zu Generation, und niemand applaudiert ihr.«

»Händeklatschen verjagt eine Nachtigall. Und hat Zeus Orpheus' Lyra nicht als Sternbild in den Himmel aufgenommen?«

»Kann sein, aber auf jeden Fall ist dort niemand, der darauf spielt – und auch wenn es anders wäre …«

»Natürlich ist es anders«, überlegte Paulina, »auf Orpheus' Lyra wird die Sphärenmusik gespielt.«

»Die kann hier unten niemand hören.«

Sie schaute vor sich hin in der leeren Bar. Nicht mal ein Barmann stand hinterm Tresen, nur hin und wieder kam ein Hoteldiener im weißen Jackett vorbei und fragte, ob sie vielleicht noch Wünsche hätten; die kleinen Snacks, die sie aßen, füllte er unaufgefordert nach.

Plötzlich sagte Michel: »Ich glaube, daß du mich ein kleines bißchen magst.«

Sie gab ihm keine Antwort.

»Du machst dich morgen mit dem Koffer auf den Weg.«

»Woher weißt du das?«

»Wer wüßte es nicht? Das Problem, was mit dem Koffer von Crémieux geschehen soll, wartet schon seit Jahren auf eine Lösung.«

»Schon seit Jahren? Das höre ich zum erstenmal.«

»Nicht jeder in der Familie ist so verrückt, dir das auch zu erzählen. So verrückt bin nur ich.«

»Ich hätte es lieber nicht gewußt.«

»Warum nicht? Es wird dich vielleicht trösten, wenn etwas schiefgeht.«

»Schiefgeht? Wer sagt denn so etwas?«

»Ich. Aber nicht ohne Grund. Du bist, glaube ich, das zweite, oder nein, das dritte Au-pair-Mädchen, das sich mit dem Koffer auf den Weg macht.«

»Was sagst du da? Und dabei war es doch meine Idee!«

»Du warst nicht die erste.«

»Und warum ist der Koffer dann nie dort angekommen, wo er hingehört?«

»Oh, ganz einfach. Dem ersten Mädchen, das wir damit losgeschickt haben, vertrauten wir nicht so ganz. Sie führte brav ihre Anweisungen aus, kam nach ein paar Tagen wieder und hat nie erfahren, daß im Koffer nur alte Zeitungen waren.«

»Wie gemein! Jemandem die ganze Mühe umsonst zuzumuten!«

»Wieso gemein? Ihre Reise war schlecht vorbereitet, anders als deine. Sie hatte den Auftrag direkt von meinem Vater erhalten, und der hatte ihr das Versprechen abgenommen, meinem großen Bruder, mir und Edouard nichts davon zu sagen. Aber Edouard war doch dahintergekommen. Er hatte auch Nachforschungen über den Hintergrund des Mädchens angestellt. Es war eine Deutsche. Ihr Vater war im Krieg Offizier gewesen. Nun, du verstehst, damals haben wir eben beschlossen, daß nicht viel Besonderes im Koffer sein würde.«

»Aber was hat denn dein Vater gesagt, damals ...«

»Nichts. Wir sorgten dafür, daß sie, nachdem sie ihren Auftrag ausgeführt hatte, mit einem schönen Trinkgeld rasch wieder nach Deutschland zurückging. Meinem Vater haben wir weisgemacht, daß sie im letzten Augenblick Angst bekommen und es sich anders überlegt hätte und deshalb zu ihrer Familie zurückgegangen sei, ohne Koffer.«

»Und das zweite Mädchen?«

»Wieder eine Deutsche. Auch der haben wir einen Koffer mitgegeben. Dieses Mädchen ist nie zurückgekommen, aber sie hat den Koffer auch nicht an der Adresse abgeliefert, die wir ihr gegeben hatten.«

»Sie hat den Koffer gestohlen?«

»Vermutlich. Na ja, ein Koffer.«

»Es war also ...«

»Aber nein. Zeitungspapier, wie im ersten Koffer. Edouard hatte ihr von Anfang an nicht vertraut. Es war eine gute Gelegenheit, sie loszuwerden. Sie hatte ein freches Mundwerk, keine Ahnung von Kunst, langweilte sich, wie sie sagte, wenn sie sich Vaters Geschichten über Guys anhören mußte. Kurzum, dumm und nicht vertrauenswürdig.«

»Vielleicht doch nicht so dumm. Vielleicht hat sie den Koffer unterwegs aufgemacht und gemerkt, daß sie zum besten gehalten wurde.«

»Na und? Wir haben einen neuen Koffer gekauft, das gleiche Modell, und Vater erzählt, sie sei bei Nacht und Nebel verschwunden, ohne den Koffer mitzunehmen.«

»Und er hat es geglaubt?«

»Warum nicht? Er hatte sie sowieso über. Und wen interessierte es weiter? Ein Koffer war weg, aber Notar Corde hatte das Geld noch in seinem Tresor. Keine Tragödie.«

Paulina wußte nicht, was sie zu diesen Enthüllungen sagen, und auch nicht, was sie davon denken sollte. Vielleicht hielt Michel sie zum besten und hatte sich alles aus den Fingern gesogen.

Ihr Schweigen schien ihn zu bedrücken.

»Reden wir noch ein wenig über Musik«, schlug er vor.

Sie redeten noch ein wenig über Musik. Ein Dialog war es nicht, weil sie fast nichts entgegnete. Er erzählte ihr, er habe – was auch immer er sein mochte, ein schlechter oder höchstens mittelmäßiger Musiker und nicht gut genug, um in einem Konzertsaal aufzutreten – niemals ein anderes Lebensziel finden können als die Musik. Er habe auch Versuche unternommen, etwas anderes zu machen, eine Tätigkeit, die nicht jeden Augenblick mißlingen konnte wie das Klavierspielen. Er habe versucht, sich über sein mangelndes Können hinwegzutrösten, indem er in einer Zeitung über Musik *schrieb*. Ja, richtig, so wie sein Bruder Armand Lyrik kritisierte. Aber nachdem zwei oder drei Artikel in *Le Patriote* erschienen waren, habe er gedacht: Wenn ich so weitermache und über Musik schreibe, die ein anderer macht, wie Armand über Bücher, die ein anderer schreibt, wird es nicht mehr lange dauern, und ich verfalle auch dem Alkohol, so wie er. Darum würde er nun lieber jeden Tag stundenlang üben, auch wenn es außer der Haushälterin niemanden gäbe, der ihm zuhörte. Wenn er hoffe, ein bestimmtes Stück gut zu beherrschen, nehme er es mit einem Kassettenrekorder auf. Anschließend würde er noch einen weiteren Monat üben und dann eine zweite Aufnahme machen, die er mit der vorherigen verglich.

»Und tatsächlich, Pauline, tatsächlich, man kann den Unterschied hören. Ich bin immer noch nicht auf der Höhe meines Könnens. Läßt das nicht hoffen? Anhand dieser

Aufnahmen kann ich beweisen, daß ich Fortschritte mache. Das gibt Mut, so alt wie ich bin.«

Er tat ihr ein wenig leid, und sie sagte: »Wenn das so ist, ist es wahrscheinlich auch jetzt noch nicht zu spät.«

»Zu spät wofür?«

»Um ein Konzert zu geben.«

»Ach ... Ich sehe ziemlich jung aus, das weiß ich, aber ich bin schon über vierzig.«

»Was tut das zur Sache? Wenn du einmal gut genug spielst, wird kein Mensch sich mehr daran erinnern, daß du früher nicht gut genug warst. Es stimmt, du siehst jung aus, und gerade deshalb wird niemand sagen: Was für ein alter Mann, der erst jetzt anfängt.«

»Ich würde sie dir gern einmal vorspielen, zwei Aufnahmen desselben Stücks, entstanden im Abstand von einem Monat. Dann mußt du ehrlich sagen, was du davon hältst. Du würdest mir einen großen Dienst erweisen, wenn du sie dir einmal anhörst. Falls das nicht zuviel verlangt ist.«

»Wieso? Überhaupt nicht.«

»Danke. Laß uns gehen.«

61

Im Taxi wurde ihr Mitleid noch größer. Sie, und ihm einen Dienst erweisen? Sie, die, wie er verdammt gut wußte, so gut wie keine Ahnung von Musik hatte?

Sie fühlte sich durch sein Vertrauen nicht geschmeichelt und dachte: Er muß wohl sehr einsam sein, sonst würde er mich nicht um so etwas bitten. Vielleicht haben alle, die mehr von Musik verstehen als ich, ihn schon spüren lassen, daß sie das, was er spielt, nicht mehr hören können. Sie dachte daran, was seine Familie alles unternommen hatte, damit sie sich ihr verpflichtet fühlte: der fürstliche Empfang, die Kleider, mit denen sie überhäuft worden war. Und warum hatten sie das getan? Nur, um sie zu überreden, einen Koffer in die Schweiz zu bringen. Warum schickten sie nicht Michel? Daß Edouard es nicht machen konnte, weil er viel auf Reisen war, mit Devisen handelte und die Zollbeamten ihn kannten, klang plausibel. Aber wenn Edouard es nicht konnte, war das doch kein Grund, nur für den Transport des Koffers ein Au-pair-Mädchen einzustellen? Und das zwei- oder dreimal, und trotzdem war aus der Sache nichts geworden, weil man den Botinnen im letzten Augenblick nicht vertraut hatte, einmal sogar zu Unrecht. Ohne Skrupel hatten sie das Mädchen zutiefst beleidigt. Wenn sie niemandem vertrauten, warum machten sie es dann nicht selbst? Waren Künstler wie Armand und Michel sich vielleicht zu schade, einen Koffer zu schleppen?

62

Ihr stand der Sinn nicht im geringsten danach, Musik zu hören, als sie auf dem Bett mit den weißen Fellen saß und Michel eine Kassette hervorgeholt hatte.

Daß in diesem Zimmer nichts stand als ein Bett, war nur Schein. Die Wände waren nicht, wie man auf den ersten Blick annahm, aus geweißtem Mauerwerk, sondern aus einem dichten Gewebe, das straff über verschiebbare Platten gespannt war, hinter denen sich eine komplizierte Stereoanlage verbarg. Michel erzählte ihr das, während er eine Klappe öffnete, die sie vorher nicht gesehen hatte, um eine Kassette einzulegen.

»Alkan?« fragte sie. Sie hatte sich den Namen seines Lieblingskomponisten gemerkt und war stolz darauf.

»Nein. Brahms. Die Klavierstücke Opus 118. Zwei Intermezzi, dann eine Ballade, wieder ein Intermezzo, eine Romanze und noch ein Intermezzo zum Schluß. Zuerst hörst du, wie ich es genau heute vor einem Monat gespielt habe, und dann, wie es gestern klang.«

Sie kannte den Namen Brahms natürlich, aber diese Klavierstücke waren neu für sie. Ihre Phantasie löste sich von dem Auftrag, den sie am nächsten Tag ausführen sollte, von den Risiken, die sie vielleicht einging, von der Angst, sie könnte es irgendwie verpatzen und die Leute, die sie so gut behandelt hatten, enttäuschen – wie es die anderen Au pairs gemacht hatten, wenn auch nicht in jedem Fall absichtlich. Waren die deutschen Mädchen zuerst ebenso sagenhaft verwöhnt worden wie sie? Das konnte nicht wahr sein. Sie traute sich nicht, danach zu fragen.

Michel setzte sich neben sie, und die Musik begann. Die

Klänge begleiteten sie in einen Wald, vielleicht einen verwunschenen Wald, jedenfalls in einen Wald, in dem sie noch nie gewesen war. Die Melodien schienen von überallher zu kommen. Doch sie hatte Waldungen wie die, von denen sie nun scheinbar umgeben war, schon einmal gesehen, auf Gemälden von Ruysdael oder Hobbema.

Wälder, wie es sie in den Niederlanden nicht mehr gab. An einem Bach stand eine Wassermühle. Die Bäume waren knorrig und wüst. Dickstämmige, rücksichtslose Eichen, die die kleineren Bäume offenbar gnadenlos verdrängt hatten. Äste, die fast so dick waren wie die Stämme selbst, wuchsen nach allen Richtungen und schienen das Laubwerk nur als störende Nebensache aufzufassen, die beim nächsten Sturm am besten heruntergeweht würde. Ihre Wurzeln schienen die Pfade aus lockerem Sand, aus denen sie halb herausragten, unpassierbar machen zu wollen. Aber das konnte Paulina kaum stören. Sie saß auf einem Pferd, das vorsichtig, doch mit sicherem Schritt alle Hindernisse überwand. Ein hellgraues Pferd mit schwarzen Flecken, ein Apfelschimmel. Irgendwann fiel es aus seinem wiegenden Gang in Galopp.

Der Nachmittag war schon fortgeschritten; es war Spätsommer oder Herbstanfang. Noch vor kurzem hatte es geregnet, und die wunderbarsten Düfte von Blättern und Kräutern drangen ihr in die Nase.

Michel war lautlos aus dem Zimmer gegangen. Er kam mit zwei Champagnergläsern und einem Kühler mit einer offenen Flasche Pommery zurück. Den Kühler stellte er auf den Boden. Er schenkte ein und gab ihr schweigend ein Glas.

Sie schauten einander an und tranken.

Die schwermütigen Akkorde der Romanze erinnerten Paulina an ein Gewitter mit starken Windböen. Die alten Eichen knarrten.

Die Musik an sich verzauberte sie so sehr, daß sie keinen Augenblick auf die Ausführung achtete. Ihr entging nicht, daß Michel sich einmal bei einem der schnellen Läufe, die den Akkorden der Romanze vorangingen, vertan hatte. Ihr Respekt vor ihm, ihre Dankbarkeit, daß er ihr diese Musik vorspielte, wurden dadurch nicht geschmälert.

Als die Musik geendet hatte, sagte er: »Merk dir gut, wie es geklungen hat. Und trink ruhig dein Glas aus. Madame Tourbier ist ja schon schlafen gegangen. Sie weiß nicht mal, daß Champagner im Haus ist.« Und er schaute sie mit halb geschlossenen Augen und einem schiefen Lächeln an.

Nachdem er die Kassette umgedreht hatte, setzte er sich wieder zu ihr. Sein Glas mit beiden Händen am Fuß festhaltend, saß er mit vorgebeugtem Oberkörper, als könne er die Musik so besser ergründen.

Paulina versuchte so aufmerksam wie möglich zu lauschen, getreu ihrem Auftrag, auf die Unterschiede zu achten. Aber gerade weil sie befürchtete, hinterher nichts Kluges darüber sagen zu können, hörte sie eigentlich nicht sehr gut zu. Ihre ängstlichen Gedanken schienen sie taub zu machen. Sie wagte nicht einmal mehr zu trinken, was ihr sogleich selbst auffiel. Die Frage: Soll ich einen Schluck trinken oder nicht? ging ihr immer wieder durch den Kopf. Zwischendurch konnte sie die Musik wieder genießen und fand nichts daran zu kritisieren.

Wieder schwieg die Stereoanlage. Sie wußte nicht, was sie sagen sollte.

Michel räusperte sich und fragte:

»Hörst du den Unterschied?«

»Ja, natürlich. Natürlich, auch wenn er sehr schwer zu hören ist. Es geht nicht besser, glaube ich. Ich fand das erste Band auch schon wunderbar, wirklich.«

»Ist das dein Ernst?«

»Warum sollte ich dir nicht sagen, was ich wirklich meine?«

»Ich habe dir nicht ganz die Wahrheit gesagt. Das erste Band habe ich gestern aufgenommen. Was du gerade gehört hast, ist einen Monat alt.«

Sie trank ihr Glas aus, ohne etwas zu erwidern.

Mit einem flehenden Ton in der Stimme sagte Michel:

»Das war doch weniger gut, oder? Darin täusche ich mich doch nicht?«

»Die Musik ist so neu für mich«, begann sie zögernd, sie stammelte fast, »so überwältigend ... Ich habe mehr auf die Musik selbst geachtet als darauf, wie sie gespielt wurde. Aber ist das eigentlich nicht ein Kompliment für dich?«

»Du bist ein Schatz.«

Er stellte sein Glas auf den Boden und legte den Arm um sie.

»Könntest du es vielleicht noch einmal wirklich spielen?« schlug Paulina vor und hoffte vor allem, daß er sie loslassen würde. Aber er zog sie eher noch fester an sich. Ihr Körper war stocksteif, innerlich flehte sie: O nein, bitte nicht! Bitte nicht! – Kein Wort kam über ihre Lippen.

»Meine Frau ist mir weggelaufen«, begann er zu erzählen, »weil sie meine Musik nicht mehr hören konnte. Sogar wenn ich zehnmal so schlecht spielen würde, wie ich spiele, hätte es, wenn sie mich nur ein klein wenig geliebt hätte, in ihren Ohren immer noch schön genug geklungen.«

»Schon möglich, aber das muß nicht so sein«, sagte Paulina. Weil sie nicht in Hohngelächter über seine Fehler ausgebrochen war, sollte er jetzt nur nicht denken, sie sei ein wenig in ihn verliebt.

Er ging ernsthaft darauf ein:

»Mal angenommen, du würdest mich nicht mögen – versuch dir das einmal vorzustellen –, was würdest du in diesem Fall über mein Spiel sagen?«

»Eine schwierige Frage.« Und leicht zu beantworten, aber das änderte nichts daran, daß sie immer mehr fürchtete, ihn zu beleidigen. Sie fühlte sich zunehmend unbehaglicher.

Auf seinem Gesicht zeigte sich ein Lächeln; offenbar betrachtete er ihre banale Antwort als ein Geständnis, daß sie ihn mochte! Er küßte sie auf das Ohr, das durch ihre Haare lugte. Sie zog den Kopf weg und legte eine Haarsträhne über das Ohr, als wolle sie es wegpacken.

»Du verstehst nicht ganz, was ich meine. Ich wollte sagen, sogar wenn ich dich nicht ausstehen könnte, hätte das keinen Einfluß auf mein Urteil. Hoffentlich kannst du das als Kompliment für dein Spiel auffassen.«

Und, o Wunder, er zog den Arm zurück. Dann setzte er sich ein Stück von ihr weg, so daß er sie anschauen konnte.

»Sei nicht beleidigt«, sagte er, »ich wollte dir nicht unrecht tun. Wenn dein Urteil so zustande gekommen ist, finde ich es wichtiger als Sympathie. Meine Gefühle für die Musik sind stärker als die für andere Menschen.«

63

War es nicht so ausgegangen, wie sie es wollte? Jedenfalls hatte sie verhindern können, daß das Beisammensein im Bett endete. Aber sehr zufrieden war sie nicht, und als sie allein in ihr Zimmer zurückging, tat sie sich selbst leid. Wieviel glücklicher wäre ich, wenn ich mich in ihn verlieben könnte. Aber was das betraf, war er ein noch größerer Fehlschlag als sein Klavierspiel. Ich bin einfach zu groß, dachte sie, als sie nackt vor den Spiegeln im Badezimmer stand. Ihre Körpergröße schränkte ihre Wahl ein; ihre Chancen, einen Mann zu finden, der in der Größe zu ihr paßte, waren zu gering. Nun hatte sie drei davon an der Hand, aber nur Edouard könnte in Betracht kommen, falls er sich auch einmal für etwas anderes als Geld interessierte. Daß sie sich in einen kleineren Mann verlieben könnte, schien ihr ausgeschlossen. Und so zu tun, als sei sie in jemanden verliebt, für den sie nichts empfand, fast noch unmöglicher.

Im Bett rekapitulierte sie, was sie am nächsten Tag alles zu tun hatte. Versuchte sich zu erinnern, wann sie aufstehen mußte, oder eigentlich, es sich anhand der Abfahrtszeit des Zuges auszurechnen. Zweifelte ein wenig, ob die Uhrzeit stimmte. Ein Grund zur Beunruhigung war das nicht. Madame Le Dantec würde sie zweifellos rechtzeitig wecken.

Wie schwer würde der Koffer sein? Wie würde sie den Weg in Basel finden? Ach, das war natürlich nicht nötig: Sie könnte am Bahnhof in ein Taxi steigen und sich zu der Adresse fahren lassen, die Notar Corde ihr geben würde. Aber wenn die Taxifahrer nun gerade streikten? Sei nicht albern: In der Schweiz wurde selten gestreikt. Die Schweizer hatten längst begriffen, daß man mit Arbeiten mehr Geld verdienen konnte als mit Streiken.

Zum erstenmal im Leben war sie in Basel.

Zum Teil war es, wie sie wußte, eine uralte Stadt, aber es gab auch ziemlich viele moderne Gebäude. So wie dieses Haus, bei dem sie einfach *untendurch* gehen konnte, weil es auf drei hohen Stelzen stand.

Ein Gebäude? Es war wie ein gigantischer schwarzer Konzertflügel! Jemand, der dreimal so groß war wie sie, hätte ohne weiteres noch aufrecht darunter stehen können. Das Ganze war sehr einfallsreich konstruiert. Ein stählernes Gerippe, verkleidet mit undurchsichtigem, glänzendem schwarzen Glas. Aus rätselhaften Gründen sah das Gebäude aus, als sei es beschädigt – aber das war es nicht, offenbar hatte der Architekt es schon so entworfen. Zwei lange Risse im Boden ließen Tageslicht auf die beschattete Fläche darunter fallen und gaben den Blick auf einige Saiten frei. Während Paulina verwundert hochschaute, zupfte sie jemand am Ärmel: Michel. Aber seltsam: Er war geschrumpft und nur halb so groß wie sie. Oder war sie schon wieder gewachsen?

»Auf diesem Klavier kann ich nicht spielen«, sagte er mit tränenerstickter Stimme, »alle Saiten sind gleich dick und gleich lang.«

Sich vorzustellen, daß das der Grund war, warum ein Zwerg wie er auf diesem gigantischen Flügel nicht spielen konnte, war das nicht zum Weinen?

64

Schon um sechs war sie hellwach und stand auf. Der Zug nach Basel würde kurz nach neun von der Gare de l'Est abfahren, und vorher mußte sie noch bei Notar Corde den Koffer mit dem Geld abholen.

Gehorsam packte sie Unterwäsche, ein Nachthemd und ihre Toilettensachen in einen der neuen Koffer. Das Allernötigste hätte sie eigentlich auch in dem kleinen Schmuckkoffer verstauen können. Sie hätte das Unternehmen sogar ganz ohne eigenes Gepäck vollbringen können, denn abends ging noch ein Zug von Basel nach Paris zurück. Aber Edouard hatte ihr ans Herz gelegt, auf keinen Fall am selben Tag zurückzukehren. Der Geldkoffer würde außerdem irgendwo weit außerhalb von Basel in Empfang genommen werden, und das würde sicher viel Zeit kosten. Nur unter großen Schwierigkeiten würde sie am selben Tag zurückreisen können. Deshalb sollte sie lieber mindestens fünf Tage oder eine ganze Woche wegbleiben, damit es so aussah, als sei sie in Holland und besuche ihre Eltern. Und deshalb sollte sie auch, nachdem sie den Koffer mit dem Geld abgeliefert hatte, tatsächlich nach Holland fahren, um von dort aus eine Ansichtskarte an Madame Le Dantec zu schicken.

Während sie sich anzog, kreisten ihre Gedanken um die Reise. Eigentlich hatte sie überhaupt keine Lust, ihre Eltern zu besuchen. Als ihr Vater am Telefon gefragt hatte, ob es einen besonderen Grund dafür gäbe, hatte sie gesagt: »Nein, nein, ich komme einfach so.« – »Es ist doch nichts passiert?« – »Aber nein, wo denkst du hin.« Ihr war kein glaubhafter Anlaß eingefallen. Vielleicht waren ihre Eltern nun aufgeregt und redeten sich ein, es gäbe doch einen zwingenden Grund für ihr plötzliches Erscheinen. Ein Glück, daß auch sie wenig Phantasie besaßen und ihr überdies vollkommen vertrauten. Es wäre auch besser gewesen, zum Beispiel um den Nikolaustag herum zu fahren, aber das fiel ihr erst jetzt ein. Und nun war es zu spät. Ihre Phantasie spiegelte ihr nie etwas vor, was einen praktischen Nutzen hatte. So fiel ihr der Schmuckkoffer wieder ein, obwohl sie von Anfang an nicht vorgehabt hatte, ihn mitzunehmen. Der Schmuckkoffer könnte gefährlich werden. Auch wenn an der Grenze fast nicht mehr kontrolliert wurde, konnte man sich nie sicher sein, und eine Frau, die mit einem Schmuckkoffer reiste, würde womöglich auffallen. Würden Sie diesen Koffer bitte einmal öffnen? Sie öffnete ihn: Er enthielt keine Juwelen, nur eine Zahnbürste und Unterwäsche. Das würde den Zollbeamten äußerst verdächtig vorkommen, und sie mußte auch den anderen Koffer öffnen. Darum: einfach einen großen Koffer mitnehmen, auch wenn er fast leer war.

Als müsse sie beweisen, daß sie den Schmuckkoffer nicht benutzen *konnte* und folglich auch nicht benutzen *würde*, legte sie noch ein paar Kleidungsstücke in den großen Koffer. Sie besaß davon inzwischen zwei Schränke voll. Aus Angst, sie könnte sich verspäten, wenn sie jetzt noch lange überlegte, was sie mitnehmen sollte, griff sie fast, aber doch nicht ganz aufs Geratewohl in den Schrank: So viele schöne Kleider zu besitzen und der Gedanke, sie zu Hause zeigen zu können, machte sie froh. Ein dunkelblaues, reich mit Pailletten besticktes Kleid, das ihr so gut stand, nahm sie mit und ein Tweedkostüm in den Farben des Herbstlaubes sowie eine schwarze, enganliegende Abendrobe mit hohem Rollkragen. Für die Reise kleidete sie sich in eine marineblaue Jacke, eine weiße Leinenhose, einen hellblauen Pullover und hohe, hellbraune Stiefel, deren Schäfte sie in die Hosenbeine steckte.

Im letzten Augenblick hatte Edouard noch versprochen, daß er sie abholen würde, um sie zu Notar Corde zu bringen. Luyn erschien pünktlich, um ihr Bescheid zu sagen, daß Edouard mit dem Wagen vor der Tür stehe.

Madame Le Dantec sagte: »Sie sind mir schon so ans Herz gewachsen, wenn Sie in den nächsten Tagen nicht da sind, werde ich Sie schrecklich vermissen«, und umarmte sie. »Ich wünsche Ihnen viel Vergnügen in Holland. Ich kann mir vorstellen, daß Sie mal wieder zurück wollen zu den Tulpenfeldern – ach, die sind jetzt natürlich kahl.«

»Dort ist im Augenblick nichts zu sehen, fürchte ich.«

»Nun ja, dann fahren sie im Frühling noch einmal. Gute Reise. Schicken Sie mir eine Ansichtskarte mit einer Windmühle?«

Paulina stieg mit Luyn in den Fahrstuhl. Unten folgte er ihr mit dem Koffer und verstaute ihn auch im Auto.

Es herrschte leichter Nebel, so daß die Bäume hinter dem Zaun des Jardin du Luxembourg aussahen, als hätte Odilon Redon sie gemalt.

Als Paulina neben Edouard im Salmson saß, fragte sie mit schelmischer Miene: »Du bringst mich doch auch zum Bahnhof?«

»Eigentlich hatte ich vor, dich nicht nur zu Notar Corde zu bringen, sondern tatsächlich auch zum Bahnhof. Aber leider habe ich jetzt nicht die Zeit dazu.«

»Wie komme ich dann dorthin? Ich bin nur ein kleines Mädchen.«

»Sei nicht so albern! Mit einem Taxi, wie sonst? Du bittest den Angestellten von Notar Corde, daß er dir ein Taxi ruft. Wo ist da das Problem?«

Paulina nickte. Sie ließ sich ihre Enttäuschung nicht anmerken. Er hatte ihr nichts versprochen, ihr zuerst nicht einmal angeboten, daß er sie zu Corde bringen würde, was er nun ja tat. Hätte er seine Termine nicht etwas anders regeln können? War sie ihm, wenn es darauf ankam, so gleichgültig?

»Außerdem ist es besser«, sagte Edouard, »wenn wir nicht mit diesem aufsehenerregenden Wagen zum Bahnhof fahren. Man kann nie wissen. Jemand könnte uns sehen und mißtrauisch werden. Auch wenn ich nicht hundertprozentig davon überzeugt bin, vermute ich stark, daß die Müllers längst wissen, wo sich das Geld ihres jüdischen Verwandten befindet. Und du kannst dir sicher denken, daß so ein ehemaliger SS-Mann nicht gerade zimperlich ist, wenn er meint, er könnte einen Coup landen.«

»Du machst mir angst.«

»Ach was, du hast nichts zu befürchten. Keiner weiß, daß du dich heute mit dem Koffer auf den Weg machst.«

»Wie ist dieser Müller dahintergekommen, daß dein Großvater Geld von Crémieux aufbewahrt?«

»Wenn ich das wüßte …«

»Ich komme fast in Versuchung zu hoffen, daß im Koffer nur alte Zeitungen sind.«

»Aha«, lachte Edouard, »hast du die Geschichte auch schon gehört?«

»Welche Geschichte?« fragte sie mit harmloser Miene.

»Daß wir einmal ein Au pair mit einem Koffer voller Altpapier nach Deutschland haben reisen lassen?«

»Das habt ihr gemacht? Warum?«

»Wir haben ihr nicht vertraut. Aber an dir zweifeln wir keine Sekunde.«

»Sehr schmeichelhaft. Es tut mir so leid, daß ich mich nicht von deinem Großvater verabschieden konnte. Er ist so nett.«

»Es geht ihm im Moment einfach zu schlecht. Und wer weiß, vielleicht hättest du dich ja verplappert. Es würde ihn viel zu sehr aufregen, wenn er wüßte, daß sein größter Wunsch endlich in Erfüllung geht.«

»Darf er das denn nicht wissen? Ich tu's doch eigentlich nur für ihn!«

»Er weiß natürlich, daß es passiert, aber nicht genau, wann. Es ist besser, ihm erst dann alles zu erzählen, wenn es über die Bühne gegangen ist. Und gelungen ist, natürlich.«

Nachdenklich schaute sie auf sein Raubvogelprofil. Trotzdem gab es keinen Grund anzunehmen, daß er sie zum besten hielt. Auf jeden Fall nahm sie sich vor, nicht einfach einen verschlossenen Koffer mitzunehmen. Sie würde sich den Inhalt vorher zeigen lassen.

Edouard stoppte in der Avenue Georges Mandel gegenüber dem Haus, wo Notar Corde wohnte.

Er zeigte ihr, wo sie hingehen mußte.

»Eigentlich darf ich hier nicht halten. Die paar Schritte laufen … das findest du doch nicht schlimm? Deine Fahrkarte und die Papiere und alles bekommst du von Corde.«

Er stieß die Wagentür für sie auf, sie stieg aus, und er auch.

»Ist dein Koffer sehr schwer?« Sofort bückte er sich zum Rücksitz.

»Ach, das geht ja noch«, sagte er, als er sich mit dem Koffer in der Hand wieder aufgerichtet hatte, »es sind ja nur ein paar Schritte. Auf Wiedersehen, liebe Pauline, viel Erfolg.«

Er gab ihr einen Kuß auf die linke Wange, dann auf die rechte und zum Schluß noch einmal auf die linke.

»Bis bald.« Er drückte ihr den Griff des Koffers in die Hand und stieg wieder ein. Sie stand da, schaute zum Haus auf der anderen Straßenseite und hörte ihn wegfahren. Nicht umschauen. Er hätte sich, fand sie, heute freimachen müssen, um sie zu begleiten. Eigentlich hatte sie die ganze Zeit damit gerechnet. Hatte er anderes zu tun? Sollte sie tatsächlich glauben, daß er seine Termine nicht hätte verlegen können? Wenn er sich etwas aus ihr machen würde, wäre er mitgekommen, nicht nur zur Kanzlei von Notar Corde. Gut, auf dem Flugplatz kannten ihn die Zollbeamten, aber er reiste doch nie mit dem Zug? Notfalls hätte er, kurz vor der Grenze, in Belfort zum Beispiel, aussteigen und dort auf sie warten können, bis sie zurückkam.

Durch eine dicke Schicht hellgelben Laubes ging sie zur Eingangstür.

Sie fühlte sich verlassen, als sie das große Vestibül betrat, den Innenhof überquerte und zum Fahrstuhl ging. Sie schaute auf die Uhr: genau halb neun. Sie stieg in den Lift, der Lift setzte sich in Bewegung, und genau in diesem Augenblick rannte eine kleine Frau auf die Gittertür zu.

»Ist nicht so schlimm!« rief sie Paulina zu, die eine entschuldigende Handbewegung machte.

Paulina stieg im zweiten Stock aus. Als die Türen zugefallen waren, fuhr der Lift gleich wieder nach unten. Sie klingelte. Sie horchte an der Tür, hörte jedoch kein Geräusch, das jemanden ankündigte, der sie einlassen würde. Allerdings hörte sie, daß der Fahrstuhl unten wieder anhielt. Metallene Gittertüren schlugen hallend auf und zu.

Was nun? Ein zweites Mal klingeln?

Inzwischen kam der Fahrstuhl wieder nach oben. Hielt an. Die kleine Frau stieg aus.

»Die Kanzlei hat noch nicht geöffnet«, sagte sie mit einem starken deutschen Akzent, »Sie sind ein bißchen früh.«

»Früh? Mein Zug geht um fünf nach neun.«

Die Frau nahm einen Schlüsselbund aus ihrer Tasche und schloß die Tür auf.

»Seien Sie unbesorgt. Alles liegt bereit.«

Sie ließ Paulina, ohne etwas zu fragen, ein, wußte offenbar über alles Bescheid.

Eine kleine Dicke. Sie trug eine hellbraune Hose aus glänzendem Leder, das sich um ihre Beine spannte. Die Absätze ihrer Schuhe waren auffallend hoch, was jedoch nichts daran ändern konnte, daß ihre Hüften im Verhältnis zur Beinlänge viel zu breit waren.

»Ich bin gleich wieder da.« Sie ließ Paulina in dem großen Wartezimmer, in dem sich zu dieser Stunde natürlich niemand anders befand. Paulina stellte ihren Koffer ab, setzte sich aber nicht.

Die Frau war im Zimmer des Notars verschwunden und hatte die Tür hinter sich zugezogen.

Erst etwa fünf Minuten später kam sie wieder zum Vorschein und bat Paulina ins Zimmer des Notars. Daß dieser

Notar Corde eine deutsche Sekretärin hatte! Vielleicht mußte er viel mit Deutschen oder Schweizern korrespondieren.

Vor dem Schreibtisch stand ein Koffer aus geschmeidigem, dunkelblauem, geblümtem Gobelinstoff, ein Koffer, der genauso aussah wie ihrer.

Die Frau gab Paulina ein Kuvert: »Hier drin sind fünfzig Reiseschecks zu je hundert Dollar.«

»Was soll ich mit dem ganzen Geld?« fragte Paulina erschrocken. »Kann das nicht auch in den Koffer?«

»Nein, es ist für Sie. Für Ihre Reisekosten.«

»Für mich? So viel, für die paar Tage?«

»Man weiß nie, wofür man es vielleicht nötig hat.«

»Aber das ist unsinnig. Das kann ich nicht annehmen.«

»Sie *müssen* es annehmen, kein Zweifel. Und was übrigbleibt, können Sie behalten. Glauben Sie mir doch. Das ist nun einmal so geregelt.«

»Wissen Sie das genau?«

»Wir können darüber nun wirklich nicht allzu lange diskutieren, sonst verpassen Sie den Zug. Würden Sie bitte nachzählen? Dann können Sie die Schecks sofort links oben in der Ecke zeichnen, wie es sich gehört. Damit ein Dieb nichts damit anfangen kann.

Setzen Sie sich doch dabei, das ist bequemer.«

Die Sekretärin nahm einen Stuhl, der vor einem der Bücherschränke stand, und stellte ihn an den Schreibtisch. Mit weniger Mühe hätte sie Paulina den Platz des Notars anbieten können, aber sich auf dessen Stuhl zu setzen war natürlich ein Sakrileg.

Paulina öffnete das Kuvert, das kaum zugeklebt war, und fand fünf kleine Bündel mit jeweils zehn Schecks über $ 100, wie auf den Papierstreifen, die sie zusammenhielten, aufgedruckt war.

»Das wird schon stimmen, denke ich. Aber warum nur so viel Geld?«

»Das kann ich Ihnen wirklich nicht sagen. Es ist für Ihre

Unkosten. Was übrigbleibt, dürfen Sie behalten. Warten Sie, Sie können sie nicht in den Banderolen lassen, Sie müssen sie ja noch unterschreiben. Ich werde Ihnen helfen.« Und die Frau zog die Stapel einen nach dem anderen aus den Banderolen und schob sie wieder hinein, sobald Paulina links oben in der Ecke unterschrieben hatte.

»Eigentlich darf man das so nicht machen«, erzählte die Sekretärin dabei, »Sie hätten sie auf der Bank unterzeichnen müssen. Wir wollten Ihnen den Gang dorthin ersparen, und die Bank hatte keine Bedenken. Wenn Sie einen Scheck ausgeben, müssen Sie ihn links unten noch einmal unterschreiben, aber das wissen Sie ja sicher?«

Es war noch ein ganzes Stück Arbeit. Schließlich konnte Paulina das Kuvert in ihre Umhängetasche stecken.

Die Sekretärin gab ihr noch ein Papier in zweifacher Ausfertigung zur Unterschrift, auf das eine Bestätigung getippt war, daß sie den Koffer in Empfang genommen hatte.

»So, das wäre also in Ordnung, und dann habe ich hier ...«

»Nein«, sagte Paulina, »ich habe doch zumindest das Recht, zu sehen, was in dem Koffer ist?«

»Selbstverständlich.«

Die Frau ging in die Hocke, legte den Koffer flach auf den Boden und versuchte, die Schlösser zu öffnen. Vergebens.

»O je«, sagte sie, »die sind abgeschlossen, fürchte ich«, und richtete sich wieder auf. »Jedenfalls« – sie nahm einen ziemlich großen, verschlossenen Umschlag vom Schreibtisch – »haben Sie hier eine Liste über den Inhalt. Die müssen Sie dem Empfänger aushändigen.«

»Aber das geht doch nicht, wenn ich nicht weiß, was im Koffer ist«, murmelte Paulina.

»Warten Sie, vielleicht hat der Notar den Schlüssel. Gehen Sie kurz in den Nebenraum, ich werde versuchen, ob ich den Notar erreichen kann. Ja, den Koffer können Sie mitnehmen. Es ist ja noch niemand da.«

Gehorsam steckte Paulina auch diesen Umschlag in ihre Tasche und nahm den Koffer.

»Ach ja, würden Sie mir bitte ein Taxi rufen? Es ist schon spät, sonst verpasse ich noch den Zug.«

»Aber selbstverständlich.«

Im Wartezimmer, das man, ohne zu übertreiben, als Empfangssalon bezeichnen konnte, stellte sie den Koffer neben den mit ihrer Kleidung. Die beiden Koffer waren nur am Gewicht voneinander zu unterscheiden: der Koffer, den sie soeben erhalten hatte, war der schwerere von beiden, wenn auch nicht übermäßig schwer. Sie wagte es nicht, sich hinzusetzen, und war bereit, sofort loszustürzen, wenn sie den Schlüssel bekommen hatte und das Taxi vor der Tür stand. Wenn es lange dauerte, bis der Schlüssel gefunden wurde, war es vielleicht besser, den Koffer in gutem Vertrauen ohne vorherige Kontrolle mitzunehmen. Wohin? Sie wußte noch nicht einmal die Adresse. Sie mußte auch noch eine Fahrkarte kaufen. Dafür einen der Reiseschecks einwechseln? Das würde zu lange dauern. Zum Glück hatte sie noch genug französisches Geld in der Tasche. Die Napoleonuhr auf dem Kaminsims zeigte bereits Viertel vor neun.

Dann erschien Notar Corde, in einem Hausmantel aus rotem Satin.

»Mademoiselle, verzeihen Sie, aber es ist noch so früh. Ungewöhnlich früh für meine Verhältnisse. Ich wollte Ihnen doch noch eine gute Reise wünschen. Ist alles in Ordnung? Sind Sie zufrieden?«

»Ich denke, ja, aber ich habe den Kofferschlüssel nicht, und …«

»Ich weiß, ich weiß.«

Er faßte in die Tasche seines Hausmantels und holte einen vergoldeten Kofferschlüssel hervor, den er ihr reichte.

»Bitte. Übrigens, Sie brauchen nicht in den Koffer zu schauen.«

»Das habe ich überhaupt nicht vor.«

Nicht *mehr* vor, dachte sie mit bitterem Selbstvorwurf,

weil sie sich überrumpelt fühlte, und ließ den Schlüssel in ihre Tasche fallen.

»Es sind wirklich keine alten Zeitungen oder Kieselsteine darin, ha, ha. Und dann habe ich hier ...«

Er faßte mit der anderen Hand in die andere Tasche und holte ein kleines Bündel Banknoten und ein Mäppchen mit den Fahrkarten hervor.

»Dann haben Sie hier ein wenig Geld für den ersten Bedarf ...«

Paulina nahm das Geld und betrachtete es.

»Belgisches Geld?« fragte sie. »Aber was soll ich mit belgischem Geld in der Schweiz?«

»Tja, was weiß ich. Machen Sie damit, was Sie wollen. Notfalls können Sie es eintauschen, wie die Reiseschecks. Was übrigbleibt, können Sie behalten. Aber warum sollten Sie Geld wechseln? Die Luxemburger akzeptieren belgisches Geld. Ist Ihnen das nicht bekannt?«

»Pardon, Maître«, sagte Paulina, »ich erinnere mich, daß Geographie nicht gerade Ihre Stärke ist. Aber Sie glauben doch etwa nicht, daß Basel in Luxemburg liegt?«

»Nein, nein. Sie erlauben sich einen Scherz. Ich weiß sehr wohl, wo Basel liegt, mindestens so gut, wie Sie *nicht* wissen, welches Geld man in Luxemburg benutzt.«

»Aber was um Himmels willen soll ich in Luxemburg?«

»Einen Augenblick. Wir dürfen das Taxi nicht vergessen. Ich hoffe, daß es schon da ist.« Und er verließ rasch den Salon.

Paulina war halbwegs erleichtert: Wenigstens tat sich etwas. Auch der Notar war ein wenig besorgt, daß sie den Zug verpassen könnte.

Nun kam die kleine Sekretärin herein.

»Wie ärgerlich! Die Taxifahrer streiken offenbar! Wir müssen noch ein wenig Geduld haben.«

Paulina zeigte auf die Stutzuhr.

»Aber der Zug nach Basel fährt in zehn Minuten!«

»Ach, diese Uhr geht immer vor.«

Paulina schaute auf ihre Armbanduhr. Sie zeigte dieselbe Zeit an. Paulina zuckte mit den Schultern und schwieg.

»Wenn Sie den Zug verpassen«, bemerkte die Sekretärin, »ist das auch nicht so schlimm. Es fahren doch noch mehr. Nur haben Sie dann keinen reservierten Platz, fürchte ich. Aber die Züge sind ja nie voll. Haben Sie überhaupt eine Platzreservierung?«

Paulina öffnete nun das Mäppchen mit den Reiseunterlagen und nahm die Platzreservierung, die tatsächlich auch dabeilag, heraus. LUXEMBOURG stand deutlich darauf, 11 Uhr 03.

»Luxemburg«, sagte sie, und vor Verwirrung wurde ihr schwindlig, »ich soll also tatsächlich nach Luxemburg?«

»Luxemburg?« wiederholte die Sekretärin völlig verdutzt. »Sie sollen nach *Luxemburg*? ...«

Die Frau wurde kreidebleich, aber noch ehe sie etwas sagen konnte, war Notar Corde wieder eingetreten.

»Was höre ich da«, sagte er aufgeräumt, »Luxemburg? Sehen Sie nun, daß ich recht hatte? Alles paßt wunderbar zusammen. Sie können in Luxemburg mit belgischem Geld bezahlen. Und der Zug nach Luxemburg fährt erst gegen elf. Stimmt's? Sie haben Zeit genug. Sie können ganz beruhigt sein.«

»Ich würde«, stammelte Paulina, »ich würde doch lieber so schnell wie möglich zum Bahnhof fahren. Es wird wohl alles in Ordnung sein.«

Sie steckte ohne nähere Prüfung das Geld und die Mappe mit den Reisedokumenten in ihre Tasche.

Der Notar rieb sich die Hände.

»So, so. Ich hätte nicht gedacht, daß eine Göttin aus dem kühlen Norden so nervös werden könnte. Nein, nein. Oh, là là. Sie sind unvorstellbar charmant.«

Die Sekretärin entfernte sich, ohne sich weiter ins Gespräch zu mischen.

Paulina sagte: »Wenn kein Taxi kommt, fahre ich eben mit der Metro.«

»Mit dem ganzen Geld?« lachte der Notar. »Sie fürchten sich wohl vor gar nichts. Trotzdem sollte man das Schicksal besser nicht herausfordern. Nehmen Sie noch einmal in aller Ruhe Platz. Wir haben keine Eile. Wir werden schon eine Lösung finden.« Und mit diesen Worten ging er zur Tür. Aber direkt an der Tür blieb er stehen und drehte sich wieder zu Paulina um:

»Und wissen Sie jetzt überhaupt, was Sie tun müssen, wenn Sie in Luxemburg angekommen sind?«

Wie dumm! In ihrer Hektik hatte sie völlig vergessen, danach zu fragen.

»Das dachte ich mir schon, Sie wissen es nicht. Offenbar haben Sie noch keine Sekunde darüber nachgedacht.«

Der Notar erstickte fast vor Lachen. Als er sich wieder gefaßt hatte, sagte er: »Keine Sorge. In dem Umschlag mit der Fahrkarte ist ein Kärtchen mit genauen, wenn auch höchst einfachen Anweisungen. Am besten lernen Sie sie auswendig, wenn Sie im Zug sitzen, und reißen das Kärtchen dann in kleine Stücke, die Sie wegwerfen. Au revoir!«

Er schüttelte ihr herzlich die Hand. »Bonne journée et bon voyage!« Er verließ den Salon.

65

Niemand schien mehr Notiz von ihr zu nehmen. Niemand kam, um ihr zu sagen, wie sie sicher zur Gare de l'Est gelangen sollte.

Es war schon nach zehn, als zu ihrer Überraschung Alain, der zuverlässige Fahrer des Generals, von der kleinen Sekretärin in den Salon begleitet wurde.

Er griff sofort nach ihren Koffern.

»Was für eine Schweinerei, Mademoiselle. Die Taxifahrer streiken. Alle Straßen sind verstopft, weil keine Taxis fahren. Die ganze Welt hat ihre Sonntagswagen hervorgeholt. Fahren können sie nicht! Wenn sie an einer Ampel endlich losfahren dürfen, würgen sie den Motor ab.«

Im Laufschritt eilte er vor ihr her zum Fahrstuhl.

»Es ist mir ein großes Vergnügen, Sie zum Bahnhof zu bringen. Alain verbürgt sich dafür, daß Sie den Zug nicht verpassen. Darauf können Sie sich verlassen.«

66

Und in welchem Wagen chauffierte er sie zum Bahnhof?

In dem riesigen Delahaye!

Die Koffer hatte er neben sich gestellt. Als wäre sie eine Prinzessin oder Filmdiva saß sie im Fond, so wie es sich vor fünfzig Jahren gehört hatte. Es gab nur wenige Passanten, die ihre Blicke nicht auf das Auto richteten. Wenn es an einer Ampel hielt, versuchte manch einer, in den Innenraum zu blicken. Autofahrer, die auf gleicher Höhe hielten, ließen nichts unversucht, Paulina auf sich aufmerksam zu machen, und gaben ihr Zeichen.

Die Straßen waren nicht so voll, wie sie befürchtet hatte. Sie sah tatsächlich ein leeres Taxi vorbeifahren. Vielleicht streikten die Taxifahrer überhaupt nicht, und man hatte ihr bei Notar Corde etwas vorgemacht. Ohne lange in einem Stau zu stehen, erreichten sie den Bahnhof.

Eingedenk Edouards Bemerkung, mit dem ganzen Geld besser nicht in einem auffälligen Auto vorzufahren, war sie froh, daß auf dem Platz vor der Gare de l'Est so viele Autos parkten, daß Alain sie nicht direkt bis zum Eingang bringen konnte. Noch ehe er den Zaun erreicht hatte, mußte er hinter einer ganzen Reihe anderer Autos anhalten.

Paulina nahm das Sprachrohr aus der Halterung, zog den Korken heraus und rief:

»Nein, Alain, du brauchst nicht weiter zu fahren. Ich finde es schon.«

Er wollte ihr helfen, die Koffer zum Bahnsteig zu tragen.

»Nein, nein, danke«, sagte sie, »o nein, wirklich nicht.

Du stehst hier nicht gut, du kannst den Wagen nicht verlassen. Du riskierst ein Strafmandat, oder die Polizei schleppt ihn ab. Tausend Dank!«

Sie nahm ihr Gepäck und ging rasch los.

67

Die große Vorhalle des Bahnhofs war ziemlich leer, als sie, kerzengerade, hindurchging und dabei zu der Uhr hochblickte, die über dem mittleren Durchgang zu den Bahnsteigen hing. Es war noch vor halb elf, und der Zug nach Luxemburg würde erst drei Minuten nach elf fahren. Sie beschloß, gleich den Bahnsteig aufzusuchen. Vielleicht war der Zug schon da, und sie könnte ihren reservierten Platz einnehmen.

Als sie die Bahnsteige fast erreicht hatte, fiel ihr ein kleiner Mann auf. Warum? Weil er auf sie zukam und sie mit durchdringendem Blick ansah. Er hatte einen schwarzen Spitzbart, und seine dunklen Augen lagen tief in den Höhlen. Er trug eine bläuliche Jeans, einen kurzen Mantel aus dickem, rot und grün kariertem Stoff und eine Mütze aus demselben Material. Die Hände hatte er in die Manteltaschen gesteckt. Er näherte sich Paulina, als hätten sie eine Verabredung. Ohne zu zögern, ging sie weiter. Sie hatte ihn nie zuvor gesehen, und zum Glück ließ er sie passieren, ohne sie anzusprechen.

Liebe auf den ersten Blick! Jäh auflodernde Leidenschaft eines Zwerges! Wenn er versucht hätte, sie aufzuhalten, hätte sie ihn weggestoßen und ihren Weg fortgesetzt, als wäre sie taub.

Auf dem Bahnsteig, wo der Zug tatsächlich schon bereitstand, stellte sie die Koffer neben sich ab, öffnete ihre Umhängetasche und schaute auf der Reservierung nach, in welchem Wagen sie ihren Platz suchen mußte.

Als sie an der offenstehenden Tür dieses Wagens angelangt war, stand dort plötzlich wieder der kleine Mann in dem karierten Mantel. Er stellte sich ihr in den Weg und fragte in stockendem Französisch mit starkem deutschen Akzent:

»Pardon, Mademoiselle, ist das der Zug nach Basel?«

»Wie kommen Sie darauf? Können Sie nicht lesen? Das ist der Zug nach Luxemburg. Der Zug nach Basel ist schon lange weg.«

Ohne seine Antwort abzuwarten, stellte sie zuerst den schwersten Koffer – den mit den Wertpapieren – in den Wagen und stieg dann mit dem anderen Koffer ein. Den Mann beachtete sie nicht mehr.

»Tut mir leid! Tut mir leid!« rief er ihr nach, und es war nicht auszumachen, was ihm am meisten leid tat, daß dieser Zug nach Luxemburg fuhr oder daß der Zug nach Basel längst abgefahren war.

Im Abteil war nur ein einziger Platz, der ihre am Fenster, reserviert. Sie hob den Koffer mit ihren eigenen Sachen in die Ablage über ihrem Sitz und den anderen über den Platz gegenüber. So konnte sie ihn nicht nur leicht im Auge behalten, sondern hoffte auch, andere Reisende, die sich in dieses Abteil setzen wollten, würden annehmen, daß auch der Platz gegenüber schon besetzt war, und ihr Heil irgendwo anders suchen. Sie wünschte glühend, allein zu bleiben. Versonnen überlegte sie, daß sie dann genügend Gelegenheit haben würde, den ihr anvertrauten Schlüssel zu benutzen und nachzuschauen, was im Koffer war. Goldbarren vielleicht? So schwer war er nun auch wieder nicht. Diamanten? Juwelen? Banknoten? Aktien?

Aber angenommen, sie schaute sich gerade den Inhalt des Koffers an, und ein Gangster käme vorbei, der sie zusammenschlagen und die Schätze an sich raffen würde. Zwar schien die Gefahr nicht so groß, aber es wäre schon verrückt genug, wenn der Schaffner oder ein anderer Fahrgast durch den Gang lief, ins Abteil blickte und sah, was dort zur Schau gestellt wurde. Und wenn sie die Vorhänge zuzog, würde vielleicht gerade das Aufmerksamkeit erregen. Also verzichtete sie lieber darauf und ließ den Koffer, wo er war, auf der Ablage gegenüber. Sollte sich später herausstellen, daß er nur alte Zeitungen enthielt, konnte sie es auch nicht ändern. Dann hätte die so nette Familie de Lune sie einfach zum Narren gehalten, unter Mitwirkung des Notars.

Aber was sollte sie machen, wenn der Empfänger der Sache nicht traute und vielleicht denken würde, daß *sie* unterwegs die Wertpapiere durch Altpapier ersetzt hätte? Wenn er ihr die Schuld gab? Würde er die Polizei anrufen? So dumm würde er wohl nicht sein, denn auch wenn es ein wohltätiger Verein war, der das Kapital erhielt, so schien es ihr trotzdem nicht hundertprozentig sicher, daß diese Philanthropen es sich, vom juristischen Standpunkt aus, erlauben konnten, sich das Erbe des Herrn Crémieux anzueignen. Ach, und außerdem war kein Zeitungspapier im Koffer, das spürte sie, telepathisch. Sie nahm die Mappe mit den Reiseunterlagen noch einmal in die Hand und fand darin das Kärtchen mit den Anweisungen.

Eine Reihe Namen standen darauf, vier Stück. Es waren zwar nicht besonders schwierige Namen, aber das Risiko, sich in Luxemburg nicht mehr genau erinnern zu können, schien ihr zu groß, und deshalb zerriß sie das Kärtchen nicht. Das konnte sie immer noch machen. In ihrer Tasche war es sicher.

Als der Zug anfuhr, war kein einziger Interessent für einen der anderen Plätze im Abteil erschienen. Große Erleichterung. Auf dem Sitz gegenüber fand sie ein Faltblatt mit dem Fahrplan der Züge nach Luxemburg. Sie entnahm ihm, daß auch später keine Fahrgäste mehr zusteigen könnten, denn zwischen Paris und Luxemburg hielt dieser Zug, der über Longwy fuhr, nirgendwo mehr an. Allerdings war es ein merkwürdiger Zug: Er brauchte vierzig Minuten länger für die Strecke als Züge, die unterwegs an jedem Bahnhof hielten. Ob es wohl, da der Zug durchfuhr, auch keine Zollkontrolle geben würde? Das könnte ihr nur recht sein.

Paulina schloß die Augen und versuchte ein wenig zu schlafen. Im Grunde konnte sie jetzt zuversichtlich sein, daß ihr Unternehmen nicht scheitern würde.

Sie schlief jedoch keinen Augenblick, sondern döste nur ein wenig in dem ziemlich langsam durch die Landschaft polternden Zug, der zwischen Paris und Luxemburg nirgends anhalten würde.

Letzteres entsprach dann doch nicht der Wirklichkeit. Zu ihrer Verwunderung hielt er in Châlons-sur-Marne. Und vierzig Minuten später noch einmal in Bar-le-Duc. Zum Glück kam niemand in ihr Abteil, aber daß dieser Zug sich nicht an seine Versprechungen hielt, beunruhigte sie dennoch.

War es tatsächlich der Zug nach Luxemburg? Von neuem befragte sie den gefundenen Fahrplan.

Auf die falsche Reihe geschaut! Wie konnte sie so dumm sein! Der Zug würde außerdem noch in Metz, Hagondange und Thionville halten, und an Longwy kam er überhaupt nicht vorbei.

Nicht zu fassen, wie sie sich so hatte irren können. War die ganze Reise vielleicht ein Irrtum? Wie ließ sich erklären, daß Edouard sie im Glauben gelassen hatte, sie würde nach Basel fahren? War es Zerstreutheit gewesen oder Absicht?

Ihr kam der Gedanke, Notar Corde könnte eigenmächtig, ohne Edouard oder wen auch immer davon in Kenntnis zu setzen, beschlossen haben, das Geld solle in Luxemburg und nicht in Basel den Begünstigten übergeben werden. Aber das schien ihr dann doch unmöglich. Er war ein alter Bekannter und der Ratgeber der Familie, das zeigte sich an allem. Wenn sie nicht damit einverstanden gewesen wären, hätte er sicherlich nicht auf eigene Faust gehandelt. Trotz dieser Überlegung machte Paulina sich den Vorwurf, nicht zum Notar gesagt zu haben: Nach Luxemburg? Davon weiß ich nichts, davon hat Edouard nichts erwähnt, irren Sie sich auch nicht?

Luxemburg … sie hätte nicht ohne weiteres darauf eingehen dürfen. Oder hatte sie wenigstens geäußert, wie erstaunt sie war? Sie konnte sich nicht mehr genau erinnern. Die große Verantwortung, die sie trug, schien ihren Verstand zu trüben, statt ihn zu schärfen.

68

Direkt an der Luxemburger Grenze hielt der Zug auch noch kurz, nicht länger als eine halbe Minute, auf einem verlassenen, kleinen Bahnhof. Kurze Zeit später, der Zug fuhr schon wieder, hörte Paulina Gepolter im Gang, und ein Polizist betrat das Abteil. Ein Zollbeamter, der ihm gefolgt war, blieb draußen stehen.

»Ihren Paß, bitte.«

Sie zeigte ihm den Paß, den der Kontrolleur, als er ihn an dem blauen Umschlag als einen niederländischen erkannte, nur sehr flüchtig durchblätterte und sofort zurückgab. Er verließ das Abteil, und der Zollbeamte trat ein.

O Orpheus, ich stehe an den Ufern des Styx, und die Mächte der Unterwelt strecken ihre Fangarme nach mir aus. Befreie mich durch deinen Gesang oder folge mir. O Orpheus, ist dies das Ende? Liebst du mich denn nicht?

»Haben Sie etwas zu verzollen?« fragte der Mann.

»Nein, Monsieur.«

Er blickte nach oben und inspizierte die Gepäckablage.

»Würden Sie diesen Koffer bitte einmal öffnen?« fragte er und zeigte auf den Koffer über Paulinas Kopf.

Sie stand auf, nur mit Mühe ihre Angst beherrschend: Wenn er in diesen harmlosen Koffer geschaut und nichts Verdächtiges gefunden hatte, würde er natürlich auch den anderen sehen wollen. Sie könnte ja auf die Knie fallen und den Allmächtigen anflehen, daß doch nur alte Zeitungen darin waren, oder daß Er das Geld vorübergehend in Schulbücher und die Juwelen in Walnüsse verwandeln möge. O Herr im Himmel, hilf mir. Noch nie hatte sie sich an diesen Herrn um Hilfe gewandt.

Sie legte den Koffer auf den Sitz und ließ die Verschlüsse aufspringen.

Der Zollbeamte beugte sich darüber, steckte zuerst die linke Hand unter die Kleider und dann die rechte. O Götter der Unterwelt, es ist nicht meine Schuld, sondern die eure, wenn sich im anderen Koffer Heroin befindet.

Der Zollbeamte richtete sich auf.

»Vielen Dank.«

Er verließ das Abteil und folgte dem Polizisten.

Um ein Haar wäre es passiert! Wer hatte behauptet, an der französischen Grenze würde nie kontrolliert?

Natürlich wurde dort kontrolliert. Das lag doch auf der Hand, bei all den Drogenschmugglern. Und die Terroristen nicht zu vergessen. Wie konnten sie so dumm gewesen sein, daran nicht zu denken! Edouard, Corde, und wer sonst noch Bescheid wußte über das, was sie hier zitternd und bebend durchlitt?

Ach was, worüber regte sie sich auf? Schließlich war alles gutgegangen!

Sie schaute aus dem Fenster und versuchte sich auf die Landschaft zu konzentrieren. Der Zug hatte nun das Randgebiet der Stadt erreicht und rollte langsam über einen weiträumigen Rangierbahnhof, auf dessen Gleisen hier und da auch andere Züge standen oder fuhren. Unter anderem ein Güterzug mit geschlossenen Waggons, auf deren Seitenwänden mit großen Lettern der Name KOFFERDING stand.

KOFFERDING … was mochte das sein? Ein Kofferding, das war das, was sie gerade machte, ja, sie drehte ein Ding mit einem Koffer. Erst auf den zweiten Blick sah sie, daß ihre Wahrnehmung ihr einen Streich gespielt hatte und es BOFFERDING hieß.

Plötzlich erblickte sie, im Fenster gespiegelt, eine rote Gestalt. Ruckartig wandte sie den Kopf. Im Gang stand das Männchen, das sie, als sie auf der Gare de l'Est eingestiegen war, gefragt hatte, ob dies der Zug nach Basel sei.

Auch er hatte also die ganze Zeit in diesem Zug gesessen. Wahrscheinlich hatte er sie ständig beobachtet und erdreistete sich nun sogar, in ihr Abteil zu schielen. Sich ertappt fühlend, setzte er sich wieder in Bewegung, aber bevor er aus ihrem Blickfeld verschwand, schaute er sich noch einmal nach Paulina um, schaute sie sogar wieder an. Jeder Zweifel war ausgeschlossen: Es war derselbe Zwerg. Was wollte er von ihr? Nur ihre Bekanntschaft machen? Warum hatte er sich dann erst ihrem Abteil genähert, als die Fahrt fast zu Ende war?

Ja, warum?

»Ach«, sagte Paulina, fast laut. »Weil ihm die ganze Zeit kein neuer Vorwand eingefallen ist!«

Immer waren es Liliputaner und Gnome, die etwas von ihr wollten. Japaner, die den Weg zum Eiffelturm nicht wußten. Oder alte Knacker wie Michel – und das noch nach langem Zögern. Aber mit Michel hatte sie doch ein wenig Mitleid, und eigentlich spielte er ganz gut Klavier. Viel besser als irgendein Amateur. Sie hatte noch nie jemanden kennengelernt, der so gut spielte. Wenn er nur aufhören würde, sich als gescheiterten Konzertpianisten zu sehen, brauchte er sich auch nicht mehr tagaus, tagein Vorwürfe zu machen. Dann könnte er das tun, wozu er Lust hatte. Und da er nicht für seinen Lebensunterhalt zu arbeiten brauchte, so viel studieren, wie er wollte. Sie würde einmal ernsthaft mit ihm darüber reden! Dann wäre er vielleicht nicht mehr so unglücklich.

Während der Zug dann und wann anhielt, bevor er weiterkroch, als sei es fast unmöglich, in die Stadt vorzudringen, gingen ihre Gedanken wieder zu dem scheußlichen Zwerg. War er vielleicht mit einer Fahrkarte nach Basel eingestiegen und hatte beim Schaffner eine andere Karte gekauft, nur um ihr zu folgen? Oder hatte er mit harmloser Miene dem Schaffner die falsche Fahrkarte gezeigt und Strafe bezahlen müssen? Das wäre sein verdienter Lohn gewesen. Und dann hatte er in einem leeren Abteil stundenlang gebrütet, um direkt vor der Endstation noch einen raschen Blick auf sie zu werfen. Ein Psychopath. – Würde er sich damit zufriedengeben?

Vielleicht würde er ihr durch ganz Luxemburg nachlaufen. Sie fragte sich, wie sie das verhindern sollte. Sie müßte ihre Gedanken jetzt darauf richten, wie sie am besten vorging. Um nichts falsch zu machen, öffnete sie ihre Umhängetasche und las noch einmal die Anweisungen.

Auf der Vorderseite des Kärtchens standen Adresse und Telefonnummer einer Bank.

Sie sollte, sobald sie den Bahnhof verlassen hatte, mit ihren Koffern zum Hôtel International gehen, direkt am Bahnhof. Dort konnte sie sich ein Zimmer nehmen und den einen Koffer (natürlich den mit ihren Kleidern) in Aufbewahrung geben. Vom Hotel aus sollte sie die Bank anrufen – Banque Gallé-Faber, Boulevard de la Pétrusse – und nach Herrn Heinerscheid fragen. Diesem Herrn sollte sie sagen, daß sie angekommen war, und mit ihm einen Termin zur Übergabe des Geldkoffers vereinbaren.

69

Wie könnte sie ihren Verfolger abschütteln? Auf keinen Fall, so dachte sie, sollte sie versuchen, schneller als er zu sein. Darum ließ sie sich Zeit, als der Zug endlich im Bahnhof von Luxemburg angekommen war. Sie kämmte sich die Haare und lächelte tapfer in den kleinen Spiegel. Sie zog ihre Jacke an, ging mit den Koffern langsam durch den Gang, stellte den einen an das Trittbrett und stieg mit dem anderen in der Hand aus. Sie schaute nach links, sie schaute nach rechts, das Männchen war nirgends zu entdecken. Auch die wenigen anderen Reisenden, die in diesem Zug gesessen hatten, waren offenbar schon mit ihrem Gepäck verschwunden. Sie nahm den Koffer, den sie an das Trittbrett gestellt hatte, und ging zum Ausgang. So ruhig, so provinziell war dieser Bahnhof, daß ihre ganze Angst, noch im letzten Augenblick etwas Schreckliches erleben zu müssen, unsinnig schien.

Auch auf dem Bahnhofsvorplatz sah sie den seltsamen Spanner im roten Mantel nicht. Dagegen entdeckte sie mit einem Blick, wo sich das Hôtel International befand: gegenüber vom Bahnhof. Es gab dort zwei Hotels, getrennt durch eine Gasse, das eine, Hôtel Kons, nicht weniger grau und unansehnlich als das andere, das ihr Ziel war.

Die Fußgängerampel zeigte rot und zwang sie zu warten, obwohl kein Auto zu sehen war. Aber alle Leute warteten. Vor dem Hôtel International hatte man, offenbar nachträglich, eine überdachte Terrasse angebaut. Sie sah aus, als hätte ein Bastler sie aus weißen Resopalplatten zusammengezimmert.

Auf dem Bahnhofsvorplatz prangten vier Fahnenstangen

mit Luxemburger Flaggen: rot, weiß und blau, wie die niederländische Flagge, die Farben jedoch viel matter. Vielleicht eine vage Erinnerung an die längst vergessene Zeit, als der niederländische König Großherzog von Luxemburg war. Der Anblick dieser Fahnen bedrückte sie.

Die Ampel sprang auf Grün, und Paulina ging mit langen Schritten zum Hôtel International. Bevor sie eintrat, schaute sie sich noch einmal nach allen Seiten um, konnte von dem kleinen Anbeter jedoch keine Spur entdecken.

An der Rezeption fragte sie nach einem Zimmer mit Bad, und der uniformierte Hotelangestellte sagte: »Dürfte ich Ihren Namen wissen?«

Er schaute in sein großes Buch und nickte.

»Für Sie ist ein Zimmer reserviert. Der Page bringt Sie nach oben.«

»Reserviert?« fragte Paulina. »Sehr schön. Aber ich möchte noch nicht nach oben. Kann ich einen meiner Koffer hierlassen? Den anderen brauche ich. Ich muß zuerst noch etwas erledigen. Wo kann ich telefonieren?«

Der Mann zeigte ihr, wo die Telefonzelle war.

Daß ein Zimmer für sie reserviert war, beruhigte sie. War das nicht ein Beweis, daß sie im richtigen Zug gesessen hatte und schon vor einiger Zeit der Entschluß gefallen war, daß sie nach Luxemburg fahren sollte und nicht nach Basel?

Luxemburg oder Basel, an sich war es ihr einerlei. Aber warum hatte man den ursprünglichen Plan hinter ihrem Rücken geändert und ihr überhaupt nichts davon gesagt? Nachlässigkeit von seiten Edouards schien ihr die einzige Antwort auf diese Frage.

In der Banque Gallé-Faber nahm sofort jemand ab, und in weniger als einer Sekunde hatte sie jemanden, der sich mit Heinerscheid meldete, an der Strippe.

»Wo sind Sie jetzt?«

»Im Hôtel International.«

»Richtig. Ich hole Sie ab. In fünf Minuten bin ich bei Ihnen.«

»Ich werde in fünf Minuten abgeholt«, sagte sie zu dem Mann an der Rezeption.

»Ausgezeichnet. Möchten Sie hier warten? Oder vielleicht auf der Terrasse?«

Es schien ihr ratsam, hierzubleiben, direkt am Empfangstresen. Falls jemand sie belästigte, brauchte sie nicht um Hilfe zu rufen wie auf der Terrasse.

Die Einrichtung war weniger ärmlich, als das Äußere hatte erwarten lassen. Es schien ein recht komfortables Hotel zu sein.

Der alte Empfangschef kam hinter dem Tresen hervor, nahm den Koffer, in dem ihre Reiseutensilien waren, und fragte: »Ist es der hier, den Sie hierlassen wollen? Ich lasse ihn in Ihr Zimmer bringen.«

Banale Worte, die dennoch mit einer Intensität in ihr Bewußtsein drangen, daß sie sie wahrscheinlich nie mehr vergessen würde.

Sie schaute auf ihre Armbanduhr: Viertel nach drei.

Warum hatten sie eigentlich ein Hotelzimmer für sie reserviert? So viel Zeit konnte die Übergabe des Koffers doch nicht in Anspruch nehmen? Und was sollte sie sonst noch in Luxemburg? Am besten reiste sie gleich weiter nach Vlissingen. Große Sehnsucht nach Zuhause empfand sie allerdings nicht. Wenn sie dann noch bedachte, daß sie nur in die Niederlande fahren mußte, um Madame Le Dantec eine irreführende Ansichtskarte mit einer Windmühle zu schicken … Warum hatte sie, oder warum hatte Edouard sich nicht eine bessere Ausrede einfallen lassen, um eine Abwesenheit von eigentlich nur einem einzigen Tag glaubwürdig zu machen? Jetzt, wo es zu spät war, fiel ihr alles mögliche ein. So einfach: sagen, daß sie früh zur Uni müsse, mittags nicht nach Hause kommen könne und abends mit ein paar Freundinnen essen gehen würde. Aber sie konnte schlecht lügen, und sie hatte keine Freundinnen.

Ein Glück, daß sie ihre Eltern noch nicht angerufen

hatte, um ihnen zu sagen, wann genau sie in Vlissingen sein würde! Sie könnte auch irgendwo anders in den Niederlanden eine Ansichtskarte kaufen und auf andere Weise ein paar Tage dort verbringen. In Maastricht vielleicht, das war am nächsten. Aber konnte man dort überhaupt Ansichtskarten mit Windmühlen kaufen? Wenn man erst einmal mit dem Lügen anfing, wußte man nie, wo es endete – und ob es nicht ein böses Ende nehmen würde.

Wie sehnte sie sich nach der Aussicht über den Jardin du Luxembourg zurück! Wenn sie nur erst alles hinter sich hätte!

Aber das hier könnte doch nicht mehr lange dauern?

Ein Mann in grauem Geschäftsanzug, mit einer rot gesprenkelten Krawatte, einem blassen, bartlosen Gesicht und schütterem, zurückgekämmtem blonden Haar erschien in der Hotelhalle. Autoschlüssel baumelten zwischen Daumen und Zeigefinger der linken Hand, und er hatte eine halb aufgerauchte Zigarre im Mund.

Paulina sprang auf, als müsse er sie an ihrer Größe erkennen. Natürlich unnötig, außer ihr saß hier niemand.

Kein Wunder, daß er direkt auf sie zukam, stehenblieb, die Zigarre aus dem Mund nahm, eine knappe Verbeugung machte und seinen Namen nannte: »Heinerscheid.«

Lag es an ihrer Hilflosigkeit, oder verstand es sich von selbst? Dieser überaus gewöhnliche Bürochef, oder was er genau sein mochte, in seinem grauen Anzug, flößte ihr sofort großes Vertrauen ein. Das war kein Mann für Witze oder Tricks, sondern ein absolut vertrauenswürdiger Vertreter einer natürlich schon seit mehr als einem Jahrhundert existierenden, ehrwürdigen Bank, deren Solidität noch nie von irgend jemandem angezweifelt worden war.

Er war nicht klein von Statur, jedoch einen Kopf kleiner als sie. Ernsthaft fragte er sie nach den banalsten Dingen, die man fragen konnte: ob sie eine gute Fahrt gehabt habe, ob das Wetter in Paris auch so unangenehm gewesen sei wie hier schon seit zwei Tagen: Nebel, sogar Nieselregen. Der

Winter dürfe, was ihn betreffe, noch eine Weile ausbleiben, aber leider habe er darüber nicht zu entscheiden.

»Ist das der Koffer, den wir mitnehmen?«

Einen anderen Koffer gab es nicht, aber Paulina bejahte, da ihr klar war, daß er sich nicht einfach, ohne irgend etwas zu sagen, des Koffers bemächtigen konnte. Er nahm ihn, gab keinen Kommentar ab zum Gewicht, fragte auch nicht, ob es nicht zu viel Mühe gewesen sei, damit den ganzen Weg aus Paris zu kommen. Nein, alles, was er sagte, verstand sich von selbst, und dem, was er nicht sagte, konnte ebensowenig eine besondere Bedeutung beigemessen werden. Zusammen gingen sie zum Ausgang. Er dirigierte sie nach rechts und blieb bei einem großen, dunkelblauen Mercedes stehen. Den Koffer legte er auf den Rücksitz, sie stiegen ein und fuhren los.

70

Heinerscheid äußerte keinerlei Gefühle der Bewunderung für sie, fragte auch nicht, aus welchem Land sie ursprünglich stamme, und auf ihre Körpergröße spielte er schon gar nicht an. Dieser Mann war sachlich, und was mit der Sache, die er erledigte, nichts zu tun hatte, existierte für ihn nicht. So eine Sorte Mann war er. Paulina war solchen Männern schon früher begegnet, zum Beispiel dem Bürgermeister von Vlissingen, jedoch mit dem Unterschied, daß Vlissingens Stadtoberhaupt, doch nicht ganz so sachlich, hin und wieder offen darauf hinwies, wie sachlich er sei.

Sie stoppten vor einer roten Ampel.

»Sind Sie mit dem Hotel zufrieden?« fragte der Vertreter der Banque Gallé-Faber.

Was sollte sie darauf erwidern? Alles in allem war sie kaum eine Viertelstunde dort gewesen. Sie konnte es nicht beurteilen. Ihm das zu erklären, war ihr zu viel Mühe. Darum antwortete sie:

»Bis jetzt kann ich nicht klagen.«

»Das Hôtel Kons scheint mir besser«, meinte er. »Ich lebe in dieser Stadt, deshalb steige ich natürlich nie in Hotels ab. Nein. Ich kann sie nicht aus eigener Erfahrung beurteilen.«

»Ach so.«

»Aber im Hôtel Kons habe ich einmal mit einem Geschäftspartner zu Abend gegessen. Das Restaurant Vauban, das dazugehört, ist ziemlich gut.«

Vielleicht würde er sie nachher noch einladen, dort mit ihm zu essen. Lieber nicht. Eigentlich hatte sie auch keinen Hunger, was sie zwar ein wenig erstaunte, aber nicht beunruhigte. Sie war nicht darauf aus, viel zu essen. Man stelle sich vor, daß sie zu allem Überfluß auch noch dick werden würde!

Der Mann mochte noch so vertrauenswürdig auftreten, sie beschloß trotzdem, gut auf die Umgebung zu achten. Das würde ihr nützen, falls sich nachher herausstellen sollte, daß man sie entführt hatte.

Ihre Aufmerksamkeit irritierte ihn übrigens nicht im geringsten.

»Schauen Sie«, sagte er, als sie an einer Art langgestrecktem, niedrigem Rokokopalast vorbeifuhren, »wissen Sie, was das ist?«

»Der Palast des Großherzogs?«

»Aber nein. Das Verwaltungsgebäude der ARBED, unserer Stahlindustrie.«

Daran würde sie sich leicht erinnern, wenn es sein mußte, ja, da waren sie vorbeigefahren, am Haus der Stahlindustrie.

Sie fuhren nun durch eine ziemlich breite, aber reizlose Geschäftsstraße, überquerten einen Platz und gelangten an eine große Brücke, vor der sie nach rechts abbogen. Hier war bereits der Boulevard de la Pétrusse.

Die Straße machte eine weiträumige Kurve. An der einen Seite keine Häuser, sondern Bäume. Durch die Abstände dazwischen waren die Wipfel anderer, weiter entfernter Bäume zu sehen, die unterhalb des Straßenniveaus stehen mußten. Die Häuser an der anderen Straßenseite machten einen sehr stattlichen Eindruck und stammten unverkennbar zum größten Teil aus dem vorigen Jahrhundert.

Heinerscheid parkte an der Seite mit den Bäumen. Paulina stieg aus und schaute nach, was sich hinter der Baumreihe verbarg. Eine herrliche Aussicht über ein tiefes Tal, in dem sie keinen Fluß entdecken konnte.

»Interessiert es Sie?« fragte Herr Heinerscheid und stellte sich zu ihr. »Dieses weite Tal ist das Tal der Pétrusse. Der Fluß selbst ist kaum breiter als ein Rinnstein. Man kann ihn mit einem Schritt überqueren.«

Er hatte den Koffer vom Rücksitz genommen.

»Und sehen Sie die Mauern dort auf der anderen Seite?« fragte er. »Das sind unsere berühmten Festungsanlagen, im siebzehnten Jahrhundert von Vauban errichtet.«

Die Fassade des Hauses aus dem neunzehnten Jahrhundert, offenbar ihr Ziel, war weiß gestrichen. Ockerfarbene Natursteine umrahmten die Fenster. Ein Kupferschild neben der Eingangstür trug in Reliefbuchstaben die Aufschrift BANQUE GALLÉ-FABER.

Die obere Hälfte der altmodischen Tür bestand aus Glas, durch Gitter aus tordierten Eisenstäben geschützt.

Sie betraten den schmalen Vorgarten, und Paulina achtete genau auf die Umgebung, damit sie, falls es einmal sein müßte, erklären könnte, wo sie gewesen war. Angenommen, etwas Erschütterndes würde passieren ... doch das hielt sie nun für so unwahrscheinlich, daß sie vergaß, sich die Hausnummer zu merken.

Heinerscheid konnte, ohne aufzuschließen und ohne zu läuten, die Tür aufstoßen. Sie betraten ein düsteres, mit glänzendem, braunem Marmor ausgekleidetes Vestibül. Er öffnete eine Seitentür, rief etwas in den Raum, zog die Tür wieder zu und brachte Paulina in einen Salon, wo ein kupferner Kronleuchter mit elektrischen Kerzen nur spärliches Licht verbreitete. Das einzige, wenn auch hohe Fenster dieses Raums hatte kein klares Glas, sondern eine undurchsichtige Bleiverglasung; aus dunkelroten, blauen und goldgelben Glasflächen war ein Raubvogel zusammengesetzt, der im Schnabel einen Wimpel hielt.

Heinerscheid deutete auf einen Stuhl.

»Würden Sie bitte einen Augenblick warten? Machen Sie es sich bequem.«

Er stellte den Koffer neben dem Stuhl ab und ließ sie allein.

Sie setzte sich mit klopfendem Herzen.

Auf dem Kaminsims stand eine rechteckige, vergoldete Uhr in einer schnörkellosen, modernen Ausführung. Die

Vorderseite war aus Glas, hinter dem sich eine dicke Metallscheibe langsam mal in die eine und dann wieder in die andere Richtung drehte.

Die Zeiger standen auf zehn vor vier.

Wenn sie nun nicht zu lange warten mußte, könnte sie vielleicht um halb fünf wieder im Hotel sein. Sie war doch nicht gezwungen, heute nacht in Luxemburg zu bleiben? Dumm, sie hätte sich das alles eher überlegen müssen, bevor sie den Bahnhof verließ, und sich informieren sollen, wann Züge Richtung Niederlande fuhren.

In dem Raum war es totenstill. Das Warten dauerte beunruhigend lange. Die gesamte, in dunkelbraunen und tiefroten Tönen gehaltene Einrichtung – die Uhr, das Bleiglasfenster, der Kronleuchter, die wuchtigen Möbel – erweckte einen Eindruck von Ernst und Gediegenheit. Paulina tröstete sich mit dem Gedanken, daß sie nun sicherlich nicht in dieser Bank sitzen würde, wenn im Koffer nichts als alte Zeitungen wären.

71

In einem Rohr der Zentralheizung begann es gedämpft zu klopfen, zuerst schnell, allmählich langsamer.

Um halb fünf saß Paulina noch genauso da, durstig und mit Herzklopfen. Auch um fünf hatte sich noch niemand weiter um sie gekümmert. Neben dem Kaminsims war eine Tür, doch selbst durch diese drang kein Geräusch, kein Zeichen, daß dahinter etwas im Gange war. Eine dicke, schallschluckende Polsterung aus Leder bedeckte die Tür von oben bis unten.

Auf dem Wimpel, den der Raubvogel im Schnabel hielt, stand in antiken Großbuchstaben:

ABSTVLIT QVI DEDIT

Abstulit?

»Qui dedit« – »der gegeben hat«, das war nicht schwierig. Aber »abstulit«?

Seit dem Abitur hatte sie sich nicht mehr mit lateinischen Texten beschäftigt. Die Frage, was dieses Wort wohl bedeutete, ließ ihr keine Ruhe. Es war, als warte sie hier, bis sie vor einer Prüfungskommission erscheinen mußte und kläglich durchfallen würde, wenn sie »abstulit« nicht übersetzen konnte.

Und dann kam, aus der Tiefe ihres Gedächtnisses, plötzlich etwas nach oben, was wie ein Zauberspruch klang: »fero, tuli, latum, ferre«. Die Konjugation des unregelmäßigen Verbs »ferre«, die sie bereits in der ersten Klasse des Gymnasiums auswendig gelernt hatte. »Ich trage, ich habe getragen, getragen, tragen.«

So war es. »Abstulit« – er hat weggetragen. Oder weggenommen. »Abstulit qui dedit« – Der gegeben hat, hat genommen.

Noch nicht. Der Koffer stand noch zu ihren Füßen.

72

Als sich fünf nach fünf noch niemand gezeigt hatte, um ihr Gelegenheit zu geben, den letzten Teil ihrer Mission zu erfüllen, überlegte sie, ob sie den Koffer nehmen und gehen sollte: durch den Flur, dann an die Seitentür klopfen, hinter der sich mindestens ein menschliches Wesen aufhielt – falls es inzwischen nicht schon nach Hause gegangen war –, und die Nachricht hinterlassen, sie würde am nächsten Tag wiederkommen, zu einem Zeitpunkt, an dem man bereit war, ihr etwas mehr Beachtung zu schenken. Das wäre ein beherztes Auftreten. Aber was dann? Dann stünde sie da auf dem Boulevard de la Pétrusse, mit dem idiotischen Koffer. Jeder Gangster könnte ihn ihr entreißen. Und sie konnte nur hoffen, daß ein freies Taxi vorbeikäme. Also entschied sie sich zu bleiben, um wenigstens den Koffer, wie auch immer, loszuwerden. Allmählich war es ihr völlig einerlei, was damit geschah. Hauptsache, sie unterschrieben das Papier und bestätigten damit, daß sie alles in gutem Zustand und vollständig erhalten hatten. Alles? Alles was? Sie wußte nicht mal, was auf dem Papier stand.

Endlich hörte sie, wie sich im Schloß der gepolsterten Tür ein Schlüssel drehte, und die Tür wurde geöffnet. Im Raum dahinter war es viel heller als dort, wo sie saß. Ein zierlicher, aber gut aussehender junger Mann, der einen äußerst korrekten, dunkelblauen Anzug mit Weste trug, kam auf sie zu, verbeugte sich und sagte:

»Darf ich Sie bitten mitzukommen?«

Dumme Frage, hätte Paulina am liebsten erwidert, das dürfen Sie nicht nur, das sollten Sie sogar langsam. Aber ihre Lippen waren pulvertrocken. Er hatte seine Frage auf deutsch gestellt. Deutsch sprach sie nicht so gut, daß sie eine schnippische Antwort hätte geben können, ohne nicht vielleicht einen Fehler zu machen.

Er nahm den Koffer und ließ sie in den anderen Raum vorgehen.

Dort stand ein langer Konferenztisch, an dem Herr Heinerscheid saß, der sich erhob, als er Paulina sah, aber gleich wieder Platz nahm. Neben ihm saß ein großer, hagerer Mann mit kurzgeschnittenen, strohblonden Haarresten und einer wuchtigen Brille. Die linke Hälfte seines großflächigen, alten Gesichts war offenbar gelähmt. Deshalb befand sich das linke Auge nicht auf gleicher Höhe mit dem rechten, sondern schien wie tot auf dem unteren Rand des von Schildpatt umrahmten linken Brillenglases zu liegen. Das fahlblaue rechte Auge starrte Paulina an. Um den schmalen Mund zeigten sich Zuckungen, denen schwerlich eine konkrete Bedeutung beigemessen werden konnte. Neben ihm saß eine etwas dickliche Frau von etwa fünfzig mit dichtem, rotgefärbtem Haar, das hochgesteckt und mit einem dünnen Samtband umwickelt war. Dieser Haarturm war ebenso groß wie das rosa getünchte Gesicht, in das sie mit grellem Karminrot einen kleinen, mißbilligenden Mund gemalt hatte. Der junge Mann in dem dunkelblauen Anzug legte den Koffer auf den Tisch, so, daß er offenkundig für diese Frau und den alten Mann bestimmt schien.

»Herr Glesener«, sagte Heinerscheid, »öffnen Sie den Koffer.«

Glesener legte die Daumen auf die Verschlüsse, doch diese bewegten sich nicht.

»Abgeschlossen«, konstatierte er.

»Natürlich«, sagte Paulina. Sie spürte, wie ihre Wangen rot und heiß wurden, öffnete ihre Tasche, wühlte darin, fand den goldfarbenen Schlüssel und gab ihn dem jungen Mann.

Dieser steckte ihn zuerst in das eine Schloß, ohne Ergebnis, dann in das andere, aber auch das ließ sich nicht öffnen.

»Ich fürchte, das ist nicht der richtige Schlüssel«, sagte er und schaute Heinerscheid an. »Was nun?«

»Es muß der richtige Schlüssel sein«, stieß Paulina hervor, »ich habe keinen andern.«

»Ach«, sagte die Frau und griff nach ihrer Tasche, die am Stuhlbein gelehnt hatte, »mit diesen Kofferschlössern ist es immer ein Elend.«

Sie kramte in ihrer Tasche herum, holte einen Schlüssel hervor und gab ihn Glesener.

»Versuchen Sie's mal mit diesem, man kann nie wissen.«

Glesener legte den Schlüssel, den er von Paulina erhalten hatte, beiseite, nahm den Schlüssel der rothaarigen Frau, die Verschlüsse sprangen auf, und er klappte den Deckel hoch.

Der Koffer war mit großen, bunt bedruckten Papieren gefüllt, die anfangs natürlich aufeinandergelegen, sich durch den Transport jedoch in alle Richtungen verschoben hatten. Dazwischen lagen Bündel grüner Banknoten.

»Man hat ihnen wohl einen falschen Schlüssel mitgegeben«, sagte Heinerscheid.

»Dann konnte sie unterwegs auch nicht nachschauen, was im Koffer ist«, folgerte die Frau versonnen, als meine sie in Wirklichkeit: nichts herausnehmen.

»Doch wohl um so besser?« fragte Paulina wütend.

»Jetzt sehen Sie alles«, sagte Heinerscheid, »und können sicher sein, daß Sie keinen Koffer mit alten Zeitungen hergebracht haben.«

Der hochgewachsene Mann starrte vor sich hin, die Frau mußte auch nicht darüber lachen. Sie schaute Paulina an.

»Haben Sie das Verzeichnis?«

Wieder suchte Paulina in ihrer Tasche, nun ein wenig erschrocken, aber sie fand den großen Umschlag sofort.

Die Frau riß den Umschlag auf, ging die Liste murmelnd durch, ohne einen Blick auf den Inhalt des Koffers zu werfen.

Der hochgewachsene Mann richtete das eine, offenbar

noch brauchbare Auge dagegen auf den Koffer und stieß Geräusche aus, in denen Paulina keine Worte erkennen konnte.

Die Frau legte ihm die Liste vor und sagte:

»Scheint in Ordnung zu sein. *Alles* nachzählen ist wohl nicht nötig.«

Sie hatte die Betonung auf »alles« gelegt, beugte sich sofort über den Koffer und begann die Banknotenbündel zu zählen. Sie trug viele Ringe, sogar einen am Zeigefinger, mit einem auffallend großen Rubin.

»Unterwegs kann nichts verlorengegangen sein«, sagte Heinerscheid, »denn Mademoiselle hatte nicht den richtigen Schlüssel.« Anfangs war er wieder der einzige, der über seinen Witz lachte, dann aber lachte Glesener laut mit, als müsse er sonst befürchten, Paulina könnte diese Worte eher beleidigend als witzig finden. Damit lag er ganz richtig. Paulina wandte das Gesicht ab und zählte nicht mit.

Dann zog die Frau zwischen den Wertpapieren eine Zeichnung hervor. Es war eine Zeichnung von Guys, die zwei Soldaten mit langen Gewehren darstellte.

»Ganz hübsch«, sagte sie, »wie aufmerksam vom General.«

Der alte Mann hob nun den rechten Arm, nahm die Zeichnung von ihr entgegen, hielt sie dicht vor seine Brille und reichte sie dann an Heinerscheid weiter.

»Ich habe von diesen Dingen keine Ahnung«, sagte der Bankier.

Er legte die Zeichnung vor sich auf den Tisch.

Der junge Mann hatte sich inzwischen neben die Frau gesetzt, um ihr beim Zählen zu helfen. Eigentlich überließ sie es ihm ganz und fuhr nur hin und wieder mit dem Daumen über die schmale Kante eines Bündels Banknoten, so daß die Scheine knisternd flappten. So konnte sie zumindest sehen, daß zwischen zwei echten Scheinen oben und unten kein Toilettenpapier lag. Sie wog die Bündel zudem prüfend in der Hand, bevor sie sie neben den Koffer legte, zu jenen, die der junge Mann bereits gezählt hatte. Es ging schnell.

»Es scheint alles zu stimmen«, meinte er, als er das letzte Geldbündel zwischen den Wertpapieren hervorgezogen hatte.

»Scheint mir auch der Fall zu sein«, stimmte Heinerscheid zu, »Herr Doktor?«

Der hochgewachsene Mann öffnete nun den Mund und stieß drei deutlich verschiedene Töne aus, wobei er mit großer Anspannung die Brust auf und ab bewegte.

»Iehhh, eeehhh, au!«

Gleichgültig warfen die Frau und der junge Mann alles wieder in den Koffer.

»Eh bien«, sagte Herr Heinerscheid, auf französisch, »dann hat Mademoiselle ihre Mission zu unser aller Zufriedenheit erfüllt. Wünschen Sie eine Empfangsbestätigung?«

»Der Empfänger braucht nur die Liste zu unterschreiben.«

Das kupferne Coiffeurkunststück hielt den Mund dicht ans Ohr des hochgewachsenen alten Mannes und brüllte: »Es stimmt!«

Der alte Geräuschemacher war nun verstummt, zog, ohne daß sich sein linker Arm ebenso zielgerichtet bewegte, mit der rechten Hand einen Füller aus der Innentasche, steckte die Kappe in den Mund, schraubte den Füller heraus und setzte ein paar schwarze Striche aufs Papier. Dann schraubte er den Füller auf die gleiche Art wieder zu.

Die Frau nahm das Dokument, gab es dem jungen Mann, der stand auf und legte es Heinerscheid vor. Dieser Herr setzte sich eine Lesebrille auf die Nase. Er las das Papier viel aufmerksamer als die anderen, entdeckte aber offenbar nichts, was ihn störte. Auch er holte nun seinen Füller hervor und unterschrieb gemächlich, mit hellblauer Tinte.

»Wir hätten aber gern eine Kopie«, sagte die Frau.

»Wird sofort gemacht«, sagte der junge Mann und verließ den Raum mit dem Papier in der Hand.

»Dann können Sie jetzt zurück nach Paris«, sagte die Frau.

»Vielleicht bleibt Mademoiselle noch ein wenig in unserem malerischen Luxemburg«, äußerte Herr Heinerscheid auf französisch.

»Paris ist auch eine schöne Stadt«, meinte die Frau, »aber leider spreche ich nicht so gut Französisch wie Sie.«

Der junge Mann kam zurück, in der Hand einen Briefumschlag, die Kopie und das Original, das Paulina an der blauen Unterschrift von Heinerscheid erkannte.

Er steckte die Kopie in den Umschlag, leckte an der Gummierung, klebte ihn achtlos zu und wollte ihn Paulina geben.

Sie schüttelte den Kopf und sagte, Widerstand befürchtend, leicht angespannt:

»Nein. Das andere Exemplar.«

Der junge Mann tat so, als erschrecke er heftig, schlug sich mit einer Hand an die Stirn, warf den gerade zugeklebten Umschlag auf den Tisch, zog eine Schublade des Tisches auf, nahm einen neuen Umschlag heraus, steckte das Original hinein und gab Paulina den Umschlag. Sie steckte das Dokument in ihre Umhängetasche, schob ihren Stuhl zurück und stand auf. Die anderen verhielten sich, als seien ihnen diese Handlungen völlig entgangen. Auf französisch sagte Paulina zu Heinerscheid:

»Dann kann ich jetzt wohl gehen?«

»Aber sicher. Herr Glesener wird Sie zu Ihrem Hotel bringen.«

Die Hand zu geben schien hier nicht üblich zu sein, oder vielleicht sahen sie in ihr plötzlich eine sehr niedrig gestellte Untergebene.

Glesener hielt ihr bereits die Tür offen.

73

So tadellos der junge Mann gekleidet war, so ein Durcheinander herrschte in dem alten Volkswagen, mit dem er sie zum Hotel chauffierte. Leere Zigarettenschachteln und Kaugummipapiere, alte Zeitungen, schmuddelige Michelinkarten und sogar angebissene Schokoriegel lagen herum.

Er war zwar nicht groß, aber doch ganz nett. Fragte, ob sie Schokolade möge (»nein«), verzichtete dann auch selbst darauf, welche zu essen, sagte, es täte ihm leid, daß er kaum Französisch könne und den Mund in dieser Sprache nicht zu öffnen wage.

»Ist auch nicht nötig«, sagte Paulina. Aber weil das allzu unfreundlich klang, ließ sie darauf folgen:

»Ich kann Ihr Deutsch ganz gut verstehen.«

Offenbar fiel ihm ein Stein vom Herzen, denn nun zeigte er offen sein Bedürfnis, sich mit ihr zu solidarisieren.

»Ganz schön lange gewartet, was? Um ein Haar hätte der alte Oberst vor Aufregung diese Welt verlassen. Wir mußten einen Arzt rufen, der ihm eine Spritze gegeben hat. Tja, er ist ein Kriegsinvalide.«

»Kriegsinvalide?«

»Scheint so. Behauptet er jedenfalls.«

»Dann hat er wohl ein schlechtes Gewissen und setzt sich deshalb für jüdische Kinder ein.«

»Der Mann ist einfach ein Klient von uns. Was er mit dem Geld macht, ist seine Sache. Fährst du heute abend nach Paris zurück?«

Daß er sie duzte, schluckte sie ohne Protest.

»Wenn ich noch eine Verbindung bekomme. Könntest du mich am Bahnhof absetzen?«

»Hier in Luxemburg gibt es ein paar nette Diskos«, informierte er sie.

»Tatsächlich?«

»Man würde es in einer kleinen Stadt nicht erwarten, aber es kommt durch die Europabeamten. Die haben Leben in die Bude gebracht.«

»Ach so.«

»Ja. Macht wirklich Spaß.«

»Ich kann solche Musik nicht hören.«

»Es gibt auch gute Kinos.«

»Ist ja mächtig was los.«

»Na ja, nicht so viel wie in Paris, denke ich. Aber es werden doch viele neue Filme gezeigt.«

Er hielt an. Sie waren schon am Bahnhof. Er seufzte tief und sagte: »Na, dann noch viel Vergnügen. Auf Wiedersehen.«

Sie stieß die Tür auf und streckte die Beine aus dem Wagen.

»Komm noch mal zurück!« rief er ihr nach. Aber sie nahm keine Notiz davon und ging ins Bahnhofsgebäude.

Jetzt erst bekam sie langsam das Gefühl, daß ihre Reise ein großer Erfolg geworden war. Das Wort Bofferding und ihre Lesart Kofferding fuhren ihr wieder durch den Kopf. Ein Kofferding? Ja, sie hatte das Ding mit dem Koffer hingekriegt! Strahlend könnte sie nach Paris zurückkehren, nicht nur, weil sie das Geld ohne jedes Malheur am richtigen Ort abgeliefert hatte, sondern auch, weil sie dem General einen Dienst erwiesen, ihn aus dem moralischen Dilemma befreit hatte, unter dem er so litt, und weil sie nun nicht mehr ihr Gewissen plagte, daß sie mit freundschaftlichen Gefühlen und Wohltaten überhäuft wurde, denen sie nichts entgegensetzen konnte.

74

Das Auskunftsbüro der luxemburgischen Bahn war leer, die Tür sogar abgeschlossen. Einer Mitteilung hinter der Glasscheibe zufolge müßte es bis acht Uhr abends geöffnet sein. Paulina wartete einen Augenblick, ob noch jemand erscheinen würde. Doch niemand zeigte sich. Sie würde selbst herausfinden müssen, ob es eine passende Reisegelegenheit gab, sich mit zwei Tafeln begnügen müssen, einer weißen und einer gelben, die neben der Tür hingen und auf denen angegeben war, welche Züge in Luxemburg ankamen und welche von dort abfuhren, mit den Zeiten daneben.

Züge nach Brüssel gab es mehrere, und auch einen nach Antwerpen. Um welche Zeit sie ankamen, stand nicht dabei. Es gab sogar einen Bummelzug nach Lüttich, also nah bei Maastricht. Aber würde sie von Maastricht aus noch eine Verbindung nach Vlissingen bekommen? In Brüssel einen Zug nach Roosendaal zu bekommen, schien ihr nicht so unmöglich. Ob sie dann noch von Roosendaal nach Vlissingen weiterfahren könnte, war unklar.

Angenommen, es klappte nicht: Dann würde sie dort hocken. In Roosendaal!

Mit verschränkten Armen, wie sie sich angewöhnt hatte zu laufen, wenn sie nichts trug, verließ sie den Bahnhof wieder und ging, nun doch ein wenig hungrig und durstig, zum Hôtel International, wo sie sich an einem Tisch auf der überdachten Terrasse niederließ.

Aus einer Stereoanlage ertönte Popmusik.

An den anderen Tischen saßen hauptsächlich ältere Damen und Herren, die Törtchen verputzten und dazu Kaffee oder Schokolade tranken.

Paulina bestellte ein Sandwich und ein Kännchen Kaffee, beides wurde ziemlich schnell gebracht. Sie fühlte sich müde. Vielleicht machte sie heute abend nichts Besonderes mehr. Statt ihre Eltern anzurufen, könnte sie ihnen auch eine Ansichtskarte schicken – telefonieren konnte sie immer noch, wenn sie sich in der Stimmung dazu fühlte. Sie stand auf, ging zur Rezeption und kaufte eine Ansichtskarte und eine Briefmarke.

Als sie mit der Karte, die das Hôtel International in der ganzen Pracht seiner grauen Farben wiedergab, zum Tisch zurückgekehrt war und in ihrer Tasche nach einem Kugelschreiber suchte, hörte sie neben sich eine Stimme:

»Fräulein, bitte!«

Sie schaute hoch und mußte ihre aufsteigende Wut unterdrücken.

Da war er wieder, der kleine dunkelhaarige Mann in dem rotkarierten Mantel. Unhörbar hatte er sich herangeschlichen und an den Nebentisch gesetzt. Und er hielt ihr einen dicken weißen Kugelschreiber hin, auf den ein rotes Herz und die Aufschrift *Je voudrais sortir avec toi* gedruckt waren.

»Vraiment ...«, murmelte sie und mußte lachen. Sein Gesicht hatte nun plötzlich, weil sie ihn lächerlich fand, nichts Abschreckendes mehr, trotz des dämonischen Spitzbarts.

»Bitte!« wiederholte er.

Eigentlich sah sie keinen Grund, das Schreibinstrument nicht anzunehmen. Sie bedankte sich, und er störte sie nicht, als sie die Adresse ihrer Eltern auf die Karte schrieb und mit wenigen Worten berichtete, daß sie an einer Exkursion zu den berühmten, von Vauban erbauten historischen Festungsanlagen von Luxemburg teilnahm. So unauffällig wie möglich behielt sie das Männchen im Auge. Beruhigt konnte sie feststellen, daß er keine Anstrengungen unternahm, mitzulesen. Er hatte einen Bierdeckel hochkant gestellt und ließ ihn zwischen Daumen und Zeigefinger kreisen, während er sich nervös im Raum umschaute, jedoch nicht zu ihr hinblickte.

Als sie fertig war, gab sie ihm den Kugelschreiber zurück.

»Sie können ihn behalten.«

»Nein, behalten Sie ihn nur. Dann können Sie ihn beim nächstenmal wieder benutzen, wenn Sie jemanden kennenlernen möchten. Ich wünsche Ihnen dann mehr Erfolg.«

Sie legte den Kuli vor ihm auf den Tisch.

»Ich will Sie nicht kennenlernen«, sagte er, »aber ich weiß mehr von Ihnen, als Sie glauben.«

Er sagte es auf deutsch; sie redete weiter französisch.

»Wer sind Sie denn eigentlich?«

Ohne zu antworten, fragte er:

»Wo ist Ihr Koffer?«

»Mein Koffer? Wovon reden Sie?«

»Von dem Koffer, den Sie nach Basel bringen sollten. Sie haben ihn hierher gebracht.«

»Was Sie nicht sagen. In Paris wollten Sie mir einreden, der Zug nach Luxemburg sei der Zug nach Basel.«

»Sie tun mir leid, liebes Fräulein. Ihr Kopf tut mir weh. Ich wollte Ihnen überhaupt nicht einreden, daß es der Zug nach Basel war. Ich habe Ihnen nur auf subtile Art zu verstehen gegeben, daß Sie nicht in den Zug nach Basel eingestiegen sind. Aber es hat Sie nicht beeindruckt. Sie halten mich für dümmer, als ich bin.«

»Ach«, sagte Paulina, »aber dann vergessen Sie, daß mir im Traum nicht eingefallen wäre, Sie für was auch immer zu halten, wenn Sie es nicht selbst darauf angelegt hätten. Und jetzt lassen Sie mich in Ruhe mein Sandwich essen.«

Sie trank einen Schluck Kaffee, griff zu Messer und Gabel, schnitt ein Stück vom Brot ab und steckte es in den Mund.

Der Gnom holte eine Pfeife hervor und trank von dem Bier, das ihm der Ober inzwischen gebracht hatte. Mit hochgezogenen Schultern, halb vom Stuhl gerutscht, suchte er in beiden Hosentaschen zugleich nach Tabak und Streichhölzern. Fand, was er suchte.

Während er die Pfeife stopfte, sagte er: »Ich bin besser

unterrichtet, als Sie ahnen können. Meine Schwester arbeitet in der Kanzlei von Notar Corde.«

Seine Schwester arbeitete in der Kanzlei von Notar Corde? Dann konnte er tatsächlich sehr viel erfahren haben, was wahrscheinlich für immer hätte geheim bleiben sollen. Sie wandte ihm das Gesicht zu und merkte nicht, wie groß die Augen waren, mit denen sie ihn nun aufmerksamer als vorher betrachtete: Tatsächlich, er konnte sehr wohl ein Bruder der kleinen Sekretärin sein, die mit deutschem Akzent sprach und dabeigewesen war, als sich plötzlich herausgestellt hatte, daß die Reise nach Luxemburg führen würde. Und mit einem Gefühl, als ob ein Bein des Stuhls, auf dem sie saß, einknickte, dämmerte ihr, daß sie sich vielleicht für eine üble Sache hatte einspannen lassen und das Ganze möglicherweise sogar auf eine Katastrophe hinauslief. Aber sie faßte Mut:

»Ihre Schwester wird wohl so vernünftig sein, nicht alles auszuposaunen, was ihr in ihrem Beruf zu Ohren kommt.«

Eine unsinnige Antwort: Er wußte, woher der Koffer stammte, er wußte, daß sie ihn ursprünglich nach Basel bringen sollte – von wem konnte er das erfahren haben, wenn nicht von seiner Schwester?

»Sie versuchen das Beste daraus zu machen, aber Ihre Erkenntnis läßt zu wünschen übrig«, sagte der Mann denn auch.

Er trank sein Bier aus.

Er legte Geld neben das Glas, steckte den Kugelschreiber ein, stand auf und ging ohne Gruß.

BOFFERDING stand in großen Buchstaben auf dem Glas.

Das Glas war leer, und über das Ding mit dem Koffer konnte sie sich nun überhaupt nicht mehr freuen.

75

Unglaublich, wie sie sich geirrt hatte. Für was nicht alles hatte sie diesen Mann gehalten? Für einen lächerlichen Anbeter, einen Fiesling, einen Spion, den Handlanger von Gangstern, die es auf den Koffer abgesehen hatten. Auch das traf nicht auf ihn zu.

Aber was war er dann? Warum hatte ihm seine Schwester erzählt, daß sie den Koffer nach Luxemburg brachte? Warum war er ihr gefolgt?

Ach Mädchen, hör auf, dir darüber den Kopf zu zerbrechen. Jedenfalls weißt du nun, wer er ist. Der Bruder von Cordes Sekretärin, also ungefährlicher, als du überhaupt zu hoffen wagtest.

Trotzdem sank ihre Meinung über das eigene Können auf neue Tiefen. Dabei war sie noch vor einer halben Stunde so stolz gewesen, daß sie ihre Aufgabe zu einem guten Ende gebracht hatte.

Hatte sie das etwa nicht? Sie wagte es fast nicht mehr zu hoffen. Warum, konnte sie sich nicht erklären. Ihre Fähigkeit, die Menschen um sich herum zu beurteilen, war offenbar gleich null. Und sie konnte niemanden um Rat fragen. Da hockte sie nun, mit Ausblick auf den barocken Bahnhof von Luxemburg und auf den Regen, der wieder fiel. Und weit und breit niemand, der ihr einen brauchbaren Rat geben könnte.

Oder doch? Denn wen sah sie dort auf der anderen Seite des Bahnhofsvorplatzes stehen, unter einem seltsamen, rosa Regenschirm, den er sich über den Kopf hielt?

Michel!

Jeder Zweifel war unmöglich. Der hochgewachsene Mann,

der dort vor der roten Ampel wartete, war Michel! Wie kam er hierher? Was wollte er hier? War er ihr absichtlich nachgereist? Hatte er denn gewußt, daß sie nicht nach Basel, sondern nach Luxemburg gefahren war? Hatte er seine Neugier nicht bezwingen können und wollte nun wissen, wie es ihr ergangen war? Das fände sie eigentlich sehr nett von ihm, obgleich es ihr lieber gewesen wäre, wenn Edouard sich so um sie besorgt zeigen würde. Aber Michel war besser als überhaupt niemand. Er trug wieder die aus dicker, dunkler Wolle gestrickte Weste, die er bei ihrer ersten Begegnung anhatte.

Die Ampel wechselte auf Grün, und er ging direkt zum Hôtel International.

Michel. Ach, ein gutherziger, nicht mehr ganz junger Mann. Er klappte den Regenschirm zu. Paulina sprang auf, als er die Tür zur Terrasse öffnete.

»Was für ein Glück!« rief er. »Ich finde dich nicht in Tränen aufgelöst.«

Sie ließ sich von ihm umarmen.

»In Tränen aufgelöst? Warum?«

»Hast du den Koffer abgeliefert?«

»Ja. Selbstverständlich. Aber eine Sache war seltsam. Corde hatte mir den verkehrten Schlüssel mitgegeben.«

»Was?«

»Ja. Ich stand vielleicht da! Zum Glück hatte dort jemand einen Schlüssel, der paßte.«

»So. Aber dann wußten sie dort auf jeden Fall, daß du unterwegs unmöglich etwas aus dem Koffer genommen haben konntest.«

»Trotzdem habe ich mich in Grund und Boden geschämt.«

»Haben sie nachgeschaut, was im Koffer war?«

»Ja. Und alles nachgezählt.«

»Und du hast mitgezählt?«

»Nein. Ich habe nicht kontrolliert, wieviel Geld es war. Auf jeden Fall ein enormer Betrag. Weiter ging es mich nichts an.«

»Man könnte fast meinen, daß es Absicht war.«

»Absicht? Was denn?«

»Daß Corde dir einen falschen Schlüssel mitgegeben hatte.«

»Eigentlich hätte er mir überhaupt keinen Schlüssel mitzugeben brauchen, der Empfänger hatte nämlich schon einen, der paßte.«

»Keinen Schlüssel? Aber dann hätte es so ausgesehen, als ob Corde dir nicht vertraute.«

»Das hat er sowieso nicht. Sonst hätte er mir in seiner Kanzlei gezeigt, was im Koffer war. Ich hatte ihn übrigens darum gebeten, das Recht dazu hatte ich ja wohl.«

»Und was hat er gesagt?«

»Nichts. Ich dachte, ich müßte den Zug um neun nach Basel erreichen, und es war schon spät. Ich habe es dabei bewenden lassen, weil ich Angst hatte, den Zug zu verpassen, wenn ich vorher noch den Koffer inspizieren würde. Und außerdem, was ging es mich überhaupt an?«

»Stell dir vor, du wärst mit alten Zeitungen hier angekommen.«

»Dann hätte Corde mir bestimmt einen Schlüssel gegeben, der zum Koffer paßte. Um den Beweis zu liefern, daß es meine Schuld wäre, wenn nur altes Papier darin war.«

Michel prustete los: »Ach so, wenn ich dich richtig verstehe, wärst du also, nachdem du unterwegs das Geld durch Altpapier ersetzt hättest, mit dem Koffer brav hierhergekommen?«

»Wenn ich einen Schlüssel gehabt hätte, der zum Koffer paßte, wäre das doch kein Beweis dafür gewesen, daß ich das Geld herausgenommen hätte?«

»Corde! Was für ein Mann!«

»Besonders froh waren die Leute über den ganzen Reichtum nicht. Sie bekamen ein so großes Vermögen und waren trotzdem noch beleidigt, daß ich das Original des Verzeichnisses haben wollte, um es mit zurückzunehmen.«

»Die ganze Angelegenheit wird sie nervös gemacht haben, genau wie dich.«

»Ich kann dir noch etwas Seltsames erzählen. Ich betrete die Gare de l'Est und sehe da ein dunkles Männchen, das schon wartet, um mich anzuquatschen.«

»Du träumst zu oft. Sonst wüßtest du, wie viele kleine Männchen dich anquatschen wollen. Ist dir das vorher noch nie aufgefallen?«

»Das hier war eine andere Geschichte. Als der Zug schon fast in Luxemburg war, sah ich ihn im Gang. Er suchte mich. Er war absichtlich in denselben Zug gestiegen.«

»Daß es Absicht war, will ich dir glauben. Aber weißt du es genau?«

»Ja. Als ich in Paris gerade einsteigen wollte, fragte er mich, ob das der Zug nach Basel sei. Ich dachte also: Er muß nach Basel, und sagte: Das ist der Zug nach Luxemburg. Der Zug nach Basel ist schon lange weg.«

»Und dann?«

»Auf dem Bahnhof von Luxemburg habe ich ihn nicht mehr gesehen. Aber glaub mir, ich hatte Angst. Dieser Typ, dachte ich, will den Koffer stehlen.«

»So ein kleines Bürschchen?«

»Hätte er nicht der Handlanger einer Diebesbande sein können? Losgeschickt, um mir nachzuspionieren und den anderen Bescheid zu sagen, sobald sich eine Gelegenheit ergeben würde, mich zu überrumpeln?«

»Na ja, das ist also nicht passiert. Wie bist du zur Bank gekommen?«

»Vom Hotel aus habe ich gleich dort angerufen. Ein Herr Heinerscheid hat mich in seinem Mercedes abgeholt.«

»Also keine Gefahr mehr. Ist das nicht ein herrliches Gefühl?«

»Nein. Aber ich muß dir noch etwas erzählen. Jemand von der Bank hat mich auch wieder hierher zurückgebracht. Ich habe mich hier auf die Terrasse gesetzt. Und plötzlich sitzt der Gnom neben mir.«

»So?«

»Ja. Und dann hat er mir erzählt, er sei ein Bruder von Notar Cordes Sekretärin. Ich habe ihm geglaubt, denn er sah ihr ein wenig ähnlich.«

»Du hast ihm zu Recht geglaubt. Er ist tatsächlich losgeschickt worden, um dich zu beschatten. Um dir zu Hilfe zu kommen, falls, sagen wir mal, etwas Gefährliches geschehen sollte.«

»Das glaube ich nicht. Aber es ist ja etwas Gefährliches geschehen. Zum Glück ist es gut ausgegangen, und glaub mir, wenn es nicht gut ausgegangen wäre, hätte er mir auch nicht helfen können.«

»Was ist denn passiert?«

»Ich bin kontrolliert worden.«

»Wieso?«

»Tja. Jeder glaubt, an der Grenze würde nicht mehr kontrolliert. Unsinn. Zuerst kam die Polizei und dann ein Zollbeamter, und der wollte in meine Koffer schauen.«

»Aber ist das nicht seine Aufgabe?«

»Da gibt es nichts zu lachen, wirklich nicht«, sagte sie, und ihre Stimme klang, als könne sie jeden Augenblick in Tränen ausbrechen. »Der Mann zeigte auf einen der Koffer und wollte, daß ich ihn aufmache. Ich hätte schreien können vor Aufregung. Zum Glück hat er den falschen Koffer ausgesucht.«

»Du mußt ihn auf telepathischem Wege beeinflußt haben.«

»Als ich den einen Koffer aufgemacht hatte und er darin nichts Besonderes finden konnte, dachte ich, er würde sagen: Und jetzt der andere.«

»Und hat er das gesagt?«

»Ja, das hat er gesagt. Und den anderen Koffer konnte ich nicht öffnen, weil ich nicht den richtigen Schlüssel hatte. Also wurde ich auf der Stelle verhaftet. Zufrieden?«

»Jetzt sei doch nicht so wütend.«

»Du nimmst mich nicht ernst. Er ging, ohne weitere Fragen zu stellen. Aber *wenn* er sich nun ein bißchen mehr bemüht und das ganze Geld gefunden hätte?«

»Ich denke, dann wäre dir dein kleiner Schutzengel zu Hilfe geeilt und hätte dem wackeren Zollbeamten ein Bündel Hundertdollarnoten in die Hand gedrückt.«

Nein, daß so etwas funktionieren könnte, hätte sie nie gedacht. So viel Verworfenheit machte sie sprachlos.

»Der Zollbeamte hätte sich bestechen lassen?« fragte sie mit großer Mühe. »Das glaubst du doch selbst nicht?«

»Natürlich glaube ich das. Ich glaube sogar, daß das der wichtigste Auftrag deines fernen Freundes war.«

»Also du meinst, Corde hätte ihn absichtlich hinter mir her geschickt, damit er auf mich aufpaßt?«

»Selbstverständlich. Ist dir das immer noch nicht klar?«

»Trotzdem ist es sonderbar, daß er mir das nicht sofort auf der Gare de l'Est gesagt hat. Nicht, daß ich erfreut gewesen wäre, die ganze Reise mit so einem Kobold im selben Abteil zu sitzen, aber wofür diese Geheimniskrämerei nun gut war ...«

»Vielleicht ist er ein Mann, der sich gern interessant macht.«

»So, so. Aber wenn er von Anfang an auf mich aufpassen sollte, warum hat er dann, als ich in den Zug nach Luxemburg einstieg, gefragt, ob das der Zug nach Basel sei? Denn das hat er mich tatsächlich gefragt. Ich kann's beschwören.«

»Jetzt gib doch mal Ruhe! Also wirklich, du gehst den Dingen auf den Grund ... Na gut, wenn du's genau wissen willst: Erst im letzten Augenblick wurde beschlossen, den Koffer in Luxemburg und nicht in Basel zu übergeben. Als der Entschluß gefaßt wurde, stand der Mann schon auf der Gare de l'Est und hielt nach dir Ausschau. Es war nicht mehr möglich, ihn zu benachrichtigen, daß die Reise nach Luxemburg gehen sollte. Er ist ein zuverlässiger Mann. Als er dich am Zug nach Basel um neun Uhr nicht sah, hat er Corde angerufen. Es hätte ja sein können, daß man dich unterwegs mit dem ganzen Geld entführt hatte oder daß du damit durchgegangen warst. Sie haben ihm natürlich gesagt, daß du einen späteren Zug nehmen würdest, aber vielleicht nicht, daß es der Zug nach Luxemburg sein würde.«

Paulina dachte eine Weile darüber nach. Eine komplizierte Geschichte, die ihr dennoch nicht ganz stimmig vorkam. Aber was ging sie dieser Bruder von Cordes Sekretärin jetzt noch an?

Warum er nun in Luxemburg war, erklärte Michel ihr auch. Es habe ihm leid getan, daß er sie allein habe abreisen lassen, und dann auch noch mit der Eisenbahn. Warum fahre ich nicht einfach mit, habe er gedacht, als Madame Le Dantec ihm erzählt hatte, daß Paulina tatsächlich in aller Frühe aufgebrochen war. Er habe Notar Corde noch angerufen, aber nein, es war bereits zu spät: Alain war schon mit ihr auf dem Weg zum Bahnhof, und dann noch im Delahaye.

»Mein Gott, habe ich gesagt, und heute abend muß sie dann wieder allein mit dem Zug zurückkommen?«

Heute abend? Das wäre wohl kaum zu schaffen. Man würde auf jeden Fall davon ausgehen, daß sie eine Nacht in Luxemburg bliebe. Man habe im Hôtel International ein Zimmer reserviert und im voraus bezahlt.

Da war ihm ein Gedanke gekommen.

»Auf einmal wußte ich, bitte lach mich nicht aus, daß ich dich nicht so lange missen konnte. Ich habe Alain angerufen und ihm gesagt, er solle den großen Cadillac vorfahren. Und in den bin ich hineingesprungen und in einem Rutsch hierhergefahren.« Er hielt die Hand vor den Mund und gähnte. »Es war eine Strapaze, aber ich bin froh, daß ich es gemacht habe.«

Diese Geschichte klang durchaus glaubwürdig. »Bist du jetzt auch ein bißchen glücklich … über mich … ich meine: daß du hier nicht allein bist?«

»Ja«, sagte sie in ziemlich unbestimmtem Ton.

Die Möglichkeit, daß der Bruder von Cordes Sekretärin

mitgeschickt worden war, um ihr zu Hilfe zu kommen, falls sie vom Zoll erwischt werden sollte, ließ ihr keine Ruhe, ebenso wie die Annahme, daß die Bestechlichkeit des französischen Zolls offenbar selbstverständlich war.

Michel legte seine Hand auf ihren Arm, neigte den Kopf zu ihr und fragte:

»Liebe Pauline, worüber grübelst du jetzt noch?«

»Ich grüble nicht.«

Es entsprach nicht der Wahrheit, aber seine Berührung empfand sie dennoch als beruhigend. Sie mochte gar nicht daran denken, daß sie hier den ganzen Abend allein hätte sitzen müssen mit Ausblick auf den Bahnhofsvorplatz von Luxemburg, die verblaßten niederländischen Flaggen und das barocke Türmchen des mit Schnörkeln verzierten Bahnhofs. Sogar wenn er ihr einen Kuß aufs Ohr gegeben hätte, hätte sie das als angenehm empfunden. Aber er dachte nicht daran, oder er traute sich nicht mehr, auch wenn sie seinen Atem in den Haaren spürte.

Worüber sie noch grübelte?

»Ich grüble nicht.«

»Es gibt auch keinen Grund dazu. Denk jetzt nur daran, daß alles gutgegangen ist. Und es war nicht dein Geld. Sollen wir gleich essen gehen, im Restaurant des Hotels nebenan? Es ist ein französisches Restaurant, denn es heißt Vauban.«

»Oh, gern. Aber dann möchte ich mich erst umziehen.«

76

An der Rezeption bat sie um den Zimmerschlüssel.

»Ihr Koffer steht schon im Zimmer«, sagte der Angestellte, ein anderer als der, der sie empfangen hatte.

Sie nickte und behielt für sich, daß seine Mitteilung überflüssig war. Er gab ihr einen Schlüssel. Und mit dem angenehmen Gefühl, daß sie sogar zu diesem Hotelangestellten höflich und zuvorkommend gewesen war, ihn nicht hatte spüren lasen, daß er Unsinn sagte, ging sie nach oben, zog ihre Jacke aus und ließ sich aufs Bett fallen.

Ach, wieviel lieber wäre sie mit Edouard hiergewesen als mit Michel. Ihr ging durch den Kopf, daß Edouard nicht einmal wußte, wie erfolgreich ihre Reise verlaufen war. Und sie wählte seine Nummer. Niemand nahm ab. Um sicherzugehen, wählte sie die Nummer noch einmal. Das gleiche. Nun war das eigentlich nichts Besonderes, denn bei Edouard nahm nie jemand ab. Es war ungefähr das erste gewesen, was Armand und Jacqueline ihr über ihren Sohn erzählt hatten: Er sei nie zu Hause, er nähme nie den Hörer ab. Aber ärgerlich fand sie es trotzdem, gerade jetzt. Wollte er denn von niemandem angerufen werden? Oder besaß er vielleicht auch noch eine Geheimnummer, die nur Eingeweihte wissen durften? Und hatte sie sogar jetzt noch nicht das Recht, sich als Eingeweihte zu bezeichnen, nachdem er sie mit einem Koffer voller Geld losgeschickt hatte? Das wäre bitter. Sie konnte es nicht glauben und wählte die ihr bekannte Nummer noch ein drittes Mal. Mindestens fünfzehnmal ließ sie es klingeln. Wieder umsonst.

Sie stand auf, zog sich aus und duschte.

Sorgfältig achtete sie darauf, daß ihre langen Haare nicht

naß wurden, denn es gab keine Duschhaube. Einen großen Spiegel gab es auch nicht, aber als sie aus der Dusche kam, dachte sie: Ich bin doch eine schöne Frau und habe es verdient, daß mir die Männer nachlaufen.

Als sie sich abgetrocknet hatte, stellte sie sich vor den kleinen Spiegel, von dem sie zuerst den Wasserdampf hatte abwischen müssen, nahm ihre Haare mit beiden Händen und türmte sie sich auf den Kopf. Hochgesteckte Haare würden ihr gut stehen, sie aber noch größer erscheinen lassen. In Michels Gesellschaft kam es darauf jedoch nicht an. Schade, daß sie immer noch keine Ahnung hatte, wie man das machte: die Haare hochstecken. Sie zuerst zu einem Zopf flechten und den dann einrollen? Zu umständlich, und überdies nicht zu machen, weil sie keine Haarnadeln hatte.

Was für ein Glück, daß sie im letzten Augenblick noch ein paar Sachen in ihren Koffer gepackt hatte, auch wenn sie nicht einmal mehr richtig wußte welche. Sie sah nun, daß es zwei Kleider waren und ein Tweedkostüm.

Sie entschied sich für das Kostüm und eine tief ausgeschnittene weiße Bluse mit breitem Kragen, den sie, nachdem sie die Jacke zugeknöpft hatte, über den Jackenkragen schlug.

Sie zog ein paar flache, schwarze Schuhe aus Lackleder an. Ihre hellbraunen Stiefel hätten auch sehr gut dazu ausgesehen und hervorragend zum gelben Laub der Bäume und dem diesigen Spätherbstwetter gepaßt, aber in diesen Stiefeln war sie schon den ganzen Tag herumgelaufen.

Gut gelaunt ging sie nach unten. Michel machte ihr ein Kompliment. Er hatte sich nicht umgezogen.

Unter dem rosa Regenschirm gingen sie zum Hôtel Kons. Eine breite Treppe aus glänzend geschliffenem, rosa Marmor führte hinab zum Restaurant.

Hier saßen nur ein paar fade ältere Herren; eine bessere Art Handelsreisende; oder Beamte, die wahrscheinlich nach Luxemburg gekommen waren, um mit anderen Beamten etwas zu besprechen. Es war genau die Art Restaurant, die solche Leute schön und schick fanden. Eine Art Ratskeller, so sollte diese Architektur wirken.

»Ich habe noch vergessen, dich etwas Wichtiges zu fragen«, sagte Paulina, als sie, beide mit einer großen Speisekarte in den Händen, einander gegenübersaßen, »wie geht es deinem Vater?«

»Er hat heute nacht ziemlich gut geschlafen.«

»Wäre es gut, wenn ich ihn anrufen würde?«

»Ihn anrufen? Wann?«

»Jetzt vielleicht.«

»Keine besonders gute Idee. Er hat übrigens kein Telefon am Bett.«

»Ich würde ihm so gern sagen, daß das Geld angekommen ist.«

»Ich glaube nicht, daß die Sache eilt.«

»Er hat sich deswegen so aufgeregt, und nun ist alles in Ordnung.«

»Aber niemand hat ihm gesagt, daß du dich heute auf den Weg gemacht hast. Nein, das weiß er nicht einmal.«

»Dann ist es was anderes«, sagte sie mit tonloser Stimme und richtete den Blick wieder auf die Speisekarte, ohne sich zu bemühen, etwas auszuwählen.

Er begann wieder über Musik zu reden. Über Brahms. Im letzten Monat habe er fast nur Brahms gespielt. Brahms, das könne man wohl sagen, bedeute eine Entdeckung für ihn, wenn auch eine späte. Alkan würde ihn auf die Dauer doch ein wenig langweilen, und den technischen Schwierigkeiten von Alkans Klavierstücken stünde eigentlich kein entsprechender Ertrag an Ergriffenheit gegenüber. Das sei bei Brahms anders.

Für Brahms' Symphonien könne er sich nicht begeistern, aber die Klavierstücke, vor allem die aus der letzten Lebensperiode, gehörten zur Spitzenklasse aller jemals für das Klavier komponierten Werke. Brahms sei vierundsechzig Jahre alt geworden. Das könne man für diese Zeit als alt bezeichnen. Er habe der Melancholie eines alten Mannes Gestalt verliehen und nicht dem Kokettieren mit der Schwermut, das man bei jungen Männern finde: jene zögen das Sichere dem Unsicheren vor und betrauerten ein Leben, von dem sie nur *vermuteten*, daß es kummervoll werden würde. In ihrer Jugend könnten sie das unmöglich schon genau wissen. Brahms sei alt gewesen und habe nicht mehr daran zu zweifeln brauchen. Er habe es nicht nur vermutet, so wie Chopin.

»Chopin? Chopin hatte nicht die Gelegenheit, die Melancholie des Alters zu erfahren. Chopin starb jung. Er wußte, daß er nicht alt werden würde. Ist das etwa nicht traurig genug?«

Michel gab ihr recht.

So plauderten sie, während sie eine gebratene Ente und als Dessert Profiteroles aßen.

Und plötzlich zog er ein rotes Lederetui aus seiner Westentasche und gab es ihr.

»Sieh es vor allem nicht als Belohnung an«, sagte er, noch ehe sie das Etui geöffnet hatte, »es ist nur eine Erinnerung an diesen Tag. Oder auch das eigentlich nicht. Es ist ein Beweis ... wie sympathisch ... wie liebenswürdig wir dich finden.«

An seinem Stocken merkte sie, daß er statt »wir« lieber »ich« gesagt hätte, sich im letzten Augenblick jedoch nicht traute.

Sie ließ das Etui aufschnappen. Es enthielt eine goldene Kette mit einem birnenförmigen, goldenen Anhänger, der im breiteren Teil eine große Perle umfaßte.

Noch ehe sie etwas sagen konnte, nahm Michel die Kette heraus: »Du mußt sie gleich anlegen. Dein Hals ist dafür wie geschaffen.«

Paulina wurde rot, was nicht einmal am Inhalt seiner Worte lag, sondern eher an dem Ton, in dem er sie aussprach, streckte aber den Kopf vor. Mit zitternden Fingern schloß er die Kette in ihrem Nacken, während sie direkt vor ihrem Gesicht nichts sah als den leeren Dessertteller mit Streifen der Schokoladensauce. Schließlich spürte sie seine Finger nicht mehr und hob wieder den Kopf.

»Ich weiß nicht, ob die Perle über deinem Dekolleté dort als Laterne hängt, die den Weg zeigt«, sagte er mit bemühtem Lächeln, »oder als ein magischer Schutz.«

»Das weiß ich auch nicht.«

Sie fand ihn nun sehr nett. Ihre Worte klangen doch nicht ermunternd in seinen Ohren?

Michel zwang sich in keiner Weise zur Mäßigung. Fast schien es, als habe er seine Angst, wie sein Bruder dem Alkohol zu verfallen, vollkommen vergessen. Zum Kaffee trank er Cognac und bestellte für Paulina ein Glas Bénédictine.

Ihr Herz begann heftig zu pochen, als er aufstand. Sie stand auch auf und legte ihre Serviette neben den Teller, mit einem Gefühl, als lege sie etwas ab, wußte aber nicht, was.

Er lächelte ein wenig und ging, halb hinter ihr, zum Ausgang.

Zusammen stiegen sie die monumentale Treppe hinauf.

Als sie oben waren, sagte er: »Ich habe ein Zimmer in diesem Hotel«, und lächelte wieder.

Er überquerte mit ihr die Gasse, die die beiden Hotels voneinander trennte. Am Eingang des Hôtel International zog er sie an sich und küßte sie auf die Stirn.

Schon wieder hatte sie sich völlig umsonst aufgeregt …

Und als sie vor dem kleinen Spiegel in ihrem Badezimmer auf die wunderschöne Perle schaute, stellte sie mit leichter Enttäuschung fest, daß durch dieses Geschenk eigentlich auch ihre ganze Mühe, die Wohltaten, mit denen man sie überhäuft hatte, zu vergelten, zunichte gemacht worden war.

Was konnte sie noch tun, um ihre Dankbarkeit zu beweisen?

Oder war es eigentlich eine Form von Geiz, niemandem zu Dank verpflichtet sein zu wollen? Mit diesem Gedanken schlief sie ein.

77

Halb acht.

Sie hatte gut geschlafen. So gut, daß sie sich mutig genug fühlte, noch einmal bei Edouard anzurufen. Sie schlug die Decke zurück, stellte die Füße vors Bett und wählte seine Nummer. Nach dem zweiten Klingeln wurde abgehoben.

»Allô?«

Es war eine Frauenstimme, die das sagte, aber alles schien Paulina besser als überhaupt keine Antwort.

»Kann ich Edouard sprechen? Ich bin Pauline.«

»Pauline? Aha, du sprichst mit Eliane. Wie geht's dir? Brauchst du vielleicht einen Regenhut?«

Einen Regenhut? Eliane? Ach, das war diese Person mit dem selbsterfundenen Hut, dessen Rand wie ein Regenschirm aussah.

»Es ist ein scheußliches Wetter. Ohne so einen Hut von mir wirst du klatschnaß.«

»Ich bin im Haus.«

»Aber da bleibst du doch nicht den ganzen Tag? Hast du meine Karte noch? Komm schnell und hol dir einen Hut bei mir. Bis gleich. Hier ist Edouard.«

Stille. Es dauerte noch eine ganze Weile, bis Edouard kam.

Endlich: »Ja? Ich höre.«

»Edouard, das Geld ist sicher angekommen. In Luxemburg und nicht in Basel, aber das weißt du inzwischen wahrscheinlich auch?«

»Was soll ich wissen?«

»Daß das Reiseziel im letzten Augenblick geändert wurde.«

»Ja … Na und?«

»Na hör mal, bist du jetzt nicht froh, daß das Problem gelöst ist? Um ein Haar hätte der Zoll das Geld noch gefunden, aber sie haben den falschen Koffer geöffnet. Alles ist gutgegangen. Ich habe die unterschriebene Empfangsbestätigung in der Tasche.«

»Wunderbar.«

»Hör mal, du könntest wirklich ein bißchen mehr Begeisterung zeigen!«

»Ach, Mädchen. So früh am Morgen? Gestern abend ist es spät geworden.«

»Du bist aber gar nicht nett.«

»Wieso?«

»Ich finde es so schade, daß du nicht hier bei mir bist, in Luxemburg.«

»Was soll ich denn um Himmels willen dort?«

»Du glaubst mir vielleicht nicht. Ich habe mich ein bißchen in dich verliebt.«

»Und was ist mit deinem Seemann?«

»Das ist aus.«

»Aus? Mit dem Kapitän des Geisterschiffs?«

»Vielleicht war da ja nie etwas.«

»Das denkst du dir jetzt aus.«

»Er war auch nur ein Geist.«

»Ich will nichts zu tun haben mit der Freundin eines anderen, geschweige denn eines Geists. In solchen Dingen bin ich sehr konservativ.«

»Ich war nie die Freundin eines anderen.«

»Auch das noch. Also Jungfrauen kann ich überhaupt nicht ausstehen.«

»Was hast du eigentlich? Was habe ich dir getan? Warum erzählst du mir solchen Unsinn?«

»Großer Gott! Du klingelst mich aus dem Bett, nur um mir etwas zu erzählen, was selbstverständlich ist. Ich habe keine Sekunde daran gezweifelt, daß es gutgehen würde mit dem Koffer oder daß du nicht genau das tun würdest, was man dir aufgetragen hat.«

»Ich hab's für dich getan.«

»Für mich? Paß nur auf, daß dein Kapitän das nicht hört.«

»Ich hab dir doch gesagt, daß es aus ist.«

»Natürlich. Du hast Schluß gemacht, weil so ein Kapitän keinen roten Heller verdient, im Gegensatz zu mir. Der Frau, die das nicht weiß, muß ich noch begegnen.«

»Du bist gemein! Gemein! Wie kannst du es wagen!«

»Dann lege ich jetzt mal auf.«

Und er legte auf.

Sie knallte den Hörer mit einer Wucht auf die Gabel, als wolle sie das Telefon zerschlagen, und saß noch ein paar Sekunden auf dem Bett, den linken Daumen im Mund. Dann zog sie das Nachthemd aus und duschte.

Sie zog wieder die Reisekleider vom Vortag an: den Pullover, die weiße Hose und die Stiefel.

Parfum hatte sie zwar mitgenommen, aber kein Rouge, das sie ohnehin nie benutzte.

78

»Warum bist du so blaß«, fragte Michel, »hast du nicht gut geschlafen?«

»Ich habe hervorragend geschlafen.«

»Das glaube ich nicht. Du bist kreidebleich.«

»Das kommt wohl vom Licht, das ist so weiß hier in Luxemburg.«

»Laß uns etwas Schönes unternehmen«, schlug er vor.

»Wie meinst du das?«

»Nicht gleich nach Paris zurückfahren.«

»Wohin dann?«

»Wir fahren nach Boulogne, nehmen das Luftkissenboot nach England und bleiben ein paar Tage in London. Du kennst London natürlich?«

Nein, mußte sie zugeben. In London war sie noch nie gewesen.

»Um so besser, um so besser. Wir sollten nicht zu spät aufbrechen. Dann sind wir in London, ehe es dunkel wird.«

Auch damit war sie einverstanden.

Sie würde nicht die Kraft haben, ihm etwas zu verweigern. Außerdem konnte es ihr nun egal sein, was er von ihr verlangen würde.

79

Sie fuhren in hohem Tempo nach Longwy. Und von dort über Sedan in Richtung Boulogne. Es gefiel ihr ausgezeichnet, so neben ihm in dieser geräumigen, äußerst komfortablen Limousine zu sitzen, die eher schwebte als fuhr.

»Wenn du noch ein wenig schlafen möchtest, bin ich ganz still.«

Nein, sie war nicht müde.

Hin und wieder legte Michel eine Kassette ein, nicht nur Brahms. Nicht mal über Musik mußte sie mit ihm reden. Es kam auch kein peinliches Thema mehr zur Sprache.

Tagelang hätte sie so dahinschweben können in diesem amerikanischen Wagen, der offenbar eigens für hochgewachsene Menschen gebaut worden war. Hochgewachsene Menschen, die gab es in Amerika wahrscheinlich zur Genüge. Nach Amerika gehen, wenn sie ihr Studium in Paris beendet hatte? Vielleicht keine schlechte Idee, sie hatte ja noch alle Zeit der Welt. War noch so jung.

Sie dachte darüber nach, was in den letzten Tagen alles geschehen war.

An die Reise mit dem Koffer hatte sie keine angenehme Erinnerung, auch wenn es gut ausgegangen und sie mit einer wunderschönen Kette dafür belohnt worden war. Es schien fast so, als hätten sie ihr den Schmuck geschenkt, um sie zu trösten. Irgend etwas stimmte nicht, sie wußte nicht, was. Hätte sie sich nur nicht darauf eingelassen, und dann noch mit so viel Begeisterung, so viel dankbarem Eifer! Sie erinnerte sich vage, daß sie selbst vorgeschlagen hatte, Crémieux' Koffer über die Grenze zu schmuggeln. Auch wieder ein Fall von Telepathie? Nicht unbedingt. Die Idee war ja alles andere als originell. Falls sie Michel glauben konnte, waren bereits vor ihr zwei Au-pair-Mädchen mit dem Koffer auf die Reise gegangen. Seltsam. Offenbar hatte sie spontan erraten, was von ihr erwartet wurde. So schwer war es nun auch wieder nicht zu erraten gewesen: Die Sache hatte schließlich mit dem Krieg zu tun, und Koffer mit Geld über die Grenze zu schmuggeln, war damals, wie jeder wußte, an der Tagesordnung. Edouard aber hatte so getan, als sei es ein genialer Einfall, der das moralische Dilemma des Generals auf einen Schlag lösen könnte. Und nun, nachdem es ihr gelungen war, brauchte Edouard sie nicht mehr. Dieser Schuft! Sie konnte von Glück reden, daß sich sein wahrer Charakter so früh gezeigt hatte. Es war Schluß mit der Verliebtheit. Alles recht betrachtet, fühlte sie sich nun sicherer. Armand und Jacqueline würden enttäuscht sein. Daß auch diese beiden sie zum besten gehalten hatten und sie nur benutzen wollten, daß sie nichts für sie empfanden, wollte sie nicht glauben. Trotzdem war sie so enttäuscht, daß sie den Leuten am liebsten nie wieder begegnet wäre. Wahrscheinlich bedeutete dies, daß sie sich eine neue Unterkunft als Au pair suchen müßte. Vielleicht hatte sie Glück und konnte bleiben. Sie hoffte es jedenfalls. Sie könnte ja weiterhin mit dem General, dessen Frau und Michel befreundet sein. Warum nicht? Sie war Au pair beim General, nicht bei Armand und Jacqueline, auch wenn sie im selben Haus wohnten.

In Cambrai hielten sie kurz vor einem Bistro, aßen ein Sandwich und tranken Kaffee. Das Wetter war eigentlich schlecht: trübe; hin und wieder nieselte es. Aber es war windstill.

»Wenn es stürmt«, sagte Michel, »fährt das Luftkissenboot nach England nicht.«

Und wenn das Meer ein wenig unruhig sei, erzählte er, habe man das Gefühl, in einem Wagen mit Holzrädern ohne Federung über eine Straße voller Schlaglöcher zu fahren. Aber sie hätten Glück, heute sei das Meer bestimmt unbewegt.

»Sonst wird man seekrank.«

»Damit habe ich nie ein Problem.«

Als sie am Hafen von Boulogne ankamen, fuhr gerade ein Boot weg, aber das nächste war schon zu sehen.

»Der Fahrplan ist wohl ein wenig durcheinandergeraten«, meinte Michel.

»Wir haben es doch nicht eilig?«

»Natürlich nicht. Das Boot dort ist außerdem hier, ehe man sich's versieht, und das Auf- und Abladen geht ganz schnell. Ich muß mal kurz telefonieren.«

Er ging zurück in das kleine Stationsgebäude, das sie bereits passiert hatten und wo ihre Pässe kontrolliert worden waren.

Paulina schaute weiter auf das sich nähernde Hovercraft. Sie hatte noch nie eins gesehen. Auf dem Dach des ziemlich flachen Schiffes waren vier große Propeller, die es unter lautem Dröhnen antrieben. Um den Rumpf spannte sich eine schwarze Haut; schäumendes Wasser spritzte nach allen Seiten. Die Vögel hatten längst keine Angst mehr vor dem Ungeheuer und umschwirrten es kreischend.

Paulina begann zu frösteln, und weil es ziemlich lange dauerte, bis Michel zurückkam, ging auch sie wieder in das Stationsgebäude.

Sie ließ den Blick schweifen über die Auslagen mit steuerfreien Spirituosen, Zigaretten, Parfums und Andenken, die das Interesse der Reisenden wecken sollten, und schaute auf die flackernden Lichter der Spielautomaten. Es gab nichts, was sie reizen konnte.

Unter den wartenden Passagieren erregte ein unübersehbar progressives Pärchen, vielleicht sogar ein Ehepaar, aber das war unwichtig, ihre Aufmerksamkeit. Die Frau, etwa in ihrem Alter, war schlampig angezogen. Sie trug einen Anorak und einen weiten, wadenlangen Rock. Ihre nackten Füße steckten in Bergschuhen. Auf dem Rücken trug sie einen großen Rucksack und vor der Brust ein Tragetuch mit einem Säugling.

Der Mann hatte seine kurzsichtigen Augen mit der programmatischen runden Nickelbrille bewaffnet, und sein Haupt zierte ein kolossaler, freilich schon ergrauender Lokkenschopf.

Das hier sind normale Menschen, dachte Paulina, Intellektuelle natürlich, die sich ständig für irgend etwas begeistern, so wie Klara. So würde ich auch aussehen, wenn ich in den Niederlanden studiert hätte. Schauderhaft. Wie privilegiert ich doch bin. Wenn ich mich unglücklich fühle, liegt das daran, daß ich nicht weiß, wie sich jemand verhalten muß, der Glück hat. Schäm dich.

Michel, fertig mit dem Telefonieren, kam wieder zu ihr, sagte jedoch kein Wort. Sie verließen das Gebäude, in dem sie weiter nichts zu suchen hatten.

Das Boot glitt über den zum Wasser hin leicht abschüssigen Beton heran. Die vier Propeller auf dem Dach kamen zum Stillstand, und die unter der Haut aus schwarzem Gummi gefangene Luftblase, auf der das Schiff über das Wasser geschwebt war, entwich. Die Ladeklappe im Bug wurde geöffnet.

Autos fuhren heraus, nicht viele.

Michel steuerte den Cadillac hinein. Oben, im Salon, wartete Paulina auf ihn.

Sie saßen nebeneinander auf Sitzen, wie man sie auch in Omnibussen und Flugzeugen findet, Paulina am Fenster. Sie hatte sich vorgestellt, aufs Meer hinausblicken zu können, aber Wasser, das unter dem Schiff weggeblasen wurde, spritzte ständig in hohem Bogen an die Scheiben.

Sie unterhielten sich über ganz gewöhnliche Dinge. Michel fragte sich, wie lange diese Boote noch fahren würden. Paulina meinte, daß damit Schluß sei, wenn der Kanaltunnel fertiggestellt wäre. Aber er bezweifelte das und war der Ansicht, daß ziemlich viele Leute bestimmt auch weiterhin lieber mit dem Boot fahren würden. Denn durch den Tunnel könnte man nicht einfach von Frankreich nach England fahren. Nein, man müsse das Auto auf einen Zug bugsieren, der aus niedrigen Güterwaggons bestünde. Und auf der anderen Seite wieder hinunterfahren. Was für ein Zeitverlust! Wie in der Schweiz beim alten St.-Gotthard-Tunnel. Vertane Zeit und jede Menge Unannehmlichkeiten, und das vor einer schaurigen Fahrt durch das Dunkel. Manch einer würde davor zurückschrecken. Michel gab zu, daß er diese Bedenken in einer Zeitung gelesen hatte.

80

Auf der anderen Seite des Ärmelkanals war das Wetter auch nicht besser. Es fiel sogar Schnee, doch der schmolz nahezu auf der Stelle.

Michel fuhr, nicht zuletzt, weil er wenig Erfahrung mit dem Linksverkehr hatte, nicht besonders schnell. Es dunkelte bereits, als sie endlich einen südöstlichen Vorort Londons erreichten.

Trist war es hier. Ärmliche kleine Häuser mit Dächern voller Schornsteine säumten die vierspurige Straße. Sie schienen miteinander zu wetteifern, welches Häuschen die meisten Schornsteine emporrecken konnte, um die schwarze Luft mit ihrem Rauch noch mehr zu verschmutzen. Fast an jeder Kreuzung mußte Michel vor einer roten Ampel anhalten. Und plötzlich war die Fahrbahn durch rot-weiß karierte Holzbalken auf Böcken versperrt: Umleitung.

Pfeile zeigten nach links. Wenn sie diesen Pfeilen einfach folgten, würden sie, das war offenbar der Zweck, wieder auf eine Hauptstraße gelangen, die in die Londoner Innenstadt führte. Aber wie konnte das sein? Vielleicht hatten sie ein Hinweisschild übersehen: Die Straßen, durch die sie fuhren, wurden immer stiller und verlassener. Die Gesellschaft anderer Autos, die auch nach London mußten, hatten sie verloren.

Sollte sie Michel etwas von Klara erzählen? Schon seit sie die Fähre bestiegen hatten, war er so lustlos und still. Und nun sagte er überhaupt nichts mehr. Machte er sich Sorgen, weil sie sich verfahren hatten? Die Geschichte von Klara in ihrem besetzten Haus würde ihn nicht aufheitern, eher irritieren, deshalb hielt sie den Mund. Allerdings dachte sie ständig daran. Klara, barfuß. Schwanger, möglicherweise ohne genau zu wissen, von wem. In ihrer Etage ohne Strom und ohne Wasser. In Amsterdam. Vor Jahrhunderten der Mittelpunkt Europas, heute eine schmuddelige Provinzstadt voller Spitzbuben, Nutten und Ruinen, vom Bürgermeister jedoch noch immer als Weltstadt gesehen. Die Hauptstadt ihres proppenvollen kleinen Vaterlandes, von dem die Franzosen glaubten, daß es lediglich Käse exportierte. Und dann auch noch erzählen, wie es in Amsterdam in Wirklichkeit aussah?

In den Straßen, durch die sie nun fuhren, sah man nicht einmal Fußgänger. Kein Wunder: Hier wohnte niemand mehr. Fast alle Häuser standen leer. Die Fenster waren ohne Scheiben, und oft war auch kein Dach mehr vorhanden. Es schneite noch immer, und es war schon so kalt geworden, daß eine dünne, weiße Schicht auf dem Straßenpflaster liegenblieb.

Zu allem Überfluß fuhren sie in eine Sackgasse. Zwischen den vielen Autowracks, die hier abgestellt waren – nicht ein Wagen sah so aus, als wäre er noch fahrtüchtig –, hatte Michel größte Mühe, mit dem breiten Cadillac im Rückwärtsgang zu fahren und eine andere Straße zu suchen, die ihm wenigstens seine Bewegungsfreiheit zurückgeben würde. Es dauerte noch eine gute Stunde, ehe sie endlich eine breite Allee fanden, die stark befahren war. Kurz darauf sahen sie ein Hinweisschild, das ihnen die Gewißheit gab, tatsächlich auf dem Weg ins Londoner Zentrum zu sein.

An der Southwark Bridge erreichten sie die Themse. Michel versicherte Paulina, daß er den Weg nun kenne, aber hinter der Brücke gerieten sie in einen grauenhaften Stau. Sie waren eingekeilt zwischen Autos, die kreuz und quer standen, und kamen keinen Millimeter voran. Nicht öfter als einmal in der Viertelstunde konnte Michel ein kleines Stück vorrücken. Obwohl die Wagenfenster geschlossen waren, füllte sich der Innenraum mit penetrantem Benzingeruch.

Michel machte noch einen Fehler, als er kurz vergaß, daß er links fahren mußte, aber dieser Irrtum erwies sich als günstig, denn plötzlich konnte er weiterfahren.

Sie lachten beide über die unverhoffte Befreiung aus der beklemmenden Situation. Vor Übermut vergaß Michel, rechtzeitig abzubiegen, und als er das endlich vollbracht hatte, fuhr er erneut viel zu weit, so daß ihm zum Schluß nichts anderes übrigblieb, als um den ganzen Hyde Park herumzufahren, um zum Dorchester Hotel an der Park Lane zu gelangen, wo sie übernachten würden. Für den langen Umweg entschuldigte er sich, aber Paulina genoß die Fahrt sehr; sie meinte, er habe es absichtlich gemacht, und äußerte dann, wie jeder, der ihn zum erstenmal sieht, ihre Verwunderung, daß es mitten in dieser Stadt einen so großen Park gab. Es schien, als sei die Vegetation an dieser Stelle unbesiegbar und hätte über die Jahrhunderte hin den vorwärtsdrängenden Häusern standgehalten.

81

Sie stiegen aus. Michel gab einem der Hilfsportiers den Autoschlüssel, und sie betraten die Halle. Er ging zur Rezeption.

Grübelnd schaute Paulina sich um. Sie sah, daß ihre Koffer ausgeladen wurden und daß der Hilfsportier sich ans Steuer setzte, um den Wagen in die Garage zu fahren. Ein Page kam mit den Koffern und stellte sie in ihrer Nähe ab.

Der Gedanke, die Nacht mit Michel in einem Zimmer zu verbringen, beschäftigte sie, schreckte sie jedoch nicht mehr ab. Es schien nun unvermeidlich, daß *er* der erste sein würde. Was konnte sie dafür? Und wer maß dem heutzutage noch irgendeine Bedeutung bei? In Gottes Namen, dann war er eben der erste. Das bedeutete ja nicht, daß er der einzige bleiben würde. Einmal mußte es geschehen. Er war nett und sanftmütig. Ein wenig alt, aber jedenfalls kein Zwerg. Sie betrachtete seinen Rücken, als er am Empfangstresen stand. Mit einer lässigen Handbewegung etwas erklärte. Offenbar irgendwo unterschreiben mußte, während, ungefähr auf halber Höhe zwischen ihnen, der Page bei den Koffern wartete, bis Michel mit dem Mann an der Rezeption alles geklärt hatte.

Er drehte sich um und kam auf sie zu.

»Ich hoffe, es ist dir nicht allzu unangenehm … das Hotel ist so gut wie ausgebucht. Sie haben keine Suite mehr, behaupten sie, obwohl ich hier sogar Stammgast bin. Sie haben nicht einmal mehr zwei Schlafzimmer nebeneinander. Wir werden uns mit einem Zimmer begnügen müssen. Das findest du doch nicht schlimm, hoffe ich? Ich werde mich tadellos betragen.«

Sie schaute ihm in die Augen und lachte: »Ich auch.« Es

war ihr über die Lippen gekommen, ehe sie sich gefragt hatte, was er wohl davon halten würde. Zum Nachdenken war auch keine Gelegenheit mehr, denn eine laute Baritonstimme ließ das Wort »Maestro!« durch den Raum schallen.

Ein ziemlich kleiner, aber breiter Mann kam mit ausgestreckten Armen auf sie zu. Er trug ein rot gefüttertes, schwarzes Abendcape und darunter einen Frack.

»Wäre ich nur eine Minute eher nach unten gekommen, hätten wir uns verpaßt.«

Diese Worte sagte er in gebrochenem Französisch mit starkem italienischem Akzent. Er umarmte Michel und hätte ihn wahrscheinlich auf beide Wangen geküßt, wenn ein Treppchen zur Hand gewesen wäre.

»Welche Ehre!« rief er aus. »Und Mademoiselle! Die neueste Eroberung meines alten Freundes Michel. Bei weitem die charmanteste! Ich heiße Guido Previtali!«

Paulina reichte ihm die Hand, die er zwischen seine kleinen Fäuste klemmte, als hätte er einen guten Fang gemacht.

Guido Previtali? Der Name kam ihr irgendwie bekannt vor.

»Ja«, sagte Michel, »du liegst ganz richtig, er ist der gefeierte Bariton.«

Sie hatte noch nie von diesem Bariton gehört, glaubte jedoch gern, daß er berühmt war.

»Seid ihr extra wegen meines Konzerts nach London gekommen?« fragte er.

»Selbstverständlich«, antwortete Michel, »aber wir gehen morgen abend hin. Wir sind jetzt zu müde. Wir haben zwölf Stunden im Auto gesessen.«

»Hervorragend!« rief der große Sänger. »Ich sorge dafür, daß ihr die besten Plätze bekommt.« Mit seinen roten Wangen, dem schwarzen Kranzbart, dem breiten Mund und den weißen Zähnen erinnerte er an einen Seeräuber aus einem Comic strip, welchen, wußte Paulina nicht genau.

»Ma, Michele ...«

Er redete auf italienisch weiter, nachdem er in seinem

Französisch noch gesagt hatte: »Wenn ich vom Anblick weiblicher Schönheit ergriffen bin, versagen augenblicklich meine Sprachkenntnisse. Scusi, scusi. Ma, Michele ...«

Sie merkte nun, daß Michel fließend Italienisch sprach, aber ehe er die Konversation in dieser Sprache mit Previtali fortsetzte, wandte er sich Paulina zu und sagte: »Geh du schon mal nach oben. Ich komme in ein paar Minuten.«

Ein Hotelangestellter im Smoking und ein Kofferträger hatten sich inzwischen in ihre Nähe gewagt. Mit ihnen und den Koffern stieg Paulina in den Fahrstuhl.

Im dritten Stock schloß der Mann im Smoking eine Tür auf.

Es war ein geräumiges Zimmer mit einem breiten Doppelbett. Der Mann sagte ihr, welche Nummer sie wählen müsse, wenn sie eine Amtsleitung brauche, daß der Apparat im Badezimmer mit dem im Schlafzimmer verbunden sei und daß sie deshalb, falls sie angerufen würde, wenn sie in der Badewanne säße, nicht zuerst ins Schlafzimmer zu gehen brauche, um abzunehmen. Er erklärte ihr, wie sie den Fernsehapparat anstellen könne. Er öffnete das Sicherheitsschloß der Minibar. Der Junge legte die Koffer auf Böcke. Dann ließen sie Paulina allein.

Die Vorhänge waren bereits zugezogen. Sie schaute dahinter, sah das Dunkel des Parks und die vorbeifahrenden Autos und sagte laut: »Es ist ein schönes Zimmer. Mir wäre es genauso lieb, wenn ich nicht hier wäre. Aber jetzt die Augen zu und durch.«

Es traf sich gut, daß der italienische Meistersänger Michel angesprochen hatte und sie unten noch miteinander redeten. Sich in seinem Beisein auszuziehen, wäre ihr sehr unangenehm gewesen. Ebensowenig hätte sie ihn darum bitten wollen, noch kurz im Flur zu bleiben, vorausgesetzt, er hätte das nicht von sich aus gemacht.

Sie öffnete ihren Koffer und nahm das dunkelblaue Kleid heraus, das mit metallisch glitzernden Pailletten übersät war.

Rasch duschte sie – ach, in diesem Badezimmer fehlte es

ihr an nichts. Zwei blütenweiße Bademäntel hingen an der Wand, und eine Duschhaube gab es natürlich auch. Sogar ein Telefon also, aber nein, sie würde nicht versuchen, Edouard noch einmal anzurufen, auch wenn sie ständig an ihn dachte.

Wieder im Schlafraum, zog sie saubere Unterwäsche und das schöne blaue Kleid an.

Wie sie den Fernseher einschalten mußte, hatte sie schon wieder vergessen, sie hatte auch nicht gut aufgepaßt. Mit einer Hochglanzillustrierten voller Werbung, die sie auf dem Toilettentisch gefunden hatte, setzte sie sich unter eine Stehlampe in einen Sessel.

Es klopfte, und sie öffnete Michel die Tür.

»Dieser Mann«, sagte er, »findet nie ein Ende. Zum Glück mußte er jetzt zu seinem Konzert. Wie schön du bist! Wie viele Kleider hast du eigentlich dabei?«

»Jetzt nur noch eins, das du noch nicht gesehen hast.«

Er hatte inzwischen auch seinen Koffer geöffnet, nahm eine Tasche mit Toilettensachen heraus und einen dunkelblauen Anzug. Damit verschwand er im Badezimmer.

Zuzuschauen, wie sich ein Mann auszog, war wohl das letzte, was sie sich jetzt wünschte. Wie dankbar war sie ihm, daß er das offenbar gut verstand.

Es dauerte ziemlich lange, bis er zurückkam, in dem dunklen Anzug und einem weißen Hemd mit gepunkteter Fliege. Er hatte nicht nur geduscht, sondern sich auch rasiert. Der Duft seines After shave verbreitete sich im ganzen Raum.

Hose und Weste, in denen Michel den ganzen Tag am Steuer gesessen hatte, hängte er in den Kleiderschrank, und ehe er die Schranktür schloß, schaute er sich mit einem Blick im Zimmer um, als fahnde er nach Dingen, die noch weggeräumt werden müßten. Aber Paulina hatte dafür gesorgt, daß nichts herumlag.

Ach, er sah nun wie ein noch recht attraktiver Mann aus, und er wirkte sogar eine Idee größer als sie.

82

Selbstsicher ließ sie sich an seiner Seite vom Oberkellner begrüßen. Auch die anderen Gäste waren elegant gekleidet, die Herren trugen dunkle Anzüge und ihre Begleiterinnen oft auffallend schöne Kleider.

Dieses Restaurant des Dorchester Hotels hieß The Terrace. Es war mehr oder weniger chinesisch eingerichtet. Jedenfalls schien das die Absicht des Innenarchitekten gewesen zu sein. An den Wänden hingen Malereien auf Milchglas, die Chinesen aus antiker Zeit darstellten. In der Mitte des Saals war eine Art dachloser Laube abgegrenzt; dort hatte man für Michel und sie einen Tisch reserviert. Auf dem Tisch standen eine Vase mit einer einzigen, schlanken Orchidee und der übliche Leuchter mit Seidenschirm. Nur am Flackern des Lichts hinter der Seide sah man, daß die Kerze brannte. Ein routinierter Barpianist hatte sich ans Klavier gesetzt und brachte die bekanntesten internationalen Salonmelodien zu Gehör.

Michel schaute Paulina an:

»Eine schreckliche Musik. Engländer«, erklärte er, »wollen beim Essen immer Musik hören. Vielleicht, um nicht so zu merken, was sie sich in den Mund stecken. Aber hier, in diesem Restaurant, ist die Küche sehr ordentlich, muß ich zugeben. Wart's nur ab.«

Dann vertiefte er sich schweigend in die Speisekarte.

»Was möchtest du essen?« Über den Goldrand seiner schmalen Brille schaute er sie freundlich an. Dennoch lag in seinem Blick etwas Bekümmertes.

»Ich finde alles köstlich, aber ich bin mir sicher, daß du das Leckerste für mich aussuchen wirst.«

Und daß ich mich wirklich anstrengen werde, nett zu sein, dachte sie.

Ganz heiter plauderte er, nachdem er die Bestellung aufgegeben hatte.

Wie sehr er sich über die Begegnung mit dem berühmten Sänger freue. Jahrelang nicht gesehen. »Ein charmanter Mann und ein großer Musiker. Er ist auch einer der wenigen, die mein Klavierspiel schätzen. Guido, habe ich manchmal zu ihm gesagt: du übertreibst.«

»Nein«, sagte Paulina, »ich glaube nicht, daß er übertreibt. Eher glaube ich, daß du tiefstapelst. Du hast einfach eine zu geringe Meinung von deinen Leistungen.«

Diese Worte schienen ihm Freude zu machen, doch ehe er etwas erwidern konnte, kam der Sommelier an ihren Tisch und empfahl ihnen wortreich und mit einer Zudringlichkeit, die sich kein Pariser Sommelier erlauben würde, ein paar teure Weine unbekannter Marke. Michel widersprach ihm nicht.

Paulina schaute sich noch ein wenig im Raum um. Einer der abgebildeten Chinesen spielte Querflöte und hatte dabei einen Sonnenschirm unter den Arm geklemmt.

83

Sie begannen mit einem lauwarmen Hummersalat und aßen dann ein Menu Surprise, das aus sechs verschiedenen Fischsorten bestand. Zwischendurch bekamen sie, serviert in einer mit zerstoßenem Eis gefüllten Kaviarschale, ein ziemlich wäßriges Zitronensorbet.

Die englische Küche lieferte ihnen ein amüsantes Gesprächsthema. Trotzdem waren sie sich darüber einig, daß der Fisch schmeckte, als sei er erst vor einer halben Stunde aus dem Meer gezogen worden.

»Solchen Fisch kann man nirgends mehr kaufen«, erklärte Michel ihr, »dieser Fisch war nie in der Tiefkühltruhe, was den Geschmack am meisten beeinträchtigt. Ich glaube, der Koch hat gute Beziehungen zu einem kleinen Fischer irgendwo an der Küste und kauft dort jeden Morgen ein.«

Dann aber schwieg er wieder, denn der Pianist war nun von einer Popband abgelöst worden. Mit gequältem Gesichtsausdruck legte Michel das Besteck nieder. Überall standen Gäste von ihren Tischen auf und gingen zur Tanzfläche, die Michel und Paulina von ihrem Platz aus nicht sehen konnten.

»Engländer wollen nicht nur Musik hören, wenn sie essen, sie wollen auch noch tanzen. Dafür lassen sie das Essen kalt werden.«

Sie aßen schon bald allein in der chinesischen Laube, von den britischen Schlemmern im Stich gelassen.

Die Band spielte Englische Walzer mit viel Bum-bum dazwischen.

»Briten ernähren sich, aber sie speisen nicht«, sagte Michel.

Er ließ eine Tirade los über die Demokratie, die gut und schön sei, aber nicht jedem das Seine gebe. Dieses Hotel, dieses Restaurant, das sei doch für Leute gedacht, die auf Qualität Wert legten und dafür auch bezahlen könnten. Aber der Genuß werde ihnen verdorben durch den schlechten Geschmack, der überall die Oberhand gewinne, überallhin vordringe – und sie ließen es sich gefallen, nur um nicht als reaktionär dazustehen.

Paulina hatte fast Mühe, ihn weiterhin anzublicken, was eigentlich unvermeidlich war, weil sie ihm gegenübersaß. Bildete sie es sich ein, oder wurde seine Miene zunehmend trauriger? Wie könnte sie ihn aufmuntern? Sie tanzte nicht gern, hatte eine Abneigung dagegen entwickelt, weil sie auf Schulfesten, wo getanzt werden mußte, ständig über ihre viel kleineren Partner gestolpert war. Wenn Michel nur den kleinsten Wink gegeben hätte, daß er tanzen wollte, wäre sie sofort aufgestanden. Aber auch er tanzte nicht gern. »Das ist eine Musik wie Tütensuppe«, sagte er. Sie gab ihm völlig recht.

Als Dessert bestellten sie Tuiles aux fruits de la saison, was sich als frisches Obst mit ein wenig Curaçao-Eis herausstellte.

»Ach, es war doch köstlich«, sagte sie beim Kaffee.

»Ja, sicher.«

»Oder fandest du das nicht?«

»Wie kommst du darauf?«

»Du bist so schweigsam.«

»Ich bin ein bißchen lange gefahren und ziemlich müde. Möchtest du noch etwas trinken?«

Sie tranken beide ein Glas Irish Mist und gingen dann nach oben.

84

Vom Fahrstuhl bis zu ihrem Zimmer mußten sie noch ein ganzes Stück laufen. Unterwegs begann er plötzlich zu reden. Nicht über Guido Previtali oder über das, was sie am nächsten Tag machen würden.

In Boulogne habe er telefoniert.

Ja, sie erinnerte sich daran.

Er habe Madame Tourbier, seine »Gouvernante«, an den Apparat bekommen und von ihr erfahren, daß es seinem Vater sehr schlecht gehe. Er sei am Vormittag ins Krankenhaus eingeliefert worden. Im übrigen sei er schon seit Tagen nicht mehr bei Bewußtsein.

Michel wirkte völlig aufgelöst.

»Ich schäme mich«, sagte er, »daß ich dir mit dieser Geschichte die Stimmung verderbe, aber du fragst dich vielleicht, ob es an dir liegt, daß ich so schweigsam bin.«

»Das habe ich ...« Sie wollte sagen, daß sie das keinen Augenblick gedacht habe, erkannte aber noch rechtzeitig, daß das ziemlich überheblich klingen mußte, und sprach den Rest des Satzes nicht aus.

»An dir liegt es nicht«, sagte er und legte den Arm um ihre Schultern, »überhaupt nicht. Du bist sehr nett zu mir. Ich würde es ohne dich nicht aushalten.«

»Du bist auch sehr nett zu mir.«

Er küßte sie flüchtig auf die Wange.

Als sie vor ihrer Zimmertür standen, steckte er den Schlüssel ins Schloß, stieß die Tür auf und ließ Paulina vorgehen. Es brannte schon Licht.

Sie dachte: Es ist nicht von Bedeutung, ich kann ja nicht immer und ewig ahnungslos, aber neugierig bleiben. Kurzum. So, wie ich dieses Zimmer nun betrete, werde ich nicht mehr herauskommen und nie mehr ein anderes Zimmer betreten.

Was für eine Überraschung! Sie erschrak fast. Am Fußende des Bettes stand auf einem kleinen Tisch eine Vase mit einem riesigen Strauß roter Rosen. So viele Rosen, daß man sie gar nicht zählen konnte. Langstielige Rosen, eine riesige Halbkugel aus Blüten, die einem Mittelpunkt entsprossen wie die in ihrem Flug erstarrten Strahlen einer Feuerwerksrakete.

Er legte seine Hand auf ihre Schulter.

»Gefallen sie dir?«

Was sollte sie sonst sagen? Was konnte sie sonst darauf erwidern, als ihn zu umarmen und ihm einen Kuß zu geben, nah beim Mund, aber nicht ganz darauf. Er schien fast ebenso verlegen wie sie. So standen sie sich einen Augenblick lang gegenüber.

»Geh du nur zuerst ins Badezimmer«, sagte er schließlich, »ich ziehe mich dann hier aus.«

»Bis gleich.«

Sie spürte, daß sie bei diesen Worten lächelte, und war darüber sehr zufrieden. Er sollte sie nicht für ein unschuldiges Lamm halten. Viel besser wäre es, wenn er so lange wie möglich glaubte, daß die Liebe für sie nichts Neues sei.

Sie ging ins Badezimmer, drehte die Wasserhähne über der Wanne auf und zog sich aus. Vor kaum drei Stunden hatte sie zwar schon geduscht, aber nun noch ein Bad zu nehmen, bedeutete auf jeden Fall eine Galgenfrist. Sie putzte sich die Zähne. Was für ein prachtvoller Ort, um nackt zu sein, war dieses Badezimmer. Wanne und Toilette waren aus sanftgrüner, schimmernder Keramik. Sie kam sich vor wie eine Auster in einer Perlmuttschale. Die Wanne war so groß, daß sie sich darin ausstrecken konnte. Erschauernd vor Wonne seifte sie sich von Kopf bis Fuß ein. Ihr wurde bewußt, wie sehr sie ihre Haut mochte, die so wunderschön war, kein Fleckchen und keine Unebenheit aufwies. Am liebsten hätte sie sich jetzt selbst so gesehen, schaumbedeckt wie eine Filmgöttin, die im Fernsehen eine teure Toilettenseife anpreist.

Plötzlich läutete das Telefon, nur ein einziges Mal. Offenbar gleichzeitig mit dem Telefon im Schlafzimmer. Michel mußte abgenommen haben, denn sie hörte ihn gedämpft reden.

Während sie sich abtrocknete, beschäftigten sich ihre Gedanken mit dem, was nun kommen würde. Würde es sehr weh tun? Das hatte sie noch nie gehört. Sie war fast zwanzig. Alle ihre früheren Mitschülerinnen, die häßlichsten vielleicht ausgenommen, hatten es schon viel eher erlebt, einfach so nach einer Party, mit dem erstbesten Jungen. Auf dem Autorücksitz, oder im Sommer rasch in den Dünen. Oft auch einfach zu Hause, wenn sie Eltern hatten, die das normal und sehr gesund fanden. Ihre Cousine Klara hatte auch nicht lange darüber nachgedacht.

O nein, sie hatte keine prinzipiellen Bedenken dagegen, nein, überhaupt nicht, sonst bliebe man immer ein Kind und würde auf die Dauer zur alten Jungfer, aber die Gelegenheit hatte sich nun einmal nicht ergeben. Sie war nie jemandem begegnet, der sie dazu veranlaßt hätte, an diese Dinge zu denken. Und (das war vielleicht die Hauptsache) die bemerkenswerte Größe, die sie bereits sehr jung erreichte, hatte in ihr die Hoffnung erweckt, daß sie es dieser außergewöhnlichen Eigenschaft ihres Körpers denn auch schuldete, ihm ein außergewöhnliches Schicksal zuteil werden zu lassen: Nichts war für ihn gut genug.

Wir herrlich trocken und glatt ihr Körper nun war.

Sie schaute in den Spiegel, und ihr fiel ein Vers aus einem Gedicht von Martinus Nijhoff ein: »Meine Fast-Knabenbrust, mein Haar aus Gold.«

Michel hatte seine Toilettensachen auf den Waschtisch gelegt. Sie nahm sein schweres, silbernes Rasiermesser und rasierte sich damit die Achselhöhlen. Das hatte sie noch nie zuvor getan. Warum eigentlich nicht? Für Werbefotos in

Modezeitschriften zu posieren, hatte sie nie angestrebt, aber sie wußte, daß sich alle Frauen dort rasierten, auch wenn sie keine Filmstars oder Schönheitsköniginnen waren. Als sie damit fertig war, legte sie die Hände mit verschränkten Fingern hinter den Kopf und schaute forschend in den Spiegel. Es war ein hübscher Anblick, die nackte Wölbung in ihrer angespannten Achselhöhle. Und dann das Goldkettchen mit der Perle, und sie phantasierte, daß sie lange Küsse auf den Busen und in die Achselhöhlen bekäme. Ach, sie wollte ja, daß eine Zunge leidenschaftlich über die Innenseite ihrer Arme gleiten würde, von unten nach oben. Einen Augenblick überlegte sie, auch das Schamhaar abzurasieren, aber ob andere Frauen das machten, bezweifelte sie. Davon hatte sie nie gehört, geschweige denn, es gesehen. Frauen auf alten Gemälden waren an dieser Stelle völlig glatt. Seltsam, kein Kunsthistoriker oder Soziologe ließ sich jemals über diese Frage aus. Goyas »Nackte Maja« war die erste, die dort einen schmalen Streifen Haar aufwies. Noch sehr wenig. Erst die Impressionisten waren nicht sparsam damit und malten es so wüst, als würden sie es hassen. Oder als wollten sie etwas beweisen. Aber was? Daß das Leben häßlich wäre? Und sie nichts daran ändern könnten?

Bis sie etwa fünfzehn war, auch damals schon am liebsten in Bildbände über alte Kunst vertieft, hatte sie nicht gedacht, daß bei ihr dort jemals etwas wachsen würde. Als es geschah, hatte sie sich vorsichtig bei einer Freundin erkundigt. Hast du das auch? Die Freundin hatte sie ausgelacht und gesagt: Natürlich, das kriegt jede. Ihre Mutter zu fragen, hatte sie sich nicht getraut. Aber selbstverständlich sah ihre Mutter sie hin und wieder nackt, und sie hatte nie eine Bemerkung darüber gemacht. Jetzt wußte sie natürlich schon lange, daß es normal war, aber ob man es so lassen mußte, wußte sie nicht genau. Es war im übrigen nur wenig, sehr blond und seidenweich. Sie kämmte es zu einem duftigen Flaum.

Auf dem Waschtisch stand auch ein Zerstäuber mit Eau de toilette, *L'Air du Temps* von Nina Ricci. Hatte sie Michel irgendwann erzählt, daß sie dieses Parfum manchmal benutzte? Nein. Er mußte es gerochen und, wie aufmerksam, die Flasche für sie dort hingestellt haben. In Boulogne steuerfrei gekauft wahrscheinlich, na gut. Ein Zeichen, daß er da schon etwas von dieser Nacht erwartet hatte. Sie sprühte sich am ganzen Körper damit ein.

Nein, sie verspürte nicht die geringste Angst, sich nun, zum erstenmal im Leben, einem Mann völlig nackt zu zeigen. Sie war immer so gesund gewesen, daß sie sich sogar nur selten vor einem Arzt hatte ausziehen müssen.

Sollte sie das Schlafzimmer so, wie sie war, betreten, nur das Goldkettchen mit der großen Perle um den Hals? Die weißen Bademäntel an der Wand ließen sie zögern. Sie zog doch einen an, nicht aus Scham, sondern mehr aus einer plötzlich auftretenden, unerklärlichen Angst, zu viel zu riskieren. Sie verknotete den Gürtel und ging ins Schlafzimmer.

85

Michel saß in seinem rot und schwarz gestreiften Pyjama auf dem aufgedeckten Bett und starrte auf seine nackten Füße. Einen Moment lang schaute er sie an, jedoch mit einem so bedrückten Blick, daß sie den Eindruck hatte, nicht einmal dann, wenn sie den Bademantel zu Boden gleiten ließe, Zeichen froher Überraschung oder Bewunderung auf seinem Gesicht erwarten zu können.

Wie sie war, setzte sie sich neben ihn. Auch sie schaute auf seine Füße. Gepflegte, saubere, ein wenig knochige Füße, mit beginnenden Krampfadern um die Gelenke.

»Was hast du?« fragte sie.

»Mir tun die Füße weh.«

»Warum?«

»Immer, wenn ich lange am Steuer gesessen habe.«

An den Knöcheln einiger Zehen waren feuerrote, runde Flecke.

»Ich nenne das schlafende Hühneraugen«, erklärte er ihr, »so wie es schlafende Vulkane gibt. Sie werden nur alle paar Jahre wach. Hühneraugen auch. Das ist das Stadium, in dem sie noch keine harte Schwiele haben, aber schon weh tun. Vor allem am rechten Fuß, mit dem ich Gas gebe und bremse.«

Was sollte sie darauf antworten? Hast du keine Hühneraugentinktur in deiner Toilettentasche?

Alles, was ihr im Badezimmer durch den Kopf gegangen war, wurde durch diesen Monolog hinweggefegt. Und er war noch nicht zu Ende.

»Der rechte Fuß«, erklärte er, »ist der Fuß, mit dem nicht nur der Autofahrer denkt, sondern auch der Pianist. Das rechte Pedal benutzt man am häufigsten, und dadurch wird der rechte Fuß überempfindlich.«

»Tja, daran kann ich auch nichts ändern. Wie schlimm für dich. Laß uns schlafen gehen.«

Sie stand auf, ging zur anderen Seite des Bettes, legte sich im Bademantel hin und zog die Decke über sich. Er kam auch unter die Decke und machte das Licht aus.

»Pauline?«

»Ja?«

»Meine Haushälterin hat mich gerade angerufen. Papa geht es sehr schlecht. Der Arzt bezweifelt, daß er diese Nacht noch übersteht.«

»Ach, das tut mir aber leid. Ich mochte ihn wirklich sehr. Und wie schade für ihn, nicht mehr zu erfahren, daß es mit dem Geld für Herrn Crémieux doch noch geklappt hat.«

»Es ist besser, wenn er das nicht erfährt.«

»Warum?«

»Dann erführe er nicht die Wahrheit.«

»Was willst du damit sagen?«

»Das Geld ist nicht dort gelandet, wo er es sehen wollte, bei der jüdischen Organisation Beth-abara.«

»Was sagst du da?«

»Versuch mir nicht einzureden, daß du das nicht längst erraten hast.«

»Ich etwas erraten? Wie kommst du darauf! Was hätte ich denn erraten sollen?«

»In Luxemburg hast du den Koffer einem alten, behinderten Mann übergeben, stimmt's?«

»Ja, und?«

»Dieser alte Mann war Müller, Crémieux' Schwager und ehemaliger SS-Offizier.«

»Was? Du bist nicht ganz bei Trost.«

»Es ist doch logisch. Das war der Grund, warum du in letzter Sekunde nach Luxemburg fahren mußtest und nicht nach Basel.«

»Oh …«, stöhnte sie, »oooh … aber das ist hundsgemein!«

»Ich kann nichts dafür. Ich verstehe ja, daß ich dir weh tue, aber ich kann es nicht für mich behalten. Ich finde es auch hundsgemein, dich dafür zu benutzen, und meine Schuld ist es nicht. Wenn ich es dir nicht sagen würde, wäre es noch viel schäbiger.«

Sie konnte die Tränen nicht mehr zurückhalten und stöhnte immer wieder: »O wie niederträchtig, o wie mies ist das. Und dieser Mann … und dein Vater … dein Vater hatte auch noch, als besondere Aufmerksamkeit für den Empfänger, eine prachtvolle Zeichnung von Guys obenauf gelegt … eine wunderschöne Zeichnung von Guys … O was für eine Schurkerei. Aber Corde muß doch gewußt haben, was mit dem Koffer geschehen sollte?«

»Ja, natürlich, Corde wußte es. Aber ich bin viel zu spät dahintergekommen.«

Sie warf sich vor Wut hoch wie ein Fisch auf dem Trokkenen und drehte ihm den Rücken zu. Mit dem Ärmel des Bademantels versuchte sie, ihre Tränen abzuwischen. Immer neue quollen hervor.

»Aber«, sagte sie, »aber Corde kann das doch nicht auf eigene Faust beschlossen haben? Das ist doch unmöglich! Ein Notar muß ja wohl das tun, was sein Klient von ihm verlangt!«

»Es ist nur die Frage, wen er als Klienten oder Auftraggeber betrachtet hat.«

»Wen anders als deinen Vater?«

»Meinen Vater? … ach … Corde war … Corde war der Ansicht, daß das, was mein Vater wollte, ihn in große Schwierigkeiten bringen würde, wenn es durchsickerte. Und daran wollte er nicht mitschuldig sein. Er mußte es nicht, und er durfte es nicht einmal. Mein Vater hatte nicht das Recht, das Geld dieser jüdischen Organisation zu schenken!«

»Das Recht? Als ob das noch eine Rolle spielen würde! Ich frage mich, wie Corde erfahren hat, wohin es gehen sollte. Ich hatte keinen anderen Auftrag, als den Koffer nach Basel zu bringen. Corde brauchte doch überhaupt nicht zu wissen, was in Basel damit geschehen würde?«

»Aber er wußte es nun mal. Es konnte ihm auch nicht verborgen bleiben.«

»Und warum nicht?«

»Mein Vater hatte die Anschrift der jüdischen Organisation von Cordes Sekretärin erhalten. Aber diese Frau konnte es auch nicht ändern, glaub mir. Bis zu dem Augenblick, als sie plötzlich erfuhr, daß du nach Luxemburg und nicht nach Basel fahren solltest, hat sie geglaubt, Corde sei mit der Sache einverstanden.«

»Was für ein Dreckskerl. Aber was ist mit Edouard, hat der etwa auch nichts davon gewußt?«

»Edouard?«

»Oder willst du behaupten, daß auch Edouard hintergangen wurde?«

»Das will ich überhaupt nicht behaupten. Überhaupt nicht. Aber ich kenne Edouard nicht sehr gut. Ich bin nicht sein Vertrauter. Keiner weiß genau, was er treibt.«

Offenbar war es sinnlos, weitere Fragen zu stellen, und es würde sie nur noch mehr deprimieren.

»So, dann weiß ich jetzt Bescheid«, schluchzte sie, »ihr habt bestimmt gedacht, diese dumme Pute aus dem Land der Bataver können wir für alles gebrauchen, wenn wir nur ein bißchen investieren. Oh, so etwas Infames habe ich noch nie erlebt.«

»Ich habe keinen Augenblick an Geld gedacht. Wirklich nicht. Glaub mir doch.«

»Ich habe mich dazu benutzen lassen, einen Koffer mit dem Geld eines ermordeten Juden einem deutschen Kriegsverbrecher zu bringen. Mein Gott, ich darf nicht daran denken!«

»Du weißt nicht«, sagte er, »du weißt nicht, wie schrecklich *ich* es finde. Jetzt werden wir nie mehr glücklich werden.«

»Glück! Wer redet noch von Glück? Was denkst du dir eigentlich?«

»Dann sagen wir uns besser Lebewohl. Wenn du davon überzeugt bist, daß es keinen Sinn mehr hat. Aber ich bin doch nicht schuld daran? Ich bin ehrlich. Und außerdem ... und außerdem ...«

»Was denn noch?«

»Meiner Mutter geht es auch sehr schlecht. Sie ist heute ebenfalls ins Krankenhaus eingeliefert worden.«

»Hoffentlich wird sie gut versorgt«, sagte Paulina trokken.

Die Frau hatte ihr nichts getan, Michel eigentlich auch nicht, aber beide konnten ihr gestohlen bleiben.

Er begann sich wieder zu verteidigen. Daß das ursprüngliche Vorhaben scheitern würde, habe er schon die ganze Zeit befürchtet, aber erst seit seinem Telefonat in Boulogne die Gewißheit gehabt.

»Ich mochte dich so, Pauline, ich habe es einfach nicht über mich gebracht, es dir gleich zu erzählen. Ich hatte mir sogar vorgenommen, es dir niemals zu sagen. Aber ich konnte mich nicht beherrschen, als ich wußte, daß Mama auch ... auch ... ach Gott!«

Er schluchzte laut auf, was ihren Zorn noch anfachte und ihre Tränen trocknen ließ.

»Also das ist ja die Höhe.«

»Ach, ich flehe dich an, rede nicht so. Es war egoistisch, das weiß ich ja, aber ich war so glücklich. Ich werde den gestrigen Abend und den heutigen Tag nie vergessen. Ich werde dir immer dankbar dafür sein, sogar wenn du mich hassen wirst bis ins Grab.«

»Dich hassen? Dafür bist du, fürchte ich, doch ein bißchen zu unbedeutend.«

»Das glaube ich gern. Eine hohe Meinung habe ich schon lange nicht mehr von mir.«

»Zu Recht. Völlig zu Recht.«

»Jetzt, wo meine Mutter im Sterben liegt, müssen wir

unser Beisammensein vorzeitig beenden. Ich sehe keine andere Lösung.«

»Jetzt? Sofort? Augenblicklich? Willst du mich auf die Straße setzen?«

»Beruhige dich«, sagte er. »Was denkst du denn von mir? Das sind Worte, die du bestimmt in einem Film gehört hast. Wofür hältst du mich? Du bist müde, so wie ich. Was du jetzt sagst, meinst du nicht ernst.«

Er knipste eine Lampe an, die auf dem kleinen Tisch neben seinem Kopfende stand, ging zur Minibar und nahm eine Flasche Champagner heraus.

»Ich flehe dich an«, sagte er, »beruhige dich und laß uns noch was trinken. Es gibt keinen einzigen Grund, warum wir im Zorn auseinandergehen sollten. Das habe ich nicht verdient.«

Sie blieb unter der Decke. Er schenkte zwei Gläser ein. Das Gespräch hatte sie so durstig gemacht, daß sie sich aufrichtete und nicht mehr murrte. Sie tranken die ganze Flasche leer, Paulina das meiste.

Gnädig gestattete sie ihm, ihr einen Gutenachtkuß auf die Wange zu geben. Das Licht ging aus. Sie fühlte sich nun reichlich müde. Grübelte noch ein wenig über den großen Betrag in Reiseschecks nach, fünftausend Dollar! Sie müßte ja verrückt sein, wenn sie es zurückbrächte. Auch von den belgischen Francs hatte sie so gut wie nichts ausgegeben, nur eine Kleinigkeit für eine Briefmarke. Sicher, es wäre eine eindrucksvolle Geste, von der sie später fesselnd erzählen könnte, wenn sie ihnen, zurück in Paris, alles vor die Füße werfen würde. Aber wem eigentlich? Und London wieder zu verlassen, war auch nicht einfach. Es hatte viel mehr geschneit, als sie gedacht hatte. Wie sie dorthin gelangt war, wußte sie nicht genau: Sie stand plötzlich auf einer Straßenkreuzung. Es dämmerte bereits, aber der Himmel hatte noch eine hellblaue Farbe. Die Straßen bestanden aus unbewohnten Häusern ohne Dächer, ohne Fenster. Es mußte wirklich furchtbar geschneit haben: in welche dieser Straßen sie auch schaute, alle waren sie mit hohen, von Bulldozern aufgeworfenen Schneewällen abgesperrt. Sie konnte nirgends hin. Einer dieser Wälle setzte sich sogar in Bewegung und schob sich näher an die Kreuzung heran, auf der sie stand. Große Klumpen zusammengepreßten, schmutzigen Schnees rollten von oben herunter, zerbrachen auf dem Pflaster in kleinere, von denen manche direkt vor ihren Füßen landeten. Sie konnte den Motor des unsichtbaren Bulldozers hören, der brüllend die schwere Masse in ihre Richtung schob. Ja, sie sah sogar dünne Schlieren braunen Rauchs, vom Auspuff hochgestoßen, über dem Schneewall wegziehen. Wo sie stand, lag kein Schnee. Offenbar hatten sie als erstes die Kreuzung vom Schnee befreit, aber weil sie nicht wußten, wohin damit, schoben sie den Schnee nun wieder dorthin zurück. Da stand sie, mit ihrem alten, aus den Niederlanden mitgebrachten Koffer, den sie mit einem Strumpf zugebunden hatte und aus dem trotzdem alles mögliche herausquoll: schmutzige Unterwäsche, Seminarunterlagen und sogar alte Zeitungen. Wie sie damit über einen der Wälle aus Schnee klettern sollte, um sich zu befreien, wußte sie nicht.

»Hilfe«, rief sie, »o ... Hilfe!«

Direkt neben sich hörte sie eine Stimme sagen: »Das halte ich nicht mehr aus.« Michel hatte Licht angemacht und stand gerade auf. Sie beschloß, sich schlafend zu stellen. Mit halb geschlossenen Lidern versuchte sie, trotzdem zu sehen, was er machte.

Nervös schaute er sich nach ihr um, als befürchte er, sie zu wecken, wenn er sie länger ansähe. Es war nicht erkennbar, ob er überzeugt war, daß sie wirklich schlief. Vielleicht war er schon froh, daß sie so tat, als ob. Sein Schauspiel war nicht ganz überzeugend, denn nachdem er seine Sachen aus dem Kleiderschrank genommen hatte, ging er damit ins Badezimmer. Das hätte er sich sparen können, wenn er tatsächlich glaubte, sie würde tief und fest schlafen. Er blieb ziemlich lange weg. Als er zurückkam, trug er seine Sporthose und die dicke Strickweste. Er hatte seine Toilettentasche in der Hand und trug den rot und schwarz gestreiften Pyjama überm Arm. Packte alles in den Koffer.

Er nahm Reißaus. Gut. Sogar ausgezeichnet. Er würde ihr nicht fehlen.

Er brachte sie damit nicht in Schwierigkeiten, jedenfalls, wenn er ihr all die Dollars ließ, die sie bei Corde bekommen hatte. *Abstulit qui dedit?* Ihre Umhängetasche, in der sich das Geld befand, lag auf dem Toilettentisch. Was würde er tun?

Sie kniff die Augen fest zu, blinzelte kurz darauf aber wieder. Er legte gerade den dunklen Anzug in den Koffer. Als er das Zimmer verließ, hatte er ihre Tasche nicht angerührt. Es war auch ein schändlicher Gedanke: Als ob er, ein so durch und durch anständiger, sanftmütiger Mann, so etwas tun würde! Aber als er schon fast draußen war und nur die Tür noch nicht ganz hinter sich zugezogen hatte, kam er zurück, ging auf Zehenspitzen zum Toilettentisch und legte den Zimmerschlüssel darauf, den er offenbar gedankenlos mitgenommen hatte.

Ebenso vorsichtig ging er zu dem Tischchen neben seinem Bett, machte die Lampe aus, ging auf den Gang und zog die Tür nun endgültig hinter sich ins Schloß.

Paulina drehte sich um, was nicht ganz einfach war, denn der Bademantel war fast bis zu ihren Schultern hochgerutscht.

Ihre Hand tastete die Wand nach einem Lichtschalter ab, fand einen. Als sie daraufdrückte, gingen alle Lampen im Zimmer zugleich an: die große Stehlampe, die kleinen Lampen des Toilettentischs, die Lämpchen beiderseits des Bettes.

Verschwunden war er, ihr erster Liebhaber. Na ja … Seine Rosen standen noch da, genauso schön wie am Abend vorher. Wie spät es war, wußte sie nicht.

Sie stand auf und zog den Bademantel aus. Michel hatte die Tür des Kleiderschranks offengelassen. An der Innenseite der Tür war ein großer Spiegel. Sie ging ins Badezimmer, hängte den Bademantel an den Haken und trank ein paar Schlucke Wasser. Den Sprühflacon mit *L'Air du Temps* hatte sie auf dem Waschtisch stehengelassen. Auch wenn es unnötig war, besprühte sie sich noch einmal damit, und als sie wieder im Schlafzimmer war, musterte sie sich von Kopf bis Fuß in dem großen Spiegel. Sie war schön, am liebsten hätte sie sich in sich selbst verliebt. Und das wäre das allerbeste, denn in jemand anderen war sie nicht verliebt, und so zu tun, als ob, machte einen nur traurig. Schließlich schaute sie auf ihre Uhr: es war zehn nach sechs. Sie legte sich die Uhr um.

Dann schlüpfte sie nackt wieder unter die Bettdecke und machte alle Lampen aus. Der Parfumduft berauschte sie fast. Nun erst genoß sie ihn voll. Schön war sie, und unberührt. Und es gab niemanden, der auch nur ahnte, welche Phantasiebilder in ihr aufkamen. Sie war weit weg von dieser Welt, weit weg von unangenehmen Menschen und ihren Lügen. Sie war in Arkadien, wo griechische Hirten auf Panflöten spielten, fröhlich springend wie auf den gewölbten Wänden griechischer Vasen. Oh! Und sah sie mit der Perlenkette um den Hals Manets *Olympia* nicht etwa täuschend ähnlich? So empfing sie ihren Geliebten.

Viel geschlafen hatte sie eigentlich nicht. Vielleicht würde es jetzt ja gelingen. Vorläufig mußte sie sich um nichts Sorgen machen. Sie könnte im Bett liegenbleiben, solange sie wollte. Sie mußte nirgendwo hin.

86

An den Rändern der Vorhänge sah sie Tageslicht. Es mußte schon relativ spät sein. Als sie richtig wach war, fühlte sie sich wohl und ausgeruht. Sie war nicht auf einer Straßenkreuzung zwischen Schneemassen gefangen, sondern lag, schön und nackt, in einem warmen Zimmer, in einem herrlich duftenden Bett. Sie war frei und verfügte über eine Tasche voller Geld. Sie hatte nur ein wenig Hunger. Ihre Uhr zeigte fünf vor neun.

Als sie aufgestanden war, sah sie auf dem Fußboden an der Tür einen Brief liegen.

»Liebling. Ich bin sofort nach Paris zurückgefahren. Du kannst in dem Hotel bleiben, solange Du willst. Die Bezahlung ist geregelt. Amüsier Dich. Ich hoffe, Mama noch bei Bewußtsein anzutreffen. Sei mir nicht böse. Ich konnte nicht anders. Bis bald. Verachte mich nicht. Michel.«

Bis bald! Wenn sie sich vorstellte, sie hätte sich sein Gejammer über Hühneraugen noch länger anhören müssen! Sie zerriß den Brief und nahm eine fast kalte Dusche.

Erfrischt ging sie zum Kleiderschrank, in dem noch ein Kleid hing, das sie bisher nicht getragen hatte. Die schwarze Strickrobe, eng anliegend, mit einem Rollkragen bis unters Kinn. Vielleicht zu schön, um darin zu frühstücken, aber auf der anderen Seite konnte sie nicht hübsch genug sein, damit, wenn sie sich allein im Frühstückssaal zeigte, niemand zu denken wagte, ihr Begleiter hätte sie im Stich gelassen, weil sie häßlich sei, sondern man eher folgern würde, sie hätte ihn weggeschickt. Sie kämmte sich die

Haare straff nach hinten und band sie im Nacken mit einer Schleife zusammen. Daß ihre Ohren nun hervorstanden, machte nichts.

Eigentlich waren ihre Ohren auch nicht häßlich.

87

Stolz, als sei sie doch eine Frau geworden, ungezwungener als bisher, erschien sie am Eingang des »Grillroom«, wo das Frühstück serviert wurde.

Der Saalchef kam gerade, um sie zu begrüßen, als sie sah, daß ihr ein Mann ausgelassen zuwinkte. Guido Previtali. Sie lächelte ihm zu. Mit flehenden, ins Spaßhafte übertriebenen Gebärden bedeutete er ihr, an seinen Tisch zu kommen.

Sie sagte dem Saalchef, daß sie von diesem Herrn erwartet würde.

»Oh!« rief der enthusiastische Italiener, vom Stuhl aufspringend. »Sie sind heute morgen noch bezaubernder als gestern abend!«

Und er küßte ihr die Hand. Der Maître d'hôtel zog den freien Stuhl gegenüber dem Sänger zurück und schob ihn wieder vor, als sie sich setzte.

»Sie müssen wie eine Göttin geschlafen haben. Habe ich recht?«

Sie stützte die Ellbogen auf den Rand des Tischs und schob, die Unterarme vor der Brust verschränkt, verstohlen ihre Daumen in die Achselhöhlen, wo es juckte.

»Ich kann mich nicht beklagen«, bejahte sie.

Auf dem Tisch standen ein Salzstreuer und zwei Pfefferstreuer, einer davon mit rotem Cayennepfeffer. Er streute von jedem etwas auf seine Spiegeleier und nahm einen Bissen.

»Darf ich Ihnen mein Kompliment aussprechen über die triumphale Schlichtheit Ihrer schwarzen Robe?« fragte er mit vollem Mund. »Schwarz ist meine Lieblingsfarbe.

Und dann, als einziger Schmuck, Ihre Kette mit« (er schluckte und verfiel ins Italienische) »mit einer Perle wie der Spermatropfen eines Gottes! Verstehen Sie Italienisch?«

»Kein Wort.« Sie hatte sehr wohl verstanden, was er gesagt hatte.

»Wie bedauerlich. Aber Vorsicht. Ich muß Sie warnen vor dem Italienischen. Es ist eine frivole Sprache, sehr frivol. Wo bleibt unser Freund Michel? Schläft er noch?«

Sie schüttelte den Kopf.

»Nein? Wo ist er denn? Ich hoffe nicht, daß Sie meine Frage indiskret finden.«

»Er bekam heute nacht einen Anruf aus Paris, daß seine Mutter im Sterben liegt, deshalb ist er in aller Frühe nach Paris zurückgefahren.«

»Der arme Mann, der arme, arme Mann«, bedauerte der Sänger seinen Freund.

Ein Kellner stellte sich neben Paulina, und sie bestellte Tee und Orangensaft.

»Keine Spiegeleier? Kein Speck?« fragte Previtali.

Paulina lächelte ihn freundlich an, dann wandte sie das Gesicht dem Kellner zu und schüttelte den Kopf.

»Sie haben recht«, sagte der Musiker, »jemand wie ich ißt viel zuviel. Aber es schmeckt mir einfach, und es tut mir so gut. Warmes Essen, morgens auf nüchternen Magen. Unendlich wohltuender als eine Scheibe Brot und ein Cappuccino, wie zu Hause.«

Paulina strich Marmelade auf eine kleine Brioche.

»Michel ist ein sehr alter Freund von mir«, bekannte Previtali, »ständig arbeitet er, ständig übt er. Und er hat kein Glück. Er ist enorm musikalisch. Spielt brillant, aber ich glaube, die Engel sind ihm nicht gut gesinnt und leiten seine Finger zu selten auf die richtigen Tasten.«

»So? Das hört sich fast an, als hielten Sie doch nicht so viel von seinem Spiel.«

»Ach, mein allercharmantestes Fräulein, was soll ich sagen? Musik ist überall, im Meer, in den Blumen, in der Luft, aber man muß das richtige Ohr dafür haben. Der Himmel ist grenzenlos. Die Zeit, die ein Mensch zur Verfügung hat, um zu üben, nicht. Michel übt, übt und übt. Doch ohne ein wenig Glück ist der Nutzen leider beschränkt. Es gibt Menschen, die ein Lotterielos kaufen und, ohne weiter darüber nachzudenken, den Hauptgewinn ziehen. Die anderen kaufen Hunderte, Tausende – aber alles Nieten. Kommen Sie heute abend zu meinem Konzert?«

»Vielleicht.«

»Warum vielleicht? Michels Abwesenheit hindert Sie doch hoffentlich nicht daran, die guten Gaben des Lebens zu genießen?«

»Das würde ich für stark übertrieben halten.«

Was für Antworten sie gab. Sie war selbst erstaunt. Sobald sie mit Menschen redete, die sie weder besonders sympathisch noch irgendwie bedauernswürdig fand, schien jede Scheu von ihr abzufallen.

»Seine Frau ist ihm weggelaufen.«

»Das hat er mir auch schon erzählt.«

»Es stimmt. Weil er nicht gut genug spielte, glaubt er. Aber erlauben Sie, daß ich Ihnen ein Geheimnis verrate: Das ist für keine einzige Frau ein Grund, um wegzulaufen. Dann gäbe es nur einsame Männer auf der Welt. Die meisten spielen überhaupt nicht Klavier. Trotzdem kann Musik drinstecken. Hab ich recht?«

»Es könnte sein, daß viele Frauen nicht mal zuhören, wenn schöne Musik gemacht wird. Oder halten Sie das für unmöglich?«

»Da kann ich nicht mitreden«, versicherte er ihr, »das ist mir nie passiert.«

Er trank einen Schluck Kaffee und schüttelte den Kopf.

»Michel hat zu sehr dem Schwierigen den Vorzug vor dem Einfachen gegeben. Im Grunde ist er nicht so verrückt nach Frauen.«

Und er lachte, als wüßte er genau, daß sie ihm zu letzterem beipflichten würde. Aber sie machte eine Miene, als habe sie es nicht gehört, und begann eine Birne zu schälen.

Elegant schwang Previtali den linken Arm nach vorn und schaute auf die goldene Rolex, die er am Handgelenk trug. Nun fiel Paulina plötzlich ein, warum er ihr von Anfang an bekannt vorgekommen war, obwohl sie noch nie in einem seiner Konzerte war. In einer Illustrierten war sein Farbfoto wiederholt in einer Werbeanzeige für diese Marke erschienen. Berühmte Musiker äußerten ihr Urteil über die Eigenschaften von Rolex-Uhren: Unverwüstlichkeit, Präzision und, vor allem, untrügliches Zeichen für Erfolg.

»Ich muß nun leider in mein Zimmer, wo ich in wenigen Minuten die Presse für ein Interview empfangen werde.«

Er hielt ihr seinen Schlüssel hin:

»Sehen Sie die Nummer? 496. Ich erwarte Sie dort. Sie sprechen zweifellos besser Englisch als ich. Sie könnten mir eine große Hilfe sein. Bei der Gelegenheit gebe ich Ihnen dann eine vortreffliche Eintrittskarte für heute abend.«

Sie lächelte gnädig. Er stand auf und sagte: »Bis gleich.«

»Ciao«, antwortete sie in gleichgültigem Ton.

Mit den Armen rudernd, bewegte sich der kleine Fettkloß zum Ausgang, und manche Frühstücker blickten ihm nach.

Was bildete er sich ein?

Paulina schenkte sich noch eine Tasse Tee ein. Der Saal war wirklich schön. Sehr englisch, wie sie das von Bildern kannte. Täfelungen aus dunklem Holz, und an den Wänden hingen Gobelins mit Szenen aus der Antike.

Warum sollte sie ihren Aufenthalt in London nicht nutzen?

Sie ging in ihr Zimmer zurück, zog den Vorhang auf und sah, daß es nicht mehr schneite. Auf dem Straßenpflaster lag Matsch, nur auf dem Gras des Parks lag hier und da noch ein wenig Schnee. Die Sonne schien sogar.

Sie legte das prachtvolle schwarze Kleid ab und zog ihren Pullover an, die weiße Leinenhose, die hellbraunen Stiefel und die marineblaue Jacke. Nun war sie gegen alles gewappnet.

88

Noch fünf Tage blieb sie. Guido Previtali ließ sich nicht mehr sehen, sie gab ihm auch kaum Gelegenheit, ihr zu begegnen. Den ganzen Tag war sie unterwegs.

Sie besuchte das British Museum, die National Gallery, das Victoria and Albert Museum, die Tate Gallery, die Wallace Collection, das Courtauld Institute und das Soane Museum. Sie kaufte Ansichtskarten und Kataloge. Sorgfältig machte sie sich Aufzeichnungen über die interessantesten Gegenstände, die sie sah, und abends arbeitete sie ihre Notizen aus.

Warum sollte sie sich selbst bestrafen, indem sie sich die Niederlage eingestand? Sie hatte keine Strafe verdient, sie hatte nichts verbrochen.

Sie schrieb auch einen Brief nach Vlissingen, daß sie nun doch nicht eher als Weihnachten kommen könne. Auf nähere Erklärungen verzichtete sie. Warum sie in London war und was sie dort machte, ließ sie unerwähnt.

89

Als sie fand, die Gastfreundschaft, die sie im *Dorchester* auf Kosten des armen Michel genoß, genügend genutzt zu haben, kaufte sie ein Flugticket nach Paris. Die Rosen verloren bereits ihre Blätter. Prachtvolle Rosen waren es gewesen, aber nicht gerade robust, oder vielleicht glaubten sie, nach Michels Abreise seien sie von ihren Pflichten entbunden.

Sie gab dem Portier ein großzügiges Trinkgeld und ließ sich von einem Taxi zum Flughafen Heathrow bringen.

Und als sie sich ein wenig in den Duty-free-Shops umschaute, denn der Flug nach Paris war noch nicht aufgerufen, auf wen stieß sie da? Auf Ada Langmuur.

Paulina legte keinen Wert auf eine Begegnung und trat noch rasch einen Schritt zur Seite, um nicht gesehen zu werden. Zu spät: Ada hatte sie bereits entdeckt und kam fast jubelnd auf sie zu:

»Was für ein Zufall! Wohin fliegst du?«

»Zurück nach Paris.«

»Schade. Ich muß nach Stockholm. Sonst könnten wir zusammen reisen.«

»Ja, sehr schade.«

»Eine wunderschöne Jacke hast du da an. Hast du die in London gekauft?«

»Nein, in Paris.«

»Tatsächlich? Ich dachte, London. So schlicht. Und dazu die gelben Stiefel. Wirklich viel schicker als die Jacken, in denen alle herumlaufen.«

»Hmmm.«

»Bist du noch immer Au pair, dort mit den Arabern auf dem Dachboden?«

»Nein, ich bin jetzt woanders, wo es ruhiger ist.«

»Au pair in Paris ... da hört man die seltsamsten Geschichten! Im Seminar für Entwicklungshilfe, in Brighton, an dem ich teilgenommen habe, lernte ich ein Mädchen aus Deutschland kennen, das auch mal als Au pair in Paris war. Und die hat mir eine Geschichte erzählt! ... Ich dachte, ich höre nicht recht. Sie war bei einem steinalten Mann, schwerreich. Sie brauchte nichts zu tun. Sie bekam ein wunderschönes Zimmer, mit einem unglaublich luxuriösen Badezimmer für sich allein. Überall Spiegel: an den Wänden, auf dem Fußboden und unter der Decke. Phantastisch ... schien es eigentlich. In diesem Badezimmer lagen die verschiedensten Kosmetikartikel, Cremes, Bodylotions, etwas Verrückteres oder Teureres konnte man sich gar nicht denken. Sie hat das Zeug natürlich jeden Tag ausgiebig benutzt. Aber zum Schluß hat sie dann entdeckt, daß die Spiegel *von einer Seite durchsichtig* waren! Und dahinter hockte der alte Sack und hat sie heimlich beobachtet.«

»Und wie ist sie dahintergekommen?«

»Das kann ich dir sagen. Eines Tages bekam sie endlich etwas zu tun. Sie sollte einen Koffer über die deutsche Grenze schmuggeln und irgendwo abliefern. Aus irgendeinem Grund kam ihr die Sache nicht ganz geheuer vor. Also hat sie im Zug den Koffer aufgemacht. Du errätst nie, was darin war.«

»Keine Ahnung.«

»Ein ganzer Stapel alter Zeitungen. Und obendrauf ein großes Foto von ihr, splitternackt im Badezimmer. Stell dir das mal vor!«

Zum Glück kam gerade in diesem Moment der Aufruf für die Fluggäste nach Paris. So konnte sich Paulina hastig verabschieden, ohne daß es auffiel, ohne daß Ada vielleicht in ihrem Gesicht hätte lesen können, wie schockiert sie von der Geschichte war.

»Ciao!«

90

Diese Deutsche war ja vielleicht bei anderen Leuten als Au pair gewesen, hoffte sie, dachte sie, nachdem sie ihren Platz im Flugzeug gefunden und sich angeschnallt hatte.

Wenn Pariser Familien von einem Au-pair-Mädchen genug hatten, schickten sie es mit einem Koffer voller alter Zeitungen nach Deutschland. Eine gebräuchliche Methode, wer weiß? Aber ihr war das doch nicht passiert? Hatte sie nicht selbst gesehen, daß Wertpapiere und Banknoten in dem Koffer waren? – Was für ein Unsinn.

Kurze Zeit später aber dachte sie an den Abend zurück, an dem sie mit dem General und seiner Frau diniert hatte, und wie merkwürdig es ihr vorgekommen war, als die alte Frau sich darüber aufregte, daß Constantin Guys auch Freudenmädchen gezeichnet hatte. Germaine ... Alt und häßlich wie sie war ... Ihr Emile durfte solche Zeichnungen nicht sammeln, und er machte es trotzdem. Tat er noch mehr Dinge, die seine Frau ihm verboten hatte?

Was spielte das für eine Rolle? Als hätte sie nicht schon genug Gründe, unter ihren Aufenthalt in dieser Familie einen Schlußstrich zu ziehen.

Allerdings müßte sie ihren Eltern eine Erklärung auftischen. Welche? Sie konnte aus zwei Geschichten wählen: Daß die Leute sie eigentlich mißbraucht hatten. Sie angeblich zu einem guten Zweck losgeschickt hatten, nur sei sie dahintergekommen, in Wahrheit einer schlechten Sache gedient zu haben. Ihre Eltern würden entsetzt sein und darauf drängen, daß sie überhaupt nicht mehr nach Paris zurückginge, wo man keinem Menschen vertrauen könne.

In den Niederlanden zu bleiben war alles andere als

verlockend. Außerdem: der Anhänger, den Michel ihr geschenkt hatte, stand ihr so gut. Ihre Eltern würden wissen wollen, wie sie dazu gekommen war. Sie könnte dann schwerlich zugeben, daß diese Heimtücker ihr die Kette als Lohn für ihre Dienste geschenkt hatten. Wenn sie das Schmuckstück behalten wollte, sollte sie es also besser nie tragen. Das wäre aber sehr schmerzlich. Sie müßte dann ein neues Leben anfangen. Vielleicht Krankenschwester werden. Pfui Teufel.

Nein, sie mußte es anders angehen, auch wenn sie nicht gut lügen konnte. Sie würde erzählen, daß ihr Aufenthalt in der Generalsfamilie ein großer Erfolg geworden sei. Und seht hier, der Beweis, wie sehr diese Leute sie mochten: eine wunderschöne Perle. Und das, obwohl sie ohnehin so unvorstellbar nett zu ihr gewesen waren.

Vorläufig würde sie keinen Fuß nach Vlissingen setzen. Mit den ganzen Reiseschecks könnte sie in ein Hotel ziehen und sich in Ruhe eine neue Unterkunft suchen. Ein Zimmer mieten. Oder wieder irgendwo Au-pair-Mädchen sein – das vielleicht lieber nicht.

91

Ohne Enthusiasmus, aber auch ohne großen Kummer und nicht im mindesten verzweifelt, machte sie sich Gedanken über ihre nächste Zukunft. Sie rechnete nicht damit, bald etwas zu erleben, von dem sie hinterher mit Vergnügen berichten würde. Das war auch nicht nötig. Ihr Studium war ohnehin das wichtigste. Schade, aber offenbar mußte das der normale Lauf der Dinge sein: viel Pflichterfüllung und daneben wenig Spaß. Ihr Aufenthalt in der Generalsfamilie war jedenfalls auch nicht zu einem Erlebnis geworden, an das sie gern zurückdenken würde, wenn sie nachts nicht einschlafen könnte. Es würde ihr eher unbeabsichtigt in den Sinn kommen. Alles zu glauben, was Ada Langmuur behauptet hatte, ging ihr zu weit. Daß diese Deutsche mit einem Koffer voller alter Zeitungen losgeschickt worden war, konnte sie getrost annehmen. Sie kannte diese Geschichte. Daß ein Aktfoto, ihr eigenes Aktfoto, auf den Zeitungen gelegen hatte, war natürlich undenkbar. Das hatte sich dieses Scheusal ausgedacht, um sich zu rächen.

Paulina war so tief in ihre Betrachtungen versunken, daß sie alles um sich herum vergaß; so hatte sie auch dem Mann, der neben ihr saß, nicht die geringste Beachtung geschenkt.

»Weißt du was?« sagte dieser Mann plötzlich, ohne jeden Anlaß, als ob er laut träume. »Ich habe Lust, mit dir zu schlafen.«

Paulina blickte weiterhin geradeaus. Leider würde dieser Mann schwerlich glauben können, daß sie ihn nicht verstanden hatte, denn sie spürte, wie ihre Wangen und ihr Hals feuerrot wurden.

»Hast du etwa nicht gehört, was ich gesagt habe«, fuhr er fort, »warum antwortest du nicht?«

Nun wandte sie ihm das Gesicht zu und sah, daß er ein stattlicher Mann um die Vierzig war, der eine Brille mit außerordentlich dicken Gläsern trug. Auf seinem Kopf wuchs kurzgeschnittes, graues Haar.

»Gut«, erwiderte sie schließlich, »wenn Sie es unbedingt wissen möchten, Sie sind total verrückt und außerdem ein Dreckskerl.«

Dann richtete sie den Blick wieder nach vorn.

»Du irrst dich«, entgegnete er in ruhigem, belehrendem Ton, »ich bin nicht verrückt. Im Gegenteil, ich bin Psychiater und außerdem Soziologe.«

Sie wandte das Gesicht nun ganz ab.

»Ich habe eine wunderschöne Wohnung in Neuilly«, erzählte er, »und ein kleines Schloß in der Nähe von Deauville. Und ich bin Junggeselle.«

»Glauben Sie mir doch, Monsieur, das macht für mich nicht den geringsten Unterschied.«

»Das erwarte ich auch nicht. Ich gehe fast jede Wette ein, daß du, so groß wie du bist, noch nie etwas mit einem Mann zu tun hattest.«

»Und ich bin mir sicher, daß Sie, so alt wie Sie sind, noch immer nicht gelernt haben, sich um Ihre eigenen Angelegenheiten zu kümmern.«

»Warum so viele Worte verlieren über die möglicherweise kurze, aber auf jeden Fall angenehme erotische Begegnung, die uns bevorsteht? Das ist doch völlig unzeitgemäß?«

»Monsieur, bitte halten Sie den Mund. Ich will mit Ihnen nichts zu tun haben.«

»Unsinn. Du weißt nicht, was du willst. Du sagst das jetzt zwar, aber ob du das wirklich meinst, ist die Frage. Du bist ein intelligentes Mädchen, das sehe ich auf einen Blick. Intelligente Mädchen sind noch neugieriger als dumme. Möchten gern etwas Unerwartetes erleben. Laß dich gehen.

Grüble nicht über die Folgen nach. Wir tun's ohne Risiko, mit Kondom.«

»Ich bestimme ja wohl selber, wann ich etwas erleben will und mit wem.«

Sie sah nun auch, daß der Bügel seiner Brille ungewöhnlich dick und auf ungewöhnliche Art mit seinem Ohr verbunden war. Ein Hörgerät war darin eingebaut. Er hatte nicht nur schlechte Augen, sondern war außerdem so gut wie taub.

»Du bist romantisch«, sagte er, »du träumst davon, eines Tages dem idealen Mann zu begegnen. Das ist nicht nur unvorstellbar altmodisch, sondern auch der beste Weg zur schrecklichsten Enttäuschung deines Lebens. Zu einer Enttäuschung, die so groß ist, daß du bis zu deinem letzten Atemzug daran zurückdenken wirst. Denn das erste Mal vergißt du nie, gerade wenn du das höchste Glück davon erwartet hast. Deshalb wäre es viel besser, du würdest es ohne Illusionen mit einem erfahrenen Mann wie mir tun. Wir belassen es strikt auf der physiologischen Ebene. O.K.?«

Sie gab keine Antwort.

»Also nicht?« fragte er. »Wahrscheinlich wirst du lieber bei einem Sprücheklopfer schwach, was? Zuerst eine Woche lang Schmachten, Seufzen, Schluchzen, Lügen, zusammen ins Kino, Restaurant, Schwüre der ewigen Treue, und dann endlich, endlich geschieht es. Der Adonis ist vor lauter Nervosität impotent oder viel zu grob, und am nächsten Tag ist er über alle Berge, und du vernimmst nie wieder ein Lebenszeichen von ihm. Ist es das, was du gern möchtest?«

»Lieber gehe ich dieses Risiko ein, als mich schämen zu müssen, daß ich mich mit einem Casanova Ihres Kalibers eingelassen habe.«

»Wirklich dumm, daß du meine Aufrichtigkeit nicht zu schätzen weißt. Ich sage dir ganz offen, was ich möchte: mit dir ins Bett gehen, das ist alles.«

»Ja, das habe ich gehört. Ich bin nicht taub, wie Sie wahrscheinlich, wenn Sie Ihre Brille absetzen.«

»Die setze ich nicht ab.«

»Ach nein?« Sie prustete los. »Auch das noch!« Sie konnte sich nicht mehr halten vor Lachen. »Auch das noch«, wiederholte sie, »o nein, auch das noch!«

Er machte sich nichts daraus und wartete geduldig, bis er sich wieder verständlich machen konnte.

»Unterschätz mich nicht. Mit meiner Art, das sexuelle Problem ohne Umwege anzugehen, habe ich immer Erfolg.«

»Sie sind ein triviales Individuum, und Sie sind zu bedauern, daß Sie heute dann offenbar aus Versehen jemanden angesprochen haben, der über diese Dinge weniger triviale Ansichten hat.«

»Romantik ist genauso trivial wie Nüchternheit, und, was mehr sagt, scheinheilig. Du weißt selbst, daß kein Tag in deinem Leben vergeht, an dem du nicht davon träumst, wie es sein würde, mit einem Mann im Bett zu liegen. Habe ich recht?«

»Von wem ich auch geträumt haben mag, nicht von Ihnen.«

»Das liegt daran, daß du unreif bist. Mit Leib und Seele an idiotische schwüle Märchen gebunden, wie alle kleinen Kinder.«

»Woran Sie mit Leib und Seele gebunden sind, möchte ich gar nicht so genau wissen. Vielleicht sind Sie an gar nichts gebunden, genau wie ein Schwein.«

»Darum sind Schweine glücklich, und du bist es nicht.«

»Aber sie enden im Schlachthof, ohne daß sie jemand bedauert.«

»Wenn du ein bißchen nett zu mir wärst, würde ich dich bedauern, falls dir etwas Schlimmes zustoßen sollte.«

»Mir ist es lieber, wenn mir überhaupt nichts Schlimmes zustößt, deshalb lasse ich mich mit Ihnen auch nicht ein. Und es wäre besser, wenn Sie das respektieren und auf meine Gefühle Rücksicht nehmen würden.«

»Du hast die falschen Gefühle.«

»Und Sie stinken aus dem Mund. Sind Sie jetzt zufrieden?«

»Einer leidenschaftlichen Frau macht so eine Bagatelle im Bett nichts aus.«

Sie schaute sich um, ob sie nicht einen anderen Platz finden könnte, um sich das Geschwätz nicht mehr anhören zu müssen, aber nirgendwo war ein Sitz frei. Gezwungen zu sein, neben einem so unverschämten Flegel sitzen bleiben zu müssen! Es schien ihr angebracht, jeden Augenblick damit zu rechnen, daß er handgreiflich werden würde. War kein Steward in der Nähe?

Zum Glück setzte die Maschine schon zum Landeanflug an.

Aber auch als sie ausgestiegen waren, wurde sie ihn nicht los. Im Flughafengebäude blieb er ihr auf den Fersen. An der Paßkontrolle stand er direkt hinter ihr und versuchte, über ihre Schulter hinweg einen Blick in ihren Paß zu werfen.

Dreist postierte er sich neben ihr, als sie am Transportband wartete, daß ihr Koffer zum Vorschein käme.

Er trabte hinter ihr her zu der Warteschlange beim Taxistand. Sie gab ihm schon lange keine Antworten mehr, obwohl seine Konversation nun weniger anzüglich war:

»Was für ein Glück. Eine Menge leerer Taxis. Es geht schnell. Das habe ich schon ganz anders erlebt. An manchen Tagen kann man hier eine Stunde in der Kälte herumstehen.« Der Schloßbesitzer hatte offenbar nicht mal ein eigenes Auto mit Chauffeur, der ihn abholte. Er ließ nicht locker: »Wohin mußt du? Laß uns zuerst zusammen essen gehen. Sag du nur, wo.«

Das alles blies er ihr ins Ohr, was ihm leichtfiel, denn er war fast so groß wie sie. Sie spürte, wie ihr von seinem Mundgeruch übel wurde.

Als sie endlich an der Spitze der Schlange stand und ein Taxi, nachdem es ein Stück vorgerückt war, direkt vor ihr hielt, bat sie den Fahrer, ihr Gepäck in den Kofferraum zu legen. Er stieg aus, tat, worum sie ihn gebeten hatte, setzte sich wieder ans Steuer und stieß, den Arm über den Vordersitz ausstreckend, die Tür an ihrer Seite auf.

Aber während sie einstieg, versuchte der geile Soziologe sie rasch ins Auto zu schieben, um sich neben ihr auf den Rücksitz zu drängen. Das eine Bein schon im Auto, das andere noch auf der Straße, drehte sie sich um und versetzte ihm eine gewaltige Ohrfeige. Seine Brille flog in hohem Bogen durch die Luft und landete hüpfend auf der Fahrbahn.

Paulina setzte sich und zog mit zu viel Schwung die Tür zu. Ihre Knie und Arme zitterten. Schläge austeilen, das hatte sie bisher noch nie gemußt.

»Sie haben völlig recht«, lobte sie der Taxifahrer. Er gab Gas und fuhr los.

»Immer diese Leute, die nicht warten können, bis sie dran sind. Dabei stehen hier verflixt noch mal genug Taxis rum. Ich glaube, ich bin über seine Brille gefahren.«

Er drehte sich zu ihr um und sagte lachend: »Selber schuld.«

Nachdem sie äußerst gezwungen zurückgelacht hatte, schaute er wieder nach vorn.

Tja, der Schürzenjäger würde vorerst nicht mehr viel sehen und hören. Aber so böse hatte sie es eigentlich auch nicht gemeint, mochte er noch so aus dem Mund gestunken haben.

Und ohne es zu wollen, bekam sie Mitleid mit ihm und schämte sich.

92

Das Hotel in der Rue de Seine, in dem sie im September gewohnt hatte, hatte auch jetzt ein Zimmer für sie frei, zum Glück ein besseres, in dem sie aufrecht stehen konnte.

Sie ging gleich wieder nach unten, steckte ein paar Geldstücke in den Münzfernsprecher und wählte die Nummer ihrer Eltern. Sie mußte in den sauren Apfel beißen: Wenn sie es noch länger vor sich herschob, könnte es passieren, daß ihre Eltern, unzufrieden mit ihrem Brief aus London, im Haus des Generals anriefen und zu hören bekamen, daß sie spurlos verschwunden sei!

Ihr Vater nahm ab:

»He! Bist du's? Das ist aber ein Zufall. Ich bin gerade zum Telefon gegangen und wollte versuchen dich anzurufen. Bist du noch in London?«

»Nein, in Paris. Aber, Papa, der alte Mann ist sterbenskrank geworden, und jetzt müssen sie mein Zimmer zurückhaben, denn eine Krankenschwester ...«

Aber er rief dazwischen:

»Ja, das haben wir in den Nachrichten gehört. Dein General war ein berühmter Widerstandskämpfer. Ist er gestorben, als du in London warst?«

»Jjjaa ...«

»Gehst du zu seiner Beerdigung? Er wird im Pantheon beigesetzt! Das wird ja eine eindrucksvolle Zeremonie werden. Scheint mir sehr interessant für dich. Solche Dinge erlebt der normale Tourist nicht. Du hast es wirklich phantastisch getroffen. Ich beneide dich!«

»Ja ... Aber Papa, jetzt hör bitte mal zu. Ich kann dort nicht bleiben ... Ihr könnt mich dort nicht mehr anrufen, ich bin vorläufig wieder in einem Hotel. Ich suche mir so bald wie möglich ein anderes Zimmer. Ich melde mich dann wieder. Ich habe jetzt nicht mehr genug Kleingeld fürs Telefon …«

Die Verbindung wurde unterbrochen.

Soso, er war also schon tot, der alte Mann.

Das kurze Telefonat würde in Vlissingen vermutlich zu langen Betrachtungen am Eßtisch führen, aber Paulina hatte auf jeden Fall verhindert, daß ihre Eltern, von quälender Sorge getrieben, ins Auto gesprungen und umgehend nach Paris gefahren waren. Wer weiß!

93

Am nächsten Abend schaute sie sich auf dem Fernseher in der Lobby des Hotels die Trauerfeier für den General an. So konnte sie wenigstens davon erzählen, wenn sie später zu Hause gefragt wurde, wie es gewesen war …

Der Sarg war mit der Trikolore bedeckt, obenauf lag ein Kissen voller Orden: Sterne und Kreuze.

In Galauniform, mit gezogenen Degen, war die Garde républicaine beim Pantheon angetreten. Die Helme der Männer blitzten und funkelten. Die Schöße ihrer dunklen, rot gefütterten Uniformjacken waren über den weißen Hosenbeinen schräg umgeschlagen. Wie elegant!

Auch eine Abordnung ehemaliger Widerstandskämpfer hatte sich zur Stelle gemeldet.

Betagte Männer, die meisten mit aus der Mode gekommenen Baskenmützen. An ihre farblosen Zivilanzüge hatten sie bunte, wohlverdiente Orden gesteckt, die leider, statt die Vaterlandsliebe ihrer Träger besonders hervorzuheben, eher wie Trostpreise aussahen, oder wie die Überbleibsel eines nicht ganz gelungenen Karnevalsabends. Die müden Gesichter drückten hauptsächlich Enttäuschung und Kummer aus, nicht über den Tod ihres steinalten Generals, sondern, so dachte Paulina, weil eine schöne Uniform im Fernsehen besser aussah als alle an ein Jackett gesteckten Beweise von Bürgertugend, und ein funkelnder Helm mehr Heldenmut zu versprechen schien als eine Baskenmütze. Die Welt war noch immer durch und durch ungerecht, was das Fernsehen eher verschleierte als ans Licht brachte.

Der Präsident der Republik persönlich, in Begleitung

dreier Minister, erwies dem verstorbenen Helden die höchstmögliche Ehre.

Für eine Sekunde sah Paulina auch die trauernde Familie des Toten.

Edouard … Und Armand in einem neuen, dunklen Mantel. Jacqueline in Schwarz und mit Schleier, Michel in Begleitung seiner zahnlosen »Gouvernante«.

Edouard, Armand und Michel überragten die anderen Trauergäste. Und auch ich hätte alle überragt, dachte Paulina, wenn nicht diese scheußlichen Dinge passiert wären. Dabei habe ich mich so um den liebenswürdigen alten Mann bemüht. Ich kannte ihn besser, als der Präsident der Republik ihn kannte, der ihm nie freundschaftliche Gefühle entgegengebracht hat.

Ich wäre neben Edouard gegangen, denn – aber verflixt noch mal, von wem ließ er sich da begleiten? Von diesem Luder, dieser Eliane mit ihrem lächerlichen Hut, der auch als Regenschirm dienen konnte.

Paulina wischte eine Träne weg und biß sich verbittert in die Kuppe des linken Daumens. Sinnierte eine Weile, ohne den Rest der Nachrichten noch wahrzunehmen.

Sie hoffte nur, daß der Bericht über die Zeremonie nicht auch in den Niederlanden ausgestrahlt wurde, denn dann würden ihre Eltern später sagen: Dich haben wir gar nicht gesehen. Wo warst du denn? Oder warst du nicht dabei? Und warum nicht?

94

Am Morgen kaufte sie sich als erstes *Le Figaro* und studierte die Anzeigen für freie Appartements und Dachkammern:

»Prachtvolles Studio mit Charakter. Fünfzehn volle Quadratmeter! Amerikanische Küche, Dusche, WC. 7000 Fr. pro Monat, netto.«

»Ruhige Studette mit fließendem Wasser und Kitchenette, 6500 Fr. pro Monat, exkl. Nebenkosten. Berechtigter Abstand.«

»Zehn Quadratmeter zur Straße. Dachgeschoß, echte Deckenbalken. Malerisch. 6000 Fr. Monatsmiete. Renovierungsbedürftig.«

Waren das nicht Preise, die einem jeden Mut nahmen?

In einer dieser Zeitungen las sie einen Artikel über die Coué-Methode.

Die *Coué-Methode*! Ein Begriff, an den sie sich vage aus ihrer frühen Kindheit erinnerte. Ihre Mutter hatte manchmal davon gesprochen. Wenn man den Teller nicht leer essen wollte, weil einem etwas nicht schmeckte, sagte man einfach zehnmal laut: Es ist ganz lecker, und schon bekam man es hinunter. Das war die Coué-Methode. Sich etwas vormachen. Mehr hatte sie nie darüber gewußt. Aber nun las sie, daß Coué tatsächlich existiert hatte. Er war Apotheker in Troyes gewesen und hieß mit Vornamen Emile. Wenn er einem Kranken eine Arznei mitgab, sagte er: Sie werden sehen, in drei Tagen fühlen Sie sich viel besser. Das half offenbar, sogar gegen TBC und Kehlkopfkrebs, auch wenn das Fläschchen nur Spinatsaft enthielt. 1905 hatte er ein Buch geschrieben, *Die Selbstbemeisterung durch bewußte Autosuggestion*: die Coué-Methode. Wenn man Kopfschmerzen hatte, sollte man sich die Hand auf den Kopf legen und sagen: Es geht vorbei, es geht vorbei. – Dann ging es vorbei. Und morgens beim Aufwachen sagte man sich einfach zehnmal laut: Es geht mir mit jedem Tag in jeder Hinsicht immer besser und besser. So konnte man Heimsuchungen überwinden.

Daß Suggestion kein Märchen war, bewies Coué folgendermaßen: Lege ein langes Brett von fünfundzwanzig Zentimeter Breite auf den Boden und bitte jemanden darüberzugehen, ohne auch nur einmal daneben zu treten. Jeder kann das, jeder würde es, ohne zu zögern, tun.

Doch nun lege dasselbe Brett, wie eine Brücke, zwischen zwei Kirchtürme in neunzig Meter Höhe. Dann wird sich keiner mehr trauen darüberzugehen: aus Angst, fehlzutreten und abzustürzen, obgleich das Brett nun keinen Zentimeter schmaler ist. Das war die Macht der Suggestion.

Zuerst hatten Hunderttausende Coués Buch gekauft. Später hatte ein Professor gesagt: Suggestion tötet keine Mikroben. Coué war in Vergessenheit geraten. Aber die neuesten amerikanischen Psychologen begannen wieder an ihn zu glauben. Vielleicht war es ja doch nicht so unsinnig. Sich auszumalen, was einem alles an Unglücken zustoßen konnte, war auf jeden Fall noch viel unsinniger. Und tapfer schrieb sie ein paar Adressen und Telefonnummern, unter denen sie sich nach einem freien Zimmer erkundigen konnte, in ihr Notizbuch.

Wenn sie sparsam lebte, würde sie ja eine ganze Weile mit ihren Dollars auskommen können.

Auf jeden Fall wollte sie noch vor Weihnachten an der Universität einige Scheine erwerben. Wenn das Geld alle war, würde sie lieber irgendeine Arbeit annehmen, als es noch einmal als Au pair zu versuchen.

Innerhalb einer Woche fand sie etwas, in der Rue Servandoni. Eine sogenannte Studette, jedoch zu einer absurd hohen Miete. Eine billigere Unterkunft zu bekommen, erwies sich als unmöglich. Die monatlichen Überweisungen ihres

Vaters reichten gerade dafür aus. Wenn sie das in Vlissingen wüßten …

Das Zimmer maß drei mal vier Meter. Wenn sie hinausschaute, fiel ihr Blick auf das Nachbarhaus mit staubigen Fenstern ohne Gardinen, hinter denen Pappkartons gelagert waren. Nie war dort jemand zu sehen, nie brannte Licht.

An der hinteren Wand des Zimmers befand sich, unter einer Art Hängeboden, ein Waschbecken mit warmem und kaltem Wasser und daneben ein Schrank, der WC und Dusche verbarg. Auf dem Hängeboden und dem Schrank hatte man ein Bett konstruiert, auf das sie mit einer Leiter klettern konnte. Wenn sie darin lag, war zwar Platz genug, doch sie mußte immer daran denken, daß sie sich nicht hinsetzen durfte. Nachdem sie sich doch einmal schrecklich den Kopf gestoßen hatte, als sie, aus einem Alptraum aufschreckend, unbedacht hochgefahren war, kaufte sie ein dickes Stück Schaumstoff und klebte es über ihrem Kopfkissen unter die Decke. Aber wenn sie nachts nicht schlafen konnte, schob sie die Zudecke weg und phantasierte, daß unter der Decke ein Spiegel war, durch den ein Satyr aus einem hohen Baum ihre Schönheit heimlich beobachtete. Adas Geschichte glaubte sie eigentlich nicht, doch es gab Momente, in denen sie sich einredete, sie doch zu glauben. Wenn sie recht darüber nachdachte, waren die Gespräche über Baudelaire vielsagend gewesen. Hatte die Deutsche sich vielleicht von Kopf bis Fuß mit grüner Creme eingerieben, um wie eine Statue auszusehen? Oder hatte sie gerade das *nicht* gemacht und war deshalb mit einem Koffer voller Zeitungen auf die Reise geschickt worden?

Abends wärmte sie sich in einem Mikrowellenherd eine Tiefkühlmahlzeit auf, Quiche lorraine oder Pizza.

Ach, es ging schon. Sie hatte auch noch eine Stange, an die sie ihre Kleider hängen konnte, einen kleinen Tisch vor dem Fenster und einen Stuhl.

Die Rue Servandoni war eine angenehme Straße, alt und

still. In der einen Richtung führte sie zu dem Platz, an dem die Kirche Saint-Sulpice stand, die größtenteils von Servandoni erbaut worden war. Wenn man in die andere Richtung ging, gelangte man zum Jardin du Luxembourg.

So war es denn auch kein Wunder, daß es nicht lange dauerte, bis Paulina eines Abends Armand über den Weg lief.

Er zeigte sich äußerst erstaunt, sie zu sehen, überhäufte sie mit Vorwürfen, daß sie nichts mehr von sich hatte hören lassen, und wendete fast Gewalt an, damit sie ihm in seine Wohnung folgte, denn auch Jacqueline habe sich Sorgen um sie gemacht und sich fast täglich gefragt, was wohl aus ihr geworden sei.

Paulina hatte an jenem Abend nichts anderes vor und ließ sich mitlotsen.

Wie es seiner Mutter ginge, fragte sie ohne echtes Interesse.

Sie sei jetzt in einem Kloster in der Nähe von Avignon, wo sich die Nonnen der Pflege finanzkräftiger alter Menschen widmeten. Halbseitig gelähmt, könne sie nur noch selten das Bett verlassen. Michel wohne vorübergehend in Avignon, so daß er sie jeden Tag besuchen könne.

95

Der schwarze Butler François begrüßte Paulina mit einem herzlichen Lächeln.

Jacqueline saß am Kamin, das Rolltischchen mit alkoholischen Erfrischungen neben ihrem Sessel, in der Hand ein Glas Whisky.

Leicht schwankend stand sie auf. François nahm ihr das Whiskyglas ab, so daß sie beide Arme frei hatte, um Paulina ans Herz zu drücken.

»Ach Schätzchen, wo warst du so lange? Wie konntest du uns das antun? Nichts mehr von dir hören zu lassen! Schäm dich. Ich hab mir Tag und Nacht Sorgen um dich gemacht.«

Armand ließ sich mit seinem Wodka ihr gegenüber nieder, und Paulina saß zwischen ihnen, direkt vor dem Holzfeuer, aus dem von Zeit zu Zeit große Flammen aufloderten. Nachdem sie gesagt hatte, was sie trinken wollte, reichte François ihr ein Glas Orangensaft.

Paulina wußte nicht, was sie antworten sollte, und beließ es deshalb bei unverfänglichem Geplauder; sie spürte jedoch, daß ihre Augen feucht wurden. Jetzt erst wurde ihr bewußt, wie einsam sie in ihrem kleinen Zimmer in der Rue Servandoni war und daß sogar die Gesellschaft dieser schlechten Menschen dem Alleinsein vorzuziehen war.

Jacqueline hatte nicht auf einer Antwort bestanden. Sie hatte sich wieder hingesetzt und ihr Glas von François zurückbekommen. Sie trank einen Schluck, den sie lange im Mund behielt, und wirkte nachdenklich – aber worüber dachte sie nach?

Armand spürte dagegen, daß alles nicht so normal war, wie es schien.

»Ich gebe zu ...«, fing er an, ohne Paulina anzuschauen, »... ich kann mir sehr gut vorstellen, daß du uns jetzt haßt. Sehr gut.«

»Ich auch«, pflichtete Jacqueline ihm bei, »ich auch. Wie du weißt, haben wir nicht die Angewohnheit, ein Blatt vor den Mund zu nehmen. Wir sind vielleicht keine Wunder von edelmütiger Menschlichkeit, aber wir sagen die Wahrheit. Das ist uns eine Freude!«

Sie lachte ein wenig zu laut und viel zu lange.

»So ist es«, bestätigte Armand, »aber leider ist es manchmal ein wenig ermüdend. Das mag durchaus nur an uns liegen. Wir werden alt und ermüden schneller.«

»Willst du uns nicht sagen, warum du nichts mehr von dir hast hören lassen?« fragte Jacqueline.

Lieber Himmel! Hätte sie Armand bei ihrer Begegnung auf der Straße doch nur herzliche Grüße an alle aufgetragen und sich so schnell wie möglich von ihm verabschiedet. Was sollte sie auf diese Frage antworten?

Armand schien ihre Gedanken zum Glück zu erraten.

»Das darfst du sie nicht fragen«, protestierte er, »du kannst doch wohl nicht erwarten, daß sie sich hier bei uns über Michel beschwert.«

»Über Michel?« rief Paulina nun. »Ich habe keinen Grund, mich über ihn zu beschweren. Er hat mir nichts getan, nichts.«

»Ha, ha, ha«, lachte Jacqueline, »er hat ihr nicht mal etwas getan.«

»Lach nicht darüber«, sagte Armand, »das ist zweifellos die Wahrheit. Ich bin wirklich nicht der größte Freund von Michel, aber daß er ihr etwas getan haben könnte, das ist schier unmöglich.«

Wie jeden Tag trug Paulina auch nun die Kette mit der Perle, deutlich sichtbar. Von allein würde sie nicht davon anfangen. Aber wußten diese beiden, woher der Schmuck stammte?

»Ach«, sagte Jacqueline, »so meinst du das. Nein, nicht

so. Ausgeschlossen. Dafür lege ich meine Hand ins Feuer. Aber ich frage mich doch, warum er sie mitgeschleppt hat nach London.«

»Dagegen ist nichts zu sagen. Bei der Aufregung, die damals hier im Haus herrschte, wäre es für Pauline kein Vergnügen gewesen, wenn er sie nach Paris zurückgebracht hätte.«

»Ach was. Nach einem Tag hat er es schon bedauert und fuhr zurück. Sie ließ er in einem Hotel sitzen.«

»Nein, nein«, sagte Paulina, »es war ein ausgezeichnetes Hotel. Das nehme ich ihm überhaupt nicht übel.«

»Natürlich«, fand Jacqueline, »ich hätte es ihm auch nicht übelgenommen, wenn er mich seiner Gesellschaft beraubt hätte. Und trotzdem. Ist dir das Ganze nicht seltsam vorgekommen?«

»Jetzt hör schon davon auf«, sagte Armand. »Es war das Beste, was unter den gegebenen Umständen passieren konnte. Pauline ist kein kleines Kind. Gegen das *Dorchester* kann man nichts sagen, und sie spricht natürlich perfekt Englisch, wie alle Holländer.«

»Nein, ich höre nicht davon auf, nein, nein. Jetzt sind wir auch noch unser Au pair los, in diesem Haus, das sowieso schon halb leer steht. Daß wir sie los sind, ist nur Michels Schuld.«

»Michels Schuld? Die Schuld von Michel?«

»Ja. Michel. Statt ihr hinterherzufahren nach Luxemburg, hätte er sie rechtzeitig warnen müssen, daß das ganze Unternehmen auf einem großen Schwindel beruhte.«

Paulina, die am liebsten weggelaufen wäre, sich aber nicht traute, die auf jeden Fall kein Wort mehr über die ganze Sache hören und auch gar nicht mehr wissen wollte, was die Familie alles hinter ihrem Rücken ausgeheckt hatte, sagte nun:

»Ein großer Schwindel? Davon weiß ich nichts. Ich habe getan, worum man mich gebeten hat. Ich mußte ja auch einmal etwas tun. Man hat mich gebeten, einen Koffer wegzubringen, das ist alles. Ob dieser Koffer nach Basel ging oder nach Luxemburg, machte für mich keinen Unterschied. Es war nicht mein Koffer.«

»So?« sagte Jacqueline. »Es machte für dich keinen Unterschied?«

»Worüber reden wir eigentlich«, brachte Armand vor, »der Koffer war sowieso nicht wichtig. Der größte Teil des Vermögens ist über andere Wege transferiert worden. Daß der Zoll aber auch so dumm war, in den falschen Koffer zu schauen, ha, ha.«

Der Koffer nicht wichtig?

»Mir ist sonderbar vorgekommen«, sagte Paulina, »daß der Bruder von Cordes Sekretärin hinter mir her geschickt wurde. Aber dann hat Michel mir erklärt, daß dieser Mann noch schlimmer hinters Licht geführt worden ist als ich.«

Keiner der beiden ging darauf ein.

»So, so«, sagte Jacqueline, »dir war es also einerlei, daß der General, dieser gute alte Mann mit seiner jahrelangen Gewissensnot wegen des Vermögens, das er für seinen Freund aufbewahrte, so abscheulich hintergangen wurde? Das war dir egal? Das kannst du mir nicht erzählen.«

»Egal war es mir nicht, aber ich konnte es ja nicht ändern!«

»Und von wem ist mein Vater so abscheulich hintergangen worden?« brüllte Armand jetzt seine Frau an. »Wer ist hier der Schuldige?«

»Michel.«

»Du lügst, und das weißt du. Edouard ist der Schuldige. Dein lieber Sohn ist der Übeltäter.«

»Übeltäter? ... Als ob er nicht auch dein Sohn wäre.«

Und Jacqueline trank einen langen Schluck, als wolle sie jede Erwiderung darauf von vornherein im Alkohol ertränken. »François?«

Er nahm ihr Glas. Füllte es mit Eis und Whisky.

»Wie kann ein Vater so über den eigenen Sohn reden! Dir ist wohl nicht klar, vor welchen Unannehmlichkeiten er dich bewahrt hat. Dich und uns alle.«

»Sicherlich«, sagte Armand, »das hat Edouard getan, der Schatz. Seine Eltern und seinen Großvater vor Schande bewahrt. Aber er hat auch einen schönen Batzen daran verdient.«

»Daran verdient?« brauste Jacqueline auf. »Daran verdient? Durfte er das vielleicht nicht? Das Vermögen war um ein Vielfaches von dem gewachsen, was Crémieux ursprünglich bei deinem Vater in Verwahrung gegeben hatte. Um wieviel, weiß keiner genau. Wenn Edouard es nicht so vorteilhaft wie möglich angelegt hätte, wäre nur ein Haufen Altpapier davon übriggeblieben. Und da wagst du es … Himmelherrgott! Dank Edouard hat es seinen Wert nicht nur behalten, sondern sogar verzwanzigfacht oder was auch immer. Und da wagst du es, deinen eigenen Sohn zu beschimpfen?«

»Ja«, sagte Armand ernst und in bitterem Ton, »weil er mehr als die Hälfte davon in die eigene Tasche gesteckt hat. Das ist die Wahrheit, und darüber mußt du dir im klaren sein. Das kann nicht einmal eine Mutter beschönigen.«

»Elender Schuft«, sagte Jacqueline und warf ihr Glas in den Kamin, wo es klirrend zerschellte und der Whisky zischend verdampfte, »ich hasse dich!«

Mit entblößten Zähnen stand sie auf, ging einen Schritt auf Armand zu und versetzte ihm eine schallende Ohrfeige. Er riß ihr die Perücke vom Kopf und warf auch die in den Kamin. Jacqueline stolperte, stürzte über Armand, sein Sessel kippte nach hinten, und die beiden lagen halb auf dem Sessel und halb daneben.

Paulina sprang vor Schreck auf. Was sollte sie tun? Wie konnte sie helfen?

Armand versuchte Jacqueline von sich wegzustoßen. Sie schlug ihn noch einmal ins Gesicht, rollte zur Seite und landete mit hochgerutschtem Rock neben dem Sessel. François eilte herbei und half äußerst routiniert zuerst ihr hoch und dann ihm. Die Brille saß immer noch auf Jacquelines Nase. Auch Armands Brille brauchte nur zurechtgerückt zu werden. So standen sie keuchend einander gegenüber, während der Butler den Sessel wieder hinstellte, dann das Wodkaglas aufhob, das Armand hatte fallen lassen, es ans Licht hielt, lächelnd feststellte, daß es nicht einmal einen Sprung hatte, und doch ein anderes Glas nahm und es vollschenkte.

»Hast du jetzt deinen Willen bekommen«, sagte Armand, »bist du jetzt zufrieden?«

Sie wich zurück, ließ sich in ihren Sessel fallen und schlug die Hände vors Gesicht.

Der rote Schein des Kaminfeuers spiegelte sich auf ihrem glänzenden weißen Schädel.

François schaute Paulina flüchtig an und lächelte, als wollte er sagen: Was hier passiert, ist völlig normal. Es hat nichts zu bedeuten. Er drehte sich um und verschwand.

Auch Paulina setzte sich wieder. Am liebsten wäre sie gegangen, traute sich jedoch nicht. Wie konnte Jacquelines Schädel so glänzen, wenn sie immer die Wahrheit gesagt hatte, also nicht wirklich kahl, sondern nur kahlgeschoren war?

François kam mit einer silbernen Schale zurück, auf der eine Perücke lag. Diesmal war es eine silbergraue Perücke, mit violettem Schimmer.

»La perruque de madame.«

Jacqueline schluchzte noch einmal, nahm die Perücke und setzte sie auf. François hielt ihr einen Handspiegel vor, der unter der Perücke gelegen hatte.

Sie kontrollierte ihr Aussehen. Minutenlang herrschte Schweigen. Dann begann Jacqueline wieder zu reden.

»Du«, sagte sie zu Armand, »du weißt genausogut wie ich, daß es nie eine Möglichkeit gab, das Geld zu dieser Organisation in Israel zu schleusen. Nie.«

Armand erwiderte darauf nichts. Er stellte sein frisch gefülltes Wodkaglas neben sich auf den Boden und streckte die Beine, um, soweit es ging, eine liegende Haltung einzunehmen.

»Diese Organisation in Israel«, fuhr Jacqueline fort, mit der Tapferkeit einer gekränkten Mutter, »das war nur Theater, das war nur ausgedacht, um deinen Vater zu trösten, der das Vermögen Müller nicht überlassen, es aber auch nicht selbst behalten wollte. Eine Farce war es, das hat Edouard sofort erkannt, er hat davor gewarnt, und er hatte recht. Du kannst ihm nicht immer die Schuld an allem geben.«

Resigniert ließ Armand die Arme zu beiden Seiten des Sessels schlaff herabhängen. Er wollte sich offenbar gegen nichts mehr verteidigen.

»Warum gibst du mir keine Antwort? Denkst du, ich erzähle Märchen? Wir wollten deinem Vater einen Gefallen tun. Deshalb haben wir ein Au pair nach dem anderen mit einem Koffer losgeschickt und das Ganze jedesmal auf irgendeine Art scheitern lassen. Das ging auch nicht anders, aus der Sache konnte nichts werden. Gegen Müller hatten wir keine Chance. Er ist im Besitz eines holographischen Testaments, von Crémieux eigenhändig geschrieben. Daran ist nicht zu rütteln.«

»Ein holographisches Testament?« fragte Paulina. Sie konnte vor Staunen den Mund nicht halten, »aber wie kam denn dieser SS-Mann Müller daran? Das kann doch nicht wahr sein!«

»Meinst du? Ach Kindchen, du weißt nicht, wovon du redest. Müller hatte Crémieux Dienste erwiesen, die Hand über ihn gehalten. Müller hat auch die Flucht von Crémieux und dessen Frau organisiert. Die Frau war schließlich seine Halbschwester. Aber als Belohnung hat Müller verlangt, daß Crémieux ihm seinen Besitz vererben solle. Das ist nun mal so, daran ist nicht zu rütteln.«

»Als Belohnung wofür?«

»Für die Möglichkeit zu fliehen, Schätzchen. Vermutlich hat er Crémieux auch gefälschte Papiere beschafft. So war das im Krieg.«

»Aber Crémieux ist spurlos verschwunden!«

»Eben drum. Niemand weiß, wo er steckt. Fest steht nur,

daß er geflohen ist. Daran hat nicht mal mein Schwiegervater gezweifelt.«

»Und wohin ist er geflohen?«

»Du stellst Fragen. Vermutlich weiß Müller es. Das würde mich nicht wundern. Wenn ich auf der Flucht wäre, würde ich doch niemandem verraten, wo ich bin. Ich würde mich hüten.«

Nun erwiderte auch Paulina nichts mehr. Das hinderte Jacqueline nicht daran, mit ihrem Bericht fortzufahren: »Auf jeden Fall ist Müller im Besitz eines rechtsgültigen Dokuments. So ist das, und nicht anders. Mein Schwiegervater war der einzige, der es nicht glauben wollte. Ein von Crémieux eigenhändig geschriebenes Testament, das hat Müller.«

Sie teilte noch verschiedene andere Einzelheiten mit, und als ihr nichts mehr einfiel, wiederholte sie das bereits Erzählte zwei-, dreimal, gekränkt, in kläglichem Ton. Am Ende hatte Crémieux seinen ganzen Besitz der SS vermacht. Es war nicht erkennbar, ob Edouard ihr das eingeredet hatte oder ob sie es sich in diesem Augenblick selbst ausdachte.

96

Einige Tage später fand Paulina, als sie nach Hause kam, große Kartons mit Kleidern und Schuhen in ihrem Zimmer. Und ihren anderen Koffer, ebenfalls mit Kleidern gefüllt. Und das Handköfferchen, voller Kleinigkeiten: Kämme, Haarschleifen, Parfum, verschiedene Schmuckstücke. Auch ihr Einkaufsnetz, ihre Bücher und Kolleghefte. Nicht einmal die Kunstgeschichte von Elie Faure fehlte, die bekam sie noch dazu geschenkt. Eine Erklärung für diese Sendung war nicht dabei. Allerdings kam noch ein Brief von Armand, aber darin stand kein Wort über die ihr zugeschickten Sachen. Größtenteils war es Geschwätz. Ein paar spaßhaft gemeinte Anspielungen auf die etwas »emotionale« letzte Begegnung. Entschuldigungen dafür, die lediglich den Zweck hatten, Paulina zu ermutigen, noch einmal wiederzukommen. Begreiflich, daß solche einsamen, nicht mehr jungen Menschen darauf drängten.

Paulinas Reise nach Luxemburg wurde nicht mehr erwähnt, falls nicht diese kleine Betrachtung darauf anspielen sollte: »Wer nicht das zur Gänze erreicht, was er erreichen möchte, stellt sich immer wieder die Frage, ob er nicht besser jede Anstrengung, etwas zu erreichen, aufgeben sollte, statt so zu tun, als könne etwas anderes zu erreichen ihn darüber hinwegtrösten, daß er nicht das erreicht hat, was er ursprünglich wollte.« Ach was. Sie war jung, noch keine zwanzig, und unbescholten aus allen Verwicklungen hervorgegangen. Später würde sie Museumsdirektorin werden, ihr Ideal.

War es in ihrem kleinen Zimmer schon vorher sehr beengt gewesen, als sie all die Kleider und Schuhe, ihr so großzügig zur Verfügung gestellt, ihr so treu nachgeschickt, noch nicht empfangen und sich das auch nicht gewünscht hatte, weil sie im Grunde ihres Herzens der Ansicht war, daß sie kein Recht darauf geltend machen konnte, so war es nun geradezu bedrückend. Aber die Schachteln und Koffer wieder zurückbringen zu lassen, schien ihr viel zu umständlich. Ihr kam der Gedanke, sie einfach eines Tages hinunterzuschleppen und auf die Straße neben die Mülltonne zu stellen. Doch auch dazu kam es nicht. »Es geht mir mit jedem Tag in jeder Beziehung besser und besser«, sagte sie laut. Und es half tatsächlich, fand sie.

Wofür sollte sie sich schämen?

Sie hatte sich für sonderbare Dinge hergeben müssen. Es war nicht ihre Schuld, und die Anstifter hatten sie reich belohnt.

Von Michel hörte sie nichts mehr, auch nicht von Edouard. Dieser Schuft. Hätte der Zollbeamte den richtigen Koffer geöffnet, säße sie nun wahrscheinlich im Gefängnis.

Wenn sie es in dem vollgestopften Zimmer nicht mehr aushielt, setzte sie sich öfter zum Lesen oder Lernen in ein Straßencafé, wo sie dann ein Sandwich aß.

Manchmal kam sie auch nur zu ihrem Vergnügen, unterhielt sich jedoch selten mit anderen Gästen.

Eines Nachmittags, als sie in dem kleinen Café de la Mairie saß, an der Ecke Rue des Canettes und Place St-Sulpice, mit einer Taschenbuchausgabe von *Madame Bovary*, einem Roman, von dem sie nicht genug bekommen konnte, obwohl sie ihn schon in Vlissingen dreimal gelesen hatte und ihn nun zum fünften Mal las, hatte sich ein älterer Herr auf dem Platz ihr schräg gegenüber niedergelassen.

Als sie flüchtig von ihrer Lektüre aufblickte, sprach er sie an. Er war Niederländer, wie sie nach wenigen Worten erkannte.

»Ein schönes Buch«, sagte er, »ein tragisches Buch, aber aus einem anderen Grund, als die Leute glauben.«

»Was glauben sie denn, Ihrer Ansicht nach?«

»Sie glauben, was der Autor ihnen auftischt: Emma hat sich in die Bredouille gebracht und macht ihrem Leben deshalb ein Ende. Das glauben sie.

Aber ihr Tod wäre nicht notwendig gewesen, wenn der Autor ihr zu Hilfe gekommen wäre.«

»Manche Bücher gehen gut aus, andere nicht.«

»Der Autor hätte sie retten können, wenn er in sein eigenes Buch hineinspaziert wäre und ein Verhältnis mit ihr angefangen hätte. Man merkt, daß er in sie verliebt war, sonst hätte er nicht so über sie geschrieben.«

»In sein Buch hineinspazieren?«

»Ja. Selbst darin auftreten und eingreifen.«

»Oh, Sie meinen so etwas wie die Art, in der Multatuli zum Schluß in sein Buch *Max Havelaar* hineinstürmt, um Droogstoppel an seinem Kaffee ersticken zu lassen.«

»Genau. Aber Flaubert war wie der Schöpfer selbst: allgegenwärtig und dennoch machtlos. Alles, was noch geschehen konnte, war bereits erdacht und unwiderruflich. Hochmut hinderte Flaubert daran, aus dieser erhabenen Rolle zu fallen und mit Emma Bovary ins Bett zu gehen. Das wäre ihre Rettung gewesen.«

»Oder ein billiger Trick«, fand Paulina. »Weil er sich die Geschichte selber ausgedacht hatte, konnte er geschehen lassen, was er wollte. Aber ein Kunstwerk ist nicht die Büchse der Pandora und auch kein Füllhorn. Hätte Flaubert nicht gewollt, daß sein Buch von einer Frau handelte, die unglücklich wurde, hätte er von Anfang an ein anderes Buch schreiben müssen, über eine andere Frau.«

»Schade für Flaubert«, fand der Herr. »Emma Bovary war ja nicht irgendwer.«

»Es ist die Frage, ob die Liebe auf Gegenseitigkeit beruht hätte. Ich glaube, daß Flaubert noch am ehesten dem Apotheker glich, Monsieur Homais, diesem Schulmeister. Darum hat er auch lieber darauf verzichtet. Wenn Flaubert sich in dem Buch gezeigt hätte, um auch eine Rolle zu spielen, hätte Emma, aus Erfahrung klug geworden, wohl hoffentlich den zigsten Betrüger in ihm erkannt. Nirgends wahrnehmbar, hatte er sie doch ganz und gar erschaffen. Eine Frau, die sich unglücklich machte. Er konnte sie am Ende nicht plötzlich zwingen, zu tun, was *ihm* angenehm war – im nachhinein.«

»Trotzdem glaube ich«, sagte der Herr, »daß es dem Autor zu Herzen ging, sie sterben zu lassen. Schriftsteller sind wie andere Menschen machtlos gegenüber den Dingen, die in der Welt geschehen. Aber manchmal fragen sie sich, ob sie auch machtlos zuschauen müssen bei dem, was in den Büchern geschieht, die sie sich selbst ausdenken.«

»Haben Sie einmal ein Porträt von Flaubert gesehen?« fragte Paulina.

»Warum?«

»Nicht gerade mein Fall, sogar wenn er käme, um mich zu retten.«

So teilte sie dem Herrn mit, was sie über den Schriftsteller dachte. (Ich brauche nicht gerettet zu werden. Ich habe dafür keine Zeit. Ich muß mein Studium abschließen und sonst nichts. Ist das das einzige, woran du denkst? Vielleicht nicht immer. Aber das einzige, worüber ich rede. Manchmal verläßt mich der Mut, das kann ich nicht bestreiten, doch wenn ich dieser Stimmung nachgeben würde, wäre ich völlig verloren.)

Was wollte dieser Mann eigentlich von ihr? Wollte er ein Verhältnis mit ihr anfangen?

Nun ja, klein war er nicht gerade, allerdings schon etwas älter. Paulina ließ das rechte Bein langsam vom linken gleiten und schlug das linke Bein über das rechte. Noch nie hatte sie etwas so überaus Gewöhnliches so intensiv erlebt wie in diesem Augenblick. Sie spürte, wie die Innenseiten ihrer Schenkel, die sie fest zusammendrückte, ohne Widerstand aneinander entlangglitten, dazwischen nur das dünne Nylon ihrer Strümpfe. Sie hörte das Knistern des elektrisierenden Gewebes. Es war, als seien ihre Schenkel ineinander verliebt und hätten sich das Versprechen gegeben, immer zusammenzubleiben, geborgen in warmer, gegenseitiger Liebe. Als ihr linkes Bein auf dem rechten zur Ruhe gekommen war, wippte ihr Fuß einen Augenblick hoch, als wolle er ihre tiefe, nie zuvor empfundene Befriedigung bezeugen. Ihren Rock, der durch die Bewegung hochgerutscht war, zog sie geziert am Saum nach unten.

Kein Wunder, daß der freundliche Mann den Blick auf das gesenkt hatte, was sie geschehen ließ.

Er seufzte und verabschiedete sich mit gutmütigem Nikken.

Paris, 27. August 1983 bis 29. Januar 1989

ANMERKUNG

Ein Fragment aus diesem Roman erschien am 14. Dezember 1984 unter dem Titel *Au pair* im NRC Handelsblad (Cultureel Supplement).

Der Vorabdruck eines anderen Fragments mit dem Titel *Beim Notar* erfolgte in der Zeitschrift ELEGANCE, Juli 1987.

Ein drittes Fragment erschien, gleichfalls unter dem Titel *Au pair*, am 11. August 1989 im NRC Handelsblad (Cultureel Supplement).